GRöLS Verlage

„Bücher sind wie Fallschirme. Sie nützen uns nichts, wenn wir sie nicht öffnen."

Gröls Verlag

Redaktionelle Hinweise und Impressum

Das vorliegende Werk wurde zugunsten der Authentizität sehr zurückhaltend bearbeitet. So wurden etwa ursprüngliche Rechtschreibfehler regelmäßig *nicht* behoben, denn kleine Unvollkommenheiten machen das Buch – wie im Übrigen den Menschen – erst authentisch. Mitunter wurden jedoch zum Beispiel Absätze behutsam neu getrennt, um den Lesefluss zu erleichtern.

Um die Texte zu rekonstruieren, werden antiquarische Bücher von Lesegeräten gescannt und dann durch eine Software lesbar gemacht. Der so entstandene Text wird von Menschen gegengelesen und korrigiert – hierbei treten auch Fehler auf. Wenn Sie ebenfalls antiquarische Texte einreichen möchten, finden Sie weitere Informationen auf www.groels.de

Viel Freude bei der Lektüre wünscht Ihnen das Team des Gröls-Verlags.

Adressen

Verleger: Hermann-Josef Gröls,

Im Borngrund 26, 61440 Oberursel

Externer Dienstleister für Distribution & Herstellung:

BoD, In de Tarpen 42, 22848 Norderstedt

Unsere „Edition | Werke der Weltliteratur“ hat den Anspruch, eine der größten und vollständigsten Sammlungen klassischer Literatur in deutscher Sprache zu werden. Nach und nach versammeln wir hier nicht nur die „üblichen Verdächtigen“ von Goethe bis Schiller, sondern auch Kleinode der vergangenen Jahrhunderte, die – zu Unrecht – drohen, in Vergessenheit zu geraten. Wir kultivieren und kuratieren damit einen der wertvollsten Bereiche der abendländischen Kultur. Kleine Auswahl:

Francis Bacon • Neues Organon • **Balzac** • Glanz und Elend der Kurtisanen • **Joachim H. Campe** • Robinson der Jüngere • **Dante Alighieri** • Die Göttliche Komödie • **Daniel Defoe** • Robinson Crusoe • **Charles Dickens** • Oliver Twist • **Denis Diderot** • Jacques der Fatalist • **Fjodor Dostojewski** • Schuld und Sühne • **Arthur Conan Doyle** • Der Hund von Baskerville • **Marie von Ebner-Eschenbach** • Das Gemeindekind • **Elisabeth von Österreich** • Das Poetische Tagebuch • **Friedrich Engels** • Die Lage der arbeitenden Klasse • **Ludwig Feuerbach** • Das Wesen des Christentums • **Johann G. Fichte** • Reden an die deutsche Nation • **Fitzgerald** • Zärtlich ist die Nacht • **Flaubert** • Madame Bovary • **Gorch Fock** • Seefahrt ist not! • **Theodor Fontane** • Effi Briest • **Robert Musil** • Über die Dummheit • **Edgar Wallace** • Der Frosch mit der Maske • **Jakob Wassermann** • Der Fall Maurizius • **Oscar Wilde** • Das Bildnis des Dorian Grey • **Émile Zola** • Germinal • **Stefan Zweig** • Schachnovelle • **Hugo von Hofmannsthal** • Der Tor und der Tod • **Anton Tschechow** • Ein Heiratsantrag • **Arthur Schnitzler** • Reigen • **Friedrich Schiller** • Kabale und Liebe • **Nicolo Machiavelli** • Der Fürst • **Gotthold E. Lessing** • Nathan der Weise • **Augustinus** • Die Bekenntnisse des heiligen Augustinus • **Marcus Aurelius** • Selbstbetrachtungen • **Charles Baudelaire** • Die Blumen des Bösen • **Harriett Stowe** • Onkel Toms Hütte • **Walter Benjamin** • Deutsche Menschen • **Hugo Bettauer** • Die Stadt ohne Juden • **Lewis Caroll** • *und viele mehr….*

Inhalt

Nostromo
Joseph Conrad

Übertragen von Ernst Wolfgang Freisler

Vorbemerkung des Verfassers

Nostromo ist die am sorgfältigsten durchdachte der längeren Erzählungen aus der Zeit nach der Veröffentlichung des Novellenbandes *Taifun.*

Ich will nicht sagen, daß mir damals etwa ein Wechsel in meiner Einstellung auf meine künstlerische Aufgabe zum Bewußtsein gekommen wäre. Und vielleicht hat es einen solchen Wechsel auch gar nicht gegeben, außer in jenem geheimnisvollen, unterbewußten Punkt, der mit den Kunsttheorien nichts zu tun hat; einen kaum merklichen Wechsel in der Art der Eingebung; ein Phänomen, für das ich in keiner Weise verantwortlich zu machen bin. Was mich allerdings etwas beunruhigte, war der Umstand, daß ich nach Beendigung der letzten Novelle von „Taifun" irgendwie das Gefühl hatte, es wäre über nichts in der Welt mehr zu schreiben.

Diese eigenartig verneinende und beunruhigende Stimmung hielt geraume Zeit an; und dann entstand in mir, wie bei vielen meiner längeren Erzählungen, der erste Gedanke für „Nostromo" in Gestalt einer flüchtigen Anekdote, ohne verwendbare Einzelheiten.

Tatsächlich hatte ich im Jahre 1875 oder 1876, als ganz junger Mensch, in Westindien oder vielmehr im Golf von Mexiko, denn meine Berührungen mit dem Lande waren kurz, selten und flüchtig, die Geschichte eines Mannes gehört, von dem es hieß, er habe ganz allein eine Leichterladung Silber gestohlen, irgendwo an der Küste der Tierra Firme, während der Wirren einer Revolution.

Auf den ersten Blick erschien dies als etwas wie eine Tat. Aber ich hörte keine Einzelheiten, und da mir das Interesse für das Verbrechen als solches fehlt, so war kaum anzunehmen, daß mir dies eine im Gedächtnis bleiben sollte. Und ich vergaß es auch, bis ich sechs- oder siebenundzwanzig Jahre später darauf stieß, in einem schundigen Büchlein, das ich in der Auslage eines Althändlers aufgestöbert hatte. Es war die Lebensgeschichte eines amerikanischen Seemanns, von ihm selbst unter Beihilfe eines Journalisten geschrieben. Im Laufe seiner Wanderjahre hatte dieser amerikanische Matrose einige Monate lang an Bord des Schoners gedient, dessen Eigner und Schiffer der Dieb war, von dem ich in meinen jungen Tagen gehört hatte. Darüber habe ich nicht den geringsten Zweifel, denn es könnte ja schwerlich zwei Unternehmungen der gleichen besonderen Art, im gleichen Teil der Welt geben, beide in Verbindung mit einer südamerikanischen Revolution.

Der Bursche hatte es tatsächlich fertiggebracht, einen Leichter voll Silber zu stehlen, und zwar, wie es scheint, einfach deswegen, weil ihm seine Dienstgeber blind vertrauten, die auffallend schlechte Menschenkenner gewesen sein müssen. In der Lebensgeschichte des Matrosen erscheint dieser Mann als ein ruchloser Schurke, ein niedriger Betrüger, sinnlos roh und übellaunig, von gemeinem Aussehen und gänzlich unwürdig der Größe, zu der ihm der Zufall verhelfen hatte. Merkwürdig war es, daß er sich seiner Tat offen rühmte.

Er pflegte zu sagen: „Die Leute glauben, daß ich mit meinem Schoner da eine Menge Geld verdiene, aber das ist gar nichts. Ich schere mich nicht drum. Ab und zu gehe ich ruhig hin und hole mir einen Silberbarren. Ich muß langsam reich werden – du verstehst."

Der Mann wies noch einen anderen merkwürdigen Wesenszug auf. Einmal, bei Gelegenheit irgendeines Streites, drohte ihm der Matrose: „Was sollte mich abhalten, an Land wiederzuerzählen, was Sie mir von dem Silber gesagt haben?"

Der zynische Gauner war nicht im geringsten bestürzt. Er lachte sogar: „Du Narr, wenn du es wagst, an Land so über mich zu sprechen, so wirst du ein Messer in den Rücken bekommen. Jeder, Mann, Weib und Kind, in dem Hafen ist mir freund. Und wer will beweisen, daß der Leichter nicht gesunken ist? Ich habe dir nicht gezeigt, wo das Silber verborgen ist, oder? So weißt du gar nichts. Und wenn ich gelogen hätte? He?"

Schließlich brannte der Matrose von dem Schoner durch, angewidert von der schmutzigen Gemeinheit dieses so gar nicht reumütigen Diebes. Der ganze Vorfall nimmt etwa drei Seiten seiner Lebensgeschichte ein. Kaum der Rede wert; als ich sie aber überflog, da weckte die merkwürdige Bestätigung der wenigen, zufälligen Worte, die ich in frühester Jugend gehört hatte, die Erinnerung an jene ferne Zeit, da alles so frisch gewesen war, so überraschend, so abenteuerlich und reizvoll. Fremde Küstenstriche unter den Sternen, Hügelschatten im Sonnenschein, menschliche Leidenschaften im Dunkeln, halbvergessene Worte, entschwundene Gesichter ... Vielleicht, vielleicht gab es doch noch etwas in der Welt, worüber sich schreiben ließ. Dennoch sah ich zunächst nichts davon in der bloßen Erzählung. Ein Gauner stiehlt eine große Menge einer wertvollen Ware – so sagen die Leute. Es ist entweder wahr oder unwahr; und keinesfalls an sich wichtig. Eine umständliche Geschichte dieses Diebstahls zu erfinden, reizte mich nicht, denn da meine Begabung nicht in dieser Richtung liegt, so schien mir der Lohn nicht der Mühe wert. Erst als es mir aufdämmerte, daß der Schatzdieb nicht notwendig ein überzeugter Schuft gewesen sein mußte, daß er vielleicht sogar ein Mann von Charakter sein konnte, der während der Wechselfälle der Revolution eine Rolle gespielt hatte, etwa auch ihr Opfer gewesen war: – da erst erschien mir in dämmerigen Umrissen das Land, das bestimmt war, die Provinz von Sulaco zu werden, mit seiner hohen, schattigen Sierra und seinem nebligen Campo, als stummen Zeugen der Geschehnisse, die sich aus den Leidenschaften der im Guten und im Bösen kurzsichtigen Menschen ergeben.

Dies sind tatsächlich die ersten Ansätze zu „Nostromo“ – dem Buch. Von jenem Augenblick an, glaube ich, mußte es entstehen. Doch zögerte ich selbst dann noch, als hätte mich der Selbsterhaltungstrieb gewarnt, mich auf eine weite und mühsame Reise zu wagen, in ein Land voll Unruhen und Gefahren. Doch es mußte sein.

Der größte Teil der Jahre 1903 und 1904 ging darüber hin, unterbrochen durch vielfach wiederholtes Zögern, um mich nicht ganz in die ungemessenen Weiten zu verlieren, die sich mit der fortschreitenden Kenntnis des Landes vor mir auftaten. Oft auch, wenn ich mich in den verwickelten Verhältnissen der Republik festgerannt hatte, packte ich, bildlich gesprochen, meinen Koffer, floh von Sulaco, um Luftwechsel zu haben, und schrieb ein paar Seiten an „Im Spiegel der See“. Im ganzen genommen aber währte, wie schon gesagt, mein Aufenthalt in Lateinisch-Amerika, das für seine Gastlichkeit berühmt ist, ungefähr zwei Jahre. Bei meiner Rückkehr fand ich (um etwa mit Kapitän Gulliver zu sprechen) meine Familie wohlauf, meine Frau herzlich erfreut darüber, daß der Trubel ein Ende hatte, und meinen kleinen Jungen während meiner Abwesenheit beträchtlich gewachsen.

Meine Hauptquelle für die Geschichte von Costaguana ist natürlich mein verehrter Freund, der verstorbene Don José Avellanos, Gesandter an den Höfen von England, Spanien usw. usw., mit seiner unparteiischen und beredten „Geschichte von fünfzig Jahren Mißwirtschaft“. Dieses Werk wurde nie veröffentlicht – der Leser wird entdecken, warum –, und ich bin tatsächlich der einzige Mensch in der Welt, der um seinen Inhalt weiß. Ich habe mich in nicht wenig Stunden ernsten Nachdenkens damit vertraut gemacht und hoffe, daß man meiner Gründlichkeit Glauben schenken wird. Um mir selbst Gerechtigkeit widerfahren zu lassen und die Befürchtungen weitsichtiger Leser zu beschwichtigen, möchte ich betonen, daß die wenigen historischen Anspielungen niemals nur zu dem Zwecke gemacht sind, um mit meinem einzigartigen Wissen zu prunken, sondern daß jede einzelne davon eng mit der Handlung verknüpft ist: indem sie entweder ein Streiflicht auf laufende Vorkommnisse wirft oder sich unmittelbar auf die Schicksale der handelnden Personen bezieht.

Was nun die Einzelschicksale angeht, so habe ich mich bemüht, sie alle – Aristokraten und Volk, Männer und Frauen, Romanen und Angelsachsen, Banditen und Politiker – mit so kühler Hand zu zeichnen, wie es in der Hitze und im Drang meiner eigenen widerstreitenden Gefühle nur möglich war. Und schließlich ist ja dies auch die Geschichte ihres eigenen Widerstreits. An dem Leser wird es liegen, zu entscheiden, inwieweit sie Anteilnahme verdienen, für ihre Taten und ihre geheimen Ziele, wie sie sich unter dem bitteren Zwang der Zeit enthüllen. Ich gestehe, daß für mich jene Zeit die Zeit treuer Freundschaft und unvergessener Gastlichkeit ist. Und hier muß ich dankbar der Frau Gould gedenken, der „ersten Dame von Sulaco“, die wir mit gutem Gewissen der stillen Verehrung des Dr. Monygham überlassen dürfen, und ihres Mannes Charles Gould, des idealistischen Schöpfers materieller Interessen, den wir seiner Mine überlassen müssen – von der es in dieser Welt kein Entrinnen gibt.

Über Nostromo, den zweiten der beiden nach Rasse und Gesellschaftsschicht so verschiedenen Männer, die beide im Bann des Silbers aus der San Tomé-Mine stehen, muß ich noch ein paar Worte mehr sagen.

Ich hatte keine Bedenken, diese Hauptfigur zum Italiener zu machen. Es ist vor allem durchaus glaubhaft: die westliche Provinz wimmelte damals von Italienern, wie jeder beim Weiterlesen sehen wird; und zweitens paßte kein anderer so gut an die Seite Giorgio Violas, des Garibaldiners, des Idealisten aus der Zeit der alten menschenfreundlichen Revolutionen. Ich brauchte dafür einen Mann aus dem Volke, so frei wie möglich von gesellschaftlichem Herkommen und jeder festgelegten Denkweise. Das soll kein Seitenhieb auf das Herkommen sein. Meine Gründe waren nicht moralischer, sondern künstlerischer Art. Wäre der Held ein Angelsachse gewesen, so hätte er versucht, in die Lokalpolitik hineinzukommen. Nostromo aber zeigt keinen Ehrgeiz nach einer Führerrolle. Er wünscht sich nicht über die Masse zu erheben, ist zufrieden, sich als eine Macht zu fühlen – inmitten des Volks.

Hauptsächlich aber ist Nostromo, was er ist, weil mir die erste Idee zu seiner Gestalt in früheren Tagen von einem mittelländischen Matrosen kam. Alle, die bestimmte meiner Werke gelesen haben, werden sofort verstehen, was ich meine, wenn ich sage, daß Dominic, der Schiffer der *Tremolino*, unter gewissen Umständen hätte Nostromo sein können. Auf jeden Fall hätte Dominic den jüngeren Mann vollauf, wenn auch mit Geringschätzung, verstanden. Er und ich waren zusammen in ein ziemlich törichtes Abenteuer verwickelt; aber die Torheit tut ja nichts zur Sache. Es ist mir eine ehrliche Genugtuung, zu denken, daß in meinen ganz jungen Tagen doch etwas in mir gewesen sein muß, wertvoll genug, um mir jenes Mannes halb bittere Treue zu sichern, seine halb spöttische Ergebenheit. Viele Aussprüche Nostromos habe ich zuerst von Dominics Lippen gehört. Die Hand auf der Ruderpinne und mit furchtlosen Augen den Horizont absuchend, unter der mönchischen Kapuze hervor, die sein Gesicht beschattete, pflegte er seiner bitteren Weisheit letzten Schluß zu murmeln: *"Vous autres gentilhommes!"* in einem beißenden Ton, der mir noch im Ohre klingt. Wie Nostromo! „Ihr *bombres finos!*" Ganz wie Nostromo. Doch Dominic, der Korsikaner, hatte einen gewissen Ahnenstolz, von dem mein Nostromo frei ist – denn Nostromos Abstammung mußte noch älter sein. Er ist ein Mann mit dem Gewicht zahlloser Geschlechter hinter sich und ohne Verwandtschaft, deren er sich rühmen könnte ... wie das Volk.

In seinem festen Griff nach der Erde, die sein Erbteil ist, in seiner schrankenlosen Großmut, seiner verschwenderischen Freigebigkeit, seiner männlichen Eitelkeit; im dunklen Gefühl seiner Größe, wie in seiner treuen Hingabe und dem Etwas in seinen Trieben, das Verzweiflung weckt und aus Verzweiflung stammt, – in all dem ist er ein Mann des Volks, ein Sinnbild neidloser Kraft, die es ablehnt, zu führen, doch von innen heraus herrscht. Auch in späteren Jahren, als der berühmte Kapitän Fidanza, dem Wohl des Landes verbunden und auf allen seinen vielen Wegen in den neuzeitlich umgestalteten Straßen von Sulaco von ehrfürchtigen Blicken verfolgt; wenn er die Witwe des Hafenarbeiters besucht, der Loge beiwohnt, in unbewegtem Schweigen bei einer Volksversammlung anarchistischen Reden zuhört; als das geheime Haupt der neurevolutionären Bewegung, als der wohlhabende Genosse Fidanza, dem alle vertrauen und der das Geheimnis seines sittlichen Niederbruchs in seiner Brust verschlossen trägt: – immer bleibt er im Wesen ein Mann des Volks. In seinem Gemisch aus Lebenslust und Verachtung des Lebens, in der brennende" Überzeugung, verraten worden zu sein, verraten zu sterben, ohne zu wissen von wem oder von was: in all dem ist er immer wieder ein Mann des Volks, der über jeden Zweifel große Mann – mit seiner eigenen Privatgeschichte.

Noch eine Gestalt aus diesen bewegten Zeiten möchte ich erwähnen, und das ist Antonia Avellanos, „die wunderschöne Antonia“. Ob sie eine denkbare Vertreterin des südamerikanischen Mädchens ist, möchte ich nicht zu entscheiden wagen. Für mich aber ist sie es. Wenn sie auch neben ihrem Vater (meinem verehrten Freund) immer ein wenig im Hintergrund bleibt, so ist sie doch, hoffe ich, genügend herausgearbeitet, um das, was ich sagen will, verständlich zu machen. Von all den Leuten, die mit mir die Geburt der Westlichen Republik mitangesehen haben, ist sie die einzige, die sich in meinem Gedächtnis ein Weiterleben gesichert hat. Antonia, die Aristokratin, und Nostromo, der Mann aus dem Volke, sind die Werkleute der neuen Zeit, die wahren Schöpfer des neuen Staates; er durch seine sagenhafte, kühne Tat, sie als Frau, einfach durch die Macht ihres Daseins: das einzige Wesen, das fähig war, eine wahre Leidenschaft im Herzen eines Schwätzers zu wecken.

Wenn etwas mich verleiten könnte, Sulaco nochmals zu besuchen (es wäre mir verhaßt, all die Veränderungen sehen zu müssen), dann wäre es Antonia. Und der wahre Grund dafür – warum es nicht offen zugeben? –, der wahre Grund ist, daß ich sie nach dem Bild meiner ersten Liebe geformt habe. Wie blickten doch wir alle, aufgeschossene Schuljungen, die Kameraden ihrer Brüder, wir alle, zu dem Mädchen auf, das selbst die Schule kaum verlassen hatte. Sie erschien uns als die Verkörperung eines Glaubens, zu dem wir alle geboren waren, den aber sie allein mit unbeugsamer Hoffnung hochzuhalten wußte. Sie hatte vielleicht mehr Glut und weniger Seelenruhe in sich als Antonia, doch war sie eine unerbittliche Puritanerin der Vaterlandsliebe, ohne den leisesten Makel von Weltlichkeit in ihren Gedanken. Ich war damals nicht der einzige, der sie liebte, doch war ich es, der am öftesten (ganz wie der arme Decoud) ihre scharfe Kritik an meiner Leichtfertigkeit anzuhören oder dem Ansturm ihrer erhabenen, unwiderlegbaren Angriffe standzuhalten hatte. Sie verstand mich nicht ganz – doch was tat das! An einem Nachmittag, als ich zu ihr kam, ein furchtsamer und doch trotziger Sünder, um ihr ein letztes Lebewohl zu sagen, da empfing ich einen Händedruck, der mein Herz aufpochen ließ, und sah eine Träne, die mir den Atem nahm. Schließlich wurde sie milder, als hätte sie plötzlich begriffen (wir waren noch solche Kinder!), daß ich wirklich und wahrhaftig wegging, weit weg – nach Sulaco sogar, das unbekannt, unseren Augen verborgen, im Dunkel des stillen Golfs lag.

Darum sehne ich mich mitunter, nochmals die „wunderschöne Antonia“ (oder sollte es die andere sein?) zu sehen, wie sie sich im Düster der großen Kathedrale bewegt, ein kurzes Gebet am Grab des ersten und letzten Kardinalerzbischofs von Sulaco spricht, in töchterliche Hingabe verloren vor dem Denkmal des Don José Avellanos verweilt und mit einem langen, innigen, treuen Blick auf die Gedenktafel für Martin Decoud abgeklärt in den Sonnenschein der Plaza hinaustritt, mit ihrer aufrechten Haltung und dem weißen Haupt; ein Überbleibsel aus der Vergangenheit, unbeachtet von den Menschen, die ungeduldig das Morgenrot einer anderen Neuen Ära erwarten, das Kommen immer neuer Revolutionen.

Doch dies ist der törichtste aller Träume; denn ich habe vollkommen begriffen, daß von dem Augenblick an, wo der Atem dem Körper des Großen Caapataz, des Mannes aus dem Volke, entflohen war, endlich erlöst von der Last der Liebe und des Reichtums – daß von diesem Augenblick an für mich in Sulaco nichts mehr zu tun blieb.

J.C.

Erster Teil
Das Silber der Mine

I

Zur Zeit der spanischen Herrschaft, und noch viele Jahre nachher, hatte die Stadt Sulaco – von ihrem Alter zeugt die üppige Pracht der Orangengärten – in geschäftlicher Hinsicht höchstens als ein Küstenhafen mit beträchtlichem Lokalverkehr in Ochsenhäuten und Indigo einige Bedeutung gehabt. Für die klobigen Hochseegalionen der Eroberer hatte sich der Hafen von Sulaco wegen der in dem weiten Golf vorherrschenden Windstillen verboten; denn die brauchten eine scharfe Brise, um überhaupt vom Fleck zu kommen, wo einer der modernen Schnellsegler beim bloßen Flattern der Leinwand noch Fahrt macht. Einige Häfen in der Welt sind schwer zu erreichen infolge heimtückischer Unterwasserklippen und der Stürme an ihren Küsten. Sulaco lag wie in einem unverletzlichen Heiligtum geborgen vor den Versuchen der Handelswelt, in der feierlichen Stille des tiefen Golfo Placido, wie in einem ungeheuren, halbkreisförmigen Tempel ohne Dach, zur See zu offen, die Wände aus hohen Bergen mit den Trauertüchern der Wolken verhängt.

Auf der einen Seite dieser breiten Einbuchtung in der geraden Küstenlinie der Republik Costaguana läuft das Land in eine unbedeutende Spitze aus, die Punta Mala heißt. Von der Mitte des Golfs aus ist diese Landspitze überhaupt nicht sichtbar; nur der Kamm eines steilen Hügels, der sich darauf erhebt, ist undeutlich auszunehmen, wie ein Schatten am Himmel.

Auf der andern Seite zeichnet sich gegen die dunstige Glut des Horizonts etwas wie ein schwebender bläulicher Nebelfleck ab. Das ist die Halbinsel Azuera, ein wildes Gewirr scharfer Felsen und steiniger Gleichstrecken, von senkrechten Schluchten zerrissen. Sie ragt weit in die See hinaus, als streckte die grüne Küste an dünnem Hals aus Sand, von Dorngebüsch umwuchert, ein rauhes Haupt aus Stein vor. Gänzlich wasserlos – denn die Regen laufen sofort nach allen Seiten ins Meer ab –, hat die Halbinsel, so heißt es, nicht Humus genug, um auch nur einen Grashalm sprießen zu lassen, als lastete ein Fluch auf ihr. Die Armen, die aus einem dunklen Bedürfnis nach Trost die Begriffe von Böse und Reich verquicken, erzählen, die Insel wäre so tot wegen ihrer verwunschenen Schätze. Das gemeine Volk aus der Nachbarschaft, Peons von den Estanzias, Vaqueros von den Ebenen längs der Küste, unterworfene Indianer, die meilenweit zu Markt kommen, mit einem Bündel Zuckerrohr oder einem Korb Mais im Werte von ein paar Pfennigen – sie alle glauben fest, daß Haufen glänzenden Goldes im Düster der tiefen Schluchten liegen, die die steinige Hochfläche von Azuera durchschneiden. Die Überlieferung will wissen, daß viele Abenteurer früherer Zeiten bei der Suche umgekommen sind. Es geht auch die Rede, daß noch zu Gedenkzeiten der Lebenden zwei wandernde Seeleute – Americanos vielleicht, jedenfalls aber Gringos irgendwelcher Art – einen verspielten, nichtsnutzigen Mozo überredet und zu dritt einen Esel gestohlen hatten, der ihnen ein wenig Dürrholz, einen Wasserschlauch und Proviant für ein paar Tage tragen sollte. So begleitet, mit Revolvern im Gürtel, hatten sie sich aufgemacht, um sich mit Buschmessern einen Weg durch das Dorndickicht am Halse der Halbinsel zu bahnen.

Am zweiten Abend war seit Menschengedenken zum erstenmal eine gerade Rauchsäule zu sehen (sie konnte nur von dem Lagerfeuer der drei herrühren), die sich von einem messerscharfen Grat auf dem felsigen Haupt schwach gegen den Abendhimmel abhob. Die Mannschaft eines Küstenschoners, der in toter Flaute drei Meilen von der Küste weg stillag, starrte verblüfft bis zum Dunkelwerden darauf hin. Ein schwarzer Fischer, der einsam in einer kleinen Bucht nahebei lebte, hatte den Aufbruch mitangesehen und auf ein Zeichen gelauert. Er rief seine Frau hinzu, als die Sonne eben im Untergehen war. Sie hatten das seltsame Wahrzeichen mit Neid, Ungläubigkeit und Schaudern beobachtet.

Die gottlosen Abenteurer gaben kein andres Zeichen mehr. Die Matrosen, der Indianer und der gestohlene Esel wurden nie wieder gesehen. Dem Mozo, einem Mann von Sulaco – sein Weib hatte ein paar Messen bezahlt – und dem armen Vierfüßler, ihnen war es wohl vergönnt, zu sterben; die zwei Gringos aber sollen gespensterhaft lebend noch bis zu diesem Tage zwischen den Felsen hausen, im Bann ihres Erfolges. Ihre Seelen können sich nicht von den Leibern losreißen, die über dem entdeckten Schatz Wache halten. Sie sind nun reich und hungrig und durstig – eine seltsame Vorstellung von hartnäckigen Gringogespenstern, die in ihrem verdorrten, versengten Fleisch leiden, wo ein Christenmensch verzichtet hätte und erlöst worden wäre.

Dies also sind die sagenhaften Bewohner von Azuera, die die verwunschenen Schätze hüten; und der Schatten am Himmel auf der einen Seite, der schwimmende bläuliche Nebelfleck auf der andern kennzeichnen die äußersten Punkte der tiefen Einbuchtung, die den Namen Golfo Placido trägt, weil nie seit Menschengedenken ein starker Wind ihre Wasser aufgerührt hat.

Beim Passieren der gedachten Linie zwischen Punta Mala und Azuera verlieren die Schiffe, die von Europa nach Sulaco gehen, mit einmal die scharfen Brisen des Ozeans und werden zur Beute launischer Luftströmungen, die oft volle dreißig Stunden lang mit ihnen ihr Spiel treiben. Vor den Schiffen liegt das Innere des stillen Golfs an den meisten Tagen des Jahres unter einer reglosen Schicht opalfarbener Wolken. An den seltenen klaren Morgen liegt ein anderer Sdiatten über der Wasserfläche. Die Morgendämmerung bricht hoch hinter dem aufgetürmten, ragenden Wall der Kordillere an. Dunkle Gipfel schneiden scharf in den Himmel; ihre Steilhänge wachsen aus einem luftigen Unterbau von Urwald, der unmittelbar von der Küste aus ansteigt. Weit über den andern ragt das weiße Haupt des Higuerota majestätisch ins Blau. Ungeheure Gruppen nackter Felsen sprenkeln die ebenmäßige Schneefläche mit schwarzen Tupfen.

Dann, während die Mittagssonne den Schatten der Berge aus dem Golf zurückzieht, beginnen die Wolken aus den niedrigen Tälern hervorzuquellen. Sie verwischen in dunklem Wallen die kantigen Ränder der Schluchten über den bewaldeten Hängen, verhüllen die Gipfel, treiben in windgejagten Fetzen quer über die Schneefelder des Higuerota. Die Kordillere ist dem Blick des Betrachters entrückt, als hätte sie sich in mächtige Schwaden grauen und schwarzen Dunstes aufgelöst, die nun langsam der See zutreiben und in der Tagesglut in nichts zergehen. Die Kante der Nebelwand giert immer nach der Mitte des Golfs, erreicht sie aber nur selten. Die Sonne ißt sie auf, wie die Seeleute sagen. Außer etwa, es löst sich eine dunkle Gewitterwolke von der Hauptmasse, jagt quer über den Golf und erreicht die offene See jenseits Azuera, wo sie dann plötzlich krachend Feuer speit wie ein ungeheures luftiges Piratenschiff, das, hoch über dem Horizont beigedreht, die See angriffe.

Bei Nacht schiebt sich die Wolkenmasse weiter am Himmel vor und hüllt den ruhigen Golf darunter in undurchdringliche Finsternis, in der man bald da, bald dort plötzlich Regenschauer prasseln hört. Tatsächlich sind diese umwölkten Nächte sprichwörtlich unter den Seeleuten längs der ganzen Westküste eines großen Erdteils. Himmel, Land und See schwinden zugleich aus der Welt, wenn der Placido, wie die Leute es ausdrücken, sich unter seinem schwarzen Poncho zur Ruhe legt. Die wenigen Sterne, die gegen die See zu, unterhalb der Kante der Wolkenbank, übrigbleiben, leuchten schwach wie vor dem Schlund einer schwarzen Höhle. Unter der lastenden Decke treibt dein Schiff unsichtbar unter deinen Füßen, die Segel flattern unsichtbar über deinem Kopf, sogar das Auge Gottes, fügen sie lästerlich hinzu, könnte nicht entdecken, welche Arbeit eines Mannes Hand da unten tut; und es stünde dir straflos frei, den Teufel zur Hilfe zu rufen, würde nicht auch seine List an dieser blinden Finsternis zuschanden.

Die Ufer rings um den Golf sind durchaus steil; drei unbewohnte Inselchen wärmen sich im Sonnenschein, gerade außerhalb des Wolkenvorhangs, gegenüber der Einfahrt zum Hafen von Sulaco; es sind die „Isabellen“.

Da ist die Große Isabelle; die Kleine Isabelle, ganz rund, und Hermosa, die kleinste.

Diese letztere ist kaum einen Fuß hoch und etwa sieben Schritt breit, nur eine graue Felsfläche, die nach einem Regen wie ein Aschenhaufen raucht und die niemand vor Sonnenuntergang bloßfüßig betreten würde. Aus der Kleinen Isabelle läßt eine alte, zerzauste Palme mit starkem, stacheligem Stamm, eine wahre Hexe unter Palmen, trübselig ihre dürren Blätter über den spärlichen Sand rascheln. Auf der Großen Isabelle entspringt eine Süßwasserquelle in dem bewachsenen Hang einer Schlucht. Das Eiland ähnelt einem smaragdgrünen, etwa meilenlangen Keil und trägt zwei Waldbäume, die eng zusammenstehen und eine weite Schattenfläche zu Füßen ihrer schlanken Stämme breiten. Eine Schlucht, die sich durch die ganze Länge der Insel zieht, ist dicht mit Büschen bestanden; der Kamm fällt auf der einen Seite als steile Klippe zum Meere ab und verläuft auf der ändern allmählich in einen schmalen Streifen sandigen Ufers.

Von diesem niederen Ende der Großen Isabelle dringt das Auge durch eine Lücke, etwa zwei Meilen weit weg, die wie mit der Axt aus dem regelmäßigen Schwung der Küste ausgehauen ist und gerade in den Hafen von Sulaco führt. Auf der einen Seite kommen die kurzen, waldigen Ausläufer und Täler der Kordillere bis hart an das Ufer herunter, auf der andern Seite verliert sich die große Sulaco-Ebene in das opalfarbene Geheimnis endloser Weite, von trockenem Dunst verhängt. Die Stadt Sulaco selbst –

Mauerkämme, große Kuppeln, der Schimmer weißer Balkone inmitten weiter Orangenhaine –, die Stadt liegt zwischen den Bergen und der Ebene, etwas entfernt von ihrem Hafen und nicht in der Sehlinie vom Meere aus.

II

Als einziges Anzeichen geschäftlicher Betriebsamkeit innerhalb des Hafens ist von der Großen Isabelle aus der wuchtige Kopf der hölzernen Landungsbrücke zu erkennen, den die Oceanic Steam Navigation Company (die O. S. N., wie sie genannt wird) über den seichten Teil der Bucht hat schlagen lassen, bald nachdem sie sich entschlossen hatte, aus Sulaco einen ihrer Anlegehäfen in der Republik Costaguana zu machen. Der Staat weist an seiner langen Küste mehrere Häfen auf, die aber alle – Cayta, einen bedeutenden Platz, ausgenommen – entweder nur kleine, unzugängliche Einlasse in einem Eisenwall darstellen – wie Esmeralda zum Beispiel, sechzig Meilen südlich – oder nur offene Reeden, den Winden ausgesetzt und von der Brandung gepeitscht.

Vielleicht hatten die atmosphärischen Bedingungen, die die Kauffahrer vergangener Zeiten fernhielten, die O. S. N. Kompagnie bewogen, in den heiligen Frieden einzubrechen, in dem Sulaco sein geborgenes Dasein führte. Die umspringenden Brisen, die auf dem weiten Halbkreis der Gewässer innerhalb der Spitze von Azuera ihr Spiel trieben, konnten der Dampfkraft der ausgezeichneten Flotte der Gesellschaft nichts anhaben. Jahr um Jahr waren die schwarzen Leiber ihrer Schiffe die Küste hinauf und hinunter gezogen, hinein und heraus, über Azuera hinaus, über die Isabellen, über die Punta Mala, ohne Rücksicht auf irgend etwas, außer auf die Tyrannei der Zeit. Ihre Namen, alle aus der Mythologie entlehnt, wurden vertraute Worte längs einer Küste, die nie von den Göttern des Olymps beherrscht worden war. Die *Juno* war lediglich wegen ihrer bequemen Mitschiffksajüten bekannt, der *Saturn* wegen der guten Laune seines Kapitäns und der prächtigen Vergoldung und Malerei des Salons, während der *Ganymed* hauptsächlich für Viehtransport eingerichtet war und von Küstenpassagieren besser gemieden wurde. Noch dem letzten Indianer im verlassensten Küstendorf war der *Zerberus* vertraut, ein kleiner schwarzer Ratterkasten ohne nennenswerte Einrichtung für Passagiere, dessen Aufgabe darin bestand, längs der waldigen Küste unter den schauerlichen Felsen hinzukriechen und verbindlich vor jeder kleinsten Gruppe von Hütten anzuhalten, um Landesprodukte einzunehmen, bis hinunter zu Dreipfundpaketen von Rohgummi, in dürre Blätter verpackt.

Und da sie selten auch nur das kleinste Paket in Verlust gehen ließ, äußerst selten etwa einen Ochsen einbüßte und nie einen einzigen Passagier ertränkt hatte, so stand der Name der O. S. N. in mächtigem Ansehen. Die Leute erkannten an, daß unter der Obhut der Gesellschaft ihr Leben und ihr Eigentum auf dem Wasser sicherer wären als in ihren eigenen Häusern an Land.

Der Inspektor der O. S. N. in Sulaco für den gesamten Dienstzweig Costaguana war überaus stolz auf die Stellung seiner Gesellschaft. Er faßte das in einen Ausspruch zusammen, den er oft im Munde führte: „Wir machen niemals Fehler." Den Offizieren der Gesellschaft gegenüber wurde es zur eindringlichen Mahnung: „Wir dürfen keine

Fehler machen. Ich will hier keine Fehler haben, ganz gleich, was Smith dort drüben auf seiner Seite tut!"

Smith, den er zeit seines Lebens nie mit Augen gesehen hatte, war der andere Inspektor der Gesellschaft, mit dem Dienstsitz etwa fünfzehnhundert Meilen weg von Sulaco. „Reden Sie mir nicht von Ihrem Smith."

Dann pflegte er sich plötzlich zu beruhigen und den Gegenstand mit gespielter Nachlässigkeit fallen zu lassen.

„Smith weiß von diesem Land nicht mehr als ein Säugling."

„Unser ausgezeichneter Señor Mitchell" für die Handels- und Beamtenwelt von Sulaco; „der geschwätzige Joe" für die Kapitäne der Gesellschaft, brüstete sich Kapitän Joseph Mitchell mit seiner tiefen Kenntnis von Menschen und Dingen im Lande – den „cosas de Costaguana". Unter diesen letzteren hob er als äußerst ungünstig für den geordneten Dienst seiner Gesellschaft die häufigen Regierungswechsel hervor, die durch Militärrevolten immer wieder herbeigeführt wurden.

Die politische Atmosphäre der Republik war in jenen Tagen durchaus stürmisch. Die flüchtigen Patrioten der unterlegenen Partei hatten die üble Gewohnheit, immer wieder längs der Küste aufzurauchen, mit einer halben Schiffsladung von Handfeuerwaffen und Munition. Diese Betriebsamkeit erschien Kapitän Mitchell geradezu wunderbar, im Hinblick auf den Zustand völliger Entblößung, in dem die Leute geflohen waren. Er hatte beobachtet, daß sie „niemals genug Kleingeld bei sich zu haben schienen, um die Fahrkarte aus dem Lande hinaus zahlen zu können", und er konnte aus Erfahrung sprechen; denn bei einer denkwürdigen Gelegenheit war er berufen gewesen, dem Diktator zugleich mit ein paar hohen Beamten von Sulaco (dem Regierungspräsidenten, dem Direktor des Zollamts und dem Polizeichef) das Leben zu retten; die Herren hatten sämtlich einer gestürzten Regierung angehört. Der arme Senñor Ribiera (dies der Name des Diktators) war armselig achtzig Meilen weit über Bergpfade gekommen, nach der verlorenen Schlacht von Socorro, in der Hoffnung, der üblen Kunde den Weg abzulaufen – was er natürlich auf einem lahmen Maultier nicht fertiggebracht hatte, überdies verendete das Tier unter ihm, gerade am Ausgang der Alameda, wo an den Abenden zwischen den Revolutionen mitunter die Militärmusik spielte. „Herr", pflegte Kapitän Mitchell mit würdigem Ernst fortzufahren, „das unzeitige Ende des Mulos lenkte die Aufmerksamkeit auf den unglücklichen Reiter. Seine Züge wurden von einigen Deserteuren erkannt, die von der Armee des Diktators entflöhen und mit der Pöbelmenge eben dabei waren, die Fensterscheiben der Intendancia einzuschlagen."

Am frühen Morgen jenes Tages hatten die Lokalbehörden von Sulaco in den Amtsräumen der O. S. N. Zuflucht gesucht, einem wuchtigen Bau nächst dem Beginn der Landungsbrücke, und hatten die Stadt auf Gnade oder Ungnade den Aufrührern überlassen; und da der Diktator beim Volke verhaßt war, wegen der strengen Aushebungen, zu der seine Notlage ihn gezwungen hatte, so hatte er die beste Aussicht, in Stücke gerissen zu werden. Durch eine Fügung war Nostromo – unschätzbarer Bursche – mit ein paar italienischen Arbeitern von der Nationalen Zentralbahn zur Hand und brachte es fertig, ihn herauszuhauen, für den Augenblick wenigstens. Schließlich gelang es Kapitän Mitchell, die ganze Gesellschaft in seinem eigenen Gig auf einen der Dampfer der Gesellschaft zu bringen – es war die ›*Minerva*‹–, der zu gutem Glück eben in den Hafen einlief.

Er hatte die Herren an einem Tau durch ein Loch in der Rückwand hinunterlassen müssen, während der Pöbel, der aus der Stadt heruntergeflutet war, sich längs des ganzen Ufers sammelte und vor der Hauptfront des Gebäudes heulte und tobte. Danach mußte Kapitän Mitchell mit den Herren im Sturmschritt die Landungsbrücke hinunterrennen – ein verzweifeltes Rennen ums liebe Leben; und wieder war es Nostromo, ein Bursche unter tausend, der, diesmal an der Spitze der Ladearbeiter der Gesellschaft, die Landungsbrücke gegen den Ansturm des Pöbels hielt und so den Flüchtlingen Zeit gab, das Gig zu erreichen, das am andern Ende bereit lag, die Flagge der Gesellschaft im Stern. Stöcke, Steine, Schüsse schwirrten, auch Messer wurden geworfen. Kapitän Mitchell zeigte gern die lange Schnittnarbe von seinem linken Ohr zur Schläfe, die von einer an einen Stock gebundenen Rasierklinge herrührte – einer Waffe, „bei dem übelsten schwarzen Gesindel hier draußen sehr beliebt", wie er erklärte.

Kapitän Mitchell war ein starker, ältlicher Mann, der hohe, spitze Kragen und kurzen Backenbart trug, eine Vorliebe für weiße Westen hatte und trotz dem Anschein würdiger Zurückhaltung äußerst mitteilsam war.

„Diese Herren", pflegte er zu sagen und sah dabei ungemein feierlich drein, „diese Herren mußten rennen wie die Kaninchen. Auch ich selbst bin wie ein Kaninchen gerannt. Gewisse Todesarten sind – äh – widerwärtig für einen – äh – achtbaren Mann. Sie hätten mich auch zu Boden getrampelt; ein wilder Pöbelhaufe, Herr, kennt keinen Unterschied. Nebst der Vorsehung dankten wir unser Leben meinem Capataz de Cargadores, wie sie ihn in der Stadt nannten. Einem Mann, der, als ich seinen Wert erkannte, einfacher Bootsmann auf einem Genueser Schiff war, einem der wenigen Schiffe, das mit Stückgut nach Sulaco kam, bevor der Ausbau der Zentralbahn begonnen war. Der Mann verließ sein Schiff, einigen durchaus achtbaren Freunden zuliebe, die er sich hier gemacht hatte, seinen eigenen Landsleuten, doch wohl auch, um sich zu verbessern, nehme ich an. Herr, ich bin ein ziemlich guter Menschenkenner. Ich stellte ihn als Vormann der Ladearbeiter und Aufseher über die Landungsbrücke an, das war alles. Doch ohne ihn wäre Señor Ribiera ein toter Mann gewesen. Dieser Nostromo, Herr, ein Mann, der über jeden Vorwurf erhaben ist, wurde zum Schrecken aller Diebe in der Stadt. Wir waren damals überlaufen, Herr, jawohl, verpestet geradezu von Ladrones und Matreros, Dieben und Mördern aus der ganzen Provinz. Bei jener Gelegenheit waren sie vorher eine Woche durch nach Sulaco hereingeschneit. Sie hatten das Ende gewittert, Herr; fünfzig Prozent des wilden Pöbelhaufens waren Berufsbanditen aus dem Campo, aber nicht einer war darunter, der nicht von Nostromo gehört gehabt hätte. Was nun die Leperos aus der Stadt angeht, Herr, so war der bloße Anblick seines schwarzen Backenbartes und der weißen Zähne genug für sie. Sie verkrochen sich vor ihm, Herr. Soviel vermag die Charakterstärke."

Man konnte sehr wohl sagen, daß Nostromo allein es war, der den Herren das Leben rettete. Kapitän Mitchell seinerseits verließ sie nicht eher, als bis er sie keuchend, entsetzt und verzweifelt, doch in Sicherheit, auf den üppigen Samtsofas im Salon erster

Klasse der *Minerva* zusammenklappen gesehen hatte. Bis zuletzt hatte er es sich angelegen sein lassen, den Ex-Diktator mit „Ew. Exzellenz“ anzureden.

„Herr, ich konnte nicht anders. Der Mann war ganz herunter – grausig, totenbleich, über und über zerschunden.“

Die *Minerva* warf damals gar nicht Anker. Der Inspektor beorderte sie unverzüglich aus dem Hafen hinaus. Es konnte keine Ladung gelöscht werden, und die Fahrgäste für Sulaco lehnten es natürlich ab, an Land zu gehen. Sie konnten das Schießen hören und deutlich genug das Gefecht sehen, das am Ufer im Gange war. Der zurückgeschlagene Pöbelhaufe wandte seine Energie an einen Angriff auf das Zollamt, ein düsteres, unfertig aussehendes Gebäude mit vielen Fenstern, zweihundert Meter weit von den Amtsräumen der O. S. N. und das einzige sonstige Gebäude am Hafen. Nachdem Kapitän Mitchell dem Kommandanten der Minerva Auftrag gegeben hatte, „diese Herren“ im ersten Anlegehafen außerhalb Costaguanas an Land zu setzen, fuhr er in seinem Gig zurück, um zu sehen, was zum Schutze des Eigentums der Gesellschaft zu tun wäre. Dieses, wie auch das Eigentum der Bahn, wurde von den ansässigen Europäern verteidigt; das heißt, von Kapitän Mitchell selbst und dem Stab von Ingenieuren, die die Bahn bauten, unter Beihilfe der italienischen und baskischen Arbeiter, die sich treu um ihre englischen Führer scharten. Auch die Ladearbeiter der Gesellschaft, durchweg Einheimische, hielten sich unter ihrem Capataz sehr gut. Ein zusammengewürfelter Haufen von sehr gemischtem Blut, hauptsächlich Neger, in ewiger Fehde mit anderen Stammgästen der niedern Schnapsschenken in der Stadt, nützten sie mit Freuden die Gelegenheit, unter so vorteilhaften Bedingungen ihre persönlichen Rechnungen auszugleichen. Nicht einer war unter ihnen, der nicht dann und wann entsetzt in die Mündung von Nostromos Revolver gestiert hätte, die ihm unter die Nase gehalten wurde, oder sonstwie durch Nostromos Entschlossenheit gebändigt worden wäre. Er hatte „viel von einem Mann“, ihr Capataz, jawohl, so sagten sie; war zu sehr von Verachtung durchdrungen, als daß er nur hätte schimpfen mögen. Ein unerbittlicher Aufseher, doppelt zu fürchten wegen seiner Entschlossenheit. Und bedenkt! da war er an diesem Tage unter ihnen, an ihrer Spitze, und ließ sich zu Scherzworten an den oder jenen Mann herbei.

Eine solche Führerschaft war begeisternd, und tatsächlich beschränkte sich der ganze Schade, den der Pöbel anzurichten vermochte, darauf, daß an einen Stoß Eisenbahnschwellen Feuer gelegt wurde; die Schwellen waren mit Kreosot getränkt und brannten gut. Der Hauptangriff auf den Lagerhof der Eisenbahn, auf das Gebäude der O. S. N. und besonders auf das Zollamt, in dessen Kassenräumen, wie man wohl wußte, ein reicher Schatz an Silber lag, mißlang völlig. Sogar das kleine Gasthaus des alten Giorgio, das einsam auf halbem Wege zwischen dem Hafen und der Stadt stand, entging der Plünderung und Zerstörung, nicht durch ein Wunder, sondern weil es der Pöbel wegen der näherliegenden Kassenschränke zuerst nicht beachtet hatte und nachher keine Muße mehr fand, sich damit aufzuhalten. Nostromo mit seinen Cargadores war damals schon zu scharf hinter der Menge her.

III

Man hätte sagen können, daß er dabei nur sein Eigentum verteidigte. Von allem Anfang an hatte er Zutritt zum engsten Familienkreis des Gastwirtes gefunden, der sein Landsmann war. Der alte Giorgio Viola, ein Genuese mit zottigem, weißem Löwenhaupt – oft nur der „Garibaldiner“ genannt (so wie Mohammedaner nach ihrem Propheten heißen) –, der alte Viola also war, um Kapitän Mitchells eigene Worte zu gebrauchen, der „achtbare, verheiratete Freund“, auf dessen Rat Nostromo sein Schiff verlassen hatte, um abwechslungshalber einmal sein Glück an Land, in Costaguana, zu versuchen.

Der alte Mann, voll Verachtung für den Pöbel, wie es der sittenstrenge Republikaner so oft ist, hatte die ersten Sturmzeichen mißachtet. Er schlurfte an jenem Tage ganz wie sonst in seinen Pantoffeln durch die „Casa“, murmelte dabei ärgerlich und verachtungsvoll etwas über die unpolitische Natur des Aufruhrs und zuckte die Schultern dazu. Schließlich wurde er unvorbereitet von der hinausstürmenden Menge überrascht. Da war es aber schon zu spät, seine Familie in Sicherheit zu bringen – und wo hätte er übrigens auf dieser großen Ebene mit der stattlichen Frau Teresa und den zwei kleinen Mädchen hinlaufen sollen? So verrammelte er also alle Ausgänge und setzte sich gleichgültig mitten in das verdunkelte Cafe, ein altes Jagdgewehr über den Knien. Seine Frau saß auf dem anderen Stuhl neben ihm und rief murmelnd alle Heiligen des Kalenders an.

Der alte Republikaner glaubte nicht an Heilige oder an Gebete oder an das, was er „Priesterreligion“ nannte. Freiheit und Garibaldi waren seine Gottheiten; doch duldete er den „Aberglauben“ bei Frauen und hatte dafür nur ein verschlossenes Schweigen.

Seine beiden Mädchen, die älteste vierzehn, die andere zwei Jahre jünger, kauerten auf dem sandbestreuten Boden, jede an einer Seite der Signora Teresa, die Köpfe in der Mutter Schoß, beide erschreckt, doch jede auf ihre Weise: die dunkelhaarige Linda entrüstet und ärgerlich, die blonde Giselle, die jüngere, bestürzt und ergeben. Die Padrona zog die Arme, die sie um ihre Töchter geschlungen hatte, einen Augenblick zurück, um sich zu bekreuzen und hastig die Hände zu ringen. Sie wimmerte ein wenig lauter.

„Oh! Giambattista, warum bist du nicht hier? Oh! warum bist du nicht hier?“

Dabei rief sie nicht den Heiligen an, sondern rief nach Nostromo, dessen Namenspatron der Heilige war. Und Giorgio, der reglos auf seinem Stuhl neben ihr saß, zeigte sich gereizt über diese vorwurfsvollen, abgerissenen Hilferufe.

„Ruhe, Weib! Was soll das? Er tut seine Pflicht“, murmelte er ins Dunkel; und sie gab keuchend zurück:

„Ah! Ich habe keine Geduld. Pflicht! Und die Frau, die wie eine Mutter zu ihm war? Ich habe heute morgen vor ihm gekniet: Geh nicht aus, Giambattista – bleib im Haus, Battistino – sieh auf diese zwei unschuldigen Kinder!“

Auch Frau Viola war Italienerin, aus Spezia gebürtig und, wenn auch wesentlich jünger als ihr Gatte, doch schon in vorgerückten Jahren. Sie hatte ein hübsches Gesicht, dessen Farbe aber gelb geworden war, da ihr das Klima von Sutaco durchaus nicht zusagte. Ihre

Stimme war ein tönender Kontra-Alt. Wenn sie, beide Arme unter ihrem mächtigen Busen gekreuzt, die plumpen, dickbeinigen Chinesenmädchen ausschalt, die mit der Wäsche hantierten, Hühner rupften oder in Holzmörsern Korn stampften, in den aus Lehm gemauerten Rückgebäuden des Hauses, dann konnte sie einen so leidenschaftlich klingenden Grabeston zuwege bringen, daß der Kettenhund mit großem Gerassel in seine Hütte flüchtete. Luis, ein zimtfarbener Mulatte mit keimendem Schnurrbart über den starken dunklen Lippen, hielt dann wohl damit inne, mit einem Palmbesen das Café zu kehren, und ließ sich einen leisen Schauder das Rückgrat hinunterlaufen; seine schmachtenden Mandelaugen blieben für längere Zeit geschlossen.

Das war der Hausstand der Casa Viola, doch alle diese Leute waren frühmorgens beim ersten Lärm des Aufruhrs entflohen, da sie es vorzogen, sich auf der Ebene zu verbergen, anstatt sich dem Haus anzuvertrauen; und sie waren dafür kaum zu tadeln, da es in der Stadt, ob mit Recht oder Unrecht, allgemein hieß, daß der Garibaldiner etwas Geld unter dem Lehmboden der Küche vergraben habe. Der Hund, ein reizbares, zottiges Vieh, wechselte zwischen wütendem Gebell und kläglichem Heulen, sprang aus seiner Hütte an der Rückseite des Hauses oder kroch wieder hinein, wie Wut oder Angst es ihm eingaben.

Plötzliches Brüllen erhob sich und erstarb wieder, wie das Heulen eines Sturmwindes auf der Ebene rings um das verrammelte Haus; das Knallen von Schüssen tönte lauter; dazwischen gab es Pausen voll unverständlichen Schweigens, und nichts konnte heiliger und friedvoller sein als die schmalen Sonnenstreifen, die durch die Risse in den Läden quer durch das Café über das Durcheinander der Tische und Stühle bis zur jenseitigen Wand liefen. Der alte Giorgio hatte diesen kahlen, weißgetünchten Raum als Zufluchtsort gewählt. Er hatte nur ein Fenster, und seine einzige Tür ging auf den stark verstaubten Fahrweg, der zwischen Aloehecken vom Hafen nach der Stadt führte und auf dem klobige Karren hinter trägen Ochsengespannen dahinzuächzen pflegten, von berittenen Jungen gelenkt.

Während einer stillen Pause spannte Giorgio sein Gewehr. Der unheilkündende Laut erpreßte der starren Gestalt der Frau ein leises Stöhnen. Ein jäher Ausbruch trotzigen Geschreis ganz nahe beim Hause sank plötzlich zu unterdrücktem Murmeln zusammen; jemand rannte vorbei; man hörte einen Augenblick lang sein keuchendes Atemholen, knapp hinter der Türe, dazu heiseres Flüstern und Schritte an der Mauer; eine Schulter strich gegen den Fensterladen und löschte die breiten Sonnenstreifen, die den ganzen Innenraum durchliefen. Signora Teresas Arme legten sich enger um die knienden Gestalten der Töchter.

Der Pöbel, vom Zollamt zurückgeschlagen, hatte sich in mehrere Haufen zerstreut, die sich nun über die Ebene auf die Stadt zu verliefen. Dem gedämpften Krachen unregelmäßiger Salven, die in der Ferne abgefeuert wurden, antworteten schwache Schreie, weit weg. In den Zwischenpausen knallten vereinzelte Schüsse, und das langgestreckte, niedrige weiße Gebäude mit den geschlossenen Fensterläden schien der Mittelpunkt eines Aufruhrs, der im weiten Umkreis die schweigende Abgeschlossenheit umtobte. Doch die vorsichtigen Bewegungen und das Geflüster einer versprengten Gruppe, die hinter der Rückmauer vorübergehend Schutz suchte, füllten den dunklen, von ruhigen Sonnenstreifen durchspielten Raum mit bösen, heimlichen Lauten. Die drangen der Familie Viola ins Ohr, als hätten unsichtbare Gespenster neben ihren Stühlen flüsternd beraten, ob es empfehlenswert sei, an die Casa dieses Fremden Feuer anzulegen. Es war aufreibend. Der alte Viola hatte sich langsam erhoben, das Gewehr in der Hand, unentschlossen, denn er sah nicht, wie er den Leuten hätte wehren sollen. Schon hörte man Stimmen an der Rückseite des Hauses. Signora Teresa war außer sich vor Entsetzen.

„Ah! Der Verräter!“ murmelte sie, fast unhörbar. „Nun sollen wir verbrannt werden; und ich habe vor ihm gekniet! Nein! Er muß seinen Engländern nachlaufen.“

Sie schien zu glauben, daß Nostromos bloße Anwesenheit im Hause es völlig sicher gemacht hätte. So weit war auch sie im Bann des Rufes, den der Capataz de Cargadores sich an der Wasserkante geschaffen hatte, längs der Eisenbahn, bei den Engländern wie bei der Bevölkerung von Sulaco. Ihm ins Gesicht und sogar ihrem Gatten gegenüber tat sie unweigerlich so, als lachte sie spöttisch darüber, manchmal gutmütig, manchmal mit seltsamer Bitterkeit. Aber Frauen sind ja unvernünftig in ihren Ansichten, wie der alte Giorgio ruhig bei passenden Gelegenheiten zu bemerken pflegte. Bei dieser Gelegenheit, das Gewehr schußfertig im Arm, beugte er sich zu seiner Frau nieder und flüsterte ihr, die Augen scharf auf die verrammelte Tür geheftet, ins Ohr, daß auch Nostromo machtlos sein müßte, zu helfen. Was könnten zwei Männer, in einem Haus eingeschlossen, gegen zwanzig oder noch mehr tun, die sich anschickten, Feuer an das Dach zu legen? Giambattista denke die ganze Zeit über an die Casa, dessen sei er sicher.

„Er, an die Casa denken, er!“ keuchte Signora Viola wie irr. Sie schlug sich mit der flachen Hand auf die Brust: „Ich kenne ihn. Er denkt an niemand als an sich selbst.“

Eine Gewehrsalve in nächster Nähe ließ sie den Kopf zurückwerfen und die Augen schließen. Der alte Giorgio biß unter seinem weißen Schnurrbart die Zähne hart aufeinander, und seine Augen begannen wild zu rollen. Ein paar Kugeln schlugen gleichzeitig in die Hausmauer; man hörte draußen den Verputz in großen Stücken niederfallen; eine Stimme kreischte: „Da kommen sie!“, und nach einem Augenblick lastender Stille gab es ein Trampeln eiliger Füße längs der Vorderfront.

Dann ließ die Spannung in des alten Giorgio Haltung nach, und ein Lächeln voll Geringschätzung und Erlösung trat auf die Lippen seines kriegerischen alten Löwengesichtes. Dies war kein Volk, das für Gerechtigkeit kämpfte, sondern ein Haufe von Dieben. Sogar sein Leben gegen sie zu verteidigen war eine Entwürdigung für einen Mann, der einer von Garibaldis Unsterblichen Tausend bei der Eroberung von Sizilien gewesen war. Giorgio fühlte unendliche Verachtung für diesen Aufruhr von Schuften und Leperos, die den Sinn des Wortes „Freiheit“ nicht kannten. Er setzte sein altes Gewehr ab, wandte den Kopf und sah nach der farbigen Lithographie von Garibaldi hinüber, die in schwarzem Rahmen an der weißen Wand hing; ein greller Sonnenstreifen schnitt sie der Länge nach durch. Seine Augen, an das Zwielicht gewöhnt, unterschieden die grelle Gesichtsfarbe, das Rot des Hemdes, die Umrisse der breiten Schultern, den schwarzen Fleck des Bersaglierihutes, den der Hahnenfederbusch umwehte. Ein unsterblicher Held! Er bedeutete die Freiheit; Freiheit, die nicht nur Leben, sondern auch Unsterblichkeit schenkte!

Seine Begeisterung für diesen Mann hatte keine Veränderung erfahren. Im Augenblick, da ihm die Erlösung aus der vielleicht größten Gefahr, der seine Familie auf all ihren Wanderungen ausgesetzt gewesen, zum Bewußtsein gekommen war, hatte er sich dem Bild seines alten Führers zugewandt, zuerst und allein, und dann erst die Hand auf seines Weibes Schultern gelegt.

Die Kinder, die auf dem Boden knieten, hatten sich nicht gerührt. Signora Teresa öffnete die Augen ein wenig, als hätte er sie aus einem sehr tiefen, traumlosen Schlaf geweckt. Bevor er noch Zeit fand, in seiner überlegten Art ein tröstliches Wort zu sagen, sprang sie auf, während die Kinder noch, eines an jeder Seite, sich an sie klammerten, schnappte nach Luft und stieß einen heiseren Schrei aus.

Gleichzeitig wurde ein scharfer Schlag gegen die Außenseite des Fensterladens geführt. Sie konnten plötzlich das Schnauben eines Pferdes hören, das Scharren unruhiger Hufe auf dem schmalen Pflasterweg vor dem Hause; eine Stiefelspitze stieß nochmals gegen den Fensterladen, ein Sporn klirrte bei jedem Stoß, und eine aufgeregte Stimme schrie: „Holla, holla, ihr da drinnen!“

IV

Den ganzen Morgen über hatte Nostromo von weitem ein Auge auf die Casa Viola gehabt, sogar während des heißesten Getümmels um das Zollamt. „Wenn ich dort drüben Rauch aufsteigen sehe“, hatte er sich gesagt, „dann sind sie verloren.“ – Sobald die Menge sich zur Flucht gewandt, hatte er sich mit einer kleinen Abteilung italienischer Arbeiter in Richtung auf das Haus aufgemacht, das ja wirklich auf dem kürzesten Wege nach der Stadt lag. Der versprengte Haufe, dem er auf den Fersen war, schien sich hinter dem Haus nochmals festsetzen zu wollen; eine Salve, die seine Leute hinter einer Aloehecke hervor abgaben, brachte das Gesindel auf den Trab: in einer Lücke, die in die Hecke für die Zweiglinie der Bahn nach dem Hafen geschlagen war, tauchte Nostromo auf seiner silbergrauen Stute auf. Er brüllte, sandte den Fliehenden einen Schuß aus seinem Revolver nach und sprengte an das Fenster des Cafes hin. Er hatte es im Gefühl, daß der alte Giorgio in diesem Teil des Hauses Zuflucht gesucht haben würde.

Seine Stimme hatte der Familie im Hause atemlos hastig geklungen. „Hallo! Vecchio! Oh, Vecchio! Ist alles wohl bei euch da drin?“

„Du siehst...“, murmelte der alte Viola seiner Frau zu.

Die Signora Teresa war nun still. Draußen lachte Nostromo.

„Ich kann hören, daß die Padrona nicht tot ist.“

„Du hast dein Bestes getan, um mich durch die Angst umzubringen“, rief Signora TereSa. Sie wollte noch mehr sagen, doch die Stimme brach ihr.

Linda erhob kurz die Augen zu ihr, der alte Giorgio aber rief entschuldigend:

„Sie ist ein bißchen aufgeregt.“

Von draußen brüllte Nostromo wieder lachend zurück:

„Mich kann sie nicht aufregen!“

Signora Teresa fand ihre Stimme wieder:

„Es ist so, wie ich sage. Du hast kein Herz – und du hast kein Gewissen, Giambattista...“

Sie hörte, wie er draußen sein Pferd herumwarf; die Leute, die er anführte, schwatzten aufgeregt, italienisch und spanisch, und machten einander Mut zur Verfolgung. Er setzte sich an ihre Spitze mit dem Ruf: „Avanti!“

„Er hat sich nicht lange mit uns aufgehalten. Hier ist kein Lob von Fremden zu verdienen“, meinte Signora Teresa tragisch. „Avanti! Jawohl! Das ist alles, worum er sich kümmert. Irgendwo der erste zu sein – irgendwie – der erste bei diesen Engländern. Sie werden ihn jedermann zeigen: ›Das ist unser Nostromo!‹“ Sie lachte verächtlich. „Was für ein Name! Was ist das? Nostromo? Er würde von ihnen einen Namen annehmen, der gar kein Wort mehr ist.“

Inzwischen hatte Giorgio mit ruhigen Bewegungen die Türe freigemacht; das grelle Licht fiel auf Signora Teresa, eine malerische Frau, die in aufgeregter Mütterlichkeit ihre beiden Töchter umschlungen hielt. Hinter ihr leuchtete die Wand blendend weiß, und die grellen Farben der Garibaldi-Lithographie verblaßten im Sonnenschein.

Der alte Viola an der Türe reckte den Arm empor, als wollte er all seine einander jagenden Gedanken dem Bild seines alten Führers an der Wand befehlen. Sogar wenn er für die „Signori Inglesi“ kochte – für die Ingenieure (er war ein ausgezeichneter Koch, obwohl die Küche sehr finster war), selbst dann fühlte er sich sozusagen unter dem Auge des Großen, der in einem glorreichen Kampf sein Führer gewesen war, in einem Kampfe, der unter den Mauern von Gaeta den Todesstoß für die Tyrannei bedeutet hätte, wäre nicht die verfluchte piemontesische Rasse von Königen und Ministern gewesen. Wenn mitunter eine Bratpfanne während einer heiklen Operation mit ein paar Zwiebelschnitzeln Feuer fing und man den alten Mann rücklings in einer Wolke ätzenden Rauchs aus der Türe kommen sah, fluchend und hustend, dann konnte man den Namen Cavours, des an Könige und Tyrannen verkauften Erzschurken, gemengt hören mit Verwünschungen gegen die Chinesenmädchen, das Kochen im allgemeinen und das viehische Land, in dem er aus reiner Liebe zur Freiheit, die jener Schurke erdrosselt hatte, zu leben gezwungen war.

Dann kam wohl Signora Teresa, ganz in Schwarz, aus einer ändern Türe, näherte sich würdig besorgt, neigte ihr schönes, dunkelhaariges Haupt, öffnete die Arme und klagte in tiefen Tönen:

„Giorgio! Du unbesonnener Mann! Misericordia divina! So bloß in der Sonne! Er wird sich den Tod holen!“

Unter ihren Füßen stoben die Hennen mit langen Schritten in alle Richtungen auseinander; wenn gerade ein paar Ingenieure von der Strecke in Sulaco waren, dann erschien wohl das eine oder andere junge Engländergesicht in der Türe des Billardzimmers, das am einen Ende des Hauses lag. Am anderen Ende aber, im Café, hütete sich Luis, der Mulatte, wohlweislich, sich zu zeigen; die Indianerrnädchen, mit

Haaren wie schwarze Mähnen und mit einem Hemd und kurzem Rock als einziger Bekleidung, gafften mit großen Augen unter den Ponyfransen hervor, die ihnen in die Stirne fielen; das laute Brutzeln des Fettes erstarb allmählich, die Rauchschwaden verwehten im Sonnenschein, der scharfe Geruch verbrannter Zwiebeln hing in der brütenden Hitze rings um das Haus; und das Auge verlor sich in der Weite der grasigen Ebene nach Westen zu, als wäre die Ebene zwischen der Sulaco überragenden Sierra und der Küstenlinie gegen Esmeralda zu groß wie die halbe Welt.

Nach einer kleinen Pause fuhr Signora Teresa vorwurfsvoll fort:

„Eh, Giorgio! Laß Cavour in Frieden und paß auf dich selbst auf, da wir nun doch ganz allein mit zwei Kindern in dieses Land verschlagen sind – weil du unter einem König nicht leben kannst!"

Und während sie ihn ansah, griff sie sich wohl manchmal an die Seite, mit einem kurzen Zucken ihrer feinen Lippen und einem Runzeln der schwarzen, geraden Augenbrauen, das wie das Flackern eines ärgerlichen Schmerzes oder Gedankens ihre schönen, regelmäßigen Züge überflog.

Es war Schmerz: sie unterdrückte die Qual. Es hatte sie zuerst befallen, wenige Jahre, nachdem sie Italien verlassen hatte, um nach Amerika auszuwandern und sich schließlich in Sulaco niederzulassen – nach Irrfahrten von Stadt zu Stadt, wobei sie da und dort versucht hatten, einen kleinen Laden zu führen; einmal auch ein regelrechtes Fischereiunternehmen in Maldonado; denn Giorgio war, wie der Große Garibaldi, seinerzeit Seemann gewesen.

Manchmal brachte sie keine Geduld für die Schmerzen auf. Durch lange Jahre hatte diese nagende Pein mit zu der Landschaft gehört, die das Glitzern des Hafenbeckens unterhalb der bewaldeten Ausläufer der Bergkette umfaßte; und sogar der Sonnenschein selbst war schwer und dumpf – geladen mit Schmerz –, nicht wie der Sonnenschein ihrer Mädchenzeit, da Giorgio, in mittleren Jahren, ernst und leidenschaftlich an den Ufern des Golfs von Spezia um sie geworben hatte.

„Komm sofort ins Haus, Giorgio", befahl sie. „Man könnte meinen, daß du gar kein Mitleid mit mir haben willst – wo wir doch vier Signori Inglesi im Hause haben."

„Va bene, va bene", murmelte Giorgio dann.

Er gehorchte. Die Signori Inglesi würden wohl schleunigst ihr Mittagsmahl haben wollen. Er war einer aus der unsterblichen und unbesieglichen Schar von Befreiern gewesen, die die Söldlinge der Tyrannei in alle Winde zerstreut hatte, wie ein Orkan, „an'uragano terribile", die Spreu. Doch das war, bevor er geheiratet und Kinder gehabt und bevor die Tyrannei wieder ihr Haupt erhoben hatte, unter Verrätern, die Garibaldi, seinen Helden, eingekerkert hatten.

Die Stirnseite des Hauses wies drei Türen auf, und jeden Nachmittag konnte man den Garibaldiner in der einen oder ändern sehen, mit seinem mächtigen weißen Haarbusch, die Arme gekreuzt, ein Bein übergeschlagen, sein Löwenhaupt gegen den Pfosten gelehnt, den Blick über die waldigen Hänge der Hügel hinweg auf den eisigen Dom des Higuerota gerichtet. Die Stirnseite seines Hauses warf einen langgestreckten, rechteckigen Schatten, der langsam über den staubigen Ochsenweg hinkroch; durch die Lücke in den Oleanderhecken liefen die zeitweilig über die Ebene gelegten Stahlbänder der Hafenzweigbahn inmitten eines Gürtels versengten und vergilbten Grases etwa fünfzig Meter von der Hausecke vorbei. Abends umfuhren die leeren Materialzüge in weitem Bogen den dunkelgrünen Hain von Sulaco und liefen unter weißen Dampfwolken, leise schwankend, auf ihrem Wege zu dem Lagerbahnhof am Hafen bei der Casa Viola vorbei. Die italienischen Maschinisten grüßten den Alten von der Plattform aus mit erhobener Hand, während die schwarzen Bremser unbekümmert in ihren Häuschen saßen und unter den breiten Krempen ihrer Hüte hervor, die im Winde flatterten, starr geradeaus blickten. Giorgio pflegte mit einem leichten seitlichen Kopfnicken zu danken, ohne die verschränkten Arme zu lösen.

An diesem denkwürdigen Tage des Aufruhrs waren seine Arme nicht über der Brust verschränkt. Seine Hände umklammerten den Lauf des Gewehrs, dessen Kolben er auf die Schwelle gestützt hielt. Er sah nicht einmal zu dem weißen Dom des Higuerota auf, dessen kühle Reinheit sich der heißen Erde fernzuhalten schien. Seine Augen durchspähten eifrig die Ebene. Da und dort standen noch kleine Staubwirbel in der Luft, am makellosen Himmel hing klar und blendend die Sonne. Kleine Gruppen von Menschen liefen aus Leibeskräften; andere hielten stand; und das unregelmäßige Knattern von Schüssen drang durch die trockene, heiße Luft. Einzelne Fußgänger rannten Hals über Kopf dahin; Reiter galoppierten aufeinander zu, warfen gleichzeitig die Pferde herum und trennten sich im Galopp. Giorgio sah einen stürzen, wobei Roß und Reiter verschwanden, als wären sie in einen Abgrund galoppiert. Die Bewegungen des belebten Bildes wirkten wie die Wechselfälle eines wilden Spiels, auf der Ebene von Zwergen zu Pferd und zu Fuß gespielt, die aus schwachen Kehlen schrien, unter der Bergkette, die wie eine Burg des Schweigens dalag. Nie zuvor hatte Giorgio diesen Teil der Ebene so voll wilden Lebens gesehen; sein Blick konnte nicht alle Einzelheiten zugleich aufnehmen; er beschattete die Augen mit der Hand, bis ihn auf einmal das Donnern vieler Hufe nahebei erschreckte.

Eine Koppel Pferde war aus der nahe gelegenen Umzäunung der Bahngesellschaft ausgebrochen, kam nun wie ein Wirbelwind daher und sauste über die Bahnlinie weg, schnaubend, stampfend, wiehernd, in einer gedrängt wogenden Masse fuchsiger, brauner, grauer Rücken: Augen blitzten auf, Hälse streckten sich, Nüstern leuchteten rot, und Langschweife wehten. Sobald sie auf die Straße gelangt waren, wirbelte der dicke Staub unter ihren Hufen empor, und fünf Meter von Giorgio weg verschwamm alles zu einer dunklen Wolke, aus der undeutlich die Formen von Hälsen und Kruppen hervorragten und die vorbeitrieb und den Boden erzittern ließ. Viola hustete, wandte das Gesicht vom Staub weg und schüttelte leicht den Kopf.

„Da wird es heute abend noch eine Pferdejagd geben“, murmelte er.

In dem breiten Sonnenfleck, der durch die Türe drang, war Signora Teresa vor ihrem Stuhl niedergekniet und hatte ihr Haupt mit der wirren Masse ebenholzschwarzen, von Silbersträhnen durchzogenen Haares in den Händen geborgen. Der schwarze Spitzenschal, den sie um ihr Gesicht zu winden pflegte, war neben ihr zu Boden gesunken. Die beiden Mädchen hatten sich erhoben und standen nun Hand in Hand, in kurzen Kleidern, mit zerzaust niederfallendem, losem Haar. Die jüngere hatte den Arm vor die Augen gelegt, als fürchtete sie das Licht. Linda, die Hand auf der Schwester Schulter, blickte furchtlos vor sich hin. Viola sah seine Kinder an. Die Sonne enthüllte die tiefen Falten in seinem Gesicht, das, energisch im Ausdruck, unbeweglich wie ein Schnitzwerk schien; es war unmöglich, zu entdecken, was er dachte. Buschige weiße Augenbrauen überschatteten seinen dunklen Blick.

„Nun? Ihr betet nicht, wie eure Mutter?"

Linda schob schmollend die Lippen vor, die fast zu rot schienen; doch sie hatte wundervolle Augen, braun, mit einem goldigen Schimmer in der Iris, blitzgescheit, ausdrucksfähig und so leuchtend, daß sie einen Glanz über ihr schmales, farbloses Gesicht zu werfen schienen. Bronzelichter glänzten in den dunklen Haarwellen auf, und die langen, kohlschwarzen Wimpern vertieften noch die Blässe des Gesichts.

„Die Mutter wird wieder ein Bündel Kerzen in der Kirche opfern. Das tut sie immer, wenn Nostromo in einem Kampf fort war. Ich werde ein paar in die Kapelle der Madonna in der Kathedrale tragen müssen."

All das sagte sie rasch, mit großer Selbstsicherheit und mit lebhafter, durchdringender Stimme. Dann fügte sie mit einem leisen Ruck an der Schwester Schulter hinzu:

„Und sie wird auch eine tragen müssen!"

„Warum müssen?" forschte Giorgio ernst. „Will sie es denn nicht tun?"

„Sie ist schüchtern", sagte Linda mit leisem Lachen. „Die Leute bemerken ihr blondes Haar, wenn sie mit uns geht. Sie rufen ihr nach: ›Seht die Rubia! Seht die Rubiacita!‹ So rufen sie in den Straßen. Sie ist schüchtern."

„Und du? Du bist nicht schüchtern, wie?" meinte der Vater langsam. Sie warf ihr schwarzes Haar zurück. „Niemand ruft mir nach."

Der alte Giorgio betrachtete nachdenklich seine Kinder; zwischen ihnen waren zwei Jahre Unterschied; sie waren ihm spät geboren, ein Jahr nach dem Tod des Jungen; wäre der am Leben geblieben, so wäre er nun fast so alt wie Giambattista gewesen – den die Engländer Nostromo nannten; was aber die Töchter betraf, so hatten seine strenge Gemütsart, sein vorrückendes Alter, die Befangenheit in seinen Erinnerungen ihn abgehalten, sich viel um sie zu kümmern. Er liebte seine Kinder, aber Mädchen gehören mehr der Mutter zu, und viel von seiner Liebesfähigkeit hatte er der Verehrung und dem Dienste der Freiheit geopfert.

In ganz jungen Jahren war er von einem Handelsschiff nach La Plata entlaufen, um in der Marine von Montevideo Dienst zu nehmen, die damals unter dem Oberbefehl Garibaldis stand. Später hatte er in der italienischen Legion der Republik im Kampfe gegen die drückende Tyrannei Rosas auf weiten Ebenen, an den Ufern ungeheurer Ströme, an den vielleicht wildesten Gefechten teilgenommen, die die Welt je gesehen hatte. Er hatte unter Männern gelebt, die ewig über die Freiheit redeten, für die Freiheit litten, für die Freiheit starben, in verzweifelter Überspannung, die Augen dem unterdrückten Italien zugewandt. Seine eigene Begeisterung hatte sich an Metzeleien erhitzt, an den Beispielen schrankenloser Hingabe, an heißem Kampfgetümmel, an der flammenden Sprache der Aufrufe. Nie hatte er sich von dem Führer seiner Wahl getrennt – dem feurigen Apostel der Unabhängigkeit – und sich in Amerika wie in Italien an seiner Seite gehalten, bis nach dem Unglückstag von Aspromonte, als sich die Verräterei der Könige, Kaiser und Minister vor der Welt in der Verwundung und Gefangennahme seines Helden enthüllt hatte; – eine Katastrophe, die ihn mit dem brütenden Zweifel erfüllt hatte, ob er je imstande sein würde, die Wege der göttlichen Gerechtigkeit zu verstehen.

Immerhin aber leugnete er sie nicht. Es brauchte Geduld, pflegte er zu sagen. Obwohl er die Priester durchaus nicht liebte und um keinen Preis den Fuß in die Kirche gesetzt hätte, glaubte er doch an Gott. Sprachen nicht die Aufrufe gegen die Tyrannei zum Volke im Namen Gottes und der Freiheit? „Gott für die Männer, die Religionen für die Frauen", murmelte er. In Sizilien hatte ihm ein Engländer, der nach der Räumung der Stadt durch die königlichen Truppen in Palermo aufgetaucht war, eine Bibel in italienischer Sprache geschenkt – in der Ausgabe der British and Foreign Bible Society –, in dunkles Leder gebunden. In den Pausen zwischen den politischen Kämpfen, in den Pausen des Schweigens, wenn die Rebellen keine Aufrufe erließen, brachte sich Giorgio mit der erstbesten Arbeit fort, die ihm unter die Hände kam – als Matrose, als Dockarbeiter auf den Kais von Genua, einmal als Landarbeiter auf einem Bauernhofe in den Hügeln oberhalb Spezias –, und in seiner freien Zeit studierte er das dicke Buch. Er trug es mit sich in die Schlachten. Jetzt war es seine einzige Lektüre, und um sie sich nicht rauben zu lassen (der Druck war klein), hatte er sich entschlossen, ein paar silbergefaßte Brillen als Geschenk von Señora Emilia Gould anzunehmen, der Gattin des Engländers, der die Silbermine in den Bergen, drei Meilen oberhalb der Stadt, leitete. Sie war die einzige englische Dame in Sulaco.

Giorgio schätzte die Engländer sehr. Dieses Gefühl, auf den Schlachtfeldern von Uruguay geboren, war mindestens vierzig Jahre alt. Viele von ihnen hatten ihr Blut für die Sache der Freiheit in Amerika vergossen, und an den ersten, den er je gekannt hatte, erinnerte er sich nur unter dem Namen Samuel; der hatte eine Negerkompanie unter Garibaldi befehligt, während der berühmten Belagerung von Montevideo, und war heldenhaft mit seinen Negern beim Überschreiten der Boyana gefallen. Er, Giorgio, hatte es bis zum Fähnrich – Alferez – gebracht und für den General gekocht.

Später, in Italien, war er mit dem Rang eines Leutnants im Gefolge mitgeritten und hatte immer noch für den General gekocht. Er hatte für ihn in der Lombardei während des ganzen Feldzuges gekocht. Auf dem ganzen Marsch nach Rom hatte er sich die Rinder in der Campagna nach amerikanischer Art mit dem Lasso eingefangen. Er war bei der Verteidigung der römischen Republik verwundet worden, war einer der vier Flüchtlinge gewesen, die mit dem General den leblosen Körper der Gattin des Generals aus den Wäldern in das Bauernhaus getragen hatten, wo sie starb, aufgebraucht von den Härten des furchtbaren Rückzugs. Er hatte diese grauenvolle Zeit überlebt, um seinem General in Palermo zu dienen, als die Neapolitaner Granaten aus dem Kastell auf die Stadt niederkrachten. Er hatte für ihn auf dem Schlachtfeld von Volturno gekocht, nachdem er den ganzen Tag gekämpft hatte – und überall hatte er Engländer in den ersten Reihen der Freiheitsarmee gesehen. Ihre Gräfinnen und Prinzessinnen hatten in London des Generals Hände geküßt, hieß es. Er glaubte es gerne; denn die Nation war edelmütig, und der Mann ein Heiliger. Man brauchte nur einmal in sein Gesicht zu sehen, um die göttliche Macht des Glaubens in ihm zu erkennen und sein großes Mitleid für alles in dieser Welt, was arm, leidend und bedrückt war.

Der Geist des Selbstvergessens, die schlichte Hingabe an eine allumfassende Menschlichkeit, die das Denken und Wirken jener Revolutionszeit beseelten, hatten ihre Spuren in Giorgio zurückgelassen, in einer Art erhabener Verachtung für alle persönlichen Vorteile. Dieser Mann, den die niedersten Schichten von Sulaco im Verdacht hatten, einen Schatz unter dem Küchenboden vergraben zu haben, hatte sein ganzes Leben lang das Geld verachtet. Die Führer seiner Jugend hatten arm gelebt, waren arm gestorben. Es war ihm zur Gewohnheit geworden, an kein Morgen zu denken; das rührte zum Teil von seinem Leben in steter Aufregung her, voll Abenteuer und wilder Kämpfe. In der Hauptsache aber war es eine grundsätzliche Einstellung und hatte nichts zu tun mit der Sorglosigkeit des Kondottiere; es war ein Puritanismus der Lebensführung, aus reiner Begeisterung geboren, wie der religiöse Puritanismus.

Diese völlige Hingabe an eine Sache hatte einen Schatten über Giorgios alte Tage geworfen; einen Schatten, denn die Sache schien verloren. Zuviel Könige und Kaiser lebten noch in der Welt, die Gott dem Volke zugedacht hatte. Der alte Giorgio in seiner Herzenseinfalt trauerte. Obwohl immer bereit, seinen Landsleuten zu helfen, und hochgeachtet von den italienischen Auswanderern, wo immer er auch lebte (in seiner Verbannung, nannte er es), konnte er sich doch nicht verhehlen, daß sie sich keinen Deut um die Pein der niedergetretenen Völker kümmerten. Sie hörten willig seinen Kriegsgeschichten zu, schienen sich aber zu fragen, was er denn schließlich von alledem gehabt habe. Es war nichts da, was sie sehen konnten. „Wir verlangten nichts, wir litten um die Liebe für die ganze Menschheit!“ schrie er manchmal wütend, und die mächtige Stimme, die blitzenden Augen, die fliegende, weiße Mähne, die braune, sehnige Hand, die aufwärts wies, als wollte sie den Himmel zum Zeugen anrufen, verfehlten ihren Eindruck auf die Hörer nicht. Nachdem der alte Mann jäh verstummt war, mit einem Kopfschütteln und einer Armbewegung, die deutlich genug sagte: „Doch welchen Wert sollte es haben, *euch* davon zu erzählen?“ – nickten sie einander zu. In dem alten Giorgio steckte eine Gefühlsstärke, eine persönliche Überzeugungskraft, etwas, das sie „terribilità“ nannten. „Ein alter Löwe“, pflegten sie von ihm zu sagen. Ein kleiner Zwischenfall, ein Zufallswort konnten ihn dazu bringen, den italienischen Fischern an der Küste von Maldonado eine Rede zu halten oder in einem kleinen Laden, den er später in Valparaiso hielt, den Landsleuten unter seinen Kunden; oder plötzlich einmal, abends, im Café am einen Ende der Casa Viola (das andere war den englischen Ingenieuren vorbehalten), der ausgesuchten Clientèle aus Maschinenführern und Eisenbahnvorarbeitern.

Mit ihren schönen, bronzefarbenen, schmalen Gesichtern, glänzend schwarzen Locken, glitzernden Augen, mit Barten über der breiten Brust, manchmal mit einem schmalen Goldring im Ohrläppchen, hörte die Aristokratie des Bahnbaus dem Alten zu und ließ die Karten und das Domino im Stich. Da und dort studierte ein blondhaariger Baske seine Karten und wartete ohne Widerrede. Kein Eingeborner von Costaguana drang dort ein. Es war die italienische Hochburg; sogar die Schutzleute von Sulaco, auf Nachtpatrouille, ließen ihre Pferde langsam vorbeigehen und bogen sich in den Sätteln vor, um durch das Fenster einen Blick auf die in Rauchwolken schwimmenden Köpfe zu werfen; und das Dröhnen der wuchtig erzählenden Stimme des alten Giorgio schien sich hinter ihnen in der Ebene zu verlieren. Nur ab und zu tauchte der Assistent des Polizeipräsidenten auf, irgendein dunkelhäutiger, kleiner Herr mit breitem Gesicht und einem gut Teil Indianerblut. Der ließ dann wohl den begleitenden Schutzmann mit den Pferden vor der Türe, trat mit einem vertraulichen, schlauen Lächeln ein und ging ohne ein Wort bis zu dem langen Schenktisch. Dort zeigte er auf eine der Flaschen im Regal; der alte Giorgio klemmte sich die Pfeife zwischen die Zähne und bediente ihn eigenhändig. Außer dem leisen Klingeln der Sporen war nichts zu hören. Hatte er sein Glas geleert, dann warf der Beamte wohl noch einen langsamen, forschenden Blick durch den Raum, ging hinaus und ritt gemächlich der Stadt zu.

V

Einzig auf diese Weise machte die örtliche Obrigkeit ihre Autorität unter der geschlossenen Masse der starkgliedrigen Fremden geltend, die die Erde umgruben, die Felsen sprengten und die Maschinen führten – alles für das „fortschrittliche und patriotische Unternehmen". Mit eben diesen Worten hatte achtzehn Monate zuvor der Eccellentissimo Senor Don Vincente Ribiera, der Diktator von Costaguana, in seiner großen Rede aus Anlaß des ersten Spatenstiches der Nationalen Zentralbahn gedacht.

Er war eigens nach Sulaco gekommen, und nach der Feierlichkeit an Land hatte die O. S. N. Kompagnie an Bord der *Juno* ein großes Mittagessen gegeben, ein Convité. Kapitän Mitchell hatte persönlich den Leichter gesteuert, der, reich mit Flaggen geschmückt, im Schlepptau der Dampfbarkasse der *Juno* den Eccellentissimo von der Landungsbrücke zum Schiff gebracht hatte. Jedermann von einigem Ansehen in Sulaco war geladen gewesen – die ein oder zwei fremden Kaufleute, alle Vertreter der alten spanischen Familien, die sich in der Stadt aufhielten, die Großgrundbesitzer von der Ebene, ernste, artige Biedermänner, Caballeros von reiner Abstammung, mit kleinen Händen und Füßen, konservativ, gastfrei und gütig. Die Westliche Provinz war ihre Hochburg: ihre Blanco-Partei hatte gesiegt, es war ihr Präsident-Diktator, ein Blanco unter den Blancos, der da höflich lächelnd zwischen den Vertretern zweier befreundeter fremder Mächte saß. Die waren mit ihm von Sta. Marta gekommen, um durch ihre Gegenwart das Unternehmen zu ehren, an dem das Kapital ihrer Länder beteiligt war. Die einzige Dame in der Gesellschaft war Frau Gould, die Gattin von Don Charles Gould, dem Administrator der San-Tomé-Silbermine. Die Damen von Sulaco waren nicht fortschrittlich genug, um in diesem Maße am öffentlichen Leben teilzunehmen. Sie hatten sich an dem großen Ball in der Intendancia, am Abend zuvor, stark beteiligt; doch Frau Gould allein, ein lichter Fleck in der Gruppe von schwarzen Gehröcken hinter dem Präsidenten-Diktator, war auf der mit rotem Tuch ausgeschlagenen Tribüne erschienen, die unter einem schattigen Baum am Hafenkai errichtet worden war und wo der feierliche erste Spatenstich stattgefunden hatte. Sie war auch mit all den Honoratioren in den Leichter gestiegen und war unter dem Flattern bunter Flaggen auf dem Ehrenplatz neben Kapitän Mitchell gesessen, der steuerte; ihr helles Kleid brachte die einzige wahrhaft festliche Note in die düstere Versammlung in dem langen Prunksalon der Juno.

Der Vorsitzende des Verwaltungsrats der Eisenbahngesellschaft (aus London), mit einem schönen Gesicht, das blaß aus der silbrigen Umrahmung des weißen Haares und eines gestutzten Barts leuchtete, neigte sich aufmerksam, lächelnd und müde ihr zu. Die Reise von London nach Sta. Marta, in Postdampfern, und die Spezialwagen auf der Küstenlinie von Sta. Marta (der einzigen Bahnlinie bis dahin) waren erträglich gewesen – ganz lustig sogar – wirklich erträglich. Die Reise über das Gebirge nach Sulaco aber, in einer alten Oberlandkutsche, über unwegsame Straßen, am Rand grausiger Abgründe hin – die natürlich hatte wesentliche andere Ansprüche gestellt.

„Wir haben zweimal an einem Tag hart am Rand sehr tiefer Schluchten umgeworfen", erzählte er Frau Gould leise. „Und als wir schließlich hier ankamen, da weiß ich wirklich nicht, was wir ohne Ihre Gastfreundschaft angefangen hätten. Wie dieses Sulaco doch aus der Welt ist! – Und dabei ein Hafen! Erstaunlich!"

„Oh, aber wir sind sehr stolz darauf! Es hat in der Geschichte eine große Rolle gespielt. Während der Herrschaft zweier Vizekönige war hier der Sitz des höchsten geistlichen Gerichts", belehrte sie ihn lebhaft.

„Sie sehen mich erschüttert. Ich dachte nicht an Herabsetzung. Sie scheinen sehr patriotisch."

„Man kann den Ort wirklich lieben, und wenn nur seiner Lage wegen. Sie wissen vielleicht nicht, eine wie alte Einwohnerin ich bin."

„Wie alt: wohl, möchte ich wissen", murmelte er und sah sie mit leichtem Lächeln an. Frau Gould erschien jung durch die Klugheit ihres beweglichen Gesichts. „Ihren geistlichen Gerichtshof können wir Ihnen nicht wiedergeben; aber Sie sollen mehr Dampfer haben, eine Bahn, ein Unterseekabel, eine Zukunft in der großen Welt, die unendlich wertvoller ist als jede beliebige geistliche Vergangenheit. Sie sollen mit etwas Größerem als zwei Vizekönigen in Berührung gebracht werden. Aber ich hatte wirklich keine Vorstellung, daß eine Küstenstadt von der Welt so abgeschlossen bleiben könnte. Wenn sie noch tausend Meilen landeinwärts läge! – Ganz erstaunlich! Ist hier wohl seit hundert Jahren, von heute an gerechnet, je etwas geschehen?"

Während er so, langsam und belustigt, redete, behielt sie das kleine Lächeln bei. Reichlich spöttisch, wie es ihm vorkam, versicherte sie ihm, daß sich gewiß nichts – niemals etwas in Sulaco ereignet habe. Sogar die Revolutionen, deren es während ihrer Zeit zwei gegeben, hatten den Frieden des Orts geachtet. Ihre Schauplätze waren die volkreicheren südlichen Teile der Republik gewesen und das weite Tal von Sta. Marta, das ein einziges großes Schlachtfeld für die Parteien bildete, mit dem Besitz der Hauptstadt als Preis und dem Zugang zu einem ändern Ozean. Die dort drüben waren fortschrittlicher. Hier in Sulaco aber hörte man nur das Echo dieser großen Fragen, und natürlich vollzog sich jedesmal ein Wechsel in der Beamtenschaft, wobei die Ablösung immer über den Bergwall kam, den er selbst mit soviel Gefahr für Leben und gerade Glieder in einer alten Postkutsche überklettert hatte.

Der Vorsitzende des Verwaltungsrats hatte ihre Gastfreundschaft mehrere Tage genossen und war wirklich dankbar dafür. Erst nadi dem Verlassen von Sta. Marta hatte er inmitten der fremdartigen Umgebung völlig die Fühlung mit europäischem Leben verloren. In der Hauptstadt war er der Gast der Gesandtschaft gewesen und hatte reichliche Beschäftigung in den Unterhandlungen mit den Mitgliedern von Don Vincentes Regierung gefunden - gebildeten Leuten, denen die Grundbedingungen gesitteter Geschäftsführung nicht unbekannt waren.

Was ihn zur Zeit am meisten beschäftigte, war der Landerwerb für die Eisenbahn. Im Tal von Sta. Marta, wo schon eine Linie in Betrieb stand, war es nur eine Preisfrage, da die Leute umgänglich waren. Eine Kommission war eingesetzt worden, um die Grundwerte festzustellen, und die Schwierigkeit beschränkte sidi darauf, den richtigen Einfluß auf die Kommissionsmitglieder zu gewinnen. In Sulaco aber - der Westlichen Provinz, für deren Erschließung die neue Eisenbahn gedacht war -, in Sulaco hatte es Ärger gegeben. Der Landstrich war seit Menschengedenken abgeschieden hinter seinen natürlichen Schutzwällen gelegen und hatte neuzeitlichen Unternehmungen die Steilwände seiner Berge entgegengesetzt, den seichten Hafen am Ende eines ewig bewölkten, ewig windstillen Golfs, die rückständige Gesinnung der Eigentümer des fruchtbaren Bodens - aller dieser altadeligen spanischen Familien, aller dieser Don Ambrosio Dies und Don Fernando Das, die dem Plan einer Bahnlinie über ihre Grundstücke ablehnend und mißtrauisch gegenüberstanden. Es war vorgekommen, daß einige der Vermessungsabteilungen, die über die ganze Provinz zerstreut arbeiteten, unter Androhung von Gewalt vertrieben worden waren, und in anderen Fällen wiederum waren maßlose Preisforderungen erhoben worden. Aber der Eisenbahnmensch war stolz darauf, jedem Vorkommnis gewachsen zu sein. Da ihm hier in Sulaco das feindliche Gefühl blinder Rückständigkeit entgegengetreten war, so wollte er ihm durch ein anderes Gefühl begegnen, bevor er sich einfach nur auf sein Recht stützte. Die Regierung war verpflichtet, die Bedingungen des Vertrags mit der Eisenbahngesellschaft durchzuführen, und sollte sie auch offene Gewalt dazu gebrauchen müssen. Der Verwaltungsrat wünschte aber für den glatten Ablauf seiner Pläne alles eher als einen bewaffneten Eingriff. Die waren viel zu groß und weitreichend und auch zu vielversprechend, als daß man hätte ein Mittel unversucht lassen mögen; und so war er auf den Gedanken gekommen, den Präsidenten-Diktator hier herüberzubringen, zu einer Reihe von Feierlichkeiten und Reden, die in einer großen Zeremonie am Hafenkai anläßlich des ersten Spatenstiches gipfeln sollten. Schließlich war er das eigene Geschöpf dieser Leute - dieser Don Vincente. Er war der verkörperte Triumph der besten Elemente im Staat. Dies waren Tatsachen, und wenn Tatsachen überhaupt eine Bedeutung hatten, sagte sich Sir John, so mußte der Einfluß dieses Mannes wirksam sein und sein persönliches Erscheinen die gewünschte Versöhnung herbeiführen. Sir John hatte die Reise mit Hilfe eines sehr geschickten Advokaten zuwege gebracht, der in Sta. Marta als der Agent der Gould-Silbermine bekannt war, der größten Sache in Sulaco und der ganzen Republik überhaupt. Es war tatsächlich eine fabelhaft reiche Mine. Ihr sogenannter Agent, ganz offenbar ein Mann von Bildung und Geschick, schien, ohne amtliche Stellung, außerordentlichen Einfluß in den höchsten Regierungskreisen zu besitzen. Er war in der Lage, Sir John zu versichern, daß der Präsident-Diktator die Reise machen würde. Allerdings sprach er in der gleichen Unterredung sein Bedauern darüber aus, daß General Montero darauf bestehe, gleichfalls mitzukommen.

General Montero, den der Ausbruch der Revolution als unbekannten Linien-Kapitän an der wilden Ostgrenze des Staates getroffen, hatte sich mit seiner Abteilung in einem Augenblick auf die Seite der Ribiera-Partei geschlagen, wo besondere Umstände dieser an sich geringfügigen Tatsache entscheidende Bedeutung gaben. Das Kriegsglück war ihm wunderbar hold, und der Sieg von Rio Seco (nach eintägigem, verzweifeltem Kampfe) besiegelte seinen Erfolg. Schließlich ging er als General, Kriegsminister und militärisches Haupt der Blanco-Partei aus alledem hervor, trotzdem durchaus nichts Aristokratisches in seiner Abstammung war. Tatsächlich erzählte man sich, daß er und sein Bruder, Waisen, der Freigebigkeit eines europäischen Reisenden ihre Erziehung verdankten, in dessen Diensten ihr Vater sein Leben verloren hatte. Ein anderes Gerücht wollte wissen, daß ihr Vater einfach ein Köhler im Walde gewesen war und ihre Mutter eine getaufte Indianerin, tief aus dem Landesinnern.

Doch wie dem auch sein mochte, die Costaguana-Presse hatte es sich zur Gewohnheit gemacht, Monteros Marsch durch den Urwald, von seiner Commandancia zum Hauptlager der Blancotruppen, zu Beginn des Aufruhrs, als „das heldenhafteste militärische Wagnis der neueren Zeit“ zu feiern. Ungefähr zur gleichen Zeit war auch sein Bruder von Europa zurückgekehrt, wohin er angeblich als Sekretär eines Konsuls gegangen war. Fest stand, daß er eine kleine Schar von Desperados um sich gesammelt, einige Begabung als Guerillaführer bewiesen hatte und nadi Friedensschluß mit dem Posten eines Militärkommandanten der Hauptstadt belohnt worden war.

Der Kriegsminister also begleitete den Diktator. Die Verwaltung der O. S. N. Kompagnie, die mit den Leuten von der Eisenbahn Hand in Hand zum Wohle der Republik arbeitete, hatte bei diesem wichtigen Anlaß Kapitän Mitchell die Weisung gegeben, den Postdampfer *Juno* zur Verfügung der ausgezeichneten Gäste zu halten. Don Vincente war von Sta. Marta nach Süden gereist, hatte sich in Cayta, dem Haupthafen von Costaguana, eingeschifft und war auf dem Seewege nach Sulaco gekommen. Der Vorsitzende des Verwaltungsrats aber hatte mutig in einer wackeligen Postkutsche das Gebirge überquert, hauptsächlich zu dem Zweck, um seinen Chefingenieur zu treffen, der die endgültigen Vermessungsarbeiten für die Linie leitete.

Trotz all der Unempfindlichkeit eines Geschäftsmannes für die Natur, deren Feindseligkeit ja immer durch Geldaufwand zu besiegen ist, konnte er sich doch eines tiefen Eindrucks nicht erwehren bei der Rast im Lager der Vermessungsabteilung, das auf dem höchsten Punkte der künftigen Bahnlinie errichtet war. Er brachte die Nacht dort zu, nachdem er eben zu spät gekommen war, um das letzte Verglühen des Sonnenlichts auf den schneeigen Hängen des Higuerota mit anzusehen. Getürmte Massen schwarzen Basalts faßten wie Torpfeiler einen Teil des Schneefeldes ein, das sich quer nach Westen hinzog. In der dünnen Höhenluft schien alles ganz nahe, in stille Klarheit getaucht wie in eine farblose Flüssigkeit; und gespannt auf das erste Geräusch der erwarteten Postkutsche lauschend, hatte der Chefingenieur in der Tür einer Hütte aus rohen Steinblöcken die wechselnden Farbtöne auf den ungeheuren Berghängen verfolgt und dabei gedacht, daß dieser Anblick, wie ein beseeltes Tonwerk, die letzte Feinheit verschleierten Ausdrucks mit überwältigender Wirkung vereinte.

Sir John kam zu spät, um dem gewaltigen, unhörbaren Choral beizuwohnen, den der Sonnenuntergang in den Schroffen der Sierra harfte. Der Sang war in die atemlose Stille tiefster Dämmerung verrauscht, bevor Sir John steifbeinig über das vordere Rad der Postkutsche herunterkletterte und mit dem Ingenieur einen Händedruck wechselte.

Man trug ihm ein Abendmahl in einer Steinhütte auf, die ein hohler Felsblock schien, ohne Türe oder Fensterrahmen in ihren zwei Öffnungen; ein helles Feuer aus Holzprügeln (die mit Mulis vom ersten Tal heraufkamen) brannte draußen und warf seinen grellen Schein in die Hütte; und zwei Kerzen in zinnernen Leuchtern – ihm zu Ehren angezündet, wie ihm erklärt wurde – standen auf einem rohen Lagertisch, an dem er zur Rechten des Chefingenieurs saß. Er verstand es sehr wohl, liebenswürdig zu sein; und die jungen Herren des Ingenieurstabs, für die die Vermessung der Bahnlinie allen Glanz der ersten Schritte ins Leben hatte, saßen auch dabei, mit glatten, wettergebräunten Gesichtern, hörten bescheiden zu und schienen über solche Leutseligkeit bei einem so großen Mann höchlich erfreut.

Nachher, spät in der Nacht, ging er draußen mit dem Chefingenieur auf und ab und hatte dabei mit ihm ein langes Gespräch. Er kannte ihn seit langem gut. Dies war nicht das erste Unternehmen, bei dem ihre Begabungen, so elementar verschieden wie Feuer und Wasser, zusammengearbeitet hatten. Aus der Verbindung dieser beiden Persönlichkeiten, die nicht die gleiche Weltanschauung hatten, war eine Macht für den Dienst der Welt entsprungen – eine gewaltige Kraft, die mächtige Maschinen in Bewegung setzen und in der Brust von Menschen schrankenlosen Opferwillen für die Aufgabe wecken konnte. Von den jungen Burschen am Tisch, denen die Vermessung der Bahn wie das Abstecken des eigenen Lebensweges erschien, würde wohl mehr als einer den Tod finden, bevor das Werk getan war. Doch das Werk würde getan werden: die Kraft würde fast so stark wie ein Glaube wirken. Nicht ganz so stark vielleicht. In der Stille des schlafenden Lagers, auf der mondbeschienenen Hochfl äche des Passes, die wie eine weite Arena zwischen den Basaltwällen der Steilwände lag, standen die beiden auf und ab wandelnden Gestalten in dicken Mänteln still, und die Stimme des Ingenieurs sprach deutlich die Worte:

„Wir können keine Berge versetzen!"

Sir John hob den Kopf, um der deutenden Hand des ändern zu folgen, und empfand die volle Kraft der Worte. Der weiße Higuerota schwebte im Mondlicht über den Schatten der Felsen und der Erde wie eine gefrorene Seifenblase. Alles war still, bis nahebei, hinter dem kreisförmigen Wall eines Korrals für die Packtiere des Lagers, der aus losen Steinen getürmt war, ein Mulo stampfte und zweimal laut schnaubte.

Der Chefingenieur hatte den Satz als Antwort auf die versuchsweise Anregung Sir Johns gesprochen, die Linie könnte vielleicht verlegt werden, um dem Widerstand der Grundeigentümer von Sulaco auszuweichen. Der Chefingenieur hielt die Hartnäckigkeit der Menschen für das geringere Hindernis. Überdies war zu deren Bekämpfung auch der große Einfluß von Charles Gould da, während der Bau eines Tunnels unter dem Higuerota ein ganz ungeheures Unternehmen darstellte.

„O ja! Gould! Was für ein Mann ist das?"

Sir John hatte in Sta. Marta viel von Charles Gould gehört und wünschte mehr zu wissen. Der Chefingenieur versicherte ihm, daß der Administrator der San-Tomé-Silbermine den größten Einfluß auf all diese spanischen Dons habe. Er besitze desgleichen eines der besten Häuser in Sulaco, und die Gastfreundschaft der Goulds sei über jedes Lob erhaben.

„Sie haben mich aufgenommen, als hätten sie mich seit Jahren gekannt", sagte er. „Die kleine Dame ist die Güte in Person. Ich habe einen Monat lang bei ihnen gewohnt. Er half mir bei der Zusammenstellung der Vermessungsabteilungen. Sein tatsächliches Eigentumsrecht an der San-Tomé-Silbermine gibt ihm eine besondere Stellung. Er scheint ganz offenbar das Ohr jeder einzelnen Provinzbehörde zu besitzen, und wie ich Ihnen schon sagte, kann er alle die Hidalgos der Provinz um den kleinen Finger wickeln. Wenn Sie seinem Rat folgen, werden die Schwierigkeiten entfallen, denn er wünscht die Bahn. Natürlich müssen Sie mit Ihren Worten vorsichtig sein. Das Haus Holroyd ist mit ihm an der Mine beteiligt, und da können Sie sich ja vorstellen..."

Er unterbrach sich, denn vor einem der kleinen Feuer, die längs der niederen Korralmauer brannten, richtete sich ein Mann auf, bis zum Halse in seinen Poncho gehüllt. Der Sattel, den er als Kissen benutzt hatte, erschien als dunkler Fleck vor dem rotglühenden Aschenhaufen

„Ich werde auf dem Rückweg durch die Staaten Holroyd selbst sehen", sagte Sir John. „Ich habe festgestellt, daß auch er die Bahn wünscht."

Der Mann, der, vielleicht durch die nahen Stimmen aufgestört, sich vom Boden erhoben hatte, rieb ein Streichholz an, um sich eine Zigarette anzuzünden. Die Flamme beleuchtete ein bronzefarbenes Gesicht mit schwarzem Backenbart, ein Paar scharf blickende Augen; dann wickelte er sich fester in seine Decke, sank der Länge nach wieder zurück und legte den Kopf auf den Sattel.

„Das ist unser Lagermeister, den ich jetzt nach Sulaco zurückschicken muß, da wir mit der Vermessung ins Tal von Sta. Marta hinunterkommen", sagte der Ingenieur. „Ein sehr brauchbarer Bursche, den mir Kapitän Mitchell von der O. S. N. Kompagnie geliehen hat. Sehr freundlich von Mitchell. Charles Gould sagte mir, ich könnte nichts Besseres tun, als das Anerbieten anzunehmen. Er scheint es zu verstehen, alle diese Maultiertreiber und Peons im Zaum zu halten. Wir hatten nicht die geringsten Anstände mit unseren Leuten. Er wird Ihre Postkutsche mit einigen unserer Eisenbahnpeons bis ganz nach Sulaco hinein begleiten. Die Straße ist schlecht, es kann Ihnen ein- oder zweimal Umwerfen ersparen, wenn Sie ihn bei sich haben. Er hat mir versprochen, Sie auf dem ganzen Weg wie seinen eigenen Vater zu behüten."

Dieser Lagermeister war der italienische Matrose, den alle Europäer in Sulaco, Kapitän Mitchells falschem Ausspruch folgend, Nostromo zu nennen gewohnt waren, und tatsächlich entledigte er sich, schweigsam und diensteifrig, an den schlechten Wegstellen ganz ausgezeichnet seiner Aufgabe, wie Sir John selbst nachher vor Frau Gould anerkennend hervorhob.

VI

Zu jener Zeit war Nostromo schon lange genug im Lande gewesen, um in Kapitän Mitchell eine geradezu überspannte Bewertung seiner Entdeckung reifen zu lassen. Er war ja augenscheinlich einer jener unschätzbaren Untergebenen, deren Besitz zu einigem Stolz berechtigt. Kapitän Mitchell tat sich etwas zugute auf seine Menschenkenntnis – aber er war nicht selbstsüchtig – und begann bereits in aller Unschuld jene Manie zu entwickeln: „...will ihnen meinen Capataz de Cargadores leihen", durch die Nostromo früher oder später in persönliche Berührung mit jedem einzelnen Europäer in Sulaco gebracht werden sollte, als etwas wie ein Allerwelts-Faktotum – ein Wunder an Verwendbarkeit in seiner eigenen Lebenssphäre.

„Der Bursche ist mir blind ergeben, mit Leib und Seele!" konnte Kapitän Mitchell versichern, und wenn vielleicht auch niemand hätte erklären können, warum das der Fall sein sollte, so war es doch bei einiger Einsicht in ihre Beziehung unmöglich, die Behauptung in Zweifel zu ziehen – außer etwa für einen so verbitterten und verschrobenen Menschen wie Dr. Monygham, in dessen kurzem, hoffnungslosem Lachen eine grenzenlose Menschenverachtung mitklang. Nicht als ob Dr. Monygham mit diesem Lachen oder mit Worten verschwenderisch gewesen wäre. Er liebte in seinen besten Augenblicken ein grämliches Schweigen. In den schlimmeren Augenblicken fürchteten die Leute seinen erbarmungslosen Spott. Einzig Frau Gould vermochte seinen Unglauben an die menschlichen Beweggründe in gebührenden Grenzen zu halten; doch sogar ihr hatte er (bei einer Gelegenheit, die nichts mit Nostromo zu tun hatte, und in einem für seine Verhältnisse sogar liebenswürdigen Ton) einmal gesagt: „Es ist wirklich sehr unvernünftig, zu verlangen, daß ein Mann über andere soviel besser denken sollte, als er über sich selbst zu denken imstande ist."

Und Frau Gould hatte sich beeilt, den Gegenstand fallen zu lassen. Über den englischen Doktor liefen merkwürdige Gerüchte um. Vor Jahren, in den Zeiten Guzman Bentos, war er, so flüsterte man, in eine Verschwörung verwickelt gewesen, die verraten und, wie die Leute sich ausdrückten, in Blut ertränkt worden war. Sein Haar war grau geworden, sein bartloses, kränkelndes Gesicht ziegelfarben; das große Würfelmuster seines Flanellhemdes und sein alter, ausgebleichter Panamahut waren eine ständige Herausforderung an jeden gesellschaftlichen Brauch in Sulaco. Ohne die peinliche Sauberkeit seiner Kleidung hätte man ihn für einen der entwurzelten Europäer halten können, die fast überall in den Überseeländern für die Achtbarkeit der jeweiligen Landsmannschaften einen Dorn im Auge darstellen. Die jungen Damen von Sulaco, die mit einem Kranz anmutiger Gesichter die Balkone längs der Verfassungsstraße zierten, flüsterten einander zu, wenn sie ihn hinkend mit gesenktem Kopf vorübergehen sahen, eine kurze Leinenjacke achtlos über das gewürfelte Flanellhemd gezogen: „Da geht der Señior Doctor, um Doña Emilia seinen Besuch zu machen; er hat seinen kleinen Rock an." Der Schluß stimmte. Seine tiefere Bedeutung allerdings entzog sich der oberflächlichen Einsicht der Damen. Es lag ihnen auch ferne, besonderes Nachdenken an den Doktor zu wenden. Er war alt, häßlich, gelehrt und ein wenig – „loco" – verrückt, wenn nicht gar ein Zauberer, was zu sein ihn das gemeine Volk verdächtigte. Die kurze weiße Jacke war tatsächlich ein Zugeständnis an Frau Goulds vermenschlichenden Einfluß. Der Doktor mit seiner spöttischen, bitteren Redeweise hatte kein anderes

Mittel, um seine tiefe Ehrfurcht vor der Wesensart der Dame zu bekunden, die im Land als die Englische Señora bekannt war. Er brachte diesen Tribut sehr ernsthaft dar; es war für einen Mann seiner Gewohnheiten keine Kleinigkeit. Frau Gould empfand das vollauf. Es wäre ihr nie eingefallen, ihm etwa diesen deutlichen Beweis von Ergebenheit nahezulegen.

Sie hielt ihr altes spanisches Haus (eines der schönsten in Sulaco) offen für die Austeilung der kleinen Annehmlichkeiten des Daseins. Sie teilte sie mit reizender Unbefangenheit aus, weil sie sich dabei von sicherem Wertungsvermögen leiten ließ. Sie hatte eine besondere Begabung für die Art des Verkehrs mit Menschen, der die zarten Abstufungen von Selbstvergessen in sich schließt und an ein umfassendes Verstehen glauben läßt. Charles Gould (die Männer der seit drei Generationen in Costaguana ansässigen Familie Gould holten sich ihre Erziehung wie auch ihre Frauen immer in England), Charles Gould also war der Meinung, er habe sich, wie jeder andere Mann, in den gesunden Menschenverstand eines Mädchens verliebt, doch konnte dies wohl nicht der Grund sein, aus dem zum Beispiel der ganze Stab der Vermessungsabteilung vom jüngsten der Jungen bis zu dem gereiften Oberhaupt so häufig Gelegenheit nahm, zwischen den Gipfeln der Sierra des Hauses der Frau Gould zu gedenken. Sie natürlich hätte leise lachend und mit einem überraschten Weiten ihrer grauen Augen beteuert, daß sie durchaus nichts für die Herren getan habe – hätte ihr jemand erzählt, wie innig ihrer an der Schneegrenze, weit oberhalb Sulacos, gedacht wurde; dann aber hätte sie sehr bald, unter dem reizenden Vorgeben, ihren Witz anzustrengen, eine Erklärung gefunden: „Natürlich, es mußte ja für die Jungen eine solche Überraschung sein, hier draußen so etwas wie einen Willkomm zu finden, und ich denke mir auch, daß sie Heimweh haben. Ich denke mir, jedermann muß immer ein wenig Heimweh haben."

Leute, die an Heimweh litten, taten ihr immer leid.

Im Lande geboren, wie sein Vater vor ihm, mager und lang, mit feuerrotem Schnurrbart, scharfgeschnittenem Kinn, klaren blauen Augen, nußbraunem Haar und schmalem, frischem, rotem Gesicht, sah Charles Gould wie ein Neukömmling aus der Heimat aus. Sein Großvater hatte für die Sache der Unabhängigkeit unter Bolivar gefochten, in jener berühmten Englischen Legion, die der große Befreier auf dem Schlachtfeld von Carabobo als Retter seines Landes begrüßt hatte. Einer von Charles Goulds Onkeln war in den Tagen der Föderation der erwählte Präsident eben der Provinz von Sulaco gewesen (die sich damals Staat nannte) und späterhin an die Kirchenmauer gestellt und auf Befehl des barbarischen Unionisten-Generals Guzman Bento erschossen worden. Es war derselbe Guzman Bento, der später, als lebenslänglicher Präsident, wegen seiner erbarmungslosen, grausamen Tyrannei berüchtigt wurde und im Volksglauben eine Art Apotheose fand – als blutdürstig spukendes Gespenst, dessen Körper vom leibhaftigen Teufel aus dem Mausoleum im Hauptschiff der Himmelfahrtskathedrale in Sta. Marta entführt worden war. So wenigstens pflegten die Priester das Verschwinden des Leichnams der barfüßigen Menge zu erklären, die herbeiströmte, um mit frommem Schauder das Loch in dem häßlichen Ziegelbau vor dem Altar anzustarren.

Guzman Bento grausamen Angedenkens hatte eine Unzahl Menschen außer Charles Goulds Onkel zum Tode verurteilt; doch mit einem Märtyrer für die Sache der Aristokratie zum Verwandten galt Charles Gould den Oligarchen von Sulaco (dies war die Bezeichnung zu Guzman Bentos Zeit; nun nannten sie sich Blancos und hatten den Gedanken an den Bundesstaat fallen lassen), galt also Charles Gould den Familien reiner spanischer Abstammung als einer der ihren. Eine solche Familiengeschichte gab Charles Gould den unbestreitbarsten Anspruch, als Costaguanero zu gelten; sein Aussehen aber war so eindeutig, daß er in der Sprache des gemeinen Volkes einfach der „Inglez" blieb, der Engländer von Sulaco. Er sah englischer aus als ein Zufallstourist, obwohl diese Art ketzerischer Pilger in Sulaco völlig unbekannt war. Er sah englischer aus als die letztgekommene Gruppe junger Eisenbahningenieure, als irgend jemand auf den Jagdbildern in den Nummern des „Punch", die etwa zwei Monate nach Erscheinen in den Salon seiner Frau gelangten. Es verblüffte geradezu, ihn so geläufig spanisch sprechen zu hören (kastillanisch, wie die Eingeborenen sagen), oder die Indianer-Mundart der Bevölkerung. Seine Aussprache war nie englisch gewesen; aber in all diesen Goulds von Costaguana, seinen Vorfahren – Befreiern, Forschern, Kaffeepflanzern, Kaufleuten, Revolutionären –, steckte wohl etwas so Unzerstörbares, daß er, der einzige Vertreter der dritten Generation, in einem Erdteil, der seinen eigenen Reitstil hat, sogar noch zu Pferde völlig englisch aussah. Das soll nicht in der spöttischen Art der Llaneros von ihm gesagt sein – der Leute von den großen Ebenen, die meinen, daß niemand außer ihnen selbst zu Pferde zu sitzen verstehe. Charles Gould ritt, um den landläufigen Ausdruck zu gebrauchen, wie ein Zentaur. Das Reiten bedeutete ihm keine besondere Art von Leibesübung; es war eine natürliche Fähigkeit, wie das gewöhnliche Gehen für alle Leute mit gesunden Sinnen und Gliedern; trotzdem aber sah er, wenn er neben dem ausgefahrenen Ochsenweg nach der Mine galoppierte, in seinen englischen Kleidern und im englischen Sattel so aus, als wäre er in eben dem Augenblick in seinem leichten, schnellen „Pasotrote" kerzengerade aus einer grünen Wiese von der anderen Seite der Welt herübergekommen.

Sein Weg führte an der altspanischen Straße entlang, dem volkstümlich so genannten Camino Real – als Tatsache und Namen das einzige Überbleibsel eines Königtums, das der alte Giorgio Viola haßte und von dem nicht einmal mehr ein Schatten im Lande geblieben war; denn die große Reiterstatue Karls IV. am Eingang der Alameda, die sich weiß von den Bäumen abhob, war dem Landvolk und den Stadtbettlern, die auf den Stufen rings um den Sockel schliefen, nur als das Steinerne Pferd bekannt. Der andere Carlos, der unter raschem Klappern von Hufen auf dem holprigen Pflaster nach links abbog – Don Charles Gould in seinen englischen Kleidern –, paßte gleich wenig in seine Umgebung, schien sich damit aber wesentlich vertrauter zu fühlen als der königliche Reiter, der auf dem Sockel über den schlafenden Leperos sein Pferd zügelte und den Marmorarm zu der Marmorkrempe seines Federhuts erhob.

Das wettergepeitschte Standbild des reitenden Königs mit der Andeutung einer grüßenden Gebärde schien den politischen Veränderungen, die es sogar seines Namens beraubt hatten, mit unergründlichem Gleichmut die Stirne zu bieten; doch auch der andere Reiter, dem Volke wohlbekannt und sehr lebendig auf seinem schieferfarbenen Tier mit weißem Auge, auch er trug sein Herz durchaus nicht offen auf dem Umschlag seines englischen Rocks. Er bewahrte sein inneres Gleichgewicht, als fände er immer noch seinen Ruhepunkt in der leidenschaftslosen Beständigkeit des privaten und öffentlichen Herkommens in der europäischen Heimat. Er blieb gleich unbewegt vor der aufreizenden Art, in der die Damen von Sulaco ihre Gesichter mit Perlpuder bestäubten, bis sie wie Gipsmasken mit herrlich lebendigen Augen aussahen, wie vor dem Stadtklatsch und den ewigen politischen Umwälzungen, den unaufhörlichen „Rettungen des Landes", die seiner Frau als ein dummes, blutiges Spiel voll Mord und Raub erschienen, mit furchtbarem Ernst von entarteten Kindern gespielt. In den ersten Tagen ihres Daseins in Costaguana pflegte die kleine Dame verzweifelt die Hände zu ringen, weil sie sich außerstande sah, die öffentlichen Angelegenheiten des Landes so ernst zu nehmen, wie die gelegentliche Grausamkeit der Begleitumstände es verlangte. Sie sah darin eine Komödie leeren Wahns, doch kaum etwas Echtes, außer ihrer eigenen sprachlosen Entrüstung. Charles, der in aller Ruhe seinen langen Schnurrbart drehte, pflegte jedes Gespräch über den Gegenstand abzulehnen. Nur einmal sagte er ihr, in aller Freundlichkeit:

„Meine Liebe, du scheinst zu vergessen, daß ich hier geboren bin."

Diese wenigen Worte brachten sie zum Schweigen, als hätten sie eine plötzliche Offenbarung bedeutet. Vielleicht machte ja die bloße Tatsache, im Lande geboren zu sein, einen Unterschied. Sie hatte von jeher das größte Vertrauen zu ihrem Gatten. Er hatte zunächst durch seinen völligen Mangel an Sentimentalität ihre Einbildungskraft gereizt, durch eben die Gemütsruhe, die sie in Gedanken als ein Zeichen besonderer Lebenstüchtigkeit gedeutet hatte. Don José Avellanos, ihr Nachbar von jenseits der Straße, ein Staatsmann, Dichter, Mann von Bildung, der sein Land an verschiedenen europäischen Höfen vertreten (und als Staatsgefangener zur Zeit des Tyrannen Guzman Bento Unsagbares erduldet hatte), pflegte in Doña Emilias Salon zu erklären, daß Carlos alle englischen Charaktervorzüge mit einem wahrhaft patriotischen Herzen vereine.

Frau Gould erhob die Augen zu ihres Gatten magerem, rotbraunem Gesicht und konnte bei diesen Worten über seinen Patriotismus, obwohl er sie gehört haben mußte, kein leisestes Zucken entdecken. Er war vielleicht eben nach der Rückkehr von der Mine vom Pferde gestiegen; er war englisch genug, um der heißesten Tageszeit nicht zu achten. Basilio, in weißleinener Livree mit roter Schärpe, war im Patio einen Augenblick hinter dem Herrn niedergekniet, um ihm die schweren Sporen abzuschnallen; und dann war wohl der Señior Administrator die Treppe hinauf in die Galerie gegangen. Reihen von Topfpflanzen, längs des Geländers zwischen den steinernen Bogenpfeilern aufgestellt, schlossen mit ihren Blättern und Blüten den Corrédor von dem darunterliegenden Viereck ab, dessen gepflasterte Fläche den wahren Herdstein eines südamerikanischen Hauses bildet, und auf der der Wechsel von Licht und Schatten den ruhigen Ablauf des häuslichen Lebens anzeigt.

Señor Avellanos hatte die Gewohnheit, den Patio fast täglich um fünf Uhr nachmittags zu durchqueren. Don José wählte für seine Besuche die Teestunde, weil die englische Tageseinteilung in Doña Emilias Hause ihn an die Zeit erinnerte, wo er in London als bevollmächtigter Minister am Hofe von St. James gelebt hatte. Er liebte Tee nicht; und gewöhnlich schaukelte er in seinem amerikanischen Stuhl, die kleinen, glänzend beschuhten Füße auf der Fußrast gekreuzt, sprach unaufhörlich mit einer liebenswürdigen Geläufigkeit, die bei einem Mann seines Alters geradezu wunderbar wirkte, und hielt dabei lange Zeit die Tasse in der Hand. Sein kurzgeschorenes Haupt war schneeweiß; seine Augen kohlschwarz.

Beim Anblick von Charles Gould, der den Salon betrat, pflegte er leicht zu nicken und seine rednerische Periode zu Ende zu führen, dann erst sagte er etwa:

„Carlos, mein Freund, Sie sind von San Tomé in der vollen Tageshitze hereingeritten. Immer der wahre englische Tätigkeitsdrang. Nicht? Wie?“

Dann trank er den Tee in einem Schluck hinunter. Diese Handlung wurde unweigerlich von einem leisen Schaudern und einem unfreiwillig gemurmelten „brrrr“ begleitet, das von dem hastigen Ausruf „ausgezeichnet!“ nicht ganz übertönt wurde.

Dann reichte er die leere Tasse in die Hände seiner jungen Freundin zurück, die sich ihm lächelnd entgegenstreckten, und fuhr fort, sich über die patriotische Natur der San-Tomé-Mine zu verbreiten – einfach um des Vergnügens willen, sich selbst fließend sprechen zu hören, wie es schien, während sein zurückgelehnter Körper in einem Schaukelstuhl, wie sie aus den Vereinigten Staaten kommen, hin und her wippte. Hoch über seinem Kopf wölbte sich die weiße Decke des größten Wohnraums in der Casa Gould. Die Höhe des Raumes verkleinerte die schweren spanischen Stühle aus braunem Holz, mit Ledersitzen und geraden Rücklehnen, und die europäischen Sitzmöbel, die niedrig, über und über gepolstert herumstanden, wie fette kleine Ungeheuer, zum Bersten gemästet mit Stahlfedern und Roßhaar. Auf kleinen Tischen standen Nippsachen herum, über Marmorkonsolen waren Spiegel in die Wände eingelassen, Teppiche lagen unter den zwei Gruppen von Lehnstühlen, in deren jeder ein tiefes Sofa den Vorsitz führte; kleinere Läufer lagen da und dort auf dem roten Ziegelfußboden; drei Fenstertüren, die von der Decke bis zum Boden reichten, führten auf einen Balkon und waren von den senkrechten Falten der dunklen Vorhänge eingerahmt. Die Pracht vergangener Tage atmete noch zwischen den vier hohen Wänden, die zart primelfarben getönt waren; und Frau Gould, mit dem kleinen Kopf und den schimmernden Flechten, saß in einer Wolke von Musselin und Spitzen vor einem dünnbeinigen Mahagonitischchen und sah wie eine Fee aus, die aus Silbergerät Zaubertränke ausschenkt.

Frau Gould kannte die Geschichte der San-Tomé-Mine. In früheren Tagen hauptsächlich durch Peitschenhiebe auf Sklavenrücken bearbeitet, war ihr Ertrag mit dem Vollgewicht an Menschenfleisch bezahlt worden. Ganze Indianerstämme waren bei dem Betrieb zugrunde gegangen; und dann wurde die Mine aufgegeben, denn sie hatte aufgehört, bei dieser primitiven Methode ertragreich zu sein, wie viele Leichname man auch in den Schlund warf. Später geriet sie in Vergessenheit. Nach dem Unabhängigkeitskriege wurde sie neu entdeckt. Eine englische Gesellschaft erhielt die Betriebserlaubnis und fand eine so reiche Ader, daß weder die Ansprüche der aufeinanderfolgenden Regierungen, noch die gelegentlichen Überfälle von Werbeoffizieren auf die allmählich herbeigezogene Bevölkerung von bezahlten Bergleuten die Ausdauer der Unternehmer erschüttern konnten. Schließlich aber hatten sich während des langen Wirrwarrs von Pronunziamentos, die auf den Tod des berüchtigten Guzman Bento folgten, die eingeborenen Bergleute, von Sendboten aus der Hauptstadt aufgewiegelt, gegen ihre englischen Arbeitgeber empört und sie bis auf den letzten Mann ermordet. Das Beschlagnahmedekret, das unmittelbar darauf im „Diario Official" von Sta. Marta erschien, begann mit den Worten: „In gerechtem Zorne über die schamlose Unterdrückung durch Fremde, die sich weit eher durch schmutzige Geldgier als durch die Liebe zu einem Lande leiten ließen, in das sie als bettelhafte Glücksjäger gekommen waren, hat die Bergarbeiterschaft von San Tomé..." usw. und schloß mit der Erklärung: „Das Staatsoberhaupt hat beschlossen, von dem ihm zustehenden Begnadigungsrecht in vollem Maße Gebrauch zu machen. Die Mine, die nach jedem Gesetz, internationalem, menschlichem und göttlichem Gesetz, nunmehr der Regierung als Nationaleigentum zufällt, soll geschlossen bleiben, bis das im heiligen Kampf für die Grundsätze der Freiheit gezogene Schwert sein Werk getan und das Glück unseres geliebten Landes gesichert hat."

Und das war für lange Zeit das letzte Wort über die San Tomé-Mine. Welche Vorteile sich jene Regierung von der Beschlagnahme erhofft hatte, ist jetzt unmöglich zu sagen. Costaguana wurde mit Mühe dazu gebracht, den Familien der Opfer eine lächerliche Geldentschädigung zu zahlen, und dann verschwand die Angelegenheit aus dem diplomatischen Notenwechsel. Später aber erinnerte sich eine andere Regierung an jene wertvolle Erwerbung. Es war eine gewöhnliche Costaguana-Regierung, die vierte in sechs Jahren – doch wußte sie ihre Möglichkeiten richtig zu beurteilen. Sie erinnerte sich der San Tomé-Mine in der geheimen Überzeugung, daß sie im Besitze des Staates wertlos bleiben mußte, doch mit einem genialen Blick für den verschiedenen Gebrauch, der von einer Silbermine zu machen ist, abgesehen von dem mühsamen Prozeß, das Metall unter Tag zu gewinnen. Der Vater von Charles Gould, durch lange Zeit einer der wohlhabendsten Kaufleute von Costaguana, hatte bereits einen beträchtlichen Teil seines Vermögens in Zwangsdarlehen an die aufeinanderfolgenden Regierungen eingebüßt. Er war ein ruhig urteilender Mann, der es sich nie träumen ließ, seine Forderungen einzutreiben, und als ihm plötzlich, zum völligen Ausgleich, die dauernde Betriebskonzession der San Tomé-Mine angeboten wurde, da kannte seine Bestürzung keine Grenzen. Die Regierungskniffe waren ihm vertraut. Tatsächlich lag die Absicht bei der ganzen Geschichte, wenn auch zweifellos insgeheim reiflich erwogen, in der Fassung des Dokuments, das ihm zu dringender Unterschrift vorgelegt wurde, offen zutage. Der dritte und wichtigste Paragraph bestimmte, daß der Konzessionsinhaber der Regierung sofort den Staatsanteil an dem schätzungsweisen Ertrag der Mine für fünf Jahre im voraus erlegen sollte.

Herr Gould, der Vater, suchte sich gegen diese gefährliche Gunst mit vielen Gegengründen und Vorstellungen zu wehren, doch ohne Erfolg. Er verstand nichts vom Bergbau; er hatte keine Möglichkeit, seine Konzession auf den europäischen Markt zu bringen. Betriebsvorrichtungen in der Mine bestanden nicht mehr. Die Gebäude waren niedergebrannt worden, die Pläne vernichtet, die Arbeiterbevölkerung war seit langen Jahren aus der Nachbarschaft verschwunden; sogar die Straße lag unter einem wuchernden, tropischen Pflanzenwuchs so gründlich wie auf dem Meeresboden begraben; und der Hauptstollen war wenige hundert Meter vom Eingang eingestürzt. Man konnte nicht mehr von einer verlassenen Mine sprechen; es war eine wilde, unzugängliche Felsenschlucht der Sierra, wo Überreste verkohlter Balken, ein paar Haufen Ziegelschutt und einige formlose, rostige Eisenstücke unter dem verfilzten Dickicht dorniger Schlingpflanzen zu finden gewesen wären, das den Boden überdeckte. Herr Gould, der Vater, wünschte nicht den dauernden Besitz dieser trostlosen Örtlichkeit. Tatsächlich genügte ihr bloßes Bild, wenn es in stillen Nachtstunden vor seinem geistigen Auge aufstieg, ihn in schlaflose, hitzige Erregung zu versetzen.

Es ergab sich nämlich, daß der damalige Finanzminister ein Mann war, dem Herr Gould vor Jahren einmal unglückseligerweise ein kleines Darlehen verweigert hatte, mit der Begründung, daß der Bewerber ein berüchtigter Spieler und Betrüger und überdies mehr als nur verdächtig war, in einem abgelegenen Landbezirk, wo er damals als Richter wirkte, einen wohlhabenden Farmer angefallen und beraubt zu haben. Nun, nachdem er es zu einer hohen Stellung gebracht, hatte jener Politiker die Absicht geäußert, dem Señor Gould, dem armen Mann, Böses mit Gutem zu vergelten. Er wurde es nicht müde, diese Absicht immer wieder in den Salons von Sta. Marta zu betonen, mit sanfter und unerbittlicher Stimme und mit so listigen Blicken, daß Herrn Goulds beste Freunde diesem allen Ernstes rieten, von jedem Versuch, die Sache durch Bestechung aus der Welt zu schaffen, abzusehen. Es wäre sinnlos, es wäre vielleicht sogar nicht ungefährlich gewesen. Das war auch die Meinung einer stattlichen, etwas lauten Dame französischer Abstammung, der Tochter, wie sie sagte, eines hohen Offiziers (officier supérieur de l'armée), der innerhalb der Mauern eines säkularisierten Klosters, hart neben dem Finanzministerium, eine Wohnung eingeräumt war. Dieses blühende Geschöpf schüttelte bedauernd den Kopf, als geziemend, unter Überreichung eines passenden Geschenkes, wegen des Falles Gould bei ihr vorgesprochen wurde. Sie war gutmütig, und ihr Bedauern echt. Sie war der Auffassung, daß sie kein Geld für etwas annehmen könne, das zu vollbringen sie außerstande war. Herrn Goulds Freund, der mit der heiklen Sendung betraut war, pflegte späterhin zu erzählen, sie sei die einzige ehrliche Persönlichkeit in enger oder loser Verbindung mit der Regierung gewesen, die ihm je vorgekommen sei. „Nichts zu machen“, hatte sie in ihrem munteren, leicht heiseren Ton gesagt und dann Ausdrücke gebraucht, die eher für ein Kind unbekannter Eltern als für die verwaiste Tochter eines hohen Offiziers gepaßt hätten: „Nein, nichts zu machen. *Pas moyen, mon garçon. C'est dommage, tout de même. Ab! Zut! Je ne vole pas man monde. Je ne suis pas ministre – moi. Vous pouvez emporter votre petit sac.*“

Sie biß sich kurz auf die karminroten Lippen und beklagte dabei wohl innerlich die unbeugsame Starrheit der Grundsätze, die den Verkauf ihres Einflusses auf die höchsten Kreise bestimmten. Dann fügte sie bedeutsam und leicht ungeduldig hinzu: *“Allez et dites bien à votre bonbomme – entendez-vous? – qu'il faut avaler la pilule.“* Nach einer solchen Warnung blieb nichts weiter übrig, als zu unterschreiben und zu zahlen. Herr Gould hatte die Pille geschluckt, und es war, als hätte sie ein schleichendes Gift enthalten, das unmittelbar auf sein Gehirn wirkte. Er wurde mit einmal von der Mine besessen, und da er in Unterhaltungsliteratur ziemlich belesen war, so verschmolz ihm die Mine mit dem Bild des Alten vom Meere, den er auf den Schultern mit sich zu schleppen hatte. Er begann auch von Vampiren zu träumen. Herr Gould übertrieb vor sich selbst die Nachteile seiner neuen Stellung, weil er sie gefühlsmäßig betrachtete. Seine Stellung in Costaguana war nicht schlechter als zuvor. Aber der Mann ist ein hoffnungslos beharrliches Geschöpf, und die außergewöhnliche Neuheit dieses Angriffs auf seine Börse beleidigte Goulds Zartgefühl. Jedermann rings um ihn wurde von den tollen Mörderbanden geplündert, die nach dem Tod von Guzman Bento ihr wildes Spiel von Regierung und Umsturz trieben. Die Erfahrung hatte ihn gelehrt, daß, wenn auch die Beute mitunter bei weitem nicht den Erwartungen entsprechen mochte, doch gewiß keiner der Burschen, der gerade im Besitz des Präsidentenpalastes war, so stümperhaft sein würde, durch den Mangel an einem Vorwand einen Mißerfolg zu verschulden. Der erstbeste Oberst der bloßfüßigen Armee von Vogelscheuchen, der des Wegs kam, vermochte mit größter Bestimmtheit jedem bloßen Zivilisten gegenüber seine Ansprüche auf eine Summe von zehntausend Dollar zu begründen; wobei er vielleicht die unwandelbare Hoffnung hatte, keinesfalls weniger als etwa tausend zu bekommen. Herr Gould wußte das sehr gut, hatte sich mit Entsagung gewappnet und auf bessere Zeiten gehofft. Doch in Form eines gesetzlichen, geschäftlichen Vorgehens beraubt zu werden, das war für seine Vorstellungskraft unerträglich. Herr Gould, der Vater, hatte einen Fehler in seinem weisen und ehrenwerten Charakter: er legte zuviel Gewicht auf die Form. Dieser Fehler ist unter Menschen sehr verbreitet, deren Ansichten durch Vorurteile eingeengt sind. Für ihn lag in der Sache eine Heimtücke umgebogener Gesetzlichkeit, die durch die moralische Erschütterung seine kräftige Gesundheit untergrub. „Es wird mich noch umbringen“, sagte er oft und oft an jedem Tage; und tatsächlich begann er von da ab an Fieber, an Leberbeschwerden und besonders an der quälenden Unfähigkeit zu leiden, noch an irgend etwas anderes zu denken. Der Finanzminister hätte sich die Wirkung seiner ausgeklügelten Rache wohl kaum besser wünschen können. Sogar Herrn Goulds Briefe an seinen vierzehnjährigen Sohn Charles, der damals zur Erziehung in England weilte, sprachen schließlich kaum noch von etwas andrem als der Mine. Er jammerte über die Ungerechtigkeit, die Verfolgung, den Schimpf; er füllte ganze Seiten mit der Aufzählung der unseligen Folgen, die sich von jedem Gesichtspunkte aus dem Besitz der Mine ergaben, mit allerlei trüben Schlußfolgerungen, mit Worten des Grauens vor der anscheinend ewigen Dauer des Fluchs; denn die Konzession war ihm und seinen Nachkommen für immer zugesichert worden. Er beschwor seinen Sohn, niemals nach Costaguana zurückzukehren, niemals einen Anspruch auf sein Erbe zu erheben, weil der Fluch der niederträchtigen Konzession darauf lastete; keinen Heller davon anzurühren, gar keine Anstalten dazu zu machen; zu vergessen, daß es ein Amerika gab, und in Europa eine kaufmännische Laufbahn zu ergreifen; und jeder Brief schloß mit bitteren Selbstvorwürfen, weil er, der Vater, zu lange in dieser Höhle von Dieben, Schurken und Räubern verweilt habe.

Sich wiederholt sagen zu lassen, daß infolge des Besitzes einer Silbermine die eigene Zukunft vernichtet ist, bedeutet im Alter von vierzehn Jahren kein allzu einschneidendes Erlebnis, wenigstens nicht in bezug auf den Hauptteil der Feststellung; in der Form aber liegt doch ein gewisser Anreiz zu verwunderter Aufmerksamkeit. Im Laufe der Zeit begann der Junge, neben der anfänglichen Bestürzung über die ärgerlichen Jeremiaden und dem ehrlichen Mitleid für den Vater, die Sache in all den freien Augenblicken zu überdenken, die ihm Spiel und Arbeit ließen. Innerhalb eines Jahres etwa hatte er aus dem gewissenhaften Lesen der Briefe die endgültige Überzeugung gewonnen, daß es in der Sulacoprovinz der Republik Costaguana, wo der arme Onkel Harry vor vielen Jahren von Soldaten erschossen worden war, eine Silbermine gab. In enger Verbindung mit dieser Mine gab es auch etwas, das die „unbillige Gould-Konzession" genannt wurde, offenbar auf dem Papier geschrieben, das sein Vater dringend „zerreißen" und Präsidenten, Mitgliedern des Gerichtshofs und Staatsministern „ins Gesicht werfen" wollte; und dieser Wunsch hielt an, obwohl die Namen der Leute, wie der Junge bemerkte, selten durch ein ganzes Jahr dieselben blieben. Der Wunsch (da ja die ganze Sache unbillig war) erschien dem Jungen durchaus natürlich, obwohl er den Grund, warum sie so unbillig war, nicht einsehen konnte. Späterhin, mit wachsender Weisheit, kam er dazu, die reine Wahrheit der Sache aus dem phantastischen Beiwerk des Alten vom Meere, der Vampire und Ghouls herauszuschälen, das dem Briefstil seines Vaters den prickelnden Reiz eines schaurigen Märchens aus Tausendundeiner Nacht gegeben hatte. Und schließlich gelangte der zum Mann heranwachsende Junge zu einer gleich engen Vertrautheit mit der San Tomé-Mine wie der alte Mann selbst, der jenseits des Weltmeers diese klagereichen und wütenden Briefe schrieb. Man hatte ihn bereits mehrmals schwere Geldstrafen zahlen lassen, weil er es unterließ, die Mine in Betrieb zu nehmen, berichtete er; abgesehen von anderen Summen, die ihm als Anzahlung auf künftige Staatsanteile erpreßt worden waren, mit der Begründung, daß ein Mann mit einer so wertvollen Konzession in der Tasche der Regierung der Republik eine Geldhilfe nicht versagen dürfte. Die Reste seines Vermögens flögen gegen wertlose Quittungen davon, schrieb er wütend, während er allgemein als Mann bezeichnet wurde, der es verstanden habe, aus der Notlage seines Landes ungeheure Vorteile für sich herauszuschlagen. Und der junge Mann in Europa empfand stetig wachsende Anteilnahme für eine Sache, die einen solchen Wust von Worten und Leidenschaft hervorzurufen vermochte.

Er dachte jeden Tag daran, doch ohne Bitterkeit. Es konnte für seinen armen Vater wohl ein unglückliches Geschäft sein, und die ganze Geschichte warf ein eigentümliches Licht auf die gesellschaftlichen und politischen Verhältnisse in Costaguana. Die Ansicht, die er sich bildete, schloß bei allem Mitgefühl mit dem Vater die ruhige Überlegung nicht aus. Seine persönlichen Gefühle waren nicht verletzt worden, und es ist ja schwer, die richtige, dauerhafte Entrüstung für die körperlichen oder geistigen Nöte eines anderen Wesens aufzubringen, und wäre dies andere Wesen auch der leibhaftige Vater. Als er sein zwanzigstes Jahr erreicht hatte, da war auch Charles Gould seinerseits dem Bann der San Tomé-Mine verfallen. Doch es war eine andere Art von Verzauberung, die seiner Jugend besser entsprach und neben der sich Hoffnung, Kraft und Selbstvertrauen behaupten konnten, an Stelle der müden Entrüstung und Verzweiflung. Nach seinem zwanzigsten Jahre sich selbst überlassen (bis auf die strenge Weisung, nicht nach Costaguana zurückzukehren), hatte er seine Studien in Belgien und Frankreich in der Absicht fortgesetzt, die Diplom-Prüfung als Bergingenieur zu machen. Doch diese wissenschaftliche Seite seiner Arbeiten stand ihm verschwommen und unvollständig vor Augen. Minen hatten für ihn dramatische Bedeutung gewonnen. Er studierte ihre Eigentümlichkeiten von rein persönlichem Gesichtspunkte aus, so wie jemand die menschlichen Charaktere zu studieren vermöchte. Er besuchte sie mit der Neugierde, die man beim Besuch berühmter Persönlichkeiten empfinden mag. Er besuchte Minen in Deutschland, Spanien und Cornwall. Aufgelassene Betriebe zogen ihn besonders an. Ihre Verlassenheit ging ihm zu Herzen, wie der Anblick menschlichen Elends, dessen Ursachen so verschiedenartig und tiefgründig sind. Sie konnten wertlos gewesen, sie konnten aber auch nur mißverstanden worden sein. Seine künftige Frau entdeckte als erste und wohl auch einzige dieses geheime Empfinden, das die stark gefühlsmäßige, fast stumme Einstellung dieses Mannes auf die dingliche Welt beherrschte. Und sofort fand ihre Neigung zu ihm, die mit ausgebreiteten Fittichen wie einer der Vögel geruht hatte, die von ebener Fläche schwer auffliegen können, den erhabenen Punkt, von dem aus sie sich in die Himmel aufzuschwingen vermochte.

Sie hatten einander in Italien kennengelernt, wo die künftige Frau Gould mit einer alten, blassen Tante lebte, die lange Jahre zuvor einen ältlichen, verarmten italienischen Marchese geheiratet hatte. Sie trauerte nun um den Mann, der es verstanden hatte, sein Leben dem Kampf für die Unabhängigkeit und Einheit seines Landes zu weihen und in seiner Freigebigkeit so überschwenglich zu sein wie einer der Jüngsten, die für die gleiche Sache fielen; für die Sache, unter deren Überbleibsel auch der alte Giorgio Viola zählte – so wie nach einer siegreichen Seeschlacht eine zerbrochene Spiere unbeachtet davontreiben mag. Die Marchesa, nonnenhaft in ihren schwarzen Gewändern, mit dem weißen Band über der Stirne, fühlte ein stilles, abgeschiedenes Dasein in einem Winkel im ersten Stock des alten, verfallenen Palastes, dessen große, leere Hallen zu ebener Erde, unter gemalten Decken, Getreide, Hühner und sogar Vieh zusammen mit der ganzen Familie des Pächters beherbergten.

Die beiden jungen Leute hatten sich in Lucca getroffen. Nach diesem Zusammentreffen besuchte Charles Gould keine Minen mehr, obwohl sie einmal zusammen im Wagen zu ein paar Marmorbrüchen hinausfuhren, wo die Arbeit insofern an Bergbau erinnerte, als sie auch darin bestand, die wertvollen Rohstoffe der Erde zu entreißen. Charles Gould erschloß ihr sein Herz nicht in wohlgesetzter Rede. Er fuhr einfach mit seinem Denken und Tun in ihrer Gegenwart fort. Hierin liegt die wahre Aufrichtigkeit. Eine seiner häufigen Bemerkungen war: „Ich denke mir manchmal, daß der arme Vater eine falsche Ansicht über diese San-Tomé-Sache hat." Und sie erörterten diese Ansicht lange und eingehend, als hätten sie über den halben Erdball weg einen Dritten damit beeinflussen können; in Wirklichkeit aber erörterten sie sie, weil sich die Liebe in jeden Gegenstand einzuschleichen und noch in weitentlegenen Gesprächen zu leben vermag. Aus diesem natürlichen Grund waren diese Gespräche der Frau Gould während ihrer Verlobungszeit lieb. Charles fürchtete, daß Herr Gould, der Vater, seine Kräfte vergeudete und mit den fortwährenden Anstrengungen, die Konzession loszuwerden, seine Gesundheit untergrub. „Ich glaube fast, daß dies nicht die rechte Art ist, in der die Sache angefaßt werden sollte", grübelte er laut vor sich hin, wie im Selbstgespräch. Und wenn sie ein offenes Erstaunen darüber äußerte, daß ein Mann von Charakter seine Tatkraft an Winkelzüge und Durchstechereien wenden sollte, da pflegte Charles Gould mit verständnisvollem Eingehen auf ihre Verwunderung zu erwidern: „Du darfst nicht vergessen, daß er dort drüben geboren ist."

Sie machte sich mit ihrem raschen Verstand daran, das auszudenken, und gab dann, vielleicht nicht ganz folgerichtig, eine Antwort, die er aber als durchaus vernünftig gelten ließ, weil sie es ja tatsächlich auch war: „Nun gut, und du? Auch du bist drüben geboren."

Er war um die Entgegnung nicht verlegen:

„Das ist etwas andres. Ich bin zehn Jahre weg gewesen. Vater hat nie eine so lange Ruhepause gehabt; und es ist nun mehr als dreißig Jahre her."

Sie war die erste, der gegenüber er die Lippen öffnete, nachdem er die Nachricht von seines Vaters Tod erhalten hatte.

„Es hat ihn getötet!" – sagte er.

Er war mit der Nachricht geradewegs aus der Stadt hinausgegangen, gerade vor sich hin, in der Mittagssonne, auf der weißen Straße, und seine Füße hatten ihn mit ihr zusammengeführt, in der Halle des verfallenen Palastes, einem prachtvollen, entblößten Raum, von dessen kahlen Wänden da und dort ein Damastfetzen, schwarz vor Altersmoder, niederhing. Die Einrichtung bestand in einem vergoldeten Armstuhl mit zerbrochener Lehne und einem achteckigen Säulenständer mit einer schweren Marmorvase darauf, die mit gemeißelten Masken und Blumengirlanden geschmückt und von oben bis unten zersprungen war. Charles Gould war über und über bedeckt mit dem weißen Staub der Straße, der auf seinen Schuhen, seinen Schultern und der Mütze mit zwei Schirmen lag. Darunter hervor lief ihm das Wasser übers Gesicht, und mit der Rechten umklammerte er einen dicken eichenen Knotenstock.

Sie stand vor ihm, sehr bleich unter den Rosen auf ihrem großen Strohhut; in Handschuhen, einen hellen Sonnenschirm in der Hand, so wie sie im Begriff gewesen war, ihm bis an den Fuß des Hügels entgegenzugehen, wo drei Pappeln an der Mauer eines Weingartens standen.

„Es hat ihn getötet!" wiederholte er. „Er hätte noch viele Jahre vor sich haben müssen. Wir sind eine langlebige Familie."

Sie war zu bestürzt, um irgend etwas sagen zu können; er sah mit starrem, forschendem Blick die gesprungene Marmorvase an, als hätte er beschlossen, sich ihre Form auf ewig einzuprägen. Erst als er plötzlich herumfuhr und zweimal hervorstammelte: „Ich bin zu dir gekommen... Ich bin geradewegs zu dir gekommen...", ohne den Satz vollenden zu können – da erst kam ihr der ganze Jammer dieses einsamen, zerquälten Todes in Costaguana voll zum Bewußtsein. Er faßte ihre Hand, führte sie an die Lippen, und daraufhin ließ sie ihren Sonnenschirm fallen, streichelte ihm die Wangen, murmelte dazu „Armer Junge" und begann sich unter der niederhängenden Krempe ihres Hutes die Augen zu trocknen, sehr klein in ihrem einfachen, weißen Kleid, fast wie ein verlassenes Kind, weinend inmitten der verfallenen Größe des edlen Raumes; er aber, an ihrer Seite, war wieder in die unbewegliche Betrachtung der Marmorvase versunken.

Nachher machten sie sich zu einem langen Spaziergang auf, der schweigend verlief, bis Charles plötzlich ausrief:

„Ja! Wenn er's nur richtig angepackt hätte!"

Und dann blieben sie stehen. Überall lagen langgestreckte Schatten auf den Hügeln, auf den Straßen, auf den eingezäunten Olivengärten; die Schatten von Pappeln, breitästigen Kastanienbäumen, Bauernhöfen und Steinmauern; und durch die Luft zitterten dünne, flinke Glockenschläge, wie der klopfende Puls des Sonnenuntergangs.

Ihre Lippen waren leicht geöffnet, wie aus Überraschung darüber, daß er sie nicht mit dem gewohnten Ausdruck ansah. Der gewohnte Ausdruck war der unbedingter Anerkennung und Aufmerksamkeit. Er bezeugte dadurch ihre Macht, ohne an eigener Würde einzubüßen. Dieses schmächtige Mädchen mit den kleinen Füßen, kleinen Händen, dem kleinen Gesicht, auf dem so lieblich die schweren Haarflechten lasteten; mit dem ziemlich großen Mund, dessen Lippen sich in einer Art öffneten, die Offenheit und Großmut zu verkünden schien: dieses Mädchen hatte die verwöhnte Seele einer erfahrenen Frau. Vor allen Dingen und über alle Schmeicheleien hinaus wachte sie sorgsam über ihren Stolz auf den Mann ihrer Wahl. Der sah sie nun tatsächlich überhaupt nicht an; sein Ausdruck war gespannt und entrückt, wie ja nicht anders zu erwarten, bei einem Mann, der sich darin gefällt, am Kopf eines jungen Mädchens vorbei ins Leere zu starren.

„Nun ja. Es war unbillig. Sie haben ihm übel mitgespielt, dem armen alten Herrn. Oh, warum hat er mir nicht erlaubt, zu ihm zurückzukehren! Aber nun werde ich wohl wissen, wie ich die Sache anpacken muß."

Nachdem er diese Worte mit ungeheuerer Selbstsicherheit gesprochen hatte, blickte er zu dem Mädchen nieder und wurde sofort eine Beute von Betrübnis, Unsicherheit und Angst.

Das einzige, was er nun zu wissen wünschte, sagte er, war, ob ihre Liebe stark genug wäre, ob sie den Mut haben würde, mit ihm weit weg zu gehen? Er legte ihr diese Frage mit angstzitternder Stimme vor, denn er war ein entschlossener Mann.

Ja, ihre Liebe war stark genug. Ja, sie wollte mit ihm mit. Und sofort hatte die künftige Gastgeberin aller Europäer in Sulaco das körperliche Gefühl, daß die Erde unter ihren Füßen wich, alles schwand, sogar noch die Glockentöne. Als ihre Füße wieder auf den Boden trafen, da läutete die Glocke im Tale immer noch. Das Mädchen griff sich mit den Händen ans Haar und sah schnell atmend die steinige Halde hinauf und hinunter. Die war erfreulich menschenleer. Unterdessen stieg Charles mit einem Fuß in einen trockenen, staubigen Graben und holte den aufgespannten Sonnenschirm herauf, der mit kriegerischem Lärm, wie von Trommelwirbeln, von ihnen weggehüpft war. Charles reichte ihn geziemend und leicht verlegen der Besitzerin.

Sie machten sich auf den Heimweg, und nachdem sie die Hände unter seinen Arm geschoben hatte, waren seine ersten Worte: „Es ist ein Glück, daß wir uns in einer Hafenstadt werden niederlassen können. Du kennst den Namen, es ist Sulaco. Ich bin so froh, daß der arme Papa das Haus erworben hat. Er hat dort vor Jahren ein großes Haus gekauft, einfach nur, damit es immer eine Casa Gould in der Hauptstadt des Landesteiles geben sollte, der früher einmal die Westliche Provinz hieß. Ich habe als kleiner Junge einmal mit meiner lieben Mutter ein ganzes Jahr dort gelebt, während der arme Papa eine Geschäftsreise durch die Vereinigten Staaten machte. Du sollst die neue Herrin der Casa Gould sein."

Und später, in der unbewohnten Ecke des Palazzo über den Weinbergen, den Marmorbrüchen, den Pinien und Oliven von Lucca, sagte er noch:

„Der Name Gould war in Sulaco immer hoch geachtet. Mein Onkel Harry war eine Zeitlang Oberhaupt des Staates und hat unter den ersten Familien einen großen Namen hinterlassen: damit meine ich die reinen Kreolenfamilien, die an den kümmerlichen Regierungspossen keinen Anteil nehmen. Onkel Harry war kein Abenteurer. In Costaguana sind wir Goulds keine Abenteurer. Er stammte aus dem Lande und liebte es, in seinen Anschauungen aber blieb er im Grunde doch Engländer. Er machte sich den politischen Wahlspruch der Zeit zu eigen. Es war Föderation. Aber er war kein Politiker. Er stand einfach für öffentliche Ordnung ein, aus reiner Liebe zu vernünftiger Freiheit und aus Haß gegen Unterdrückung. Er war kein Flunkerer. Er ging auf seine eigene Weise an die Arbeit, weil die ihm die rechte schien, genau so, wie ich jetzt das Gefühl habe, daß ich mich an diese Mine machen muß."

In solchen Worten sprach er zu ihr, weil sein Gedächtnis erfüllt war von dem Land seiner Kindheit, sein Herz von dem Leben mit diesem Mädchen, sein Sinn von der San-Tomé-Konzession. Er fügte hinzu, er würde sie für einige Tage verlassen müssen, um einen Amerikaner ausfindig zu machen, einen Mann aus San Franzisko, der sich noch irgendwo in Europa aufhielt. Er hatte ihn einige Monate zuvor in einer althistorischen deutschen Stadt in einem Bergwerksbezirk kennengelernt. Der Amerikaner hatte seine Damen mit sich, schien sich aber einsam zu fühlen, während sie den ganzen langen Tag die alten Torwege und die Ecktürmchen der mittelalterlichen Häuser abzeichneten. Charles Gould fand mit ihm einen engen Berührungspunkt im Bergbau. Der andere Mann war an verschiedenen Bergwerken beteiligt, wußte etwas von Costaguana und hatte auch den Namen Gould schon gehört. Sie hatten sich mit einer Vertrautheit unterhalten, die durch den Altersunterschied zwischen ihnen ermöglicht war. Nun wollte Charles diesen geschäftstüchtigen und dabei umgänglichen Kapitalisten auffinden. Das Vermögen seines Vaters in Costaguana, das er für beträchtlich gehalten hatte, schien infolge der vielfachen Revolutionsbrandschatzungen dahingeschmolzen zu sein. Abgesehen von einigen zehntausend Pfund, die in England hinterlegt waren, schien nichts übriggeblieben als das Haus in Sulaco, ein nicht sehr klar umrissenes Ausbeutungsrecht für Wälder in einem wilden, abgelegenen Innenbezirk und die San-Tomé-Konzession, die seinem armen Vater bis zum Rand des Grabes treugeblieben war.

All dies erklärte er dem Mädchen. Es war spät, als sie sich trennten. Nie zuvor hatte sie sich ihm so bezaubernd gezeigt. All die schnelle Bereitschaft der Jugend für ein fremdartiges Leben, für Weite, für eine Zukunft mit einem Beigeschmack von Kampf und Abenteuer – ein unbestimmter Wunsch nach Aufbau und Eroberung –, all dies hatte sie mit tiefer Erregung erfüllt, die sie dem Erwecker mit hemmungsloser Zärtlichkeit lohnte.

Er verließ sie, um den Hügel hinabzugehen, und sobald er sich allein sah, wurde er nüchtern. Der unwiderrufliche Wechsel, den ein Tod in den alltäglichen Ablauf unserer Gedanken bringt, macht sich in einer unbestimmten und doch brennenden Betrübnis fühlbar. Es schmerzte Charles Gould, daß er nie mehr, durch keine Willensanstrengung, imstande sein würde, an seinen armen Vater so zu denken, wie er zu dessen Lebzeiten an ihn gedacht hatte. Nicht länger gehorchte das beseelte Bild dem Ruf des Sohnes. Diese Erwägung, die sein eigenes Daseinsgefühl eng berührte, erfüllte ihn mit einem schmerzlichen und verbissenen Tatendrang. Hierin trog ihn sein Instinkt nicht. In der Tat liegt Trost. Sie ist dem Nachdenken feind und schönen Träumen günstig. Nur in der

Vollbringung unserer Taten vermögen wir das Gefühl zu finden, daß wir das Schicksal meistern. Für Charles Gould bildete die Mine offensichtlich das einzige Betätigungsfeld. Es konnte mitunter ein Gebot sein, auf die rechte Weise den feierlichen Wünschen der Toten nicht zu gehorchen. Charles beschloß in seinem Ungehorsam (zur Buße) so gründlich wie nur möglich zu sein. Die Mine hatte in der törichtesten Weise einen seelischen Zusammenbruch verschuldet; nun sollte ihr Betrieb zum ernsthaften, sittlichen Erfolg werden. Das war er dem Andenken des toten Mannes schuldig. Dies also waren die – genau gesagt – Gemütsregungen von Charles Gould. Seine Gedanken waren schon bei der Möglichkeit, in San Franzisko oder sonstwo ein starkes Kapital aufzunehmen; und gelegentlich kam ihm auch die allgemeine Überlegung, daß der Rat der Hingeschiedenen ein schlechter Führer sein müsse. Keiner unter ihnen konnte vorher wissen, welche ungeheuren Veränderungen der Tod eines einzelnen Menschen im ganzen Weltbild hervorzurufen vermochte.

Den letzten Abschnitt in der Geschichte der Mine kannte Frau Gould aus persönlicher Erfahrung. Es war im wesentlichen auch die Geschichte ihrer Ehe. Der Mantel der vererbten Machtstellung der Goulds in Sulaco hatte sich auf ihre schmächtigen Schultern gesenkt, doch litt sie es nicht, daß die Falten und Fältchen des fremdartigen Gewandes ihre eigene Lebhaftigkeit unterdrückten, die nicht aus bloßer Munterkeit, sondern aus scharfem Verstand herrührte. Dabei soll niemand glauben, daß Frau Gould etwa sehr männlich veranlagt gewesen wäre. Eine Frau von männlicher Veranlagung ist durchaus kein überlegenes Wesen; sie ist nur eine Spielart, in der sich die Unterschiede verwischt haben – merkwürdig durch ihre Unfruchtbarkeit und im übrigen ohne Bedeutung. Da Doña Emilias Verstand durchaus weiblich war, so führte er sie dazu, Sulaco zu erobern, einfach indem er ihr den rechten Weg für ihre Selbstlosigkeit und Anteilnahme wies. Sie konnte entzückend eine Unterhaltung führen, war aber nicht gesprächig. Da die Herzensweisheit mit der Aufstellung oder Widerlegung von Theorien so wenig zu tun hat wie mit der Verteidigung von Vorurteilen, so kann sie auch auf viel Worte verzichten. Die Worte, die sie ausspricht, haben den Wert von Werken der Rechtlichkeit, Duldsamkeit und Nächstenliebe. Die wahre Zärtlichkeit einer Frau äußert sich wie die wahre Männlichkeit eines Mannes in einer Art von Eroberung. Die Damen von Sulaco beteten Frau Gould an. „Sie sehen in mir immer noch etwas wie ein Ungeheuer", hatte Frau Gould spaßhaft zu einem der drei Herren aus San Franzisko gesagt, die sie etwa ein Jahr nach der Heirat in ihrem Hause in Sulaco aufzunehmen gehabt hatte.

Es waren ihre ersten auswärtigen Besucher gewesen, und sie waren gekommen, um die San Tomé-Mine zu besichtigen. Frau Gould scherzte, wie es ihnen schien, sehr anziehend; und Charles Gould wußte nicht nur genau, was er wollte, sondern hatte sich außerdem auch als unermüdlicher Arbeiter erwiesen. Die Tatsache schuf bei den Herren die beste Stimmung gegenüber Charles Goulds Gattin. Eine unverkennbare Begeisterung, durch einen leise spöttischen Unterton gewürzt, ließ ihre Worte über die Mine den Besuchern geradezu bezaubernd erscheinen und brachte sie zu ernstem, nachsichtigem Lächeln, in dem ein gut Teil Verehrung lag. Hätten sie geahnt, wie sehr sie von einem idealistischen Zielbewußtsein erfüllt war, dann hätte sie vielleicht die Geistesverfassung der kleinen Dame mit der gleichen Bewunderung erfüllt wie ihre körperliche Unermüdlidikeit die spanisch-amerikanischen Damen. Sie wäre ihnen –

nach ihren eigenen Worten – „als etwas wie ein Ungeheuer“ erschienen. Doch die Goulds waren im wesentlichen zurückhaltende Menschen, und die Gäste nahmen Abschied, ohne ihnen im entferntesten andere Absichten zuzutrauen als die richtige Nutzung einer Silbermine. Frau Gould stellte ihren eigenen Wagen mit den zwei weißen Maultieren zur Verfügung, um die Gäste zum Hafen hinunterzufahren, von wo der Zerberus sie auf den Olymp der Plutokraten bringen sollte. Kapitän Mitchell hatte den Augenblick des Abschieds benützt, um Frau Gould vertraulich die Bemerkung zuzuflüstern: „Dies bezeichnet eine Epoche.“

Frau Gould liebte den Innenhof ihres spanischen Hauses. Aus einer Mauernische über der breiten Steintreppe blickte still eine Madonna in blauen Gewändern, das gekrönte Kind auf dem Arm. Gedämpfte Stimmen drangen in den frühen Morgenstunden vom Brunnenrand inmitten des Vierecks herauf, zugleich mit dem Stampfen der Pferde und Maultiere, die paarweise an die Zisterne zur Tränke geführt wurden. Ein Dickicht schlanker Bambusstämme neigte die schmalen Messerklingen seiner Blätter über die rechteckige Wasserfläche, und der fette Kutscher kauerte träge auf der Brüstung, die Halfterenden lässig in der Hand. Bloßfüßige Diener gingen ab und zu; aus dunklen, niederen Türen im Erdgeschoß kamen zwei Wäschermädchen mit Körben voll gebleichtem Leinen; der Bäcker, der auf großem Brett das für den Tagesbedarf gebackene Brot trug; Leonarda, die Kammerzofe, sehr selbstbewußt, in der über dem rabenschwarzen Kopf erhobenen Hand ein Bündel gestärkter Unterröcke, die blendend weiß im Sonnenschein glänzten. Dann humpelte noch der alte Pförtner herein, wusch das Pflaster auf, und das Haus war für den Tag bereit. Alle die luftigen Räume auf drei Seiten des Vierecks waren untereinander und mit dem Corrédor verbunden, von dessen schmiedeeisernem, mit Blumen bestandenem Gitter aus Frau Gould, wie die Herrin eines mittelalterlichen Schlosses, von oben her alles Kommen und Gehen der Casa überblicken konnte, dem der Widerhall unter dem gewölbten Torweg ein stattliches Gepräge gab. Sie hatte zugesehen, wie ihr Wagen mit den drei Gästen aus dem Norden wegrollte. Sie lächelte. Drei Arme griffen gleichzeitig nach drei Hüten. Kapitän Mitchell, der sie als vierter begleitete, hatte bereits eine pomphafte Rede begonnen. Dann verweilte Frau Gould müßig, näherte ihr Gesicht den Blütenbüscheln hier und dort, als wollte sie ihren Gedanken Zeit lassen, sie bei ihrem langsamen Schreiten durch die schmale Mittelstrecke des Corrédors einzuholen.

Eine befranste indianische Hängematte aus Aroa, mit bunter Federarbeit geschmückt, war mit Bedacht in einem Winkel aufgespannt, den die Morgensonne traf; denn die Morgen in Sulaco sind kühl. Die Blüten der „Flor de noche buena“ flammten in großen Büscheln vor den offenen Glastüren der Empfangsräume. Ein großer grüner Papagei, smaragden schimmernd, in einem Käfig, der wie Gold glitzerte, schrie wild: „Viva Costaguana!“, flötete dann zweimal: „Leonarda, Leonarda!“ in Frau Goulds eigener Stimme und rettete sich plötzlich in Reglosigkeit und Schweigen. Frau Gould ging bis zum Ende der Galerie und streckte den Kopf durch die Türe zum Zimmer ihres Gatten.

Charles Gould, den einen Fuß auf einem niedrigen Holzschemel, schnallte sich die Sporen an. Er wollte schnell zur Mine zurück. Frau Gould blickte durch den Raum, ohne einzutreten. Ein hohes, breites Büchergestell mit Glastüren war voll von Büchern; in einem andern aber, das keine Türen hatte und mit rotem Tuch ausgeschlagen war, hingen allerlei Feuerwaffen, Winchester-Karabiner, Revolver, ein paar Jagdgewehre und sogar zwei Paar doppelläufige Halfterpistolen. Dazwischen, für sich allein auf scharlachrotem Samt, hing ein alter Kavalleriesäbel, einst das Eigentum des Don Enrique Gould, des Helden der Westlichen Provinz; ein Geschenk von Don José Avellanos, dem erblichen Freund der Familie.

Im übrigen waren die weiß vergipsten Wände völlig schmucklos, bis auf eine Aquarellskizze des San-Tomé-Gebirges, eine Arbeit von Doña Emilias Hand. Mitten auf dem roten Ziegelfußboden standen zwei lange Tische, mit Plänen und Papieren beladen, einige Stühle und eine kleine Vitrine mit Erzproben aus der Mine. Frau Gould überflog der Reihe nach alle diese Dinge und ließ dabei die Frage laut werden, warum wohl die Reden dieser reichen, unternehmenden Leute über die Aussichten des Betriebs und die Sicherheit der Mine sie so ungeduldig und zappelig machten, während sie doch mit ihrem Gatten über die Mine stundenlang mit immer gleichbleibendem Interesse und Vergnügen sprechen konnte.

Und mit einem ausdrucksvollen Senken der Augenlider fügte sie hinzu:

„Wie fühlst du dich denn dabei, Charley?"

Dann hob sie, überrascht von ihres Gatten Schweigen, die Augen, weit geöffnet, wie schöne, blasse Blumen. Er war mit dem Anschnallen der Sporen fertig, zog nun seinen Schnurrbart mit beiden Händen aus und sah von der Höhe seiner langen Beine in sichtlicher Zufriedenheit mit ihrer Erscheinung auf sie herunter. Das Bewußtsein, so angesehen zu werden, behagte Frau Gould.

„Es sind sehr bedeutende Leute", sagte er.

„Ich weiß. Aber hast du auch ihren Reden zugehört? Sie scheinen nichts von allem verstanden zu haben, was du ihnen gezeigt hast."

„Sie haben die Mine gesehen, und davon haben sie sicherlich etwas verstanden", warf Charles Gould ein, in Verteidigung der Gäste; und dann nannte seine Frau den Namen des Bedeutendsten der drei, er war als Finanzmann wie als Industrieller bedeutend. Sein Name war vielen Millionen Menschen vertraut. Er war so bedeutend, daß er niemals so weit von seinem Arbeitsgebiet weggereist wäre, hätten ihm nicht die Ärzte mit versteckten Drohungen zu einem längeren Urlaub zugeredet.

„Herrn Holroyds religiöses Gefühl", fuhr Frau Gould fort, „nahm empörten Anstoß an den buntgeschmückten Heiligen in der Kathedrale. Er sprach von Götzendienst vor Holz und Flitterkram. Aber mir kam es vor, daß er seinen eigenen Gott als etwas wie einen einflußreichen Partner betrachtete, der seinen Gewinnanteil in Form immer neuer Kirchenbauten bezieht. Auch das ist eine Art von Götzendienst. Er hat mir gesagt, daß er jedes Jahr einige Kirchen stiftet, Charley."

„Kein Ende davon", sagte Herr Gould und staunte innerlich über die Beweglichkeit ihres Gesichts. „Über das ganze Land. Er ist berühmt für diese Art von Freigebigkeit."

„Oh, er rühmt sich nicht", erklärte Frau Gould gewissenhaft. „Ich glaube, er ist wirklich ein guter Mensch – aber so beschränkt! Ein armer Chulo, der einen kleinen Arm oder ein

Bein aus Silber opfert, um seinem Gott für eine Heilung zu danken, ist genau so vernünftig und dabei ergreifender."

„Er vertritt ungeheure Eisen- und Silberinteressen", bemerkte Charles Gould.

„O ja! Die Religion von Silber und Eisen. Er ist ein sehr höflicher Mann, obwohl er furchtbar feierlich dreinschaute, als er zuerst die Madonna im Stiegenhaus erblickte, die ja nur bemaltes Holz ist; aber er hat keine Bemerkung gemacht. Mein lieber Charley, ich habe diese Leute untereinander reden hören. Ist es möglich, daß sie wirklich den Wunsch haben, gegen einen ungeheuren Lohn Wasserträger und Holzfäller zu werden für alle Länder und Völker der Erde?"

„>Ein Mann muß auf ein Ziel hinarbeiten", meinte Charles Gould obenhin.

Frau Gould runzelte leicht die Brauen und besah sich ihn von Kopf zu Fuß. In seinen Reithosen, den Ledergamaschen (einem Kleidungsstück, das nie zuvor in Costaguana gesehen worden war), einem Norfolkrock aus grauem Flanell und mit dem mächtigen, flammroten Schnurrbart erinnerte er weit eher an einen Kavallerieoffizier, der sich auf seine Güter zurückgezogen hat. Der gesamte Eindruck sagte Frau Goulds Geschmack zu. „Wie mager der arme Junge ist", dachte sie. „Er überarbeitet sich." Doch war es nicht zu leugnen, daß sein feingeschnittenes, kühnes, rotes Gesicht und die ganze langgliedrige Erscheinung den Eindruck von Vornehmheit erweckten. Und Frau Gould lenkte ein.

„Ich wollte nur wissen, was du dabei fühltest", murmelte sie.

Nun war Charles Gould während der letzten zwei Tage viel zu sehr damit beschäftigt gewesen, zweimal nachzudenken, bevor er sprach, als daß er hätte seinen Gefühlen übergroße Aufmerksamkeit zuwenden können. Da er sich aber mit seiner Frau gut vertrug, so fand er ohne Schwierigkeit eine Antwort.

„Die besten meiner Gefühle sind in deiner Obhut, meine Liebe", sagte er unbefangen; und in diesem etwas dunklen Satz lag so viel Wahrheit, daß er im Augenblick für die Frau eine vertiefte, dankbare Zärtlichkeit empfand.

Frau Gould übrigens schien die Antwort durchaus nicht dunkel zu finden. Ihr Gesicht hellte sich auf; doch er hatte schon den Ton gewechselt.

„Aber es gibt eben Tatsachen. Der Wert der Mine – als Mine – steht außer Frage. Sie wird uns sehr reich machen. Die Einrichtung des bloßen Betriebs hängt von technischen Kenntnissen ab, die ich habe – die zehntausend andere Männer in der Welt auch haben. Die Sicherheit aber, das Fortbestehen des Unternehmens, das Leuten – Fremden, in gewisser Beziehung –, die Geld hineinstecken, Gewinn abwerfen soll: die sind ganz in meine Hände gegeben. Ich habe einem reichen, angesehenen Mann Vertrauen eingeflößt. Das scheint dir ganz natürlich, nicht wahr? Nun, ich weiß nicht. Ich weiß nicht, wieso es gekommen ist; aber es ist Tatsache. Diese Tatsache macht alles möglich, denn ohne sie wäre gar nicht daran zu denken, die Wünsche meines Vaters außer acht zu lassen. Ich hätte nie über die Konzession verfügt – so wie etwa ein Börsenspieler ein kostbares Betriebsrecht verwertet – gegen Bargeld und Aktien, um vielleicht, wenn möglich, reich zu werden, jedenfalls aber, um sofort bares Geld in die Tasche zu bekommen. Nein. Selbst, wenn es tunlich gewesen wäre – was ich bezweifle –, hätte ich es nicht getan. Der arme Vater hat es nicht verstanden. Er fürchtete, ich würde mich an das elende Ding hängen, auf eine solche Gelegenheit warten und dabei mein Leben verzetteln. Das war der eigentliche Grund seines Verbots, das ich mit Überlegung übertreten habe."

Sie schritten den Corrédor auf und nieder. Der Kopf der Frau reichte gerade zu seinen Schultern. Sein niederhängender Arm lag um ihre Hüften. Seine Sporen klirrten leise.

„Er hatte mich zehn Jahre lang nicht mehr gesehen. Er kannte mich nicht. Er hat sich zu meinem Besten von mir getrennt und wollte mich durchaus nicht zurückkommen lassen. In seinen Briefen sprach er immer davon, von Costaguana wegzugehen, alles im Stich zu lassen und zu entfliehen. Aber er war eine zu kostbare Beute. Sie hätten ihn beim ersten Verdacht in eines ihrer Gefängnisse geworfen."

Wieder klirrten die Sporen. Er beugte sich im Gehen über seine Frau. Der große Papagei sah ihnen aus schräggehaltenem Kopf mit großen, starren Augen nach.

„Er war ein einsamer Mann. Schon als ich zehn Jahre alt war, pflegte er mit mir wie mit einem Erwachsenen zu reden. Während ich in Europa war, schrieb er mir jeden Monat. Zehn, zwölf Seiten jeden Monat meines Lebens, durch zehn Jahre, und schließlich kannte er mich doch nicht! Denk' doch nur – zehn volle Jahre fort; die Jahre, in denen ich zum Mann wurde. Er konnte mich nicht kennen. Oder glaubst du, daß es möglich war?"

Frau Gould schüttelte verneinend den Kopf – wie es ihr Mann, angesichts der Kraft seiner Beweisgründe, nicht anders erwartet hatte. Sie aber schüttelte verneinend den Kopf einfach deshalb, weil ihrer Ansicht nach niemand ihren Charley – als das, was er wirklich war – kennen konnte, außer ihr selbst. Das war unverkennbar, man konnte es mit Händen greifen. Es brauchte keinen Beweis, und der arme Herr Gould, der Vater, der zu früh gestorben war, als daß er noch von ihrer Verlobung hätte erfahren können, blieb für sie eine zu schattenhafte Gestalt, als daß sie ihm besonderes Wissen irgendwelcher Art hätte zutrauen mögen.

„Nein, er hat es nicht verstanden. Nach meiner Meinung hätte diese Mine nie einfach nur eine verkäufliche Sache sein können. Niemals! Nach all dem Jammer, den der alte Herr durchzumachen hatte, hätte ich die Sache niemals nur für Geld allein angehen mögen", fuhr Charles Gould fort, und sie lehnte zustimmend ihren Kopf an seine Schulter.

Diese beiden jungen Leute gedachten des Lebens, das so jammervoll geendet, als gerade sie beide einander in all dem Glanz hoffnungsfroher Liebe gefunden hatten, die selbst den besonnensten Gemütern als ein Triumph des Guten über alle Übel der Erde erscheint. Der unbestimmte Gedanke einer Rechtfertigung hatte sich in ihren Lebensplan gedrängt. Daß er so unbestimmt war, um selbst der Stütze eines Beweisgrundes entraten zu können, machte ihn um so stärker. Er war in dem Augenblick vor ihnen aufgetaucht, in dem das Hingabebedürfnis der Frau und der Tatendrang des Mannes aus dem schönsten aller Träume ihren stärksten Antrieb empfingen. Eben das Verbot machte den Erfolg zur Pflicht. Es war, als hätten sie sich sittlich verpflichtet gefühlt, ihre eigene kraftvolle Lebensanschauung gegenüber dem aus müder

Verzweiflung entstandenen Irrtum zu behaupten, und wenn ihnen der Gedanke des Reichtums vorschwebte, so doch nur deshalb, weil er mit dem an jenen andern Erfolg verknüpft war. Frau Gould war von frühester Kindheit an Waise und ohne Vermögen; in geistiger Atmosphäre aufgezogen, hatte sie über die Möglichkeiten großen Reichtums niemals nachgedacht. Sie lagen in so weiter Ferne, und sie hatte nicht gelernt, sie erstrebenswert zu finden. Allerdings war ihr auch tatsächlicher Mangel fremd geblieben. Sogar noch die wirkliche Armut ihrer Tante, der Marchesa, hatte für einen vornehmen Sinn nichts Unerträgliches: sie paßte augenscheinlich zu einem großen Kummer; sie hatte die Erhabenheit eines Opfers, das einem hohen Ideal dargebracht wird. So fehlte also in Frau Goulds Charakter selbst der entschuldbarste Anflug von Nützlichkeitssinn. Der tote Mann, dessen sie mit Zärtlichkeit gedachte (weil er Charleys Vater) und mit einiger Ungeduld (weil er schwach gewesen war) – er mußte völlig ins Unrecht gesetzt werden. Auf keine Weise sonst war es denkbar, ihr eigenes Wohlergehen ohne einen Makel auf seiner einzig wesentlichen, der unwirklichen Seite zu erhalten.

Charles Gould allerdings war gezwungen worden, den Gedanken an den Reichtum ziemlich in den Vordergrund zu stellen; doch betrachtete er ihn als ein Mittel, nicht als Ziel. Wenn die Mine kein gutes Geschäft war, dann konnte er sie nicht anrühren. Auf diese Seite des Unternehmens mußte er das Hauptgewicht legen. Hier bot sich ihm der Hebel, um Leute mit Kapital in Bewegung zu setzen, und Charles Gould glaubte an die Mine. Er wußte alles, was darüber zu wissen war. Sein Glaube an die Mine war ansteckend, wenn er auch nicht durch große Beredsamkeit gestützt wurde; aber die Geschäftsleute sind häufig sehr heißblütig und phantasievoll, wie Liebhaber. Sie lassen sich weit häufiger, als man annehmen sollte, von einer Persönlichkeit gefangennehmen; und Charles Gould, in seiner unerschütterlichen Zuversicht, wirkte durchaus überzeugend. Überdies war auch den Männern, mit denen er etwas zu tun hatte, die Tatsache völlig vertraut, daß aus einem Bergwerk in Costaguana ein schönes Stück Geld herauszuholen war. Die großen Geschäftsleute wußten das recht gut. Die wahre Schwierigkeit, es dahin zu bringen, lag anderswo. Und gegen diese Schwierigkeit hatte sich Charles Gould mit einer Ruhe und einer unerschütterlichen Entschlußkraft gewappnet, die sogar noch in seiner Stimme mitklangen. Die Geschäftsleute wagen manchmal Handlungen, die dem gemeinen Menschenverstand töricht erscheinen mögen: sie fassen ihre Entschlüsse auf Grund sehr menschlicher Augenblickseingebungen. „Ganz recht“, hatte der bedeutende Mann gesagt, dem Charles Gould in San Franzisko, während seiner Heimreise, seine Gesichtspunkte dargelegt hatte. „Nehmen wir an, der Minenbetrieb in Sulaco würde in die Hände genommen, dann wären daran beteiligt: erstens einmal das Haus Holroyd, gegen das nichts einzuwenden ist; zweitens Herr Gould, Bürger von Costaguana, gegen den desgleichen nichts einzuwenden ist; und endlich die Regierung der Republik. Insoweit hat die Sache Ähnlichkeit mit der Erschließung der Salpetergebiete von Atacama, an der gleichfalls ein Finanzunternehmen, ein Herr namens Edward und – eine Regierung beteiligt waren; oder vielmehr zwei Regierungen – zwei südamerikanische Regierungen. Und Sie wissen, was daraus wurde. Krieg wurde daraus; ein verheerender, langwieriger Krieg wurde daraus, Herr Gould. In unserem Falle haben wir immerhin den Vorteil, daß wir es nur mit *einer* südamerikanischen Regierung zu tun haben, die auf ihre Beute aus der Sache lauert. Das ist ein Vorteil; aber es gibt ja auch Abstufungen in der Niedertracht, und diese Regierung ist die Costaguana-Regierung."

So sprach der bedeutende Mann, der Millionär, der Mann, der Kirchen in einem Ausmaß zu stiften liebte, das der Größe seines Geburtslandes entsprach – der gleiche, dem gegenüber sich die Ärzte in bösen und versteckten Drohungen ergingen. Er war ein schwergliedriger, gesetzter Mann, dessen Anlage zur Beleibtheit die Weiten eines schwarzen Gehrocks mit Seidenaufschlägen mit übermenschlicher Würde erfüllte; sein Haar war eisengrau, seine Augenbrauen noch schwarz, und sein massiges Profil glich dem eines Cäsarenkopfes auf einer altrömischen Münze. Doch seine Abstammung wies nach Deutschland, Schottland und England, mit weit zurückliegenden Einschlägen von dänischem und französischem Blut, und hatte ihm zugleich mit dem Temperament eines Puritaners zu unersättlicher Eroberungslust verholfen. Er gab sich seinem Besucher gegenüber durchaus offen, mit Rücksicht auf die warme Empfehlung, die dieser aus Europa gebracht hatte, und auch wegen einer unvernünftigen Vorliebe für Lebensernst und Entschlossenheit, wo immer er sie traf und auf welches Ziel sie auch gerichtet sein mochten.

„Die Regierung von Costaguana wird ihre Trümpfe nicht leichtfertig aus der Hand geben – vergessen Sie das nicht, Herr Gould. Was ist nun dieses Costaguana? Es ist ein Faß ohne Boden für zehnprozentige Anleihen und andere Narrenstücklein. Durch lange Jahre ist europäisches Kapital mit beiden Händen hineingeworfen worden. Unsres nicht, allerdings. Wir hierzulande sind gerade noch schlau genug, um nicht aus dem Hause zu gehen, wenn es regnet. Wir können stillsitzen und warten. Natürlich werden wir eines Tages einschreiten. Wir können nicht drum herum. Aber das hat keine Eile. Sogar die Zeit selbst muß auf das größte Land in Gottes weiter Welt warten. Wir werden für alles und jedes das Zeichen geben; für Industrie, Handel, Gesetzgebung, Journalismus, Kunst, Politik und Religion, von Kap Horn bis hinauf nach Smith' Bay und noch weiter, wenn sich auf dem Nordpol irgend etwas zeigt, was die Beschlagnahme lohnt; und dann werden wir alle Muße haben, die entlegenen Inseln und Erdteile in die Hand zu nehmen. Wir werden die Angelegenheiten der Welt lenken, ob es die Welt will oder nicht. Die Welt kann nichts dagegen tun – und wir selbst ebensowenig, nehme ich an."

Damit meinte er seinen Glauben an das Schicksal in Worte zu kleiden, wie sie seiner geistigen Fassungsgabe entsprachen, die in der Darstellung allgemeiner Gedankengänge wenig geschult war. Seine Fassungsgabe beschränkte sich auf Tatsachen, und Charles Gould, dessen Einbildungskraft dauernd von der einen großen Tatsache einer Silbermine erfüllt war, hatte gegen diese Auffassung über die Zukunft der Welt keine Einwendungen zu machen. Wenn sie ihm einen Augenblick lang widerstrebt hatte, so nur deshalb, weil die plötzliche Aufrollung so weitreichender Möglichkeiten die in der Gegenwart zur Rede stehende Sache zum Nichts herabminderte. Er selbst, seine Pläne und der ganze Mineralreichtum der Westlichen Provinz schienen plötzlich jeden Anflugs von Größe entkleidet. Der Eindruck war peinlich. Aber Charles Gould war nicht dumm. Er merkte schon, daß er gefiel; dieses schmeichelhafte Bewußtsein half ihm zu einem leisen Lächeln, das sein mächtiger Partner als ein Lächeln bescheidener und bewundernder Zustimmung deutete. Auch er lächelte leise; und sofort überlegte Charles Gould mit der geistigen Beweglichkeit, die man in Verteidigung einer teuern Hoffnung entfaltet, daß gerade die augenscheinliche Unwichtigkeit seines Vorhabens ihm zum Erfolg verhelfen würde. Er selbst und seine Mine würden Unterstützung finden, weil es damit nicht viel auf sich haben konnte für einen Mann, der seine Taten an einem so ungeheuren Schicksal maß. Und Charles Gould fühlte sich durch diese Erwägung nicht erniedrigt, da die Sache für ihn selbst so groß blieb wie nur je. Keines andern noch so weitreichende Auffassung vom Schicksal vermochte seiner eigenen Sehnsucht nach der Erschließung der San-Tomé-Mine etwas anzuhaben. Im Vergleich zu den scharfumrissenen Grenzen des eigenen Ziels, das mit Sicherheit in absehbarer Zeit zu verwirklichen war, erschien der andere Mann vorübergehend als ein weltfremder Träumer ohne Bedeutung.

Der Große Mann, massig und wohlwollend, hatte ihn gedankenvoll betrachtet; als er das kurze Schweigen brach, da geschah es, um zu bemerken, daß in Costaguana die Konzessionen in Schwärmen durch die Luft flögen. Jede einfältige Seele, die gerade nach einem Hereinfall verlangte, konnte eine solche Konzession auf den ersten Schuß herunterbringen.

„Unsern Konsuln wird damit der Mund gestopft", fuhr er fort, ein Glitzern ehrlicher Geringschätzung in den Augen. Doch im Augenblick war er wieder ernst. „Ein gewissenhafter, aufrechter Mann, der sich zu Durchstechereien, Verschwörungen und Winkelzügen nicht hergibt und saubere Hände behalten will, bekommt sehr bald seine Pässe. Verstanden, Herr Gould? Persona non grata. Das ist der Grund, warum unsere eigene Regierung niemals genau unterrichtet ist. Andrerseits muß Europa aus diesem Erdteil draußengehalten werden, und für ein richtiges Einschreiten von unserer Seite ist die Zeit noch nicht gekommen, möchte ich sagen. Aber wir hier – wir sind ja nicht die Regierung dieses Landes, noch auch sind wir einfältige Seelen. Ihr Unternehmen ist schon recht. Die Hauptfrage für uns ist, ob der zweite Mann, und das sind Sie, vom rechten Schlage ist, um dem unwillkommenen Dritten, dem einen oder ändern aus dem großmächtigen Räubergesindel, das die Regierung von Costaguana in Händen hält, Widerpart zu halten. Wie denken Sie darüber, Herr Gould, he?"

Er beugte sich vor, um forschend in Charles Goulds Augen zu sehen, die seinem Blick standhielten. Charles Gould dachte an die große Kiste mit seines Vaters Briefen und ließ die angesammelte Verachtung und Bitterkeit vieler Jahre im Ton seiner Antwort mitklingen: „Soweit die Kenntnis dieser Leute, ihrer Methoden und Politik in Frage kommt, kann ich für mich gutstehen. Diese Kenntnis ist mir seit meinen Knabenjahren eingepfropft worden. Es ist herzlich unwahrscheinlich, daß ich etwa aus einem Übermaß an Optimismus in Fehler verfalle."

„Herzlich unwahrscheinlich, wie? Das ist recht. Takt und ein steifes Rückgrat – das werden Sie nötig haben; und Sie können ruhig die Stärke ihres Rückhaltes ein wenig übertreiben. Nicht zu sehr, natürlich. Wir werden mit Ihnen gehen, solange die Sache glatt läuft. Aber wir wollen nicht in ernste Schwierigkeiten kommen. Das ist der Versuch, den zu machen ich bereit bin. Es ist ein wenig Gefahr dabei, und wir wollen sie auf uns nehmen; wenn aber Sie an Ihrem Ende nicht durchhalten, so werden wir unseren Verlust tragen, natürlich, dann aber – die Sache fallen lassen. Diese Mine kann warten; sie war schon einmal geschlossen, wie Sie wissen. Sie müssen sich klarmachen, daß wir unter keinen Umständen dafür zu haben sein werden, gutes Geld dem schlechten nachzuwerfen.

So hatte damals der mächtige Mann gesprochen, in seinem eigenen Privatkontor in einer großen Stadt, wo andere Männer (sehr bedeutend auch sie, in den Augen einer ahnungslosen Menge) dienstfertig auf einen Wink von seiner Hand warteten. Und mehr als ein Jahr später, während seines unerwarteten Erscheinens in Sulaco, hatte er nochmals seine unverbindliche Haltung mit einer Offenheit betont, wie sie ihm sein Reichtum und sein Einfluß erlaubten. Er hatte sich dabei vielleicht um so weniger Zurückhaltung auferlegt, als das, was getan, mehr noch die Art, in der es nacheinander getan worden war, ihm die augenscheinliche Überzeugung verschafft hatte, daß Charles Gould sehr wohl fähig war, „an seinem Ende durchzuhalten".

„Dieser junge Bursche", dachte er, „kann vielleicht noch eine Macht im Lande werden."

Dieser Gedanke schmeichelte ihm, denn bisher hatte er über diesen jungen Burschen seinen Vertrauten keinen anderen Aufschluß geben können als diesen:

„Mein Schwager hat ihn in einem dieser alten deutschen Nester getroffen, in einem Bergwerksgebiet, und hat ihn mit einem Brief zu mir geschickt. Er ist einer von den Costaguana-Goulds, reinblütigen Engländern, doch alle im Lande geboren. Sein Onkel hatte sich auf die Politik geworfen, war der letzte Landespräsident von Sulaco und wurde nach einer Schlacht erschossen. Sein Vater war ein großer Geschäftsmann in Sta. Marta, versuchte sich von Politik fernzuhalten und starb, zugrunde gerichtet, nach einer Reihe von Revolutionen. Und da habt ihr ganz Costaguana in drei Worten."

Natürlich war er ein zu großer Mann, als daß ihn selbst seine Vertrauten hätten über seine Beweggründe ausfragen können. Der Außenwelt wurde es freigestellt, ehrfürchtig über den verborgenen Sinn seiner Handlungen zu grübeln. Er war ein so großer Mann, daß die freigebige Begönnerung der „reineren Formen des Christentums" (die sich so kindlich im Kirchenstiften äußerte und Frau Gould solchen Spaß machte) seinen Mitbürgern als Ausdruck einer frommen und demütigen Gesinnung erschien. In seinen eigenen Kreisen aber, in der Finanzwelt, wurde das Aufgreifen einer Sache wie dieser San-Tomé-Mine zwar mit Achtung, doch auch als Anlaß zu leiser Heiterkeit angesehen. Es war die Laune eines Großen. In dem großen Holroydbau (einem Riesengebilde aus Eisen, Glas und Steinblöcken, an einer Straßenkreuzung, zuoberst von den Spinnweben der Telegraphendrähte gekrönt) tauschten die Vorstände der Hauptabteilungen mürrische Blicke und gaben einander damit zu verstehen, daß sie in die Geheimnisse der San-Tomé-Sache nicht eingeweiht waren. Die Post aus Costaguana (sie war nicht groß – ein mittelschwerer Umschlag) wurde uneröffnet geradewegs in das Zimmer des Großen Mannes getragen, und nie waren von dorther Weisungen wegen der Erledigung erfolgt. Die Beamten flüsterten untereinander, daß er persönlich antwortete – und die Antworten nicht einmal diktierte, sondern wirklich eigenhändig schrieb, mit Feder und Tinte, und, so mußte man wohl annehmen, in seinem Privatkopierbuch kopierte, das uneingeweihten Augen verschlossen war. Ein paar vorwitzige junge Leute, unbedeutende Rädchen in der elf Stock hohen Werkstatt, machten kein Hehl aus der Meinung, daß der Große Chef zu gutem Ende doch eine Dummheit gemacht habe und sich ihrer nun schäme; andere, ältlich und gleichfalls unbedeutend, doch voll romantischer Verehrung für das Geschäft, das ihre besten Jahre verschlungen hatte, raunten einander wissend zu, es sei ein schwerwiegendes Anzeichen; der Holroydverband gedenke nach und nach die ganze Republik Costaguana mit Stumpf und Stiel einzusacken. Tatsächlich aber hatten die recht, die ein Steckenpferd darin sahen. Es reizte den Großen Mann, sich persönlich um die San-Tomé-Mine zu bemühen; es reizte ihn so sehr, daß er sich durch die Vorliebe für dieses Steckenpferd bei der Wahl des Zieles für den ersten größeren Urlaub bestimmen ließ, den er seit einer erstaunlichen Reihe von Jahren nahm. Es war kein großes Unternehmen, das er dort auf die Beine gestellt hatte, keine Bahngesellschaft, kein Industriekonzern, sondern ein *Mann*! Ein Erfolg hätte ihm aus erfreulich neuen Gründen viel Spaß gemacht; andrerseits fühlte er aus dem gleichen Grund die Verpflichtung, beim ersten Anzeichen, daß die Sache schiefging, alles hinzuwerfen. Einen Mann kann man abschütteln. Unglückseligerweise hatten die Zeitungen über das ganze Land seine Reise nach Costaguana ausposaunt. Wenn ihm die Art Spaß machte, in der Charles Gould vorankam, so mengte er doch in die Zusage seiner Hilfe verstärkten Grimm. Sogar noch bei der letzten Unterredung, etwa eine halbe Stunde, bevor er aus dem Innenhof, den Hut in der Hand, hinter Frau Goulds weißen Maultieren abfuhr, hatte er in Charles Goulds Zimmer gesagt:

„Machen Sie auf Ihre eigene Weise fort, und ich werde Ihnen zu helfen wissen, solange Sie an der Stange bleiben. Aber Sie können versichert sein, daß wir gegebenenfalls wissen werden, Sie rechtzeitig fallen zu lassen!“

Darauf hatte Charles Gould nur geantwortet:

„Sie können die Maschinen absenden, sobald Sie wollen.“

Und dem Großen Mann hatte diese unbeirrbare Selbstsicherheit gefallen. Das ganze Geheimnis war, daß diese unverbindlichen Abmachungen Charles Gould sehr zusagten. So behielt die Mine ihre eigene Art, die er ihr schon als Knabe angedichtet hatte; und alles hing von ihm allein ab. Es war eine ernste Sache, und er nahm sie grimmig ernst. „Natürlich“, sagte er zu seiner Frau über diese letzte Unterredung mit dem abgereisten Gast, während er mit ihr langsam den Corrédor auf und ab schritt, von den aufgeregten Blicken des Papageis verfolgt, „natürlich kann ein Mann von solchem Schlage eine Sache aufnehmen oder fallen lassen, wann es ihm beliebt. Er wird durchaus nicht unter dem Gefühl einer Niederlage zu leiden haben. Mag er sich zurückziehen oder vielleicht auch morgen sterben: aber die großen Silber- und Eiseninteressen werden ihn überleben und eines Tages auf Costaguana zugleich mit dem Rest der Welt die Hand legen.“

Sie waren nahe bei dem Käfig stehengeblieben. Der Papagei schnappte das eine Wort auf, das zu seinem Wortschatz gehörte, und fühlte sich zur Einmengung bewogen. Papageien sind sehr menschlich.

„Viva Costaguana!“ kreischte er mit größtem Selbstbewußtsein, plusterte gleich darauf seine Federn auf und stellte sich hinter den glitzernden Gitterstäben schlafend.

„Glaubst du das, Charley?“ fragte Frau Gould. „Es erscheint mir als der schrecklichste Materialismus, und...“

„Meine Liebe, es bedeutet mir gar nichts", unterbrach sie ihr Gatte in ruhigem Ton. „Ich mache Gebrauch von dem, was ich sehe. Was soll es mir ausmachen, ob die Stimme des Schicksals aus ihm spricht oder ob er einfach Blech daherredet? In beiden Amerikas wird ein gut Teil Gerede der einen oder andern Art erzeugt. Die Luft scheint der Gabe der Deklamation günstig. Hast du vergessen, wie der liebe Avellanos durch lange Stunden fortmachen kann..."

„Oh, aber das ist etwas anderes", widersprach Frau Gould, beinahe entrüstet. Die Anspielung war nicht am Platze. Don José war ein lieber, guter Mann, der sehr gut sprach und begeistert war für die Größe der San-Toém-Mine. „Wie kannst du sie vergleichen, Charley?" rief sie vorwurfsvoll. „Er hat gelitten – und hofft doch noch."

Für Frau Gould war die Arbeitstüchtigkeit der Männer – die sie nie bezweifelte – so auffallend, weil sie sich bei sehr vielen Anlässen so schwachköpfig zeigten.

Charles Gould versicherte ihr mit müder Ruhe, die ihm unverzüglich die besorgte Anteilnahme seiner Frau sicherte, daß er keine Vergleiche ziehe: er sei letzten Endes selbst Amerikaner und könnte vielleicht beide Arten von Beredsamkeit verstehen, „wenn der Versuch der Mühe wert wäre", fügte er grimmig hinzu. Doch habe er die Luft Englands länger geatmet als irgendeiner seiner Verwandtschaft durch drei Generationen, und so bitte er, ihn entschuldigen zu wollen. Auch sein armer Vater habe beredt sein können. Und er fragte seine Frau, ob sie sich noch an eine Stelle aus einem der letzten Briefe seines Vaters erinnerte, wo Herr Gould überzeugend ausgesprochen hatte, daß „Gott mit einem bösen Auge auf diese Länder sehe, sonst würde er wohl einen Hoffnungsstrahl durch eine Ritze in dem Vorhang von Lug und Trug, Blutvergießen und Verbrechen senden, der über die Königin unter den Erdteilen gespannt sei."

Frau Gould hatte es nicht vergessen. „Du hast es mir vorgelesen, Charley", murmelte sie. „Es war ein ergreifender Ausspruch. Wie tief dein Vater die furchtbar traurigen Dinge empfunden haben muß!"

„Er wollte sich nicht berauben lassen. Es brachte ihn zur Verzweiflung", sagte Charles Gould. „Aber das Bild ist treffend genug. Was wir hier brauchen, ist Gesetz, Treu und Glaube, Ordnung, Sicherheit. Jeder kann über diese Dinge Vorträge halten, aber ich setze meinen Glauben in die materiellen Interessen. Laß die nur einmal festen Fuß fassen, und sie werden sich schon selbst die Lebensbedingungen schaffen, die sie zu ihrem Fortbestehen brauchen. Das ist es, was das Geldmachen hier angesichts der Gesetzlosigkeit und der Unordnung rechtfertigt. Es ist gerechtfertigt, weil die Sicherheit, die es verlangt, auch einem unterdrückten Volk zugute kommt. Eine bessere Gerechtigkeit wird folgen. Da hast du den Hoffnungsstrahl." Sein Arm drückte ihre schlanke Gestalt einen Augenblick lang an sich. „Und wer weiß, ob in diesem Sinn nicht vielleicht die San-Tomé-Mine der kleine Spalt in der Dunkelheit werden mag, den je zu sehen mein armer Vater bezweifelt hatte?"

Sie sah bewundernd zu ihm auf. Er war tüchtig; er hatte ihrer unbestimmten, selbstlosen Sehnsucht feste Form gegeben.

„Charley", sagte sie, „du bist herrlich ungehorsam."

Er verließ sie plötzlich im Corrédor, um seinen Hut zu holen, einen weichen, grauen Sombrero, ein Nationalkleidungsstück, das unerwartet gut zu seiner rein englischen Tracht paßte. Er kam zurück, eine Reitpeitsche unter dem Arm, und knöpfte sich die Hundslederhandschuhe zu. Sein Gesicht spiegelte seine entschlossenen Gedanken wider. Seine Frau hatte ihn an der Treppe erwartet, und bevor er sie zum Abschied küßte, beendigte er das Gespräch:

„Wir sollten es uns unerbittlich klarmachen", sagte er, „daß es für uns kein Zurück gibt. Wo könnten wir das Leben neu beginnen? Wir stecken nun auf Gedeih und Verderb hier fest."

Er beugte sich sehr zärtlich und ein wenig reuig über ihr emporgewandtes Gesicht. Charles Gould war so tüchtig, weil er sich keiner Selbsttäuschung hingab. Die Gould-Konzession hatte sich ihres Lebens zu wehren, mit all den Waffen, die in dem verrotteten Sumpf gerade zur Hand waren; inmitten einer Bestechlichkeit, die so allgemein war, daß sie fast schon wieder gegenstandslos wurde. Charles Gould war bereit, nach seinen Waffen zu greifen. Einen Augenblick lang hatte er das Gefühl, als hätte ihn die Silbermine, die seinen Vater getötet hatte, weiter vorgelockt, als er hätte gehen sollen; und mit der schlüssigen Logik des Gefühls empfand er, daß der Wert seines eigenen Lebens unlösbar mit dem Erfolg verknüpft war. Es gab kein Zurück.

VII

Frau Gould war zu vernünftig in ihrer Zuneigung, um dieses Gefühl nicht zu teilen. Es gab dem Leben einen prickelnden Reiz, und sie war viel zu sehr Frau, um daran nicht Gefallen zu finden. Aber es erschreckte sie auch ein wenig. Und wenn Don José Avellanos, während er sich im Schaukelstuhl wiegte, sich etwa gelegentlich zu der Behauptung verstieg: „Sogar wenn Sie keinen Erfolg gehabt hätten, mein lieber Carlos; sogar wenn heute noch ein unvorhergesehener Zwischenfall Ihr Werk zerstören würde – was Gott verhüten möge –, so hätten Sie sich doch um Ihr Land verdient gemacht" – dann schickte wohl Frau Gould vom Teetisch her einen tiefen Blick zu ihrem unbewegten Gatten hinüber, der mit dem Löffel in der Tasse rührte, als hätte er nicht ein Wort gehört.

Nicht als ob Don Jose irgend etwas der Art hätte vorhersagen wollen. Er konnte des lieben Carlos Takt und Mut nicht hoch genug rühmen. Seine englische, felsenstarke Charakteranlage sei sein bester Schutz, versicherte Don José; und dann zu Frau Gould gewandt: „Sie nun, Emilia, meine Seele" – er erlaubte sich die Anrede kraft seiner Jahre und der alten Freundschaft –, „Sie sind eine so echte Patriotin, als wären Sie in unserer Mitte geboren."

Dies konnte weniger oder mehr als die Wahrheit sein. Frau Gould hatte, während sie ihren Gatten auf der Suche nach Arbeitskräften durch das ganze Land, durch die ganze Provinz begleitete, das Land mit schärferem Blick erfaßt, als es einer echtbürtigen Costaguanera möglich gewesen wäre. In ihrem von der langen Reise stark mitgenommenen Reitkleid, das Gesicht weiß verstaubt wie eine Gipsmaske und mit noch einer kleinen Seidenmaske davor, zum Schutz gegen die ärgste Tageshitze, ritt sie inmitten einer kleinen Kavalkade ein wohlgeformtes, leichtfüßiges Pony. Zwei Mozos de campo, malerisch in ihren großen Hüten, in weißen, gestickten Calzoneras, Lederjacken und gestreiften Ponchos, Anschnallsporen an den nackten Fersen, ritten voraus, die Karabiner quer über die Schultern gehängt, und federten gleichmäßig im Trab ihrer Pferde. Eine Tropilla von Packmulis bildete die Nachhut unter dem Befehl eines mageren braunen Treibers, der seinem langohrigen Tier weit hinten auf der Kruppe saß, die Beine lang vorgestreckt, den breitrandigen Hut in den Nacken zurückgeschoben, daß ihm die Krempe wie ein Heiligenschein um den Kopf stand. Ein alter Costaguana-Offizier, ein verabschiedeter Major niederer Herkunft, doch von den ersten Familien wegen seiner Treue zur Blancopartei begönnert, war von Don José als Führer und Reisemarschall für das Unternehmen empfohlen worden. Die Spitzen seines grauen Schnurrbarts hingen ihm bis unter das Kinn, und während er an Frau Goulds linker Seite ritt, blickte er mit kindlichen Augen in die Runde, wies auf die Einzelheiten der Landschaft hin, nannte die Namen der kleinen Pueblos, der Güter und der Haziendas, die mit glatten Wänden, wie langgestreckte Festungen, die Hügel oberhalb des Tales von Sulaco krönten. Das Tal breitete sich mit junggrünen Saaten, ebenen Flächen, Büschen und Wasserläufen parkartig von dem blauen Dunst der fernen Sierra bis zu der ungeheuren Weite des Horizontes aus Gras und Himmel, wo große weiße Wolken langsam in das Dunkel ihres eigenen Schattens zu fallen schienen.

Männer ackerten mit Ochsen, die im Joch vor hölzernen Pflügen gingen, klein in der grenzenlosen Ebene, als wollten sie die Unendlichkeit selbst angreifen. Weit weg sah man berittene Vaqueros dahingaloppieren und die großen Herden weiden, alle die gehörnten Köpfe in eine Richtung gekehrt, in einer einzigen webenden Linie, so weit das Auge über die weiten Potreros reichte. Ein weitästiger Wollbaum warf seinen Schatten über einen gedeckten Viehschuppen an der Straße; die in langen Reihen hintereinander trottenden, schwerbeladenen Indianer lüfteten ihre Hüte und hoben traurig-stumme Augen zu der Kavalkade auf, die den Staub auf dem holprigen Camino real aufwirbelte, der gleichen Straße, an der ihre versklavten Vorväter gearbeitet hatten. Und Frau Gould meinte mit jeder Tagesreise der Seele des Landes näherzukommen: sie erschloß sich ihr hier im Innern, das von der leichten europäischen Tünche der Küstenstädte frei war. Ein großes Land mit Ebenen und Bergen und einem Volk, das stumm litt und in ergreifender, geduldiger Unbewegtheit seine Zukunft erwartete.

Frau Gould sah das Gesicht des Landes und lernte die mit schläfriger Würde gebotene Gastfreundschaft in den weiten Gebäuden kennen, die den windgepeitschten Viehweiden lange, fensterlose Wände und schwere Tore zukehrten. Man wies ihr den Ehrenplatz am Kopfende der langen Tische, wo Herren und Diener in altväterlicher Schlichtheit zusammensaßen. Die Damen des Hauses führten im Mondlicht unter den Orangenbäumen des Innenhofes sanfte Gespräche und hinterließen in Frau Gould den Eindruck von der Süße ihrer Stimmen und dem etwas geheimnisvollen Gleichmaß ihres Lebens. Am Morgen gaben dann die Herren, gut beritten, in bortenbesetzten Sombreros und gestickten Reitanzügen, den scheidenden Gästen das Geleite und empfahlen sie an den Grenzpfählen ihrer Besitzungen mit ernstem Lebewohl der Obhut Gottes. In all diesen Häusern konnte Frau Gould Geschichten von politischer Unbill hören; Freunde, Verwandte zugrunde gerichtet, eingekerkert, in den Schlachten der sinnlosen Bürgerkriege gefallen, barbarisch hingerichtet während wütender Verfolgungen, als hätte die Regierung in einem willkürlichen Gegeneinander dummer Teufel bestanden, die mit Säbeln, Uniformen und geschwollenen Reden auf das Land losgelassen wären. Und von allen Lippen hörte Frau Gould ein müdes Sehnen nach Frieden und die Angst vor Behörden, mit ihrem gespenstischen Zerrbild von Verwaltung, ohne Gesetz, Sicherheit und Recht.

Sie ertrug die vollen zwei Monate der Reise sehr gut; sie hatte die Widerstandskraft gegen Müdigkeit, die man dann und wann überrascht an manchen sehr zart aussehenden Frauen entdeckt – als wären sie von besonders hartnäckigem Geiste besessen. Don Pépé, der alte Costaguana-Major, hatte sich erst in besorgten Aufmerksamkeiten für die zarte Dame erschöpft und ihr schließlich den Ehrennamen der „nimmermüden Señora" verliehen. Frau Gould wurde tatsächlich zur Costaguanera. Da sie in Südeuropa wahres Bauerntum kennengelernt hatte, war sie wohl imstande, die großen Vorzüge des Volkes zu würdigen. Sie sah den Mann unter dem schweigsamen, trübblickenden Lasttier. Sie sah die Lastträger auf den Straßen, einsame Gestalten auf der Ebene, unter großen Strohhüten hinkeuchen, in weißen Gewändern, die im Wind um ihre Glieder flatterten. Eine Gruppe von Indianern, die sich dem Gedächtnis eingeprägt hatte, das Gesicht eines jungen Indianermädchens mit wehmütigem, sinnlichem Ausdruck, das ein irdenes Wassergefäß an der Tür einer dunklen Hütte zwischen den rohen Pfosten des Vorbaus niedersetzte: dies alles rief ihr das Bild von Dörfern wach. Die hölzernen Scheibenräder eines Ochsenkarrens, der bis zur Achse im Straßenstaub steckte, wiesen noch die Spuren der Axthiebe auf; und eine Gruppe von Holzkohlenträgern schlief, in einer Reihe hingestreckt, in dem schmalen Schatten einer niedrigen Lehmmauer, auf der jedes Mannes Last über dem Kopf des Trägers abgesetzt stand.

Das wuchtige Quaderwerk von Brücken und Kirchen aus der Zeit der Eroberer erzählte von der Mißachtung menschlicher Arbeit, der Fron untergegangener Völker. Die Macht von Königtum und Kirche war dahin, doch beim Anblick eines wuchtigen, halbverfallenen Pfeilers, der von einer Hügelkante her die niedrige Lehmmauer eines Dorfes überragte, unterbrach sich Don Pepé wohl in der Schilderung seiner Feldzüge und rief aus:

„Armes Costaguana! Früher einmal war alles für die Priester, nichts für das Volk; und jetzt ist alles für die großen Politicos in Sta. Marta, für Negros und Diebe."

Charles sprach mit den Alkalden, Fiskalen, mit den wichtigsten Leuten in den Städten und mit den Caballeros auf den Gütern. Die Kommandanten der Bezirke boten ihm Eskorten an, denn er konnte eine Beglaubigung von dem augenblicklichen politischen Oberbeamten in Sulaco vorweisen. Wieviel ihm das Schriftstück in goldenen Zwanzigdollarstücken gekostet hatte, war ein Geheimnis zwischen ihm selbst, dem Großen Mann in den Vereinigten Staaten (der sich herabließ, die Post aus Sulaco eigenhändig zu beantworten) und einem Großen Mann von andrem Schlag, mit dunkelolivfarbener Haut und unsteten Augen, der damals den Palast der Intendancia in Sulaco bewohnte und sich auf seine europäische Bildung und Kultur (ausgesprochen französischen Stils) viel zugute tat, weil er in Europa einige Jahre gelebt hatte – in der Verbannung, wie er sagte. Es war übrigens ziemlich allgemein bekannt, daß er unmittelbar vor dieser Verbannung etwas unvorsichtig den ganzen Kassenbestand des Zollamtes in einer kleinen Hafenstadt verspielt hatte, an dem er durch die Gunst eines Freundes als Untereinnehmer angestellt war. Diese jugendliche Verirrung hatte, neben anderen Unannehmlichkeiten, auch die Folge, daß er eine Zeitlang sein Leben als Cafékellner in Madrid fristen mußte; doch schien letzten Endes seine Begabung doch ungewöhnlich zu sein, da sie ihn befähigt hatte, sein politisches Mißgeschick so gründlich wieder auszugleichen. Charles Gould setzte ihm sein Anliegen mit unbeirrbarer Gemütsruhe auseinander und redete ihn dabei mit Exzellenz an.

Die Provinz-Exzellenz zeigte sofort einen Ausdruck müder Überlegenheit und kippte nach echter Costaguanamanier mit dem Stuhl neben dem offenen Fenster weit zurück. Zufällig versuchte sich gerade die Militärmusik auf der Plaza an einer Auswahl aus Opernmusik, und zweimal gebot der hohe Herr durch Heben der Hand Schweigen, um einer Lieblingsstelle lauschen zu können.

„Exquisit, köstlich!" murmelte er. Charles Gould stand dabei und wartete mit unerschütterlicher Geduld. „Lucia, Lucia di Lammermoor! Ich schwärme für Musik. Sie reißt mich fort. Ah! der Göttliche - ah! - Mozart. Si! Göttlich... Was sagten Sie doch?"

Natürlich hatten ihn schon Gerüchte über die Absichten des Neukömmlings erreicht. Überdies hatte er auch eine amtliche Warnung aus Sta. Marta erhalten. Sein Gehaben war einfach darauf berechnet, seine Neugierde zu verbergen und seinem Besucher Eindruck zu machen. Nachdem er aber etwas Kostbares in der Schublade eines großen Schreibtisches in einem entlegenen Teil des Raumes verschlossen hatte, wurde er sehr umgänglich und kam lebhaft zu seinem Stuhl zurück.

„Wenn Sie die Absicht haben, Dörfer zu bauen und nächst der Mine eine Bevölkerung anzusiedeln, so werden Sie dazu einen Erlaß des Innenministers nötig haben", riet er in geschäftlichem Ton.

„Ich habe bereits eine Denkschrift eingesandt", sagte Charles Gould ruhig, „und rechne nun vertrauensvoll auf Ew. Exzellenz gütige Befürwortung."

Der Exzellenzherr war ein Mann von wechselnder Stimmung. Mit dem Empfang des Geldes hatte sich eine honigsüße Stimmung seiner einfachen Seele bemächtigt. Unerwartet seufzte er tief auf.

„Ah, Don Carlos! Was wir hier in der Provinz brauchen, das sind fortgeschrittene Männer wie Sie. Die stumpfe Gleichgültigkeit - die Gleichgültigkeit dieser Aristokraten! Der Mangel an Bürgergeist! Das Fehlen jeglicher Unternehmungslust! Ich, mit meinen eingehenden Studien in Europa, Sie verstehen..."

Eine Hand in die Tiefen des gehobenen Busens versenkt, wippte er auf den Zehenspitzen und rannte durch volle zehn Minuten, fast ohne Atem zu schöpfen, wie im geistigen Sturmlauf gegen Charles Goulds höfliches Schweigen an; und als er plötzlich abbrach und sich in seinen Stuhl zurückfallen ließ, da schien es, als wäre er von einer Festung abgeschlagen worden. Um seine Würde zu retten, beeilte er sich, den schweigsamen Mann mit einem feierlichen Kopfnicken und den Worten zu verabschieden, die er mit kühler, müder Herablassung sprach:

„Sie können mit meinem aufgeklärten Beistand rechnen, solange Ihre Haltung als guter Bürger es verdient.“

Er nahm einen Papierfächer auf und begann sich mit hochmütiger Geste zu fächeln, während Charles Gould sich mit einer Verbeugung zurückzog. Dann warf er den Fächer sofort hin und starrte mit dem Ausdruck verblüfften Staunens eine ganze Zeitlang die geschlossene Türe an. Schließlich zuckte er die Schultern, als wollte er vor sich selbst seine Mißachtung bestätigen. Kalt, dumm. Keinen Verstand, rotes Haar. Richtiger Engländer – er verachtete ihn.

Sein Gesicht verdunkelte sich. Was sollte dieses unbeteiligte, kühle Benehmen? Er war der erste in der Reihe der aus der Hauptstadt zur Regierung der Westlichen Provinz herübergesandten Politiker, der das Benehmen Charles Goulds in amtlichen Unterredungen als beleidigend unabhängig empfand.

Charles Gould war zu dem Entschluß gekommen, daß, wenn schon das scheinbare Anhören trostlosen Gewäsches einen Teil des Preises bilden mußte, den er zu zahlen hatte, um unbelästigt zu bleiben – daß doch die Verpflichtung, selbst Unsinn zu reden, keineswegs in den Handel eingeschlossen war. Hier zog er den Trennungsstrich. Diesen Provinzautokraten, vor denen zu zittern die friedliche Bevölkerung gewöhnt worden war, verursachte die Zurückhaltung dieses englischen Ingenieurs ein Unbehagen, das zwischen Kriecherei und Roheit schwankte. Nach und nach kamen sie alle dahinter, daß der Mann ohne Rücksicht darauf, welche Partei gerade am Ruder war, in sehr nachhaltiger Berührung mit den höheren Behörden in Sta. Marta blieb.

Dies war eine Tatsache, und sie bildete die ausreichende Erklärung für die andere, daß die Goulds bei weitem nicht so reich waren, wie der Chefingenieur der neuen Bahnstrecke mit Recht annehmen zu können meinte. Dem Rat Don José Avellanos' folgend, der ein verständiger Mann war (wenn auch etwas verschüchtert durch seine furchtbaren Erfahrungen zur Zeit Guzman Bentos), hatte sich Charles Gould von der Hauptstadt ferngehalten; doch war er im Lokalklatsch unter den ansässigen Ausländern (mit einem gut Teil Ernst unter dem Spott) unter dem Spitznamen des „Königs von Sulaco“ bekannt. Ein Anwalt am Gerichtshof von Costaguana, bekannt für seine Geschicklichkeit und seinen anständigen Charakter, ein Mitglied der vornehmen Moragofamilie, die ausgedehnte Ländereien im Tale von Sulaco besaß, wurde mit einer Mischung von Geheimnistuerei und Hochachtung den Fremden gezeigt, als der Agent der San-Tomé-Mine – „politisch, Sie verstehen“. Er war hochgewachsen, schwarzbärtig und verschwiegen. Es war bekannt, daß er leichten Zutritt zu Ministern hatte und daß die zahlreichen Costaguana-Generäle immer mit Vergnügen dabei waren, in seinem Hause zu speisen. Die Präsidenten gewährten ihm mit Leichtigkeit Audienz. Er stand in regem Briefverkehr mit seinem Oheim Don José Avellanos; seine Briefe aber – mit Ausnahme derer, die nur die Zusicherung unwandelbarer Zuneigung enthielten – wurden selten dem Postamt von Costaguana anvertraut, denn dort wurden die Umschläge geöffnet, unterschiedslos, mit all der unverhohlenen, kindischen Unverschämtheit, die so viele spanisch-amerikanische Regierungen kennzeichnet. Doch muß bemerkt werden, daß ungefähr zur Zeit der Wiedereröffnung der San-Tomé-Mine der Maultiertreiber, den Charles Gould bei seinen vorhergehenden Reisen im Campo beschäftigt hatte, sich mit seinen Tieren dem schwachen Handelsverkehr anschloß, der zwischen dem Hochland von Sta. Marta und dem Tale von Sulaco über die Bergpässe weg bestand. Auf dieser unwegsamen, gefährlichen Straße gibt es keine Reisenden, außer unter sehr ungewöhnlichen Umständen, und der Stand des inländischen Handels schien ein Anwachsen der Verkehrsmittel nicht zu rechtfertigen. Und doch schien der Mann dabei auf seine Rechnung zu kommen; immer fanden sich ein paar Packladungen für ihn, sooft er sich auf den Weg machte. Dunkelbraun und hölzern, in Ziegenfellhosen mit dem Haar nach außen, saß er nahe beim Schwanz seines Lieblingsmaultiers, den großen Hut der Sonne zugekehrt, einen Ausdruck zufriedener Verträumtheit auf dem langen Gesicht, und summte Tag um Tag ein schmachtendes Liebeslied vor sich hin oder schickte, ohne den Ausdruck zu wechseln, den Tieren vor ihm einen gellenden Schrei zu. Eine runde kleine Gitarre hing ihm hoch auf dem Rücken, und im Holz eines der Packsättel war künstlich ein kleines Loch ausgehöhlt, in das ein kleines Papierröllchen geschoben werden konnte; dann wurde der hölzerne Stöpsel wieder eingesetzt und die rauhe Packleinwand darüber genagelt. Wenn er in Sulaco war, so pflegte er den ganzen lieben Tag (als hätte er keine Sorge in der Welt) auf einer Steinbank vor dem Torweg der Casa Gould, den Fenstern des Hauses der Avellanos gegenüber, zu ruhen und zu faulenzen. Vor vielen Jahren war seine Mutter die erste Wäscherin in jener Familie gewesen – sehr tüchtig im Glanzbügeln. Er selbst war auf einer der Haziendas der Avellanos geboren. Er hieß Bonifacio, und Don José versäumte es nie, wenn er zu seinem Besuch bei Doña Emilia gegen fünf Uhr nachmittags die Straße überquerte, für den demütigen Gruß des Mannes durch eine Bewegung des Kopfes oder der Hand zu danken. Die Pförtner beider Häuser führten mit ihm eine träge Unterhaltung, im Ton ernster Vertraulichkeit. Seine Abende benutzte er zum Würfelspiel, in besonders festlicher Stimmung zu Besuchen bei den „Peyne d'oro“-Mädchen, in den entlegenen Seitengassen der Stadt. Doch war auch er ein verschwiegener Mann.

VIII

Wer von uns in jenen Jahren vor Beginn der neuen Eisenbahnlinie durch Geschäft oder Neugier nach Sulaco geführt wurde, wird sich noch gut der beruhigenden Wirkung erinnern, die die San-Tomé-Mine auf das Leben in jener entlegenen Provinz ausübte. Äußerlich hatten sich die Verhältnisse damals noch nicht so weit geändert, wie es seither, soviel man mir sagte, geschehen ist – mit einer Trambahn durch die Verfassungsstraße, Fahrstraßen weit ins Land hinaus, nach Rincon und andern Dörfern, wo die fremden Kaufleute und die Ricos meistens ihre neuzeitlichen Villen haben, und einem großen Güterbahnhof nächst dem Hafen, der einen eigenen Ladekai, lange Reihen von Warenschuppen und seine ganz ernsthaften und organisierten Arbeiterunruhen hat.

Damals hatte noch nie jemand von Arbeiterunruhen gehört. Die Cargadores des Hafens bildeten tatsächlich eine etwas widerspenstige Gilde aus allerhand Gesindel, mit ihrem eigenen Schutzpatron. Sie streikten regelmäßig (an jedem Tage eines Stiergefechts), und selbst Nostromo auf der Höhe seiner Macht war außerstande, mit diesem Mißstand aufzuräumen. Am Morgen nach jeder Fiesta, bevor die indianischen Marktweiber auf der Plaza ihre Mattendächer aufgespannt hatten, wenn die Schneefelder des Higuerota hoch über der Stadt noch bleich gegen den dunklen Himmel standen, da pflegte die Erscheinung eines gespenstischen Reiters auf silbergrauer Stute die Arbeiterfrage einwandfrei zu lösen. Der Gaul sprengte durch die elenden Hintergäßchen und die verwilderte Einzäunung innerhalb der alten Wälle, durch das schwarze, lichtlose Gewimmel von Häuschen, die Kuhställe oder Hundehütten schienen. Der Reiter hämmerte mit dem Kolben eines schweren Revolvers an die Türen von Pulperias, von jämmerlichen Unterschlupfen, die sich gegen die verfallenen Reste einer Palastmauer lehnten; an Holzwände, die so dünn waren, daß in den Pausen zwischen den donnernden Schlägen von drinnen Schnarchen und verschlafenes Gemurmel zu hören war. Der Reiter rief vom Sattel aus drohend die Namen von Männern, einmal, zweimal. Die undeutlichen Antworten – mürrisch, versöhnlich, wild, scherzhaft oder abbittend – klangen in das schweigende Dunkel, in dem der Reiter hielt, und bald darauf schoß wohl auch hustend eine dunkle Gestalt in die Morgenluft heraus. Manchmal rief eine sanfte Frauenstimme demütig durch das Fensterloch: „Er kommt sofort, Señor", und der Reiter wartete schweigend auf seinem reglosen Pferde. Sah er sich aber gezwungen, abzusitzen, dann flog wohl nach einer Weile aus der Tür jener Hütte oder jener Pulperia mit wildem Getöse und verstärktem Wehklagen ein Cargador heraus, den Kopf voran und die Hände gespreizt, zwischen den Vorderbeinen der grauen Stute hindurch, die nur ihre scharfen kleinen Ohren spitzte; sie war an die Arbeit gewöhnt. Und dann raffte sich der Mann auf und rannte vor Nostromos Revolver davon, ein wenig unsicher auf den Beinen und leise fluchend. Wenn Kapitän Mitchell bei Sonnenaufgang in seinem Nachtgewand besorgt auf den hölzernen Balkon heraustrat, der der ganzen Länge des einsam stehenden O. S. N. Gebäudes entlang lief, dann konnte er die Leichter schon unterwegs sehen, Leute geschäftig an der Arbeit bei den Lastkränen, und vielleicht den unschätzbaren Nostromo hören, der nun abgesessen, im gewürfelten Hemd und der roten Leibbinde eines mittelländischen Seemanns, vom Ende des Landungsstegs her mit Stentorstimme Befehle brüllte. Ein Bursche, wie es unter Tausenden nur einen gab!

Fortschritt und Zivilisation mit ihrem mechanischen Beiwerk, das die Eigenart alter Städte unter dem herkömmlichen Gleichmaß neuzeitlichen Lebens begräbt, waren noch nicht eingedrungen. Doch über die verträumte Altertümlichkeit Sulacos, so eigenartig mit den stuckverzierten Häusern, den vergitterten Fenstern, den großen gelbweißen Mauern verlassener Klöster hinter Reihen dunkelgrüner Zypressen – über all dies hatte die San-Tomé-Mine, sehr neuzeitlich in ihrem Geiste, schon merklich Einfluß gewonnen. Die Mine hatte auch in das äußere Aussehen der Menge, die sich an Festtagen vor dem offenen Portal der Kathedrale auf der Plaza drängte, eine Änderung gebracht durch die Zahl der weißen Ponchos mit grünen Streifen, die von den Bergleuten als Festtracht gewählt waren. Die Bergarbeiter hatten auch weiße Hüte mit grüner Schnur und Borte zu tragen begonnen – lauter Dinge von guter Qualität, die im Warenhaus der Verwaltung für sehr wenig Geld zu haben waren. Ein friedlicher Cholo, der diese (in Costaguana ungebräuchlichen) Farben trug, wurde merkwürdigerweise nur selten auf Grund einer Anklage wegen Nichtachtung gegen die Polizei halb zu Tode geprügelt, noch auch lief er besondere Gefahr, auf der Straße plötzlich von einer Werbeabteilung von Lanceros mit dem Lasso eingefangen zu werden – welche Art, Kriegsfreiwillige zu werben, in der Republik beinahe als gesetzlich galt. Man wußte von ganzen Dörfern, die sich auf solche Weise zum Heeresdienst gemeldet hatten; doch, wie Don Pépé mit einem hoffnungslosen Achselzucken zu Frau Gould zu sagen pflegte: „Was wollen Sie! Arme Leute! Pobrecitos! Pobrecitos! Der Staat muß eben seine Soldaten haben."

So sprach von Berufs wegen Don Pépé, der Kämpfer, mit seinem hängenden Schnurrbart, dem nußbraunen, schmalen Gesicht und dem scharfgeschnittenen, wie gußeisernen Unterkinn. Er erinnerte stark an den Typus des berittenen Viehhirten von den großen Llanos im Süden. „Wenn Sie einem alten Offizier von Paez zuhören wollen, Señores“, so pflegte er alle seine Reden im Adelsklub von Sulaco zu beginnen, wo er auf Grund seiner früheren Verdienste um die untergegangene Sache der Föderation zugelassen war. Der Klub, dessen Gründung auf die Tage zurückreichte, da Costaguanas Unabhängigkeit ausgerufen worden war, zählte mit Stolz unter seine Gründer viele Befreier. Zahllose Male von verschiedenen Regierungen willkürlich unterdrückt, war der Klub auch mehrfach von Ächtungen und von zumindest einer völligen Niedermetzelung aller seiner Mitglieder betroffen worden, die sich auf Befehl eines eifrigen Militärkommandanten zu einem traurigen Mahl versammelt hatten (ihre nackten Leiber waren nachher von dem Abschaum der Bevölkerung aus den Fenstern des Klubhauses auf die Plaza hinuntergeworfen worden). Zu der Zeit aber, von der ich spreche, war der Klub in Frieden wieder aufgeblüht. Er dehnte auch auf Fremde in weitem Maße die Gastlichkeit der kühlen, hohen Räume seines historischen Heimes im Vorderbau eines Palastes aus, der einst die Residenz eines hohen Würdenträgers des Geistlichen Gerichtshofs gewesen war. Die beiden Flügel verfielen, hinter vernagelten Türen verschlossen, und der Hain junger Orangenbäume, der in dem ungepflasterten Innenhof gewachsen war, verbarg den völligen Verfall des Rückgebäudes gegenüber dem Eingang. Man kam von der Straße herein wie in einen abgeschlossenen Obstgarten und geriet dann an den Fuß eines etwas beschädigten Stiegenhauses, behütet von dem moosfleckigen Standbild irgendeines heiligen Bischofs mit Mitra und Krummstab, der, die schönen, steinernen Hände über der Brust gekreuzt, den Makel einer gebrochenen Nase mit Milde zu tragen schien. Die schokoladefarbenen Gesichter der Diener, mit buschigem schwarzem Haar, spähten von oben dem Besuch entgegen; das Klicken von Billardbällen klang herunter; und ging man die Stiegen empor, dann konnte man vielleicht in der ersten Sala, in gutem Licht, sehr steif in einem geradlehnigen Stuhl, Don Pépé sitzen sehen, der auf Armeslänge eine alte Zeitung von Sta. Marta vor sich hin hielt und, während er sie durchbuchstabierte, seinen Schnurrbart drehte. Sein Pferd, ein etwas bockiges, aber ausdauerndes schwarzes Biest, mit einem Schädel wie ein Hammer, hatte man schon auf der Straße reglos unter einem ungeheuren Sattel dösen sehen, die Nase bis fast zum Randstein des Bürgersteigs gesenkt.

Wenn Don Pépé, wie der in Sulaco oft gebrauchte Ausdruck lautete, „von den Bergen herunten war“, dann konnte man ihn auch im Salon der Casa Gould treffen. Er saß in bescheidener Haltung in einiger Entfernung vom Teetisch; die Knie eng geschlossen, ein harmloses, lustiges Glitzern in den tiefliegenden Augen, pflegte er kurze Scherzworte in die Unterhaltung zu werfen. Er besaß gesunden Mutterwitz und eine echte Menschlichkeit, wie man sie so oft bei schlichten, alten Soldaten von erprobtem Mut findet, die viel harten Dienst mitgemacht haben. Natürlich verstand er durchaus nichts vom Bergbau, aber seine Obliegenheiten waren von besonderer Art. Er hatte die gesamte Bevölkerung im Minengebiet unter sich, das sich vom Ausgang der Schlucht bis dorthin erstreckte, wo der Fahrweg vom Fuß des Gebirges her in die Ebene mündet und auf einer kleinen grüngestrichenen Holzbrücke einen Fluß überquert; grün, die Farbe der Hoffnung, war auch die Farbe der Mine.

Man erzählte sich in Sulaco, daß dort oben, in den Bergen, Don Pépé auf schwindelnden Pfaden dahinschritt, ein mächtiges Schwert umgegürtet und in einer schäbigen Majorsuniform mit blindgewordenen Achselstücken. Die meisten Bergleute waren Indianer, mit großen, wilden Augen, und redeten ihn mit Taita (Vater) an, wie es die barfüßige Bevölkerung jedem gegenüber gewohnt ist, der Schuhe trägt; doch war es Basilio, Herrn Goulds eigener Mozo und der erste Diener der Casa, der im besten Glauben und aus einer Art von Schicklichkeitsgefühl heraus den Major einmal mit den feierlichen Worten anmeldete: „El Señor Gobernador ist angekommen."

Don José Avellanos, der gerade im Salon zugegen war, schien unerhört begeistert davon, wie gut der Titel paßte, und begrüßte den alten Major scherzhaft damit, sobald dessen soldatische Gestalt sich im Türrahmen zeigte. Don Pépé lächelte nur in seinen langen Schnurrbart, als wollte er sagen: „Ihr hättet einen schlechteren Namen für einen alten Soldaten finden können."

Und so blieb er „El Señor Gobernador" und machte seine kleinen Scherzchen über sein Amt und sein Wirkungsfeld, von welch letzterem er Frau Gould gegenüber mit spaßhafter Übertreibung sagte:

„Nicht zwei Steine könnten irgendwo zusammenkommen, Senora, ohne daß der Gobernador das Klappern hörte."

Und dabei pflegte er bedeutungsvoll mit der Spitze seines Zeigefingers sein Ohr zu berühren. Auch als die Zahl der Bergleute schon über sechshundert betrug, schien er jeden einzelnen davon persönlich zu kennen, all die unzähligen Josés, Manuels, Ignacios, aus den Dörfern Primero, Segundo und Tercero (es gab ihrer drei), die unter seiner Oberhoheit standen. Er konnte sie nicht nur nach ihren flachen, freudlosen Gesichtern unterscheiden (die Frau Gould alle gleich fand, wie in derselben alten Form geduldigen Leidens gegossen), sondern offenbar auch nach den unendlich vielfältigen Schattierungen der rötlichbraunen, schwarzbraunen, kupferbraunen Rücken, wenn die beiden Schichten, nackt bis auf leinene Hosen und Lederhauben, sich in einem Gewirr nackter Glieder, geschulterter Hauen und schwingender Lampen unter mächtigem Scharren von Sandalen durcheinanderdrängten, auf der Hochfläche vor der Einfahrt in den Hauptschacht. Es war Arbeitspause. Die Indianerjungen lehnten müßig gegen die lange Reihe der kleinen Grubenhunde, die leer dastanden; die Sieber und Häuer hockten auf den Fersen und rauchten lange Zigarren; die langen Schüttrinnen, die schräg über den Rand der Hochfläche hinausragten, schwiegen, und nur das unermüdliche, kräftige Rauschen des Wassers in den offenen Bächen war zu hören, das Surren von Turbinenwellen klang dazwischen und das dumpfe Stampfen des Pochwerks, das auf dem darunterliegenden Plateau das kostbare Erz zermalmte. Die Obersteiger, durch Messingmedaillen, die sie auf der nackten Brust trugen, kenntlich gemacht, hielten ihre Leute in Ordnung; und schließlich verschlang der Berg die eine Hälfte der schweigsamen Menge, während die andere in langgestreckter Reihe die Zickzackwege zum Boden der Schlucht hinabstieg. Die Schlucht war tief; ein schmaler Streifen von Pflanzenwuchs auf ihrem Grunde erschien wie eine dünne, grüne Schnur, in der drei dicke Knoten von Bananengruppen, Dächern aus Palmblättern und schattigen Bäumen die Dörfer

Nummer eins, zwei und drei kennzeichneten, die Wohnstätten der Arbeiterschaft der Gould-Konzession.

Von allem Anfang an waren ganze Familien nach dem Punkt der Higuerotakette gewandert, von wo aus sich das Gerücht von Arbeit und Sicherheit über das Weidegebiet verbreitet hatte, bis in die letzten Ausläufer und Schlupflöcher der fernen blauen Sierra hinein, wie ein Hochwasser. Der Vater zuerst, in spitzem Strohhut, dann die Mutter mit den größeren Kindern, meistens auch ein kleiner Esel, alle unter schweren Lasten, bis auf den Führer selbst oder vielleicht noch ein erwachsenes Mädchen, den Stolz der Familie, das barfüßig und pfeilgerade dahinschritt, mit rabenschwarzen Flechten und fleischigem, hochmütigem Profil, ohne andere Bürde als die kleine landesübliche Gitarre und ein Paar weiche Sandalen auf dem Rücken. Wenn sie solche Gruppen aus den Heckenwegen zwischen den Weiden herauskommen oder am Rand der großen Landstraße abkochen sahen, dann pflegten berittene Reisende zueinander zu sagen:

„Wieder Leute, die nach der San Tomé-Mine wandern. Wir werden morgen noch mehr von ihnen sehen."

Und während sie hastig in die Dämmerung hineinritten, erörterten sie die große Neuigkeit der Provinz, die Neuigkeit der San Tomé-Mine. Ein reicher Engländer wollte sie erschließen – und vielleicht war er gar kein Engländer, *quien sabe!* Ein Ausländer mit viel Geld. O ja, er hatte schon angefangen. Ein paar Leute, die mit einer Herde schwarzer Stiere für die nächste Corrida in Sulaco gewesen waren, hatten berichtet, daß man von dem Vorbau der Posada in Rincon, nur eine knappe Meile von der Stadt weg, die Lichter in den Bergen sehen könne, die über die Bäume glitzerten. Man sehe auch gelegentlich eine Frau reiten, die seitlich zu Pferde sitze, aber nicht im Tragsessel, sondern auf einer Art Sattel, und einen Männerhut trage. Sie ginge auch zu Fuß auf den Bergwegen herum. Sie schiene ein weiblicher Ingenieur zu sein.

„Welche Torheit! Unmöglich, Senor!"

„Si! Si! Una Americana del Norte!"

„Nun gut! Wenn Euer Wohlgeboren unterrichtet sind!" Una Americana. Es mußte wohl etwas der Art sein.

Und dann lachten sie wohl ein wenig, in geringschätziger Verwunderung, und hielten dabei ein wachsames Auge auf die Schatten längs der Straße, denn man muß auf üble Begegnungen gefaßt sein, wenn man spät im Campo reitet.

Doch waren es nicht nur die Männer, die Don Pépé so gut kannte, sondern er schien auch imstande, mit einem einzigen aufmerksamen, nachdenklichen Blick jedes Weib, Mädchen oder Kind in seinem Gebiet zu erkennen. Nur die ganz Kleinen machten ihm mitunter zu schaffen. Man konnte ihn und den Padre oft beisammen sehen, wie sie in tiefem Sinnen eine Schar brauner Kinder in einer Dorfstraße überblickten und sozusagen zu sortieren versuchten; oder sie stellten gemeinsam Nachfragen nach der Verwandtschaft irgendeines kleinen, stämmigen Kobolds an, den sie antrafen, wie er nackt und ernst des Wegs kam, eine Zigarre in seinem Kindermund und vielleicht den Rosenkranz der Mutter, als Schmuck entlehnt, vom Hals bis auf den kleinen runden

Bauch niederhängend. Der geistliche und der weltliche Hirte der Minenherde waren enge Freunde. Mit Dr. Monygham, dem ärztlichen Hirten, der das Amt von Frau Gould angenommen hatte und im Gebäude des Spitals lebte, waren die Beziehungen nicht so vertraute. Aber man konnte ja auch zu keiner Vertraulichkeit mit El Señor Doctor kommen, der völlig unheimlich und rätselhaft wirkte, mit seinen krummgezogenen Schultern, dem hängenden Kopf, dem spöttischen Mund und den bitteren Seitenblicken. Die beiden andren Obrigkeiten arbeiteten im besten Einvernehmen. Vater Roman, klein, flink, runzelig, mit großen, runden Augen und scharfem Kinn, ein großer Schnupfer, war auch ein alter Feldzügler. Er hatte auf den Schlachtfeldern der Republik gar manche einfältige Seele losgesprochen, war bei den Sterbenden auf den Berghängen gekniet, im hohen Gras, im Waldesdunkel, um die letzte Beichte entgegenzunehmen, Pulverrauch in der Nase, das Rattern des Gewehrfeuers, das Klatschen und Schwirren der Kugeln im Ohr. Und was sollte Böses dabei sein, wenn sie im Pfarrhaus in den frühen Abendstunden mit schmutzigen Karten miteinander ein Spielchen machten, bevor Don Pépé seine letzte Runde antrat, um sich zu überzeugen, daß die Schutzmannschaft der Mine – eine von ihm selbst eingerichtete Körperschaft – auf ihren Posten war? Für diese letzte seiner Tagespflichten gürtete Don Pépé tatsächlich seinen alten Säbel um, auf der Veranda eines weißen Holzhauses von unverkennbar amerikanischer Herkunft, das Vater Roman das Pfarrhaus nannte. Ein langgestrecktes, niedriges Gebäude daneben, mit steilem Dach, wie eine große Scheune, mit einem Holzkreuz auf dem Giebel, war die Arbeiterkapelle. Dort las Vater Roman jeden Morgen die Messe vor einem düstern Altarbild, das die Auferstehung darstellte. Die graue Fläche des Grabsteins nahm eine Ecke ein, eine aufwärts schwebende Figur, bleich und langgliedrig, in einem Strahlenkranz, die Mitte, und ein niedergeworfener, dunkler Legionär im Helm den pechschwarzen Vordergrund. „Dieses Bild, meine Kinder, *muy linda e maravillosa*", pflegte Vater Roman zu einigen seiner Beichtkinder zu sagen, „das ihr hier dank der Freigebigkeit der Gattin eures Señors Administrador bewundern könnt, ist in Europa gemalt worden, einem Land der Heiligen und Wunder, viel größer als unser Costaguana." Und darauf pflegte er salbungsvoll eine Prise zu nehmen. Als aber einmal ein Vorwitziger zu wissen wünschte, in welcher Richtung dies Europa liege, ob aufwärts oder abwärts der Küste, da wurde Vater Roman, um seine Verblüffung zu verbergen, sehr zurückhaltend und streng. „Zweifellos liegt es sehr weit weg. Aber Unwissende, wie ihr von der San Tomé-Mine, sollten lieber ernsthaft über die ewigen Strafen nachdenken, anstatt der Größe der Erde nachzuforschen, deren Länder und Völker weit über eure Begriffe gehen."

Mit einem „Gute Nacht, Padre!" – „Gute Nacht, Don Pépé!" ging der Gobernador davon, den Säbel unter dem Arm, den Körper vorgebeugt, mit weitausgreifendem Schritt ins Dunkel. Die Heiterkeit, wie sie zu einem unschuldigen Kartenspiel um ein paar Zigarren oder ein Bündel Yerba paßte, wich sofort der strengen, dienstlichen Haltung eines Offiziers, der sich aufmacht, um die Lagerposten abzugehen. Ein lautes Trillern der Pfeife, die ihm vom Halse hing, erweckte sofort von überallher die grelle Antwort anderer Pfiffe, mit Hundegebell untermischt, das endlich langsam am Ausgang der Schlucht erstarb; und aus dem Schweigen tauchten zwei Serenos auf, die bei der Brücke Wache hatten, und schritten lautlos dem Offizier entgegen. An der einen Seite der Straße lag ein großes Blockhaus, das Warenhaus, ganz und gar verschlossen und verrammelt. Ein andrer weißer Fachwerkbau gegenüber war das Spital; in den zwei Fenstern von Dr. Monyghams Wohnung war noch Licht. Nicht einmal das zarte Blätterwerk einer Gruppe von Pappelbäumen regte sich, so atemlos war die Dunkelheit, in die die überhitzten Felsen ihre Wärme ausstrahlten. Don Pépé stand einen Augenblick lang neben den zwei reglosen Serenos; und plötzlich begann vielleicht hoch oben auf dem steilen Hang des Berges, auf dem einzelne Fackeln glühten, wie verflogene Funken von den zwei Feuern oberhalb, die Schüttrinne zu rasseln. Das scharrende, knatternde Getöse nahm an Wucht und Schnelligkeit zu, wurde von den Wänden der Schlucht aufgenommen und als dumpfes Donnergrollen weit in die Ebene hinausgeschickt. Der Posadero in Rincon schwur, daß er in ruhigen Nächten bei aufmerksamem Hinhören das Geräusch in seinem Hausgang hören könne wie das eines Gewitters in den Bergen.

Charles Gould selbst war der Meinung, daß das Geräusch bis an die äußersten Grenzen der Provinz dringen müsse. Wenn er nachts zur Mine ritt, dann klang es ihm am Rand eines kleinen Gehölzes gleich hinter Rincon entgegen; das böse Murren des Berges, der seine Schätze in das Stampfwerk strömen ließ, war nicht zu verkennen. Dem Mann klang es mit eigener Gewalt ins Herz, als eine donnernde Verkündigung an das ganze Land, mit der Eindringlichkeit einer vollendeten Tatsache, als Erfüllung eines kühnen Wunsches. Er hatte in seiner Einbildung eben dieses Geräusch zu hören gemeint, an jenem weit zurückliegenden Abend, als seine Frau und er, nach mühsamem Ritt durch einen Waldstreifen, ihre Pferde an einem Strom angehalten und zum erstenmal in die wuchtige Einsamkeit der Schlucht gespäht hatten. Da und dort ragte die Spitze einer Palme auf. In einer Steilschlucht nahe beim Abhang des San Tomé-Berges (der würfelig ist wie ein Blockhaus) blitzte der Faden eines kleinen Wasserfalls glashell durch das dunkle Grün der schweren Baumfarne. Don Pépé, der das Paar begleitete, ritt auf, wies mit ausgestrecktem Arm in die Schlucht und erklärte mit gemachter Feierlichkeit: „Sehen Sie hier, Señora, das wahre Schlangenparadies."

Und dann hatten sie die Pferde gewandt und waren nach Rincon geritten, um dort die Nacht zu verbringen. Der Alkalde – ein alter, fleischloser Moreno, ein Sergeant aus der Zeit Guzman Bentos – hatte ehrfürchtig mit seinen drei hübschen Töchtern das Haus geräumt, um der fremden Señora und Ihren Wohlgeboren den Caballeros Platz zu machen. Er bat Charles Gould nur (den er für eine geheimnisvolle amtliche Persönlichkeit zu halten schien), die höchste Regierungsstelle – El Gobierno supremo – an eine Pension zu erinnern (in Höhe von einem Dollar monatlich), zu der er sich berechtigt glaubte. Sie sei ihm versprochen worden, versicherte er und reckte kriegerisch seinen gebeugten Rücken: „Vor vielen Jahren, für meine Tapferkeit in den Kriegen mit wilden Indianern, als ich noch jung war, Señor."

Der Wasserfall war nicht mehr da. Die Baumfarne, die unter seinem Sprühregen gewuchert hatten, waren um den ausgetrockneten Wasserlauf herum verdorrt, und die tiefe Schlucht war nur noch ein großer Graben, halb ausgefüllt mit Rückständen und Erzabfällen. Der Bach, weiter oberhalb gedämmt, schickte sein Wasser rauschend durch die offenen Rinnen aus ausgehöhlten Baumstämmen, die, auf hohen Holzpfählen ruhend, zu den Turbinen und dem Stampfwerk auf dem niederen Plateau führten, der Mesa grande des San Tomé-Gebirges. Nur das Andenken an den Wasserfall mit seinen wilden Farnen, die wie ein hängender Garten die Felsen der Schlucht überwucherten, lebte in Frau Goulds Aquarellskizze fort; sie hatte sie eines Tages in aller Eile von einer kleinen Lichtung zwischen den Büschen aus gemacht und dabei im Schatten eines kleinen Strohdaches gesessen, das unter Don Pépés Anleitung auf drei rohen Pfählen errichtet worden war.

Frau Gould hatte alles von Anfang an mit angesehen, die Rodung der Wildnis, den Bau der Straße, die Sprengung der Fußwege längs der Steilhänge von San Tomé. Durch lange Wochen hatte sie mit ihrem Gatten an Ort und Stelle gelebt; und in Sulaco hatte sie sich während jenes Jahres so wenig gezeigt, daß das Auftauchen des Gefährtes der Goulds auf der Alameda ein gesellschaftliches Ereignis bedeutete. Aus den wuchtigen Familienkutschen, die, voll mit stattlichen Señoras und schwarzäugigen Señoritas, feierlich durch die schattige Allee dahinrollten, grüßte sie das lebhafte Winken weißer Hände. Doña Emilia war „von den Bergen herunten".

Aber nicht für lange Zeit. Doña Emilia pflegte spätestens nach ein oder zwei Tagen wieder „in die Berge hinauf zu gehen" und ihren flinken Maultieren wieder eine Ruhepause zu gönnen. Sie hatte dem Bau des ersten Fachwerkhauses auf der unteren Mesa beigewohnt, das die Kontorräume und Don Pépés Wohnung enthalten sollte; sie hörte mit einem Gefühl heißer Dankbarkeit die erste Wagenladung Erz durch die damals noch einzige Schüttrinne herunterrasseln. Sie war in lautlosem Schweigen neben ihrem Gatten gestanden, fröstelnd vor Erregung, im Augenblick, als die Gruppe der fünfzehn Erzmörser zum erstenmal in Gang gesetzt wurde. Als die Feuer unter den ersten Retorten aus ihrem Schuppen weit in die Nacht hinaus geleuchtet hatten, da hatte sich Frau Gould erst zur Ruhe auf das einfache Feldbett in dem sonst leeren Fachwerkbau zurückgezogen, bis sie das erste Stück Silberschwamm, das aus den dunklen Tiefen der Gould-Konzession bis in die wechselvollen Geschicke des Tages geraten war, gesehen hatte, sie hatte ihre unbestechlichen Hände, vor Freude leise zitternd, auf den ersten Silberbarren gelegt, der noch warm aus der Gußform gekommen war; und ihrem inneren Auge erschien der Metallklumpen mit so viel sühnender Kraft begabt, als wäre er keine bloße Tatsache, sondern ein unfaßbares Etwas von weitreichender Wirkung gewesen, wie der wahre Ausdruck eines Gefühls oder die Offenbarung eines Grundsatzes.

Don Pépé, auch er voll reger Anteilnahme, sah über ihre Schultern, mit einem Lächeln, das sein Gesicht in Längsfalten zog und ihm Ähnlichkeit mit der Ledermaske eines gutmütigen Teufels gab.

„Würden nicht die Muchachos des Hernandez gerne dies unscheinbare Ding besitzen, das, por Dios, ganz wie ein Stück Zinn aussieht?" fragte er scherzend.

Hernandez, der Räuber, war ein harmloser kleiner Ranchero gewesen und unter besonders grausamen Begleitumständen während des Bürgerkrieges aus seinem Hause herausgeholt und zum Heeresdienst gepreßt worden. Dort hatte er sich soldatisch einwandfrei geführt, bis er einmal seine Gelegenheit wahrgenommen, seinen Oberst erschossen und es fertiggebracht hatte, zu entfliehen. Mit einer Bande von Deserteuren, die ihn zu ihrem Hauptmann gewählt, hatte er jenseits des wilden und wasserlosen Bolson de Tonoro Zuflucht gesucht. Die Haziendas zahlten ihm in Vieh und Pferden Tribut. Außerordentliche Geschichten wurden von seiner Macht und der wundervollen Art erzählt, in der er sich oft und oft der Gefangennahme entzogen hatte. Er pflegte ganz allein in die Dörfer und die kleinen Städte im Campo einzureiten, einen Packmulo vor sich, zwei Revolver im Gürtel, bis gerade vor den Laden oder das Warenhaus, dort auszuwählen, was er wünschte, und dann wieder wegzureiten, unbehelligt infolge des Schreckens, den seine Taten und seine Kühnheit einflößten. Armes Landvolk ließ er gemeinhin in Frieden; die Leute der oberen Klasse wurden oft auf den Straßen angehalten und ausgeraubt; doch jeder unglückliche Beamte, der in seine Hände fiel, konnte sicher sein, furchtbar durchgepeitscht zu werden. Die Offiziere des Heeres liebten es nicht, wenn in ihrer Gegenwart sein Name genannt wurde. Seine Gefolgsleute, mit gestohlenen Pferden beritten gemacht, lachten über die Verfolgung durch die reguläre Kavallerie, die sie festnehmen sollte und dabei doch nur mit großer Kunst in Hernandez' kleinem Reich in Hinterhalte gelockt wurde. Expeditionen waren ausgerüstet, ein Preis auf des Führers Kopf gesetzt worden, sogar an Versuchen hatte es nicht gefehlt (verräterisch natürlich), Unterhandlungen mit ihm anzuknüpfen, ohne daß dadurch sein Gebaren die mindeste Einschränkung erfahren hätte. Schließlich hatte ihm nach wahrer Costaguaner Art der Fiscal von Tonoro, ehrgeizig nach dem Ruhm, den berühmten Hernandez bezwungen zu haben, eine Geldsumme und freies Geleit aus dem Lande angeboten, wenn er seine Bande verraten wollte. Doch Hernandez war offenbar nicht aus dem Holz, aus dem die hervorragenden Militärpolitiker und Verschwörer von Costaguana geschnitzt sind. Der listige, doch herkömmliche Anschlag (der sich so oft bei der Unterdrückung von Revolutionen bewährt hatte) versagte diesem Hauptmann gewöhnlicher Salteadores gegenüber. Anfangs schien alles für den Fiscal gut zu gehen, das Ende aber wurde schlimm für die Schwadron von Lanceros, die (auf des Fiscals Anweisung) in einer Bodenfalte aufgestellt worden war, wohin Hernandez seine ahnungslosen Leute zu führen versprochen hatte. Sie kamen auch tatsächlich zur angegebenen Zeit, aber auf Händen und Füßen kriechend, durch den Busch, und gaben ihre Anwesenheit erst durch eine starke Gewehrsalve zu erkennen, die viele Sättel leerte. Die überlebenden Soldaten jagten nach Tonoro zurück. Man sagt, daß der führende Offizier (der, besser beritten, den anderen weit voraus war) hinterdrein in eine rauschige Verzweiflung geriet und den ehrgeizigen Fiscal in Gegenwart seiner Frau und seiner Töchter mit dem flachen Säbel elend durchbleute, weil er dies Unglück über das Nationalheer gebracht hatte. Der höchste Zivilbeamte von Tonoro sank ohnmächtig zu Boden und wurde weiter noch mit Schlägen überhäuft und mit scharfen Sporenstößen in Hals und Gesicht bedacht, infolge der großen Empfindlichkeit seines militärischen Kollegen. Dieser Klatsch aus dem Innern, so bezeichnend für die Herrscher des Landes, mit seiner Geschichte von Unterdrückung, Ohnmacht, Winkelzügen, Verrat und roher Gewalt, war Frau Gould gut bekannt. Daß die Sache von Leuten von verfeinerter Bildung und Charakter ohne Entrüstung hingenommen wurde, als ein durch die Verhältnisse bedingtes Geschehnis, war eines der Zeichen von Entwürdigung, die Frau Gould fast bis zur Verzweiflung bedrücken konnten. Doch mit einem Blick auf den Silberbarren schüttelte sie den Kopf zu Don Pépés Bemerkung und meinte:

„Ohne die gesetzlose Tyrannei Ihrer Regierung, Don Pépé, würde nun manch ein Übeltäter glücklich und zufrieden von der ehrlichen Arbeit seiner Hände leben."

„Señora", rief Don Pepe begeistert, „es ist wahr! Als hätte Gott Ihnen die Macht gegeben, bis tief ins Herz des Volkes zu sehen! Sie haben die Leute rings um sich arbeiten sehen, Doña Emilia – fromm wie die Lämmer, geduldig wie ihre eigenen Esel, tapfer wie die Löwen. Ich habe sie bis hart an die Mündung der Kanonen geführt – ich, der ich hier vor Ihnen stehe, Señora –, zu den Zeiten von Paez, der voll Großmut war und an Mut, soviel ich weiß, nur von dem Onkel unseres Don Carlos hier erreicht wurde. Kein Wunder, daß es Banditen im Campo gibt, wenn nur Diebe, Schwindler und blutdürstige Macaques uns in Sta. Marta regieren; doch so oder so, ein Bandit ist ein Bandit, und wir werden dem Silbertransport nach Sulaco hinunter ein Dutzend gute Winchesterbüchsen mitgeben."

Frau Goulds Ritt mit dem ersten Silbertransport nach Sulaco bildete den Abschluß ihres „Lagerlebens", wie sie es nannte, bevor sie sich dauernd in ihrem Stadthaus niederließ, wie es für die Gattin des Administradors eines so wichtigen Unternehmens wie der San Tomé-Mine geziemend und sogar nötig war. Denn die San Tomé-Mine wurde allmählich zu einer besonderen Einrichtung, zum Sammelpunkt für alles in der Provinz, was Ordnung und Gleichmaß zum Leben brauchte. Aus der Bergschlucht schien sich über das ganze Land Sicherheit zu ergießen. Die Behörden von Sulaco hatten begriffen, daß die San Tomé-Mine es für sie der Mühe wert machen konnte, die Dinge und die Leute in Ruhe zu lassen. Dies war die nächste Annäherung an vernünftige und gerechte Verhältnisse, die Charles Gould für den Anfang erreichbar schien. Tatsächlich war die Mine mit ihrer Organisation, ihrer Arbeiterbevölkerung, die für das Vorrecht besonderer Sicherheit mit unbedingter Anhänglichkeit dankte, die Mine mit ihrer Waffenkammer, mit ihrem Don Pépé, mit ihrer bewaffneten Truppe von Serenos (in deren Reihen, sagte man, viele Verbrecher und Deserteure und sogar einige Mitglieder von Hernandez' Bande Platz gefunden hatten) eine Macht im Lande. Ein gewisser hervorragender Staatsmann in Sta. Marta hatte einmal bei Erörterung des Verhaltens der Sulaco-Behörden während einer politischen Krise mit hohlem Lachen ausgerufen:

„Sie nennen diese Leute Regierungsbeamte? Die? Niemals! Sie sind Beamte der Mine – Beamte der Konzession, sage ich Ihnen."

Der hervorragende Mann (der damals an der Macht war, ein Mensch mit zitronenfarbenem Gesicht und ganz kurzem, welligem, um nicht zu sagen wolligem Haar), der hervorragende Mann ging in seiner jähen Aufwallung so weit, seine gelbe Faust unter der Nase des Besuchers zu schütteln und dazu zu schreien:

„Jawohl! Alle! Still! Alle! Ich sage es Ihnen! Der Politische Jefe, der Polizeichef, der Zollamtsdirektor, der General, alle sind sie Beamte dieser Goulds."

Daraufhin war in dem Ministerkabinett ein längerwährendes Murmeln erfolgt, furchtlos und beweiskräftig, wenn auch leise, und die Leidenschaft des hervorragenden Mannes hatte sich in einem zynischen Achselzucken erschöpft. Letzten Endes, schien er sagen zu wollen, hatte ja alles nichts zu bedeuten, solange der Minister selbst während seiner kurzen Amtsdauer nicht vergessen wurde. Trotzdem aber hatte der inoffizielle Agent der San Tomé-Mine während seiner Arbeit für die gute Sache doch auch böse Augenblicke, die sich in seinen Briefen an Don José Avellanos, seinen Onkel mütterlicherseits, widerspiegelten.

„Keiner dieser Bluthunde von Sta. Marta soll den Fuß in den Teil von Costaguana setzen, der diesseits der San Tomé-Brücke liegt", pflegte Don Pépé Frau Gould zu versichern. „Außer, natürlich, als geehrter Gast – denn unser Señor Administrador ist ein tiefer Politico." Zu Charles Gould aber, in dessen eigenem Zimmer, sagte der alte Major wohl mit einer grimmigen soldatischen Fröhlichkeit: „Wir spielen bei der Geschichte alle um unseren Kopf."

Don José Avellanos murmelte gelegentlich: „Imperium in Imperio, Emilia, meine Seele", mit dem Ausdruck tiefer Selbstzufriedenheit, in den sich aber, merkwürdig genug, ein gewisses Unbehagen mengte; doch das war vielleicht nur den Eingeweihten erkennbar.

Und für die Eingeweihten war es ein wundervoller Platz, dieser Salon in der Casa Gould, in dem sich der Hausherr – El Señor Administrador – gelegentlich einen Augenblick sehen ließ: älter, härter, geheimnisvoll schweigsam, mit verschärften Linien auf seinem rötlichen, englischen Gesicht von Freiluftfarbe; er stelzte auf seinen mageren Reiterbeinen durch die Türen, entweder gerade „zurück vom Gebirge" oder, mit klirrenden Sporen, die Reitpeitsche unter dem Arm, auf dem Weg „ins Gebirge". Dann konnte man Don Pépé sehen, der in gemäßigt kriegerischer Haltung auf seinem Stuhl saß, den Llanero, der seine soldatische Heiterkeit, seine Weltkenntnis und sein für seine Stellung vollendetes Benehmen inmitten wüster Kämpfe mit seinesgleichen erworben zu haben schien; Avellanos, höflich und vertraut, den Diplomaten, unter dessen Redefertigkeit sich die Fähigkeit zu klugem und vorsichtigem Rat verbarg und der sein Geschichtswerk über Costaguana, betitelt „Fünfzig Jahre Mißwirtschaft", jetzt der Welt zu schenken „für nicht weise hielt" (auch wenn es möglich gewesen wäre). Diese drei, und dazu Doña Emilia zwischen ihnen, zierlich, klein, feenhaft, vor dem glitzernden Teegerät; sie alle mit einem gemeinsamen Leitgedanken, einer gemeinsamen Spannung, einem stets bewußten Ziel: die Unverletzlichkeit der Mine um jeden Preis zu wahren. Und auch Kapitän Mitchell konnte man sehen, ein wenig abseits, nahe bei einem der langen Fenster; er hatte das etwas altmodische Aussehen eines gepflegten, älteren Junggesellen, etwas feierlich, in weißer Weste, wurde nicht sonderlich beachtet, merkte es aber nicht; er tappte ewig im Dunkeln und meinte doch, mitten im Leben zu stehen. Der gute Mann hatte rund dreißig Jahre seines Lebens auf der hohen See zugebracht, bevor er diesen „Landposten", wie er es nannte, erreicht hatte, und war nun verblüfft über die Wichtigkeit der (nicht nur auf die Schiffahrt bezüglichen) Geschehnisse, die an Land vor sich gehen. Fast jedes Vorkommnis, das nur ein wenig außerhalb des Alltags lag, bezeichnete für ihn „eine Epoche" oder es war „historisch". Manchmal allerdings konnte seine Feierlichkeit ihn nicht abhalten, betrübt das rötliche, gutgeschnittene Gesicht zu senken, das von schneeweißem, glattgeschorenem Haar und kurzem Backenbart eingerahmt war, und zu murmeln:

„Ah! Das! Das, Herr, war ein Fehler!"

Die Einlieferung des ersten Silbertransports aus der San Tomé-Mine, zur Verschiffung nach San Franzisko in einem der O. S. N. Postdampfer, hatte natürlich für Kapitän Mitchell „eine Epoche bezeichnet". Die Barren waren in Koffer aus steifer Ochsenhaut mit geflochtenen Griffen verpackt, klein genug, um von zwei Mann getragen zu werden, und wurden von den Serenos der Mine vorsichtig etwa eine halbe Meile weit über die steilen Zickzackwege bis zum Fuß des Gebirges heruntergebracht. Dort wurden sie in zweirädrige Karren verladen, die wie geräumige Kasten mit Türen an der Rückseite aussahen und, jeder mit zwei hintereinandergespannten Mulis, unter der Bedeckung berittener und bewaffneter Serenos warteten. Don Pépé verschloß eine Tür nach der andern, und auf sein Pfeifensignal setzte sich die Wagenreihe in Bewegung, unter dem Klirren von Sporen und Karabinern, Peitschenknallen und Rasseln mit plötzlichem, dumpfem Dröhnen über die Grenzbrücke weg („ins Land der Diebe und Bluthunde", nannte Don Pépé diese Ausreise); Hüte wippten im ersten Dämmerlicht auf den Köpfen verhüllter Gestalten, die Winchesterbüchsen auf dem Schenkel aufgestützt hielten; Zügelhände kamen schlank und braun aus den wehenden Falten der Ponchos hervor. Die Kolonne umfuhr ein kleines Gehölz, durchquerte dann längs der Minenstraße die Lehmhütten und niedrigen Mauern von Rincon und legte auf dem Camino Real Tempo zu: die Maultiere wurden angetrieben, die Eskorte galoppierte. Don Carlos ritt allein einer Staubwolke voran, aus der undeutlich die langen Ohren von Maultieren und die wehenden, kleinen grünweißen Wimpel auftauchten, die jeder Wagen führte: erhobene Arme dazu, in einem Gewirr von Sombreros, und das weiße Blitzen spähender Augen: und Don Pépé, kaum zu erkennen in der Nachhut des donnernden Wirbels, saß steif, mit unbewegtem Gesicht, im Sattel und hob und senkte sich taktfest zum Trab eines silbergezäumten schwarzen Gauls mit Hirschhals und Hammerkopf.

Die verschlafenen Leutchen in den Lehmhütten der Weiler und den kleinen Ranchos an der Straße erkannten an dem maßlosen Getöse den Sturmangriff der San Tomé-Silber-Eskorte gegen den zerbröckelnden Stadtwall nach dem Campo zu. Sie kamen an die Türen, um die Kolonne über Stock und Stein wegflitzen zu sehen, mit dem rücksichtslosen Drauflos und der ganzen Fahrkunst einer in Stellung gehenden Feldbatterie, und der einsamen englischen Gestalt des Señor Administradors führend weit voraus.

In den Koppeln längs der Straße sprengten Pferde eine Zeitlang wild dahin; das schwere Vieh stand bis zur Brust im tiefen Grase und brüllte unruhig dem Getöse nach; ein demütiger Indianer sah vielleicht über die Schulter zurück und beeilte sich, seinen kleinen Lastesel an die Mauer zu drücken, um dem Silbertransport der San Tomé-Mine, der an die See hinunterging, den Weg freizugeben. Ein paar fröstelnde Leperos unter dem steinernen Pferd auf der Alameda murmelten untereinander „Caramba!", wenn sie die Kolonne im Galopp in weitem Bogen um das Denkmal biegen und die leere Verfassungsstraße hinunterjagen sahen, denn die Maultiertreiber der San Tomé-Mine hielten es für den richtigen, den einzig anständigen Stil, die eben erwachende Stadt von einem Ende zum andern ohne Aufhalten zu durchrasen, als hätten sie den Teufel auf den Fersen.

Das frühe Sonnenlicht glänzte auf den zart gelben, blauen, roten Fronten der großen Häuser, deren Tore alle noch geschlossen waren und hinter deren vergitterten Fenstern sich kein Gesicht zeigte. In der ganzen Reihe der sonnigen leeren Balkone längs der Straße war nur eine einzige weiße Gestalt hoch über dem blanken Straßenpflaster zu sehen, die Gattin des Señors Administrador – die, das reiche, blonde Haar flüchtig auf dem kleinen Kopf aufgesteckt, ein Spitzengewirr um den Halsausschnitt des

Morgenkleides aus Musselin, sich vorbeugte, um die Eskorte nach dem Hafen gehen zu sehen. Dem kurzen schnellen Aufblicken ihres Gatten begegnete ihr Lächeln. Dann ließ sie das Ganze mit kriegerischem Lärm unter sich vorbeiziehen und beantwortete endlich mit freundlichem Nicken den Gruß des galoppierenden Don Pépé, der sich mit steifer Ehrerbietung im Sattel neigte und den Hut bis zum Knie hinab schwenkte.

Die Reihe der verschlossenen Wagen wurde mit den Jahren immer länger, die Eskorte immer größer. Alle drei Monate flutete ein ständig anwachsender Silberstrom durch die Straßen von Sulaco, auf dem Wege nach den Kassenräumen des O. S. N. Gebäudes am Hafen, um dort die Verschiffung nach dem Norden abzuwarten. Ständig anwachsend und von ungeheurem Wert: denn wie Charles Gould einmal seiner Frau fast frohlockend sagte, war etwas Ähnliches wie der Reichtum der San Tomé-Ader bisher in der Welt nicht erhört worden. Für sie beide war jedes Vorüberziehen der Eskorte unter dem Balkon der Casa Gould wie ein neuer Sieg im Kampf für den Frieden in Sulaco.

Zweifellos waren Charles Goulds erste Schritte dadurch begünstigt worden, daß sie in eine verhältnismäßig friedliche Zeitspanne fielen; vielleicht auch war die Gesittung schon weiter fortgeschritten als zur Zeit der Bürgerkriege, aus denen die eiserne Zwingherrschaft Guzman Bentos „schrecklicher Erinnerung“ erwachsen war. Den Zwistigkeiten zu Ende dieser Herrschaft (die durch volle fünfzehn Jahre dem Lande den Frieden erhalten hatte) fehlte gewiß nicht die sinnlose Torheit und ein Unmaß an Grausamkeit und Leiden, doch wiesen sie bei weitem nicht den blinden Blutdurst und den politischen Fanatismus früherer Zeiten auf; alles war gemeiner, niedriger, verächtlicher und unendlich lenkbarer infolge der ganz offenbar zynischen Beweggründe. Es lief auf ein schamloses Geraufe um eine ständig abnehmende Beute hinaus; denn jeder Unternehmungsgeist im Lande war in der törichtsten Weise erstickt worden. So konnte es geschehen, daß die Provinz Sulaco, einst die Walstatt blutigster Parteihändel, gewissermaßen zur begehrten Belohnung für politische Verdienste wurde. Die Großen der Erde (in Sta. Marta) sparten die Posten in dem alten Westlichen Staat für ihre nächsten und liebsten Anhänger auf: Neffen, Brüder, Gatten von Lieblingsschwestern, Busenfreunde, treue Gefolgsleute, oder für wichtige Parteigänger, vor denen sie vielleicht Angst hatten. Es war die gesegnete Provinz der großen Möglichkeiten und der höchsten Gehälter, denn die San Tomé-Mine hatte ihre eigene, nichtamtliche Gehaltsliste, deren einzelne Posten und Gesamtbetrag, in gemeinsamer Beratung von Charles Gould und Señior Avellanos festgesetzt, einem bedeutenden Geschäftsmann in den Vereinigten Staaten bekannt waren, der in jedem Monat etwa zwanzig Minuten lang den Angelegenheiten von Sulaco seine ungeteilte Aufmerksamkeit widmete. Zugleich bildeten sich auch in jenem Teil der Republik, unter dem stärkenden Einfluß der San Tomé-Mine, in aller Stille neue materielle Interessen heraus. So galt es zum Beispiel in den politischen Kreisen der Hauptstadt als ausgemacht, daß die Stellung eines Finanzamtspräsidenten in Sulaco die Vorstufe zum Finanzministerium bildete und daß das gleiche auch für andere Ämter galt; andererseits war die Geschäftswelt der Republik dahin gelangt, die Westliche Provinz als das gelobte Land der Sicherheit anzusehen, besonders, wenn man es verstand, mit der Verwaltung der Mine auf guten Fuß zu kommen. „Charles Gould – ausgezeichneter Mensch! Unerläßlich nötig, sich seiner zu versichern, bevor Sie einen einzigen Schritt tun;

versuchen Sie eine Empfehlung an ihn von Morago zu bekommen – dem Agenten des Königs von Sulaco, Sie wissen doch."

Kein Wunder also, daß Sir John, als er aus Europa gekommen war, um das Feld für seine Eisenbahn zu ebnen, auf Schritt und Tritt auf den Namen (und sogar den Spitznamen) von Charles Gould gestoßen war.

Der Agent der San Tomé-Mine in Sta. Marta (Sir John fand ihn liebenswürdig und gut unterrichtet) hatte unbestreitbar so viel dazu getan, um die Präsidentenreise zustande zu bringen, daß Sir John zu glauben begann, es könnte etwas Wahres an den geflüsterten Gerüchten sein, die von einem ungeheuren, geheimen Einfluß der Gould-Konzession wissen wollten. Dies Geflüster lief unter anderm darauf hinaus, daß die San Tomé-Mine, zum Teil wenigstens, die letzte Revolution finanziert habe, in deren Folge Don Vincente Ribiera, ein Mann von Bildung und untadeligem Charakter, für fünf Jahre zum Diktator gewählt und von den besten Elementen im Staate mit einer allgemeinen Umgestaltung betraut worden war. Ernste, gut unterrichtete Leute schienen daran zu glauben und auf bessere Zeiten, auf die Wiederkehr von Treu und Glauben, Gesetz und Ordnung im öffentlichen Leben zu hoffen. Um so besser, dachte Sir John. Er arbeitete immer in großem Maßstab. Das Bauprojekt der Nationalen Zentralbahn umfaßte auch den Plan eines Darlehens an den Staat, sowie den einer geregelten Besiedelung der Westlichen Provinz. Treu und Glaube, Ordnung, Ehrlichkeit, Frieden waren für diesen mächtigen Aufschwung materieller Interessen dringend nötig. Jedermann, der sich dazu bekannte, hatte in Sir Johns Augen Bedeutung, besonders dann, wenn er imstande war, zu helfen. Der „König von Sulaco" hatte ihn nicht enttäuscht. Die örtlichen Schwierigkeiten waren, ganz wie es der Chefingenieur vorausgesagt hatte, vor Charles Goulds Vermittlung gewichen. Sir John war in Sulaco sehr gefeiert worden, fast so sehr wie der Präsident-Diktator, eine Tatsache, die vielleicht die sichtlich böse Laune erklären konnte, die General Montero bei dem Mittagsmahl an Bord der *Juno* zur Schau trug, knapp vor der Abreise des Präsidenten-Diktators und der vornehmen ausländischen Gäste in seinem Gefolge.

Der Eccellentissimo („Die Hoffnung der ehrlichen Leute", wie ihn Don José in einer öffentlichen Rede namens der Provinzialversammlung von Sulaco angeredet hatte) saß am Kopfende des langen Tisches; Kapitän Mitchell, geradezu glotzäugig und purpurrot im Gesicht wegen der Feierlichkeit dieses „historischen Ereignisses", nahm als Vertreter der O. S. N. Gesellschaft in Sulaco das Fußende des Tisches ein; zu beiden Seiten saßen ihm zunächst der Kapitän des Schiffes und einige kleinere Beamte der Regierung. Diese heiteren, dunkelfarbenen Herren warfen vergnügte Seitenblicke auf die Champagnerflaschen, die hinter dem Rücken der Gäste in den Händen der Schiffsstewards zu knallen begannen. Der bernsteinfarbene Wein schäumte bis zum Rande der Gläser.

Charles Gould hatte seinen Platz neben einem fremden Gesandten, der ihm in sorglosem Ton von Hetz- und Treibjagden erzählt hatte. Das wohlgenährte, blasse Gesicht, mit Einglas und hängendem, gelbem Schnurrbart, ließ im Gegensatz den Señor Administrador doppelt sonnverbrannt, noch flammender rot und hundertmal gespannter und schweigsamer lebendig erscheinen. Don José Avellanos saß an der Seite des andren ausländischen Diplomaten, eines dunklen Mannes von ruhig beobachtendem, selbstbewußtem Benehmen und deutlicher Zurückhaltung. Da für diesen Anlaß auf alle Etikette verzichtet worden war, so war General Montero der einzige in voller Uniform. Seine breite Brust schien durch einen Panzer aus Gold geschützt, so reich wirkte die Stickerei des Waffenrocks. Sir John hatte gleich zu Beginn seinen Platz am oberen Ende verlassen, um Frau Gould zur Nachbarin haben zu können.

Der große Finanzmann versuchte ihr seine Dankbarkeit für die Gastfreundschaft und die Anerkennung für ihres Gatten „ungeheuren Einfluß in diesem Landesteil" auszudrücken, als sie ihn durch ein leises „Still!" unterbrach. Der Präsident schickte sich zu einer kleinen Rede an.

Der Eccellentissimo hatte sich erhoben. Er sagte nur wenige Worte, die offenbar tief empfunden und vielleicht auch hauptsächlich für Avellanos – seinen alten Freund – bestimmt waren: über die Notwendigkeit, alle Kräfte aufzubieten, um dem Land zu dauernder Wohlfahrt zu verhelfen, das sich, wie er hoffte, nach diesem letzten Kampf zu immer reicherer Blüte entwickeln sollte.

Frau Gould hörte der weichen, etwas traurigen Stimme zu, betrachtete das runde, bebrillte Gesicht, den untersetzten, fast bis zur Bresthaftigkeit fetten Körper und bedachte dabei, daß dieser feinsinnige Mann, der, körperlich fast ein Krüppel, auf den Ruf seiner Mitbürger hin aus seiner stillen Zurückgezogenheit auf einem Schauplatz gefährlicher Kämpfe erschienen war – daß er also wohl ein Recht hatte, im Bewußtsein seines eigenen Opfers so zu sprechen. Und doch fühlte sie sich unbehaglich. Er gab mehr Gefühl als bindende Zusagen, dieser erste nicht militärische Staatsmann, den Costaguana je gekannt hatte, wie er nun, das Glas in der Hand, seine einfachen Worte von Ehrbarkeit, Frieden, Achtung vor dem Gesetz, politischer Überzeugungstreue im Auslande und daheim sprach – den Unterlagen nationaler Ehre.

Er setzte sich wieder. Während des achtungsvoll zustimmenden Gemurmels, das der Rede folgte, hob General Montero seine schweren, müden Augenlider und ließ seinen eigenartig stumpfen Blick über die Gesichter wandern. Der hinterwäldlerische Kriegsheld der Partei, obwohl insgeheim erschüttert von all dem Glanz und der Neuheit seiner Stellung (er war nie zuvor an Bord eines Schiffes gewesen und hatte das Meer höchstens von weitem gesehen), verstand gefühlsmäßig den Vorteil, den die mürrische, ungehobelte Art eines rauhen Kriegers ihm über all diese verfeinerten Blanco-Aristokraten gab. Aber warum sah ihn niemand an, fragte er sich ärgerlich. Er war sehr wohl imstande, Zeitungen zu lesen, und wußte, daß er die „größte kriegerische Heldentat der neueren Zeit" vollbracht hatte.

„Mein Gatte wünscht die Bahn", sagte Frau Gould zu Sir John, inmitten des Gesummes der wiedererwachenden Gespräche. „Durch all dies wird die Zukunft nähergerückt, die wir für das Land ersehnen, für das Land, das, weiß Gott, lange genug in Schmerzen darauf gewartet hat. Aber ich will gestehen, daß ich neulich, als ich während einer nachmittägigen Spazierfahrt plötzlich einen Indianerjungen mit der roten Flagge einer Vermessungsabteilung aus dem Gehölz herausreiten sah, etwas wie einen Schlag empfand. Die Zukunft bedeutet Veränderung – völlige Veränderung. Und doch gibt es auch hier einfache und malerische Dinge, die man gerne erhalten sähe."

Sir John hörte lächelnd zu. Doch nun war die Reihe an ihm, Frau Gould zum Schweigen zu mahnen.

„General Montero will reden", flüsterte er und fügte unmittelbar in komischem Entsetzen hinzu: „Guter Gott! er will, scheint mir, gar meine Gesundheit ausbringen!"

General Montero hatte sich unter dem Rasseln seiner Säbelscheide und dem wilden Geglitzer seiner goldgestickten Brust erhoben; über dem Tischrand wurde die schwere Säbelkoppel an seiner Seite sichtbar; in seiner phantastischen Uniform, mit dem Stiernacken, der gegen das Ende abgeflachten Hakennase über dem blauschwarzen Schnurrbart, sah er wie ein verkleideter, finsterer Vaquero aus. Seine Stimme dröhnte merkwürdig ruhig und seelenlos. Er arbeitete sich stammelnd durch einige zusammenhanglose Sätze. Dann hob er plötzlich den großen Kopf zugleich mit der Stimme und schrie hinaus:

„Die Ehre des Landes liegt bei der Armee. Ich versichere Ihnen, daß ich ihr Treue halten werde." Er zögerte, bis seine wandernden Augen auf Sir Johns Gesicht trafen, auf das er einen lauernden, schläfrigen Blick heftete. Die Ziffer der kürzlich festgelegten Anleihe schoß ihm durch den Kopf. Er hob sein Glas: „Ich trinke auf das Wohl des Mannes, der uns anderthalb Millionen Pfund bringt."

Er goß seinen Champagner hinunter und setzte sich schwerfällig, mit einem halb überraschten, halb trotzigen Blick über all die Gesichter ringsum und inmitten eines tiefen, förmlich entsetzten Schweigens, das auf den so glücklich gewählten Trinkspruch folgte. Sir John regte sich nicht.

„Ich glaube nicht, daß ich verpflichtet bin, aufzustehen", murmelte er Frau Gould zu. „Diese Geschichte spricht ja für sich selbst." Aber Don José Avellanos kam mit einer kurzen Rede zu Hilfe, in der er Englands Wohlwollen gegen Costaguana ausdrücklich erwähnte – „ein Wohlwollen", fuhr er bedeutsam fort, „von dem ich mit einiger Sachkenntnis sprechen darf, da ich ja seinerzeit bevollmächtigter Gesandter am Hofe von St. James war."

Da erst hielt es Sir John für angemessen, zu antworten, und er tat es sehr liebenswürdig, in schlechtem Französisch, durch wiederholten Beifall und das „hört! hört!" von Kapitän Mitchell unterbrochen, der ab und zu ein Wort verstehen konnte. Sobald er geendet hatte, wandte sich der Eisenbahnmagnat Frau Gould zu:

„Sie hatten die Güte, mir anzukündigen, daß Sie etwas von mir verlangen wollten", erinnerte er sie ritterlich. „Was ist es? Seien Sie überzeugt, daß ich jede Ihrer Bitten als Bevorzugung meiner Person betrachten würde."

Sie dankte ihm mit einem strahlenden Lächeln. Die Tafel wurde aufgehoben.

„Gehen wir auf Deck", schlug sie vor, „dort werde ich Ihnen mein Anliegen auseinandersetzen."

Eine ungeheure Nationalflagge von Costaguana, mit roten und gelben Querstreifen und zwei grünen Palmen im Mittelfeld, wehte träge vom Großmasttopp der *Juno*. Rings um die Rundung des Hafenbeckens wurde zu Ehren des Präsidenten mit anhaltendem Knattern ein ungeheures Feuerwerk abgebrannt. Dann und wann zischte ein Bündel

Raketen unsichtbar in die Höhe und zerknallte in der Luft, ohne daß sich an dem klaren Himmel mehr als ein kleines Rauchwölkchen zeigte. Zwischen dem Stadttor und dem Hafen konnte man Menschenhaufen sehen, unter dem Wald vielfarbiger Flaggen, die an hohen Masten wehten. Undeutliche Bruchstücke von Militärmusik klangen herüber und fernes Geschrei. Eine Gruppe zerlumpter Neger am Ende des Kais war eifrig beim Laden und Abfeuern einer kleinen eisernen Kanone. Ein blasser, staubiger Dunst hing wie ein regloser Schleier vor der Sonne.

Don Vincente Ribiera machte, auf den Arm des Señors Avellanos gelehnt, unter dem Sonnensegel einige Schritte: rings um ihn hatte sich ein weiter Kreis gebildet, und man konnte sehen, wie das leere Lächeln seiner dunklen Lippen und das blinde Glitzern seiner Brille liebenswürdig in die Runde wanderten. Die ungezwungene Veranstaltung, die dem Präsidenten-Diktator hatte die Gelegenheit geben sollen, mit einigen seiner hervorragendsten Anhänger in Sulaco in kleinem Kreise zusammenzutreffen, näherte sich ihrem Ende. Etwas abseits saß General Montero, der sein kahles Haupt nun mit einem federgeschmückten Dreispitz bedeckt hatte, in einem Stuhl, nahe dem Oberlicht; er hatte die Hände in mächtigen Stulphandschuhen über dem Korb seines Säbels gefaltet, der gerade zwischen seinen Knien emporstand. Der weiße Federbusch, die Kupferfarbe des breiten Gesichts, das Blauschwarz des Schnurrbarts unter dem krummen Schnabel, die Unmasse von Gold auf Ärmeln und Brust, die hohen, glänzenden Stiefel mit ungeheuren Sporen, die arbeitenden Nüstern, der dumm-hochmütige Blick des glorreichen Siegers von Rio Seco: – dies alles schuf ein beängstigendes und unglaubliches Bild; es hatte die Übertreibung einer grausamen Karikatur, die Einfalt eines feierlichen Mummenschanzes, die groteske Grausamkeit eines Kriegsgötzen, der, von Azteken ersonnen und von Europäern bekleidet, nun die Andacht der Gläubigen erwartete. Don José näherte sich mit gewinnendem Lächeln dem düsteren Mann, der wie das unerforschliche Schicksal thronte, und Frau Gould wandte endlich ihren gebannten Blick ab.

Als Charles Gould hinzutrat, um sich von Sir John zu verabschieden, hörte er ihn, während er sich über die Hand von Frau Gould beugte, sagen: „Gewiß. Selbstverständlich, meine liebe Frau Gould. Für einen ihrer Protegés! Nicht die geringste Schwierigkeit. Betrachten Sie es als geschehen.“

Während er im gleichen Boot mit den Goulds an Land zurückfuhr, war Don José Avellanos sehr schweigsam. Sogar im Wagen der Goulds sprach er lange Zeit kein Wort. Die Maultiere trotteten langsam vom Kai weg, zwischen den ausgestreckten Händen der Bettler, die für diesen Tag in geschlossenen Haufen die Kirchenportale verlassen zu haben schienen. Charles Gould saß auf dem Rücksitz und sah über die Ebene weg. Zahllose Buden aus grünen Zweigen, aus Binsen, aus Bretterresten mit Leinwandfetzen darüber, waren ringsum für den Verkauf von Zuckerrohr, Dulces, Früchten und Zigarren aufgeschlagen worden, über glimmenden Holzkohlenhäufchen kochten indianische Frauen, auf Matten kauernd, das Wasser für die Mate-Kürbisse, die sie mit demütig schmeichelnden Stimmen den Landleuten anboten; in rauchschwarzen irdenen Töpfen brodelte Essen für die Vaqueros. Eine Rennbahn war abgesteckt worden, und weit weg zur Linken drängte sich die Menge um einen hohen, schnell errichteten Bau, der wie eine hölzerne Zirkusbude mit kegeligem Grasdach aussah: von dorther klang das tiefe

Schwirren der Harfensaiten, das scharfe Klimpern der Gitarren, getragen von dem dumpfen Dröhnen einer Indianertrommel, das in strengem Gleichmaß den schrillen Gesang der Tänzer durchpulste.

Charles Gould sagte unvermittelt:

„Das ganze Stück Land hier gehört nun der Eisenbahngesellschaft. Hier werden keine Volksfeste mehr abgehalten werden."

Es betrübte Frau Gould, daran denken zu müssen. Sie benützte die Gelegenheit zu der Mitteilung, sie habe eben von Sir John das Versprechen erwirkt, das Haus des alten Giorgio Viola solle unberührt erhalten bleiben. Sie erklärte, sie habe es nie begreifen können, warum die Vermessungsingenieure überhaupt davon gesprochen hätten, das alte Haus niederzureißen. Es stand der geplanten Zweiglinie nach dem Hafen nicht im geringsten im Wege.

Sie ließ den Wagen vor der Türe halten, um dem alten Genuesen, der bloßhäuptig an den Wagenschlag trat, sofort die beruhigende Gewißheit zu geben. Sie sprach natürlich italienisch mit ihm, und er dankte ihr mit ruhiger Würde. Ein alter Garibaldiner wisse ihr von Herzen Dank dafür, daß sie das Dach über den Köpfen seiner Frau und seiner Kinder erhalten habe. Er sei nun zu alt, um noch länger zu wandern.

„Und ist es für immer, Signora?" fragte er.

„Für so lange, wie Sie es wollen."

„Bene. Dann muß das Haus einen Namen haben. Bisher schien es nicht der Mühe wert."

Er lächelte trübe, wobei um seine Augenwinkel eine Unmenge Runzeln zusammenliefen. „Ich will mich morgen daranmachen, den neuen Namen zu malen."

„Und wie soll das Haus heißen, Giorgio?"

„Albergo d'Italia Una", sagte der alte Garibaldiner und sah einen Augenblick lang zur Seite. „Mehr zum Andenken an die, die ihr Leben gelassen haben", fügte er hinzu, „als wegen des Landes, das uns Soldaten der Freiheit durch die Schliche der verwünschten Piemontesenrasse von Königen und Ministern gestohlen worden ist."

Frau Gould lächelte ein wenig, beugte sich vor und begann nach seiner Frau und den Kindern zu fragen. Er hatte sie an dem Tage in die Stadt geschickt. Die Gesundheit der Padrona war nun besser; vielen Dank der Signora für die Nachfrage.

Leute gingen zu zweit und zu dritt vorbei, ganze Haufen von Männern und Frauen, von trippelnden Kindern gefolgt. Ein Reiter auf silbergrauer Stute hielt ruhig im Schatten des Hauses an, nachdem er vor der Gesellschaft im Wagen, die ihm mit Lächeln und vertraulichem Nicken dankte, den Hut gezogen hatte. Der alte Viola, offenbar sehr erfreut über die eben gehörte Neuigkeit, unterbrach sich einen Augenblick, um ihm mitzuteilen, daß durch die Güte der englischen Signora das Haus gerettet war, solange er es zu behalten wünschte. Der andere hörte aufmerksam zu, gab aber keine Antwort.

Als der Wagen anfuhr, zog er abermals den Hut, einen grauen Sombrero mit Silberschnur und Quasten. Die grellen Farben eines mexikanischen Serape leuchteten vom Sattelknopf; die riesigen Silberknöpfe an der gestickten Lederjacke, die Reihen glitzernder Silberknöpfe am Saum der Reithose, das schneeweiße Leinen, eine Seidenschärpe mit gestickten Enden, der Silberbeschlag am Kopfgestell und Sattelzeug verkündeten deutlich genug die unerreichbare Prunkliebe des berühmten Capataz de Cargadores, eines mittelländischen Seemanns – der sich prächtiger trug, als es einem der reichen jungen Rancheros aus dem Campo selbst an hohen Festtagen beifallen konnte.

„Dies ist eine große Sache für mich!" murmelte der alte Giorgio und dachte dabei immer noch an das Haus, denn nun war er des Wechselns müde geworden. „Die Signora hat dem Engländer nur ein Wort gesagt."

„Dem alten Engländer, der Geld genug hat, um eine Eisenbahn zu bezahlen? Er fährt in einer Stunde ab", bemerkte Nostromo leichthin. „Buon viaggio also! Ich habe seinen Leichnam behütet, den ganzen Weg vom Entrada-Paß bis in die Ebene herunter und nach Sulaco herein, als wäre er mein eigener Vater gewesen."

Der alte Giorgio wandte nur geistesabwesend den Kopf. Nostromo deutete dem Wagen der Goulds nach; der näherte sich dem grasüberwucherten Tor in der alten Stadtmauer, die dunkelgrün wie der Rand eines Dickichts dalag.

„Und ich bin ganz allein Nacht um Nacht mit meinem Revolver im Warenlager der Kompagnie gesessen und habe den Silberhaufen des andern Engländers dort bewacht wie mein Eigentum."

Viola schien in Gedanken verloren. „Eine große Sache für mich", wiederholte er nochmals, wie im Selbstgespräch.

„Das ist es", stimmte der prachtliebende Capataz de Cargadores ruhig zu. „Höre, Alter – geh hinein und bring mir eine Zigarre, aber suche nicht in meinem Zimmer danach, dort findest du keine."

Viola trat in das Café, kam sofort, immer noch in seinen Gedanken befangen, wieder heraus, reichte ihm eine Zigarre und murmelte dazu in seinen Schnurrbart: „Die Kinder werden größer – und Mädchen noch dazu! Mädchen!" Er schwieg mit einem Seufzer.

„Was, nur eine?" meinte Nostromo und spähte mit spaßiger Eindringlichkeit zu dem verträumten alten Mann hinunter. „Macht nichts", fügte er dann nachlässig hinzu. „Eine genügt, bis eine andere gewünscht wird."

Er brannte sie an und ließ das Streichholz aus gleichgültigen Fingern fallen. Giorgio Viola sah auf und sagte unvermittelt:

„Mein Sohn wäre nun genau so ein feiner junger Mann wie du, Giambattista, wäre er noch am Leben."

„Was? Dein Sohn? Aber du hast recht, Padrone, wäre er mir gleich, dann wäre er ein Mann."

Er wandte langsam sein Pferd, ritt im Schritt zwischen den Buden durch und hielt die Stute immer wieder an, wegen spielender Kinder oder Gruppen von Leuten aus dem

Campo, die ihm bewundernd nachsahen. Die Leichterführer der Kompagnie grüßten ihn von weitem; und der vielbeneidete Capataz de Cargadores näherte sich inmitten erkennenden Gemurmels und ehrfürchtiger Grüße dem großen, zirkusartigen Bau. Das Gedränge wurde dichter, die Gitarren zirpten lauter; man sah noch andere Reiter, die reglos über den Köpfen der Menge ruhig rauchten; der Menschenhaufe wogte auf und ab vor den Türen des Hauses mit dem hohen Dach; von innen klang das Scharren und Stampfen von Füßen, im Takt mit dem scharfen schrillen Rhythmus der Tanzmusik, den das furchtbar anhaltende, hohle Dröhnen der großen Trommel unterstrich. Der barbarische und aufdringliche Lärm der großen Trommel, der eine Menge zum Irrsinn bringen kann und den auch Europäer kaum ohne ein merkwürdiges Gefühl hören können, schien Nostromo magisch anzuziehen, während ein Mann in verblichenem, zerrissenem Poncho, von allen Seiten angestoßen, neben seinem Steigbügel herging und „Seine Gnaden“ demütig um Anstellung auf dem Ladekai bat. Er winselte und bot dem Senor Capataz seinen halben Tagelohn für das Vorrecht, in die ausgezeichnete Brüderschaft der Cargadores aufgenommen zu werden; die andere Hälfte würde ihm genügen, beteuerte er. Aber Kapitän Mitchells Rechte Hand – „unschätzbar für unsere Arbeit, völlig unbestechlicher Bursche“ – sah nur prüfend auf den zerlumpten Mozo hinunter und schüttelte dann den Kopf, ohne in dem Getöse ringsum ein Wort zu sagen. Der Mann blieb zurück; und ein wenig weiter mußte Nostromo nochmals anhalten. Aus den Türen der Tanzhalle tauchten Männer und Frauen auf, schwankend, schweißüberströmt, an allen Gliedern zitternd, um sich keuchend, mit stieren Augen und halboffenen Lippen, gegen die Wand des Gebäudes zu lehnen, aus dem immer noch das jagende Schwirren der Harfen und Gitarren klang, von rollendem Donner begleitet. Hunderte von Händen klatschten dort drin; Stimmen schrillten und klangen plötzlich gedämpft zu dem einstimmig gesungenen Kehrreim eines Liebesliedes zusammen, das hingehalten erstarb. Von irgendwo aus der Menge wurde eine rote Blume geworfen und traf, gut gezielt, die Wange des glänzenden Capataz.

Er fing sie geschickt auf, wandte aber zunächst den Kopf nicht. Als er sich schließlich herabließ, in die Runde zu blicken, hatte sich die Menge neben ihm geteilt, um einer hübschen Morenita den Weg freizugeben, die nun, das Haar von einem kleinen Goldkamm hochgehalten, durch den offenen Raum auf den Capataz zuschritt.

Ihr schneeweißes Hemdleibchen ließ die vollen Arme und den Hals bloß. Die ganze Weite des blauen Wollrocks war an der Vorderseite gerafft, so daß er an den Hüften anlag, über dem Rücken knapp spannte und jede ihrer aufreizenden Bewegungen beim Gehen verriet. Sie trat ganz nahe und legte die Hände auf den Hals der grauen Stute, mit einem schüchternen, koketten Aufblick aus dem Augenwinkel.

„Queridio“, flüsterte sie schmeichelnd, „warum tust du, als sähest du mich nicht, wenn ich vorbeigehe?“

„Weil ich dich nicht mehr liebe“, sagte Nostromo nachdrücklich, nach einem Augenblick schweigender Überlegung.

Die Hand auf dem Hals der Stute begann zu zittern. Das Mädchen ließ den Kopf sinken vor all den Augen in dem weiten Kreise, der sich um den großmütigen, den furchtbaren, den unbeständigen Capataz de Cargadores und seine Morenita gebildet hatte. Nostromo sah hinunter und sah Tränen über ihr Gesicht laufen.

„Ist es also gekommen, Geliebter meines Herzens?“ hauchte sie. „Ist es wahr?“

„Nein“, sagte Nostromo und blickte achtlos weg. „Es ist eine Lüge. Ich liebe dich so sehr wie je.“

„Ist das wahr?“ schnurrte sie freudig, die Wangen noch von Tränen feucht.

„Es ist wahr.“

„Bei deinem Leben, wahr?“

„Ja, so wahr; aber du mußt nicht verlangen, daß ich es bei der Madonna schwöre, die in deinem Zimmer steht!“ Und der Capataz erwiderte mit leichtem Lächeln das Grinsen der Menge.

Sie schmollte und sah dabei entzückend hübsch und etwas verlegen aus.

„Nein, das will ich nicht verlangen. Ich sehe Liebe in deinen Augen.“ Sie legte ihre Hände auf seine Knie. „Warum zitterst du so? Aus Liebe?“ fuhr sie fort, während das dumpfe Dröhnen der Trommel ohne Pause anhielt. „Aber wenn du sie so sehr liebst, dann mußt du deiner Paquita einen goldenen Rosenkranz für den Hals ihrer Madonna schenken.“

„Nein“, sagte Nostromo und sah gerade in ihre aufwärts gekehrten, bittenden Augen, die in plötzlicher Überraschung erstarrten.

„Nein? Was will mir denn dann Euer Gnaden schenken, am Tag der Fiesta“, fragte sie ärgerlich, „um mich nicht vor all diesen Leuten zu beschämen?“

„Es ist keine Schande für dich, wenn du auch einmal von deinem Liebhaber nichts bekommst.“

„Richtig! Die Schande ist bei Euer Gnaden – meinem armen Liebhaber“, gab sie mit bösem Spott zurück.

Lachen wurde laut über ihren Ärger und ihre Antwort. Was war sie doch für eine kecke Wildkatze! Die Leute, die der Szene beiwohnten, riefen andere aus der Menge hinzu. Der Kreis um die silbergraue Stute verengerte sich langsam.

Das Mädchen trat einen oder zwei Schritte zurück, trotzte den spöttischen, neugierigen Augen ringsum, sprang dann wieder bis zum Steigbügel vor, hob sich auf den Zehenspitzen und wandte Nostromo das wütende Gesicht mit den flammenden Augen zu. Er beugte sich aus dem Sattel tief zu ihr.

„Juan“, zischte sie, „ich könnte dir ein Messer ins Herz stoßen!“ Der gefürchtete Capataz de Cargadores, herrlich offenherzig in seinen Liebesgeschichten, schlang seinen Arm um ihren Hals und küßte ihre bebenden Lippen. Ein Murmeln erhob sich.

„Ein Messer!“ gebot er, zu niemand im besondern gewandt, und hielt das Mädchen fest um die Schultern gefaßt.

Zwanzig Klingen blitzten gleichzeitig im Kreise auf. Ein junger Mann im Sonntagsgewand sprang vor, drückte eine davon in Nostromos Hand und trat eilig wieder in die Reihen zurück, sehr zufrieden mit sich selbst. Nostromo hatte ihn nicht einmal angesehen.

„Stelle dich auf meinen Fuß“, befahl er dem Mädchen, das sich, plötzlich unterwürfig, leicht hob. Als er sie, mit dem Arm um ihre Hüften und ihr Gesicht dem seinen ganz nahe, festhatte, da drückte er das Messer in ihre kleine Hand.

„Nein, Morenita! Du sollst mich nicht beschämen“, sagte er. „Du sollst dein Geschenk haben; und damit jedermann weiß, wer heute dein Liebhaber ist, kannst du alle Silberknöpfe von meinem Rock abschneiden.“

Lautes Gelächter und Beifall begrüßten diesen witzigen Ausweg, während das Mädchen mit der scharfen Klinge drauflos schnitt und der unbewegte Reiter in der hohlen Hand die ständig wachsende Zahl der Silberknöpfe sammelte. Als er Morenita wieder zu Boden ließ, waren ihre beiden Hände voll. Nachdem sie noch angestrengt mit ihm geflüstert hatte, ging sie mit hochmütigem Gesicht davon und verschwand in der Menge. Der Gafferkreis hatte sich verlaufen, und der stolze Capataz de Cargadores, der unentbehrliche, der erprobte, vertrauenswürdige Nostromo, der mittelländische Seemann, der seinerzeit ganz zufällig gelandet war, um sein Glück in Costaguana zu versuchen, Nostromo ritt langsam dem Hafen zu. Die Juno drehte eben auf; und gerade als Nostromo anhielt, um zuzusehen, ging auf einem in der Eile errichteten Flaggenmast in einem uralten, geschleiften kleinen Fort an der Hafeneinfahrt eine Flagge hoch. Man hatte aus den Kasernen von Sulaco in aller Eile eine halbe Feldbatterie hinübergeschafft, um dem Präsidenten-Diktator und dem Kriegsminister gebührend Salut schießen zu können. Während der Postdampfer auf die enge Hafeneinfahrt zuhielt, verkündeten die unregelmäßigen Salven das Ende von Don Vincente Ribieras erstem amtlichen Besuch in Sulaco und für Kapitän Mitchell das Ende eines weiteren „historischen Begebnisses“. Das nächste Mal sollte die „Hoffnung der ehrlichen Leute“ anderthalb Jahre später des gleichen Weges kommen, aber nichtamtlich, über die Bergpfade, nach verlorener Schlacht, auf einem lahmen Maultier fliehend, um mit knapper Not von Nostromo vom Tode unter den Händen des Pöbels gerettet zu werden. Es war ein Ereignis von wesentlich anderer Art, und Kapitän Mitchell pflegte davon zu sagen:

„Geschichte, Herr – Geschichte! Und mein Bursche da, Nostromo, Sie wissen ja, mittendrin. Geradezu Geschichte gemacht, Herr!“

Doch dies Ereignis, bei dem Nostromo sich so auszeichnete, sollte unmittelbar zu einem Ende führen, das weder unter „Geschichte“ noch unter „ein Fehler“ in Kapitän Mitchells Wortschatz einzureihen war. Er hatte einen anderen Ausdruck dafür. „Herr“, pflegte er später zu sagen, „das war kein Fehler. Es war Verhängnis. Ein Mißgeschick, nichts weiter, Herr. Und mein armer Bursche da mittendrin – richtig mittendrin! Ein Verhängnis, wenn es je eins gegeben hat – und für mein Gefühl ist der Mann seither nie mehr der gleiche gewesen.“

Zweiter Teil
Die Isabellen
I

Während all der Wechselfälle des Kampfes, den Don José mit den Worten gekennzeichnet hatte: „Das Los der nationalen Ehre schwankt in der Waagschale", hatte die Gould-Konzession, „Imperium in Imperio", nicht zu arbeiten aufgehört; der Bergblock hatte weiterhin seine Schätze über die hölzerne Schüttrinne dem rastlosen Pochwerk unten zugeführt; Nacht um Nacht hatten die Lichter von San Tomé weit über die grenzenlosen Schatten des Campo geglänzt; alle drei Monate war der Silbertransport zur See hinuntergegangen, als hätten weder der Krieg noch seine Folgen dem alten Westlichen Staat etwas anhaben können, der hinter dem hohen Grenzwall seiner Kordillere geborgen lag. Alle die Kämpfe fanden jenseits der mächtigen Gipfelkette statt, die von dem weißen Haupt des Higuerota überragt und noch nicht von der Eisenbahn entweiht war; von dieser war erst die leichte Teilstrecke, von Sulaco weg über das ebene Campo bis zum Ivietal am Fuß des Gebirges gelegt. Auch die Telegraphenlinie überquerte das Gebirge noch nicht; ihre Pfähle, Baken im Meere der Ebene, verloren sich in dem Waldgürtel am Fuß der Berge, in den der breite Durchhieb der Trasse einschnitt; die Drähte endeten unvermittelt im Lager der Bauabteilung, auf einem weißen Fichtentisch mit einem Morseapparat, in einer langgestreckten Bretterhütte mit Wellblechdach, im Schatten riesiger Zedern – dem Hauptquartier des leitenden Oberingenieurs.

Auch im Hafen herrschte starker Verkehr, wegen des ankommenden Bahnbaumaterials und wegen der Truppenverschiebungen längs der Küste. Die O. S. N. Kompagnie hatte für ihre Flotte reichlich Arbeit. Costaguana besaß keine Flotte, und außer einigen Kuttern der Küstenwache gab es an staatlichen Fahrzeugen nur ein paar alte Handelsdampfer, die als Transportschiffe benutzt wurden.

Kapitän Mitchell fühlte sich mehr und mehr im Strom geschichtlichen Geschehens, fand aber doch gelegentlich an einem Nachmittag ein Stündchen Zeit zu einem Besuch im Salon der Casa Gould; dort gestand er dann, in merkwürdiger Unkenntnis der wirklichen Kräfte, die rings um ihn am Werke waren, seine Freude darüber, der Last der Geschäfte kurz entronnen zu sein. Er wisse nicht, was er ohne seinen unschätzbaren Nostromo hätte anfangen sollen, erklärte er. Diese verwünschten Costaguana-Politiker machten ihm, wie er Frau Gould anvertraute, mehr zu schaffen, als er vertragsmäßig erwarten durfte.

Don José Avellanos hatte im Dienste der gefährdeten Ribiera-Regierung eine Organisationskraft und Beredsamkeit entfaltet, deren Echo sogar bis nach Europa gedrungen war; denn nach den neuen Darlehen an die Ribiera-Regierung hatte sich in Europa eine Anteilnahme für Costaguana gezeigt. Die Sala der Provinzversammlung (im Rathaus von Sulaco), mit den Bildnissen aller der Befreier an den Wänden und einer alten Flagge des Cortez in einem Glaskasten oberhalb des Präsidentenstuhls, hatte alle diese Reden gehört: – eine der ersten mit der leidenschaftlichen Erklärung: „Der Militarismus ist der Feind"; die berühmte mit der „schwankenden Waagschale", die bei Gelegenheit der Abstimmung über die Aushebung eines zweiten Sulaco-Regiments zum

Schutze der Reform-Regierung gehalten wurde; und als die Provinz wieder ihre alten Flaggen entfaltete (die zu Guzman Bentos Zeiten geächtet gewesen waren), da grüßte Don José in noch einer großen Rede diese alten Sinnbilder des Unabhängigkeitskrieges, die im Namen neuer Ideale nochmals ans Licht gekommen waren. Der alte Gedanke des Föderalismus sei verschwunden. Er für seinen Teil wünschte nicht, alte politische Lehrsätze wiederzubeleben. Die seien vergänglich; sie stürben. Die Lehre von der politischen Makellosigkeit aber sei unsterblich. Das zweite Sulaco-Regiment, dem er seine Fahne überreichte, sollte seine Tapferkeit in einem Kampfe für Ordnung, Frieden und Fortschritt erweisen, für die Wiederherstellung nationaler Selbstachtung, ohne die wir, erklärte Don José mit Nachdruck – „ein Abschaum sind und ein Spott unter den Mächten der Welt".

Don José Avellanos liebte seine Heimat. Er hatte ihr während seiner diplomatischen Laufbahn in reichem Maße mit seinem Vermögen gedient, und die spätere Geschichte seiner Gefangenschaft und barbarischen Mißhandlung unter Guzman Bento war seinen Zuhörern gut bekannt. Es war ein Wunder, daß er nicht den unbarmherzigen und raschen Hinrichtungen zum Opfer gefallen war, die den Verlauf jener Zwingherrschaft kennzeichneten; denn Guzman hatte das Land mit der finsteren Verbohrtheit des politischen Fanatismus regiert. Die Höchste Regierungsgewalt war in seinem beschränkten Kopf zu einem Gegenstand der Verehrung geworden, zu einer Art grausamer Gottheit. Sie verkörperte sich in ihm selbst, und seine Gegner, die Föderalisten, waren verworfene Sünder, Gegenstand des Hasses, des Absehens und der Angst, wie es Ketzer einem überzeugten Inquisitor sein mögen. Durch lange Jahre hatte er in der Nachhut seines Friedensheeres durch das ganze Land einen Trupp gefangener Verbrecher mitgeschleppt, die es selbst als Unglück empfanden, daß man sie nicht ohne weiteres erschossen hatte. Es war ein stetig schwindender Trupp halbnackter Gerippe, mit Eisen beladen, bedeckt mit Schmutz, Ausschlag, eitrigen Wunden; durchaus Leute von Stand, Erziehung und Vermögen, die es gelernt hatten, untereinander um ein Stück fauliges Ochsenfleisch zu kämpfen, das ihnen von den Soldaten zugeworfen wurde, oder einen schwarzen Koch demütig um einen Trunk schlammigen Wassers zu bitten. Don José Avellanos rasselte mit seinen Ketten in den Reihen der anderen und schien einfach nur dem Beweis dafür zu leben, wieviel Hunger, Schmerz, Entwürdigung, Grausamkeit und Qualen ein Menschenkörper zu ertragen vermag, ohne den letzten Lebensfunken fahren zu lassen. Gelegentlich wurden die Gefangenen Verhören unterworfen, vor einem Ausschuß von Offizieren, die eilig in irgendeiner notdürftigen Hütte aus Ästen und Laubwerk zusammentraten und, durch die Angst um das eigene Leben erbarmungslos gemacht, auch vor roher Folterung nicht zurückschreckten. Ein oder zwei Glückliche aus der gespenstischen Schar von Gefangenen wurden vielleicht schwankend hinter einen Busch geführt, um von einer Gruppe von Soldaten erschossen zu werden. Dabei ging immer ein Armeekaplan mit – irgendein unrasierter, schmutziger Mensch, der einen Säbel umgegürtet und auf der linken Brust seiner Leutnantsuniform mit weißer Wolle ein kleines Kreuz eingestickt trug –, die Zigarette im Mundwinkel, einen Holzstuhl in der Hand, um die Beichte der Leute zu hören und ihnen Absolution zu erteilen. Denn der Bürger-Landesretter (so wurde Guzman Bento amtlich genannt, in Bittschriften) war der Milde in vernünftigen Grenzen nicht abgeneigt. Man hörte die unregelmäßige Salve des Pelotons, manchmal von einem einzelnen Gnadenschuß gefolgt; eine kleine bläuliche Rauchwolke flatterte über den grünen Büschen auf, und das Friedensheer zog weiter über die Savannen, durch die Wälder, über Ströme weg, drang in ländliche Pueblos, verwüstete die Haziendas der verruchten Aristokraten, besetzte die Städte des Innern, in Erfüllung seiner patriotischen Mission, und ließ ein geeintes Land hinter sich, in dem im Rauch brennender Häuser und dem Geruch vergossenen Bluts die bösen Spuren der Föderation nicht länger zu erkennen waren.

Don José Avellanos hatte jene Zeit überlebt.

Als er ihm verächtlich seine Freiheit verkündete, da hatte vielleicht der Bürger-Landesretter diesen verbohrten Aristokraten für zu sehr gebrochen an Leib, Seele und Vermögen gehalten, als daß er noch länger gefährlich erschienen wäre. Oder vielleicht war es auch nur eine bloße Laune. Guzman Bento, gemeinhin voll unbestimmter Angst und finsteren Verdachts, hatte auch plötzliche Anfälle unvernünftigen Selbstvertrauens, wo er sich selbst auf einem Turm der Macht und Sicherheit erhaben dünkte über die Anschläge gemeiner Sterblicher. Bei solchen Gelegenheiten pflegte er unvermittelt die Abhaltung einer feierlichen Dankmesse zu befehlen, die dann mit großem Pomp in der Kathedrale von Sta. Marta von dem zitternd unterwürfigen Erzbischof seiner Schöpfung gesungen wurde. Guzman Bento saß dabei in einem vergoldeten Armstuhl vor dem Hochaltar, von den zivilen und militärischen Spitzen seiner Regierung umgeben. Auch die nichtamtlichen Kreise von Sta. Marta drängten sich in die Kathedrale, denn es schien für niemand von einiger Bedeutung ratsam, diesen Betätigungen der präsidentiellen Frömmigkeit fernzubleiben. Nachdem er so der einzigen Macht seine Ehrfurcht gezollt hatte, die er über sich anzuerkennen geneigt war, pflegte er willkürlich Begnadigungen auszuteilen, denen aber in geradezu teuflischer Weise die Milde fehlte. Es war ihm keine andere Möglichkeit mehr geblieben, seine Macht zu genießen, als die eine, seine zermalmten Gegner ohnmächtig aus den dunklen Kerkerzellen des Collegio an das Tageslicht kriechen zu sehen. Ihre Ohnmacht reizte seine unersättliche Eitelkeit, und überdies konnte man ja jeden Augenblick wieder die Hand auf sie legen. Alle Frauen aus den Familien der Begnadigten hatten die unweigerliche Pflicht, nachher in einer Sonderaudienz ihren Dank abzustatten. Die Verkörperung der fremdartigen Gottheit: die Höchste Regierungsgewalt, empfing sie stehend, Dreispitz auf dem Kopf, und ermahnte sie in drohendem Gemurmel, ihre Dankbarkeit zu beweisen, indem sie ihre Kinder in der Treue zur demokratischen Regierungsform erzögen, „die ich zum Glück unseres Landes begründet habe“. Da ihm bei einem Zwischenfall während seines früheren Lebens als Viehhirte die Vorderzähne ausgeschlagen worden waren, so war seine Aussprache blubberig und undeutlich. Er habe für Costaguana gearbeitet, ganz allein, inmitten von Verrätereien und Widerständen. Möge es nun genug sein damit, sonst könnte er der Vergebung müde werden.

Don José Avellanos hatte diese Vergebung kennengelernt.

Er war an Gesundheit und Vermögen niedergebrochen genug, um dem demokratischen Staatsoberhaupt ein wahrhaft erfreuliches Schauspiel bieten zu können. Er zog sich nach Sulaco zurück. Seine Gattin besaß ein Gut in jener Provinz, und sie pflegte ihn aus dem Hause des Todes ins Leben zurück. Als sie starb, war ihre Tochter, das einzige Kind, alt genug, um sich dem „armen Papa“ zu weihen.

Fräulein Avellanos war in Europa geboren und zum Teil in England erzogen; sie war ein hochgewachsenes, ernstes Mädchen, mit breiter, weißer Stirne, reichem braunem Haar, braunen Augen und beherrschtem Benehmen.

Die anderen jungen Damen von Sulaco standen ihrem Charakter und ihren Fähigkeiten ehrfürchtig gegenüber – sie galt für unerhört gelehrt und ernst. Was den Stolz angeht, so waren ja alle die Corbelàns dafür bekannt, und ihre Mutter war eine Corbelàn. Don José Avellanos nahm die Hingabe seiner geliebten Antonia recht weitgehend in Anspruch. Er tat es in der merkwürdig besessenen Art der Männer, die, obwohl nach Gottes Bild geformt, gewissen Rauchopfern gegenüber doch gefühllos sind wie Steingötzen. Er war in jeder Hinsicht zugrunde gerichtet, doch ein Mann mit Leidenschaft ist ja noch kein Schiffbrüchiger im Leben. Don José Avellanos ersehnte leidenschaftlich für sein Land: Frieden, Wohlfahrt und (wie es am Schluß der Vorrede zu „Fünfzig Jahre Mißwirtschaft" heißt) „einen ehrenwerten Platz in der Reihe der gesitteten Nationen". In diesem Satz spricht aus dem Patrioten der ehemalige Bevollmächtigte Minister, der durch den Mangel an Treu und Glauben seiner eigenen Regierung den ausländischen Besitzern der Staatsanleihe gegenüber so grausam gedemütigt worden war.

Das wüste Durcheinander gieriger Parteikämpfe, das auf Guzman Bentos Gewaltherrschaft folgte, schien Don Josés Sehnsucht der Erfüllung ganz nahe zu bringen. Er war zu alt, um persönlich in die Arena dieser Kämpfe in Sta. Marta hinabzusteigen. Die Männer aber, die dort handelten, suchten bei jedem Schritt seinen Rat. Er selbst glaubte, am meisten aus der Entfernung nützen zu können, in Sulaco. Sein Name, seine Verbindungen, seine frühere Stellung, seine Erfahrung sicherten ihm die Achtung seiner Gleichgestellten. Die Entdeckung, daß dieser Mann, der in würdiger Armut im Stadthaus der Corbelàns lebte (der Casa Gould gegenüber), über Geldmittel zur Unterstützung der guten Sache verfügen konnte, verstärkte seinen Einfluß noch. Sein offener Bittbrief war es, der die Kandidatur des Don Vincente Ribiera für die Präsidentschaft bewirkte. Ein weiteres Schriftstück aus Don Josés Feder (diesmal in Form einer Sammelbittschrift aus der Provinz) bewog den gewissenhaft verfassungstreuen Don Ribiera, die außerordentliche Befugnis anzunehmen, die ihm vom Kongreß in Sta. Marta mit überwältigender Stimmenmehrheit übertragen wurde. Es war eine bis ins einzelne gehende Vollmacht, die Volkswohlfahrt durch Sicherung des Innenfriedens und den Staatskredit durch Befriedigung aller gerechten ausländischen Forderungen wiederherzustellen.

Eines Nachmittags hatte die Nachricht von dieser Abstimmung Sulaco auf dem üblichen Postumweg erreicht, über Cayta und mit dem Dampfer die Küste herauf. Don José, der im Salon der Goulds auf die Post gewartet hatte, stand aus dem Schaukelstuhl auf und ließ seinen Hut von den Knien fallen. Er rieb sich mit beiden Händen sein silbergraues, kurzgeschorenes Haar, sprachlos von dem Übermaß der Freude.

„Emilia, meine Seele" jubelte er, „lassen Sie sich küssen! Lassen Sie ..."

Kapitän Mitchell hätte, wäre er zugegen gewesen, zweifellos eine treffende Bemerkung über das Dämmern einer neuen Ära gemacht; wenn aber Don José etwas Derartiges dachte, so ließ ihn doch seine Beredsamkeit bei dieser Gelegenheit im Stich. Er, die wahre Seele der wiedererwachenden Blanco-Partei, taumelte, so daß Frau Gould rasch auf ihn zutrat und, während sie ihrem alten Freund lächelnd die Wange darbot, es zugleich auch sehr geschickt fertigbrachte, ihn mit ihrem Arm zu stützen, was recht nötig war.

Don José hatte sich rasch wieder erholt, konnte aber zunächst nur murmeln: „Oh, ihr beiden Patrioten! Oh, ihr beiden Patrioten!" – und sah dabei von einem zum andern. In seinem Kopfe jagten sich unbestimmte Pläne zu einem andern Geschichtswerk, das zur andächtigen Verehrung durch die Nachwelt alle die aufopfernden Dienste für die Wiedergeburt der geliebten Heimat aufzeichnen sollte. Der Historiker, der großmütig genug war, von Guzman Bento zu schreiben: „Und doch darf dies Ungeheuer, besudelt mit dem Blute seiner Mitbürger, nicht durchaus dem Abscheu kommender Geschlechter preisgegeben werden. Es scheint wahr zu sein, daß auch er sein Land liebte. Er hat ihm zwölf Jahre Frieden geschenkt; und obwohl Alleinherrscher über Leben und Eigentum, ist er arm gestorben. Sein schlimmster Fehler war vielleicht nicht seine Grausamkeit, sondern seine Unbildung ...", der Mann, der so von einem andern schreiben konnte, der ihn grausam verfolgt hatte (die Stelle findet sich in der „Geschichte der Mißwirtschaft") – er fühlte beim ersten Anzeichen des Erfolgs eine fast grenzenlose Zuneigung zu seinen beiden Helfern, den beiden jungen Menschen von jenseits der See.

Genauso wie vor Jahren Henry Gould in aller Ruhe und in der Überzeugung von der Zweckdienlichkeit, die stärker wirkt als jeder politische Lehrsatz, das Schwert gezogen, so hatte nun Charles Gould, unter anderen Verhältnissen, das Silber der Mine in die Waagschale geworfen. Der Inglez von Sulaco, der „Costaguana-Engländer" aus der dritten Generation, war gleichweit vom politischen Ränkeschmied entfernt wie sein Onkel vom revolutionären Klopffechter. Ihr aufrechter Sinn bestimmte ihrer beiden Handlungsweise. Sie erkannten eine Möglichkeit und benutzten die nächstgelegene Waffe.

Charles Goulds Stellung war völlig klar – eine leitende Stellung im Hintergrund dieses Versuchs, den Frieden und den Kredit der Republik wiederherzustellen. Zu Beginn hatte er sich der landläufigen Bestechlichkeit anzupassen gehabt, die so kindisch unverschämt war, daß sie auch den Haß eines Mannes entwaffnen konnte, mutig genug, die unverantwortlichen Auswüchse ebendieser Bestechlichkeit nicht zu fürchten. Sie erschien ihm zu verächtlich sogar für heißen Zorn. Er machte davon Gebrauch mit einer kalten, furchtlosen Verachtung, eher geoffenbart als verborgen unter der steinernen Höflichkeit, die den Umständen den schmählichen Beigeschmack nahm. Im Grunde litt er vielleicht darunter, denn er war nicht der Mann, sich einer Selbsttäuschung hinzugeben; aber er lehnte es ab, den ethischen Gesichtspunkt mit seiner Frau zu erörtern. Er traute ihr bei aller Enttäuschung doch die kluge Einsicht zu, daß sein Charakter ebensosehr oder mehr noch als seine Politik das Unternehmen ihres Lebens gewährleistete. Der außerordentliche Aufschwung der Mine hatte eine große Macht in seine Hände gelegt. Er war es müde geworden, diesen Aufschwung jeden Augenblick von sinnloser Gier abhängig zu wissen. Für Frau Gould war es demütigend. In jedem Falle war es gefährlich. In dem vertraulichen Briefwechsel zwischen Charles Gould, „dem König von Sulaco", und dem Oberhaupt der Silber- und Stahlinteressen, weit weg in Kalifornien, sprach sich immer deutlicher die Überzeugung aus, daß jeder Versuch von seiten gebildeter und makelloser Männer geschickt unterstützt werden müßte. „Sie können Ihrem Freund Avellanos sagen, daß dies meine Ansicht ist", hatte Herr Holroyd im rechten Augenblick geschrieben, von seinem unverletzlichen Heiligtum in dem elfstöckigen Geschäftspalast aus; und kurz nachher trat auf Grund eines von der dritten Südbank (Tür an Tür mit dem Holroyd-Haus) eröffneten Kredits die Ribiera-Partei in Costaguana ins Leben, unter den Augen des Administrators der San Tomé-Mine; und Don José, der väterliche Freund des Hauses Gould, konnte sagen: „Vielleicht, mein lieber Carlos, habe ich nicht umsonst gehofft."

II

Nachdem der Reihe der Bürgerkriege noch ein neuer Waffengang angefügt worden war, den Monteros Sieg bei Rio Seco entschieden hatte, konnten die „ehrlichen Leute", wie Don José sie nannte, zum erstenmal seit einem halben Jahrhundert frei aufatmen. Das Gesetz über die fünfjährige Diktatur bildete die Grundlage dieser Wiedergeburt, die Don José Avellanos so leidenschaftlich ersehnt und erhofft hatte, daß es für ihn wie ein Jugendelixier gewesen war.

Als dieser Zustand nun – nicht ganz unerwartet – durch dieses „Vieh von Montero" gefährdet wurde, da war es leidenschaftliche Entrüstung, die Don Josés Leben neuen Ansporn gab. Schon als der Präsident-Diktator Sulaco besucht, hatte Morago aus Sta. Marta eine Warnung wegen des Kriegsministers ergehen lassen. Montero und sein Bruder bildeten den Gegenstand eines ernsten Gesprächs zwischen dem Diktator und dem Nestor und Berater der Partei. Don Vincente, Doktor der Philosophie der Universität Cordova, schien übertriebene Achtung vor militärischer Tüchtigkeit zu haben, deren Geheimnis – da sie ja vom Verstand völlig unabhängig schien – seine Einbildungskraft anzog. Der Sieger von Rio Seco war ein volkstümlicher Held. Seine Verdienste waren so frisch, daß der Präsident-Diktator vor dem naheliegenden Vorwurf politischer Undankbarkeit zurückschreckte. Große Aufbaubestrebungen waren im Gange – die neue Anleihe, eine neue Bahnlinie, ein großzügiger Siedlungsplan. Alles, was die öffentliche Meinung erregen konnte, mußte vermieden werden. Don José beugte sich vor diesen Gründen und versuchte, das goldumschnürte, bestiefelte Götzenbild samt dem großen Säbel zu vergessen, weil letzterer ja nun in der neuen Ordnung der Dinge, hoffentlich, überflüssig geworden war.

Kaum sechs Monate nach dem Besuch des Präsidenten-Diktators erfuhr Sulaco verblüfft von der Militärrevolte im Namen der nationalen Ehre. Der Kriegsminister hatte in einer Rede auf dem Kasernenhof, vor den Offizieren des Artillerieregiments, das zu besichtigen er gekommen war, erklärt, die nationale Ehre sei an Ausländer verkauft worden. Der Diktator habe sich durch seine schwächliche Nachgiebigkeit gegenüber den Ansprüchen der europäischen Mächte – die Regelung langausstehender Geldforderungen betreffend – zur Herrschaft unfähig gezeigt. Ein Brief von Morago erklärte später, daß die Anregung und sogar der Text der Brandrede „in Wahrheit" von dem andern Montero stammten, dem früheren Guerillero, dem Comandante de Plaza. Die tatkräftige Behandlung Dr. Monyghams, nach dem eilig „in die Berge" geschickt worden und der drei Meilen weit durch die Nacht heruntergaloppiert war, rettete Don José von einem gefährlichen Anfall von Gelbsucht.

Nachdem er den ersten Schlag verwunden hatte, wies Don José allen Kleinmut von sich. Tatsächlich folgten zunächst auch bessere Nachrichten. Der Aufruhr in der Hauptstadt war nach einem nächtlichen Straßenkampf unterdrückt worden. Unglückseligerweise hatten beide Monteros nach dem Süden fliehen können, in ihre Heimatprovinz, Entre-Montes. Der Held des Urwaldmarsches, der Sieger von Rio Seco, war in Nicoya, der Provinzhauptstadt, mit wilder Begeisterung empfangen worden. Die Truppen der Garnison waren geschlossen zu ihm übergegangen. Die beiden Brüder stellten ein Heer auf, sammelten Unzufriedene, schickten Sendboten mit patriotischen Lügen unter das Volk, und mit der Zusage strafloser Plünderung zu den wilden Lianeros; sogar eine Monteristenpresse war entstanden und orakelte über den Beistand, den „unsere große Schwesterrepublik im Norden" gegen den elenden Landraub der europäischen Mächte insgeheim zugesagt haben sollte. In jeder Nummer wurde der „niederträchtige Ribiera" verflucht, der verräterisch eingewilligt hatte, sein Land gefesselt, als wehrlose Beute, den fremden Spekulanten auszuliefern.

Sulaco, ländlich und schläfrig, mit seinem üppigen Campo und der reichen Silbermine, vernahm in seiner glücklichen Abgeschiedenheit den Waffenlärm nur ab und zu. Zwar steuerte es zur Gegenwehr in reichstem Maße Geld und Truppen bei; aber die Gerüchte kamen ihm nur auf Umwegen zu, von auswärts sogar, so sehr war es vom Rest der Republik abgeschnitten; nicht nur durch natürliche Hindernisse, sondern auch durch die Wechselfälle des Krieges. Die Monteristos belagerten Cayta – eine wichtige Poststation. Die Überlandkuriere kamen nicht mehr über das Gebirge, und schließlich wollte sich auch kein Maultiertreiber mehr herbeilassen, die Reise zu wagen; sogar Bonifacio kam eines Tages nicht mehr von Sta. Marta zurück. Entweder, weil er die Rückreise nicht gewagt hatte, oder vielleicht, weil er von feindlichen Trupps abgefangen worden war, die zwischen der Kordillere und der Hauptstadt streiften. Aufrufe der Monteristen aber fanden, geheimnisvoll genug, den Weg in die Provinz. Desgleichen monteristische Sendboten, die in den Dörfern und Städten des Campos „Tod den Aristokraten" predigten. Ganz zu Beginn des Aufstandes hatte Hernandez, der Bandit (durch Vermittlung eines alten Priesters aus einem Urwalddorfe), sich erboten, zwei solche Sendboten den ribieristischen Behörden in Tonoro auszuliefern. Sie seien zu ihm gekommen, um ihm von Seiten des Generals Montero unbedingte Begnadigung und den Oberstenrang anzubieten, wenn er mit seiner berittenen Bande zum Rebellenheer stoßen wollte. Dieser Vorschlag wurde damals nicht zur Kenntnis genommen, sondern, als ein Beweis guter Gesinnung, zu einem andern Gesuch gelegt, in dem Hernandez den Landtag von Sulaco um die Erlaubnis gebeten hatte, mit all seinen Leuten in die Truppe eintreten zu können, die damals in Sulaco zum Schutz des Gesetzes über die fünfjährige Diktatur ausgehoben wurde. Dieses Gesuch war, wie alles übrige, schließlich in Don Joses Hände gelangt. Er hatte Frau Gould die schmutziggrauen, rauhen Blätter gezeigt (die vielleicht bei einem Dorfkrämer gestohlen sein mochten), bedeckt mit der kritzeligen, schülerhaften Handschrift des alten Priesters, der aus seiner Hütte neben den Lehmmauern seiner Kirche entführt worden war, um dem gefürchteten Salteador als Sekretär zu dienen. Im Salon des Hauses Gould hatten sie beide sich bei

Lampenschein über das Schriftstück gebeugt, das die stolze und dabei doch demütige Anklage eines Mannes gegen die blinde, sinnlose Barbarei enthielt, womit ein ehrlicher Ranchero zum Banditen gemacht worden war. Eine Nachschrift des Priesters bestätigte, daß er zwar zehn Tage seiner Freiheit beraubt, im übrigen aber menschlich und mit aller seinem heiligen Gewande gebührenden Ehrfurcht behandelt worden war. Er hatte, wie es schien, dem Oberhaupt und fast der ganzen Bande die Beichte abgenommen und die Absolution erteilt und verbürgte sich nun für die Aufrichtigkeit ihres Anerbietens. Er hatte schwere Bußen verhängt, wohl in Form von Litaneien und Fasten; doch bemerkte er weltkundig, daß es für die Leute recht schwer sein würde, einen dauerhaften Frieden mit Gott zu machen, bevor sie ihren Frieden mit den Menschen gemacht hätten.

Vielleicht nie zuvor war Hernandez' Kopf weniger in Gefahr als damals, da er demütig um die Erlaubnis bat, für sich und seine Bande von Deserteuren durch Heeresdienst Begnadigung zu erkaufen. Er konnte sich weitab halten, jenseits des wüsten Landstrichs, der sein Heerlager schützte, unbehelligt, weil in der ganzen Provinz keine Truppen übrig waren. Die gewöhnliche Garnison von Sulaco war in den Krieg gezogen; die Regimentsmusik hatte auf der Brücke eines der O. S. N. Dampfer den Bolivar-Marsch gespielt. Die großen Familienkutschen, die längs des Hafendammes aufgefahren waren, hatten in ihren Lederbändern geschaukelt von der Begeisterung der Señoras und Señoritas, die stehend mit Spitzentüchlein winkten, während ein Leichter nach dem andern, gedrängt voll mit Truppen, von der Landungsbrücke abstieß.

Nostromo leitete die Einschiffung, unter der Oberaufsicht von Kapitän Mitchell, der mit sonnrotem Gesicht und makellos weißer Weste die inbrünstigen guten Wünsche der materiellen Interessen der Zivilisation vertrat. General Barrios, der die Truppen befehligte, versicherte Don José beim Abschied, daß er innerhalb dreier Wochen Montero in einem hölzernen Käfig haben wolle, von drei Paar Ochsen gezogen, fertig zu einer Rundreise durch alle Städte der Republik.

„Und dann, Senora“, fuhr er fort und entblößte seinen eisgrauen Krauskopf vor Frau Gould in ihrem Landauer, „und dann, Senora, wollen wir alle unsere Schwerter zu Pflugscharen umschmieden und reich werden. Ich selbst sogar will, sobald diese kleine Sache in Ordnung gebracht ist, auf einem Stück Land in den Llanos, das mir gehört, zu wirtschaften anfangen und versuchen, in Ruhe und Frieden ein wenig Geld zu machen. Señora, Sie wissen es, ganz Costaguana weiß es – was sage ich? –, ganz Südamerika weiß es, daß Pablo Barrios sein reiches Maß an Kriegsruhm gehabt hat.“

Charles Gould war bei diesem Abschied, den so ängstliche und innige Wünsche begleiteten, nicht zugegen. Es war nicht seine Aufgabe, der Einschiffung der Soldaten zuzusehen. Es war weder seine Aufgabe, noch sein Wunsch, noch seine Taktik. Seine Aufgabe, sein Wunsch und seine Taktik vereinigten sich in dem Bestreben, den Silberstrom, den er allein aus der wiedereröffneten Wunde in der Bergflanke zum Fließen gebracht hatte, ungehemmt in Fluß zu halten. Zugleich mit der wachsenden Entwicklung der Mine hatte er sich eingeborene Helfer herangezogen. Es gab Werkmeister, Handwerker und Schreiber, mit Don Pepe als Gobernador der gesamten Minenbevölkerung; im übrigen aber lastete auf seinen Schultern allein das ganze

Gewicht des „Imperium in Imperio“ – die große Gould-Konzession, deren bloßer Schatten genügt hatte, um seines Vaters Leben zu zermalmen.

Frau Gould hatte nach keiner Silbermine zu sehen. Im Alltagsbetrieb der Gould-Konzession war sie von ihren zwei Leutnants vertreten, dem Doktor und dem Priester; doch sättigte sich ihre weibliche Vorliebe für Anregung an Ereignissen, deren Bedeutung sie im Feuer ihres hohen Vorhabens läuterte. An jenem Tage hatte sie die Avellanos, Vater und Tochter, mit zum Hafen hinuntergenommen.

Zu all seinen sonstigen Obliegenheiten in jener unruhigen Zeit hatte Don José auch noch den Vorsitz in einer patriotischen Vereinigung übernommen, die einen großen Teil der Truppen des Bezirks von Sulaco mit einem verbesserten Militärgewehr ausgerüstet hatte. Das Modell war gerade von einer der europäischen Mächte gegen ein anderes, noch tödlicheres ausgetauscht worden. Wieviel von dem Marktpreis für abgelegte Waffen aus den freiwilligen Beiträgen der großen Familien und wieviel aus den Geldmitteln bestritten wurde, über die Don José, wie man wußte, im Ausland verfügte, das blieb ein Geheimnis, das er allein hätte enthüllen können; aber die Ricos, wie das Volk sie nannte, hatten unter dem Druck der Beredsamkeit ihres Nestors beigesteuert. Einige der begeisterten Damen hatten sich hinreißen lassen, Juwelenspenden in die Hände des Mannes zu legen, der das Leben und die Seele der Partei war.

Es gab Augenblicke, wo sein Leben wie seine Seele überbürdet schienen durch so viele Jahre unentwegten Glaubens an die Wiedergeburt. Er sah fast leblos aus, wie er starr neben Frau Gould im Landauer saß, das feine, alte, glattrasierte Gesicht (ganz einfarbig, wie aus gelbem Wachs geformt) von einem weichen Filzhut beschattet, die dunklen Augen geradeaus gerichtet. Antonia, die wunderschöne Antonia, wie Fräulein Avellanos genannt wurde, lehnte ihnen gegenüber auf dem Rücksitz; und ihre volle Gestalt, das ernste Oval ihres Gesichts, mit den vollen, roten Lippen, ließen sie reifer erscheinen als Frau Gould mit ihrem wechselnden Ausdruck und dem kleinen, geraden Figürchen unter dem leise schwankenden Schirm.

Antonia begleitete ihren Vater, sooft es nur möglich war: ihre anerkannte Hingabe milderte die peinliche Wirkung ihrer Mißachtung für die starren Gebräuche, die das Leben der spanisch-amerikanischen Mädchen regeln. Und tatsächlich war sie ja nicht mehr mädchenhaft. Man erzählte sich, daß sie nach ihres Vaters Diktat Regierungserlasse schrieb und alle Bücher seiner Bibliothek lesen durfte. Bei den Empfängen – wobei die Form durch die Gegenwart einer ganz hinfälligen alten Dame gewahrt wurde, einer Verwandten der Corbelàns, die taubstumm und reglos in einem Lehnstuhl kauerte –, bei den Empfängen vermochte es Antonia im Wortgefecht mit zwei oder drei Männern zugleich aufzunehmen. Ganz offenbar war sie nicht das Mädchen, das sich damit zufrieden gab, durch ein vergittertes Fenster nach der verhüllten Gestalt eines Liebhabers in einem gegenüberliegenden Torweg zu sehen – was in Costaguana die allein zulässige Form von Bewerbung darstellt. Die allgemeine Ansicht ging dahin, daß die gelehrte und stolze Antonia mit ihrer ausländischen Erziehung und ihren ausländischen Ideen nie heiraten würde, außer vielleicht einen Ausländer, aus Europa oder Nordamerika, da ja nun Sulaco im Begriffe schien, von Leuten aus aller Herren Ländern überlaufen zu werden.

III

Als General Barrios stehenblieb, um Frau Gould anzusprechen, hob Antonia nachlässig die Hand mit dem offenen Fächer, als wollte sie ihren Kopf, der in einen leichten Spitzenschal gehüllt war, vor der Sonne schützen. Der klare Blick ihrer blauen Augen, der hinter den schwarzen Wimpern hervordrang, ruhte einen Augenblick lang auf ihrem Vater und wanderte dann weiter zu der Gestalt eines jungen Mannes von höchstens dreißig Jahren, mittelhoch, ziemlich untersetzt, in lichtem Überrock. Die flache Hand auf den Knopf des biegsamen Rohrstocks gestützt, hatte er aus einiger Entfernung herübergeblickt; sobald er sich aber bemerkt sah, kam er ruhig näher und lehnte den Ellbogen auf den Schlag des Landauers.

Der geschweifte Schnitt des Hemdkragens, der bauschige Selbstbinder, die ganze Art seiner Kleidung, von dem steifen Hut bis zu den Lackschuhen, erweckten den Eindruck französischer Eleganz; im übrigen aber war er der reine Typus eines blonden spanischen Kreolen. Der flaumige Schnurrbart und der kurzgekräuselte blonde Vollbart verbargen seine rosigen, frischen, fast schwellenden Lippen nicht. Sein volles, rundes Gesicht zeigte das warme, gesunde Weiß der Kreolen, dem der heimische Sonnenschein nichts anhaben kann. Martin Decoud war der Sonne von Costaguana, unter der er geboren war, selten ausgesetzt gewesen. Seine Familie hatte sich seit langer Zeit in Paris niedergelassen, wo er selbst die Rechte studiert, sich in Literatur versucht und dann und wann, in Augenblicken der Selbstüberhebung, gehofft hatte, ein Dichter zu werden, wie jener andere Ausländer von spanischem Blut, José Maria Heredia. In anderen Augenblicken hatte er sich zum Zeitvertreib herbeigelassen, Aufsätze über europäische Angelegenheiten für den „Semenario" zu schreiben, das führende Blatt in Costaguana, das sie mit der Anmerkung „Von unserem Spezialkorrespondenten" versah, obwohl die Urheberschaft ein offenes Geheimnis war. Jedermann in Costaguana, wo die Landsleute in Europa eifersüchtig im Auge behalten werden, wußte, daß der Schreiber „der junge Decoud" war, ein begabter junger Mann, der sich, wie man annahm, in den höheren Gesellschaftskreisen bewegte. Tatsächlich war er ein müßiger Boulevardier, in Berührung mit einigen geschickten Journalisten, Stammgast einiger Redaktionen und gerne gesehen an den Vergnügungsorten der Presseleute. Dies Leben, dessen trostlose Oberflächlichkeit sich unter ewigem Gewitzel verbirgt, wie die armseligen Possen eines Harlekins unter den bunten Flicken seines Narrenkleides, dies Leben also reifte in ihm ein französelndes – in Wahrheit aber sehr unfranzösisches – Weltbürgertum, eine im Grunde beschränkte Gleichgültigkeit, die sich als geistige Überlegenheit gebärdete. Von seinem eigenen Land pflegte er zu seinen französischen Gefährten zu sagen: „Stellen Sie sich die Atmosphäre einer Buffo-Oper vor, in der die Bühnenfiguren der Staatsmänner, Briganten usw. usw. ihre komischen Geschäfte, das lächerliche Stehlen, Verschwören, Erdolchen, mit furchtbarem Ernst besorgen. Es ist zum Schreien komisch. Das Blut fließt unaufhörlich, und die Darsteller glauben im Ernst, daß sie die Schicksale des Weltalls leiten. Selbstverständlich sind ja die Regierungsgeschäfte an sich überall, ohne Ausnahme, für ein schärferblickendes Auge nur lächerlich; aber wir Spanisch-Amerikaner schießen doch wohl den Vogel ab. Kein vernünftiger Mensch kann an den Winkelzügen einer Farce macabre teilnehmen. Diese Ribieristen, von denen wir gerade jetzt so viel hören, scheinen ja allerdings auf ihre eigene komische Weise das Land bewohnbar machen und sogar einige seiner alten Schulden zahlen zu wollen. Meine Freunde, ihr tätet gut daran, diesen Señior Ribiera nach allen Kräften in die Höhe zu loben, euren eigenen Anleihebesitzern zuliebe. Denn wenn das, was man mir schreibt, wahr ist, dann scheinen die Leute jetzt einige Hoffnung zu haben."

Und dann pflegte er mit spaßigem Ernst auseinanderzusetzen, wer dieser Don Vincente Ribiera eigentlich sei – ein bekümmerter kleiner Mann, von seinen eigenen guten Absichten niedergedrückt; er verbreitete sich über die Bedeutung gewonnener Schlachten, über Monteros Person *(un grotesque vaniteux et féroce)* und über die Einzelheiten der neuen Anleihe, die mit einem Ausbau der Bahnstrecken und der Besiedelung wüster Landstriche zu einem großen Finanzprojekt verbunden sei.

Und seine europäischen Freunde pflegten dazu zu bemerken, daß dieser kleine Decoud ganz offenbar *connaissait la question à fond.* – Eine große Pariser Zeitschrift ersuchte ihn um einen Aufsatz über die Lage. Dieser Aufsatz war in sehr ernstem Ton gehalten, doch von beträchtlicher Leichtfertigkeit eingegeben. Später einmal fragte Decoud einen seiner Freunde:

„Haben Sie mein Zeug über die Wiedergeburt Costaguanas gelesen – *une bonne blague, bein?*"

Er fühlte sich als Pariser bis in die Fingerspitzen. Doch weit entfernt, es wirklich zu sein, war er vielmehr in der Gefahr, sein Leben lang ein unbestimmbarer Dilettant zu bleiben. Er hatte die Gewohnheit, alles zu bewitzeln, bis zu einem Punkt gesteigert, daß er dadurch für die echten Antriebe seiner eigenen Natur verblendet wurde. Es erschien ihm als die Höhe des Unerwarteten, als er plötzlich vom Vaterländischen Bewaffnungsverband in Sulaco zum geschäftsführenden Vertrauensmann gewählt wurde. – Einer jener phantastischen Einfalle, deren nur seine „lieben Landsleute" fähig waren.

„Es ist, als fiele mir ein Ziegelstein auf den Kopf. Ich – geschäftsführender Vertrauensmann! Das erste Wort, das ich davon höre! Was weiß ich von Militärgewehren? *C'est funambulesque!*" hatte er aufgeregt zu seiner Lieblingsschwester gesagt; denn die Mitglieder der Familie Decoud, den alten Vater und die Mutter ausgenommen, sprachen untereinander französisch. „Und du solltest das vertrauliche Begleitschreiben sehen! Acht Seiten lang – kein Spaß!"

Dieser Brief, in Antonias Handschrift, war von Don José unterfertigt, der sich im öffentlichen Interesse an den „jungen und fähigen Costaguanero" wandte und außeramtlich seinem begabten Patenkind sein Herz ausschüttete, einem wohlhabenden, müßigen Mann mit großen Verbindungen, der durch Geburt und Erziehung jedes Vertrauens würdig war.

„Was wahrscheinlich heißen soll", bemerkte Martin zynisch zu seiner Schwester, „daß ich wohl nicht die Geldmittel unterschlagen oder unserem hiesigen Charge d'Affaires gegenüber aus der Schule schwätzen werde!"

Die ganze Sache sollte hinter dem Rücken des Kriegsministers Montero durchgeführt werden, dem die Ribiera-Regierung mißtraute, ohne sich seiner doch entledigen zu können. Er sollte nichts davon erfahren, bis die Truppen unter Barrios' Oberbefehl mit dem neuen Gewehr ausgerüstet wären. Der Präsident-Diktator, dessen Stellung äußerst schwierig, war allein eingeweiht worden.

„Wie spaßig!“ meinte Martins Schwester und Vertraute, und der Bruder gab im besten Stil der Pariser Blague zurück:

„Es ist phantastisch! Der Gedanke, daß dieses Staatsoberhaupt unter bürgerlicher Beihilfe dabei ist, die Stellung seines eigenen unentbehrlichen Kriegsministers zu unterminieren! Nein! Wir sind unerreichbar!“ Und er lachte maßlos.

Im weiteren Verlauf war seine Schwester überrascht von dem Ernst und dem Geschick, die er bei Erfüllung seiner Aufgabe entwickelte und die doppelt bemerkenswert schienen infolge der heiklen Begleitumstände und seiner eigenen mangelnden Sachkenntnis. Sie hatte nie zuvor, während seines ganzen Lebens nicht, gesehen, daß Martin sich für irgend etwas so ins Zeug gelegt hätte.

„Es macht mir Spaß“, erklärte er kurz. „Ich werde von einer Menge Schwindlern überlaufen, die mir gerne allerhand altes Eisen verkaufen möchten. Sie sind entzückend, laden mich zu großartigen Essen ein; ich nähre ihre Hoffnungen; es ist sehr unterhaltend. Und inzwischen geht das wirkliche Geschäft in ganz andren Kreisen seinem Abschluß entgegen.“

Und als dieser Abschluß erreicht war, erklärte Martin plötzlich, er wolle persönlich zugegen sein, wenn die kostbare Sendung heil in Sulaco abgeliefert würde. Die ganze tolle Geschichte sei es wohl wert, meinte er, daß man sie bis zum Ende mit ansehe. Er zupfte an seinem blonden Bart und murmelte einige Entschuldigungen vor der scharfsinnigen jungen Dame, die ihn (nach der ersten Verblüffung) mit halbgeschlossenen Augen ansah und langsam sagte:

„Ich glaube, du willst Antonia sehen.“

„Was für eine Antonia?“ fragte der Boulevardier aus Costaguana, in ärgerlichem und geringschätzigem Ton. Er zuckte die Schultern und drehte auf dem Absatz um. Seine Schwester rief ihm frohlockend nach:

„Die Antonia, mit der du so bekannt warst, als sie noch das Haar in zwei Hängezöpfen trug.“

Er hatte sie etwa acht Jahre früher, kurz bevor die Avellanos Europa endgültig verlassen hatten, kennengelernt, als eine hochgewachsene Sechzehnjährige von jugendlichem Ernst und schon so durchgebildetem Charakter, daß sie es sogar gewagt hatte, seiner angeblich überlegenen Weltweisheit mit Geringschätzung zu begegnen. Einmal war sie, als hätte sie die Geduld verloren, mit heftigen Vorwürfen über die Zwecklosigkeit seines Lebens und seine leichtfertigen Ansichten auf ihn losgefahren. Er war damals zwanzig Jahre alt, einziger Sohn, verzogen von der Familie, die ihn anbetete. Der Angriff hatte ihn so sehr bestürzt, daß er in der gespielten Überlegenheit dem unbedeutenden Schulmädel gegenüber wankend geworden war. Doch war die Nachwirkung so stark, daß seither alle Freundinnen seiner Schwestern ihn an Antonia Avellanos erinnerten, sei es durch schwache Ähnlichkeit oder durch den starken

Gegensatz. Es war, wie er selbst meinte, etwas wie ein lächerliches Verhängnis. Und natürlich tauchte in den Nachrichten, die die Decouds regelmäßig aus Costaguana erhielten, der Name ihrer Freunde, der Avellanos, häufig auf; sie erfuhren auch von der Verhaftung und der schauerlichen Mißhandlung des Ex-Ministers, den Gefahren und Entbehrungen der Familie, der Übersiedlung nach Sulaco, dem Tod der Mutter.

Das Pronunziamento der Monteristen hatte stattgefunden, bevor Martin Decoud Costaguana erreichte. Er wählte einen beträchtlichen Umweg für die Ausreise: mit der Hauptlinie durch die Magelhaensstraße und mit der Nebenlinie der O. S. N. Kompagnie längs der Westküste hinauf. Seine kostbare Ladung kam gerade zur rechten Zeit an, um das erste Gefühl der Niedergeschlagenheit in Hoffnungsfreude und Entschlußkraft zu verkehren. In der Öffentlichkeit machten die Familias principales viel Wesens von ihm. Unter vier Augen umarmte ihn Don José, noch schwach von der Erschütterung, mit Tränen in den Augen.

„Und du bist herausgekommen! Von einem Decoud war nicht weniger als das zu erwarten. Ach ja, unsere schlimmsten Befürchtungen haben sich erfüllt", klagte er liebevoll. Dann umarmte er sein Patenkind nochmals. Dies sei, so meinte er, wahrhaftig der Augenblick, wo kluge und ehrenhafte Männer sich um die gefährdete Sache scharen müßten.

Da geschah es, daß Martin Decoud, das Adoptivkind von Westeuropa, den völligen Wechsel der Atmosphäre empfand. Er ließ die Umarmungen und Reden wortlos über sich ergehen. Er war gegen den eigenen Willen ergriffen von dem Unterton leidenschaftlichen Kummers, der der soviel mehr verfeinerten europäischen Politik fehlte. Als aber die schöne Anlonia durch das Düster der großen, kahlen Sala des Avellanos-Hauses auf ihn zukam, ihm (in ihrer emanzipierten Art) die Hand bot und dazu murmelte: „Ich freue mich, Sie hier zu sehen, Don Martin" – da fühlte er, wie unmöglich es sein müßte, den beiden Menschen zu sagen, daß er mit dem im nächsten Monat fälligen Postboot abzureisen gedacht hatte. Don José fuhr inzwischen mit seinen Lobeserhebungen fort. Jeder neue Beitritt steigere die öffentliche Zuversicht; und überdies: welch glänzendes Beispiel gab da den jungen Männern daheim der ausgezeichnete Fürsprech des heimatlichen Wiederaufbaus, der würdige Bekenner der politischen Leitsätze vor der Welt! Jedermann habe den prächtigen Aufsatz in der bekannten Pariser Zeitschrift gelesen. Die Welt sei nun unterrichtet: und das Auftauchen des Verfassers in diesem Augenblick wirke wie ein öffentliches Treuebekenntnis. Der junge Decoud fühlte, wie ihn ungeduldige Verwirrung überkam. Seine Pläne waren gewesen, über die Vereinigten Staaten, durch Kalifornien, zurückzukehren, den Yellowstonepark, Chikago, den Niagara zu besuchen, einen Abstecher nach Kanada zu machen, sich vielleicht kurz in Neuyork, etwas länger in Neuport aufzuhalten und seine Empfehlungsbriefe zu verwerten. Antonias Händedruck war so freimütig, der Ton ihrer Stimme so merkwürdig unverändert, daß er nach einer tiefen Verbeugung nichts weiter zu sagen wußte als: „Ich bin unbeschreiblich dankbar für Ihren Willkomm; doch warum sollte man es einem Mann so hoch anrechnen, daß er in seine Heimat zurückkehrt? Ich bin sicher, daß Dona Antonia nicht so denkt."

„Gewiß nicht, Señor“, sagte sie mit der restlosen, ruhigen Offenheit, die alle ihre Aussprüche kennzeichnete. „Wenn er aber zurückkehrt, so wie Sie es tun, dann darf man sich freuen – um beider willen.“

Martin Decoud sagte nichts von seinen Plänen. Er ließ nicht nur keinem Menschen gegenüber ein Wort verlauten, sondern fragte kaum vierzehn Tage später die Herrin der Casa Gould (wo er natürlich sofort Zutritt erhalten hatte), ob sie ihm nicht eine entscheidende Veränderung anmerken könne – einen, wie er meinte, vertieften Lebensernst; dabei lehnte er sich in seinem Schaukelstuhl mit wohlerzogener Vertraulichkeit vor, und Frau Gould wandte ihm ihr Gesicht voll zu, dem leicht geweitete Augen und der Schatten eines Lächelns den Ausdruck stummen Forschens gaben; dieses Mienenspiel war ihr geläufig und verfehlte nie seine starke Wirkung auf Männer, denn aus der liebenswürdig gespannten Aufmerksamkeit sprach etwas wie feine Anteilnahme, fast wie Selbstvergessen. Decoud fuhr unbeirrt fort mit der Erklärung, daß er sich nun nicht mehr als lässiger Müßiggänger auf Gottes Erde fühle. Sie habe, so versicherte er ihr, den Journalisten von Sulaco vor sich. Frau Gould sah sofort zu Antonia hinüber, die sehr aufrecht in der Ecke eines hohen, geradlehnigen spanischen Sofas saß und einen großen schwarzen Fächer langsam vor ihrem feinen Gesicht bewegte; die Spitzen ihrer gekreuzten Füße sahen unter dem Saum des schwarzen Gewandes hervor. Auch Decouds Augen wanderten in die gleiche Richtung, während er leise hinzufügte, daß Fräulein Avellanos von seiner neuen und unerwarteten Berufung wohl unterrichtet sei, einer Berufung, die in Costaguana gemeinhin das Vorrecht halbgebildeter Mischlinge und völlig vermögensloser Advokaten bildete. Dann begegnete er mit einer gewissen artigen Unverschämtheit Frau Goulds Blick, der sich ihm anerkennend zukehrte, und murmelte die Worte: „Pro Patria!“

Es war nämlich dahin gekommen, daß er plötzlich Don Josés dringenden Vorstellungen nachgegeben und die Leitung einer Zeitung übernommen hatte, die den „Wünschen der Provinz“ Ausdruck geben sollte. Es war Don Josés alte Lieblingsidee. Die notwendige Einrichtung (in bescheidenem Maßstab) und ein großer Vorrat an Druckpapier waren vor einiger Zeit aus Amerika angekommen: nur der rechte Mann hatte noch gefehlt. Sogar Señor Morago in Sta. Marta war außerstande gewesen, jemand zu finden, und die Frage begann brennend zu werden. Es war unbedingt ein Organ nötig, um den Lügen, die von der Monteristenpresse verbreitet wurden, entgegenzuwirken: den schauerlichen Verleumdungen, den Aufrufen an das Volk, sich mit den Messern in der Hand zu erheben und diesen Blancos ein für allemal den Garaus zu machen – diesen Überbleibseln der Barbarei, diesen finstern Popanzen, diesen impotenten Paraliticos, die mit den Ausländern im Bund seien, um die Ländereien auszuliefern und das Volk in Knechtschaft zu bringen.

Der Lärm dieses Negro-Liberalismus erschreckte Señor Avellanos. Eine Zeitung war das einzige Gegenmittel. Und nun, da in Decouds Person der rechte Mann gefunden war, erschien eine Inschrift in großen schwarzen Buchstaben zwischen den Fenstern oberhalb der Laubengänge eines Hauses an der Plaza. Es lag neben Anzanis großem Warenhaus, in dem sich Schuhe, Seiden- und Eisenwaren, Musselin, Holzspielzeug, Arme, Beine, Köpfe, Herzen aus Silberblech (für Votivgaben), Rosenkränze, Champagner, Damenhüte, Patentmedizinen und sogar ein paar verstaubte Bücher fanden, geheftet und größtenteils in französischer Sprache. Die großen schwarzen Buchstaben bildeten die Worte „Redaktion des Porvenir". Aus diesen Räumen gingen dreimal wöchentlich vier Seiten voll Martins journalistischer Erzeugnisse hervor, und der schlaue gelbe Anzani, der in seinem weiten schwarzen Anzug und gestickten Pantoffeln vor den vielen Türen seines Warenhauses herumschlich, grüßte mit tiefer Verbeugung den Journalisten von Sulaco, sooft dessen erhabener Beruf ihn vorbeiführte.

IV

Vielleicht war Martin auch in Ausübung dieses Berufs gekommen, um die Einschiffung der Truppen anzusehen. Das „Porvenir" des übernächsten Tages würde fraglos einen genauen Bericht enthalten. Der Herausgeber aber schien, während er am Schlag des Landauers lehnte, für nichts Augen zu haben. Das erste Glied der Infanterie-Kompanie, die, drei Glieder tief, die Landungsbrücke nach dem Ufer zu absperrte, fällte, sooft die Menge allzu hart andrängte, mit grausamem Gerassel die Bajonette; und dann wich die Menge der Zuschauer flutend zurück, bis unter die Nasen der großen weißen Maultiere. Ungeachtet der riesigen Menschenmenge war kaum mehr als ein lautes Gemurmel zu hören; eine dunkle Staubwolke hing über dem Ganzen, und die Reiter, die da und dort in der Menge festgekeilt waren, ragten von den Hüften aufwärts hinein und blickten alle in einer Richtung über die Köpfe weg. Fast jeder von ihnen hatte einen Freund neben sich, der sich im Gleichgewicht hielt, indem er die Schultern des Reiters von rückwärts umklammerte; die Krempen ihrer Hüte berührten sich und bildeten eine große Scheibe mit zwei spitzen Kegeln oberhalb und einem Doppelgesicht darunter. Ein heiserer Mozo brüllte vielleicht einem Bekannten in den Reihen etwas zu, oder eine Frau kreischte plötzlich das Wort „Adios!" und einen männlichen Rufnamen hinterdrein.

General Barrios, in schäbiger blauer Bluse und weißer Pluderhose über fremdartigen, roten Stiefeln, stand mit entblößtem Kopf leicht schwankend da und stützte sich auf einen dicken Stock. Nein! Der Kriegsruhm, den er geerntet habe, könne auch dem Ehrgeizigsten genügen, wiederholte er beharrlich, zu Frau Gould gewandt, und versuchte dabei, sich ritterliche Haltung zu geben. Ein paar pechschwarze Haarsträhnen hingen schütter von seiner Oberlippe; er hatte eine vorspringende Nase, magere, langgezogene Wangen und trug einen schwarzen Seidenfleck über einem Auge. Sein anderes Auge, klein und tiefliegend, irrte in zielloser Liebenswürdigkeit nach allen Seiten. Die wenigen europäischen Zuschauer, durchaus Männer, die sich sehr selbstverständlich in der Nähe des Gouldschen Wagens gesammelt hatten, verrieten durch den feierlichen Ausdruck ihrer Gesichter die Meinung, daß der General zuviel Punsch (Schwedenpunsch, von Anzani in Flaschen eingeführt) im Amarilla-Klub getrunken haben müsse, bevor er mit seinem Stab in wildem Galopp zum Hafen heruntergeritten war. Doch Frau Gould lehnte sich vor, sehr beherrscht, und sprach die Überzeugung aus, daß den General in der nächsten Zukunft noch mehr Ruhm erwarte.

„Señora", widersprach er mit Gefühl, „im Namen Gottes, überlegen Sie! Wie sollte es für einen Mann wie mich ein Ruhm sein, den glatzköpfigen Embustero mit dem gefärbten Schnurrbart zu überwältigen?"

Pablo Igriacio Barrios, Sohn eines Dorfalkalden, Divisionsgeneral, Oberkommandeur des Westlichen Militärbezirks, verkehrte nicht in der höheren Gesellschaft der Stadt. Er zog die formlosen Vereinigungen von Männern vor, wo er seine Geschichten von Jaguarjagden erzählen und mit seiner Geschicklichkeit im Lassowerfen prahlen konnte; denn mit dem Lasso brachte er fabelhaft schwierige Kunststücke von der Art fertig, wie sie nach der zwischen den Llaneros gebräuchlichen Redensart „kein Verheirateter versuchen sollte“; dort konnte er auch Geschichten von ungewöhnlichen nächtlichen Ritten erzählen, von Begegnungen mit wilden Stieren, Kämpfen mit Krokodilen, Abenteuern in den großen Wäldern und der Überquerung angeschwollener Flüsse. Und es war nicht bloße Prahlsucht, die dem General diese Erinnerungen entlockte, sondern eine echte Liebe für dieses wilde Leben, das er in seinen jungen Jahren geführt, bevor er endgültig dem Strohdach der väterlichen Tolderia im Urwald den Rücken gekehrt hatte. Er war bis nach Mexiko gewandert, hatte dort gegen die Franzosen an der Seite von Juarez (wie er sagte) gekämpft und war der einzige unter den Militärs von Costaguana, der je europäischen Truppen auf dem Schlachtfeld gegenübergestanden hatte. Diese Tatsache verlieh seinem Namen großen Glanz, bis er durch den aufgehenden Stern Montero verdunkelt wurde. Sein ganzes Leben lang war er ein leidenschaftlicher Spieler gewesen. Er selbst erwähnte ganz offen die landläufige Geschichte, wie er einst während eines Feldzugs (damals noch als Brigade-Kommandeur) sein Pferd, seine Pistolen und die Montur bis zu den Achselstücken verspielt hatte, im Monte mit seinen Obersten, während der Nacht vor der Schlacht. Schließlich hatte er unter Bedeckung seinen Degen (einen Ehrendegen mit goldenem Korb) in die Stadt im Rücken seiner Stellung geschickt, um ihn dort kurzerhand einem verschlafenen und erschreckten Krämer gegen fünfhundert Pesetas verpfänden zu lassen. Bis zu Tagesanbruch hatte er auch diese Summe bis aufs Letzte verspielt und, als er sich erhob, nur gesagt: „Nun wollen wir gehen und bis auf den Tod kämpfen!“ Von da an war er zur Erkenntnis gekommen, daß ein General seine Truppen sehr gut mit einem einfachen Stock in der Hand in die Schlacht führen konnte. „Es ist mir seither zur Gewohnheit geworden“, pflegte er zu sagen.

Er war ständig überhäuft mit Schulden, sogar während seiner Glanzzeiten im Laufe der wechselnden Geschicke eines Generals von Costaguana. Als Inhaber höchster militärischer Stellungen hatte er seine goldverschnürten Uniformen fast immer bei irgendeinem Händler verpfändet. Und um den ewigen Kleidernöten ein Ende zu machen, die ängstliche Geldgeber ihm verursachten, hatte er eine Geringschätzung militärischen Prunks, eine ausgefallene Vorliebe für schäbige alte Blusen entwickelt, die ihm zur zweiten Natur geworden war. Doch die Partei, der Barrios sich anschloß, brauchte keinen Verrat zu befürchten. Er war zu sehr im Herzen Soldat, um mit bezahlten Siegen elenden Handel zu treiben. Ein Mitglied des fremden diplomatischen Korps in Sta. Marta hatte einmal über ihn geurteilt: „Barrios ist ein Mann von unbedingter Ehrenhaftigkeit und sogar einigem militärischen Talent, *mais il manque de tenue*.“ Nach dem Triumph der Ribieristen hatte er die bekannt einträgliche Kommandeurstelle im Westen erhalten, hauptsächlich infolge der Bemühungen seiner Gläubiger, der Geschäftsleute von Sta. Marta, durchwegs eifriger Politiker, die Himmel und Erde seinetwegen öffentlich in Bewegung gesetzt und insgeheim Señior Morago, den einflußreichen Agenten der San Tomé-Mine, mit hemmungslosen Wehklagen bestürmt hatten: wenn der General übergangen würde, „dann sind wir alle ruiniert“. Eine zufällige, doch günstige Erwähnung seines Namens in dem umfangreichen Briefwechsel Herrn Goulds, des Vaters, mit seinem Sohn hatte auch etwas mit seiner Ernennung zu tun gehabt. In erster Linie dankte er sie aber doch zweifellos seiner erprobten politischen Ehrenhaftigkeit. Niemand bezweifelte den persönlichen Mut des Tigertöters, wie das Volk ihn nannte. Man erzählte sich allerdings, daß er im Feld kein Glück habe - doch sollte ja eine neue Friedensära beginnen. Die Soldaten liebten ihn wegen seiner Menschlichkeit, die unerwartet, wie eine fremdartige, köstliche Blüte, aus dem Mistbeet der verrotteten Revolutionen sproßte; und wenn er bei einem militärischen Anlaß langsam durch die Straßen ritt, dann entlockte der gutmütige Spott seines einzigen Auges, das er über die Menge schweifen ließ, den Leuten begeisterte Zurufe. Besonders die Frauen aus dem Volke schienen geradezu berückt von der langgebogenen Nase, dem spitzen Kinn, der dicken Unterlippe und dem schwarzen Seidenfleck, dessen Band unternehmungslustig die Stirn überquerte. Sein hoher Rang sicherte ihm ständig eine Zuhörerschaft von Caballeros für seine Jagdgeschichten, die er sehr gut erzählte, schmucklos, doch mit ernstem Eifer. Die Gesellschaft von Damen aber schien ihm langweilig, da sie Hemmungen auferlegte, ohne, wie es ihm schien, Gegenwerte dafür zu bieten. Er hatte vielleicht keine drei Male mit Frau Gould gesprochen, seitdem er sein hohes Kommando übernommen hatte; doch hatte er sie öfters mit dem Señor Administrador reiten sehen und die Meinung ausgesprochen, daß in ihrer kleinen Zügelhand mehr Verstand stecke als in all den weiblichen Köpfen von Sulaco. Er hatte den Wunsch gefühlt, sich beim Abschied besonders höflich gegen eine Frau zu zeigen, die im Sattel nicht wankte und überdies zufällig die Gattin eines für den in steten Geldnöten befindlichen General sehr wichtigen Mannes war. Er trieb seine Aufmerksamkeit sogar so weit, daß er seinem Adjutanten, einem untersetzten kleinen Kapitän mit einem Tatarengesicht, befahl, einen Korporal mit einer Rotte vor dem Wagen aufzustellen, damit nicht die Menge beim Zurückdrängen „die Mulis der Señora belästigte". Dann wandte er sich an die kleine Gruppe schweigender Europäer, die in Hörweite stand, und hob tröstlich die Stimme:

„Señores, machen Sie sich keine Sorgen! Fahren Sie ruhig fort, Ihren Ferro Carril zu bauen, Ihre Eisenbahn, Ihre Telegraphen, Ihre... Es gibt Geld genug in Costaguana, um alles zu bezahlen - sonst wären Sie nicht hier. Ha! Ha! Beachten Sie diese kleine Picardia meines Freundes Montero nicht. In kurzer Zeit sollen Sie seinen gefärbten Schnurrbart durch die Stäbe eines starken Holzkäfigs zu sehen bekommen. Si, Señores! Fürchten Sie nichts, helfen Sie dem Lande voran, arbeiten Sie, arbeiten Sie!"

Die kleine Gruppe von Ingenieuren nahm diese Ermahnung stumm hin; und nachdem er ihnen grüßend zugewinkt hatte, wandte sich der General wieder zu Frau Gould:

„Das ist es, was wir nach Don Josés Worten tun müssen. Unternehmungsfreudig sein, arbeiten, reich werden! Montero in einen Käfig zu sperren, ist meine Sache, und wenn dies nebensächliche Geschäft beendet ist, dann wollen wir, wie Don José es wünscht, reich werden, alle der Reihe nach, wie so viele Engländer; denn Geld ist es, was ein Land rettet und..."

Aber ein junger Offizier in glänzender Uniform, der eilig von der Landungsbrücke herkam, unterbrach ihn in dieser Darlegung von Señor Avellanos' Idealen; der General machte eine Bewegung der Ungeduld; der andere fuhr fort, in achtungsvoller Haltung eindringlich auf ihn einzureden. Die Pferde des Stabs waren eingeschifft; das Gig des Dampfers erwartete den General am Bootssteg; und Barrios begann sich zu verabschieden, nachdem er aus seinem einen Auge einen letzten, stolzen Blick in die Runde geschickt hatte. Don José erhob sich ein wenig zu ein paar angemessenen Worten, die er mechanisch aussprach. Hoffnung und Furcht zerrten arg an ihm, und er schien die letzten Funken seines Feuers an diese rednerischen Bemühungen zu wenden, von denen sogar das ferne Europa hören sollte. Antonia, die Lippen fest geschlossen, wandte hinter ihrem erhobenen Fächer den Kopf zur Seite, und der junge Decoud sah, obwohl er des Mädchens Augen auf sich gerichtet fühlte, hartnäckig weg, auf seinen Ellbogen gestützt, mit dem Ausdruck geringschätziger Gleichgültigkeit. Frau Gould bemühte sich heldenhaft, ihren Kummer über dieses Aussehen von Menschen und Dingen zu verbergen, das so völlig von ihren angeborenen Anschauungen abwich – einen Kummer, zu tief, als daß sie ihn selbst ihrem Gatten hätte in Worten enthüllen können. Sie begann nun seine stumme Zurückhaltung besser zu verstehen. Ihre vertraute Verständigung fand nicht in den Augenblicken des Alleinseins, sondern gerade in der Öffentlichkeit statt, wenn ihre Blicke sich kurz trafen und ihre Meinungen über irgendwelche neuen Vorfälle ausdrückten. Sie hatte von ihm das unverbindliche Schweigen gelernt, das einzig mögliche Verhalten, da doch bei der Durchführung ihres Vorhabens soviel Häßliches, Abstoßendes und Niedriges als in diesem Lande selbstverständlich hingenommen werden mußte. Gewiß, die stattliche Antonia wirkte reifer und unendlich ruhig; doch hätte sie es nie verstanden, eine jähe innere Schwäche hinter liebenswürdiger Lebhaftigkeit zu verbergen.

Frau Gould erwiderte lächelnd Barrios' Abschiedsgruß und nickte den Europäern in der Runde zu (die gleichzeitig die Hüte zogen), mit der freundlichen Einladung: „Ich hoffe, Sie alle gleich nachher bei mir zu sehen!“ Dann sagte sie hastig zu Decoud: „Steigen Sie ein, Don Martin“, und hörte ihn, während er den Wagenschlag öffnete, französisch vor sich hin murmeln: *“Le sort en est jeté.“* Es erfüllte sie mit einer Art Verzweiflung. Niemand hätte besser als er wissen müssen, daß der erste Wurf in einem verzweifelten Spiel lange zuvor getan worden war. Ferne Zurufe, laute Kommandos und Trommelwirbel auf der Landungsbrücke grüßten den scheidenden General. Eine Schwäche überkam sie; sie sah starr in Antonias ruhiges Gesicht und fragte sich innerlich, was wohl Charley erwartete, wenn dieser abgeschmackte General unterliegen sollte. *“A la Casa, Ignacio“,* rief sie zu dem reglosen breiten Rücken des Kutschers hinauf. Der Mann nahm ohne Hast die Zügel straffer und murmelte dazu: *“Si, la Casa, si, niña.“*

Der Wagen rollte lautlos auf dem weichen Weg dahin; lange Schatten lagerten über der staubigen kleinen Ebene, die mit dunklen Büschen, frischen Erdhügeln und den langgestreckten Holzgebäuden der Eisenbahngesellschaft mit ihren Blechdächern durchsetzt war. Die schüttere Reihe der Telegraphenpfähle zog sich schräg aus der Stadt hinaus und führte den einzigen, fast unsichtbaren Draht weit in das große Campo – wie einen feinen, zitternden Fühler des Fortschritts, der außerhalb auf einen Augenblick des Friedens wartete, um einzudringen und sich um das müde Herz des Landes zu schlingen.

Das Caféfenster des Albergo d'Italia Una war gedrängt voll von den sonnverbrannten, bärtigen Gesichtern der Bahnarbeiter. Am andern Ende des Hauses aber, dem der Signori

Inglesi, stand der alte Giorgio in der Türe, eine seiner Töchter an jeder Seite, und entblößte seinen buschigen Kopf, der weiß war wie die Schneefelder des Higuerota. Frau Gould ließ den Wagen anhalten. Sie unterließ es fast nie, zu ihrem Protegé zu sprechen; überdies hatten sie die Aufregung, die Hitze und der Staub durstig gemacht. Sie bat um ein Glas Wasser. Giorgio sandte die Kinder danach ins Haus und näherte sich dem Wagen, wobei ein Ausdruck der Freude sein ruhiges Gesicht überzog. Er hatte nicht oft Gelegenheit, seine Wohltäterin zu sehen, die überdies Engländerin war – was ihr doppeltes Anrecht auf seine Hochachtung gab. Er entschuldigte die Abwesenheit seiner Frau. Sie habe wieder ihren schlechten Tag, ihre Atemnot – dabei schlug er sich an die eigene breite Brust. Sie könne sich schon den ganzen Tag über nicht aus ihrem Stuhl rühren.

Decoud, in seine Wagenecke gelehnt, musterte verdrießlich Frau Goulds Revolutionär und fragte nachlässig:

„Nun, und wie denken Sie über all das, Garibaldino?"

Der alte Giorgio sah ihn mit einiger Neugier an und meinte dann höflich, daß die Truppen sehr gut marschiert seien. Der einäugige Barrios und seine Offiziere hätten an den Rekruten in so kurzer Zeit geradezu Wunder gewirkt. Diese Indianer, vor wenigen Tagen eingefangen, seien im Schnellschritt vorbeimarschiert wie die Bersaglieri; sie sähen auch gutgenährt aus und hätten ganze Uniformen. „Uniformen!" wiederholte er mit einem leise mitleidigen Lächeln. In seine scharf und gerade blickenden Augen stahl sich ein Ausdruck grimmiger Erinnerung. Es war anders zu seiner Zeit, als Männer gegen die Tyrannei gekämpft hatten, in den Urwäldern Brasiliens oder auf den Ebenen Uruguays, am Verhungern bei halbrohem Ochsenfleisch ohne Salz, halbnackt, oft nur mit einem an einen Stock gebundenen Messer als einziger Waffe. „Und doch behielten wir stets die Oberhand gegen den Unterdrücker", schloß er stolz.

Seine Munterkeit verflog; eine leichte Handbewegung drückte Entmutigung aus; doch er fügte hinzu, daß er einen der Sergeanten gebeten habe, ihm das neue Gewehr zu zeigen. In seinen Kämpfertagen habe es keine solche Waffe gegeben, und wenn Barrios nicht imstande sei... „Jawohl, jawohl", fiel Don Jose ein, zitternd vor Erregung. „Wir sind in Sicherheit. Der gute Señor Viola ist ein Mann von Erfahrung. Unerhört tödlich, nicht wahr? – Du hast deine Aufgabe großartig erfüllt, mein lieber Martin."

Decoud blieb verdrießlich zurückgelehnt und betrachtete den alten Viola.

„Oh! Gewiß! Ein Mann von Erfahrung. Aber auf wessen Seite stehen Sie eigentlich im Herzen?"

Frau Gould beugte sich zu den Kindern. Linda hatte mit größter Vorsicht ein Glas Wasser auf einem Teller herausgebracht; Giselle bot ihr einen Blumenstrauß, den sie in Eile gepflückt hatte.

„Auf Seite des Volkes", erklärte der alte Viola streng.

„Wir alle sind auf Seite des Volkes – im Grunde."

„Jawohl", murmelte der Alte wild. „Und inzwischen kämpft das Volk für euch. Blind. Esclavos!"

In diesem Augenblick trat der junge Scarfe vom Ingenieurstab der Bahnlinie aus der Türe des für die Signori Inglesi reservierten Raumes. Er war auf einer leichten Maschine von irgendeinem Punkt der Strecke zum Hauptquartier heruntergekommen und hatte eben Zeit gehabt, ein Bad zu nehmen und sich umzuziehen. Er war ein netter Junge, und Frau Gould hieß ihn willkommen.

„Es ist eine großartige Überraschung, Sie zu sehen, Frau Gould. Ich bin gerade heruntergekommen. Mein gewöhnliches Pech. Alles versäumt, natürlich. Diese Geschichte da ist gerade vorüber, und ich höre, daß gestern abend bei Don Juste Lopez eine große Tanzerei war. Ist das wahr?"

„Die jungen Patrizier", begann Decoud plötzlich in seinem gesuchten Englisch, „haben wirklich getanzt, bevor sie mit dem großen Pompejus in den Krieg zogen."

Der junge Scarfe sah verständnislos aus. „Sie kennen sich noch nicht", griff Frau Gould ein. „Herr Decoud – Herr Scarfe."

„Ah! Aber wir gehen nicht nach Pharsalus", wiederholte Don José erregt, gleichfalls auf englisch. „Und du solltest nicht so scherzen, Martin."

Antonias Brust hob und senkte sich in einem tiefen Atemzug. Der junge Ingenieur war immer noch völlig verständnislos. „Der Große – was?" murmelte er.

„Zum Glück ist Montero kein Cäsar", fuhr Decoud fort. „Auch die beiden Monteros zusammengenommen würden noch kein menschenmögliches Zerrbild eines Cäsar abgeben." Er kreuzte die Arme über der Brust und sah zu Señor Avellanos hinüber, der in seine Unbeweglichkeit zurückgefallen war. „Sie allein, Don José, sind ein echter alter Römer – Vir Romanus – beredt und unbeugsam."

Sobald er den Namen Montero gehört, hatte sich der junge Scarfe beeilt, seine einfachen Empfindungen auszusprechen. In lautem, jugendlichem Ton äußerte er die Hoffnung, daß dieser Montero seine Prügel beziehen und ein für allemal abgetan werden würde. Es sei nicht zu sagen, was aus der Bahn werden müßte, wenn die Revolution die Oberhand behielte. Man würde sie vielleicht aufgeben müssen. Es wäre ja dann nicht die erste Bahnlinie, die in Costaguana in die Brüche gegangen wäre. „Sie wissen ja, es ist eine ihrer sogenannten nationalen Geschichten", fuhr er fort und rümpfte dabei die Nase, als hätte für seine tiefgründige Kenntnis südamerikanischer Angelegenheiten das Wort einen verdächtigen Geruch. Und natürlich, schwatzte er angeregt weiter, sei es doch für ihn ein ungeheures Glück gewesen, in seinen Jahren dem Stab „eines so großen Dings, nicht wahr?" zugeteilt zu werden. Das würde ihm für sein ganzes Leben über viele Vordermänner weghelfen, versicherte er. „Und darum – nieder mit Montero, Frau Gould!" Sein jungenhaftes Grinsen verflog langsam vor dem unbewegten Ernst der Gesichter, die sich ihm aus dem Wagen zukehrten; nur der „alte Knabe", Don José, wandte ihm ein regloses, wächsernes Profil zu und starrte geradeaus, als wäre er taub. Scarfe kannte die Avellanos nicht sehr gut. Sie gaben keine Bälle, und Antonia erschien nie an einem Erdgeschoßfenster, wie es andere junge Damen wohl in Begleitung älterer Frauen zu tun pflegten, um mit den berittenen Caballeros in der Calle zu plaudern. Das Geschaue dieser Kreolen hatte nicht viel zu sagen; aber was auf aller Welt war über Frau Gould gekommen? Sie sagte: „Weiter, Ignacio!" und grüßte den jungen Ingenieur mit lächelndem Kopfneigen. Er hörte noch ein kurzes Lachen von dem halbfranzösischen Burschen mit seinem runden Gesicht. Er wurde rot bis zu den Augen und starrte Giorgio Viola an, der, den Hut in der Hand, mit den Kindern zurückgetreten war.

„Ich brauche sofort ein Pferd", sagte er etwas heftig zu dem alten Mann.

„Si, Señor, Pferde sind genug da", murmelte der Garibaldiner und streichelte dabei zerstreut mit seinen braunen Händen über die beiden Mädchenköpfe, den dunklen mit dem Bronzeschimmer und den blonden mit dem Kupferglanz. Die Menge der heimkehrenden Zuschauer wirbelte auf der Straße eine Staubwolke auf. Einige Reiter wurden auf die Gruppe aufmerksam. „Geht zu eurer Mutter", sagte der Alte. „Sie werden größer, so wie ich älter werde - und niemand ist da ...."

Er sah den jungen Ingenieur an und brach ab, als erwachte er aus einem Traum; dann kreuzte er die Arme über der Brust und nahm seine gewohnte Stellung ein: im Türrahmen zurückgelehnt, den Blick weit empor zum schneeigen Kamm des Higuerota gerichtet.

Im Wagen wechselte Martin Decoud die Stellung, als säße er unbequem, und murmelte dabei Antonia zu: „Sie hassen mich wohl." Dann begann er mit lauter Stimme Don José dazu zu beglückwünschen, daß alle die Ingenieure so überzeugte Ribieristen seien. Die Anteilnahme all dieser Ausländer sei erfreulich. „Sie haben ja diesen hier gehört. Er ist voll der besten Wünsche. Es ist angenehm, zu denken, daß die Wohlfahrt von Costaguana für die Welt von einiger Bedeutung ist."

„Er ist sehr jung", bemerkte Frau Gould ruhig.

„Und so sehr weise für sein Alter", gab Decoud zurück. „Aber hier haben wir aus dem Munde dieses Kindes die nackte Wahrheit gehört. Sie haben recht, Don José. Die Bodenschätze Costaguanas sind für das fortschrittliche Europa, das dieser junge Mann vertritt, wichtig, genau so wie vor dreihundert Jahren der Reichtum unserer spanischen Vorväter eine ernste Sache für das übrige Europa war - das die wilden Freibeuter vertraten. Auf unserem Charakter liegt der Fluch der Oberflächlichkeit: Don Quixote und Sancho Pansa, Ritterlichkeit und Habgier, hochtrabende Gefühle und sittliche Haltlosigkeit, wütendes Eintreten für eine Idee und stumpfe Nachgiebigkeit gegenüber allen Formen der Verrottung. Wir haben einen Erdteil wegen unserer Unabhängigkeit in Aufruhr gesetzt, nur um die wehrlosen Opfer eines Zerrbilds der Demokratie zu werden, die Beute von Schuften und Gurgelabschneidern; unsere Einrichtungen ein Narrenspiel, unsere Gesetze eine Posse - ein Guzman Bento unser Herr! Und so tief sind wir gesunken, daß, wenn ein Mann wie Sie unser Gewissen wachgerufen hat, ein dummer Barbar wie Montero - großer Gott, ein Montero! - eine tödliche Gefahr und ein ungebildeter indianischer Prahlhans wie Barrios unser Verteidiger wird." Doch Don José überging die allgemeinen Ausführungen, als hätte er kein Wort davon gehört, und nahm die Verteidigung von Barrios auf. Der Mann war befähigt genug für seine besondere Aufgabe im Feldzugsplan. Sie bestand in einer Angriffsbewegung, die Cayta zur Basis haben und gegen die Flanke des Rebellenheeres gerichtet sein sollte: dieses rückte vom Süden aus gegen Sta. Marta vor, das von einem andern Heer, mit dem Präsidenten-Diktator in seiner Mitte, geschützt wurde. Don José belebte sich zusehends, geriet richtig ins Sprechen und beugte sich dabei unter dem ruhigen Blick seiner Tochter eifrig vor. Decoud gab keinen Laut von sich, als hätte ihn soviel Glut zum Schweigen gebracht. Die Glocken der Stadt läuteten zum Abendsegen, als der Wagen durch den alten Torweg rollte, der wie eine formlose Anhäufung von Blätterwerk und Steinen zum Hafen hinuntersah. In das Räderrollen unter dem hallenden Torbogen mengte sich ein fremder, schriller Ton, und Decoud konnte von seinem Rücksitz aus sehen, wie die Menschen, die hinter dem Wagen herdrängten, alle die Köpfe wandten, in Sombreros und Rebozos, und einer Lokomotive nachblickten, die in schneller Fahrt hinter Giorgio Violas Haus entschwand, eine weiße Dampfwolke wie den Aushauch eines lang hingehaltenen Kriegsschreis hinter sich. Es war wie eine gespenstische Vision: das schrill heulende Phantom einer Lokomotive, das eilends den dunklen Rahmen des Torbogens durchquerte, hinter der erschreckten Menschenmenge, die lautlosen Schrittes auf der staubigen Straße von einem militärischen Schauspiel heimkehrte. Es war ein Güterzug, der aus dem Campo zum Lagerbahnhof zurückkehrte. Die leeren Wagen rollten leicht auf dem einen Geleise hin; man hörte kein Räderrollen, merkte kein Zittern des Bodens. Der Maschinenführer hob, während er an der Casa Viola vorbeifuhr, grüßend den Arm und bremste geschickt vor dem Einfahrtstor der Umzäunung ab; sobald das ohrenzerreißende Schrillen der Dampfpfeife, das den Bremsern gegolten hatte, verstummt war, weckten wiederholte metallische Schläge, mit dem Rasseln der Kupplungen gemengt, tosenden Widerhall unter der Wölbung des Torbogens.

V

Der Wagen der Goulds war der erste, der vom Hafen in die leere Stadt zurückkehrte. Auf dem alten Pflaster, das ursprünglich in schönem Muster gelegt, mit der Zeit aber holprig und löcherig geworden war, verhielt der verständige Ignacio, auf die Federn des Pariser Landauers bedacht, die Tiere zum Schritt, und Decoud betrachtete von seiner Ecke aus verdrießlich die Innenseite des Tors. Die stämmigen Seitentürme hielten zwischen sich das massige Mauerwerk, das dicht mit Gras bewachsen war und im Scheitelpunkt des Bogens ein altes, graues, reichverschnörkeltes Schild trug; das Wappen von Spanien war darin nur noch ganz verwaschen zu erkennen, als sollte es in Bälde dem neuen Sinnbild des andrängenden Fortschritts Platz machen.

Der aufdringliche Lärm des Güterzugs schien Decouds Verdruß noch zu steigern. Er murmelte etwas vor sich hin und begann dann in kurzen, ärgerlichen Sätzen gegen das Schweigen der beiden Frauen anzureden. Sie sahen ihn nicht an; und Don José, dessen halbdurchscheinendes, wächsernes Gesicht im Schatten des weichen grauen Hutes lag, machte an Frau Goulds Seite die Schwankungen des Wagens leise mit.

„Dieser Ton ist nur ein neuer Beweis für eine sehr alte Wahrheit."

Decoud sprach französisch, vielleicht wegen Ignacio auf dem Kutschbock; der alte Kutscher, dessen breiter Rücken in eine kurze, silbergestickte Jacke gezwängt war, hatte große Ohren, deren dicke Muscheln weit von dem geschorenen Kopf abstanden.

„Jawohl, der Lärm vor den Stadtmauern ist neu, aber der Grundsatz ist alt."

Er kaute eine Weile an seinem Ärger und fuhr dann mit einem Seitenblick auf Antonia fort:

„Nun, stellen Sie sich doch unsere Vorfahren in Sturmhauben und Harnischen vor, in Schlachtordnung vor eben diesem Tor, einer Rotte von Abenteurern gegenüber, die eben von ihren Schiffen im Hafen gelandet sind. Diebe, natürlich; auch Spekulanten. Ihre Fahrten stellten durchwegs Spekulationen sehr ernster und achtbarer Leute in England dar. Das ist Geschichte, wie dieser lächerliche Seebär Mitchell immer sagt.“

„Mitchells Vorkehrungen für die Einschiffung der Truppen waren ausgezeichnet!“| rief Don José.

„Das! – Das! – Oh, das ist in Wahrheit das Werk dieses Genueser Seemanns. Aber um auf meinen Lärm zurückzukommen: in alten Tagen gab es Trompetenschall vor diesem Tor. Kriegstrompeten! Ich bin sicher, daß sie Trompeten hatten. Ich habe irgendwo gelesen, daß Drake, der Größte dieser Männer, an Bord seines Schiffes, allein in seiner Kajüte, bei Trompetenschall zu speisen pflegte. Damals war diese Stadt sehr reich. Die Männer kamen, um den Reichtum zu holen. Nun ist das ganze Land wie ein Schatzhaus, und alle diese Menschen brechen bei uns ein, während wir uns gegenseitig die Kehlen abschneiden. Der einzige Grund, der sie noch etwas zurückhält, ist gegenseitige Eifersucht. Aber eines Tages werden sie sich untereinander verständigen – und wenn wir einmal unsere Zwistigkeiten beigelegt haben und gesittet und ehrenwert sein werden, dann wird nichts mehr für uns übrig sein; es war immer so. Wir sind ein wundervolles Volk, aber es ist immer unser Schicksal gewesen“ – er sagte nicht „beraubt“, sondern fuhr nach einer Pause fort: „ausgebeutet zu werden!“

Frau Gould sagte: „Oh, das ist ungerecht!“ und Antonia warf ein: „Antworten Sie ihm nicht, Emilia, er greift *mich* an“

„Sie dachten doch gewiß nicht, daß ich etwa Don Carlos meinte!“ erwiderte Decoud.

Und dann hielt der Wagen vor der Türe der Casa Gould. Der junge Mann bot den Damen die Hand. Sie gingen voran ins Haus; Don José ging neben Decoud, und der gichtische alte Pförtner trottete mit ein paar Decken über dem Arm hinter ihnen drein. Don José schob seine Hand unter den Arm des Journalisten von Sulaco.

„Das ‚Porvenir' muß einen langen und zuversichtlichen Artikel über Barrios und die Unwiderstehlichkeit seiner Armee von Cayta bringen! Wir müssen die öffentliche Meinung im Lande stützen. Wir müssen ermutigende Auszüge nach Europa und den Vereinigten Staaten telegraphieren, um auch im Auslande eine günstige Meinung aufrechtzuerhalten.“

Decoud murmelte: „O ja, wir müssen unsere Freunde, die Spekulanten, trösten.“

Die lange offene Galerie lag im Schatten, die Blüten der Topfpflanzen längs des Geländers hingen reglos, und alle die Glastüren der Empfangsräume standen offen. Am jenseitigen Ende erstarb das Klirren von Sporen.

Basilio trat gegen die Wand beiseite und sagte höflich zu den vorbeigehenden Damen: „Der Señor Administrador ist eben vom Gebirge zurück.“

In der großen Sala, in der das Durcheinander alter spanischer und moderner europäischer Einrichtungsstücke unter der hohen weißen Decke verschiedene Sammelpunkte zu schaffen schien, blinkte das Silber und Porzellan des Teegeschirrs aus einer Gruppe zwerghafter Stühle, die aus einem Damenboudoir genommen schienen und in das Ganze die Note fraulicher Häuslichkeit trugen.

Don José ließ sich in seinem Schaukelstuhl nieder, den Hut auf den Knien, und Decoud wandelte die ganze Länge des Raumes auf und ab, an Tischen mit Nippsachen vorbei; zeitweilig verschwand er fast hinter den hohen Lehnen lederbezogener Sofas. Er dachte an das ärgerliche Gesicht Antonias; er vertraute darauf, daß er mit ihr Frieden machen würde. Er war nicht nach Sulaco gekommen, um mit Antonia zu streiten.

Martin Decoud ärgerte sich über sich selbst. Alles, was er ringsum sah und hörte, ging gegen seine auf Grund europäischer Gesittung vorgefaßten Meinungen. Es war etwas ganz andres, Revolutionen aus der Entfernung der Pariser Boulevards zu betrachten. Hier an Ort und Stelle war es nicht möglich, das Tragikomische mit einem kurzen „*Quelle farce!*“ abzutun.

Die Wirklichkeit der politischen Vorgänge war unbestreitbar und wurde noch packender durch Antonias Glauben an die gute Sache. Die Roheit des Geschehens verletzte sein Feingefühl. Er war über seine Empfindlichkeit selbst überrascht.

›Ich glaube fast, daß mehr vom Costaguanero in mir ist, als ich selbst gemeint hatte‹, dachte er.

Seine Mißachtung wuchs, als wehrte sich seine Spottsucht gegen die Handlungsweise, zu der er durch seine Neigung zu Antonia gedrängt worden war. Er tröstete sich mit der Feststellung, daß er kein Patriot, sondern ein Liebhaber sei.

Die Damen kamen ohne Hüte herein, und Frau Gould ließ sich vor dem kleinen Teetisch nieder. Antonia nahm in vollendet anmutiger Haltung, den Fächer in der Hand, ihren während der Empfangsstunde gewohnten Platz ein – die Ecke des Ledersofas. Decoud bog von der geraden Richtung seines Auf-und-nieder-Wandelns ab und lehnte sich an die Rücklehne ihres Sitzes.

Er sprach lange von rückwärts in ihr Ohr, zärtlich, mit einem halben Lächeln und dem Ausdruck vertraulicher Abbitte. Sie hielt ihren Fächer lose auf den Knien. Sie wandte dem Mann keinen Blick zu. Seine hastigen Worte wurden immer eindringlicher und zärtlicher. Schließlich wagte er ein leises Lachen.

„Nein, wirklich, Sie müssen mir vergeben. Manchmal muß man auch ernsthaft sein.“ Er brach ab. Sie wandte den Kopf ein wenig; ihre blauen Augen glitten langsam zu ihm empor, in weichem Fragen.

„Sie glauben doch nicht, daß ich ernsthaft bin, wenn ich Montero jeden zweiten Tag im ›Porvenir‹ eine Gran' bestia nenne? Das ist keine ernsthafte Beschäftigung. Keine Beschäftigung ist ernsthaft, nicht einmal, wenn eine Kugel durchs Herz die Strafe für den Mißerfolg ist.“

Ihre Hand schloß sich fester um den Fächer.

„Ein wenig Vernunft, Sie verstehen, ich meine: ein wenig gesunder Menschenverstand mag sich in das Denken einschleichen; ein Schimmer von Wahrheit. Ich meine echte Wahrheit, für die in der Politik oder im Journalismus kein Platz ist. Ich habe zufällig ausgesprochen, was ich dachte, und Sie sind ärgerlich! Wenn Sie die Güte haben wollen, ein wenig nachzudenken, dann werden Sie einsehen, daß ich wie ein Patriot gesprochen habe."

Sie öffnete zum erstenmal ihre roten Lippen, nicht unfreundlich.

„Ja – aber Sie sehen nie das Ziel. Man muß die Menschen nehmen, wie sie sind. Ich glaube, daß niemand wahrhaft selbstlos ist, außer, vielleicht, Sie selbst, Don Martin."

„Gott behüte! Das ist das Letzte, was Sie von mir glauben sollten, wenn es nach mir geht!" sagte er lebhaft und verstummte.

Sie begann sich langsam zu fächeln, ohne die Hand zu heben. Nach einer Weile flüsterte er leidenschaftlich:

„Antonia!"

Sie lächelte und streckte auf englische Art Charles Gould ihre Hand entgegen, der sich eben vor ihr verbeugte; Decoud, beide Ellbogen auf der Rücklehne des Sofas, senkte den Blick und murmelte: „Bon jour!"

Der Señor Administrador der San Tomé-Mine beugte sich kurz über seine Frau. Sie wechselten einige Worte, von denen nur Frau Goulds Satz „die größte Begeisterung" zu verstehen war.

„Jawohl", murmelte Decoud von neuem. „Auch er!"

„Das ist glatte Verleumdung", sagte Antonia, nicht sonderlich streng.

„Verlangen Sie doch von ihm, daß er seine Mine in den Schmelztiegel für die große Sache werfen soll", flüsterte Decoud.

Don José hatte die Stimme erhoben; er rieb sich vergnügt die Hände. Das glänzende Aussehen der Truppen und die große Menge neuer tödlicher Gewehre auf den Schultern dieser braven Leute schienen ihn mit begeisterter Zuversicht zu erfüllen.

Charles Gould, sehr lang und mager, stand von seinem Stuhl auf und hörte zu, doch war in seinem Gesicht nichts als liebenswürdige Aufmerksamkeit zu entdecken.

Unterdessen hatte sich Antonia erhoben, hatte den Raum durchquert und stand nun an einem der drei hohen Fenster, die auf die Straße gingen. Decoud folgte ihr. Das Fenster stand offen, und er lehnte sich gegen die dicke Mauer. Der Damastvorhang, der in starren Falten von der breiten Messingstange niederfiel, verbarg ihn zum Teil den Menschen im Zimmer. Er kreuzte die Arme über der Brust und sah starr nach Antonias Profil.

Die vom Hafen zurückkehrenden Menschen belebten das Pflaster; das Scharren von Sandalen und leises Stimmengesumm tönten herauf. Ab und zu rollte eine Kutsche langsam über das holprige Pflaster der Calle de la Constitucion. Es gab nicht viel Privatwagen in Sulaco; selbst zur belebtesten Stunde konnte man sie auf der Alameda mit einem Blick zählen. Die großen Familienarchen schaukelten in starken Lederbändern und waren voll von hübschen und gepuderten Gesichtern, aus denen lebhafte schwarze Augen blitzten. Als erster fuhr Don Juste Lopez, der Präsident der Provinzialversammlung, mit seinen drei hübschen Töchtern vorbei. Er war sehr feierlich, im schwarzen Gehrock mit steifer weißer Binde, als leitete er von der Tribüne aus eine Debatte; obwohl sie alle die Augen hoben, unterließ Antonia doch den üblichen Gruß durch Handwinken, und die andern taten, als sähen sie die beiden jungen Leute nicht, diese Costaguaneros mit europäischen Manieren, deren Überspanntheiten hinter den vergitterten Fenstern der ersten Familien von Sulaco eifrig besprochen wurden. Dann fuhr die verwitwete Señora Gavilaso de Valdes vorbei, schön und würdig, in einer mächtigen Kutsche, in der sie zwischen der Stadt und ihrem Landhause hin und her zu reisen pflegte, umgeben von bewaffneten Begleitern in Lederanzügen und großen Sombreros, mit Karabinern über den Sattelknöpfen. Sie war eine Frau von sehr vornehmer Familie, stolz, reich und gütig. Ihr zweiter Sohn, Jaime, war eben mit Barrios' Stab abgegangen. Der älteste, ein unnützer, launischer Bursche, erfüllte Sulaco mit Gerüchten von seiner Verschwendung und spielte Hoch im Klub. Die zwei jüngsten Söhne, gelbe Ribieristen-Kokarden an den Hüten, saßen der Mutter gegenüber. Auch sie tat, als sähe sie nicht, wie Señor Decoud öffentlich, unter Mißachtung jeglichen Herkommens, mit Antonia sprach. Und dabei war er nicht einmal ihr Novio, soviel man wußte! Obwohl es selbst in diesem Falle unpassend genug gewesen wäre. Aber die würdige alte Dame, hochgeachtet und bewundert von den ersten Familien, wäre sicher noch empörter gewesen, hätte sie die Worte hören können, die die beiden am Fenster wechselten.

„Sie sagten, daß ich das Ziel aus den Augen verloren hätte? Ich habe nur ein Ziel in der Welt."

Sie machte eine fast unmerkliche verneinende Kopfbewegung, sah aber dabei weiter über die Straße weg nach dem Hause der Avellanos hinüber, das grau, mit Anzeichen des Verfalls und mit Eisengittern wie ein Gefängnis dalag.

„Und es wäre so leicht zu erreichen", fuhr er fort, „dieses Ziel, das ich, wissentlich oder nicht, immer im Herzen gehabt habe – schon seit dem Tag, als Sie mich einmal in Paris so abkanzelten; Sie wissen doch."

Ein leichtes Lächeln schien über die Gesichtshälfte zu zucken, die ihm zugekehrt war.

„Sie wissen doch, was für eine schreckliche Person Sie waren, so etwas wie eine Charlotte Corday in den Kleidern eines Schulmädels; eine wilde Patriotin. Ich nehme an, Sie hätten gerne Guzman Bento ein Messer in den Leib gejagt?"

Sie unterbrach ihn: „Sie tun mir zuviel Ehre an."

„Jedenfalls", sagte er und ging plötzlich zu bitterem Spott über, „hätten Sie mich ohne jedes Bedenken hingeschickt, um den Menschen zu erdolchen."

„Ah, par exemple!" murmelte sie empört.

„Nun", fuhr er mit gemachtem Ernst fort, „Sie halten mich doch nun hier fest und lassen mich diesen tödlichen Unsinn schreiben. Tödlich für mich! Er hat schon meine

Selbstachtung getötet, und Sie können sich vorstellen", fügte er leicht spöttisch hinzu, „daß Montero, im Falle seines Erfolges, seine Rechnung mit mir auf die einzige Weise begleichen würde, deren ein Vieh wie er fähig ist, wenn ihn ein Mann von Bildung wöchentlich dreimal eine Gran' bestia genannt hat. Es ist eine Art geistigen Todes; der andere Tod aber lauert im Hintergrund auf einen Journalisten meiner Begabung."

„Falls Montero Erfolg hat", sagte Antonia gedankenvoll.

„Sie scheinen hochbefriedigt darüber, daß mein Leben an einem Haar hängt", gab Decoud mit breitem Lächeln zurück. „Und der andere Montero, der in den Aufrufen ›mein teurer Bruder‹ genannt wird, der Guerillero – habe ich von dem nicht geschrieben, daß er den Gästen in unserer Pariser Gesandtschaft die Mäntel abnahm und die Teller wechselte, wenn er nicht, zur Zeit Rojas, damit beschäftigt war, unsere Flüchtlinge zu bespitzeln? Er wird diese heilige Wahrheit mit Blut abwaschen. Mit meinem Blut! Warum sehen Sie so ärgerlich drein? Das ist nur ein Stück der Lebensgeschichte eines unserer großen Männer. Was glauben Sie wohl, was er mit mir tun wird? Es gibt da eine gewisse Klostermauer, gerade um die Ecke der Plaza, dem Tor der Stierkampf-Arena gegenüber; kennen Sie sie? Gegenüber dem Tor mit der Inschrift: ›Intrada de la Sombra.‹ Vielleicht sehr passend! Dort hat der Onkel unseres Hausherrn seinen englisch-südamerikanischen Geist aufgegeben. Und, bedenken Sie, er hätte fliehen können! Ein Mann, der mit der Waffe in der Hand gekämpft hat, darf fliehen. Sie hätten mich mit Barrios gehen lassen können, wenn Ihnen an mir gelegen wäre. Ich hätte eines dieser Gewehre getragen, auf die Don José so große Stücke hält, und wäre wunschlos in den Reihen der armen Peons und Indianer marschiert, die nichts von Vernunft oder Politik wissen. Die schwächste Hoffnung in der schwächsten Armee der Welt wäre immer noch sicherer gewesen als die, der zuliebe Sie mich hier festhalten. Wenn man Krieg führt, dann darf man fliehen, nicht aber, wenn man seine Zeit damit hinbringt, arme, unwissende Narren zu Mord und Tod aufzustacheln."

Sein Ton blieb oberflächlich; und als hätte sie seine Gegenwart vergessen, stand Antonia reglos da, die Hände leicht gefaltet, und ließ aus schlaffen Fingern den Fächer niederhängen. Decoud wartete eine Zeitlang und fuhr dann fort:

„Ich komme an die Mauer", sagte er mit spaßhafter Verzweiflung.

Auch diese Erklärung bewog das Mädchen nicht, ihn anzusehen; ihr Kopf blieb reglos, die Augen auf das Haus der Avellanos gerichtet, dessen zerbröckelnde Pfeiler und Simse und sonstigen Verfall die zunehmende Dunkelheit nun verhüllte. Nur die Lippen regten sich in Antonias Gesicht, während sie die Worte formte:

„Martin, Sie werden mich zum Weinen bringen."

Er verharrte einen Augenblick schweigend, wie bestürzt, überwältigt geradezu von einem Glücksschauer, den letzten Schatten des spöttischen Lächelns noch um seinen Mund und ungläubige Überraschung in den Augen. Der Wert eines Ausspruchs liegt in der Persönlichkeit, von der er stammt; denn nichts Neues kann gesagt werden, von Mann oder Weib; und dies nun waren die letzten Worte, so schien es ihm, die je von Antonia zu erwarten gewesen wären. Nie zuvor in all ihren kurzen Begegnungen war er mit ihr so weit ins reine gekommen; doch bevor sie noch Zeit gefunden hatte, sich ihm voll zuzukehren, was sie mit anmutiger Zurückhaltung tat, hatte er schon auf sie einzureden begonnen:

„Meine Schwester wartet nur darauf, Sie umarmen zu können. Mein Vater ist außer sich vor Freude. Von meiner Mutter will ich gar nicht reden! Unsere Mütter waren wie Schwestern. Nächste Woche geht ein Postdampfer nach dem Süden – fahren wir doch fort! Dieser Morago ist ein Narr! Ein Mann wie Montero ist zu bestechen; es ist Landesbrauch. Es ist Überlieferung – Politik; lesen Sie doch ›Fünfzig Jahre Mißwirtschaft‹."

„Lassen Sie den armen Papa in Frieden, Don Martin, er glaubt..."

„Ich empfinde die größte Zärtlichkeit für Ihren Vater", fuhr er hastig fort. „Aber ich liebe Sie, Antonia! Und Morago hat diese Geschichte elend verpfuscht. Vielleicht auch Ihr Vater. Ich weiß es nicht. Montero war zu bestechen. Ich denke mir, er verlangte nichts weiter als seinen Anteil an dieser famosen Anleihe für Nationalen Aufbau. Warum haben ihn die dummen Leute von Sta. Marta nicht mit einer Sendung nach Europa betraut, oder mit sonst etwas? Er hätte sich im voraus fünf Jahre Gehalt geben lassen und wäre nach Paris abgegangen, um dort herumzulumpen, dieser blöde, wilde Indio!"

„Der Mann", sagte sie nachdenklich und sehr ruhig vor seinem Ausbruch, „war von Eitelkeit verblendet. Wir waren genau unterrichtet, nicht nur durch Morago, auch von anderer Seite. Sein Bruder schürte auch."

„O ja!" sagte er. „Sie wissen das natürlich. Sie wissen ja alles. Sie lesen den ganzen Briefwechsel, Sie schreiben alle die Papiere – alle diese Staatspapiere, die hier in diesem Raum beraten werden, in blinder Befolgung eines Grundsatzes von politischer Sauberkeit. Hatten Sie nicht Charles Gould vor Augen! Rey de Sulaco! Er und seine Mine sind der greifbare Beweis dafür, was hätte getan werden können. Glauben Sie, daß er seinen Erfolg seiner Treue zu tugendhaften Grundsätzen verdankt? Und alle diese Eisenbahner mit ihrer ehrlichen Arbeit! Natürlich ist Arbeit ehrlich! Aber wie dann, wenn man nicht ehrlich arbeiten kann, bevor nicht die Diebe befriedigt sind? Hätte nicht er, ein Gentleman, diesem Sir John Soundso sagen können, daß dieser Montero ausgekauft werden müßte – er und alle seine Negroliberalen, die an seinen goldgestickten Rockschößen hängen? Er hätte ausgekauft werden müssen, mit seinem eigenen dummen Gewicht in Gold – seinem Gewicht in Gold, sage ich, mit Stiefeln, Säbel, Sporen, Dreispitz und dem Rest."

Sie schüttelte leicht den Kopf. „Es war unmöglich", murmelte sie.

„Er wollte das Ganze einschieben? Wie?"

Sie sah ihm nun in der tiefen Fensternische voll ins Gesicht, ganz nahe und reglos. Ihre Lippen bewegten sich hastig. Decoud lehnte den Rücken gegen die Mauer und hörte mit gekreuzten Armen und gesenkten Augenlidern zu. Er trank den Laut ihrer anmutigen Stimme und beobachtete, wie ihre Kehle bebte, als stiegen Gefühlswellen aus ihrem Herzen hoch, um sich in der Luft zu Worten zu formen. Auch er hatte seinen Ehrgeiz. Er dachte, sie mit sich fortzuführen aus diesem lächerlichen Kleinkram von Pronunziamentos und Reformen. All dies war verkehrt – hoffnungslos verkehrt; doch sie bezauberte ihn, und manchmal durchbrach die treffende Klugheit eines Satzes diesen Zauber und ersetzte ihn durch eine halb widerwillige Anteilnahme. Manche Frauen hielten sich hart an der Schwelle des Genies, überlegte er. Sie wünschten nicht zu wissen, zu denken oder zu verstehen. Leidenschaft ersetzte das alles, und er war bereit, zu glauben, daß manche überraschend tiefsinnige Bemerkung, manche Kennzeichnung oder manches Urteil über ein Ereignis an das Wunderbare grenzten. Er konnte mit außerordentlicher Schärfe in der gereiften Antonia das ernste Schulmädchen früher Tage sehen. Sie nahm seine Aufmerksamkeit gefangen. Mitunter konnte er ein beifälliges Murmeln nicht unterdrücken. Dann und wann warf er einen ganz ernsthaften Widerspruch ein. Allmählich gerieten sie in ein Gespräch; der Vorhang verbarg sie halb den Menschen in der Sala.

Draußen war es dunkel geworden. Aus dem tiefen Abgrund des Schattens zwischen den Häusern, schwach von den wenigen Straßenlampen erhellt, stieg die abendliche Stille von Sulaco auf; die Stille einer Stadt mit wenigen Kutschen, unbeschlagenen Pferden und einer Bevölkerung, die weiche Sandalen trug. Die Fenster der Casa Gould warfen ihre leuchtenden Rechtecke auf das Haus der Avellanos. Dann und wann zog unten am Fuß der Mauer der leichte Schall von Schritten zugleich mit dem flackernden Glühpünktchen einer Zigarette vorbei. Die Nachtluft, als wäre sie gekühlt von den Schneefeldern des Higuerota, erfrischte ihre Gesichter.

„Wir Leute vom Westen", sagte Martin Decoud und gebrauchte dabei den Namen, den die Bewohner der Provinz von Sulaco sich selbst beilegten, „sind immer grundverschieden und abgesondert gewesen. Solange wir Cayta halten, kann uns nichts erreichen. Während aller der Wirren hat nie eine Armee dieses Gebirge überquert. Revolutionen in den Mittelprovinzen schließen uns augenblicklich ab. Sehen Sie doch, wie völlig diese Abgeschlossenheit jetzt ist! Die Nachricht von Barrios' Auszug wird nach den Vereinigten Staaten gekabelt werden und erst auf diesem Wege, über das Kabel an der andern Küste, Sta. Marta erreichen. Wir haben die größten Reichtümer, die größte Fruchtbarkeit, das reinste Blut in unseren großen Familien, die arbeitsamste Bevölkerung. Die westliche Provinz sollte für sich bleiben. Der frühere Föderalismus war für uns nicht schlecht. Dann kam diese Union, der sich Don Henrique Gould widersetzte. Sie hat der Tyrannei den Weg gebahnt; und seither hängt uns hier der Rest von Costaguana wie ein Mühlstein am Halse. Die westliche Provinz ist so groß, wie sie sich ein Mann für sein Vaterland nur wünschen kann. Sehen Sie die Berge! Die Natur selbst scheint uns zuzurufen: ›Trennt euch!‹"

Sie machte eine Gebärde nachdrücklicher Verneinung. Ein Schweigen trat ein.

„O ja! Ich weiß, das widerspricht den Lehrsätzen, die in der ›Geschichte von fünfzig Jahren Mißwirtschaft‹ niedergelegt sind. Ich versuche nur, vernünftig zu sein. Aber meine Vernunft scheint für Sie immer ein Anlaß zur Kränkung. Habe ich Sie mit der Darlegung dieses durchaus vernünftigen Ehrgeizes sehr verletzt?"

Sie schüttelte den Kopf. Nein, sie sei nicht verletzt, aber der Gedanke ginge gegen ihre früheren Überzeugungen. Ihr Patriotismus reiche weiter. Sie habe diese Möglichkeit nie ins Auge gefaßt.

„Und doch wird sie vielleicht für einige Ihrer Überzeugungen noch die Rettung bedeuten", sagte er.

Sie antwortete nicht. Sie schien abgespannt. Sie lehnten nebeneinander am Geländer des kleinen Balkons, sehr freundschaftlich, und gaben sich nun, da die Politik erschöpft war, schweigend dem Gefühl ihrer Nähe hin, in einer jener tiefen Pausen, wie sie sich nach dem Aufwallen der Leidenschaft ergeben. Vom Ende der Straße, gegen die Plaza zu, glimmte längs dem Rand des Bürgersteigs die rote Kohlenglut in den Brazeros der Marktweiber, die sich ihr Abendessen kochten. Im Lichtkegel einer Straßenlampe tauchte lautlos ein Mann auf und ließ kurz den farbigen Überschlag seines breitgesäumten Ponchos sehen, der ihm von den Schultern bis über das Knie hinunterhing. Vom Hafenende der Calle her kam ein Reiter auf leise schreitendem Pferd, das im Schein jeder Straßenlampe unter der dunklen Gestalt des Reiters silbergrau aufglänzte.

„Da sehen Sie den berühmten Capataz de Cargadores", sagte Decoud gutgelaunt, „wie er in aller Pracht von getaner Arbeit kommt. Der zweite Große Mann von Sulaco, nach Don Carlos Gould. Aber er ist gutmütig und hat mir gestattet, mich mit ihm zu befreunden."

„Oh, wirklich", sagte Antonia. „Wie wurden Sie Freunde?"

„Ein Journalist soll den Finger auf dem Puls des Volkes haben, und dieser Mann ist einer der Führer des Volkes. Ein Journalist soll bemerkenswerte Leute kennen – dieser Mann ist in seiner Art bemerkenswert."

„O ja!" sagte Antonia nachdenklich. „Es ist bekannt, daß dieser Italiener großen Einfluß hat."

Der Reiter war unter ihnen vorbeigezogen, und der schwache Lichtschein hatte auf der breiten Kruppe der grauen Stute aufgeglänzt, auf einem blanken, schweren Steigbügel, auf einem langen Silbersporn; doch der schwache gelbe Lichtschimmer in der Dämmerung war machtlos vor der geheimnisvollen Verhüllung der dunklen Gestalt, deren unsichtbares Gesicht ein großer Sombrero verbarg.

Decoud und Antonia blieben weiter über den Balkon gelehnt, Seite an Seite; ihre Ellbogen berührten sich, ihre Köpfe schwebten über der Dunkelheit der Straße; die hellerleuchtete Sala lag in ihrem Rücken. Dies war ein außergewöhnlich unschickliches *tête-à-tête*, dessen im ganzen Bereich der Republik nur die überspannte Antonia fähig war – das arme mutterlose Mädchen, nie begleitet, mit einem sorglosen Vater, der nur daran gedacht hatte, sie studieren zu lassen. Sogar Decoud selbst schien zu empfinden, daß diese Ungestörtheit so viel war, wie er nur erwarten konnte, bis – bis die Revolution vorüber war und er sie nach Europa mitnehmen konnte, weg von dem endlosen Bürgerzwist, dessen Sinnlosigkeit noch unerträglicher erschien als seine Niedertracht. Auf einen Montero würde ein anderer folgen, die Gesetzlosigkeit des Gesindels von allen Farben und allen Rassen, Barbarei, unabänderliche Gewaltherrschaft; wie der große Befreier Bolivar in seiner Verbitterung gesagt hatte: „Amerika ist nicht zu regieren. Für seine Unabhängigkeit arbeiten, heißt die See pflügen." Daran liege ihm nichts, erklärte er freimütig; er benutzte jede Gelegenheit, um ihr zu sagen, daß er, wenn sie auch einen Blanco-Journalisten aus ihm gemacht habe, doch kein Patriot sei. Vor allem habe das Wort keinen Sinn für den Gebildeten, dem die Beschränkung in jedem Glauben verhaßt sei; und zum zweiten sei es durch die Verbindung mit den ewigen Wirren dieses unglücklichen Landes hoffnungslos besudelt; es habe zum Kampfruf für finstere Barbarei gedient, einen Mantel für Gesetzlosigkeit, Verbrechen, Raub und offenen Diebstahl abgegeben.

Er war selbst überrascht von der Wärme seiner Ausführungen. Er brauchte die Stimme nicht zu senken; sie hatte die ganze Zeit über leise geklungen, wie ein bloßes Murmeln im Schweigen der dunklen Häuser, deren Fensterläden nach dem Brauch von Sulaco gegen die Nachtluft frühe geschlossen waren. Nur die Sala der Casa Gould schickte trotzig den Schein ihrer vier Fenster hinaus, wie ein Bekenntnis zu hellem Licht in der trostlosen Dunkelheit der Straße. Nach kurzem Schweigen hob das Flüstern auf dem Balkon wieder an.

„Aber wir arbeiten ja daran, dies alles zu ändern", widersprach Antonia. „Das ist es ja, was wir ersehnen. Es ist unser Ziel, es ist die große Sache. Und das Wort, das Sie verachten, hat auch für Aufopferung gegolten, für Mut, Beharrlichkeit und Leiden. Papa, der ..."

„Die See pflügen", warf Decoud ein und sah zu Boden.

Von unten klangen hastige, schwere Schritte.

„Ihr Onkel, der Großvikar der Kathedrale, ist eben in den Torweg eingebogen", bemerkte Decoud. „Er hat heute morgen auf der Plaza für die Truppen eine Messe gelesen. Sie hatten ihm aus Trommeln einen Altar gebaut und alle die bemalten Holzklötze an die Luft herausgeschafft. Alle die hölzernen Heiligen standen oben auf der großen Treppe militärisch in Reih und Glied. Sie sahen wie eine phantastische Ehrenwache für den Generalvikar aus. Ich habe die feierliche Handlung von den Fenstern des ›Porvenir‹ aus mit angesehen. Er ist fabelhaft, Ihr Onkel, der Letzte der Corbelàns. Er glitzerte nur so in seinen Gewändern, mit dem großen scharlachroten Samtkreuz über dem Rücken. Die ganze Zeit über saß unser Retter Barrios an einem offenen Fenster des Amarilla-Klubs und trank Punsch. Esprit fort – unser Barrios. Ich erwartete jeden Augenblick, daß Ihr Onkel über die ganze Plaza weg der schwarzen Augenbinde dort im Fenster einen Bannfluch zuschleudern würde. Aber durchaus nicht. Schließlich marschierten die Truppen ab. Später kam Barrios mit einigen seiner Offiziere herunter und stand, den Uniformrock ganz aufgeknöpft, plaudernd am Rand des Platzes. Plötzlich tauchte Ihr Onkel in der Tür der Kathedrale auf, nicht mehr glitzernd, sondern ganz schwarz, mit dem drohenden Ausdruck, der ihm eigen ist – Sie wissen ja, wie ein rächender Geist. Er tat einen langen Blick, ging gerade auf die Gruppe der Militärs zu und führte den General am Ellbogen fort. Er hat ihn eine Viertelstunde lang im Schatten einer Mauer in Bewegung gehalten, dabei keinen Augenblick den Ellbogen losgelassen, die ganze Zeit aufgeregt gesprochen und dazu mit einem langen schwarzen Arm gefuchtelt. Es war ein merkwürdiges Bild. Die Offiziere schienen verblüfft. Bemerkenswerter Mann, Ihr Onkel Missionar. Er haßt einen Ungläubigen weit weniger als einen Ketzer und zieht einen Heiden weitaus einem Ungläubigen vor. Er läßt sich liebenswürdig herab, mich gelegentlich einen Heiden zu nennen, müssen Sie wissen."

Antonia hörte zu und öffnete und schloß den Fächer mit leichter Bewegung der Hände, die über das Geländer hingen; Decoud sprach etwas hastig, als fürchtete er, daß sie ihn bei der ersten Pause verlassen würde. Ihre Abgeschiedenheit, das köstliche Gefühl von Nähe, die leichte Berührung ihrer Arme schufen in ihm eine leise Ergriffenheit; dann und wann schlich sich ein zärtlicher Unterton in sein spöttisches Murmeln.

„Jedes kleinste Zeichen von Wohlwollen von Seiten eines Ihrer Verwandten ist mir willkommen, Antonia. Und vielleicht versteht er mich im Grunde! Aber auch ich kenne ihn, unsren Padre Corbelàn. Für ihn besteht der Begriff politischer Ehrenhaftigkeit, Gerechtigkeit und Lauterkeit in der Herausgabe der beschlagnahmten Kirchengüter. Nichts sonst hätte diesen eifrigen Bekehrer wilder Indianer aus dem Urwald locken können, um hier für die Sache der Ribieristen zu wirken. Nichts sonst als diese kühne Hoffnung! Er selbst würde für eine solche Sache ein Pronunziamento machen, gegen jede beliebige Regierung, wenn er nur Parteigänger finden könnte. Was denkt Don Carlos Gould darüber? Aber natürlich, bei seiner englischen Undurchdringlichkeit kann ja niemand sagen, was er denkt. Wahrscheinlich denkt er an nichts als an seine Mine, an sein ›Imperium in Imperio‹, und Frau Gould denkt an ihre Schulen, ihre Spitäler, an die Mütter mit den kleinen Kindern, an jeden kranken alten Mann in den drei Dörfern. Wollten Sie den Kopf wenden, dann könnten Sie sehen, wie sie dem finstern Doktor in dem gewürfelten Hemd – wie heißt er doch? Monygham – einen Bericht entlockt oder Don Pépé ins Gebet nimmt oder vielleicht Padre Roman zuhört. Die alle sind heute hier – alle ihre Staatsminister. Nun, sie ist eine vernünftige Frau, und vielleicht ist Don Carlos ein vernünftiger Mann. Es gehört zur gesunden englischen Vernunft, nicht zuviel zu denken, nur darauf zu achten, was im Augenblick das Zweckmäßigste sein könnte. Diese Menschen sind nicht wie wir. Wir haben keine politische Vernunft; wir haben politische Leidenschaft – manchmal. Was ist eine Überzeugung? Eine nüchterne oder gefühlsmäßige, in jedem Falle sehr persönliche Erkenntnis unseres eigenen Vorteils. Niemand ist umsonst ein Patriot. Das Wort kommt uns gut zustatten. Aber ich sehe scharf und werde es nicht Ihnen gegenüber gebrauchen, Antonia. Ich mache mir keine patriotischen Illusionen. Nur die eine, höchste, des Liebenden."

Er brach ab und murmelte dann kaum hörbar: „Doch auch die kann einen sehr weit führen."

Hinter ihnen konnte man die politische Flutwelle, die regelmäßig einmal in vierundzwanzig Stunden im Salon der Goulds einsetzte, in vielfältigem Stimmengesumm ansteigen hören. Männer waren einzeln oder zu zweit und zu dritt hereingekommen: die höheren Beamten der Provinz, Bahningenieure, sonnverbrannt, in lichten Anzügen; zwischen den munteren jungen Gesichtern bewegte sich nachsichtig lächelnd der bereifte Kopf des Chefingenieurs. Scarfe, der Liebhaber von Fandangos, hatte sich schon fortgeschlichen, um, ganz gleich wo, am Rande der Stadt eine Tanzerei ausfindig zu machen. Don Juste Lopez war, nachdem er seine Töchter nach Hause gebracht hatte, feierlich eingetreten, im schwarzen, leicht zerknitterten Gehrock, den er bis unter den breiten braunen Vollbart hinauf hochgeknöpft trug. Die wenigen anwesenden Mitglieder der Provinzialversammlung scharten sich um ihren Präsidenten, um die Kriegsnachrichten und den letzten Aufruf des Rebellen Montero, dieses elenden Montero, zu erörtern, der im Namen einer „in gerechtem Zorn entflammten

Demokratie“ alle Provinzialversammlungen der Republik aufgefordert hatte, ihre Sitzungen einzustellen, bis sein Schwert Ruhe geschaffen haben und der Wille des Volkes würde erforscht werden können. Es lief tatsächlich auf eine Aufforderung zur Auflösung hinaus: eine unerhörte Kühnheit dieses bösen Narren.

In der Schar der Abgeordneten hinter José Avellanos herrschte große Erregung. Don José hob die Stimme und rief ihnen über die hohe Lehne seines Stuhls weg zu: „Sulaco hat darauf geantwortet, indem es ihm heute eine Armee in die Flanke schickte. Wenn alle die anderen Provinzen nur halb soviel Patriotismus zeigen wie wir Leute vom Westen ....“

Lauter Beifall übertönte die helle Stimme des Mannes, der das Leben und die Seele der Partei war. Jawohl! Jawohl! Wahr! Sehr wahr! Sulaco war in erster Reihe, wie immer. Es war ein Ausbruch des Stolzes und der Hoffnungsfreude, von dem Ereignis des Tages diesen Caballeros aus dem Campo eingegeben, die an ihre Herden dachten, an ihre Ländereien, an die Sicherheit ihrer Familien. Alles stand auf dem Spiel... Nein! Es war unmöglich, daß Montero die Oberhand behalten sollte! Dieser Verbrecher, dieser unverschämte Indio! Der Lärm hielt eine Zeit an, und jedermann in dem Raum sah nach der Gruppe hin, wo Don Juste seine unparteiische Amtsmiene aufgesetzt hatte, als führte er den Vorsitz bei einer Tagung der Nationalversammlung. Decoud hatte sich umgedreht, den Rücken an die Brüstung gelehnt, und rief nun mit aller Lungenkraft in den Raum: „Gran' bestia!“

Dieser unerwartete Schrei schuf plötzlich Stille. Alle Augen kehrten sich in beifälliger Erwartung dem Fenster zu; aber Decoud hatte schon wieder dem Zimmer den Rücken gedreht und lehnte sich in die schweigende Straße hinaus.

„Das ist die Quintessenz meines Journalismus; der letzte Beweisgrund“, sagte er zu Antonia. „Ich habe dies Kennwort erfunden, den Schlüssel zu einer großen Frage. Aber ich bin kein Patriot. Ich bin es nicht mehr, als der Capataz der Sulaco-Cargadores, dieser Genueser, der so Großes für diesen Hafen getan hat – der Pförtner, der dem Rüstzeug unseres Fortschritts die Türe offen hält. Sie haben ja Kapitän Mitchell wieder und immer wieder versichern hören, daß er, ehe er diesen Mann in Diensten hatte, niemals sagen konnte, wie lange das Löschen einer Schiffsladung dauern würde. Das ist schlimm für den Fortschritt. Sie haben ihn nun nach getaner Arbeit auf seinem berühmten Pferd vorbeireiten sehen: er wird wohl den Mädchen in irgendeinem Tanzlokal mit gestampftem Lehmboden die Köpfe verdrehen. Er ist ein glücklicher Bursche. Seine Arbeit besteht in der Ausübung persönlicher Macht; seine Muße bringt er damit hin, die Beweise außerordentlicher Verehrung entgegenzunehmen. Und es macht ihm Spaß. Kann man glücklicher sein? Gefürchtet und bewundert werden, ist ...“

„Und ist das Ihr höchster Ehrgeiz, Don Martin?“ unterbrach Antonia.

„Ich sprach von einem Mann dieses Schlages“, sagte Decoud kurz. „Die Helden der Welt sind gefürchtet und bewundert worden. Was konnte er mehr wünschen?“

Decoud hatte es schon oft erlebt, daß seine gewohnten Spötteleien an Antonias Ernst zunichte wurden. Sie reizte ihn oft, als hätte auch sie unter der unerklärlichen weiblichen Begriffsstutzigkeit gelitten, die so oft der Verständigung zwischen einem Mann und einer

Durchschnittsfrau entgegensteht. Aber er überwand seinen Ärger sofort. Er war weit davon entfernt, Antonia für eine Durchschnittsfrau zu halten, welche Selbstbeurteilung ihm seine eigene Zweifelsucht auch eingeben mochte. Mit inbrünstiger Zärtlichkeit in der Stimme versicherte er ihr, daß sein einziger Ehrgeiz einem Glück gelte, wie es auf Erden wohl kaum zu verwirklichen wäre.

Sie errötete ungesehen, mit einer Glut, gegen die der Luftzug von der Sierra in der jähen Schneeschmelze seine kühlende Kraft verloren zu haben schien. Decouds Flüstern hatte wohl kaum so weit in die Ferne wirken können, wenn auch Feuer genug in seiner Stimme gewesen war, um ein Herz von Eis zu schmelzen. Antonia wandte sich unvermittelt ab, als wollte sie seine geflüsterte Zusicherung mit sich nehmen in den Raum, der in hellem Licht, von Stimmenlärm erfüllt, vor ihr lag.

Die Flut der politischen Erörterungen ging hoch innerhalb der vier Wände der großen Sala, als würde sie von einer starken Hoffnungsbrise aufgepeitscht. Don Justes fächerförmiger Bart bildete immer noch den Mittelpunkt lauter und angeregter Gespräche. In all den Stimmen klang Selbstvertrauen mit. Sogar die wenigen Europäer rings um Charles Gould – ein Däne, zwei Franzosen, ein schweigsamer, beleibter Deutscher, der lächelnd, mit niedergeschlagenen Augen dasaß; sie alle die Vertreter der materiellen Interessen, die in Sulaco unter dem mächtigen Schirm der San Tomé-Mine Fuß gefaßt hatten –, auch diese Europäer ließen durch alle Hochachtung freudige Zuversicht durchschimmern. Charles Gould, dem sie ihre Aufwartung machten, war der sichtbare Beweis für die Beständigkeit, die auf dem unsicheren Grund der Revolutionen zu erreichen war. Die Männer alle hatten die beste Hoffnung für ihre eigenen Unternehmungen. Einer der beiden Franzosen, klein, schwarz, mit Augen, die wie verloren aus einem ungeheuren buschigen Bartdickicht glitzerten, schwenkte aufgeregt die kleinen braunen Hände an zarten Gelenken. Er hatte für ein Syndikat europäischer Kapitalisten das Innere der Provinz bereist. Sein förmliches Monsieur 1'Administrateur schrillte alle Augenblicke lang aus dem gleichmäßigen Gesumm der Unterhaltung hervor. Er berichtete von seinen Entdeckungen. Er war begeistert. Charles Gould sah höflich zu ihm hinunter.

Es war Frau Goulds Gewohnheit, sich während dieser notwendigen Empfänge in einem gegebenen Augenblick in einen kleinen Nebensalon zurückzuziehen, der ausschließlich ihr gehörte. Sie hatte sich erhoben und hörte nun, während sie auf Antonia wartete, mit leicht abgespannter Liebenswürdigkeit dem Chefingenieur der Eisenbahn zu, der gebückt vor ihr stand und ihr ganz langsam, ohne die kleinste Gebärde, etwas offenbar Heiteres erzählte, denn seine Augen glitzerten belustigt. Bevor Antonia in das Zimmer zurückging, um sich Frau Gould zuzugesellen, wandte sie den Kopf über die Schultern weg Decoud zu, nur einen Augenblick.

„Warum sollte einer von uns glauben, daß sein Ehrgeiz nicht zu verwirklichen wäre?“ fragte sie rasch.

„Ich will an dem meinen bis zum Ende festhalten, Antonia“, antwortete er durch zusammengebissene Zähne und verbeugte sich tief aus einiger Entfernung.

Der Chefingenieur war mit seiner heiteren Geschichte noch nicht fertig. Die Begleitumstände des Eisenbahnbaus in Südamerika sagten seinem ausgesprochenen Sinn für Torheiten zu, und er zählte Beispiele von verbohrter Voreingenommenheit und gleich verbohrter Bauernschläue auf. Nun hörte ihm Frau Gould mit ungeteilter Aufmerksamkeit zu, während er an ihrer Seite die Damen hinausbegleitete. Schließlich durchschritten alle drei unbemerkt die Glastüre nach der Galerie. Nur ein hochgewachsener Priester, der schweigend die lärmende Sala durchmaß, hielt an, um ihnen nachzublicken. Vater Corbelàn, den Decoud vom Balkon aus in den Torweg der Casa Gould hatte einbiegen sehen, hatte seit seinem Eintritt noch niemand angesprochen. Die lange, knappe Soutane ließ seine Gestalt noch schlanker erscheinen; er trug den mächtigen Oberkörper vorgebeugt; und der gerade schwarze Strich der zusammengewachsenen Augenbrauen, der kämpferische Schnitt des knochigen Gesichts, das weiße Mal einer Narbe auf den bläulichen, rasierten Wangen (eine Anerkennung seines apostolischen Eifers von Seiten eines nichtbekehrten Indianerstammes) erweckten den Eindruck von etwas Ungesetzlichem hinter seinem Priestertum, den Gedanken etwa an einen Kaplan von Banditen.

Er löste seine knochigen Hände, die er hinter dem Rücken verschränkt hielt, um Martin mit dem Finger zu drohen.

Decoud war hinter Antonia ins Zimmer getreten. Aber er ging nicht weit. Er war knapp am Vorhang stehengeblieben, mit dem Ausdruck eines nicht ganz echten Ernstes, wie ein Erwachsener, der an einem Kinderspiel teilnimmt. Er sah dem drohenden Finger ruhig entgegen.

„Ich habe gesehen, wie Sie, Hochwürden, auf der Plaza General Barrios in einer Privatpredigt bekehrten", sagte er, ohne die kleinste Bewegung zu machen.

„Was für ein elender Unsinn!" Vater Corbelàns tiefe Stimme dröhnte durch den ganzen Raum, daß alle Köpfe auf den Schultern herumfuhren. „Der Mann ist ein Trunkenbold. Señores, der Gott Ihres Generals ist die Flasche!"

Seine verächtliche, eigenwillige Stimme schuf eine unbehagliche Stille, als hätte ein Schlag das Selbstvertrauen der Versammlung erschüttert. Doch niemand nahm Vater Corbelàns Erklärung auf.

Es war bekannt, daß Vater Corbelàn aus der Wildnis gekommen war, um die heiligen Rechte der Kirche mit der gleichen fanatischen Furchtlosigkeit zu verteidigen, mit der er blutdürstigen Wilden gepredigt hatte, die menschlichen Mitgefühls wie der andächtigen Ehrfurcht bar waren. Gerüchte von geradezu legendenhaftem Ausmaß erzählten von seinen Erfolgen als Missionar jenseits des Gesichtskreises der Christenheit. Er hatte ganze Stämme von Indianern getauft, indem er selbst mit ihnen wie ein Wilder lebte. Man erzählte sich, daß der Padre tagelang mit seinen Indianern zu reiten pflegte, halb nackt, mit einem Schild aus Ochsenhaut und wohl auch mit einem langen Speer – wer weiß? Daß er in Felle gehüllt irgendwo nächst der Schneegrenze der Kordillere herumgewandert war, auf der Suche nach Proselyten. Von diesen Taten hörte man Padre Corbelàn selbst niemals sprechen. Doch machte er kein Geheimnis aus der Ansicht, daß die Politiker von Sta. Marta hartherziger und verderbter seien als die Heiden, zu denen er Gottes Wort getragen hatte. Sein unbedenklicher Eifer für die zeitliche Wohlfahrt der Kirche schadete der Sache der Ribieristen. Es war allgemein bekannt, daß er die Ernennung zum Titularbischof der Westlichen Diözese nicht hatte annehmen wollen, solange der beraubten Kirche nicht ihr Recht geworden wäre. Der politische Jefe von Sulaco (der gleiche Würdenträger, den Kapitän Mitchell später vor dem Pöbel rettete) deutete mit harmlosem Zynismus an, daß ihre Exzellenzen, die Minister, wohl zweifellos den Padre in der schlimmsten Jahreszeit über die Berge nach Sulaco geschickt hatten, weil sie hofften, er würde in den eisigen Stürmen der hohen Paramos erfrieren. Man wußte ja, daß jedes Jahr ein paar verwegene Maultiertreiber - wetterharte Leute - auf diese Art ums Leben kamen. Aber - nun, ihre Exzellenzen, hatten sich wohl nicht klargemacht, welch ein zählebiger Priester der Padre war. Inzwischen ging unter der ungebildeten Masse das Gerücht um, die Ribieristen-Reformen liefen einfach darauf hinaus, dem Volk alles Land wegzunehmen. Ein Teil davon sollte an die Fremden gegeben werden, die Bahnen bauten, und der größte Teil an die Padres gehen.

Diese Ergebnisse hatte der Eifer des Großvikars gezeitigt. Nicht einmal aus der kurzen Ansprache an die Truppen auf der Plaza (die nur die ersten Glieder verstanden haben konnten) hatte er seine fixe Idee wegzulassen vermocht, daß die beleidigte Kirche auf Wiedergutmachung von seiten des reumütigen Landes warte. Der politische Jefe war verzweifelt gewesen. Doch konnte er ja nicht gut Don Josés Schwager in die Gefängnisse des Cabildo werfen. Der Regierungspräsident, ein leutseliger und beliebter Beamter, besuchte die Casa Gould, indem er nach Sonnenuntergang aus der Intendancia ohne Begleitung herüberkam und dabei mit würdiger Höflichkeit die Grüße von Hoch und Niedrig erwiderte. An jenem Abend war er geradewegs auf Charles Gould zugegangen und hatte ihm zugezischt, daß er gerne den Großvikar aus Sulaco deportiert hätte, irgendwohin auf eine wüste Insel, auf die Isabellen zum Beispiel. „Auf die eine ohne Wasser am besten - wie, Don Carlos?“ hatte er in einem Ton zwischen Spaß und Ernst hinzugefügt. Dieser unberechenbare Priester, der das Angebot, den Bischofspalast zu bewohnen, ausgeschlagen und es vorgezogen hatte, seine schäbige Hängematte inmitten der Trümmer und Spinnweben des beschlagnahmten Dominikanerklosters aufzuhängen, dieser Mensch also hatte es sich in den Kopf gesetzt, eine bedingungslose Begnadigung für den Banditen Hernandez zu erwirken. Und nicht genug damit; er schien Verbindungen mit dem kühnsten Verbrecher angeknüpft zu haben, den das Land seit Jahren gekannt hatte. Die Polizei von Sulaco wußte natürlich, was im Gange war. Padre Corbelàn hatte sich dieses rücksichtslosen Italieners versichert, des Capataz de Cargadores, des einzigen Mannes, der für einen solchen Gang zu brauchen war, und hatte durch ihn eine Botschaft geschickt. Vater Corbelàn hatte in Rom studiert und konnte italienisch sprechen. Man wußte, daß der Capataz bei Nacht das alte Dominikanerkloster aufsuchte. Ein altes Weib, das den Großvikar bediente, hatte den Namen Hernandez aussprechen hören; und am letzten Samstagnachmittag hatte man den Capataz aus der Stadt hinausgaloppieren sehen. Er kehrte zwei Tage lang nicht zurück. Die Polizei hätte den Italiener abgefangen, wäre nicht die Furcht vor den Cargadores gewesen, einer aufrührerischen Sippe, die wohl imstande war, einen Aufstand anzuzetteln. Heutzutage war es nicht so einfach, Sulaco zu regieren. Zweifelhaftes Volk strömte herein, angezogen von dem Geld in den Taschen der Bahnarbeiter. Das niedrige Volk wurde von Vater Corbelàns Reden aufgerührt. Und der hohe Beamte setzte Charles Gould auseinander, daß nun, wo die Provinz von Truppen entblößt war, jeder ungesetzliche Ausbruch die Behörden sozusagen mit gebundenen Händen antreffen müßte.

Dann setzte er sich verdrießlich in den Lehnstuhl und rauchte eine dünne, lange Zigarre, nicht sehr weit von Don Jose, mit dem er, sich seitwärts neigend, von Zeit zu Zeit einige Worte wechselte. Er beachtete den Eintritt des Priesters nicht, und sooft hinter ihm Vater Corbelàns Stimme erklang, zuckte er ungeduldig die Schultern.

Vater Corbelàn war eine Zeitlang reglos stehengeblieben, mit dem an Rächertum gemahnenden Ausdruck in seiner Unbeweglichkeit, der sein ganzes Gebaren zu kennzeichnen schien. Der düstere Abglanz starker Überzeugungen gab der schwarzen Gestalt ein besonderes Aussehen. Doch milderte sich der Grimm etwas, als der Padre, die Augen auf Decoud gerichtet, langsam und eindringlich seinen langen schwarzen Arm erhob.

„Und Sie – Sie sind ein völliger Heide“, sagte er mit leiser, tiefer Stimme.

Er trat einen Schritt näher und spielte mit dem Zeigefinger auf des jungen Mannes Brust. Decoud blieb sehr ruhig und tastete mit dem Kopf hinter sich nach der Wand hinter dem Vorhang. Dann lächelte er mit hochgerecktem Kinn.

„Ganz recht“, gab er mit der etwas müden Nachlässigkeit eines Mannes zu, der an solche Aussprüche gewöhnt ist. „Doch sollten Sie etwa noch nicht entdeckt haben, welchen Gott ich anbete? Mit unserem Barrios war die Sache leichter.“

Der Priester unterdrückte eine Gebärde der Entmutigung. „Sie glauben weder an Stock noch Stein“, sagte er.

„Noch an die Flasche“, fügte Decoud unbewegt hinzu. „Ebensowenig wie Ihr anderer Vertrauter, Hochwürden. Der Capataz de Cargadores, meine ich. Er trinkt nicht. Die Erkenntnis meines Charakters macht Ihrem Scharfblick alle Ehre. Aber warum nennen Sie mich einen Heiden?“

„Wahr“, gab der Priester zurück. „Sie sind zehnmal schlimmer. Auch ein Wunder könnte Sie nicht bekehren.“

„Gewiß glaube ich nicht an Wunder“, sagte Decoud ruhig. Vater Corbelán zuckte zweifelnd seine hohen, breiten Schultern.

„Eine Art Franzose – gottlos – ein Materialist“, sagte er langsam, als wöge er die Worte einer sorgsamen Analyse bedächtig ab. „Und weder der Sohn des eigenen, noch der eines andern Landes“, fügte er nachdenklich hinzu.

„Kaum noch menschlich in der Tat“, ergänzte Decoud leise, den Kopf gegen die Wand gelehnt, den Blick nach der Decke gerichtet.

„Ein Opfer dieser glaubenslosen Zeit“, schloß Vater Corbelàn mit tiefer, bedrückter Stimme.

„Aber vielleicht als Journalist einigermaßen zu gebrauchen.“ Decoud änderte seine Stellung und sprach lebhafter. „Haben Sie, Hochwürden, es unterlassen, die letzte

Nummer des ›Porvenir‹ zu lesen? Ich versichere Ihnen, sie ist genau wie die andern. In der allgemeinen Politik fährt sie fort, Montero eine Gran' bestia zu nennen und seinen Bruder, den Guerillero, als ein Gemisch aus Lakai und Spitzel zu brandmarken. Was könnte wirkungsvoller sein? Unter Lokalnachrichten wird der Provinzialregierung dringend geraten, die Bande des Räubers Hernandez vollzählig in die Nationalarmee einzureihen, dieses Hernandez, der augenscheinlich der Protegé der Kirche oder zumindest doch des Großvikars ist. Nichts könnte vernünftiger sein."

Der Priester nickte und wandte sich auf den Absätzen seiner Schnallenschuhe um, deren Spitzen geradlinig abgeschnitten waren. Wieder ging er auf und ab, die Hände hinter dem Rücken verschränkt, und setzte die Füße fest auf. Bei jeder seiner raschen Wendungen flatterten die Schöße seiner Soutane leicht.

Die große Sala hatte sich langsam geleert. Als sich der politische Jefe zum Gehen erhob, standen die meisten der noch Anwesenden zum Zeichen der Hochachtung auf, und Don José Avellanos hielt seinen Schaukelstuhl an. Aber der gutmütige Erste Beamte machte eine abwehrende Handbewegung, winkte Charles Gould zu und verließ ohne Aufsehen das Zimmer.

In der verhältnismäßigen Ruhe des Raumes schien das schrille „Monsieur l'Administrateur" des schmächtigen, haarigen Franzosen zu übernatürlicher Stärke anzuschwellen. Der Forscher im Dienste des Kapitalistensyndikats war immer noch in Begeisterung. „Kupfer im Werte von zehn Millionen Dollar liegt frei zutage, Monsieur l'Administrateur. Zehn Millionen, frei zutage, und eine Bahn kommt – eine Bahn! Man wird meinem Bericht einfach nicht glauben. *C'est trop beau*." Er verfiel in eine Art von Schreikrampf, inmitten weise nickender Häupter, vor Charles Goulds unbeirrbarer Ruhe.

Und nur der Priester fuhr in seinem Wandern fort und schwenkte bei jeder Wendung die Schöße seiner Soutane. Decoud murmelte ihm spöttisch zu: „Diese Herren sprechen über ihre Götter."

Vater Corbelàn blieb kurz stehen, sah den Journalisten von Sulaco einen Augenblick fest an, zuckte leicht die Schultern und nahm seinen trampelnden Wanderschritt wieder auf.

Und nun begannen sich einer nach dem andern die Europäer aus der Gruppe um Charles Gould zu lösen, bis der Administrator der großen Silbermine frei in seiner ganzen schlanken Länge zu sehen war, vom Kopf bis zu Fuß, als hätte ihn die zurückebbende Flut seiner Gäste auf dem großen Viereck des Teppichs, das sich wie ein Blumenbeet unter seinen braunen Stiefeln breitete, als Strandgut zurückgelassen. Vater Corbelàn näherte sich Don José Avellanos' Schaukelstuhl.

„Komm, Bruder", sagte er kurz, aber nicht unfreundlich und mit dem etwas ungeduldigen Drängen, wie man es gegen Ende einer völlig nutzlosen Versammlung empfinden mag. *„A la Casa! A la Casa!* Dies ist alles Geschwätz gewesen. Laß uns nun gehen und nachdenken und den Himmel um Rat anflehen."

Er hob die dunklen Augen zum Himmel. An der Seite des schmächtigen Diplomaten, des Lebens und der Seele der Partei, erschien er riesenhaft, mit fanatischem Glanz im

Blick. Aber die Stimme der Partei, oder vielmehr ihr Sprachrohr, der „junge Decoud" aus Paris, der um Antonias Augen willen Journalist geworden war, er wußte gut, daß an dem andern nichts Riesenhaftes, daß er nur ein eifriger Priester war, von einer einzigen Idee beherrscht, gefürchtet von den Frauen und gehaßt von den Männern im Volke. Martin Decoud, der Dilettant des Lebens, bildete sich ein, ein künstlerisches Vergnügen in der Beobachtung der Verranntheiten zu finden, zu denen eine ehrliche, nahezu heilige Überzeugung einen Mann verführen kann. „Es ist wie ein Irrsinn. Es muß ein Irrsinn sein – weil es auf Selbstzerstörung hinausläuft", hatte sich Decoud oft gesagt. Ihm schien es, als verkehrte sich jede Überzeugung, sobald sie in Wirksamkeit trat, in jene Form von Wahnsinn, mit der die Götter die Menschen schlagen, die sie zu vernichten wünschen. In der Beobachtung dieses Sonderfalles aber fand er den bitteren Genuß eines Kenners, der zu wählen versteht. Diese beiden Männer kamen gut miteinander aus, als hätte jeder einzelne gefühlt, daß eine beherrschende Überzeugung so gut wie völlige Zweifelsucht einen Mann weit in politische Winkelzüge hineintreiben mag.

Don José gehorchte dem Druck der großen, haarigen Hand. Decoud folgte den Schwägern, und in der großen, leeren Sala, blau von Tabakrauch, blieb nur ein einziger Besucher, ein Mann mit schweren Augen, runden Wangen und einem hängenden Schnurrbart, ein Häutehändler aus Esmeralda, der mit einigen Peons über das Gebirge nach Sulaco geritten war. Er war noch ganz erfüllt von seiner Reise, die er hauptsächlich zu dem Zweck unternommen hatte, um von dem Señor Administrador der San Tomé-Mine einen gewissen Beistand für seinen Häuteexport zu erbitten. Er hoffte, das Geschäft nun, da das Land friedlicheren Zeiten entgegengehe, stark zu vergrößern. Es gehe friedlicheren Zeiten entgegen, wiederholte er mehrmals und entwürdigte dabei durch merkwürdig wehleidige Aussprache das volltönende Spanisch, das er schnatternd wie eine häßliche Mundart sprach. Ein ehrlicher Mann konnte nun daran denken, im Lande sein kleines Geschäft zu betreiben, und sogar daran, es in Sicherheit zu vergrößern. War es nicht so? Er schien Charles Gould um ein Wort, vielleicht nur um ein Knurren der Bestätigung anzuflehen, sogar nur um ein einfaches Nicken.

Er konnte nichts von alledem erreichen. Seine Unruhe wuchs, und während der Pausen schoß er hastige Blicke in die Runde; endlich verlor er sich, um nur nicht abbrechen zu müssen, in gefühlvolle Anspielungen auf die Gefahren seiner Reise. Der verwegene Hernandez hatte seine gewohnten Schlupfwinkel verlassen, das Campo von Sulaco durchkreuzt und lauerte nun, wie man wußte, in den Schluchten des Küstengebirges. Tags zuvor hatten der Häutehändler und seine Diener, wenige Stunden vor Sulaco, drei verdächtige Reiter auf der Straße halten sehen, deren Pferde die Köpfe zusammensteckten. Zwei davon ritten sofort weg und verschwanden zur Linken in einer kleinen Quebrada. „Wir machten halt", fuhr der Mann aus Esmeralda fort, „und ich versuchte, mich hinter einem kleinen Gebüsch zu verstecken. Aber keiner meiner Mozos wollte sich vorwagen, um herauszubringen, was los war, und der dritte Reiter schien unser Herankommen zu erwarten. Es hatte keinen Sinn. Wir waren gesehen worden. So ritten wir denn zitternd näher. Er ließ uns vorüber – ein Mensch auf einem grauen Pferd, den Hut in die Augen gedrückt – ohne ein Wort des Grußes; doch bald hörten wir ihn hinter uns dreingaloppieren. Wir machten kehrt, aber das schien ihn nicht einzuschüchtern. Er ritt hart an, berührte mit seiner Stiefelspitze meinen Fuß und verlangte eine Zigarre, mit einem Lachen, das mir das Blut erstarren machte. Er schien unbewaffnet, als er aber mit der Hand nach den Streichhölzern zurückgriff, da sah ich, daß er einen ungeheuren Revolver am Gürtel hängen hatte. Ich schauderte. Er trug einen wahrhaft wilden Backenbart, Don Carlos, und da er keine Anstalten machte, weiterzureiten, so wagten wir uns nicht vom Fleck zu rühren. Schließlich blies er den Rauch meiner Zigarre durch die Nase in die Luft und sagte: ›Señor, es wäre vielleicht besser für Sie, wenn ich hinter Ihrem Trupp herritte. Sie sind nun nicht mehr sehr weit von Sulaco. Gehen Sie mit Gott.‹ Was wollen Sie? Wir ritten weiter. Es gab keinen Widerspruch. Er konnte ja Hernandez in eigener Person sein; obwohl mein Diener, der öfters zu See in Sulaco war, mir versicherte, daß er ihn ganz genau als den Capataz de Cargadores der Dampfergesellschaft erkannt habe. Später, am gleichen Abend, sah ich eben diesen Mann an der Ecke der Plaza mit einem Mädchen sprechen, einer Morenita, die neben seinem Steigbügel stand und die Hände auf die Mähne des grauen Pferdes gelegt hatte."

„Ich versichere Ihnen, Senor Hirsch", murmelte Charles Gould, „daß Sie bei dieser Gelegenheit keinerlei Gefahr liefen."

„Das mag sein, Senor, obwohl ich jetzt noch zittere. Ein ganz wilder Mensch – dem Aussehen nach. Und was sollte es bedeuten? Ein Angestellter der Dampfergesellschaft spricht mit Salteadores – kein Zweifel, Senor, die anderen Reiter waren Salteadores –, an einem einsamen Ort, und benimmt sich selbst wie ein Räuber! Eine Zigarre ist nichts. Aber was hätte ihn hindern sollen, meine Börse zu verlangen?"

„Nein, nein, Señor Hirsch", murmelte Charles Gould und wandte den Blick etwas zerstreut von dem runden Gesicht, das sich ihm mit seiner Hakennase in fast wildem Flehen zukehrte. „Wenn es der Capataz de Cargadores war, den Sie getroffen haben – und darüber besteht ja kein Zweifel, oder? –, so waren Sie völlig sicher."

„Danke, Sie sind sehr gütig. Ein ganz wild aussehender Mensch, Don Carlos. Er verlangte von mir in der vertraulichsten Weise eine Zigarre. Was wäre geschehen, wenn ich keine gehabt hätte? Ich zittere noch. Was hatte er an einem einsamen Ort mit Räubern zu reden?"

Aber Charles Gould, unverkennbar zerstreut jetzt, gab kein Zeichen, keinen Laut. In der Undurchdringlichkeit dieser Verkörperung der Gould-Konzession gab es oberflächliche Abstufungen. Einfache Wortarmut braucht nichts weiter zu sein als eine üble Eigenschaft. Der König von Sulaco aber hatte Worte genug, um seinem Schweigen geheimnisvollen Nachdruck zu verleihen. Sein Schweigen, hinter dem die Gabe der Rede stand, hatte so abgestufte Bedeutungen wie ausgesprochene Worte, um Zustimmung, Zweifel, Verneinung oder auch nur eine einfache Bemerkung auszudrücken. Manchmal schien es eindringlich zu sagen: „Überdenken Sie es!", ein andermal: „Sprechen Sie weiter!" Ein einfaches leises „Ich verstehe", von einem zustimmenden Nicken begleitet, nach einer halben Stunde geduldigen Zuhörens, hatte die Geltung eines mündlichen Vertrags, dem die Leute unbedingt zu vertrauen gelernt hatten, da hinter alldem die große San Tomé-Mine stand, der Kopf und die Front der materiellen Interessen; so stark, daß sie auf niemandes guten Willen im ganzen Bereich der Westlichen Provinz angewiesen war, das heißt, auf keinen guten Willen, den sie nicht hätte zehnfach überzahlen können. Der kleine Mann aus Esmeralda aber, ängstlich um den Häuteexport besorgt, las einen Mißerfolg aus Charles Goulds Schweigen. Ganz offenbar war dies nicht der Augenblick, in dem ein bescheidener Mann sein Geschäft vergrößern konnte. Er umfaßte in einem raschen stummen Fluch das ganze Land mit all seinen Bewohnern, Ribieristen und Monteristen zugleich; und aus dem Grunde seines stummen Ärgers wollten Tränen aufsteigen bei dem Gedanken an die zahllosen Ochsenhäute, die in den Weiten des Campos verdarben; des Campos, aus dem einzelne Palmen ragten, wie Schiffe auf hoher See inmitten des Horizonts, und Gruppen mächtiger Bäume, reglos wie feste Eilande aus Blättern, sich über das wogende Grasmeer erhoben. Dort verfaulten Häute, die niemand etwas nützten – verfaulten dort, wo Leute sie hingeworfen hatten, die dem dringenden Ruf politischer Revolutionen hatten folgen müssen. Der kühle Geschäftsverstand des Senors Hirsch wehrte sich gegen soviel Torheit, während er sich mit Achtung, wenn auch enttäuscht, von der Macht und Majestät der San Tomé-Mine in der Person Charles Goulds verabschiedete. Er konnte ein klägliches Murmeln nicht unterdrücken, das sich geradewegs aus einem wehen Herzen loszuringen schien.

„Es ist eine große, große Torheit, Don Carlos, all dies. Der Häutepreis in Hamburg ist gestiegen, gestiegen. Natürlich wird die Ribieristen-Regierung in alldem Ordnung schaffen – wenn sie einmal befestigt ist. Inzwischen…"

Er seufzte.

„Jawohl, inzwischen", wiederholte Charles Gould undurchdringlich.

Der andere zuckte die Achseln. Aber er war noch nicht bereit, zu gehen. Es gab da noch eine kleine Angelegenheit, die er gerne erwähnt hätte, wenn es ihm gestattet wäre. Er hatte, wie sich zeigte, ein paar gute Freunde in Hamburg (er murmelte den Namen der Firma), die gerne einige Abschlüsse machen wollten; in Dynamit, erklärte er. Ein Liefervertrag auf Dynamit mit der San Tomé-Mine und dann, später vielleicht, mit andren Minen, die ja sicher… Der kleine Mann aus Esmeralda wollte sich darüber verbreiten, doch Charles Gould unterbrach ihn. Dem Señor Administrador schien endlich die Geduld auszugehen.

„Señor Hirsch", sagte er, „ich habe Dynamit genug im Gebirge oben aufgestapelt, um einen ganzen Berg ins Tal zu stürzen" – er hob die Stimme ein wenig – „um halb Sulaco in die Luft fliegen zu lassen, wenn ich wollte."

Charles Gould lächelte zu den runden, bestürzten Augen des Häutehändlers hinunter, der hastig murmelte: „Ganz recht, ganz recht." Und nun ging er wirklich. Es war unmöglich, mit diesem Administrator, der so reichlich versehen und so entmutigend war, Geschäfte in Sprengstoffen zu machen. Señor Hirsch hatte für nichts und wieder nichts Todesängste im Sattel ausgestanden und sich den Grausamkeiten des Hernandez ausgesetzt. Weder Häute noch Dynamit –, und sogar noch die Schultern des unternehmenden Geschäftsmannes drückten Enttäuschung aus. An der Türe verbeugte er sich tief vor dem Chefingenieur. Am Fuß der Treppe aber, im Innenhof, blieb er stehen und legte in verwundertem Sinnen seine Polsterhand an die Lippen.

„Warum hält er soviel Dynamit auf Lager?" murmelte er. „Und warum spricht er so zu mir?"

Der Chefingenieur sah durch die Türe der leeren Sala, aus der die politische Flut bis auf den letzten unbedeutenden Tropfen abgelaufen war, und nickte vertraulich dem Hausherrn zu, der wie eine Bake zwischen den Sandbänken der Inneneinrichtung ragte.

„Gute Nacht, ich gehe. Habe mein Rad unten. Die Eisenbahn wird ja wissen, wohin sie sich um Dynamit wenden muß, wenn es uns einmal knapp wird. Wir sind nun mit den Einschnitten und Durchhieben für eine Weile fertig und werden nächstens mit den Sprengungen beginnen."

„Kommen Sie nicht zu mir", sagte Charles Gould mit ungetrübter Gemütsruhe. „Ich werde für niemand eine Unze übrig haben. Nicht eine Unze, nicht für meinen eigenen Bruder, wenn ich einen Bruder hätte und wenn er der Chefingenieur der aussichtsreichsten Eisenbahn der Welt wäre."

„Was ist das?" fragte der Chefingenieur gleichmütig. „Unfreundlichkeit?"

„Nein", sagte Charles Gould ungerührt. „Politik."

„Radikal, sollte ich meinen", bemerkte der Chefingenieur von der Türe her.

„Ist das das rechte Wort?" meinte Charles Gould von der Mitte des Raumes aus.

„Ich meine, es geht bis auf die Wurzeln, verstehen Sie mich?" erläuterte der Ingenieur, anscheinend belustigt.

„Nun ja", sagte Charles Gould langsam, „nun ja, die Gould-Konzession hat in diesem Lande so tief Wurzeln geschlagen, in dieser Provinz, in dieser Bergschlucht dort, daß nichts als Dynamit sie soll vertreiben dürfen. Das ist meine Wahl. Es ist mein letzter Trumpf."

Der Chefingenieur pfiff leise. „Ein schönes Spiel", sagte er etwas behutsam. „Und haben Sie Holroyd von dieser außerordentlichen Trumpfkarte gesagt, die Sie da in Händen halten?"

„Eine Karte ist es nur, wenn ich sie ausspiele; wenn sie am Ende des Spieles fällt. Bis dahin mögen Sie es eine..."

„Waffe?" riet der Eisenbahner.

„Nein, Sie können es ein Beweismittel nennen", verbesserte Charles Gould freundlich. „Und so habe ich es auch Herrn Holroyd dargestellt."

„Und was sagte er dazu?" fragte der Ingenieur mit unverhohlener Spannung.

„Er", sagte Charles Gould nach einer kleinen Pause, „er sagte etwas der Art, wie: man sollte bis zum letzten Atemzug durchhalten und auf Gott vertrauen. Ich kann mir vorstellen, daß er ziemlich erschrocken sein muß. Doch andrerseits", fuhr der Administrator der San Tomé-Mine fort, „andrerseits ist er ja sehr weit weg, verstehen Sie, und, wie man in diesem Land sagt, Gott ist sehr hoch über uns."

Das beifällige Lachen des Ingenieurs verklang im Stiegenhaus; die Madonna mit dem Kind auf ihrem Arm schien aus ihrer kleinen Nische dem breiten Mannesrücken nachzusehen, den das Lachen schüttelte.

VI

Tiefe Stille lag über der Casa Gould. Der Herr des Hauses durchschritt den Korridor, öffnete die Türe zu seinem Zimmer und sah seine Frau in einem großen Lehnstuhl sitzen – demselben, in dem er immer zu rauchen pflegte –, in nachdenkliche Betrachtung ihrer kleinen Schuhe versunken. Und sie erhob bei seinem Eintreten die Augen nicht.

„Müde?" fragte Charles Gould.

„Ein wenig", sagte Frau Gould. Immer noch ohne aufzusehen, fügte sie etwas schmerzlich hinzu: „Es liegt etwas so schauerlich Unwirkliches über alldem!"

Charles Gould stand vor dem langen Tisch, der mit Papieren bedeckt war und auf dem eine Jagdpeitsche und ein Paar Sporen lagen, und sah seine Frau an. „Die Hitze und der Staub müssen heute nachmittag am Hafen sehr arg gewesen sein", murmelte er teilnehmend. „Der Sonnenglanz auf dem Wasser muß einfach furchtbar gewesen sein."

„Vor dem Sonnenglanz konnte man ja die Augen schließen", sagte Frau Gould. „Aber, mein lieber Charley, es ist mir unmöglich, vor unserer Lage die Augen zu schließen; vor diesem gräßlichen..."

Sie hob den Blick und sah ihrem Gatten ins Gesicht; jedes Zeichen von Anteilnahme oder eines andern Gefühls war daraus verschwunden. „Warum sagst du mir nichts?" Sie jammerte beinahe.

„Ich glaubte, du hättest mich von allem Anfang an vollauf verstanden", sagte Charles Gould langsam. „Ich dachte, wir hätten alles, was zu sagen war, längst gesagt. Jetzt ist nichts zu sagen. Es war verschiedenes zu tun. Wir haben es getan; wir haben fortgefahren, es zu tun. Nun gibt es kein Zurück. Ich glaube nicht, daß es, schon nach den ersten Schritten, noch einen denkbaren Rückweg gab. Und mehr noch, wir dürfen auch an kein Stehenbleiben denken!"

„Oh, wenn man nur wüßte, wie weit du gehen willst", sagte seine Frau, innerlich bebend, aber doch in fast scherzhaftem Ton.

„Beliebig weit, jeden Weg, natürlich", war die Antwort, so hart, daß Frau Gould sich abermals anstrengen mußte, ein Schaudern zu unterdrücken.

Sie stand mit unbefangenem Lächeln auf, und ihre zarte Gestalt erschien noch kleiner durch die schwere Masse ihres Haares und die lange Schleppe ihres Kleides.

„Doch immer zum Erfolg", sagte sie mit Überzeugung.

Charles Gould umfing sie mit dem stahlblauen Blick seiner aufmerksamen Augen und antwortete ohne Zögern:

„Oh, es gibt ja keine Wahl."

Er legte ungeheure Zuversicht in seinen Ton. Mit Worten allerdings mehr zu sagen, erlaubte ihm sein Gewissen nicht.

Frau Goulds Lächeln blieb einen Augenblick zu lang auf ihren Lippen. Sie murmelte:

„Ich will dich verlassen; ich habe ein wenig Kopfweh. Die Hitze und der Staub waren wirklich... Du gehst wohl vor dem Morgen noch in die Mine zurück?“

„Um Mitternacht“, sagte Charles Gould. „Wir bringen morgen das Silber herunter. Dann will ich drei volle Tage bei dir in der Stadt bleiben.“

„Oh, du holst den Transport ab! Ich werde um fünf Uhr auf dem Balkon sein, um dich vorüberreiten zu sehen. Bis dahin, lebwohl!“

Charles Gould ging rasch um den Tisch herum, faßte ihre beiden Hände, beugte sich nieder und preßte sie an seine Lippen. Bevor er sich wieder zu seiner vollen Höhe aufgerichtet, hatte sie eine Hand frei gemacht, um mit leichter Berührung seine Wange zu streicheln, als wäre er ein kleiner Junge.

„Versuche doch, ein paar Stunden zu ruhen“, murmelte sie mit einem Seitenblick nach der Hängematte, die in einer Ecke des Raumes aufgespannt war. Ihre lange Schleppe raschelte leise hinter ihr über den Ziegelfußboden. In der Tür wandte sie sich zurück.

Zwei große Lampen mit Mattglaskugeln warfen ein weiches, helles Licht auf die vier weißen Wände des Zimmers, auf das offene Gestell voll Waffen, auf den Messingknauf von Henry Goulds Reitersäbel auf seiner Samtunterlage und auf die Aquarellskizze der San Tomé-Schlucht. Nach dieser letzten in ihrem schwarzen Holzrahmen sah Frau Gould hin und seufzte:

„Ach, wenn wir sie hätten sein lassen, Charley!“

„Nein“, sagte Charles Gould finster. „Es war unmöglich, sie sein zu lassen.“

„Vielleicht war es unmöglich“, gab Frau Gould zögernd zu. Ihre Lippen zitterten ein wenig, aber sie lächelte tapfer. „Wir haben eine Menge Schlangen in dem Paradies aufgestört, Charley, nicht wahr?“

„O ja, ich erinnere mich“, sagte Charles Gould. „Don Pépé nannte die Schlucht ja das Schlangenparadies. Wir haben eine Menge aufgestört, kein Zweifel. Aber bedenke auch, meine Liebe, daß die Schlucht jetzt nicht so aussieht wie damals, als du die Aquarellskizze machtest.“ Er deutete mit der Hand nach dem kleinen Aquarell, das allein an der großen, kahlen Wand hing. „Sie ist nicht mehr ein Schlangenparadies. Wir haben Menschen hingebracht, und denen können wir jetzt nicht den Rücken kehren, um anderswo ein neues Leben anzufangen.“

Er richtete einen festen, eindringlichen Blick auf seine Frau, und Frau Gould erwiderte ihn mit gutgespielter Furchtlosigkeit, bevor sie hinausging und die Türe leise hinter sich schloß.

Im Gegensatz zu dem hellerleuchteten, weißen Raum lag über dem Korridor das geheimnisvolle Dämmern eines Walddickichts; die Stengel und die Blätter der Topfpflanzen längs der Brüstung verstärkten den Eindruck noch. In den Lichtstreifen, die aus den offenen Türen der Empfangsräume fielen, glühten die weißen, roten und blaßlila Blüten hell auf, wie im Sonnenlicht. Und wie Frau Gould dahinschritt, hob sich ihre Gestalt deutlich ab, als überquerte sie eine sonnenbeschienene Waldeslichtung. Die

Steine in den Ringen an der Hand, die sie gegen die Stirne gedrückt hielt, glitzerten im Lampenlicht vor der Türe der Sala auf.

„Wer ist da?“ fragte sie überrascht. „Bist du es, Basilio?“ Sie warf einen Blick durch die Türe und sah Martin Decoud, als hätte er etwas verloren, zwischen den Tischen und Stühlen herumgehen.

„Antonia hat ihren Fächer vergessen“, sagte Decoud merkwürdig geistesabwesend, „darum bin ich nochmals hergekommen, um ihn zu suchen.“

Doch während er diese Worte sprach, hatte er seine Suche offenbar schon aufgegeben und ging geradewegs auf Frau Gould zu, die ihn überrascht und zweifelnd ansah.

„Señora“, begann er leise.

„Was gibt es, Don Martin?“ fragte Frau Gould; dann fügte sie mit leichtem Lachen hinzu: „Ich bin heute so zappelig“, als wollte sie die Lebhaftigkeit der Frage erklären.

„Nichts unmittelbar Gefährliches“, sagte Decoud, der nun seine Erregung nicht verbergen konnte. „Bitte, erschrecken Sie nicht! Nein, wirklich, Sie müssen nicht erschrecken.“

Frau Gould, die unschuldigen Augen weit geöffnet, die Lippen zu einem Lächeln geformt, suchte mit einer kleinen, juwelenbedeckten Hand am Türrahmen Halt.

„Sie wissen vielleicht nicht, wie beunruhigend Sie wirken, da Sie so unerwartet auftauchen ...“

„Ich! Beunruhigend!“ verwahrte er sich, ehrlich bestürzt und überrascht. „Ich versichere Ihnen, daß ich selbst nicht im geringsten beunruhigt bin. Ein Fächer ist verlorengegangen; nun, er wird sich wieder finden. Aber ich glaube nicht, daß er hier ist. Ein Fächer ist es, den ich suche. Ich kann nicht verstehen, wie Antonia ... Nun! Hast du ihn gefunden, Amigo?“

„Señor“, sagte hinter Frau Gould die weiche Stimme Basilios, des ersten Kämmerers der Casa, „ich glaube nicht, daß die Señorita ihn überhaupt in diesem Hause gelassen haben kann.“

„Geh und such nochmals im Innenhof. Geh gleich, mein Freund; such auf den Stiegen, im Torweg; auf jedem Pflasterstein; suche, bis ich wieder hinunterkomme ... Der Bursche“, wandte er sich englisch zu Frau Gould, „kriecht einem überall auf seinen bloßen Füßen nach. Ich habe ihn sofort, als ich zurückkam, auf die Suche nach diesem Fächer geschickt, um mein plötzliches Wiederauftauchen zu rechtfertigen.“

Er unterbrach sich, und Frau Gould meinte liebenswürdig: „Sie sind immer willkommen.“ Auch sie schwieg einen Augenblick. „Aber ich warte darauf, den Grund Ihrer Rückkehr zu erfahren.“

Decoud gab sich plötzlich den Anschein völliger Sorglosigkeit.

„Ich kann es nicht vertragen, bespitzelt zu werden. Oh, der Grund? Ja, es gibt einen Grund; es ist noch etwas anderes verloren außer Antonias Lieblingsfächer. Als ich heimging, nachdem ich Don José und Antonia bis an ihre Türe begleitet hatte, ritt der Capataz de Cargadores die Straße herunter und sprach mich an."

„Ist den Violas etwas geschehen?" forschte Frau Gould.

„Den Violas? Sie meinen den alten Garibaldiner, den Besitzer des Gasthauses, in dem die Ingenieure wohnen? Dort ist nichts geschehen. Der Capataz hat nichts von ihnen gesagt. Er sagte mir nur, daß der Telegraphist der Kabelgesellschaft barhäuptig auf der Plaza herumginge und mich suchte. Es sind Nachrichten aus dem Innern da, Frau Gould. Ich sollte vielleicht besser sagen: Gerüchte von Nachrichten."

„Gute Nachrichten?" fragte Frau Gould leise.

„Wertlos, möchte ich meinen. Müßte ich sie aber kennzeichnen, dann würde ich sagen: schlecht. Sie laufen darauf hinaus, daß bei Sta. Marta eine zweitägige Schlacht stattgefunden hat und daß die Ribieristen geschlagen sind. Es muß einige Tage – vielleicht eine Woche her sein. Das Gerücht ist eben nach Cayta gelangt, und der Beamte der Kabelgesellschaft dort hat es an seinen hiesigen Kollegen weitergegeben. Wir hätten Barrios ebensogut in Sulaco behalten können."

„Was ist nun zu tun?" murmelte Frau Gould.

„Nichts. Er ist mit den Truppen auf See. Er wird nach ein paar Tagen nach Cayta kommen und die Nachrichten dort erfahren. Was er dann tun wird – wer will das sagen? Cayta halten? Montero seine Unterwerfung anbieten? Seine Truppen entlassen – dies letztere wohl, und selbst in einem der O. S. N. Dampfer nach dem Norden oder Süden gehen, nach San Franzisko oder Valparaiso, ganz gleich wohin. Unser Barrios hat reiche Erfahrungen in Verbannung und Heimkehr, die ja die Merkzeichen des politischen Spiels sind."

Decoud tauschte einen festen Blick mit Frau Gould und fügte wie prüfend hinzu: „Und doch, hätten wir Barrios mit seinen zweitausend neuen Gewehren hier, dann könnte man etwas tun."

„Montero hat gesiegt, völlig gesiegt!" hauchte Frau Gould in ungläubigem Ton.

„Wahrscheinlich eine Ente. Dieser Vogel wird in solchen Zeiten in großem Umfang ausgebrütet. Und wenn es selbst wahr wäre? Nun, nehmen wir den schlimmsten Fall an: sagen wir, es ist wahr."

„Dann ist alles verloren", sagte Frau Gould, mit der Ruhe der Verzweiflung.

Plötzlich schien sie zu erraten, schien Decouds furchtbare Aufregung unter dem Deckmantel seiner gespielten Sorglosigkeit zu erkennen. Diese Aufregung begann sich tatsächlich in seinem gespannten, kühnen Blick, in der halb sorglosen, halb geringschätzigen Linie seiner Lippen zu äußern. Und ein französischer Satz kam ihm auf die Zunge, als wäre für diesen Costaguanero der Boulevards das Französische die einzig treffende Sprache gewesen:

„Non, Madame. Rien n'est perdu."

Die Worte rissen Frau Gould aus ihrer Benommenheit, und sie sagte lebhaft:

„Was, meinen Sie, sollte getan werden?“

Aber schon schlich sich etwas wie Spott in Decouds unterdrückte Erregung.

„Was wollten Sie von einem echten Costaguanero erwarten? Eine neue Revolution, natürlich. Auf mein Ehrenwort, Frau Could, ich glaube, ich bin doch ein echter *bijo del pays*, ein echter Sohn des Landes, was auch Vater Corbelàn sagen mag. Und ich bin nicht so ganz ungläubig, daß ich nicht doch den Glauben an meine eigene Idee hätte, an meine eigenen Maßnahmen, an meine eigenen Wünsche.“

„Ja“, meinte Frau Gould zweifelnd.

„Sie scheinen nicht überzeugt“, fuhr Decoud wieder französisch fort. „Nun, sagen Sie also: an meine Leidenschaft.“

Frau Gould nahm diesen Nachsatz hin, ohne sich zu rühren. Um ihn ganz zu verstehen, brauchte sie nicht die gemurmelte Versicherung zu hören:

„Es gibt nichts, was ich nicht für Antonia täte. Nichts, was ich nicht bereit wäre, zu wagen. Keine Gefahr, die ich nicht bereit wäre, auf mich zu nehmen.“

Decoud schien neuen Mut daraus zu schöpfen, daß er diese Gedanken aussprach. „Sie würden mir nicht glauben, wenn ich Ihnen sagen wollte, daß es Vaterlandsliebe ist, die...“

Sie wehrte mit einer entmutigten Handbewegung ab, als wollte sie sagen, daß sie es aufgegeben habe, diesen Beweggrund bei irgend jemand zu erwarten.

„Eine Sulaco-Revolution“, fuhr Decoud eindringlich fort. „Der großen Sache kann hier gedient werden, an dem Ort, wo sie erdacht, wo sie geboren worden ist, Frau Gould.“

Sie runzelte die Stirn, biß sich nachdenklich auf die Unterlippe und machte einen Schritt von der Türe fort.

„Sie wollen doch nicht mit Ihrem. Mann sprechen?“ hielt Decoud sie besorgt auf.

„Aber Sie werden ja seine Hilfe brauchen?“

„Zweifellos“, gab Decoud unverweilt zu. „Alles hängt von der San Tomé-Mine ab. Aber es wäre mir lieber, wenn er jetzt noch nichts von meinen Hoffnungen erführe.“

In Frau Goulds Gesicht kam ein Ausdruck des Staunens. Decoud trat näher und erklärte vertraulich:

„Sehen Sie doch, er ist so ein Idealist!“

Frau Gould errötete tief, und zur gleichen Zeit wurden ihre Augen dunkler.

„Charley ein Idealist“, sagte sie verblüfft, wie zu sich selbst. „Was in aller Welt meinen Sie bloß?“

„Jawohl“, räumte Decoud ein, „es klingt sonderbar, angesichts der San Tomé-Mine, der stärksten Tatsache in vielleicht ganz Südamerika. Aber sehen Sie doch, sogar diese Tatsache hat er bis zu einem Punkt idealisiert...“ Er unterbrach sich. „Frau Gould, sind Sie sich darüber im klaren, bis zu welchem Punkt er das Dasein, den Wert, den Sinn der San Tomé-Mine idealisiert hat? Sind Sie sich darüber im klaren?“

Er schien genau zu wissen, was er sprach. Er erreichte die erwartete Wirkung. Frau Gould, im Begriff, heftig zu werden, verzichtete plötzlich, mit einem schwachen Laut, der wie ein Stöhnen klang.

„Was wissen Sie?“ fragte sie leise.

„Nichts“, gab Decoud fest zurück. „Aber sehen Sie wohl: er ist ein Engländer?“

„Nun, und – was weiter?“ fragte Frau Gould.

„Was weiter? Einfach das, daß er nicht anders kann, als jedes schlichte Gefühl, jeden Versuch, jede Tat zu idealisieren... Er könnte seinen eigenen Beweggründen nicht glauben, wenn er sie nicht zuerst zum Zubehör eines Märchens machte. Die Welt ist nicht ganz gut genug für ihn, fürchte ich. Verzeihen Sie meine Offenheit? Nebenbei, ob Sie sie nun verzeihen oder nicht, sie gehört zu der Wahrheit der Dinge, die – wie soll ich sagen – das angelsächsische Feingefühl verletzt; und im Augenblick habe ich nicht den Eindruck, als könnte ich seine Auffassung der Dinge oder – wenn Sie mir das Wort gestatten – auch die Ihre ernst nehmen.“

Frau Gould ließ sich keine Kränkung anmerken. „Ich nehme an, daß Antonia Sie völlig versteht?“

„Versteht? Nun ja. Aber ich bin nicht sicher, ob sie mir zustimmt. Doch das macht ja keinen Unterschied. Ich bin ehrlich genug, Ihnen das zu sagen, Frau Gould.“

„Ihre Idee, natürlich, ist Trennung“, sagte sie.

„Trennung, natürlich“, erklärte Martin. „Jawohl, Trennung der ganzen Westlichen Provinz von dem Rest des unruhigen Staatskörpers. Meine wahre Idee aber, die einzige, die mir am Herzen liegt, ist, nicht von Antonia getrennt zu werden.“

„Und das ist alles?“ fragte Frau Gould ohne Strenge.

„Durchaus. Ich täusche mich nicht über meine Beweggründe. Sie will Sulaco um meinetwillen nicht verlassen, darum muß Sulaco den Rest der Republik seinem Schicksal überlassen. Nichts könnte klarer sein. Ich liebe klar umrissene Sachlagen. Ich kann mich nicht von Antonia trennen, darum muß die Eine und Unteilbare Republik von Costaguana dazu gebracht werden, sich von ihrer Westlichen Provinz zu trennen. Zufällig ist das auch eine sehr gesunde Politik. Der reichste und fruchtbarste Teil dieses Landes kann vor der Anarchie gerettet werden. Persönlich liegt mir wenig, sehr wenig daran; aber es ist eine Tatsache, daß die Einsetzung der Monteros in die Macht für mich den Tod bedeuten würde. In jedem einzelnen der öffentlichen Generalpardons, die ich gesehen habe, ist mein Name, mit einigen andern, ausdrücklich ausgenommen. Die Brüder hassen mich, wie Sie recht gut wissen, Frau Gould. Und nun, bedenken Sie, geht das Gerücht, daß sie eine Schlacht gewonnen haben. Sie werden sagen, daß ich gegebenenfalls reichlich Zeit hätte, davonzulaufen.“

Ein leise gemurmelter Widerspruch von seiten Frau Goulds ließ ihn einen Augenblick innehalten, während er sie mit finsterer Entschlossenheit ansah.

„Ah, Frau Gould, ich wollte es gerne tun. Ich wollte davonlaufen, wenn ich damit den einzigen Wunsch fördern könnte, den ich jetzt habe. Ich bin mutig genug, das zu sagen und es auch zu tun. Aber Frauen, sogar unsere eigenen Frauen, sind Idealisten. Antonia ist es, die nicht weglaufen will. Eine neue Art von Eitelkeit."

„Sie nennen es Eitelkeit", sagte Frau Gould entrüstet.

„Gut, nennen Sie es Stolz, der, wie Vater Corbelàn Ihnen sagen könnte, eine Todsünde ist. Aber ich bin nicht stolz. Ich liebe einfach zu sehr, um davonlaufen zu können, und zugleich will ich leben. Es gibt keine Liebe für einen toten Mann. Darum ist es sehr notwendig, daß Sulaco den siegreichen Montero nicht anerkenne."

„Und glauben Sie, daß mein Gatte Ihnen beistehen wird?"

„Ich glaube, daß man ihn dazu bringen kann, wie alle Idealisten, sobald man ihm eine gefühlsmäßige Unterlage für seine Handlungsweise schafft. Aber ich möchte nicht mit ihm sprechen. Einfache, nackte Tatsachen würden ihm nichts sagen. Es ist für ihn viel besser, wenn er auf seinem eigenen Wege zu der Überzeugung kommt, und offen gesagt, ich könnte vielleicht gerade jetzt weder für seine Beweggründe noch sogar für die Ihren, Frau Gould, die nötige Hochachtung aufbringen."

Frau Gould war offenbar fest entschlossen, nichts übelzunehmen. Sie lächelte leicht, während sie die Frage zu überdenken schien. Soweit sie nach den halben Bekenntnissen des Mädchens urteilen konnte, verstand Antonia diesen jungen Menschen, und augenscheinlich versprach sein Plan, oder vielmehr sein Ideal, Sicherheit. Überdies konnte diese Idee, ob gut oder schlecht, kein Unheil anstiften. Und es war ja auch durchaus möglich, daß das Gerücht falsch war.

„Sie haben so etwas wie einen Plan", sagte sie.

„Lächerlich einfach. Barrios ist abgefahren, mag es dabei bleiben; er wird Cayta halten, das Tor auf dem Seewege nach Sulaco. über die Berge werden sie keine ausreichende Heeresmacht herschicken können. Nein; nicht einmal, um es mit Hernandez' Bande aufzunehmen. Inzwischen werden wir hier unseren Widerstand vorbereiten, und dafür wird eben dieser Hernandez von Nutzen sein. Er hat als Bandit Truppen geschlagen; er wird zweifellos dasselbe fertigbringen, wenn man ihn zum Obersten oder gar zum General gemacht hat. Sie kennen das Land gut genug, Frau Gould, um keinen Anstoß an meinen Worten zu nehmen. Ich habe Sie selbst sagen hören, daß dieser arme Bandit der lebendige Beweis für die grausame Ungerechtigkeit und törichte Unterdrückung sei, die in diesem Lande so manchen Mann an der Seele wie am Vermögen zugrunde gerichtet haben. Nun gut, es wäre so etwas wie eine poetische Wiedervergeltung, wenn dieser Mann nun aufstünde, um das Böse zu bekämpfen, das einen ehrenhaften Ranchero in die Verbrecherlaufbahn gedrängt hat. Eine ganz schöne Wiedervergeltung soweit, nicht wahr?"

Decoud war mit Leichtigkeit zum Englischen übergegangen, das er sehr geläufig und gut, aber mit zu vielen Z-Lauten sprach.

„Denken Sie auch an Ihre Spitäler, Schulen, Ihre stillenden Mütter, siechen Alten, an die ganze Bevölkerung, die Sie und Ihr Gatte in die Felsschlucht von San Tomé gebracht haben. Sind Sie vor Ihrem Gewissen nicht für alle diese Leute verantwortlich? Ist es nicht der Mühe wert, noch eine Anstrengung zu wagen, die durchaus nicht so verzweifelt ist, wie sie aussieht, anstatt…"

Decoud beendete seinen Satz mit einer Aufwärtsbewegung des Armes, die Vernichtung ausdrücken sollte; und Frau Gould wandte mit entsetztem Blick den Kopf zur Seite.

„Warum sagen Sie dies alles nicht meinem Gatten?" fragte sie, ohne Decoud anzusehen, der die Wirkung seiner Worte beobachtete.

„Ah! Aber Don Carlos ist ja so sehr englisch!" begann er. Frau Gould unterbrach ihn:

„Lassen Sie das sein, Don Martin. Er ist ebensogut ein Costaguanero – nein, er ist es mehr als Sie!"

„Gefühlsmensch, Gefühlsmensch", schnurrte Decoud beinahe, in liebenswürdig begütigendem Ton. „Gefühlsmensch, nach der erstaunlichen Art Ihres Volkes. Ich habe El Rey de Sulaco genau beobachtet, seit ich auf meiner Irrfahrt hierherkam, vielleicht von einem verräterischen Schicksal getrieben, wie es hinter unbegreiflichen Wendungen in eines Mannes Leben lauert. Aber ich tue ja nichts zur Sache, ich bin kein Gefühlsmensch, ich kann nicht meine persönlichen Wünsche mit einem schimmernden Gewand aus Seide und Juwelen bekleiden. Das Leben ist für mich kein erbaulicher Roman, in der Art schöner Märchen. Nein, Frau Gould, ich gehe auf Tatsachen. Ich fürchte mich nicht vor meinen Beweggründen. Aber verzeihen Sie, ich habe mich hinreißen lassen. Was ich sagen wollte, ist, daß ich beobachtet habe. Ich will Ihnen nicht erzählen, was ich dabei entdeckt habe…"

„Nein, das ist unnötig", flüsterte Frau Gould und wandte nochmals den Kopf.

„Das ist es. Bis auf die eine kleine Tatsache, daß Ihr Gatte mich nicht mag. Eine kleine Tatsache, die aber unter den gegebenen Umständen eine geradezu lächerliche Bedeutung zu gewinnen scheint. Lächerlich und ungeheuer; denn natürlich ist zu meinem Plan Geld nötig", überlegte er und fügte bedeutsam hinzu: „Und wir haben es mit zwei Gefühlsmenschen zu tun."

„Ich wüßte nicht, daß ich Sie verstünde, Don Martin", sagte Frau Gould kühl und wahrte dabei den leisen Ton ihrer Unterhaltung. „Doch, um zu sprechen, als verstünde ich Sie: Wer ist der andere?"

„Der Große Holroyd in San Franzisko doch", flüsterte Decoud leichthin. „Ich denke, Sie verstehen mich recht gut. Die Frauen sind idealistisch; aber sie sind auch sehr scharfsichtig."

Doch was immer auch der Grund zu dieser Bemerkung sein mochte, die geringschätzig und zweifelhaft in einem war, Frau Gould schien sie nicht zu beachten. Der Name Holroyd hatte ihren Befürchtungen eine neue Richtung gegeben.

„Der Silbertransport kommt morgen zum Hafen herunter; der Ertrag von sechs Monaten Arbeit, Don Martin!" rief sie verzweifelt.

„So lassen Sie ihn eben herunterkommen", hauchte Decoud ernsthaft, fast an ihrem Ohr.

„Wenn aber das Gerücht sich verbreitet, und besonders, wenn es sich wahr erweist, dann werden Unruhen in der Stadt ausbrechen“, erwiderte Frau Gould. Decoud gab die Möglichkeit zu. Er kannte die Kinder Sulacos und seines Campos gut. Eigensinnig, diebisch, rachsüchtig und blutdürstig, was für große Eigenschaften ihre Brüder aus den Ebenen auch gehabt haben mochten. Aber dann gab es ja auch noch diesen andern Gefühlsmenschen, der den nackten Tatsachen eine so eigenartig idealistische Bedeutung unterschob. Man mußte den Silberstrom weiterhin nordwärts fließen lassen, um ihn in Form finanziellen Rückhalts an dem großen Hause Holroyd wiederkehren zu sehen. Im Gebirge oben, im Kassenraum der Mine, waren die Silberbarren für Decouds Vorhaben wertloser als die gleiche Menge Blei, daraus man wenigstens hätte Kugeln gießen können. Mochte das Silber doch zum Hafen herunterkommen, zur Verschiffung.

Der nächste nordwärts gehende Dampfer würde es zur Rettung eben der San Tomé-Mine mit fortnehmen, die so große Schätze geliefert hatte. Und außerdem, meinte Decoud mit dem Ton der Überzeugung in seinem Flüstern, sei ja das Gerücht wahrscheinlich falsch.

„Überdies, Señora“, schloß er, „können wir es noch einige Tage lang unterdrücken. Ich habe mit dem Telegraphisten mitten auf der Plaza Mayor gesprochen; so bin ich sicher, daß wir nicht belauscht wurden. Nicht einmal ein Vogel war in der Luft in unserer Nähe. Und lassen Sie sich noch etwas sagen: Ich habe mich mit diesem Mann namens Nostromo angefreundet, dem Capataz de Cargadores. Wir hatten eben jetzt, abends, eine Unterredung. Ich ging neben seinem Pferde her, während er langsam aus der Stadt hinausritt. Er versprach mir, daß, falls aus irgendeinem Grunde ein Aufruhr losbräche – auch aus den politischesten Gründen, Sie verstehen –, seine Cargadores, ein maßgeblicher Teil der Bevölkerung, wie Sie zugeben, auf der Seite der Europäer zu finden sein würden.“

„Er hat Ihnen das versprochen?“ forschte Frau Gould gespannt. „Was mag ihn zu einer solchen Zusage bewogen haben?“

„Auf mein Wort, ich weiß es nicht“, erklärte Decoud in leicht überraschtem Ton. „Er hat es mir sicherlich versprochen. Wenn Sie mich aber fragen, warum, so könnte ich Ihnen seine Gründe nicht nennen. Er sprach mit seiner gewohnten Nachlässigkeit, die ich, wäre er etwas andres als gewöhnlicher Matrose gewesen, eine Pose oder Ziererei nennen würde.“

Decoud unterbrach sich und sah Frau Gould neugierig an.

„Alles in allem“, fuhr er fort, „vermute ich, daß er sich irgendeinen Vorteil davon erwartet. Sie dürfen nicht vergessen, daß er seine außerordentliche Macht über die niederen Klassen nicht ohne persönliche Gefahr ausübt und nicht, ohne sehr verschwenderisch Geld auszugeben. Auf die eine oder die andere Weise muß man eben für eine so gediegene Sache wie persönliche Geltung zahlen. Nachdem wir uns bei einer Tanzerei in einer Posada, die ein Mexikaner außerhalb der Stadttore führt, befreundet hatten, sagte er mir, er sei hierhergekommen, um sein Glück zu machen. Ich nehme an, daß er seinen persönlichen Einfluß wie eine Art Kapitalsanlage betrachtet.“

„Vielleicht wertet er diesen Einfluß auch als Ding an sich", sagte Frau Gould in einem Ton, als wiese sie eine unverdiente Anschwärzung zurück. „Viola, der Garibaldiner, bei dem er einige Jahre gewohnt hat, nennt ihn den Unbestechlichen."

„Oh, er gehört zu der Gruppe Ihrer Protegés dort unten am Hafen, Frau Gould. *Muy bien*. Und Kapitän Mitchell nennt ihn wunderbar. Ich habe endlose Geschichten von seiner Stärke, seiner Kühnheit, seiner Treue gehört. Viele schöne Dinge, hm! Unbestechlich! Das ist wirklich ein Ehrenname für den Capataz de Cargadores von Sulaco. Unbestechlich! Schön, aber nichtssagend. Jedenfalls glaube ich, daß er auch verständig ist. Und ich habe auf Grund dieser gesunden Voraussetzung mit ihm gesprochen."

„Ich ziehe es vor, ihn für uneigennützig und darum zuverlässig zu halten", meinte Frau Gould, so schroff, wie es ihrer Natur nach möglich war.

„Nun gut, wenn es so ist, dann wird das Silber um so sicherer sein. Lassen Sie es herunterkommen, Señora, lassen Sie es herunterkommen, damit es nordwärts gehen und in Form von Kredit zu uns zurückkehren kann."

Frau Gould sah durch den Korridor nach der Türe zum Zimmer ihres Gatten. Decoud, der sie beobachtete, als hielte sie sein Schicksal in Händen, entdeckte ein fast unmerkliches Nicken der Zustimmung. Er verbeugte sich lächelnd, fuhr mit der Hand in die Brusttasche seines Rocks und brachte einen Fächer zum Vorschein, aus leichten Federn auf gemaltem Sandelholz. „Ich hatte ihn in der Tasche", frohlockte er flüsternd, „als annehmbare Ausrede." Er verbeugte sich nochmals. „Gute Nacht, Señora."

Frau Gould ging weiter den Korridor entlang, vom Zimmer ihres Gatten fort. Das Schicksal der San Tomé-Mine lag ihr schwer auf dem Herzen. Er war schon lange Zeit her, seit sie dafür zu fürchten begonnen hatte. Die Mine war ein Begriff gewesen. Frau Gould hatte mit Seelenangst gesehen, wie dieser Begriff zum Fetisch geworden und wie dieser Fetisch zu erdrückender Wucht angewachsen war. Als hätte die Begeisterung ihrer früheren Jahre ihr Herz verlassen und wäre zu einer Mauer von Silberbarren geworden, von der Hand böser Geister zwischen ihr und ihrem Gatten errichtet. Charley schien abgeschlossen, in einer Umwallung aus Edelmetall zu leben und sie draußen gelassen zu haben, mit ihrer Schule, ihrem Spital, den stillenden Müttern und siechen Alten, den nebensächlichen Überbleibseln der ursprünglichen Begeisterung. „Diese armen Leute!" murmelte sie vor sich hin. Unten im Innenhof hörte sie Martin Decoud laut sagen:

„Ich habe Doña Antonias Fächer gefunden, Basilio. Da, hier ist er!"

VII

Es bildete einen Teil dessen, was Decoud seinen gesunden Materialismus nannte, daß er an die Möglichkeit einer Freundschaft zwischen Mann und Frau nicht glaubte.

Die eine Ausnahme, die er zuließ, bestätigte nur die unbedingte Regel, so behauptete er. Freundschaft war möglich zwischen Bruder und Schwester, wenn man unter Freundschaft die hemmungslose Offenheit in Gedanken und Gefühlen einem ändern

Wesen gegenüber verstand; wobei die selbstlose und naturnotwendige Offenheit des einen der tiefen Zuneigung des andern zu antworten bemüht war.

Seine Lieblingsschwester, der schöne, eigenwillige und entschlossene Engel, beherrschte Vater und Mutter Decoud, in dem Heim im ersten Stock eines sehr vornehmen Pariser Hauses, und war zugleich das Gefäß für Martin Decouds Bekenntnisse – über seine Gedanken, Taten, Vorsätze, Zweifel und sogar Mißerfolge...

„Bereite unseren kleinen Kreis in Paris auf die Geburt noch einer südamerikanischen Republik vor. Eine mehr oder weniger, was macht es aus? Sie sind ans Licht gekommen wie Giftblumen aus dem Mistbeet verrotteter Einrichtungen. Der Same dieser einen aber hat in Deines Bruders Hirn gekeimt, und das wird ja wohl genügen, um ihr Deine freudige Zustimmung zu sichern. Ich schreibe Dir dies beim Licht einer einzigen Kerze, in einer Art Gasthaus nahe am Hafen, das von einem Italiener namens Viola, einem Protegé der Frau Gould, geführt wird. Das Haus mag, soviel ich mir denken kann, von einem der Konquistadoren vor etwa dreihundert Jahren für die Perlfischerei gebaut sein. Es ist nun ganz still. Still ist auch die Ebene zwischen der Stadt und dem Hafen, doch nicht so dunkel wie das Haus, denn die Abteilungen italienischer Arbeiter, die die Bahnlinie bewachen, haben längs der Strecke kleine Feuer angezündet. Gestern war es hier herum nicht so sehr ruhig. Wir hatten einen wilden Aufruhr – einen plötzlichen Aufstand des Pöbels, der erst gegen Ende des heutigen Tages unterdrückt worden ist. Sein Ziel war zweifellos Plünderung, und dies Ziel wurde nicht erreicht, wie Du ja schon aus den gestrigen Kabeln über San Franzisko und Neuyork erfahren haben mußt, die ich abends absandte, als die Leitungen noch offen waren. Du wirst daraus schon ersehen haben, daß das tatkräftige Eingreifen der Europäer von der Eisenbahn die Stadt vor Zerstörung bewahrt hat, und das kannst Du glauben. Ich habe die Depeschen selbst verfaßt. Wir haben keinen Reuter-Agenten hier. Ich habe auch auf den Pöbel aus den Fenstern des Klubs gefeuert, zugleich mit ein paar anderen jungen Leuten von Stellung. Wir wollten damit die Galle de la Constitucion für die Abfahrt der Frauen und Kinder frei halten, die an Bord einiger zufällig im Hafen liegender Frachtschiffe Zuflucht gesucht haben. Das war gestern. Du wirst auch aus der Depesche erfahren haben, daß der vermißte Präsident Ribiera, der nach der Schlacht bei Sta. Marta verschwunden war, infolge eines der seltsamen Zufälle, die fast unglaublich scheinen, hier in Sulaco aufgetaucht und auf einem lahmen Maultier mitten in den Straßenkampf hineingeritten ist. Es ergab sich, daß er in Begleitung eines Maultiertreibers namens Bonifacio vor den Drohungen Monteros über das Gebirge geflohen ist, geradewegs in die Arme eines wütenden Pöbels.

Der Capataz de Cargadores, dieser italienische Matrose, von dem ich Dir schon früher geschrieben habe, hat ihn von einem unwürdigen Tode errettet. Der Mann scheint ein eigenes Talent zu haben, an Ort und Stelle zu sein, wenn gerade etwas Bemerkenswertes zu tun ist.

Er war bei mir, um vier Uhr morgens, in der Redaktion des ›Porvenir‹, wo er zu so früher Stunde erschienen war, um mich vor den kommenden Unruhen zu warnen und mir zu versichern, daß er seine Cargadores auf Seiten der Ordnung halten wollte. Bei Tagesanbruch sahen wir zusammen auf die Menge zu Fuß und zu Pferd hinunter, die auf der Plaza demonstrierte und Steine in die Fenster der Intendancia warf. Nostromo (das ist der Name, bei dem sie ihn hier nennen) wies mir seine Cargadores, die unter der Menge verteilt waren.

Die Sonne kommt spät nach Sulaco, denn sie muß erst das Gebirge überklettern. Bei der eigenartigen Morgenbeleuchtung, heller als das Zwielicht, sah Nostromo jenseits der breiten Plaza, am Ende der Straße neben der Kathedrale, einen berittenen Mann in augenscheinlich heftiger Auseinandersetzung mit einem heulenden Haufen von Leperos. Sofort sagte er zu mir: „Das ist ein Fremder. Was machen sie bloß mit ihm?“ Dann zog er die silberne Pfeife heraus, die er im Hafen zu gebrauchen pflegt (der Mann scheint Gebrauchsgegenstände aus einem weniger kostbaren Metall als Silber zu verschmähen), und blies zweimal hinein, was offenbar ein abgemachtes Zeichen für seine Cargadores war. Er rannte sofort hinaus, und sie scharten sich um ihn. Auch ich rannte hinaus, kam aber zu spät, um ihnen zu folgen und bei der Rettung des Fremden mitzuhelfen, dessen Tier gestürzt war. Ich wurde sofort als verhaßter Aristokrat umzingelt und war nur zu froh, mich in den Klub retten zu können, wo Don Jaime Berges (Du wirst Dich vielleicht erinnern, daß er uns vor etwa drei Jahren in Paris besucht hat) mir ein Jagdgewehr in die Hand drückte. Sie schossen schon aus den Fenstern. Auf den aufgeklappten Kartentischen lagen Patronen in kleinen Haufen herum. Ich erinnere mich an ein paar umgeworfene Stühle und einige Flaschen auf dem Boden, zwischen den Kartenspielen, die die Caballeros hingeworfen hatten, als sie sich von den Tischen erhoben, um das Feuer auf den Pöbel zu eröffnen. Die meisten der jungen Leute hatten in Erwartung eines derartigen Ereignisses die Nacht im Klub verbracht. In zweien der Armleuchter auf den Konsolen brannten die Kerzen nieder. Gerade als ich eintrat, flog ein großer Eisenbolzen, wahrscheinlich aus den Bahnwerkstätten gestohlen, von der Straße aus herein und zerschlug einen der großen, in die Wand eingelassenen Spiegel. Ich bemerkte auch einen der Klubdiener, der mit einer Vorhangschnur an Händen und Füßen gebunden und in einen Winkel geworfen worden war. Ich erinnere mich auch deutlich, daß Don Jaime mir hastig versicherte, der Bursche sei ertappt worden, wie er Gift ins Abendessen tun wollte. Aber ich weiß noch genau, daß er heulend um Gnade bat, ohne einen Augenblick aufzuhören und so völlig unbeachtet, daß sich niemand auch nur die Mühe nahm, ihn zu knebeln. Ich dachte sogar daran, es selbst zu tun, so peinlich war der Lärm, den er vollführte. Doch war an solche Kleinigkeiten keine Zeit zu verschwenden. Ich nahm meinen Platz an einem der Fenster ein und begann zu feuern.

Erst später am Nachmittag erfuhr ich, wer es war, den Nostromo mit seinen Cargadores und ein paar italienischen Arbeitern aus den Händen dieser betrunkenen Schufte glücklich gerettet hatte. Dieser Mann entfaltet eine eigenartige Begabung, sobald etwas zu tun ist, was die Einbildungskraft anregt. Das sagte ich ihm nachher, als wir uns wieder trafen, nachdem etwas wie Ordnung in der Stadt hergestellt war, und seine Antwort überraschte mich beträchtlich. Er sagte mürrisch: „Und was habe ich davon, Señor?“ Da dämmerte es mir auf, daß die Eitelkeit des Mannes vielleicht durch die Verehrung des gemeinen Volkes und das Vertrauen seiner Vorgesetzten gesättigt wurde!“

Decoud unterbrach sich, um eine Zigarette anzuzünden, und blies dann, den Kopf noch über das Schreiben gebeugt, eine Rauchwolke vor sich hin, die von dem Papier zurückzuprallen schien. Er nahm den Bleistift wieder auf.

„Das war gestern abend, auf der Plaza, während er auf den Stufen der Kathedrale saß und die Hände mit den Zügeln seiner berühmten silbergrauen Stute zwischen den Knien hängen ließ. Er hatte den ganzen Tag über seine Cargadores prächtig geführt. Er sah müde aus. Ich weiß nicht, wie ich aussah. Sehr schmutzig, vermute ich. Aber wohl auch vergnügt. Von dem Augenblick an, wo der flüchtende Präsident an Bord der *Minerva* gelangt war, hatte sich der Erfolg gegen den Pöbel gekehrt. Die Menge war vom Hafen und aus den vornehmen Straßen der Stadt weg in ihre eigenen Schlupfwinkel vertrieben worden, das Gewirr von Ruinen und Tolderias. Du mußt Dir klarmachen, daß dieser Aufstand, dessen Hauptzweck es zweifellos gewesen war, der Silberbarren im Keller des Zollamtes habhaft zu werden (und nebenbei auch ganz allgemein die Ricos zu plündern), einen politischen Anstrich bekommen hatte, denn zwei Abgeordnete der Provinzialversammlung, die Señores Gamacho und Fuentes, beide aus Bolson, hatten sich an seine Spitze gestellt; am späten Nachmittage, es ist wahr, als der Pöbel, enttäuscht in seiner Hoffnung auf Plünderung, in den engen Straßen zu einem Halt kam, unter Geschrei: ›Viva la Libertad! Nieder mit dem Feudalismus!‹ (Ich wollte wohl wissen, was sie sich unter Feudalismus vorstellen?), ›Nieder mit den Barbaren und Paralytikern!‹ Ich nehme an, daß die Señores Gamacho und Fuentes wohl wußten, was sie taten. Sie sind kluge Herren. In der Versammlung nannten sie sich Gemäßigte und setzten jeder scharfen Maßnahme menschenfreundliche Bedenken entgegen. Beim ersten Gerücht von Monteros Sieg zeigte sich ein leichter Wechsel in dieser bloßen Bedenklichkeit, und sie begannen den armen Don Juste Lopez auf seinem Präsidentensitz mit einer Schamlosigkeit anzugreifen, der der arme Mann nur mit einem verblüfften Streicheln seines Bartes und dem Läuten der Präsidentenglocke zu begegnen wußte. Dann, als die Niederlage der Ribieristen über jeden Schatten eines Zweifels hinaus bestätigt war, entpuppten sie sich plötzlich als überzeugte Liberale, arbeiteten Hand in Hand, wie die siamesischen Zwillinge, und setzten sich plötzlich an die Spitze des Aufruhrs, im Namen der monteristischen Grundsätze.

Ihr letzter Schachzug, gestern abend um acht Uhr, war es, sich zum Monteristen-Komitee aufzuwerfen, das, soviel ich weiß, in der Posada eines ehemaligen mexikanischen Stierfechters (und nebenbei großen Politikers, seinen Namen habe ich vergessen) seine Sitzungen hält. Von dort aus haben sie einen Aufruf an uns erlassen, die Barbaren und Paralytiker des Amarilla-Klubs (wir haben unser eigenes Komitee), und uns eingeladen, uns mit ihnen wegen einer Waffenruhe zu verständigen – damit, hatten sie die Schamlosigkeit zu sagen, die erhabene Sache der Freiheit ›nicht befleckt werden sollte durch die verbrecherischen Ausbrüche konservativer Selbstsucht!‹ Als ich hinauskam, um mich neben Nostromo auf die Stufen der Kathedrale zu setzen, war man im Mittelsaal des Klubs, der mit ausgeschossenen Patronenhülsen, einer Menge von Glasscherben, Blutflecken, Kerzenleuchtern und allerlei Überresten übersät war, bei der Beratung einer passenden Antwort. Aber all dies ist Unsinn. Niemand in der Stadt hat die geringste Macht, außer den Bahningenieuren, deren Leute die von der Gesellschaft zum Bau des Bahnhofs auf Abbruch gekauften Häuser an einer Seite der Plaza besetzt halten; und außer Nostromo, dessen Cargadores unter den Arkaden längs Anzanis Warenhaus schliefen. Auf der Plaza brannte ein Feuer, aus zerbrochenen, meist vergoldeten Einrichtungsstücken der Salons der Intendancia; die hohen Flammen schlugen bis zum Standbild Karls IV. hinauf. Auf den Stufen des Sockels lag ein toter Mann, die Arme weit auseinandergebreitet und den Sombrero über das Gesicht gezogen – vielleicht der Liebesdienst eines Freundes. Der Schein der Flamme erreichte das Blätterwerk der ersten Bäume der Alameda und umspielte die Mündung einer nahen Straße, die durch ein Gewirr von Karren und toten Zugochsen versperrt war. Auf einem der Kadaver saß ein vermummter Lepero und rauchte eine Zigarette. Es war Waffenstillstand, mußt Du wissen. Das einzige Lebewesen auf der Plaza, außer uns selbst, war ein Cargador, der, ein langes, blankes Messer in der Hand, wie eine Schildwache vor den Arkaden auf und ab ging, wo seine Freunde schliefen; und der einzige sonstige Lichtfleck in der dunklen Stadt waren die erleuchteten Fenster des Klubs, an der Ecke der Calle."

Als er bis hierher geschrieben hatte, erhob sich Don Martin Decoud, der exotische Dandy der Pariser Boulevards, und überquerte den sandbestreuten Boden des Cafés am einen Ende des Albergo d'Italia Una, das Giorgia Viola, der alte Gefährte Garibaldis, führte. Die grellfarbige Lithographie des edlen Helden schien im trüben Licht der einzigen Kerze den Mann anzublicken, der an nichts außer an die Wahrheit seiner Empfindungen glaubte. Während er zum Fenster hinaussah, traf Decoud auf eine so undurchdringliche Dunkelheit, daß er weder die Berge noch die Stadt noch auch die Gebäude am Hafen ausnehmen konnte; und kein Laut war zu hören, als hätte sich die furchtbare Finsternis des stillen Golfs vom Wasser aus über das Land verbreitet und es, neben der Blindheit, auch mit Stummheit geschlagen. Ein grelles weißes Licht tauchte weit weg in der Dunkelheit auf und wuchs mit donnerndem Getöse. Der Wagenpark, der gewöhnlich auf den Seitengeleisen in Rincon gehalten wurde, kam zur besseren Aufbewahrung in den Güterbahnhof zurück. Wie ein geheimnisvolles Wallen in der Dunkelheit brauste der Zug hinter den Lichtern der Maschine an der Ecke des Hauses vorbei, das zur Antwort über und über zu erzittern schien. Nichts war klar zu erkennen, außer einem Neger, der in weißer Hose mit nacktem Oberleib am Ende der letzten Lore saß und mit einem Kreisen seines nackten Armes unaufhörlich eine brennende Fackel schwang. Decoud rührte sich nicht.

Hinter ihm, auf der Rücklehne des Stuhls, von dem er sich erhoben hatte, hing sein eleganter Pariser Überrock mit einem Aufschlag aus perlgrauer Seide. Als er sich wandte, um zum Tisch hinzugehen, zeigte ihm das Kerzenlicht im Spiegel ein rußiges, entstelltes Gesicht: die rosigen Lippen schwarz von der Hitze und dem Pulverrauch; Staub und Schmutz hatten dem kurzen Bart den Glanz genommen; der Hemdkragen und die Manschetten waren zerknüllt; der blaue Seidenbinder hing wie ein Fetzen herunter; über die weiße Stirne lief ein schwarzer, fettiger Rußstreifen. Decoud war während nahezu vierzig Stunden nicht aus den Kleidern gekommen und hatte kein Wasser gebraucht, außer zu einem gelegentlichen, hastigen Trank. Eine furchtbare Unrast hatte ihn überkommen, ihm alle Merkmale eines verzweifelten Kampfes aufgedrückt und einen trockenen, schlaflosen Blick in seine Augen gebracht. Er murmelte heiser vor sich hin: „Ich möchte wohl wissen, ob es hier irgendwo Brot gibt", sah flüchtig um sich, setzte sich dann wieder auf den Stuhl und nahm den Bleistift auf. Es kam ihm zum Bewußtsein, daß er seit vielen Stunden nichts gegessen hatte.

Er fühlte, daß niemand ihn so gut verstehen konnte wie seine Schwester. Selbst im ungläubigsten Herzen lauert in solchen Augenblicken, wo das Leben auf dem Spiele steht, die Sehnsucht, eine genaue Darstellung seiner Gefühle zu hinterlassen, wie ein Licht, in dessen Schein die Tat zu sehen sein soll, wenn die Persönlichkeit dahingegangen ist. Dahin, wo kein forschendes Licht mehr die Wahrheit erreichen kann, die jeder Tod auf dieser Welt fortnimmt. Darum füllte Decoud die Seiten eines großen Taschenbuchs mit einem Brief an seine Schwester, anstatt sich nach etwas Eßbarem umzusehen oder sich eine Stunde Schlaf zu gönnen.

Aus dieser trauten Unterhaltung vermochte er nicht seine große Müdigkeit, seine große Erschöpfung wegzuhalten, seine sehr regen leiblichen Gefühle. Er begann von neuem, als spräche er zu ihr. Fast als säße sie ihm gegenüber, schrieb er den Satz: „Ich bin sehr hungrig.

Ich habe das Gefühl einer großen Einsamkeit um mich“, fuhr er fort. „Kommt es vielleicht daher, daß ich inmitten des allgemeinen Niederbruchs aller Entschlußkraft, Absicht und Hoffnung ringsum der einzige Mann bin, der eine feste Idee im Kopfe hat? Aber die Einsamkeit ist auch sehr wirklich. Alle die Ingenieure sind fort, schon seit zwei Tagen, um das Eigentum der Nationalen Zentralbahn zu behüten, dieses großen Costaguana-Unternehmens, das Geld in die Taschen von Engländern, Franzosen, Amerikanern, Deutschen und weiß Gott von wem sonst noch bringen soll. Die Stille um mich ist unheimlich. Über dem Mittelteil dieses Hauses liegt eine Art erster Stock, mit schmalen Öffnungen, wie Schießscharten, als Fenstern; wahrscheinlich wurde er in früheren Zeiten zur besseren Verteidigung gegen die Wilden benutzt, als die hartnäckige Barbarei unseres heimatlichen Erdteils sich noch nicht in die schwarzen Röcke von Politikern kleidete, sondern heulend, halbnackt, mit Bogen und Pfeilen herumlief. Die Frau des Hauses stirbt dort oben, glaube ich, ganz allein mit ihrem alten Gatten. Eine enge Stiege führt hinauf, von der Art, wie sie ein Mann leicht gegen eine Menge verteidigen kann, und ich habe gerade durch die dicke Mauer gehört, wie der Alte in die Küche hinunterging, um irgendwas zu holen. Es war ein Geräusch, wie es eine Maus hinter dem Wandverputz machen könnte. Alle Dienstboten, die die Leute hatten, sind gestern davongelaufen und noch nicht zurückgekommen, wenn sie es überhaupt jemals tun. Sonst sind nur zwei Kinder da, zwei Mädchen. Der Vater hat sie heruntergeschickt, und sie sind in dieses Café gekrochen, vielleicht, weil ich hier bin. Sie kauern nebeneinander in einer Ecke und halten sich umschlungen. Ich habe sie eben erst bemerkt und fühle mich einsamer als je.“

Decoud wandte sich halb in seinem Stuhl und fragte: „Ist etwas Brot im Hause?“

Linda schüttelte zur Antwort ihren dunklen Kopf, über dem blonden ihrer Schwester, der an ihrer Brust ruhte.

„Könntet ihr mir nicht ein bißchen Brot besorgen?“ beharrte Decoud. Das Kind rührte sich nicht. Er sah die großen Augen, sehr dunkel, aus der Ecke auf sich gerichtet. „Ihr fürchtet euch doch nicht vor mir?“ fragte er.

„Nein“, sagte Linda. „Wir fürchten uns nicht vor Ihnen. Sie sind mit Giambattista hergekommen.“

„Ihr meint Nostromo?“ sagte Decoud.

„Die Englischen nennen ihn so, aber das ist kein Name für Mann oder Tier“, sagte das Mädchen und streichelte das Haar der Schwester.

„Aber er läßt sich von den Leuten so nennen“, bemerkte Decoud.

„Nicht in diesem Hause“, gab das Kind zurück.

„Nun gut, so werde ich ihn den Capataz nennen.“

Decoud ließ den Gegenstand fallen, schrieb ruhig eine Zeile weiter und wandte sich dann nochmals um:

„Wann erwartet ihr ihn zurück?“ fragte er.

„Nachdem er Sie hierhergebracht hat, ist er wieder weggeritten, um aus der Stadt den Señor Doctor für Mutter zu holen. Er wird bald zurück sein.“

„Er hat alle Aussicht, irgendwo unterwegs erschossen zu werden“, murmelte Decoud hörbar vor sich hin; und Linda erklärte mit ihrer schrillen Stimme:

„Niemand würde es wagen, auf Giambattista zu schießen.“

„Du glaubst das, ja?“ fragte Decoud.

„Ich weiß es“, sagte das Kind mit Überzeugung. „Es gibt niemand hier, der tapfer genug wäre, Giambattista anzugreifen.“

„Es gehört nicht viel Mut dazu, hinter einem Busch einen Drücker abzuziehen“, murmelte Decoud vor sich hin. „Zum Glück ist die Nacht finster, sonst wäre wenig Aussicht, das Silber der Mine zu retten.“

Er wandte sich wieder seinem Taschenbuch zu, überflog die geschriebenen Seiten und setzte den Bleistift wieder in Tätigkeit.

„So war die Lage gestern abend, nachdem die *Minerva* mit dem flüchtigen Präsidenten den Hafen verlassen hatte und die Aufrührer in die Vorstadtviertel zurückgedrängt waren. Ich saß mit Nostromo auf den Stufen der Kathedrale, nachdem ich die Kabelbotschaft abgesandt hatte, um eine mehr oder minder aufmerksame Welt von den Geschehnissen zu unterrichten. Obwohl die Amtsräume der Kabelgesellschaft sich in demselben Gebäude befinden wie das ›Porvenir‹, hatte der Pöbel, merkwürdig genug, die Apparate im Innenflügel unberührt gelassen, während meine Druckpressen aus dem Fenster gestürzt und die Typen über die ganze Plaza verstreut worden waren. Während ich so im Gespräch mit Nostromo dasaß, trat Bernhardt, der Telegraphist, mit einem Blatt Papier in der Hand aus den Arkaden. Der kleine Mann hatte sich an einen ungeheuern Säbel gebunden und war über und über mit Revolvern behängt. Er ist lächerlich, aber der tapferste Deutsche seiner Größe, der je auf einen Morsetaster drückte. Er hatte aus Cayta die Nachricht bekommen, daß die Transportschiffe mit Barrios' Truppen eben in den Hafen einliefen; der Bericht schloß mit den Worten: ›Die größte Begeisterung herrscht.‹ Ich ging fort, um am Brunnen einen Schluck Wasser zu trinken, und wurde von der Alameda aus von jemand, der sich hinter einem Baum verbarg, beschossen. Aber ich trank und kümmerte mich nicht darum; mit Barrios in Cayta und der großen Kordillere zwischen uns und Monteros siegreicher Armee schien es mir, trotz den Herren Gamacho und Fuentes, als hielte ich meinen neuen Staat auf der flachen Hand. Ich wollte schlafen; als ich aber bis zur Casa Gould kam, fand ich den Innenhof voll von Verwundeten, die auf Stroh gebettet lagen. Lichter brannten, und in dem eingeschlossenen Hof hatte sich die heiße Nachtluft mit dem Geruch von Chloroform und Blut gesättigt. Am einen Ende verband Dr. Monygham, der Arzt der Mine, die Wunden; am andern, nahe bei der Stiege, nahm Vater Corbelàn kniend die Beichte eines sterbenden Cargadors entgegen. Frau Gould wanderte diese Fleischbank auf und ab, eine große Flasche in einer Hand und einen Bausch Verbandwatte in der andern. Sie sah mich flüchtig an, ohne mir auch nur zuzuzwinkern. Ihre Kammerzofe folgte ihr, trug auch eine Flasche und schluchzte leise vor sich hin.

Eine Zeitlang beschäftigte ich mich damit, aus der Zisterne Wasser für die Verwundeten zu schöpfen. Dann ging ich die Stiegen hinauf und traf einige der ersten Damen von Sulaco, bleicher, als ich sie je gesehen hatte, mit Wundbinden über den Armen. Sie waren nicht alle auf die Schiffe geflohen. Ziemlich viele hatten für diesen Tag in der Casa Gould Zuflucht gesucht. Auf dem Treppenabsatz kniete ein Mädchen mit halbgelöstem Haar, unter der Wandnische, in der die Madonna in blauen Kleidern mit der goldenen Krone auf dem Kopfe steht. Ich glaube, es war das älteste Fräulein Lopez. Ich konnte ihr Gesicht nicht sehen, erinnere mich aber, daß mir der hohe französische Absatz ihres kleinen Schuhs auffiel. Sie gab keinen Laut von sich, regte sich nicht, schluchzte nicht; sie verharrte dort, ganz still, ganz schwarz gegen die weiße Mauer, ein stummes Bild inniger Frömmigkeit. Ich bin sicher, daß sie nicht verängstigter war als die anderen blassen Damen mit den Verbandstoffen, denen ich begegnete. Eine von ihnen saß auf der obersten Stufe und riß hastig ein Stück Leinen in Streifen – die junge Gattin eines ältlichen, reichen Bürgers. Sie unterbrach sich, um meine Verbeugung mit einem Schwenken der Hände zu beantworten, als führe sie in ihrer Kutsche durch die Alameda. Die Frauen unseres Landes sind es wohl wert, daß man sie sich während einer Revolution ansieht. Das künstliche Rot und der Perlpuder fallen ab, zugleich mit der teilnahmlosen Haltung gegen die Außenwelt, die Erziehung, Herkommen und Sitte ihnen von Kindheit an auferlegen. Ich dachte an Dein Gesicht, das von Kind auf den Stempel der Klugheit getragen hat, anstatt des geduldigen und ergebenen Ausdrucks, der sich hier zeigt, wenn ein politischer Aufruhr den Schleier der Schönheitspflege und des Herkommens wegreißt.

Und in der großen Sala im ersten Stock hatte sich so etwas wie eine Junta der Notabeln zusammengetan, ein Rest der verschwundenen Provinzialversammlung. Don Juste Lopez' Bart war halb abgesengt von dem Mündungsfeuer eines Schießprügels; von der Ladung aus groben Eisenstücken hatte ihn zum Glück kein Splitter erreicht. Wie er nun den Kopf von einer Seite zur anderen wandte, schien es, als steckten zwei Männer in seinem Gehrock: ein feierlicher, mit vornehmem Backenbart, und ein verstümmelter, erschreckter.

Bei meinem Eintritt schrien sie: ›Decoud! Don Martin!‹ Ich fragte: ›Worüber beraten Sie, meine Herren?‹ Es schien keinen Vorsitzenden zu geben, obwohl Don José Avellanos am Kopfende des Tisches saß. Sie antworteten alle zugleich: ›Uber die Rettung von Leben und Eigentum.‹ – ›Bis zur Ankunft der neuen Beamtenschaft‹, erklärte mir Don Juste und kehrte mir dabei die feierliche Seite seines Gesichtes zu. Es war, als träfe ein kalter Wasserguß meine glühende Idee des neuen Staates. Es sauste mir in den Ohren, und das Zimmer verschwamm mir vor den Augen, als hätte es sich plötzlich mit Dampf gefüllt.

Ich tappte wie betrunken bis zum Tisch hin. ›Sie beraten die Übergabe‹, sagte ich. Sie saßen alle ganz still, die Nasen über den Bogen Papier gebeugt, den jeder, Gott weiß warum, vor sich liegen hatte. Nur Don José verbarg sein Gesicht in den Händen und murmelte: ›Niemals! Niemals!‹ Als ich ihn aber ansah, da schien es mir, als könnte ich ihn mit einem bloßen Hauch wegblasen, so elend, so schwach, so verfallen sah er aus. Was immer auch geschieht, er wird es nicht überleben. Die Enttäuschung ist zu groß für einen Mann seines Alters; und hat er nicht auch die Bogen von ›Fünfzig Jahre Mißwirtschaft‹, die wir auf den Pressen des ›Porvenir‹ zu drucken begonnen hatten, über die Plaza verstreut, in den Rinnsteinen flattern sehen, als Pfropfen für Donnerbüchsen über einer Ladung von Drucktypen benutzt, im Winde fliegend oder in den Schmutz getreten? Ich habe sogar einzelne Blätter auf dem Wasser des Hafens treiben sehen. Es wäre unvernünftig, anzunehmen, daß er es überleben sollte. Es wäre grausam.

›Wissen Sie‹, rief ich, ›was die Übergabe für Sie bedeutet, für Ihre Frauen, für Ihre Kinder, Ihr Eigentum?‹

Ich redete fünf Minuten lang, ohne Atem zu schöpfen, scheint es mir, stützte mich auf unsere besten Aussichten, auf die Grausamkeit Monteros, den ich als ein so mächtiges Untier hinstellte, wie er es zweifellos gern wäre, hätte er nur Verstand genug, sich den rechten Begriff von Schreckensherrschaft zu bilden. Und dann ließ ich durch weitere fünf Minuten einen leidenschaftlichen Aufruf an ihren Mut und ihre Männlichkeit los, mit all der Inbrunst meiner Liebe zu Antonia. Nun, wenn je ein Mann gut gesprochen hat, so gewiß nur aus persönlichem Empfinden heraus, sei es, daß er einen Feind anklagte, sich selbst verteidigte oder für das eintrat, was vielleicht wirklich teurer sein mag als das Leben. Mein liebes Mädel, ich habe sie einfach angedonnert. Es schien, als sollte meine Stimme die Wände zersprengen, und als ich innehielt, da sah ich alle die erschreckten Augen zweifelnd auf mich gerichtet. Und das war die ganze Wirkung, die ich erreicht hatte. Nur Don Josés Kopf war tiefer und tiefer auf seine Brust gesunken. Ich beugte mein Ohr zu seinen blassen Lippen und konnte ihn flüstern hören, etwas wie: ›In Gottes Namen denn, Martin, mein Sohn!‹ Ich weiß es nicht genau. Der Name Gottes kam darin vor, das ist sicher. Es scheint mir, als hätte ich seinen letzten Atemzug belauscht – den Hauch seiner scheidenden Seele auf seinen Lippen.

Er lebt noch, es ist wahr; ich habe ihn seither gesehen; aber es war nur ein greiser Leib, auf dem Rücken liegend, bis zum Kinn in Decken gehüllt, mit offenen Augen und so still, daß man hätte meinen können, es sei kein Leben mehr in ihm. So verließ ich ihn und Antonia, die neben seinem Bette kniete, bevor ich hierher in die Posada dieses Italieners kam, wo gleichfalls der allgegenwärtige Tod lauert. Aber ich weiß, daß Don José wahrhaft dort gestorben ist, in der Casa Gould, mit der geflüsterten Mahnung an mich, das zu versuchen, was seine in der Heiligkeit diplomatischer Verträge und feierlicher Erklärungen befangene Seele zweifellos verabscheut haben muß. Ich hatte sehr laut ausgerufen: ›Niemals wird es einen Gott in einem Lande geben, wo die Männer sich nicht selbst helfen wollen.‹

Inzwischen hatte Don Juste eine salbungsvolle Ansprache begonnen, deren feierliche Wirkung ein wenig durch das lächerliche Mißgeschick mit seinem Bart beeinträchtigt wurde. Ich wartete das Ende nicht ab. Er schien ausführen zu wollen, daß Monteros (er nannte ihn General) Absichten wahrscheinlich nicht schlecht wären, obwohl, fuhr er fort, ›dieser ausgezeichnete Mann‹ (knapp eine Woche vorher pflegte er ihn eine Gran' bestia zu nennen) ›vielleicht bezüglich der rechten Mittel im Irrtum war‹. Wie Du Dir denken kannst, hielt ich mich nicht damit auf, das Ende abzuwarten. Ich kenne die Absichten von Monteros Bruder Pedrito, des Guerilleros, den ich vor einigen Jahren in Paris bloßstellte, in einem von südamerikanischen Studenten besuchten Café, wo er sich als Legationssekretär auszugeben versuchte. Er pflegte hereinzukommen und stundenlang zu reden, wobei er seinen Filzhut in haarigen Tatzen drehte; es schien sein Ehrgeiz, eine Art von Duc de Morny neben einer Art Napoleon zu werden. Damals schon pflegte er von seinem Bruder in geschwollenen Tönen zu reden. Er schien sich vor Entdeckung recht sicher zu fühlen, denn die Studenten, durchwegs Mitglieder der Blanco-Familien, verkehrten, wie Du Dir vorstellen kannst, nicht in der Gesandtschaft. Nur Decoud, ein Mann ohne Glauben und Grundsätze, wie sie sagten, ging ab und zu dorthin – des Spaßes halber, wie zu einer Vorführung abgerichteter Affen. Ich kenne Pedritos Absichten. Ich habe ihn bei Tisch die Teller wechseln sehen. Wer immer auch unter dem Terror wird weiterleben dürfen –: ich muß des Todes sterben.

Nein, ich hielt mich nicht damit auf, Don Juste Lopez zu Ende zu hören, der sich selbst in einer ernsten Rede von der Milde und Gerechtigkeit, Ehrenhaftigkeit und Reinheit der Brüder Montero zu überzeugen versuchte. Ich ging ohne weiteres hinaus, um Antonia zu suchen. Ich traf sie in der Galerie. Als ich die Türe öffnete, streckte sie mir die gerungenen Hände entgegen:

›Was tun Sie da drin?‹ fragte sie.

›Reden‹, sagte ich und sah ihr fest in die Augen.

›Ja, ja, aber ...‹

›Leeres Gewäsch‹, unterbrach ich sie. ›Verstecken ihre Angst hinter blödsinnigen Hoffnungen. Lauter große Parlamentarier – nach englischem Muster, Sie wissen ja.‹ Ich war so wütend, daß ich kaum sprechen konnte. Sie machte eine Gebärde der Verzweiflung.

Durch die Türe, die ich hinter mir ein wenig offenhielt, hörten wir Don Justes gemessene, eintönige Stimme von Phrase zu Phrase weitergehen, wie in einem Anfall fürchterlich feierlichen Irrsinns.

›Letzten Endes haben vielleicht die demokratischen Bestrebungen ihre Berechtigung. Die Wege des menschlichen Fortschritts sind unergründlich, und wenn das Schicksal des Landes in Monteros Händen ist, so sollten wir ...‹

Daraufhin schlug ich die Türe zu; es war genug; es war zuviel. Nie hat ein schönes Gesicht mehr Grauen und Verzweiflung ausgedrückt als Antonias Gesicht. Ich konnte es nicht ertragen. Ich faßte sie bei den Handgelenken.

›Haben Sie da drin meinen Vater getötet?‹ fragte sie.

Ihre Augen blitzten vor Empörung, als ich sie aber wie gebannt ansah, ging das Licht darin aus.

›Es ist eine Übergabe‹, sagte ich. Und ich erinnere mich, daß ich ihre Handgelenke schüttelte, die ich umfaßt hielt. ›Aber es ist mehr als Gerede. Ihr Vater hat mir gesagt, in Gottes Namen fortzufahren.‹

Mein liebes Mädel, Antonia hat etwas an sich, das mich an die Durchführbarkeit der unmöglichsten Sache glauben lassen könnte. Ein Blick auf ihr Gesicht genügt, um mein Gehirn in Brand zu setzen. Und doch liebe ich sie, wie jeder andere Mann es auch täte – mit dem Herzen, und nur mit dem. Sie ist mir mehr, als seine Kirche dem Vater Corbelàn (der Großvikar ist letzte Nacht aus der Stadt verschwunden. Vielleicht hat er sich der Bande des Hernandez angeschlossen). Sie ist mir mehr als dem sentimentalen Engländer seine Mine. Von seiner Frau will ich nicht reden. Die mag einmal sentimental gewesen sein; nun steht die San Tomé-Mine zwischen diesen beiden Leuten. ›Ihr Vater selbst, Antonia‹, wiederholte ich. ›Ihr Vater, verstehen Sie? hat mir gesagt, ich sollte fortfahren.‹ Sie wandte ihr Gesicht ab und rief mit gequälter Stimme:

›Hat er das? Dann, fürchte ich, wird er wirklich nie mehr sprechen.‹

Sie befreite ihr Handgelenk aus meinem Griff und begann in ihr Taschentuch zu weinen. Ich beachtete ihren Kummer nicht; ich wollte sie lieber elend als gar nicht sehen, nie wieder. Denn ob ich nun entfloh oder dablieb, um zu sterben, so gab es für uns doch kein Zusammenkommen, keine Zukunft; und da dies so war, so hatte ich auf die flüchtigen Augenblicke ihres Kummers keine Zeit zu verschwenden. Ich schickte sie in Tränen fort, um Doña Emilia und auch Don Carlos zu holen. Deren Gefühl war nötig, um meinem Plan Leben zu geben. Die Gefühlsduselei von Leuten, die nie etwas um ihres eigenen leidenschaftlichen Wunsches willen tun mögen, wenn es ihnen nicht im Märchenkleide einer Idee entgegentritt.

Spät in der Nacht bildeten wir zu viert eine kleine Junta – die beiden Frauen, Don Carlos und ich – in Frau Goulds blau und weißem Boudoir. El Rey de Sulaco hält sich selbst zweifellos für einen sehr ehrlichen Mann. Und das ist er auch, wenn man nur hinter seine Schweigsamkeit kommen könnte. Vielleicht glaubt er, daß diese allein seine Ehrenhaftigkeit makellos erhält. Diese Engländer leben in Illusionen, die ihnen aber doch auf irgendeine Weise helfen, das Wesen der Dinge zu erfassen. Wenn Don Carlos spricht, dann ist es nur ein seltenes ›ja‹ oder ›nein‹ – so unpersönlich wie die Worte eines Orakels. Mir aber konnte er mit dieser stummen Zurückhaltung nichts vormachen. Ich wußte, was er in seinem Kopfe hatte: die Mine. Und seine Frau hat nichts im Kopfe als seine kostbare Person, die er an die Gould-Konzession gehängt und mit dieser zusammen der kleinen Frau um den Hals gebunden hat. Macht nichts. Es kam darauf an, ihn dazu zu bringen, die Sache Holroyd (dem Stahl- und Silberkönig) auf solche Art darzustellen, daß der seinen finanziellen Beistand gewährte. Letzte Nacht um diese Zeit, gerade vor vierundzwanzig Stunden, glaubten wir das Silber der Mine in Sicherheit im Gewölbe des Zollamtes, bis der nordwärts gehende Dampfer kommen und es mitnehmen würde. Und solange der Silberstrom ungehemmt nordwärts fließt, wird der ausgemachte Gefühlsmensch Holroyd nicht von dem Gedanken lassen, nicht nur Gerechtigkeit, Gewerbefleiß, Frieden in diesen dunklen Erdteil zu bringen, sondern auch seinen Lieblingstraum, eine reinere Form von Christentum. Später kam der Erste der wirklichen Europäer in Sulaco, der Chefingenieur der Eisenbahn, vom Hafen aus die Calle heraufgeritten und wurde zu unserem Konklave zugelassen. Unterdessen beriet die Junta der Notabeln in der großen Sala immer noch. Nur war einer von ihnen in den Korridor herausgelaufen, um den Diener zu fragen, ob nicht etwas zu essen hineingeschickt werden könnte. Die ersten Worte des Chefingenieurs, als er in das Boudoir trat, waren: ›Was ist Ihr Haus, liebe Frau Gould? Unten ein Lazarett, oben scheinbar ein Restaurant. Ich habe gesehen, wie Platten voll guter Sachen in die Sala getragen wurden.‹

›Und hier in diesem Boudoir‹, sagte ich, ›sehen Sie das Kabinett der künftigen Westlichen Provinz versammelt.‹

Er war so in Gedanken, daß er dazu nicht einmal lächelte. Er schien nicht einmal überrascht.

Er erzählte uns, er sei eben mit den Anstalten zur Verteidigung des Bahneigentums im Güterbahnhof beschäftigt gewesen, als er in das Bahntelegraphenamt gerufen worden war. Der Ingenieur der Kopfstation, am Fuß des Gebirges, wünschte von seinem Ende des Drahtes her mit ihm zu sprechen. In dem Amtszimmer sei außer ihm selbst nur der Bahntelegraphist anwesend gewesen, der die Botschaft laut las, während der Papierstreifen sich auf dem Boden ringelte. Und die Botschaft, etwas hastig in einer Holzhütte im Walde abgeklappert, habe den Chefingenieur unterrichtet, daß Präsident Ribiera verfolgt worden sei oder noch verfolgt werde. Das allerdings war für uns alle in Sulaco eine Neuigkeit. Ribiera selbst, als wir ihn gerettet, gestärkt, beruhigt hatten, war der Meinung gewesen, er wäre nicht verfolgt worden.

Ribiera hatte den dringenden Vorstellungen seiner Freunde nachgegeben und das Hauptquartier seiner geschlagenen Armee allein verlassen, unter der Führung Bonifacios, des Maultiertreibers, der bereit gewesen war, die Verantwortung zugleich mit der Gefahr auf sich zu nehmen. Er war bei Anbrach des dritten Tages losgeritten. Der Rest seiner Streitkräfte hatte sich während der Nacht verlaufen. Bonifacio und er ritten auf Pferden eilig auf die Kordillere zu; dann verschafften sie sich Maultiere, schlugen die Paßwege ein und kreuzten das Paramo de Ivie, knapp bevor ein Schneesturm über die steinige Hochfläche wegfuhr und die kleine steinerne Schutzhütte, in der sie die Nacht zugebracht hatten, unter einer Schneewehe begrub. Danach hatte der arme Ribiera viele Abenteuer, wurde von seinem Führer getrennt, verlor sein Reittier, kämpfte sich zu Fuß bis ins Campo hinunter und wäre weit weg von Sulaco umgekommen, hätte er sich nicht der Gnade eines Ranchero empfohlen. Dieser Mann, der ihn, nebenbei gesagt, sofort erkannt hatte, gab ihm ein neues Maultier, das der Flüchtling, schwer und ungeübt, zu Tode ritt. Und es war richtig, daß er von einer Abteilung verfolgt worden war, die niemand Geringerer als Pedro Montero, der Bruder des Generals, befehligte. Zum Glück überraschte der kalte Wind des Paramo die Verfolger auf der Paßhöhe. Einige Männer und alle Tiere kamen in dem Schneesturm um. Die Nachzügler starben, der Kern der Schar aber blieb auf der Fährte. Sie fanden den armen Bonifacio halbtot an einem Schneewall und erstachen ihn mit Bajonetten, nach der rechten Art des Bürgerkrieges. Sie hätten auch Ribiera in die Hände bekommen, wenn sie nicht aus irgendeinem Grunde den alten Camino Real verlassen und sich dabei im Wald in den Hügelausläufern verirrt hätten. Und schließlich gerieten sie völlig unerwartet in das Lager der Bauabteilung. Der Ingenieur der Kopfstation unterrichtete seinen Vorgesetzten drahtlich, daß er Pedro Montero unmittelbar nahe, neben sich habe, im Amtszimmer; er höre dem Morseklappern zu. Er gedenke Sulaco im Namen der Demokratie in Besitz zu nehmen. Er gebärde sich sehr überheblich. Seine Leute schlachteten einiges Vieh aus der Herde der Bahngesellschaft, ohne um Erlaubnis zu fragen, und schickten sich an, das Fleisch zu rösten. Pedro habe sich sehr eingehend nach der Silbermine erkundigt und auch gefragt, was aus dem Ertrag der letzten sechs Monate geworden sei. Er habe gebieterisch gesagt: ›Fragen Sie drahtlich Ihren Chef dort unten, er muß es wissen. Sagen Sie ihm, daß Don Pedro Montero, Oberbefehlshaber des Campo und Minister des Innern der neuen Regierung, genau unterrichtet zu werden wünscht.‹

Er hatte die Füße mit blutigen Lappen umwickelt, ein mageres, eingefallenes Gesicht, wirres Haar und zerzausten Bart und war hinkend, auf einen krummen Baumast gestützt, hereingekommen. Seine Begleiter waren vielleicht in noch schlechterer Verfassung, hatten aber offenbar nicht ihre Waffen weggeworfen und gewiß auch nicht alle Munition. Ihre elenden Gesichter füllten die Türe und die Fenster des Telegraphenschuppens. Da dieser zugleich auch den Schlafraum des leitenden Ingenieurs darstellte, hatte sich Montero auf die sauberen Decken geworfen, lag frostzitternd da und diktierte Forderungen, die drahtlich nach Sulaco weitergegeben werden sollten. Er verlangte, daß augenblicklich ein Güterzug herübergeschickt würde, um seine Leute nach Sulaco zu bringen.

›Darauf antwortete ich von meinem Ende aus‹, berichtete uns der Chefingenieur, ›daß ich es nicht wagen könne, das rollende Material ins Innere zu schicken, da längs der ganzen Strecke wiederholt Versuche gemacht worden seien, Züge zur Entgleisung zu bringen. Das tat ich mit Rücksicht auf Sie, Gould‹, sagte der Chefingenieur. ›Die Antwort darauf war, in den Worten meines Untergebenen: Das schuftige Vieh auf meinem Bett sagt: „Und wenn ich Sie erschießen lasse?“ Worauf mein Untergebener, der, wie es scheint, selbst telegraphierte, zurückgab, daß dies die Wagen nicht heraufbringen würde. Darauf habe der andere gähnend gesagt: „Macht nichts, es gibt ja Pferde genug auf dem Campo“, habe sich umgedreht und sei auf Harris' Bett eingeschlafen.‹

Darum, mein liebes Mädel, bin ich heute nacht ein Flüchtling. Die letzte Drahtnachricht von der Kopfstation besagt, daß Pedro Montero und seine Leute bei Tagesgrauen aufgebrochen sind, nachdem sie sich die ganze Nacht an geröstetem Ochsenfleisch vollgegessen hatten. Sie haben alle Pferde beschlagnahmt. Auf der Straße werden sie noch mehr finden; sie werden in weniger als dreißig Stunden hier sein, und darum ist in Sulaco kein Platz mehr, weder für mich noch für den großen Silberschatz der Gould-Konzession.

Aber dies ist nicht das Schlimmste. Die Garnison von Esmeralda ist zu der siegreichen Partei übergegangen. Das haben wir durch den Telegraphisten der Kabelgesellschaft erfahren, der früh am Morgen mit der Nachricht in die Casa Gould kam. Es war so früh, daß der Tag über Sulaco noch nicht völlig angebrochen war. Sein Kollege in Esmeralda hatte ihn angerufen, um ihm mitzuteilen, daß die Garnison einige der Offiziere erschossen und einen im Hafen liegenden Regierungsdampfer in Besitz genommen habe. Das ist wirklich ein schwerer Schlag für mich. Ich glaubte mich auf jeden Mann in dieser Provinz verlassen zu können. Es war ein Irrtum. In Esmeralda hat es eine Monteristen-Revolution gegeben, so, wie sie in Sulaco versucht worden ist, nur daß die dort drüben Erfolg gehabt hat. Der Telegraphist blieb ständig in Verbindung mit Bernhardt, und die letzten Worte, die er übermittelte, waren: ›Sie brechen die Tür ein und nehmen das Telegraphenamt in Besitz. Ihr seid abgeschnitten. Kann nichts mehr tun.‹

Tatsächlich aber brachte er es doch noch fertig, die Aufmerksamkeit seiner Wächter zu täuschen, die versucht hatten, seine Verständigung mit der Außenwelt zu verhindern. Er brachte es fertig. Wie, weiß ich nicht, aber ein paar Stunden später rief er Sulaco nochmals an und sagte: ›Die Insurgenten-Armee hat den staatlichen Transportdampfer mit Beschlag belegt und schifft Truppen ein, um längs der Küste nach Sulaco zu gehen. Darum seid auf eurer Hut. Sie werden in ein paar Stunden zur Abfahrt bereit sein und können vor Tagesanbruch bei euch eintreffen.‹

Das ist alles, was er sagen konnte. Diesmal scheinen sie ihn endgültig von seinem Apparat vertrieben zu haben, denn Bernhardt hat seither Esmeralda fortwährend angerufen, ohne Antwort zu erhalten."

Nachdem er diese Worte in das Taschenbuch geschrieben hatte, das seiner Schwester zugedacht war, hob Decoud lauschend den Kopf. Aber es war kein Laut zu hören, weder im Zimmer noch im Hause, außer dem Tröpfeln des Wassers aus dem Filter in das große irdene Gefäß unter dem Holzgestell. Rings um das Haus herrschte tiefes Schweigen. Decoud beugte den Kopf wieder über das Taschenbuch.

„Ich laufe nicht davon, mußt Du wissen", schrieb er weiter. „Ich gehe einfach mit dem großen Silberschatz fort, der um jeden Preis gerettet werden muß. Pedro Montero vom Campo her und die aufständische Garnison von Esmeralda von der See her rücken beide darauf los. Daß das Silber gerade hier für sie bereitliegt, ist nur ein Zufall. Das wahre Ziel ist die San Tomé-Mine selbst, wie Du Dir wohl vorstellen kannst. Sonst wäre wohl die Westliche Provinz zweifellos noch lange Wochen in Frieden gelassen worden, um schließlich in aller Muße von der siegreichen Partei eingesackt zu werden. Don Carlos Gould wird genug damit zu tun haben, seine Mine mit ihrer Organisation und Bevölkerung zu retten; dieses ›Imperium in Imperio‹, dieses geldheckende Ding, in dem dieser Idealist so merkwürdig die Idee der Gerechtigkeit verkörpert sieht. Er klammert sich daran, wie manche Männer sich an die Idee der Liebe oder der Rache klammern. Wenn ich mich in dem Mann nicht sehr irre, so muß die Mine unverletzt bleiben oder durch einen Akt seines eigenen Willens zugrunde gehen. Eine Leidenschaft hat sich in sein kaltes, idealistisches Leben eingeschlichen. Eine Leidenschaft, die ich nur verstandesmäßig begreifen kann. Eine Leidenschaft nicht von der Art, wie wir sie kennen, wir Männer eines andern Bluts. Aber sie ist so gefährlich wie nur eine der unseren.

Auch seine Frau hat das begriffen. Darum ist sie mir eine so wertvolle Verbündete. Sie nimmt alle meine Anregungen in dem sicheren Gefühl auf, daß sie letzten Endes zur Sicherheit der Gould-Konzession beitragen. Und er fügt sich ihr, vielleicht weil er ihr vertraut, aber, denke ich mir, eher noch, weil er ein geheimes Unrecht gutzumachen wünscht, diese gefühlsmäßige Untreue, die das Glück und das Leben der Frau einer verführerischen Idee unterordnet. Die kleine Frau hat entdeckt, daß er weniger für sie als für die Mine lebt. Aber lassen wir sie sein. Jedem sein Schicksal, durch Leidenschaft oder Gefühl geformt. Die Hauptsache ist, daß sie meinen Vorschlag unterstützt hat, das Silber aus der Stadt, aus dem Lande hinauszubringen, sofort, um jeden Preis, auf jede Gefahr hin. Don Carlos' Aufgabe ist es, den guten Ruf seiner Mine fleckenlos zu erhalten; Frau Goulds Aufgabe ist es, ihn vor den Einwirkungen dieser kalten und überwältigenden Leidenschaft zu bewahren, die sie mehr fürchtet, als gälte sie einer anderen Frau. Nostromos Aufgabe ist es, das Silber zu retten. Der Plan geht dahin, es in den größten Leichter der O. S. N. Gesellschaft zu laden und quer über den Golf nach einem kleinen Hafen außerhalb des Gebietes von Costaguana zu senden, unmittelbar hinter Azuera. Der erste nordwärts gehende Dampfer wird Befehl erhalten, es von dort aus mitzunehmen. Die See ist hier ruhig. Wir werden uns in die Dunkelheit des Golfes hinausstehlen, bevor die Rebellen von Esmeralda ankommen; und bis der Tag über dem Ozean anbricht, werden wir außer Sicht sein, von Azuera verborgen, das von Sulaco aus selbst nur wie ein verschwommenes blaues Wölkchen am Horizont aussieht.

Der unbestechliche Capataz de Cargadores ist der Mann für diese Aufgabe; und ich, der Mann mit einer Leidenschaft, doch ohne Aufgabe, ich gehe mit ihm, um zurückzukehren und meine Rolle in der Posse zu Ende zu spielen und, wenn ich Erfolg habe, meinen Lohn zu empfangen, den niemand als Antonia mir geben kann.

Ich werde sie nun nicht wiedersehen, bevor ich abfahre. Ich habe sie, wie ich Dir sagte, an Don Josés Lager verlassen. Die Straße war dunkel, die Häuser geschlossen, und ich ging durch die Nacht, aus der Stadt hinaus. Seit zwei Tagen war keine einzige Straßenlaterne angezündet, und der Bogen des Stadttors türmte sich verschwommen in der Dunkelheit; ich hörte ein leises Klagen, das dem Murmeln einer Männerstimme zu antworten schien.

In dieser Stimme erkannte ich eine gewisse unbeteiligte Nachlässigkeit, das Merkmal jenes Genueser Seemanns, der, wie ich, zufällig hierhergekommen ist, um in Ereignisse verwickelt zu werden, die seiner Zweifelsucht, genau wie der meinen, offenbar etwas verächtlich erscheinen. Das einzige, was ihm am Herzen liegt, soviel ich entdecken konnte, ist gute Nachrede. Ein Ehrgeiz, der edlen Seelen ziemt, doch auch für alle ungewöhnlich gewitzten Schurken von Vorteil sein könnte. Jawohl. Seine eigenen Worte: ›Man soll gut von mir sprechen. Si, Señor!‹ Er scheint zwischen Sprechen und Denken keinen Unterschied zu machen. Ist das blanke Einfalt oder ein scharfer Wirklichkeitssinn, möchte ich wohl wissen? Außergewöhnliche Persönlichkeiten ziehen mich immer an, weil sie so gut der allgemeinen Formel für den sittlichen Durchschnitt der Menschheit entsprechen.

Er holte mich auf der Straße nach dem Hafen ein, nachdem ich den dunklen Torbogen, ohne anzuhalten, durchschritten hatte. Aus Anstandsgefühl schwieg ich, während er an meiner Seite ging. Nach einer Weile begann er selbst zu sprechen. Es war nicht, was ich erwartet hatte. Es war nur eine alte Frau, eine alte Spitzenklöpplerin, die ihren Sohn suchte, einen der Straßenkehrer in Diensten der Gemeinde. Tags zuvor, in der Morgendämmerung, waren Freunde an die Türe der Hütte gekommen und hatten ihn hinausgerufen. Er war mit ihnen gegangen, und sie hatte ihn seither nicht gesehen; sie hatte das vorbereitete Essen halbfertig auf dem erloschenen Herd stehenlassen und war bis zum Hafen hinausgekrochen; dort hatte sie gehört, daß einige Mozos aus der Stadt an dem Morgen des Aufstands getötet worden waren. Einer der Cargadores, die das Zollamt bewachten, hatte eine Laterne herausgebracht und ihr geholfen, die wenigen Toten zu besichtigen, die in der Nähe liegengeblieben waren. Nun humpelte sie wieder nach Hause, da ihre Suche ergebnislos geblieben war. Auf der steinernen Bank unter dem Torbogen hatte sie sich jammernd niedergesetzt, weil sie sehr müde war. Der Capataz hatte sie ausgefragt und ihr, nachdem er ihre abgerissene Erzählung angehört, geraten, unter den Verwundeten im Innenhof der Casa Gould weiterzusuchen. Er hatte ihr auch einen Vierteldollar gegeben, wie er nachlässig erwähnte.

›Warum taten Sie das?‹ fragte ich. ›Kennen Sie sie?‹

›Nein, Senor. Ich glaube nicht, sie je zuvor gesehen zu haben. Wie sollte ich auch? Sie ist wahrscheinlich seit Jahren nicht auf der Straße gewesen. Sie ist eines jener alten Weiber, die man hierzulande im Hintergrund von Hütten finden kann, über den Herd gebeugt, einen Krückstock neben sich auf dem Boden und fast zu schwach, um die streunenden Hunde von den Kochtöpfen wegzutreiben. Caramba! Ich konnte an ihrer Stimme erkennen, daß der Tod sie vergessen haben muß. Aber alt oder jung, sie lieben das Geld und werden gut von einem Mann reden, der ihnen welches gibt.‹ Er lachte ein wenig. ›Señor, Sie hätten das Zupacken ihrer Klaue fühlen sollen, als ich ihr die Münze zusteckte.‹ Er hielt inne. ›Meine letzte noch dazu‹, schloß er.

Ich sagte nichts dazu. Er ist bekannt für seine Freigebigkeit und sein Pech im Monte-Spiel, was beides ihn so arm erhält, wie er hergekommen ist.

›Ich vermute, Don Martin‹, hob er nachdenklich und bedächtig wieder an, ›daß der Senor Administrador der San Tomé-Mine mich eines Tages belohnen wird, wenn ich sein Silber rette!‹

Ich sagte, daß es natürlich nicht anders sein könnte. Er ging weiter und murmelte vor sich hin: ›Si, si, ohne Zweifel, ohne Zweifel; und sehen Sie doch, Señor Martin, was es ausmacht, gute Nachrede zu haben. Es gibt keinen andren Mann, an den man für eine solche Sache auch nur hätte denken können. Ich werde eines Tages etwas Großes dafür bekommen. Und mag es bald sein‹, knurrte er. ›Die Zeit vergeht in diesem Land so schnell wie sonstwo.‹

Dies, *sœur chérie,* ist mein Gefährte bei der großen Rettung im Dienste der großen Sache. Er ist eher unbefangen als scharfsichtig, eher großartig als schlau, dabei freigebiger mit seiner Person, als es die Leute, die ihn benutzen, mit ihrem Gelde sind. Das wenigstens glaubt er selbst – mit mehr Stolz als Gefühl. Ich bin froh, daß ich ihn zum Freunde gewonnen habe. Als Gefährte gewinnt er mehr Bedeutung, als er sie je zuvor hatte – als er für mich nur ein nebensächlicher Bekannter, ein urwüchsiger italienischer Matrose war, dem ich erlaubte, während der toten Stunden des Tages heraufzukommen und mit dem Herausgeber des ›Porvenir‹ zu plaudern, während die Zeitung durch die Presse lief. Und es ist mir sehr merkwürdig, einen Mann getroffen zu haben, für den der Wert des Lebens in persönlicher Geltung zu bestehen scheint.

Ich warte nun hier auf ihn. Als wir in Violas Posada ankamen, fanden wir die Kinder allein im Erdgeschoß, und der alte Genuese rief seinem Landsmann zu, er solle den Doktor holen. Sonst wären wir wohl an den Kai gegangen, wo, wie es scheint, Kapitän Mitchell mit ein paar europäischen Freiwilligen und ein paar ausgesuchten Cargadores das Silber in den Leichter schafft, das aus Monteros Klauen gerettet werden muß, um zu Monteros Niederwerfung dienen zu können. Nostromo galoppierte wild in die Stadt zurück. Er ist schon lange fort. Diese Verzögerung läßt mir Zeit, mich mit Dir zu unterhalten. Bis dieses Taschenbuch Dich erreicht, wird sich viel ereignet haben. Jetzt aber gibt es eine Pause, im Schatten der Todesfittiche, in diesem stillen Haus, das in schwarzer Nacht begraben liegt, mit seiner sterbenden Frau, den beiden Kindern, die lautlos in einer Ecke kauern, und dem alten Mann, den ich durch die dicken Mauern hinauf und herunter gehen hören kann, mit leichtem Rascheln, nicht lauter als das einer Maus. Und ich, allein mit ihnen, weiß wirklich nicht, ob ich mich zu den Lebenden oder zu den Toten zählen soll. *Quien sabe?* wie die Leute hier gerne auf jede Frage antworten. Doch nein: mein Gefühl für Dich ist sicher nicht tot, und alles, das Haus, die dunkle Nacht, die schweigenden Kinder in diesem dämmerigen Raum, sogar meine Gegenwart hier – alles ist Leben, muß Leben sein, da es so sehr einem Traum gleicht."

Beim Schreiben der letzten Zeile überkam Decoud ein Augenblick völligen und jähen Selbstvergessens. Er lehnte sich über den Tisch, als hätte ihn eine Kugel getroffen. Gleich darauf setzte er sich wieder auf, verwirrt, mit dem Eindruck, er habe seinen Bleistift über den Fußboden rollen hören. Die niedere Tür des Cafés, weit offen, war von Fackelschein erfüllt und ließ ein halbes Pferd sehen, das mit dem Schweif gegen das Bein seines Reiters und dessen langen Eisensporn an nackter Ferse schlug. Die beiden Mädchen waren fort, und Nostromo stand mitten im Zimmer und sah unter der Krempe seines tief in die Augen gezogenen Sombreros hervor Decoud an. „Ich habe diesen griesgrämigen englischen Doktor in Señora Goulds Wagen hergebracht", sagte Nostromo. „Ich zweifle, ob er diesmal mit all seiner Weisheit die Padrona wird retten können. Sie haben nach den Kindern geschickt. Ein schlechtes Zeichen, das." Er setzte sich auf die Ecke einer Bank. „Sie will ihnen ihren Segen geben, vermute ich."

Decoud bemerkte verwirrt, daß er fest eingeschlafen sein müsse, und Nostromo erwiderte ihm mit leichtem Lächeln, er habe zum Fenster hereingespäht und Decoud mit dem Kopf auf den Armen über dem Tisch liegen sehen. Die englische Señora sei gleichfalls im Wagen mitgekommen und sofort mit dem Doktor hinaufgegangen. Sie habe ihm befohlen, Don Martin nicht zu wecken; er sei in das Café gekommen, als nach den Kindern geschickt worden war.

Das halbe Pferd mit seinem halben Reiter wandte vor der Türe; die Fackel aus Werg und Harz, in einem Eisenkorb an langer Stange auf dem Sattelknopf getragen, flammte einen Augenblick gerade durch die Türe, und Frau Gould trat hastig ein, mit sehr bleichem, müdem Gesicht; die Kapuze ihres dunkelblauen Mantels war zurückgefallen. Beide Männer erhoben sich.

„Teresa möchte dich sehen, Nostromo“, sagte sie.

Der Capataz rührte sich nicht. Decoud kehrte dem Tisch den Rücken und begann seinen Rock zuzuknöpfen.

„Das Silber, Frau Gould, das Silber“, murmelte er auf englisch. „Vergessen Sie nicht, daß die Garnison von Esmeralda sich einen Dampfer verschafft hat. Die Kerle können jeden Augenblick im Hafen auftauchen.“

„Der Doktor sagte, daß keine Hoffnung mehr ist“, meinte Frau Gould hastig, gleichfalls englisch. „Ich werde Sie in meinem Wagen mit zum Hafen hinunternehmen und dann zurückkommen, um die Mädchen fortzuholen.“ Sie sprach spanisch weiter, zu Nostromo gewandt: „Warum verlierst du Zeit? Die Frau des alten Giorgio will dich sehen.“

„Ich gehe zu ihr, Señora“, murmelte der Capataz.

Dr. Monygham erschien und brachte die Kinder zurück. Auf Frau Goulds Blick schüttelte er nur den Kopf und ging sofort wieder hinaus, von Nostromo gefolgt.

Das Pferd des Fackelträgers ließ reglos den Kopf hängen, und der Reiter hatte die Zügel fallen lassen, um sich eine Zigarette anzuzünden. Der Fackelschein umspielte die Stirnseite des Hauses; von den großen schwarzen Lettern der Inschrift trat nur das Wort ITALIA deutlich hervor. Der flackernde Lichtkreis reichte bis zu Frau Goulds Wagen, der auf der Straße wartete; der gelbgesichtige, stattliche Ignacio schien auf dem Bock zu schlafen. Basilio an seiner Seite, dunkel und mager, hielt mit beiden Händen einen Winchester-Karabiner vor sich hin und spähte furchtsam in die Dunkelheit. Nostromo berührte leicht des Doktors Schulter.

„Liegt sie wirklich im Sterben, Señor Doctor?“

„Ja“, sagte der Doktor mit einem eigentümlichen Zucken seiner zernarbten Wange. „Und warum sie dich sehen will, kann ich mir nicht vorstellen.“

„Es ist ihr auch schon früher so gegangen“, meinte Nostromo wie prüfend und sah zur Seite.

„Nun, Capataz, ich kann dir versichern, daß es ihr nie wieder so gehen wird“, schnarrte Dr. Monygham. „Du kannst zu ihr gehen oder wegbleiben. Es hat sehr wenig Wert, mit Sterbenden zu reden. Aber sie sagte zu Doña Emilia in meiner Gegenwart, daß sie wie eine Mutter zu dir gewesen ist, seit dem ersten Augenblick, wo du hier den Fuß an Land gesetzt hast.“

„Si! Und sie wußte nie zu jemand ein gutes Wort über mich zu sagen. Es hat eher den Anschein, als wollte sie es mir nicht vergeben, daß ich lebe und noch dazu gerade so ein Mann bin, wie ihr Sohn gerne einer hätte sein sollen.“

„Vielleicht!“ rief eine bekümmerte Stimme nahe bei ihnen aus. „Die Frauen haben ihre eigene Weise, sich zu quälen.“ Giorgio Viola war aus dem Hause gekommen. Er warf im

Fackellicht einen schweren, schwarzen Schatten, und der grelle Schein fiel auf sein großes Gesicht mit dem buschigen weißen Haar. Er winkte den Capataz mit ausgestrecktem Arm ins Haus.

Dr. Monygham hatte sich an einem kleinen Arzneikasten aus poliertem Holz auf dem Sitz des Landauers zu schaffen gemacht, wandte sich nun dem alten Giorgio zu und drückte ein dunkles Glasfläschchen aus dem Kasten in des Alten zitterige, große Hand.

„Geben Sie ihr ab und zu einen Teelöffel hiervon in Wasser“, sagte er. „Es wird ihr Linderung verschaffen.“

„Und sonst ist nichts für sie zu tun?“ fragte der alte Mann geduldig.

„Nein, nicht auf Erden“, sagte der Doktor, kehrte ihm den Rücken und ließ das Schloß des Arzneikastens einschnappen.

Nostromo durchquerte langsam die große Küche, die ganz dunkel lag, bis auf das Glühen eines kleinen Kohlenhäufchens unter dem mächtigen Rauchfang der Feuerstelle, wo in einem großen Eisentopf Wasser laut brodelnd kochte. Zwischen den zwei Seitenwänden der engen Treppe fiel von oben aus dem Krankenzimmer greller Lichtschein herunter, und der prachtvolle Capataz de Cargadores ging lautlos in weichen Ledersandalen hinauf und sah mit dem buschigen Backenbart, dem sehnigen Hals und der bronzebraunen Brust, die das gewürfelte Hemd freiließ, wie ein mittelländischer Matrose aus, der gerade von einer mit Wein oder Früchten beladenen Feluke an Land gekommen ist. Auf dem oberen Stiegenabsatz hielt er an, stand breitschultrig, schlank, mit schmalen Hüften und sah nach dem großen Bett hin. Es glich mit vielem schneeigem Leinen einem Prunklager, und die Padrona saß ungestützt, gebeugt da, das schöne Gesicht mit den schwarzen Brauen tief auf die Brust gesenkt. Eine Flut rabenschwarzen Haares mit nur wenig weißen Fäden darin bedeckte ihre Schulter; eine dicke Strähne war nach vorne gefallen und verhüllte ihre Wange halb. Sie verharrte völlig regungslos in ihrer Stellung, die körperliche Beklemmung und Unrast ausdrückte; ihre Augen kehrten sich Nostromo zu.

Der Capataz trug eine rote Schärpe vielfach um die Hüften gewunden und einen schweren Silberring auf dem Zeigefinger der Hand, die er erhob, um seinen Schnurrbart zu drehen.

„Ihre Revolutionen, ihre Revolutionen“, keuchte Signora Teresa. „Sieh doch, Giambattista, nun hat es mich doch umgebracht.“

Nostromo sagte nichts, und die kranke Frau beharrte, mit einem Aufblicken: „Sieh doch, diese eine hat mich umgebracht, während du weg warst und für eine Sache gekämpft hast, die dich nichts anging, närrischer Mann.“

„Warum redest du so“, murmelte der Capataz durch die Zähne. „Wirst du niemals an meinen gesunden Menschenverstand glauben? Mir liegt daran, das zu bleiben, was ich bin: alle Tage der gleiche.“

„Du änderst dich nie, wirklich nicht“, sagte sie bitter. „Denkst immer nur an dich und läßt dich mit schönen Worten von Leuten bezahlen, die sich nichts aus dir machen.“

Zwischen den beiden bestand ein ewiger Widerspruch, der in seiner Art eine so enge Nähe schuf wie Übereinstimmung und Zuneigung. Nostromos Entwicklung hatte Teresas Erwartungen nicht entsprochen. Sie war es gewesen, die ihn ermutigt hatte, sein Schiff zu verlassen, in der Hoffnung, ihren Mädchen einen Freund und Verteidiger zu sichern. Die Frau des alten Giorgio war sich ihres schlechten Gesundheitszustandes bewußt und litt unter Ängsten wegen der Einsamkeit ihres alten Gatten und der schutzlosen Verlassenheit der Kinder. Sie hätte gewünscht, diesen scheinbar ruhigen und beständigen jungen Mann an die Familie zu binden; er schien liebefähig, schmiegsam, war von frühestem Alter an Waise, wie er ihr gesagt hatte, ohne Verwandte in Italien, bis auf einen Onkel, den Eigner und Schiffer einer Feluke, vor dessen Mißhandlungen er noch vor dem vierzehnten Jahr entlaufen war. Frau Teresa hatte ihn für mutig gehalten, für einen harten Arbeiter, entschlossen, seinen Weg in der Welt zu machen. Aus Dankbarkeit und Gewohnheit sollte er für sie und Giorgio wie ein Sohn werden; und dann, wer weiß, wenn Linda herangewachsen war ... zehn Jahre Unterschied zwischen Mann und Frau waren nicht soviel. Ihr eigener großer Gatte war fast zwanzig Jahre älter als sie. Giambattista war außerdem noch ein anziehender junger Bursche: anziehend für Männer, Frauen und Kinder, gerade durch die ausgeglichene Ruhe, die, wie ein heiteres Zwielicht, die Reize seiner kräftigen Gestalt und die Entschlossenheit seines Verhaltens noch verführerischer erscheinen ließ.

Der alte Giorgio, völlig ohne Ahnung von den Ansichten und Hoffnungen seiner Frau, empfand große Achtung für seinen jungen Landsmann. „Ein Mann soll nicht zahm sein", pflegte er ihr zu sagen, indem er das spanische Sprichwort zur Verteidigung des prächtigen Capataz anführte. Sie wurde eifersüchtig auf seinen Erfolg. Er entglitt ihr, fürchtete sie. Sie war weltklug, und er schien ihr die törichteste Verschwendung mit den Vorzügen zu treiben, die ihn so wertvoll machten. Er zog zuwenig Nutzen daraus. Er verschwendete sich zu sehr mit vollen Händen an zu viele Leute, fand sie. Legte kein Geld beiseite. Sie spottete über seine Armut, seine Taten, seine Abenteuer, seine Liebesgeschichten und seinen Ruf; im tiefsten Herzen aber hatte sie ihn nie aufgegeben; als wäre er wirklich ihr Sohn gewesen.

Jetzt sogar, so krank sie war, krank genug, um den Eiseshauch des nahenden Endes zu fühlen, hatte sie ihn doch zu sehen gewünscht. Es war, als streckte sie die bebende Hand aus, um neuen Halt über ihn zu gewinnen. Aber sie hatte ihrer Kraft zuviel zugemutet. Sie konnte ihren Gedanken nicht befehlen; sie waren trüb geworden, zugleich mit ihrem Gesicht. Die Worte kamen zögernd über ihre Lippen; und nur die ewige qualvolle Angst und der Wunsch ihres Lebens schienen noch zu stark für den Tod.

Der Capataz sagte: „Ich habe diese Dinge oft gehört. Du bist ungerecht, aber es kränkt mich nicht. Nur scheinst du mir gerade jetzt nicht viel Kraft zum Sprechen zu haben, und ich habe nur wenig Zeit zum Zuhören. Ich bin an einer sehr wichtigen Arbeit beteiligt."

Sie fragte ihn mit Anstrengung, ob es wahr sei, daß er sich die Zeit genommen habe, einen Doktor für sie zu holen. Nostromo nickte zustimmend.

Sie war erfreut. Es linderte ihre Leiden, zu wissen, daß der Mann soviel für die getan hatte, die seine Hilfe wirklich brauchten. Es war ein Freundschaftsbeweis. Ihre Stimme wurde stärker.

„Ich brauche einen Priester noch mehr als den Doktor", sagte sie gefühlvoll. Sie bewegte den Kopf nicht, nur ihre Augen wanderten in den Höhlen, um das Bild des Capataz zu erfassen, der neben ihrem Bette stand. „Würdest du nun gehen und einen Priester für mich holen? Bedenke, eine sterbende Frau bittet dich!"

Nostromo schüttelte entschlossen den Kopf. Er glaubte nicht an Priester in Ausübung ihres Amtes. Ein Arzt konnte von Nutzen sein; ein Priester, als Priester, war nichts und unfähig, Gutes oder Böses zu wirken. Nostromo scheute nicht einmal ihren Anblick, wie es der alte Giorgio tat. Die völlige Nutzlosigkeit dieses Ganges war es, die ihn zunächst berührte.

„Padrona", sagte er. „Es ist dir schon früher so gegangen, und nach ein paar Tagen hat es sich gebessert. Ich habe dir schon die letzten Augenblicke meiner verfügbaren Zeit geopfert. Bitte Señora Gould, dir einen zu schicken."

Die Gottlosigkeit seiner Weigerung bedrückte ihn. Die Padrona glaubte an Priester und beichtete ihnen. Aber alle Frauen taten das. Es konnte nicht viel auf sich haben. Und doch zog sich ihm das Herz zusammen bei dem Gedanken, was die Absolution für sie bedeuten mußte, wenn sie auch nur ein klein wenig daran glaubte. Einerlei. Es war ganz wahr, daß er ihr schon den allerletzten verfügbaren Augenblick geopfert hatte.

„Und du weigerst dich, zu gehen?" keuchte sie. „Oh, du bleibst wirklich immer du selbst."

„Sei doch vernünftig, Padrona", sagte er. „Man braucht mich, um das Silber der Mine zu retten! Hörst du? Um einen größeren Schatz zu retten als den, den die Geister und Teufel auf Azuera bewachen, wie man sagt. Es ist wahr. Ich bin entschlossen, dies zu der verzweifeltsten Sache zu machen, in der ich zeit meines Lebens die Hände hatte."

Sie fühlte ohnmächtigen Zorn. Die letzte Probe war mißlungen. Da Nostromo über ihr stand, so konnte er ihr verzerrtes Gesicht nicht sehen, das ein Übermaß von Schmerz und Ärger ausdrückte. Doch begann sie am ganzen Leibe zu zittern. Ihr gebeugter Kopf bebte, ihre breiten Schultern zuckten.

„Dann wird Gott mir vielleicht gnädig sein! Aber sieh du dazu, Mann, daß du von deinem Unternehmen noch etwas anderes hast als die Reue, die dich eines Tages überfallen wird."

Sie lachte leise. „Hole dir endlich einmal Reichtümer, du unentbehrlicher, bewunderter Giambattista, dem die Seelenruhe einer sterbenden Frau weniger bedeutet als das Lob von Leuten, die dir einen dummen Spitznamen gegeben haben – nichts sonst – als Gegenwert für deine Seele und deinen Leib."

Der Capataz de Cargadores fluchte in sich hinein.

„Laß du meine Seele in Frieden, Padrona, und ich werde schon wissen, wie ich meinen Leib in acht nehmen muß. Was ist schlimmes dabei, daß die Leute mich brauchen? Was habe ich dir und den Kindern geraubt, daß du mich darum beneiden solltest? Gerade die Leute, die du mir da in die Zähne wirfst, haben mehr für den alten Giorgio getan, als es ihnen je eingefallen wäre, für mich zu tun."

Er schlug sich mit der flachen Hand an die Brust; seine Stimme war leise geblieben, obwohl er mit Nachdruck gesprochen hatte. Er drehte beide Spitzen seines Schnurrbarts, eine nach der andern, und ließ die Augen durch das Zimmer wandern.

„Ist es mein Fehler, daß ich der einzige Mann für ihre Zwecke bin? Was redest du in deinem Ärger für Unsinn daher, Mutter? Sähest du mich lieber, schüchtern und dumm, auf dem Marktplatz Wassermelonen verkaufen oder Fahrgäste im Boot durch den Hafen rudern, wie einen weichen Neapolitaner, ohne Mut und Namen? Möchtest du, daß ein junger Mann wie ein Mönch leben sollte? Ich glaube es nicht. Willst du für deine älteste Tochter einen Mönch haben? Laß sie aufwachsen. Wovor fürchtest du dich? Du hast mir alles und jedes, was ich seit Jahren tat, übel ausgelegt, seit damals, als du zum erstenmal ohne des alten Giorgio Wissen mit mir über Linda gesprochen hast. Der einen Gatte und der andern Bruder, sagtest du? Nun, warum nicht! Ich mag die Kleinen gern, und ein Mann muß einmal heiraten. Aber seit damals hast du mich allen Leuten gegenüber heruntergesetzt. Warum? Hast du dir eingebildet, du könntest mir ein Halsband und eine Kette umlegen, als wäre ich einer der Wachhunde, die sie dort drüben im Güterbahnhof halten? Sieh her, Padrona, ich bin derselbe Mann, der eines Abends an Land kam, in der baufälligen Hütte niedersaß, in der ihr damals lebtet, auf der andern Seite der Stadt, und dir seine Geschichte erzählte. Damals wart ihr nicht ungerecht gegen mich. Was ist seither geschehen? Ich bin kein dummer Junge mehr. Ein guter Name ist ein Schatz, sagt Giorgio, Padrona." „Sie haben dir mit ihrem Lob den Kopf verdreht", keuchte die kranke Frau. „Sie haben dich mit Worten bezahlt. Deine Narrheit wird dich in Armut bringen, in Elend und Hunger. Die letzten Leperos noch werden über dich lachen – den großen Capataz."

Nostromo stand eine Weile wie vom Donner gerührt. Sie sah nicht nach ihm. Ein selbstsicheres, freudloses Lächeln schwand rasch von seinen Lippen, und dann wich er zurück. Seine unbeachtete Gestalt versank jenseits des Türrahmens. Er stieg die Treppe rücklings hinab, in dem gewohnten Gefühl, durch die Geringschätzung dieser Frau um den guten Ruf gebracht zu sein, den er sich errungen hatte und zu bewahren wünschte. Unten in der großen Küche brannte eine Kerze inmitten der tiefen Schatten der Wände und der Decke, aber der grelle Lichtschein vor der offenen Außentüre war verschwunden. Der Wagen mit Frau Gould und Don Martin, mit dem Fackelreiter voraus, war zum Hafen hinuntergefahren. Dr. Monygham, der zurückgeblieben war, saß auf der Kante eines Hartholztisches nahe beim Leuchter, sein unschönes, rasiertes Gesicht seitlich geneigt, die Arme auf der Brust gekreuzt, die Lippen vorgeschoben, und starrte aus seinen vortretenden Augen unbewegt auf den schwarzen Lehmboden. Nahe bei dem überhängenden Rauchfang der Feuerstelle, wo der Wassertopf immer noch heftig kochte, stand der alte Giorgio, das Kinn in der Hand, einen Fuß vorgeschoben, als hätte ihn ein plötzlicher Gedanke angehalten.

„Adios, viejo", sagte Nostromo, fühlte nach dem Kolben seines Revolvers im Gürtel und lockerte das Messer in der Scheide. Er nahm einen blauen, rotgesäumten Poncho vom Tisch auf und zog ihn sich über den Kopf. „Adios, sieh nach den Sachen in meinem Schlafzimmer, und wenn du nichts mehr von mir hörst, gib den Koffer Paquita. Es ist nicht viel Wertvolles darin, außer meinem neuen Serape aus Mexiko und ein paar Silberknöpfen an meiner besten Jacke. Einerlei, die Sachen werden gut genug aussehen auf dem nächsten Liebhaber, den sich das Mädel nimmt, und der Mann braucht sich nicht zu fürchten, daß ich nach meinem Tode mich auf Erden herumtreiben werde, wie diese Gringos, die auf Azuera spuken."

Dr. Monygham verzog die Lippen zu einem bittern Lächeln. Nachdem der alte Giorgio mit einem fast unmerklichen Nicken und ohne ein Wort die enge Stiege hinaufgegangen war, sagte er:

„Wie denn, Capataz! Ich dachte, Ihnen könnte nichts schiefgehen!"

Nostromo sah geringschätzig nach dem Doktor, verweilte ein wenig in der Türe, um sich eine Zigarette zu drehen, strich dann ein Zündholz an und hielt es brennend über seinen Kopf, bis ihm die Flamme fast die Finger versengte:

„Kein Wind", murmelte er vor sich hin. „Sehen Sie, Señior – machen Sie sich einen Begriff von meinem Unternehmen?"

Dr. Monygham nickte mürrisch.

„Es ist, als wollte ich einen Fluch auf mich nehmen, Señor Doctor. Denn hierzulande muß ein Mann mit einem Schatz jedes Messer längs der ganzen Küste auf sich gerichtet sehen. Verstehen Sie das, Señor Doctor? Ich werde wie ein Vogelfreier hintreiben, bis ich irgendwo den nordwärts gehenden Dampfer der Gesellschaft treffe; und dann allerdings wird man von dem Capataz de Cargadores von Sulaco von einem Ende Amerikas bis zum andern reden."

Dr. Monygham lachte sein kurzes, heiseres Lachen. Nostromo wandte sich im Türrahmen um.

„Wenn aber Euer Gnaden einen andern Mann zu finden vermögen, der zu einem solchen Geschäft bereit und tauglich ist, dann will ich zurückstehen. Ich bin nicht geradezu meines Lebens müde, obwohl ich so arm bin, daß ich alles, was ich habe, auf meinem Pferd mit mir nehmen könnte."

„Sie spielen zuviel und sagen nie ›nein‹ zu einem hübschen Gesicht, Capataz", sagte Dr. Monygham mit gespielter Einfalt. „Das ist nicht der Weg, zu Reichtümern zu kommen. Aber niemand, soviel ich weiß, hat Sie je für arm gehalten. Ich hoffe, Sie werden einen guten Handel gemacht haben, wenn Sie heil von diesem Abenteuer zurückkommen."

„An welchen Handel denken Euer Gnaden?" fragte Nostromo und blies eine Rauchwolke durch die Türe.

Dr. Monygham horchte einen Augenblick in das Stiegenhaus hinauf, bevor er, wieder mit seinem kurzen, abgerissenen Lachen, zurückgab:

„Glorreicher Capataz, sollte ich den Fluch des Todes auf mich nehmen, wie Sie es nennen, dann könnte mir nichts als der ganze Schatz genügen."

Nostromo verschwand aus dem Türrahmen, mit einem übellaunigen Knurren wegen der spöttischen Antwort. Dr. Monygham hörte ihn fortgaloppieren. Nostromo ritt wütend durch die Dunkelheit. In den Gebäuden der O. S. N. Gesellschaft am Hafen brannten Lichter, doch bevor er dahin kam, begegnete er dem Gouldschen Wagen. Der Fackelträger ritt voraus, und der Schein fiel auf die trabenden weißen Maultiere, den stattlichen Ignacio, der kutschierte, und Basilio, der mit dem Karabiner neben ihm auf dem Bock saß. Aus dem dunklen Landauer rief Frau Goulds Stimme: „Sie erwarten dich, Capataz!“ Sie kehrte zurück, fröstelnd und aufgeregt, Decouds Taschenbuch immer noch in der Hand. Er hatte es ihr anvertraut, damit sie es an seine Schwester sende. „Vielleicht meine letzten Worte an sie“, hatte er gesagt und Frau Goulds Hand gedrückt.

Der Capataz mäßigte die Gangart nicht. Am Kopfende der Landungsbrücke sprangen undeutliche Gestalten mit Gewehren seinem Pferde an den Kopf; andere umringten ihn – Cargadores der Gesellschaft, die von Kapitän Mitchell auf Wache gestellt waren. Auf ein Wort Nostromos traten sie mit unterwürfigem Murmeln zurück, da sie seine Stimme erkannten. Am anderen Ende der Landungsbrücke, nächst einem Lastkran, wurde in einer dunklen Gruppe mit glimmenden Zigarren Nostromos Name im Ton der Erlösung genannt. Die meisten der Europäer von Sulaco waren dort um Charles Gould versammelt, als wäre das Silber der Mine das Sinnbild einer gemeinsamen Sache, das Wahrzeichen der überragenden Wichtigkeit materieller Interessen gewesen. Sie hatten es mit ihren eigenen Händen im Leichter verstaut. Nostromo erkannte Don Carlos Gould, eine magere, hohe Gestalt, der schweigend etwas abseits stand und zu dem eine andere hohe Gestalt, der Chefingenieur, laut sagte: „Wenn es schon verloren sein muß, dann wäre es millionenmal besser, es ginge auf den Meeresgrund.“

Martin Decoud rief aus dem Leichter: *“Au revoir, Messieurs,* bis wir uns über der neugeborenen Westlichen Republik wieder die Hände reichen.“ Nur ein gedämpftes Gemurmel antwortete den hellen, klingenden Worten; und dann schien es, als glitte die Landungsbrücke in die Nacht davon. Es war aber Nostromo, der schon mit einem der schweren Ruder von einem Pfosten abstieß. Decoud regte sich nicht; ihm schien es, als glitte er in den Weltraum hinaus. Ein- oder zweimal hörte man ein Klatschen im Wasser, und dann nichts mehr als den Schall von Nostromos Schritten im Boot. Er hißte das große Segel; ein Windhauch traf Decouds Wange. Alles war verschwunden, bis auf das Licht der Laterne, die Kapitän Mitchell am Ende der Landungsbrücke an einem Pfosten hochgezogen hatte, um Nostromo ein Richtzeichen für die Fahrt zu geben.

Die beiden Männer, außerstande, einander zu sehen, verhielten sich schweigend, bis der Leichter, vor der günstigen Brise hingleitend, zwischen den fast unsichtbaren Vorgebirgen in die noch tiefere Dunkelheit des Golfs hinausgekommen war. Eine Zeitlang glänzte noch hinter ihnen das Licht der Laterne. Der Wind schlief ein und sprang dann wieder auf, doch so schwach, daß das große, halbgedeckte Boot lautlos hinglitt, als schwebte es in der Luft.

„Nun sind wir im Golf“, sagte Nostromos ruhige Stimme. Gleich darauf fügte er hinzu: „Senor Mitchell hat die Laterne niedergeholt.“

„Ja“, sagte Decoud; „jetzt kann uns niemand finden.“

Völlige Dunkelheit schloß sich um das Boot. Das Meer im Golf war so schwarz wie die Wolken darüber. Nostromo rieb ein paar Zündhölzer an, um einen Blick auf den Bootskompaß zu tun, den er im Leichter mithatte, und steuerte dann nach dem Windhauch auf seiner Wange.

Es war ein neuartiges Erlebnis für Decoud, diese Unerforschlichkeit der breiten Wasserfläche, die sich spiegelglatt dehnte, als hätte das Gewicht der schwarzen Nacht ihre Unrast erdrückt. Der Placido schlief fest unter seinem schwarzen Poncho.

Die Hauptsache für den Erfolg war es nun, von der Küste klarzukommen und die Mitte des Golfs zu erreichen, bevor der Tag anbrach. Die Isabellen mußten irgendwo in der Nähe sein. „Zu Ihrer Linken, wenn Sie vorausblicken, Señor", sagte Nostromo plötzlich. Als seine Stimme schwieg, schien die ungeheure Stille, ohne Laut und Licht, wie ein starker Schlaftrunk auf Decouds Sinne zu wirken. Zeitweilig wußte er überhaupt nicht, ob er schlief oder wachte. Wie ein Mensch im Halbschlummer hörte er nichts, sah er nichts. Sogar die Hand, die er sich vor das Gesicht hielt, war für seine Augen nicht da. Der Wechsel nach der Aufregung, den Leidenschaften und Gefahren, dem Anblick und Lärm des Festlandes war so völlig, daß er, wären die Gedanken nicht lebendig geblieben, dem Tod hätte gleichen können. In diesem Vorgefühl des ewigen Friedens schwebten die Gedanken lebendig und gewichtslos dahin, wie unirdische, klare Träume von Weltdingen, die durch den Tod aus den Nebeln von Reue und Hoffnung erlöste Seelen heimsuchen mögen. Decoud schüttelte sich und schauderte ein wenig, obwohl der Luftzug, der an ihm vorbeistrich, warm war. Er hatte das zwingende Gefühl, als wäre seine Seele eben in seinen Leib zurückgekehrt, aus der umgebenden Dunkelheit, in der Land, See, Himmel, das Gebirge und die Klippen lagen, als wären sie nie gewesen.

Nostromos Stimme sprach, obwohl es schien, daß auch er am Steuer nicht da wäre. „Haben Sie geschlafen, Don Martin? Caramba! Wäre es denkbar, dann könnte auch ich glauben, ich wäre eingeschlummert. Es ist mir aber immer noch so, als hätte ich geträumt, hier ganz nahe beim Boot sei ein Schluchzen zu hören gewesen. Ein Laut, wie ihn ein bekümmerter Mann ausstoßen mag. Etwas zwischen einem Seufzer und einem Aufschluchzen."

„Merkwürdig!" murmelte Decoud von seinem Lager auf den vielen Persenningen her, die die Silberkisten bedeckten. „Wäre es denkbar, daß noch ein anderes Boot außer uns im Golf heraußen ist? Wir könnten es nicht sehen, versteht sich."

Nostromo lachte ein wenig über den törichten Einfall. Sie dachten beide nicht weiter daran. Die Einsamkeit war fast fühlbar, und als die Brise einschlief, schien es Decoud, als laste die Dunkelheit auf ihm wie ein Stein.

„Das ist überwältigend", murmelte er. „Kommen wir überhaupt vom Fleck, Capataz?"

„Nicht so schnell wie ein krabbelnder Käfer, der sich im Gras verwickelt hat", antwortete Nostromo, und seine Stimme klang wie erstickt durch den dichten Schleier der Dunkelheit, der sie warm und hoffnungslos umgab. Während langer Pausen gab er keinen Laut von sich, blieb unsichtbar, unhörbar, als hätte er geheimnisvoll den Leichter verlassen.

In der undurchdringlichen Nacht war Nostromo nicht einmal gewiß, welchen Kurs der Leichter hielt, nachdem der Wind gänzlich eingeschlafen war. Er spähte nach den Inseln. Kein Schatten davon war zu sehen, als wären sie auf den Grund des Golfs versunken. Schließlich warf er sich neben Decoud hin und flüsterte ihm ins Ohr, daß es, sollte sie das Tageslicht nahe bei der Küste überraschen, möglich sein würde, den Leichter hinter die Klippen am Steilende der Großen Isabelle zu rudern, wo er versteckt liegenbleiben könnte. Decoud war überrascht von der heftigen Besorgnis des andern. Für ihn bedeutete die Rettung des Schatzes nur einen politischen Schachzug. Es war aus mehreren Gründen notwendig, daß das Silber nicht in Monteros Hände fiel; hier aber war ein Mann, der eine ganz andere Anschauung von dem Unternehmen hatte. Die Caballeros dort drüben schienen nicht den leisesten Begriff davon zu haben, was sie ihm aufgetragen hatten. Nostromo schien heftig verärgert, als hätte ihn die Düsterkeit ringsum angesteckt. Decoud war überrascht. Der Capataz, gleichgültig gegen die Gefahren, die seinem Gefährten aufdringlich erschienen, verlor sich in heftige Betrachtungen über die toddrohende Seite des Vertrauens, das man ihm geschenkt hatte. Es sei gefährlicher, meinte Nostromo mit einem Lachen und einem Fluch, als wollte man einen Mann nach dem Schatz aussenden, der, wie die Leute sagten, von Teufeln und Gespenstern m den tiefen Schluchten von Azuera gehütet wurde. „Señor", sagte er, „wir müssen den Dampfer auf See erwischen. Wir müssen uns auf hoher See halten und nach ihm ausschauen, bis wir alles gegessen und getrunken haben, was uns hier an Bord mitgegeben worden ist. Und wenn wir durch irgendein Pech den Dampfer verfehlen, dann müssen wir doch vom Land wegbleiben, bis wir schwach werden, verrückt vielleicht und sterben und tot hintreiben und einer oder der andere Dampfer der Gesellschaft auf das Boot mit den zwei toten Männern stößt, die den Schatz gerettet haben. Das, Señor, ist der einzige Weg, das Silber zu retten; denn, begreifen Sie, irgendwo an dieser Küste, auf einer Strecke von hundert Meilen, an Land zu gehen, würde für uns bedeuten, mit der nackten Brust in die Spitze eines Messers zu rennen. Diese Sache ist mir angehängt worden wie eine tödliche Krankheit. Wenn Menschen sie entdecken, dann bin ich tot, und Sie auch, Señor, da Sie ja mit mir kommen wollten. Das hier ist Silber genug, um eine ganze Provinz reich zu machen, geschweige denn ein Pueblo an der Küste, das von Dieben und Landstreichern bewohnt ist. Señor, sie würden meinen, der Himmel selbst habe ihnen diese Reichtümer in die Hände gespielt, und würden uns ohne Zögern die Kehlen abschneiden. Ich würde keinen Versicherungen, auch nicht des besten Mannes, längs der Ufer dieses Golfs trauen. Bedenken Sie auch, daß wir unser Leben nicht retten könnten, selbst wenn wir den Schatz auf das erste Verlangen herausgäben. Verstehen Sie das, oder muß ich es noch erklären?"

„Nein, du brauchst mir nichts zu erklären", sagte Decoud ein wenig nachlässig. „Ich kann es selbst gut genug sehen, daß der Besitz dieses Schatzes für Leute in unserer Lage wirklich eine tödliche Krankheit bedeutet. Aber er mußte aus Sulaco fortgebracht werden, und du wirst der Mann für diese Aufgabe sein."

„Ich war es; aber ich kann nicht glauben", sagte Nostromo, „daß der Verlust des Silbers Don Carlos Gould sehr viel ärmer gemacht hätte. Es gibt mehr davon im Gebirge. Ich habe es in ruhigen Nächten die Schüttrinne herunterprasseln hören, wenn ich nach Rincon ritt, um ein gewisses Mädel zu besuchen, nachdem meine Arbeit im Hafen getan war. Durch lange Jahre ist das reiche Erz mit einem Donnerlärm heruntergeströmt, und die Bergarbeiter sagen, es sei noch genug davon im Herzen des Gebirges, daß es noch viele Jahre weiterströmen könne. Und doch haben wir vorgestern gekämpft, um es vor dem Pöbel zu retten, und heute werde ich damit in die Dunkelheit hinausgeschickt, wo es nicht einmal Wind gibt, um uns das Fortkommen zu erleichtern; als wäre es das letzte bißchen Silber auf Erden, für das Brot für die Hungrigen gekauft werden sollte. Ha! Ha! Nun, ich will daraus die glorreichste und verzweifeltste Sache meines Lebens machen – Wind oder kein Wind! Es soll noch davon geredet werden, wenn die kleinen Kinder erwachsen und die erwachsenen Männer alt sind. Aha! Die Monteristen dürfen es nicht in die Hände bekommen, wurde mir gesagt, was immer auch mit Nostromo, dem Capataz, geschieht; und sie sollen es auch nicht haben, sage ich Ihnen, da es zur Sicherheit um Nostromos Hals gebunden worden ist."

„Ich verstehe", murmelte Decoud. Er verstand allerdings, daß sein Gefährte seine ganz eigene Anschauung von dem Unternehmen hatte.

Nostromo unterbrach seine Betrachtungen über die Art, in der, ohne jede tiefere Kenntnis der wahren Verhältnisse, die Vorzüge einzelner Männer in Anspruch genommen werden; er schlug vor, sie sollten die langen Riemen auslegen und den Leichter auf die Isabellen zu rudern. Es ginge nicht an, daß etwa das Tagesgrauen das Silberschiff kaum eine Meile vom Hafeneingang weg überraschte. Im allgemeinen waren ja, je tiefer die Dunkelheit, auch die Brisen um so stärker, auf die er gerechnet hatte, um Fahrt machen zu können; in dieser Nacht aber lag der Golf unter seinem Poncho von Wolken ohne einen Hauch da, eher tot als schlafend.

Don Martins weiche Hände schmerzten grausam bei der Handhabung des ungeheuren Ruders. Er hielt mannhaft, mit zusammengebissenen Zähnen, durch. Auch er hatte sich in die Irrgänge der Einbildungskraft verloren, und die merkwürdige Arbeit, einen Leichter zu rudern, schien notwendig zu der Idee eines neuen Staates zu gehören und durch die Liebe zu Antonia erhabene Bedeutung zu gewinnen. Trotz allen ihren Anstrengungen rührte sich der schwerbeladene Leichter kaum vom Fleck. Man konnte Nostromo zwischen dem gleichmäßigen Klatschen der Ruderschläge fluchen hören. „Wir fahren einen Bogen", murmelte er. „Ich wollte, ich könnte die Inseln sehen."

Aus Mangel an Übung überanstrengte sich Don Martin. Ab und zu rann ihm eine Muskelschwäche von den Spitzen der schmerzenden Finger durch jede Fiber seines Körpers und verging in jäher Hitze. Er hatte während der letzten achtundvierzig Stunden ohne Aufhören gekämpft, gesprochen, geistig und körperlich gelitten, in steter Anspannung. Er hatte keine Ruhe gehabt, sehr wenig zu essen, kein Nachlassen in der qualvollen Überreizung seiner Gedanken und Gefühle. Und sogar seine Liebe zu Antonia, aus der er Kraft und Begeisterung sog, hatte während der hastigen Unterredung an Don Joses Lager tragische Spannung erreicht. Und nun war er aus alledem plötzlich in diesen dunklen Golf verschlagen, dessen düsteres Schweigen, dessen atemloser Friede den qualvollen Zwang zu körperlicher Anstrengung noch steigerten. Er stellte sich mit einem Schauer des Entzückens vor, der Leichter könnte untergehen. ›Ich bin am Rande des Irrsinns‹, dachte er. Er zwang das Zittern aller seiner Glieder nieder, das; Zittern in seiner Brust, das seinen erschöpften Körper der nervösen Spannkraft beraubte.

„Wollen wir rasten, Capataz?“ schlug er nachlässig vor. „Wir haben noch viele Nachtstunden vor uns.“

„Richtig. Es ist kaum weiter als eine Meile, vermute ich. Rasten Sie Ihre Arme aus, Senor, wenn Sie das meinen. Sie werden keine andere Rast finden, das kann ich Ihnen versprechen, da Sie sich an diesen Schatz gehängt haben, dessen Verlust keinen armen Mann ärmer machen würde. Nein, Señor, es gibt keine Rast, bis wir auf einen nordwärts gehenden Dampfer stoßen, oder bis uns ein Schiff treibend findet, tot, auf des Engländers Silber ausgestreckt. Oder nein – por Dios! Ich will lieber mit der Axt ein Loch in den Bootsboden schlagen, bevor Durst und Hunger mir alle Kraft nehmen. Bei allen Heiligen und Teufeln, lieber soll die See den Schatz haben, als daß ich ihn einem Fremden zukommen lasse. Da es den Caballeros so gefallen hat, mich auf eine solche Fahrt auszuschicken, so sollen sie auch sehen, daß ich ganz der Mann bin, für den sie mich gehalten haben.“

Decoud lag keuchend auf den Silberkisten. Seine Eindrücke und Gefühle, so weit er zurückdenken konnte, erschienen ihm als der irrsinnigste aller Träume. Sogar seine leidenschaftliche Ergebenheit für Antonia, zu der er sich aus den Tiefen seiner Zweifelsucht emporgearbeitet, hatte jeden Anschein von Wirklichkeit verloren. Einen Augenblick lang war er die Beute einer sehr schlaffen, aber nicht unangenehmen Gleichgültigkeit.

„Ich bin sicher, niemand hatte die Absicht, daß Sie die Sache so verzweifelt wichtig nehmen sollten“, sagte er.

„Was war es dann? Ein Scherz?“ knurrte der Mann, der auf den Lohnlisten der O. S. N. Niederlassung in Sulaco neben seiner Lohnziffer als ›Kaivorarbeiter‹ geführt wurde. „War es nur ein Scherz, daß sie mich nach zweitägigen Straßenkämpfen aus dem Schlaf weckten und mich dazu brachten, mein Leben auf eine schlechte Karte zu setzen? Und dabei weiß ja jedermann, daß ich Pech im Spiel habe.“

„Ja, jedermann kennt dein Glück bei Frauen, Capataz“, meinte Decoud begütigend.

„Sehen Sie, Señor“, fuhr Nostromo fort, „ich habe nicht den geringsten Einspruch erhoben. Sobald ich nur davon hörte, sah ich sofort, was für eine verzweifelte Sache es werden mußte, und entschloß mich, sie durchzuhalten. Jede Minute war kostbar. Erst mußte ich auf Sie warten. Dann, als wir in der Italia Una ankamen, rief mir der alte Giorgio zu, ich sollte den englischen Doktor holen. Später wollte mich diese arme sterbende Frau sehen, wie Sie wissen, Señor; ich ging widerwillig. Ich spürte schon, wie mir das verfluchte Silber schwer auf dem Rücken lastete, und fürchtete, daß die Frau, die ja wußte, daß sie im Sterben lag, von mir verlangen würde, ich sollte nochmals fortreiten und einen Priester holen. Vater Corbelàn, der keine Furcht kennt, wäre natürlich aufs erste Wort gekommen; aber Vater Corbelàn ist weit weg, in Sicherheit, bei der Bande Hernandez', und der Pöbel, der ihn gerne in Stücke gerissen hätte, ist gegen die Priester sehr aufgebracht. Kein einziger dieser fetten Padres hätte sich herbeigelassen, heute nacht den Kopf aus seinem Unterschlupf herauszustecken, um eine Christenseele zu retten. – Außer vielleicht unter meinem Schutz. Daran dachte die Frau. Ich tat so, als glaubte ich nicht, daß sie sterben würde. Señor, ich habe mich geweigert, für eine sterbende Frau einen Priester zu holen ....“

Man hörte, wie Decoud sich regte.

„Das tatest du, Capataz!“ rief er und änderte sofort den Ton: „Nun, weißt du – das war schön!“

„Sie glauben nicht an Priester, Don Martin? Ich auch nicht. Wozu hätte ich noch Zeit vergeuden sollen? Aber sie – sie glaubt. Das würgt mich in der Kehle. Nun ist sie vielleicht schon tot, und wir treiben hier, hilflos, ganz ohne Wind. Fluch auf allen Aberglauben! Sie starb in dem Gedanken, ich hätte sie um das Paradies betrogen, vermute ich. Es wird die verzweifeltste Sache meines Lebens.“

Decoud blieb in Gedanken versunken. Er versuchte die Empfindungen zu zergliedern, die die Worte seines Gefährten ausgelöst hatten. Die Stimme des Capataz ließ sich wieder hören.

„Jetzt, Don Martin, wollen wir wieder die Ruder nehmen und die Isabellen zu finden versuchen. Es gibt nur das oder die Versenkung des Leichters, wenn uns der Tag überrascht. Wir dürfen nicht vergessen, daß der Dampfer mit den Truppen von Esmeralda jeden Augenblick daherkommen kann. Wir müssen uns richtig ins Zeug legen. Ich habe hier einen Kerzenstummel entdeckt, und wir müssen es wagen, ein kleines Licht zu brennen, um nach dem Bootskompaß unseren Kurs machen zu können. Der Wind ist nicht einmal stark genug, um die Kerze auszublasen – soll doch der Fluch des Himmels diesen blinden Golf treffen!“

Eine kleine, ganz ruhig brennende Flamme zeigte sich. In ihrem Licht erschienen die klobigen Rippen und der Boden des leergebliebenen Leichterteils. Decoud sah, wie Nostromo aufstand, um zu rudern. Er sah ihn bis zu der roten Hüftenschärpe und an seiner linken Seite den weißen Kolben eines Revolvers und den Holzgriff eines langen Messers. Decoud straffte sich für die Anstrengung des Ruderns. Gewiß war der Wind nicht stark genug, um die Kerze auszublasen, aber die Flamme schwankte ein wenig von der leisen Fahrt. Der Leichter war so schwer, daß sie ihn mit größter Anstrengung nicht schneller als etwa eine Meile in der Stunde vorwärtsbringen konnten. Das genügte immerhin, um sie lange vor Tagesanbruch bis an die Isabellen zu bringen. Sie hatten noch gute sechs Stunden Nacht vor sich, und die Entfernung vom Hafen bis zur Großen Isabelle betrug nicht mehr als zwei Meilen. Decoud hielt die schwere Arbeit der Ungeduld des Capataz zugute. Mitunter rasteten sie und strengten dann ihre Ohren an, um den Dampfer von Esmeralda zu hören. In dieser völligen Stille mußte ein fahrender Dampfer von weitem zu hören sein. Etwas zu sehen, kam gar nicht in Frage. Sie konnten einander nicht sehen. Sogar das Segel des Leichters, das sie gesetzt gelassen hatten, war unsichtbar. Sie rasteten sehr oft.

„Caramba!“ sagte Nostromo plötzlich während einer dieser Pausen, in denen sie müßig gegen die schweren Ruder gelehnt standen. „Was ist das? Sind Sie so bekümmert, Don Martin?“

Decoud versicherte ihm, er sei nicht im geringsten bekümmert. Nostromo verhielt sich eine Zeitlang ganz ruhig und forderte dann Decoud flüsternd auf, achtern zu kommen.

Mit den Lippen an Decouds Ohr erklärte er, er glaube, es sei noch jemand außer ihnen im Leichter. Er habe nun zweimal ein unterdrücktes Schluchzen gehört.

„Señor", flüsterte er verblüfft, „ich bin ganz sicher, daß jemand hier in diesem Leichter weint."

Decoud hatte nichts gehört. Er sprach einen Zweifel aus. Immerhin sei es ja leicht genug, der Sache auf den Grund zu gehen.

„Es ist ganz erstaunlich", flüsterte Nostromo. „Hätte sich jemand an Bord verstecken können, während der Leichter längs der Landungsbrücke lag?"

„Und du sagst, es habe wie ein Schluchzen geklungen?" fragte Decoud und dämpfte gleichfalls die Stimme. „Wenn er weint, dann kann er nicht gefährlich sein, wer immer er auch ist."

Sie kletterten über die in der Mitte aufgestaute kostbare Ladung, krochen am Mast vorbei und tasteten unter das Halbdeck. Ganz voraus, im engsten Teil des Bugs, trafen ihre Hände auf die Glieder eines Mannes, der totenstill liegenblieb. Selbst zu sehr erschrocken, um einen Ton von sich zu geben, zerrten sie ihn bei einem Arm und dem Rockkragen nach achtern. Er schien schlaff und leblos. Das Licht des Kerzenstummels fiel auf ein rundes, hakennasiges Gesicht mit schwarzem Schnurrbart. Er war unsagbar schmutzig. Auf dem rasierten Teil seines Gesichts waren graue Bartstoppeln nachgewachsen. Die dicken Lippen waren leicht geöffnet, doch die Augen blieben geschlossen. Decoud erkannte zu seiner ungeheuren Überraschung Señor Hirsch, den Häutehändler aus Esmeralda. Auch Nostromo hatte ihn erkannt. Und sie sahen einander über diesen Körper weg an, der, die nackten Füße höher als der Kopf, in einer Ruhe dalag, die lächerlich genug Schlaf, Ohnmacht oder Tod vortäuschen sollte.

VIII

Einen Augenblick lang vergaßen sie über dieser außerordentlichen Entdeckung ihre Sorgen und Empfindungen. Die Empfindungen des Señors Hirsch, wie er so dalag, müssen die äußersten Entsetzens gewesen sein. Durch lange Zeit weigerte er sich, ein Lebenszeichen zu geben, bis endlich Decouds Drängen und mehr noch Nostromos ungeduldige Anregung, man solle ihn, da er ja doch tot schiene, über Bord werfen, ihn dazu bestimmten, erst ein Augenlid und dann das andere zu heben. Es ergab sich, daß sich ihm keine sichere Möglichkeit geboten hatte, Sulaco zu verlassen. Er hatte bei Anzani gewohnt, dem Inhaber des Warenhauses auf der Plaza Mayor. Beim Ausbruch des Aufstandes aber war er vor Tagesgrauen aus dem Hause seines Gastfreundes geflohen, so eilig, daß er vergessen hatte, Schuhe anzuziehen. Er war blindlings, in Socken, den Hut in der Hand, in Anzanis Garten hinausgerannt. Furcht verlieh ihm die nötige Behendigkeit, einige niedere Mauern zu überklettern; und späterhin geriet er in die überwucherte Umwallung des verfallenen Franziskanerklosters in einer der Nebenstraßen. Er zwängte sich in das dichte Gebüsch hinein, mit der Unbekümmertheit der Verzweiflung, und so erklärte es sich auch, daß sein Körper zerkratzt und seine Kleidung zerfetzt war. Er blieb den ganzen Tag in seinem Versteck liegen; die Zunge klebte ihm am Gaumen infolge des furchtbaren Durstes, zu dem sich noch die Hitze und die Angst gesellten. Dreimal drangen verschiedene Trupps ein und suchten brüllend und fluchend nach Vater Corbelàn. Gegen Abend aber, während er immer noch reglos auf seinem Gesicht im Gebüsch lag, meinte er aus Angst vor der Stille sterben zu müssen. Er vermochte nicht recht zu erklären, was ihn dazu bewogen hatte, den Ort zu verlassen; doch offenbar hatte er es getan und sich längs der verödeten Rückseite aus der Stadt hinausschleichen können. Er trieb sich in der Dunkelheit nächst der Bahnlinie herum, so irr vor Angst, daß er es nicht wagte, sich den Feuern der italienischen Arbeiter zu nähern, die die Strecke bewachten. Er hatte die unklare Absicht, im Güterbahnhof Schutz zu suchen; doch die Hunde fielen ihn bellend an, Männer begannen zu schreien, und ein Schuß wurde in seiner Richtung abgefeuert. Er floh von den Toren fort. Durch reinen Zufall schlug er dabei den Weg nach dem großen Gebäude der O. S. N. ein. Zweimal strauchelte er über die Körper von Männern, die während des Tages getötet worden waren. Doch alles Lebendige erschreckte ihn noch weit mehr. Er duckte sich, kroch, sprang, warf sich nieder, immer von einer Art tierischen Instinkts geleitet, und hielt sich dabei von jedem Lichtschein und jedem Stimmenlärm fern. Sein Gedanke war, sich Kapitän Mitchell zu Füßen zu werfen und um Unterschlupf in den Räumen der O. S. N. Gesellschaft zu bitten. Die lagen ganz dunkel da, als er auf Händen und Knien näherkroch. Doch plötzlich rief ein Wachtposten laut: *"Quien vive?"* Es lagen mehrere Tote herum, und er warf sich sofort neben einem kalten Leichnam flach zu Boden. Er hörte eine Stimme sagen: „Da kriecht einer der verwundeten Schufte herum. Soll ich hingehen und ihm den Garaus machen?“ Eine andere Stimme erwiderte, es sei nicht ratsam, sich ohne Laterne auf einen solchen Gang zu wagen; es sei vielleicht nur so ein Negro-Liberaler, der auf eine Gelegenheit lauerte, einem ehrlichen Mann ein Messer in den Bauch zu rennen. Hirsch hielt sich nicht damit auf, mehr zu hören, kroch bis an das Ende der Landungsbrücke vor und verbarg sich dort zwischen einem Haufen leerer Fässer. Nach einer Weile kamen ein paar Leute des Wegs, redend und mit brennenden Zigaretten. Er fragte sich nicht über die Wahrscheinlichkeit, ob sie ihm etwas tun würden, sondern rannte den Kai entlang, sah einen vertäuten Leichter längsseit liegen und warf sich hinein. Im ängstlichen Bestreben, sich zu verbergen, kroch er ganz vorne hin, unter das Halbdeck, und war dort mehr tot als lebendig, von Hunger und Durst namenlos gequält und vor Entsetzen beinahe ohnmächtig, liegengeblieben, bis er zahlreiche Schritte und die Stimmen der Europäer hörte, die die mit Silber beladene und von einem Trupp Cargadores geschobene Lore begleiteten. Aus den Reden entnahm er, um was es sich handelte, verriet aber seine Gegenwart nicht, aus Angst, daß ihm das Bleiben nicht gestattet werden würde. Sein einziger Gedanke zu der Zeit, beherrschend und mächtig, war, aus diesem schrecklichen Sulaco wegzukommen. Und nun bedauerte er es sehr. Er hatte Nostromo mit Decoud reden hören und wünschte sich an Land zurück. Er hatte durchaus keine Sehnsucht, in eine verzweifelte Sache verwickelt zu werden – in eine Lage, aus der es kein Davonrennen gab. Das unwillkürliche Stöhnen, das die Angst ihm abgerungen, hatte ihn den scharfen Ohren des Capataz verraten.

Sie hatten ihn sitzend gegen die Seitenwand des Leichters gelehnt, und er fuhr im kläglichen Bericht seiner Abenteuer fort, bis ihm die Stimme brach und sein Haupt auf die Brust sank. „Wasser!“ flüsterte er mühsam. Decoud hielt einen der Krüge an seine Lippen. Er belebte sich unglaublich rasch und arbeitete sich bald auf die Füße. Nostromo befahl ihm ärgerlich und drohend, in den Bug zurückzugehen. Hirsch war einer der Männer, auf die die Angst wie ein Peitschenhieb wirkt, und er mußte wohl eine wilde Vorstellung von der Grausamkeit des Capataz haben. Er entfaltete außerordentliche Behendigkeit, während er in das Dunkel voraus verschwand. Sie hörten ihn über die Persenning kriechen; dann gab es einen schweren Fall, von einem kläglichen Seufzer gefolgt. Doch gleich herrschte wieder tote Stille im Vorschiff des Leichters, als hätte sich der Mann im Sturz erschlagen. Nostromo schrie drohend:

„Lieg still dort! Rühr kein Glied! Wenn ich auch nur einen Atemzug höre, dann komm ich hin und jag dir eine Kugel durch den Kopf!“

Die bloße Gegenwart eines Feiglings, auch wenn er nichts dazu tut, bringt doch den Gedanken an Verrat in eine gefährliche Lage. Nostromos gereizte Ungeduld ging in finstere Nachdenklichkeit über. Decoud bemerkte leise, wie im Selbstgespräch, daß ja schließlich der merkwürdige Fall nicht viel ausmache. Er könne nicht begreifen, welchen Schaden der Mann wohl stiften sollte. Schlimmstenfalls würde er im Wege sein, wie ein totes, nutzloses Ding, wie ein Holzklotz zum Beispiel.

„Ich wollte es mir zweimal überlegen, bevor ich mich von einem Holzklotz trennte“, sagte Nostromo ruhig. „Unvermutet kann etwas geschehen, wobei man ihn brauchen könnte. Aber bei einer Sache wie der unsrigen müßte ein Mann wie dieser über Bord geworfen werden. Wäre er selbst tapfer wie ein Löwe, so könnten wir ihn hier doch nicht brauchen. Wir sind nicht auf der Flucht ums liebe Leben, Señor. Es ist keine Schande, wenn ein tapferer Mann sich mit Mut und List zu retten versucht. Aber Sie haben ja seine Geschichte gehört, Don Martin. Daß er hier ist, ist nur ein Wunder der Angst ....“ Nostromo hielt inne. „In diesem Leichter ist kein Platz für Angst“, fügte er dann durch die Zähne hinzu.

Decoud hatte darauf keine Antwort zu geben. Es war nicht der Augenblick zu Erörterungen oder Gefühlsduseleien. Es gab tausend Arten, auf die ein von Entsetzen befallener Mann gefährlich werden konnte. Es lag auf der Hand, daß man mit Hirsch nicht reden, daß man ihn nicht zur Vernunft bringen oder mit Gründen überzeugen konnte. Die Geschichte seiner Flucht bewies das klar genug. Decoud bedachte, wie jammerschade es sei, daß nicht die Angst den Burschen umgebracht hatte. Die Natur, die ihn zu dem gemacht hatte, was er war, schien grausam berechnet zu haben, wieviel Todesangst er noch aushalten könnte, ohne wirklich daran zu sterben. Soviel Entsetzen verdient ein wenig Mitleid. Decoud, obwohl dem Mitleid durchaus zugänglich, beschloß aber doch, sich keiner Handlung zu widersetzen, die Nostromo für richtig finden würde. Aber Nostromo tat nichts, und das Schicksal des Señors Hirsch blieb in der Schwebe, inmitten der Dunkelheit des Golfs Zufällen preisgegeben, die niemand vorhersehen konnte.

Der Capataz streckte die Hand aus und löschte plötzlich die Kerze. Decoud schien es, als hätte sein Gefährte durch eine einzige Bewegung die Welt der Geschehnisse, der Liebe, der Revolution zerstört, in der Decoud mit selbstgefälliger Überlegenheit alle

Beweggründe und Leidenschaften, seine eigenen mit eingeschlossen, furchtlos zergliedert hatte.

Er keuchte ein wenig. Die Neuheit seiner Lage griff ihn an. Verstandesmäßig zuversichtlich, litt er darunter, sich der einzigen Waffe beraubt zu sehen, die er wirksam zu gebrauchen wußte. Kein Verstand vermochte die Dunkelheit des stillen Golfs zu durchdringen. Nur eine einzige Gewißheit blieb ihm, und das war die der maßlosen Eitelkeit seines Gefährten. Die war unmittelbar, eindeutig, schlicht und wirksam. Decoud, der den Mann benützt, hatte ihn gründlich zu verstehen gesucht. Er hatte hinter den mannigfaltigen Offenbarungen eines festgeprägten Charakters eine merkwürdige Einfalt der Beweggründe entdeckt. Darum blieb der Mann auch so erstaunlich ungekünstelt bei all dem eifersüchtigen Übermaß seiner Einbildung. Nun zeigte sich eine Verwicklung. Er war offenbar ärgerlich darüber, daß man ihm eine Aufgabe zuerteilt hatte, die soviel Möglichkeiten des Mißerfolgs aufwies. ›Ich wollte wohl wissen‹, dachte Decoud, ›wie er sich benähme, wenn ich nicht hier wäre?‹

Er hörte Nostromo wieder murmeln: „Nein! In diesem Leichter ist kein Raum für Furcht. Sogar der Mut scheint nicht gut genug. Ich habe ein gutes Auge und eine ruhige Hand; niemand kann sagen, daß er mich je müde oder unentschlossen sah; aber, por Dios, Don Martin, ich bin in diese tote Nacht zu einem Geschäft ausgeschickt worden, bei dem weder ein gutes Auge noch eine ruhige Hand noch Entschlußkraft von Nutzen sind ....“ Er ließ halblaut eine Kette spanischer und italienischer Flüche los. „Nichts als reine Verzweiflung kann hier helfen.“

Diese Worte standen in eigenartigem Gegensatz zu dem herrschenden Frieden – zu der fast greifbaren Stille des Golfs. Rings um das Boot ging mit plötzlichem Wispern ein Regenschauer nieder. Decoud nahm den Hut ab, ließ seinen Kopf naß werden und fühlte sich sehr erfrischt. Nun streichelte auch ein kleiner Luftzug seine Wange. Der Leichter bekam Fahrt, doch der Regenschauer blieb zurück. Die Tropfen fielen nicht mehr auf Decouds Kopf und Hände; das Wispern erstarb weit weg. Nostromo knurrte befriedigt, faßte die Ruderpinne und rüttelte leise daran, wie Seeleute es tun, um den Wind aufzumuntern. Während der ganzen letzten drei Tage hatte Decoud nie weniger die Notwendigkeit dessen gefühlt, was der Capataz Verzweiflung nannte.

„Ich glaube, ich höre noch einen Regenschauer auf dem Wasser“, sagte er still zufrieden. „Ich hoffe, er kommt bis zu uns.“

Nostromo hielt sofort die Ruderpinne an. „Sie hören noch einen Schauer?“ fragte er zweifelnd. Die Dunkelheit schien dünner geworden; Decoud konnte nun die Umrisse der Gestalt seines Gefährten erkennen, und sogar das Segel trat wie eine viereckige Schneefläche aus der Nacht. Das Geräusch, das Decoud entdeckt hatte, klang nun deutlich über das Wasser. Nostromo erkannte sofort, daß es sich aus einem Zischen und Plätschern zusammensetzte, wie es ein Dampfer erzeugt, der in einer ruhigen Nacht durch glattes Wasser fährt. Es konnte nur der gekaperte Transportdampfer mit den Truppen von Esmeralda sein. Er führte keine Lichter. Das Zischen des Dampfes wurde jeden Augenblick lauter, hörte manchmal ganz auf, hob plötzlich wieder an und kam bedenklich näher, als hielte das unsichtbare Schiff, dessen Lage nicht genau zu erraten war, gerade auf den Leichter zu. Dieser behielt langsam und lautlos Fahrt, vor einer so schwachen Brise, daß Decoud sich überlehnen und das Wasser durch seine Finger rinnen fühlen mußte, um sich zu überzeugen, daß sie überhaupt vom Flecke kamen. Seine Müdigkeit war vergangen. Er freute sich, daß der Leichter Fahrt machte. Nach der Totenstille wirkte das Geräusch des Dampfers überlaut und erschreckend. Es war unheimlich, ihn nicht sehen zu können. Plötzlich war alles ruhig. Der Dampfer hatte angehalten, doch so nahe bei ihnen, daß der abgeblasene Dampf sein dumpfes Schüttern gerade über ihre Köpfe wegschickte.

„Sie versuchen festzustellen, wo sie sind", flüsterte Decoud. Wieder lehnte er sich hinaus und tauchte die Finger ins Wasser. „Wir fahren ganz schön", sagte er zu Nostromo.

„Es scheint, daß wir vor dem Bug passieren", meinte der Capataz. „Aber das heißt mit dem Tod Blindekuh spielen. Es hat keinen Sinn, weiterzufahren. Wir dürfen nicht gesehen oder gehört werden."

Sein Flüstern klang rauh vor Erregung. Von seinem Gesicht war nur das Schimmern der weißen Augäpfel zu sehen. Seine Finger gruben sich in Don Martins Schulter. „Das ist der einzige Weg, um den Schatz vor diesem Dampfer voll Soldaten zu retten. Jeder andere hätte Lichter geführt. Aber Sie sehen ja, es ist nicht der kleinste Schimmer da, der uns zeigen könnte, wo der Dampfer ist."

Decoud stand wie gelähmt; nur seine Gedanken arbeiteten wild. Im Augenblick gedachte er des trostlosen Blickes Antonias, als er sie am Lager ihres Vaters verlassen hatte, im düsteren Hause der Avellanos, dessen Fensterläden geschlossen, dessen Türen aber alle offen waren und das alle Dienstboten bis auf einen alten Neger am Tore verlassen hatten. Er erinnerte sich an die Casa Gould bei seinem letzten Besuch, die Reden, den Klang der Stimmen, die undurchdringliche Haltung von Carlos Gould, an Frau Goulds Gesicht, so gebleicht von Angst und Müdigkeit, daß ihre Augen die Farbe gewechselt zu haben schienen, so dunkel lagen sie in dem weißen Gesicht. Ganze Sätze des Aufrufs schössen ihm durch den Kopf, des Aufrufs, den Barrios von seinem Hauptquartier in Cayta aus erlassen sollte, sobald Decoud selbst dahingekommen wäre; den wahren Keim des neuen Staates, die Separatisten-Proklamation, die er vor seinem Abschied noch in Eile Don José vorzulegen versucht hatte. Gott mochte wissen, ob der alte Staatsmann, der unter dem starren Blick seiner Tochter auf seinem Lager ausgestreckt lag, die Worte noch erfaßt hatte; er war unfähig gewesen, zu sprechen, doch hatte er gewiß den Arm von der Decke erhoben; seine Hand hatte sich bewegt, als wollte sie das Zeichen des Kreuzes in die Luft machen, eine Gebärde des Segens, der Zustimmung. Decoud hatte den ersten Entwurf in der Tasche, mit Bleistift auf mehrere lose Blätter geschrieben, die den wuchtigen Aufdruck trugen: „Verwaltung der San Tomé-Mine. Sulaco. Republik Costaguana." Er hatte ihn Seite um Seite in wilder Hast auf Carlos Goulds Tisch geschrieben. Frau Gould hatte ihm wiederholt während des Schreibens über die Schulter gesehen; aber der Señor Administrador war breitbeinig dabeigestanden und hatte nicht einmal einen Blick darauf tun wollen, als der Entwurf fertig war. Er hatte mit einer nachdenklichen Handbewegung abgewinkt. Nur Geringschätzung konnte die Ursache gewesen sein, nicht etwa Vorsicht, denn er hatte keinerlei Einspruch dagegen erhoben, daß die Briefbogen der Verwaltung zu einem so gefährlichen Schriftstück Verwendung fanden. Und das zeigte seine Mißachtung, die wahre englische Mißachtung der Alltagsklugheit – als wäre nichts außerhalb der eigenen Gedanken und Gefühle ernsthafterer Anerkennung wert. Decoud hatte ein oder zwei Sekunden Zeit gehabt, sich wütend über Carlos Gould zu ärgern, und sogar noch ein wenig über Frau Gould, in deren Obhut er, allerdings ohne Worte, Antonia gelassen hatte. Besser tausendmal zugrunde gehen, als die eigene Rettung solchen Leuten verdanken, sagte er sich böse. Nostromos Finger, die immer noch auf seiner Schulter lagen, schlössen sich fester und riefen ihn in die Gegenwart zurück.

„Die Dunkelheit ist unser Freund", murmelte ihm der Capataz ins Ohr. „Ich werde nun das Segel streichen und unsere Rettung der Schwärze des Golfs anvertrauen. Kein Auge kann uns sehen, wenn wir mit nacktem Mast stilliegen. Ich will es gleich tun, bevor uns der Dampfer noch näher kommt. Das leise Knirschen eines Blocks könnte uns und den Schatz der San Tomé-Mine verraten."

Er bewegte sich lautlos wie eine Katze. Decoud hörte keinen Ton; und nur aus dem Verschwinden der schimmernden, rechteckigen Fläche entnahm er, daß das Segel niedergefiert war, so vorsichtig, als wäre es aus Glas gewesen. Im nächsten Augenblick hörte er Nostromos ruhige Atemzüge neben sich.

„Sie rühren sich am besten nicht vom Fleck, Don Martin", riet der Capataz eindringlich. „Sie könnten straucheln oder an etwas stoßen, das Lärm machen würde. Die Ruder und die Bootshaken liegen noch herum. Rühren Sie sich nicht, so lieb Ihnen Ihr Leben ist, por Dios, Don Martin", flüsterte er, immer noch freundlich, aber mit wildem Unterton. „Ich bin so verzweifelt, daß ich Ihnen ohne weiteres das Messer ins Herz stoßen könnte, wüßte ich nicht, daß Euer Gnaden ein mutiger Mann und imstande sind, stockstill stehenzubleiben, was immer auch geschieht."

Grabesstille herrschte um den Leichter. Es war schwer zu glauben, daß in nächster Nähe ein Dampfer voll Menschen lag, mit vielen Augenpaaren, die von der Brücke aus die Nacht nach einem Schimmer von Land durchspähten. Das Abblasen des Dampfes hatte aufgehört, und der Dampfer hielt immer noch, offenbar zu weit weg, als daß ein anderes Geräusch den Leichter hätte erreichen können.

„Vielleicht wären Sie dazu imstande, Capataz", hob Decoud leise an. „Aber Sie brauchen sich nicht zu sorgen. Es gibt anderes als die Furcht vor Ihrem Messer, um mein Herz ruhig zu halten. Ich werde Sie nicht verraten. Nur haben Sie vergessen ...."

„Ich habe offen zu Ihnen gesprochen, als zu einem Mann, der gleich verzweifelt ist wie ich", erklärte der Capataz. „Das Silber muß vor den Monteristen gerettet werden. Ich habe Kapitän Mitchell dreimal gesagt, ich wollte lieber allein gehen. Auch Don Carlos habe ich es gesagt. Es war in der Casa Gould. Sie hatten nach mir geschickt. Die Damen waren da, und als ich zu erklären versuchte, warum ich Sie nicht mit mir haben wollte, da haben sie mir, beide, eine hohe Belohnung für Ihre Sicherheit versprochen. Merkwürdig genug, so etwas einem Mann zu sagen, den man gerade in einen fast sicheren Tod hinausschickt. Die Herrschaften scheinen nicht Verstand genug zu haben, um zu begreifen, was sie einem aufgeben. Ich sagte ihnen, daß ich nichts für Sie tun könnte. Bei dem Banditen Hernandez wären Sie sicherer gewesen. Sie hätten ganz gut aus der Stadt hinausreiten können, ohne mehr zu riskieren, als daß Ihnen im Dunkeln ein Schuß nachgeschickt worden wäre. Aber es war ja, als wären sie alle taub. Ich mußte versprechen, daß ich Sie unter dem Hafentor erwarten würde. Ich wartete. Und nun sind Sie, weil Sie ein tapferer Mann sind, so sicher wie das Silber; nicht mehr und nicht minder."

Im selben Augenblick, wie in Zustimmung zu Nostromos Worten, fuhr der unsichtbare Dampfer wieder an, doch nur mit halber Kraft, wie man aus den langsamen Schlägen der Schraube gut erkennen konnte. Das Geräusch wanderte merklich, ohne aber näherzukommen. Es entfernte sich sogar ein wenig, recht dwars vom Leichter, und hörte dann wieder auf.

„Sie versuchen die Isabellen zu sichten", murmelte Nostromo, „um dann gerade auf den Hafen zuhalten und das Zollamt mit dem Schatz darin überrumpeln zu können. Haben Sie jemals Sotillo gesehen, den Kommandanten von Esmeralda? Ein hübscher Kerl mit weicher Stimme. Als ich herkam, sah ich ihn oft in der Calle mit den Señoritas an den Fenstern der Häuser plaudern und dabei unaufhörlich seine weißen Zähne zeigen. Doch einer meiner Cargadores, der früher Soldat war, hat mir erzählt, daß er einmal weit weg im Campo, wohin er als Werbeoffizier geschickt war, einen Mann hat lebend schinden lassen. Es ist ihm nie in den Kopf gekommen, daß die O. S. N. Gesellschaft einen Mann haben könnte, der imstande wäre, ihm das Spiel zu verderben."

Die murmelnde Beredsamkeit des Capataz bestürzte Decoud wie ein Zeichen der Schwäche. Und doch mag beredte Entschlossenheit so echt sein wie grimmiges Schweigen.

„Sotillos Spiel ist noch lange nicht verdorben", sagte er. „Haben Sie den Narren da vorne vergessen?"

Nostromo hatte Señor Hirsch nicht vergessen. Er machte sich bittere Vorwürfe, daß er vor der Abfahrt vom Kai den Leichter nicht durchsucht hatte. Er machte sich Vorwürfe, daß er Hirsch nicht erdolcht und über Bord geworfen hatte, im Augenblick der Entdeckung, ohne ihm nur ins Gesicht zu sehen. Das hätte gut zu dem verzweifelten Unternehmen gepaßt. Doch was immer auch geschah, Sotillo hatte schon verspielt; sogar wenn der Tropf dort vorne, der sich so totenstill verhielt, irgend etwas tat, um die Anwesenheit des Leichters zu verraten, so war doch Sotillo – falls er es war, der die Truppen an Bord befehligte – immer noch um seine Beute gebracht.

„Ich habe ein Beil in der Hand", flüsterte Nostromo grimmig, „mit dem ich in drei Hieben den Bootsboden durchhacken könnte, überdies hat ja auch jeder Leichter im Heck einen Pfropfen, und ich weiß genau, wo er ist. Ich fühle ihn unter der Fußsohle."

Decoud hörte aus dem hastigen Murmeln die echte Entschlossenheit und die wütende Erregung des berühmten Capataz heraus. Bevor der Dampfer, von einem oder zwei Schreien gelenkt (denn mehr würden es nicht sein, sagte Nostromo und knirschte hörbar mit den Zähnen), den Leichter finden konnte, würde er übergenug Zeit haben, den Schatz, den man ihm um den Hals gehängt hatte, zu versenken.

Die letzten Worte zischte er Decoud ins Ohr. Decoud sagte nichts. Er war völlig überzeugt. Die gewohnte, kennzeichnende Ruhe des Mannes war dahin. Sie paßte nicht zu dem Bilde, das er sich von der Sache gemacht hatte. Und daninter war etwas Tiefes zum Vorschein gekommen, etwas, das niemand erwartet hätte. Decoud zog mit vorsichtigen Bewegungen seinen Rock aus und entledigte sich der Schuhe. Er sah die Ehrenpflicht nicht ein, etwa mit dem Schatz unterzugehen. Sein Ziel war, zu Barrios zu gelangen, nach Cayta, wie der Capataz sehr wohl wußte. Und auch er dachte, auf seine Art, an den Versuch alle die Verzweiflung zu wenden, deren er fähig war. Nostromo murmelte: „Richtig, richtig. Sie sind ein Politiker, Señor. Gehen Sie zum Heere und bringen Sie eine neue Revolution in Gang." Immerhin gab er zu bedenken, daß zu jedem Leichter ein kleines Beiboot gehörte, das zwei Mann, wenn nicht mehr, gut aufnehmen konnte. Das ihre schleppten sie nach.

Das hatte Decoud nicht gewußt. Natürlich war es zu finster, als daß er es hätte sehen können, und erst als Nostromo ihm die Fangleine in die Hand drückte, die achtern an einer Klampe festgemacht war, kam ihm das Gefühl der Erlösung voll zum Bewußtsein. Der Gedanke, im Wasser herumzuschwimmen, in tiefer Nacht, ohne zu wissen wohin, wahrscheinlich im Kreis herum, bis er aus Erschöpfung versank: der Gedanke war furchtbar. Vor der nackten, grausamen Sinnlosigkeit eines solchen Endes hielt sein angenommener, gleichgültiger Pessimismus nicht stand. Im Vergleich dazu schien die Möglichkeit, in einem Boot hintreiben zu müssen, dem Durst, dem Hunger, der Entdeckung, Einkerkerung, Hinrichtung ausgesetzt, geradezu erfreulich und wohl wert, mit einiger Selbstverachtung bezahlt zu werden. Er nahm Nostromos Vorschlag, sofort in das Beiboot zu gehen, nicht an. „Es kann uns unvermutet etwas zustoßen, Señor", bemerkte der Capataz, versprach aber zugleich getreulich, er wolle die Fangleine augenblicklich loswerfen, wenn die Notwendigkeit einträte.

Doch Decoud versicherte ihm leichthin, er gedenke erst im allerletzten Augenblick ins Beiboot zu gehen und nur dann, wenn auch der Capataz mitkäme. Die Dunkelheit des Golfs erschien ihm nicht mehr als das Ende aller Dinge. Sie gehörte der lebenden Welt an; während man sie durchfuhr, konnte man ja Mißerfolg und Tod neben sich fühlen. Zugleich bot sie auch Zuflucht; er freute sich der undurchdringlichen Finsternis. „Wie eine Mauer, wie eine Mauer!" flüsterte er vor sich hin.

Einzig nur der Gedanke an Señor Hirsch erschütterte seine Zuversicht. Es erschien Decoud nun als die Höhe leichtfertiger Torheit, daß der Mann nicht gefesselt und geknebelt worden war. Solange der elende Bursche die Möglichkeit hatte, einen Schrei auszustoßen, waren sie in ständiger Gefahr. Nun machte ihn das maßlose Entsetzen stumm, doch niemand konnte wissen, wann es sich in Gebrüll Luft machen würde.

Gerade die wahnsinnige Angst, die sowohl Decoud wie Nostromo aus den wilden, irren Augen und aus dem ständigen Zucken des Mundes gelesen hatten, gerade sie hatte Señor Hirsch vor den grausamen Notwendigkeiten dieser verzweifelten Sache bewahrt. Der Augenblick, ihn für immer stumm zu machen, war vorbei, weil es, wie Nostromo auf Decouds Bedauern erwiderte, zu spät dazu war! Es konnte nun nicht mehr ohne Lärm geschehen, um so weniger, da man die genaue Lage des Mannes nicht kannte. Wo immer er auch sich zitternd verkrochen haben mochte – es war zu gefährlich, ihm in die Nähe zu kommen. Er würde wahrscheinlich um Gnade zu heulen beginnen. Es war viel besser, ihn in Frieden zu lassen, da er sich so ruhig verhielt. Diesem Schweigen aber vertrauen zu müssen, fiel Decoud mit jedem Augenblick schwerer aufs Herz.

„Ich wollte, Capataz, du hättest den rechten Augenblick nicht vorübergehen lassen", murmelte er.

„Was! Ihn für immer stumm zu machen! Ich hielt es für richtig, erst zu hören, wie er hierhergekommen ist. Es war zu merkwürdig. Wer hätte sich vorstellen können, daß es blanker Zufall war? Und nachher, Señor, als ich sah, wie Sie ihm Wasser zu trinken gaben, da konnte ich es nicht mehr tun. Nicht, nachdem ich gesehen hatte, wie Sie ihm den Wasserkrug an die Lippen hielten, als wäre er Ihr Bruder, Señor. Notwendigkeiten dieser Art darf man nicht zu lange überlegen. Und doch wäre es keine Grausamkeit gewesen, ihm sein jämmerliches Leben zu nehmen. Es ist ja nichts als Angst. Damals hat ihn Ihr Mitleid gerettet, und jetzt ist es zu spät. Es könnte nicht ohne Lärm geschehen."

In dem Dampfer war alles völlig ruhig, und die Stille war so tief, daß Decoud das Gefühl hatte, der leiseste Laut müßte ungehemmt und hörbar bis ans Ende der Welt dringen. Wenn nun Hirsch hustete oder nieste? Sich einer so törichten Nichtigkeit ausgeliefert zu sehen, war zu schlimm, als daß man noch darüber hätte spotten mögen. Auch Nostromo schien unruhig zu werden. War es möglich, fragte er sich, daß dem Dampfer die Nacht zu schwarz wäre und er auf dem Fleck bis zum Tagesanbruch liegenbleiben würde? Er begann zu denken, daß hierin letzten Endes die wirkliche Gefahr läge. Er fürchtete, daß die Dunkelheit, die jetzt sein Schutz war, ihn schließlich verderben würde.

Sotillo war, wie Nostromo vermutet hatte, der Befehlshaber des Truppentransports. Die Ereignisse der letzten achtundvierzig Stunden in Sulaco waren ihm nicht bekannt, noch auch wußte er, daß der Telegraphist in Esmeralda es fertiggebracht hatte, seinen Kollegen in Sulaco zu warnen. Wie viele Offiziere der Provinzgarnisonen war Sotillo bewogen worden, sich der Sache der Ribieristen anzuschließen, im Glauben, daß dahinter der ungeheure Reichtum der Gould-Konzession stünde. Er hatte seinerzeit in der Casa Gould verkehrt, dort seine Blanco-Überzeugungen und seinen Eifer, für Reformen vor Don José Avellanos entwickelt und dabei freimütige, ehrliche Blicke zu Frau Gould und Antonia hinübergeschickt. Man wußte, daß er einer guten Familie angehörte, die während Guzman Bentos Gewaltherrschaft verfolgt und in Armut gestürzt worden war. Die Ansichten, die er äußerte, erschienen für einen Mann seiner Abstammung und seiner Vorgeschichte natürlich und angemessen. Und er spielte durchaus nicht Komödie; es kam ihm ganz von Herzen, erhabene Gefühle zu beteuern, während all sein Sinnen auf eine Erkenntnis gerichtet war, die ihm damals gesund und vernünftig erschien – die Erkenntnis, daß der Gatte der Antonia Avellanos naturgemäß ein vertrauter Freund der Gould-Konzession sein müßte. Das hob er sogar einmal Anzani gegenüber hervor, als er in dem düsteren, feuchten Raum hinter dem Laden unter den Arkaden über das sechste oder siebente kleine Darlehen verhandelte. Er wies den Warenhausbesitzer auf seine ausgezeichneten Beziehungen zu der emanzipierten Señorita hin, die wie eine Schwester zu der englischen Dame stand. Er schob einen Fuß vor, kreuzte die Arme und bot sich stolzen Blickes Anzanis Betrachtung dar.

„Sieh, elender Krämer! Wie kann ein Mann wie ich bei einer Frau Pech haben, und noch dazu bei einem überspannten Mädel, das in der törichtesten Ungebundenheit lebt?“ schien er zu sagen.

Sein Gehaben in der Casa Gould war natürlich wesentlich anders – frei von aller Überhebung und sogar ein wenig bedrückt. Wie die meisten seiner Landsleute ließ er sich durch den Klang schöner Worte fortreißen, besonders, wenn er selbst es war, der sie aussprach. Er war von durchaus nichts überzeugt, außer von der unwiderstehlichen Macht seiner persönlichen Vorzüge. Diese Überzeugung aber war so wurzelecht, daß ihn nicht einmal Decouds Auftauchen in Sulaco und dessen enger Verkehr mit den Goulds und Avellanos beunruhigte. In Gegenteil, er versuchte sich mit diesem reichen Costaguanero aus Europa zu befreunden, in der Hoffnung, von ihm allmählich eine starke Summe zu entleihen. Der einzige Leitgedanke seines Lebens war es, Geld zur Befriedigung seiner kostspieligen Neigungen aufzutreiben, denen er hemmungslos nachgab, da ihm jede Beherrschung fehlte. Er hielt sich für einen Meister der Ränke, doch war seine Verderbtheit so einfach wie ein tierischer Instinkt. Zu Zeiten, in der Einsamkeit, hatte er Wutanfälle, wie auch bei anderen Gelegenheiten, zum Beispiel, wenn er mit Anzani allein in einem Zimmer war, um ein Darlehen zu erwirken.

Seine Reden hatten ihm den Oberbefehl über die Garnison von Esmeralda eingetragen. Dieser kleine Hafen hatte seine Bedeutung als Endstation des größten Unterseekabels, das die Westliche Provinz mit der Außenwelt verband, und als Zweigstelle für die Linie nach Sulaco. Don José Avellanos hatte ihn vorgeschlagen, und Barrios hatte mit bärbeißigem Spott gemeint: „O ja, laßt nur Sotillo gehen. Er ist gerade der Mann, um das Kabel zu bewachen, und die Damen von Esmeralda wollen doch auch an die Reihe kommen.“ Barrios, ein fraglos tapferer Mann, hatte keine hohe Meinung von Sotillo.

Nur durch das Esmeralda-Kabel konnte die San Tomé-Mine in steter Verbindung mit dem großen Finanzmann bleiben, dessen schweigende Zustimmung die Stärke der Ribieristenbewegung ausmachte. Diese Bewegung hatte sogar dort ihre Gegner. Sotillo herrschte in Esmeralda mit strengen Gegenmaßnahmen, bis ihm der widrige Verlauf der Ereignisse auf dem fernen Schauplatz des Bürgerkrieges die Überzeugung aufdrängte, daß die Silbermine letzten Endes ja doch dem Sieger in die Hände fallen mußte. Doch war Vorsicht geboten. Er begann damit, der treu ribieristischen Gemeindevertretung von Esmeralda gegenüber eine düstere, geheimnisvolle Haltung zu zeigen. Später, auf die Nachricht hin, daß der Kommandant mitten in der Nacht Offiziersversammlungen abhielt (die Kunde davon war irgendwie durchgesickert), fühlten sich die Herren bewegen, ihre öffentlichen Pflichten ganz zu vernachlässigen und sich in ihren Häusern eingesperrt zu halten. Eines Tages wurden alle Briefe, die der Überlandbote aus Sulaco gebracht hatte, von einem Trupp Soldaten aus dem Postamt in die Kommandantur geschafft, ohne alle Heimlichkeit, Erklärung oder Entschuldigung. Sotillo hatte über Cayta von der endgültigen Niederlage Ribieras erfahren.

Dies war das erste offene Anzeichen eines Wechsels in seinen Überzeugungen. Sofort konnte man auch bekannte Demokraten, die bis dahin in ständiger Angst vor Verhaftung, Fußeisen und sogar Durchpeitschung gelebt hatten, durch das große Tor der Kommandantur ein und aus gehen sehen, wo die Pferde der Ordonnanzen unter schweren Sätteln dösten, während die Männer in zerlumpten Uniformen und spitzen Strohhüten sich auf einer Bank rekelten und ihre nackten Füße in die Sonne hinausstreckten; oben auf den Stufen stand eine Schildwache in rotem, an den Ellbogen zerrissenem Friesrock und sah hochmütig über das gemeine Volk weg, das im Vorübergehen die Hüte zog.

Sotillos eigene Gedanken reichten über die Sorge um seine persönliche Sicherheit und die Möglichkeit, die ihm anvertraute Stadt zu plündern, nicht hinaus; doch fürchtete er, daß ein so verspäteter Beitritt bei den Siegern nur auf geringe Dankbarkeit stoßen würde. Er hatte gerade einen Augenblick zu lange an die Macht der San Tomé-Mine geglaubt. Die beschlagnahmten Briefschaften hatten ihm eine frühere Nachricht bestätigt, daß nämlich eine große Menge Silberbarren im Zollamt zu Sulaco lag. Diese in Besitz zu nehmen, mußte eine eindeutig monteristische Tat sein; ein Dienst, der auf gewissen Lohn rechnen konnte. Hatte er das Silber in Händen, so konnte er für sich und seine Soldaten Bedingungen stellen. Er wußte weder von dem Aufstand, noch von der Flucht des Präsidenten nach Sulaco und der harten Verfolgung durch Monteros Bruder, den Guerillero. Das Spiel schien fest in seinen Händen. Seine ersten Züge waren es, das Telegraphenamt zu besetzen und den Regierungsdampfer zu beschlagnahmen, der im Hafen von Esmeralda, einer engen Bucht, lag. Diese letztgenannte Unternehmung wurde ohne Schwierigkeit von einer Kompanie: Soldaten ausgeführt, die unvermutet über die Laufplanken stürmte, während der Dampfer am Kai lag. Der Leutnant aber, der den Auftrag bekommen hatte, den Telegraphisten zu verhaften, hielt sich unterwegs; vor dem Café in Esmeralda auf, verteilte dort einigen Brandy an seine Leute und erfrischte sich selbst auf Kosten des Besitzers, eines bekannten Ribieristen. Die ganze Abteilung wurde schwer berauscht, zog johlend ihres Weges fort und feuerte gelegentliche Schüsse auf die Fenster längs der Straße. Diese kleine Festlichkeit, die sich für das Leben des Telegraphisten hätte gefährlich erweisen können, gab ihm schließlich doch die Möglichkeit, seine Warnung nach Sulaco abzuschicken. Der Leutnant, der mit gezogenem Säbel die Stiegen hinauf gestolpert war, küßte bald darauf den Beamten auf beide Wangen, in einem der unvermittelten Stimmungsumschläge, die bei einem gewissen Grad von Trunkenheit so häufig sind. Er nahm den Telegraphisten innig um den Hals und versicherte ihm, daß alle Offiziere der Garnison von Esmeralda zu Obersten gemacht werden sollten, und dabei strömten Tränen der Glückseligkeit über sein aufgedunsenes Gesicht. So geschah es, daß der Platzmajor, als er später des Wegs kam, die ganze Abteilung auf den Stiegen und in den Gängen schlafend und den Telegraphisten (der die Gelegenheit zur Flucht nicht benützt hatte) eifrig mit dem Sendehebel beschäftigt fand. Der Major führte ihn barhäuptig, mit auf den Rücken gebundenen Händen, davon, verheimlichte aber die Wahrheit vor Sotillo, der so in Unkenntnis der nach Sulaco geschickten Warnung blieb.

Der Oberst war nicht der Mann, es zu leiden, daß sich gegen die geplante Überrumpelung ein Zweifel erhob. Der Plan schien ihm todsicher; er hatte mit ungebärdiger, kindischer Ungeduld sein Herz darangehängt. Schon seit dem Augenblick, da der Dampfer um die Punta Mala in die tiefe Dunkelheit des Golfs eingebogen, war er inmitten einer Gruppe von Offizieren, die nicht minder aufgeregt waren als er selbst, auf der Brücke geblieben. Eingeschüchtert durch das Drängen und die Drohungen Sotillos und seines Stabes, hatte der bedauernswerte Kapitän des Dampfers diesen so vorsichtig, wie man es ihm erlauben wollte, in Fahrt gehalten. Einige der Herren hatten fraglos schwer getrunken, aber die Aussicht, die Hand auf solche Reichtümer legen zu können, machte sie töricht tollkühn und zugleich auch sehr ängstlich. Der alte Major des Bataillons, ein dummer, mißtrauischer Mensch, der nie in seinem Leben zu Schiff gefahren war, zeichnete sich aus, indem er plötzlich das Kompaßlicht löschte, das einzige, das an Bord, der Navigation wegen, erlaubt war. Er konnte nicht begreifen, wieso es dazu dienen sollte, den Weg zu finden. Zu der heftigen Widerrede des Kapitäns stampfte er mit dem Fuß und schlug auf den Griff seines Degens. „Aha! Hab' ich dich entlarvt!" frohlockte er. „Nun raufst du dir das Haar, aus Verzweiflung über meine Schlauheit! Bin ich ein Kind, daß ich glauben sollte, ein Licht in der Messingbüchse da könnte dir anzeigen, wo der Hafen ist? Ich bin ein alter Soldat, das bin ich. Ich kann einen Verräter meilenweit riechen! Du wolltest, daß das Licht deinem Freunde, dem Engländer, unser Kommen anzeigen sollte! Ein Ding wie das hier – dir den Weg zeigen! Was für eine elende Lüge! *Que picardia!* Ihr Leute von Sulaco seid alle im Sold dieser Fremden. Du verdientest es, daß ich dir meinen Degen durch den Leib rennte." Andere Offiziere eilten hinzu und versuchten seine Entrüstung zu dämpfen, durch die wiederholte Erklärung: „Nein! Nein! Das ist ein Werkzeug der Seeleute, Major. Es ist kein Verrat!" Der Schiffskapitän warf sich mit dem Gesicht nach unten auf die Brücke hin und weigerte sich, aufzustehen. „Macht gleich ein Ende mit mir", wiederholte er mit erstickter Stimme. Sotillo mußte eingreifen.

Der Lärm und der Aufruhr auf der Brücke wurden so groß, daß der Steuermann das Rad verließ. Er suchte im Maschinenraum Zuflucht und alarmierte die Ingenieure, die, trotz den Drohungen der zu ihrer Bewachung aufgestellten Soldaten, die Maschinen stoppten und erklärten, sie wollten sich lieber erschießen lassen, als Gefahr laufen, da unten zu ertrinken.

Dies war das erstemal, daß Nostromo und Decoud den Dampfer anhalten hörten. Nachdem die Ordnung wiederhergestellt und das Kompaßlicht neu angezündet war, fuhr er weiter und passierte den Leichter weit weg, auf der Suche nach den Isabellen. Die Inselgruppe war nicht auszunehmen, und auf die klägliche Vorstellung des Schiffskapitäns hin erlaubte Sotillo, daß die Maschinen nochmals gestoppt wurden, um abzuwarten, daß die Wolkenbank über dem Golf sich wieder einmal höbe und die Dunkelheit sich vorübergehend lichtete.

Sotillo, auf der Brücke, murmelte dem Kapitän von Zeit zu Zeit ein ärgerliches Wort zu. Der andere ersuchte in kläglichem, entschuldigendem Ton *su merced* den Obersten, die Grenzen zu bedenken, die die Finsternis der Nacht den menschlichen Fähigkeiten auferlegte. Sotillo platzte fast vor Wut und Ungeduld. Das Glück seines Lebens stand auf dem Spiel.

„Wenn dir deine Augen zu nichts weiter nutze sind, dann will ich sie dir ausstechen lassen", fuhr er auf.

Der Kapitän des Dampfers gab keine Antwort, denn eben tauchte nach dem Vorüberziehen einer Regenbö die Masse der Großen Isabelle dunkel auf und verschwand wieder, wie weggewischt von einer Woge tiefer Finsternis, die einem neuen Regenschauer voranging.

Das genügte ihm. Mit der Stimme eines Mannes, der dem Leben wiedergegeben ist, teilte er Sotillo mit, sie würden in einer Stunde am Kai von Sulaco liegen. Dann wurde der Dampfer mit voller Kraft auf den Kurs gebracht, und unter den Soldaten auf Deck begannen mit großem Eifer die Vorbereitungen zur Landung.

Decoud und Nostromo konnten es deutlich hören. Der Capataz erfaßte auch die Bedeutung. Sie hatten die Isabellen gesichtet und hielten nun gerade auf Sulaco zu. Seiner Meinung nach mußten sie in nächster Nähe passieren; doch dachte er, der Leichter würde nicht zu sehen sein, wenn er so mit niedergefiertem Segel stillag. „Nein! Nicht einmal, wenn sie uns streifen“, murmelte er.

Der Regen begann wieder zu fallen; erst wie ein nasser Nebel, dann etwas dichter, schließlich in scharfen, geraden Strähnen; und das Zischen und Pochen des anfahrenden Dampfers kam bedenklich nahe. Decoud, die Augen voll Wasser, den Kopf gesenkt, fragte sich eben, wie lange es brauchen würde, bis der Dampfer vorbei wäre, als er unerwartet einen Stoß fühlte. Eine Schaumwelle schlug klatschend über das Heck, unter gleichzeitigem Krachen von Holz und einer dumpfen Erschütterung. Decoud hatte den Eindruck, eine ärgerliche Hand hätte den Leichter gepackt und schleppte ihn nun der Vernichtung zu. Der Stoß hatte ihn natürlich niedergeworfen, und er fand sich inmitten einer Wasserpfütze auf dem Bootsboden wieder. Ein heftiges Wetzen längsseit hielt an; über ihm rief eine fremde, erstaunte Stimme irgendwas durch die Nacht. Er hörte einen durchdringenden Hilfeschrei von Señor Hirsch. Er hielt die ganze Zeit über die Zähne fest aufeinandergebissen. Es war ein Zusammenstoß!

Der Dampfer hatte den Leichter schräg von der Seite angerannt, daß dieser halb mit Wasser vollgeschlagen war, hatte ihm ein paar Spanten eingedrückt und ihn schließlich parallel zum eigenen Kurse gedreht. An Bord des Dampfers war der Stoß kaum wahrnehmbar. Seine ganze Heftigkeit wurde, wie gewöhnlich, nur an Bord des kleineren Fahrzeugs empfunden. Sogar Nostromo dachte, daß dies wohl das Ende seines verzweifelten Abenteuers sein müßte. Ihn selbst hatte ein Schlag der langen Steuerpinne niedergeworfen, die durch die Erschütterung in Bewegung geraten war. Nachdem der Dampfer den Leichter so aus dem Weg geschoben hatte, wäre er wohl weitergefahren und hätte es dem Leichter überlassen, zu schwimmen oder unterzugehen, ohne auch nur seine Umrisse gesichtet zu haben. Nur hatte der Dampfer, schwer mit Waren beladen und mit soviel Leuten an Bord, solchen Tiefgang, daß der Anker tief genug hing, um sich in eine der Wanten des Leichters einhaken zu können. Ein oder zwei keuchende Atemzüge lang hielt das neue Drahtseil die plötzliche Beanspruchung aus. Dies war es, was Decoud den Eindruck gab, der Leichter würde gepackt und der Vernichtung zugeschleppt. Die Ursache natürlich konnte er nicht begreifen; alles kam so plötzlich, daß ihm keine Zeit zum Nachdenken blieb. Aber alle seine Eindrücke waren völlig klar; er war ganz bei Sinnen; tatsächlich kam ihm die eigene Ruhe sogar noch in dem Augenblick angenehm zum Bewußtsein, als er Hals über Kopf über den Heckbalken flog und rücklings in einer Wasserlache landete. Den Hilfeschrei des Señors Hirsch hatte er gehört und erkannt, während er sich aufrappelte; dabei hielt das unheimliche Schleppen durch die Finsternis immer noch an. Kein Wort, kein Schrei entfuhr ihm, er hatte keine Zeit, etwas zu sehen; und während er noch dem verzweifelten Hilfeschrei lauschte, hörte die Schleppbewegung so plötzlich auf, daß er taumelte und mit ausgebreiteten Armen gegen die aufgestapelten Silberkisten fiel. Er klammerte sich unwillkürlich daran, in der unbestimmten Furcht, nochmals herumgeschleudert zu werden. Und unmittelbar darauf hörte er nochmals eine Reihe von Hilfeschreien, langgezogen, verzweifelt, gar nicht nahe, sondern unerklärlich weit weg vom Leichter, als äffte ein Nachtgespenst das Entsetzen und die Verzweiflung des Señors Hirsch nach.

Dann war alles still – so still, wie wenn man in seinem Bett in einem dunklen Zimmer aus einem wilden Traum aufwacht. Der Leichter schaukelte leise; der Regen fiel immer noch. Von rückwärts faßten zwei tastende Hände nach Decouds schmerzendem Rücken, und die Stimme des Capataz flüsterte ihm ins Ohr: „Still! Bei Ihrem Leben! Still! Der Dampfer hat gestoppt."

Decoud horchte. Der Golf war ruhig. Er fühlte das Wasser fast bis zu den Knien. „Sinken wir?" fragte er kaum hörbar.

„Ich weiß es nicht", hauchte ihm Nostromo zu. „Señor, machen Sie nicht das kleinste Geräusch."

Hirsch war, als ihn Nostromo nach vorne geschickt hatte, nicht in sein erstes Versteck zurückgekehrt. Er war nahe beim Mast niedergefallen und hatte die Kraft zum Aufstehen nicht gefunden; überdies fürchtete er sich auch, sich zu rühren. Er hatte sich totgestellt, doch nicht aus klarer Überlegung. Es war nur ein grausames, entsetzliches Gefühl. Sooft er nachzudenken versuchte, was aus ihm werden würde, begannen seine Zähne heftig zu klappern. Er war viel zu sehr in den Abgründen seiner Angst befangen, um irgend etwas zu beachten.

Obwohl er fast erstickte unter dem Segel des Leichters, das Nostromo unwissentlich auf ihn niedergelassen, hatte er doch nicht gewagt, auch nur den Kopf herauszustrecken, bis zu dem Augenblick, da der Dampfer sie anrannte. Dann allerdings war er mit einem Satz aufgesprungen, zu neuen, wunderbaren Körperleistungen gespornt durch die neue Gefahr. Als der Leichter krängte und das Wasser hereinschlug, fand er die Sprache wieder. Sein Schrei „Rettet mich!" war für die Leute an Bord des Dampfers das erste Anzeichen des Zusammenstoßes. Im nächsten Augenblick riß das Drahtseil, und der befreite Anker schwang über das Vorschiff des Leichters. Er kam hart an Señior Hirschs Brust vorbei, und dieser packte einfach zu, ohne im geringsten zu ahnen, was es sein konnte, klammerte sich aber mit Armen und Beinen an den Teil oberhalb der Flügel, mit unbesiegbarer, unvernünftiger Hartnäckigkeit. Der Leichter trieb weit ab, und der Dampfer nahm im Weiterfahren den Señor Hirsch mit, der sich anklammerte und um Hilfe brüllte. Es verging einige Zeit, bis seine Lage entdeckt wurde, nachdem der Dampfer gestoppt hatte. Sein anhaltendes Hilfegeschrei schien von jemand zu kommen, der im Wasser schwamm. Schließlich gingen ein paar Mann über den Bug hinaus und holten ihn an Bord. Er wurde geradewegs vor Sotillo auf die Brücke geführt. Sein Verhör bestätigte die Vermutung, daß man ein Fahrzeug überrannt und in Grund gebohrt hatte. Doch war es in einer so finsteren Nacht untunlich, nach dem tatsächlichen Beweis, treibenden Wracktrümmern etwa, Ausschau zu halten. Sotillo hatte es nun eiliger als je, ohne Zeitverlust den Hafen zu erreichen. Der Gedanke, daß er das Hauptziel seiner Unternehmung zerstört habe, war zu unerträglich, um Geltung zu finden. Dies Gefühl ließ ihm die Geschichte, die er gehört hatte, um so unglaubwürdiger erscheinen. Señor Hirsch wurde ein wenig geprügelt, weil er Lügen erzählt hatte, und in den Navigationsraum gestoßen. Aber er wurde nur ein wenig geprügelt. Seine Erzählung hatte Sotillos Stab den Mut genommen, obwohl alle rings um den Anführer wiederholten: „Unmöglich, unmöglich!“ mit Ausnahme des alten Majors, der düster frohlockte.

„Ich habe es euch gesagt, ich habe es euch gesagt“, knurrte er. „Ich konnte einen Verrat, eine Diableria, eine Meile weit riechen!“

Unterdessen hatte der Dampfer weiter auf Sulaco zugehalten, wo ja der wahre Sachverhalt allein festgestellt werden konnte. Decoud und Nostromo hörten die lauten Schläge des Propellers schwächer werden und ersterben; dann schickten sie sich ohne unnütze Worte an, auf die Isabellen zuzuhalten. Der letzte Regenschauer hatte eine schwache, aber stetige Brise gebracht. Die Gefahr war noch nicht vorüber, und es war keine Zeit zum Reden. Der Leichter leckte wie ein Sieb. Sie wateten bei jedem Schritt im Wasser. Der Capataz drückte Decoud den Griff der Pumpe in die Hand, die im Achterteil angebracht war, und Decoud begann sofort, ohne eine Frage oder ein Wort, zu pumpen, nur von dem Wunsch besessen, den Schatz flottzuerhalten. Nostromo hißte das Segel, sprang zur Pinne zurück, riß wie toll an der Schot. Das kurze Aufflammen eines Streichhölzchens (die waren in einer wasserdichten Büchse trocken geblieben, obwohl der Mann ganz durchweicht war) zeigte dem emsigen Decoud des andern erregtes Gesicht, das mit gespanntem Blick über den Kompaß gebeugt war. Er wußte nun, wo er war, und hoffte, den sinkenden Leichter in einer seichten Bucht auf Strand setzen zu können, wo eine tiefe, überwachsene Schlucht den hohen, klippenartigen Rand der Großen Isabelle in zwei gleiche Teile teilt.

Decoud pumpte ohne Aufhören. Nostromo steuerte, ohne den hartgespannten Blick vom Kompaß zu lassen. Jeder von ihnen schien völlig allein bei seiner Aufgabe. Es fiel ihnen nicht ein, zu sprechen. Sie hatten nichts gemeinsam als die Gewißheit, daß der beschädigte Leichter langsam und unausbleiblich sinken mußte. Diese Gewißheit schien sie, wie eine Feuerprobe auf ihr Wünschen, einander völlig entfremdet zu haben, als hätten sie in der Erschütterung des Zusammenstoßes entdeckt, daß der Verlust des Leichters für sie beide nicht das gleiche bedeuten würde. Die gemeinsame Gefahr brachte die Verschiedenheit ihrer beider Ziele, Anschauungen, Wesen und Stellung jedem einzelnen klar zum Bewußtsein. Es gab kein Band der Überzeugung, einer gemeinsamen Idee; sie waren nur zwei Abenteurer, die jeder seinem eigenen Abenteuer nachgingen, beide der gleichen Todesgefahr preisgegeben. Darum hatten sie einander nichts zu sagen. Diese Gefahr aber, diese einzige und unwiderlegbare Wahrheit, die sie teilten, schien ihre geistigen und körperlichen Kräfte zu befeuern.

Gewiß grenzte es ans Wunderbare, wie der Capataz auf die Bucht zuhielt, ohne andere Richtpunkte als die schattenhaften Umrisse der Insel und ein gelegentliches Aufschimmern sandigen Strandes. Wo sich die Schlucht zwischen den Klippen auftut und ein kleines Bächlein sich aus den Büschen windet, um sich in die See zu verlieren, wurde der Leichter auf Strand gesetzt; und die beiden Männer begannen schweigsam, mit ungehemmter Tatkraft, die kostbare Ladung zu löschen; sie trugen jeden der Koffer aus Ochsenhaut zu dem Ufer des Baches oberhalb der ersten Büsche, bis zu einer Höhle hinauf, die unter den Wurzeln eines großen Baumes ausgewaschen worden war. Der mächtige, glatte Stamm lehnte wie eine stürzende Säule hoch über dem Wasserlauf, der über die Steine plätscherte. Einige Jahre zuvor hatte Nostromo, ganz allein, einen ganzen Sonntag damit zugebracht, die Insel zu erforschen. Das setzte er Decoud auseinander, nachdem ihre Arbeit getan war und sie, müde an allen Gliedern, die Beine über den Uferrand hängen ließen, den Rücken gegen den Baumstamm gelehnt, wie zwei Blinde, die voneinander wie von ihrer Umgebung nur durch einen unerklärlichen sechsten Sinn wissen.

„Jawohl, jawohl“, wiederholte Nostromo, „ich vergesse nie einen Ort, den ich mir einmal genau angesehen habe.“ Er sprach langsam, fast träge, als läge ein ganzes müßiges Leben vor ihm, anstatt der zwei knappen Stunden bis zum Tagesanbruch. Das Dasein dieses Schatzes, kaum verborgen an diesem unwahrscheinlichen Ort, belastete jeden überlegten Schritt, jede künftige Maßnahme mit schwerem Geheimnis. Nostromo empfand die enge Beziehung zwischen dem teilweisen Mißerfolg dieser verzweifelten Sache und dem großen Ruf, den er sich zu schaffen gewußt hatte. Immerhin war es ja auch ein teilweiser Erfolg. Seine Eitelkeit war halb befriedigt. Seine Erregung hatte sich gelegt.

„Man weiß nie, wozu etwas nutz sein kann“, fuhr er mit der gewohnten Ruhe in Stimme und Haltung fort. „Ich habe einen ganzen jämmerlichen Sonntag damit zugebracht, diese Handbreit Land zu erforschen.“

„Ein menschenfeindlicher Zeitvertreib“, murmelte Decoud boshaft. „Sie hatten wohl kein Geld, nehme ich an, um es zu verspielen oder in Ihren Stammlokalen an die Mädel zu verschleudern.“

„E' vero!“ rief der Capataz in seiner Muttersprache, so sehr hatte ihn der Scharfblick des andern überrascht. „Ich hatte keins! Darum wollte ich nicht unter das Bettelvolk gehen, das an meine Freigebigkeit gewöhnt ist. Man erwartet sie von den Capataz de Cargadores, die reiche Leute sind, die Caballeros sozusagen, unter dem gemeinen Volk. Ich mag Karten nur zum Zeitvertreib, und was gar die Mädels angeht, die sich rühmen, mir auf mein Pochen die Türe aufgetan zu haben, so müssen Sie wissen, daß ich keine von ihnen auch nur ein zweites Mal ansehen wollte, wäre es nicht wegen des Geredes der Leute. Die sind eigen, die guten Leute von Sulaco, und ich habe viel Nützliches erfahren, einfach, indem ich geduldig das Geschwätz der Frauen anhörte, in die ich, wie alle Welt glaubte, verliebt war. Die arme Teresa konnte das nie verstehen. An jenem besonderen Sonntag, Señor, schalt sie so, daß ich aus dem Hause ging und schwur, ich wollte nie wieder ihre Türe verdunkeln, außer um meine Hängematte und meine Kleiderkiste fortzuholen. Señor, es gibt nichts Aufreizenderes, als wenn eine Frau, die Sie achten, Ihren guten Ruf angreift, noch dazu, wenn Sie gerade nicht einmal eine Kupfermünze in der Tasche haben. Ich machte eines der kleinen Boote los und ruderte aus dem Hafen hinaus. Ich hatte nichts weiter als drei Zigarren bei mir, um mir über den Tag auf dieser Insel forthelfen zu können. Aber das Wasser des Baches, den Sie da unten

hören können, schmeckt kalt, süß und gut, Senor, sowohl vor wie nach dem Rauchen." Er schwieg eine Weile und fügte dann nachdenklich hinzu: „Das war der erste Sonntag, nachdem ich den englischen Rico mit dem weißen Backenbart vom Gebirge heruntergebracht hatte, ganz oben vom Paramo beim Entrada-Paß – und im Wagen noch dazu! Seit Menschengedenken war keine Kutsche diese Bergstraße hinauf- oder hinuntergegangen, Señor, bis ich diese hinunterbrachte, mit fünfzig Peons, die unter meiner Anleitung wie ein Mann mit Seilen, Pickeln und Hebestangen arbeiteten. Das war der reiche Engländer, der, wie die Leute sagen, uns diese Eisenbahn bezahlt. Er war sehr zufrieden mit mir. Aber mein Gehalt war erst Ende des Monats fällig."

Er ließ sich plötzlich das Ufer hinuntergleiten. Decoud hörte seine plätschernden Schritte im Wasser flußabwärts. Seine Gestalt verlor sich zwischen den Büschen, bis er den Sandstreifen unterhalb der Klippe erreichte. Wie es im Golf oft geschieht, wenn die Regenschauer während des ersten Teiles der Nacht häufig und schwer gewesen sind, hatte sich die Dunkelheit gegen Morgen zu ziemlich gelichtet, obwohl noch nichts von der Dämmerung zu merken war.

Der Leichter, seiner kostbaren Ladung ledig, schaukelte leise, halb flott, den Vordersteven im Sande. Ein langes Tau lief wie ein schwarzer Zwirnsfaden über den hellen Streifen des Strandes bis zu dem Dregganker, den Nostromo an Land getragen und um den Stamm eines baumartigen Busches am Eingang der Schlucht gehakt hatte.

Für Decoud gab es nichts anderes, als auf der Insel zu bleiben. Er empfing aus Nostromos Händen den ganzen Proviant, der sich dank Kapitän Mitchells Umsicht an Bord fand, und brachte ihn vorerst in dem kleinen Beiboot unter, das sie bei der Ankunft auf den Strand heraufgezogen und im Buschwerk verborgen hatten. Auch das Beiboot sollte ihm gelassen werden. Die Insel sollte ein Versteck sein, kein Gefängnis. Er konnte zu einem vorbeifahrenden Schiff hinausrudern. Die Postdampfer der O. S. N. Gesellschaft gingen hart an den Inseln vorbei, wenn sie vom Norden her nach Sulaco kamen. Doch die *Minerva*, die den Expräsidenten mitgenommen, hatte wohl auch die Nachricht von den Unruhen in Sulaco nach Norden getragen. Es war möglich, daß der nächste südwärts gehende Dampfer Befehl bekommen würde, den Hafen gar nicht anzulaufen, da die Stadt, soviel die Offiziere der *Minerva* wußten, zeitweilig in den Händen des Pöbels war. Das hätte bedeutet, daß nun monatelang kein Dampfer vom Norden zu erwarten sein würde, soweit wenigstens die Paketlinie in Betracht kam. Doch damit hatte sich Decoud abzufinden. Die Insel bot ihm den einzigen Unterschlupf vor der Ächtung, die über seinem Kopfe hing. Der Capataz natürlich ging zurück. Der unbeladene Leichter leckte weit weniger, und er hoffte, ihn bis zum Hafen flott erhalten zu können.

Während er längsseit bis zum Knie im Wasser stand, reichte er Decoud einen der beiden Spaten hinüber, die zur Ausrüstung eines jeden Leichters gehörten, für das Beladen der Schiffe mit Ballast. Wenn er damit, sobald es erst halbwegs hell geworden war, vorsichtig arbeitete, dann konnte Decoud oberhalb der Höhle, in der sie den Schatz geborgen hatten, eine Masse von Erdreich und Steinen locker machen, so daß es wie ein Erdrutsch aussehen würde. Das würde dann nicht nur die Höhle verdecken, sondern auch alle Spuren ihrer Arbeit, die Fußtapfen, die vom Fleck gerückten Steine und sogar das zerstampfte Buschwerk.

„Abgesehen davon – wer würde es sich einfallen lassen, Sie oder den Schatz hier zu suchen?“ fuhr Nostromo fort, als könnte er sich nicht losreißen. „Ich wüßte nicht, wer hierherkommen sollte. Was sollte ein Mann auf dieser Krume Land wollen, solange er noch auf dem Festland Platz für seine Füße hat! Die Leute hier sind nicht neugierig. Es gibt nicht einmal Fischer in der Nähe, die Euer Gnaden belästigen könnten. Die ganze Fischerei, soweit davon im Golf die Rede ist, wird dort drüben bei Zapiga ausgeübt. Señor, wenn Sie sich gezwungen sehen, diese Insel zu verlassen, bevor etwas für Sie getan werden kann, dann versuchen Sie nicht, auf Zapiga zuzuhalten. Das ist eine Niederlassung von Dieben und Matreros, wo man Ihnen augenblicklich die Gurgel abschneiden würde, wegen Ihrer goldenen Uhr mit der Kette. Und, Señor, überlegen Sie es sich zweimal, bevor Sie sich jemand anvertrauen, wer es auch sei; trauen Sie nicht einmal den Schiffsoffizieren auf den O. S. N. Dampfern, wenn Sie je an Bord eines solchen kommen. Ehrlichkeit allein ist noch keine Gewähr für Sicherheit. Verschwiegenheit und Vorsicht sind es, auf die Sie bei den Leuten achten müssen. Und bevor Sie die Lippen zu einem Geständnis auftun, bedenken Sie immer, Señor, daß dieser Schatz hier ruhig hundert Jahre liegenbleiben kann. Die Zeit ist auf seiner Seite, Señor, und Silber ist ein unverderbliches Metall, von dem man gewiß sein kann, daß es ewig seinen Wert behält. Ein unverderbliches Metall“, wiederholte er, als machte ihm der Einfall besonderen Spaß.

„Wie man es auch von gewissen Männern behauptet“, orakelte Decoud, während der Capataz, der dabei war, den Leichter mit einer Holzkelle auszuschöpfen, fortfuhr, mit gleichmäßigen Bewegungen das Wasser über die Bordwand zu schleudern. Decoud, unverbesserlich in seiner Zweifelsucht, überlegte, nicht gerade zynisch, doch mit unverkennbarer Befriedigung, daß diesen Mann seine ungeheure Eitelkeit unbestechlich machte, diese verfeinerte Form des Egoismus, die den Anschein jeder Tugend zu erwecken vermag.

Nostromo hörte mit dem Schöpfen auf und warf, als wäre ihm plötzlich ein Gedanke gekommen, die Kelle klappernd in den Leichter.

„Haben Sie irgendeine Botschaft zu bestellen?“ fragte er leise. „Bedenken Sie, man wird mir Fragen stellen!“

„Du mußt die hoffnungsvollen Worte finden, die den Leuten in der Stadt gesagt werden müssen. Ich verlasse mich darin auf deine Klugheit und deine Erfahrung, Capataz. Verstanden?“

„Si, Señor ... für die Damen.“

„Ja, ja“, sagte Decoud hastig. „Dein wunderbarer Ruf wird sie bestimmen, deinen Worten großen Wert beizulegen; darum sei vorsichtig mit dem, was du sagst. Ich sehe“, fuhr er fort und empfand dabei das leise Gefühl von Selbstverachtung, das seinem zwiespältigen Wesen so vertraut war, „ich sehe einem glücklichen und glorreichen Gelingen meiner Aufgabe entgegen. Hörst du, Capataz? Gebrauche die Worte glücklich und glorreich, wenn du mit der Señorita sprichst. Unsere eigene Aufgabe ist glücklich und glorreich vollendet. Du hast ganz zweifellos das Silber der Mine gerettet. Nicht nur dies hier, sondern wahrscheinlich all das Silber, das je aus der Mine kommen wird."

Nostromo entdeckte den spöttischen Unterton. „Das kann ich wohl sagen, Señor Don Martin", meinte er verdrießlich. „Es gibt ganz wenige Dinge, denen ich nicht gewachsen wäre. Fragen Sie die fremden Signori. Ich, ein Mann aus dem Volke, der nicht immer verstehen kann, was Sie meinen. Was aber den Haufen angeht, den ich hierlassen muß, so will ich Ihnen sagen, daß ich ihn für besser aufgehoben hielte, wenn ich Sie überhaupt nicht mit mir gehabt hätte."

Decoud entfuhr ein Ausruf, und dann trat ein kurzes Schweigen ein. „Soll ich mit dir nach Sulaco zurückgehen?" fragte er ärgerlich.

„Soll ich Sie da auf dem Fleck mit meinem Messer erstechen?" gab Nostromo verächtlich zurück. „Es käme auf das gleiche heraus, wie wenn ich Sie nach Sulaco nehmen wollte. Was denn, Senor –. Ihr Ruf kommt von der Politik, und der meine ist an das Schicksal dieses Silbers gebunden. Kann es Sie wundern, daß ich wollte, kein anderer Mann teilte mein Wissen? Ich habe niemand mit mir haben wollen, Señor."

„Ohne mich hättest du den Leichter nicht flotthalten können", brüllte Decoud beinahe. „Du wärst samt ihm untergegangen."

„Ja", meinte Nostromo langsam. „Allein."

Da war also ein Mann, überlegte Decoud, der es scheinbar vorgezogen hätte, zu sterben, als die vollendete Form seiner Eigenliebe beeinträchtigt zu sehen. Ein solcher Mann war sicher. Schweigend half er dem Capataz den Dregganker an Bord schaffen. Nostromo kam mit einem Stoß des schweren Ruders von dem seichten Ufer klar, und Decoud sah sich einsam am Strande, wie in einem Traum. Eine jähe Sehnsucht ergriff ihn, noch ein letztes Mal eine menschliche Stimme zu hören. Der Leichter hob sich kaum ab von dem schwarzen Wasser, auf dem er hintrieb.

„Was ist denn deiner Meinung nach aus Hirsch geworden?" brüllte er.

„Über Bord gegangen und ertrunken", klang Nostromos Stimme zuversichtlich aus der wüsten Finsternis von Himmel und See rings um die Insel. „Halten Sie sich zutiefst in der Schlucht, Señor. Ich werde versuchen, in der nächsten oder übernächsten Nacht zu Ihnen herauszukommen."

Ein leichtes Rauschen verkündete, daß Nostromo dabei war, das Segel zu setzen. Es füllte sich mit einmal, mit einem Geräusch wie von einem einzelnen Paukenschlag. Decoud ging in die Schlucht zurück. Nostromo an der Ruderpinne sah von Zeit zu Zeit nach der schattenhaften Großen Isabelle zurück, die allmählich mit der tiefen Nacht verschmolz. Als er schließlich noch einmal zurückblickte, sah er nichts mehr als gleichmäßige Dunkelheit, wie eine feste Mauer.

Da empfand auch er das Gefühl von Einsamkeit, das auf Decoud so schwer gelastet hatte, nachdem der Leichter vom Ufer weggeglitten war. Während aber der Mann auf der Insel unter dem eigenartigen Gefühl von Unwirklichkeit litt, das noch den Boden unter seinen Füßen einschloß, wandten sich die Gedanken des Capataz eifrig der

Überlegung der nächsten Maßnahmen zu. Nostromos Fähigkeiten, die nebeneinander wirkten, ermöglichten es ihm, genauen Kurs zu halten, nach Hermosa auszuschauen, an der er vorbeifahren mußte, und zugleich darüber nachzudenken, was wohl morgen in Sulaco geschehen würde. Morgen, oder eigentlich heute, denn die Dämmerung war nicht mehr ferne, mußte Sotillo herausbringen, auf welche Weise der Schatz weggeschafft worden war. Ein paar Cargadores waren damit betraut gewesen, das Silber aus den Gewölben des Zollamts in eine Lore zu laden und diese über die Schienen am Kai entlang zu rollen. Es würde Verhaftungen geben, und Sotillo würde bestimmt noch vor Mittag wissen, wie das Silber Sulaco verlassen und wer es fortgeführt hatte.

Nostromo hatte die Absicht gehabt, geradewegs in den Hafen zu segeln; bei dem letzten Gedanken warf er jäh die Ruderpinne herum, stellte den Leichter gegen den Wind und hemmte seine rasche Fahrt. Sein Wiedererscheinen mit dem gleichen Boot würde Verdacht erregen, Vermutungen wecken, Sotillo sofort auf die rechte Spur bringen. Er selbst würde verhaftet werden; und war er erst einmal im Calabozo, dann war nicht zu sagen, was sie mit ihm tun würden, um ihn zum Sprechen zu bringen. Er traute sich viel zu, aber er stand doch auf, um in die Runde zu sehen. Nahebei zeigte Hermosa seine weiße Fläche, eben wie ein Tisch, unter der Brise lärmend von der See überspült. Der Leichter mußte sofort versenkt werden.

Er ließ ihn mit backliegendem Segel treiben. Er war schon ziemlich vollgelaufen. Er ließ ihn gegen die Hafeneinfahrt zu treiben, ließ die Ruderpinne los, kauerte sich nieder und machte sich daran, den Pfropfen herauszuziehen. War der erst heraus, dann würde der Leichter rasch vollaufen und, da er, wie üblich, ein wenig Eisenballast hatte, rasch sinken, wenn er erst voll Wasser war. Als er sich wieder erhob, klang die Brandung bei Hermosa weit weg, fast unhörbar; und schon konnte er die Landspitze beim Hafeneingang ausnehmen. Dies war eine verzweifelte Sache, aber er war ein guter Schwimmer. Eine Meile machte ihm nichts aus, und er kannte einen guten Landungsplatz, gerade unterhalb der Erdwerke des alten aufgelassenen Forts. Als besonders verlockend kam ihm in den Sinn, daß dieses Fort der rechte Ort sein würde, an dem er nach so vielen schlaflosen Nächten den Tag über durchschlafen könnte.

Er riß die Ruderpinne los und hieb mit einem Schlag den Pfropfen heraus, nahm sich aber nicht die Mühe, das Segel niederzufieren. Er fühlte, wie das Wasser heftig um seine Beine spülte, bevor er auf die Heckreling sprang. Dort stand er wartend, aufrecht und regungslos, nur in Hemd und Hose. Sobald er den Leichter sinken fühlte, sprang er mit kräftigem Abstoß weit weg.

Er wandte sofort den Kopf. Die düstere, bewölkte Dämmerung, die hinter den Bergen aufstieg, zeigte ihm auf der glatten Wasserfläche die obere Ecke des Segels, ein dunkles, nasses Dreieck von Leinwand, das leicht hin und her schwankte. Er sah es verschwinden, als wäre es hinuntergerissen worden, und schwamm dann in langen Stößen auf die Küste zu.

Dritter Teil
Der Leuchtturm
I

Sobald der Leichter vom Kai weggeglitten und in die Dunkelheit des Hafens verschwunden war, hatten sich die Europäer von Sulaco getrennt, um sich auf das Kommen des monteristischen Regimes vorzubereiten, das von den Bergen wie auch von der See her im Anzug war.

Bei dieser schweren Arbeit, dem Laden des Leichters, hatten sich die Europäer zum letztenmal zu gemeinsamem Handeln zusammengefunden. Es war der Abschluß dreier böser Tage, während derer, dem Urteil der europäischen Presse nach, die Entschlossenheit der Europäer die Stadt vor dem Unheil eines Pöbelaufstandes bewahrt hatte. Am Ende des Kais, dem Lande zu, wünschte Kapitän Mitchell gute Nacht und kehrte um. Er hatte die Absicht, auf den Bohlen der Landungsbrücke auf und ab zu wandern, bis zum Eintreffen des Dampfers aus Esmeralda. Die Bahningenieure sammelten ihre baskischen und italienischen Arbeiter, marschierten mit ihnen zum Güterbahnhof und ließen das Zollamt, das während des ersten Tages der Unruhen so gut verteidigt worden war, für die vier Winde des Himmels offenstehen. Ihre Leute hatten sich während der berühmten „drei Tage“ von Sulaco tapfer und treu gehalten. Diese Treue und dieser Mut waren zum größten Teil eher in Selbstverteidigung entfaltet worden als für die Sache der materiellen Interessen, an die Carlos Gould seinen Glauben gehängt hatte. Unter den Schreien der Menge hatte nicht zum wenigsten auch der mitgeklungen: „Tod den Fremden!“ Es war tatsächlich ein Glück für Sulaco, daß die Beziehungen dieser eingewanderten Arbeiter zu der Bevölkerung des Landes von allem Anfang an schlechte gewesen waren.

Doktor Monygham trat in die Türe von Violas Küche und beobachtete diesen Rückzug, der das Ende ausländischer Einmengung bezeichnete, den Rückzug der Armee des materiellen Fortschritts von der Walstatt der Costaguana-Revolutionen.

Algarobefackeln, die marschierende Abteilung entlanggetragen, schickten ihren scharfen Duft zu dem Doktor hinüber. Ihr Licht schlug über die Stirnseite des Hauses weg und ließ die Inschrift „Albergo d'Italia Una“ von Ende zu Ende der langen Mauer schwarz hervortreten. Des Doktors Augen blinzelten in dem grellen Schein. Mehrere junge Leute, meistens blond und hochgewachsen, die diese von blitzenden Gewehrläufen überragte Schar dunkler Köpfe hüteten, nickten ihm im Vorübergehen vertraulich zu. Der Doktor war eine wohlbekannte Erscheinung. Einige der jungen Leute fragten erstaunt, was er da wollte. Dann marschierten sie an der Seite ihrer Arbeiter längs der Bahnstrecke weiter.

„Sie ziehen Ihre Leute vom Hafen zurück?“ wandte sich der Doktor an den Chefingenieur, der Carlos Gould auf seinem Wege zur Stadt so weit begleitet hatte, mit der Hand auf dem Sattelknopf neben dem Pferd hergehend. Sie waren gerade vor der offenen Tür stehengeblieben, um die Arbeiter die Straße überqueren zu lassen.

„So schnell ich kann. Wir sind keine politische Körperschaft“, antwortete der Ingenieur nachdrücklich. „Und wir wollen unseren neuen Beherrschern keine Handhabe gegen die Eisenbahn bieten. Sie finden das richtig, Gould?“

„Unbedingt“, sagte Carlos Goulds unbewegte Stimme, von jenseits des rechteckigen Lichtscheins her, der durch die offene Tür auf die Straße hinausfiel.

Da Sotillo von der einen und Pedro Montero von der anderen Seite erwartet wurden, so war es nun des Chefingenieurs einzige Sorge, einen Zusammenstoß mit einem der beiden zu vermeiden. Sulaco bedeutete für ihn einen Bahnhof, eine Endstation, Werkstätten, ein großes Warenlager. Gegen den Pöbel konnte die Eisenbahn ihr Eigentum verteidigen. Politisch aber war sie neutral. Er war ein tapferer Mann, und vom Geiste eben dieser Neutralität durchdrungen, hatte er den Leuten, die sich zu Führern der Volkspartei aufgeworfen hatten, den Abgeordneten Fuentes und Gamacho, ein Waffenstillstandsangebot überbracht. Kugeln waren noch durch die Luft geschwirrt, während er dabei die Plaza überkreuzt und über dem Kopf ein weißes Tischtuch geschwenkt hatte, das zur Tischwäsche des Amarilla-Klubs gehörte.

Er war ziemlich stolz auf seine Tat; und in der Erwägung, daß der Doktor den ganzen Tag über mit den Verwundeten im Innenhof der Casa Gould beschäftigt gewesen war und keine Zeit gehabt hatte, die Neuigkeiten zu hören, begann er eine ausführliche Erzählung. Er hatte den beiden Abgeordneten die Pedro Montero betreffende Nachricht aus dem Lager der Bauabteilung bekanntgegeben. Der Bruder des siegreichen Generals, hatte er ihnen versichert, konnte nun jeden Augenblick in Sulaco erwartet werden. Diese Nachricht, von Señor Gamacho aus dem Fenster hinausgebrüllt, bewirkte (wie der Ingenieur erwartet hatte) ein Hinausströmen des Pöbels auf der Straße nach Rincon zu. Auch die beiden Abgeordneten stiegen, nachdem sie ihm verbindlich die Hand geschüttelt hatten, zu Pferd und galoppierten davon, dem Großen Mann entgegen. „Ich habe sie bezüglich der Zeit ein wenig falsch unterrichtet“, gestand der Chefingenieur. „Wenn er auch noch so scharf reitet, so kann er doch schwerlich vor dem Morgen hier sein. Aber mein Ziel ist erreicht. Ich habe der unterlegenen Partei einige Stunden Ruhe gesichert. Ich sagte ihnen aber nichts von Sotillo, aus Angst, sie würden es sich in den Kopf setzen, nochmals den Hafen in die Hände zu bekommen, sei es, um dem andern die Landung zu verwehren oder um ihn willkommen zu heißen – niemand kann sagen, was von beidem; da war ja Goulds Silber, auf dem unsere letzte Hoffnung ruht. Auch an Decouds Flucht mußte gedacht werden. Ich denke, die Eisenbahn hat sich gegen ihre Freunde recht gut benommen, ohne sich selbst hoffnungslos bloßzustellen. Nun müssen die Parteien einander überlassen werden.“

„Costaguana für die Costaguaneros“, warf der Doktor bissig ein. „Es ist ein schönes Land, und sie haben einen schönen Vorrat an Haß, Rache, Mord und Raub aufgehäuft – diese Kinder des Landes.“

„Nun, ich bin eines davon“, klang Carlos Goulds ruhige Stimme. „Und ich muß mich nun um meinen eigenen Vorrat an Sorgen kümmern. Meine Frau ist geradewegs weitergefahren, Doktor?“

„Jawohl. Hierherum war alles ruhig. Frau Gould hat die zwei Mädchen mit sich genommen."

Carlos Gould ritt weiter, und der Chefingenieur folgte dem Doktor ins Haus.

„Dieser Mann ist die Ruhe in Person", meinte er anerkennend, ließ sich auf eine Bank fallen und streckte seine gutgeformten Beine in Kniestrümpfen quer über den Eingang von sich. „Er muß seiner selbst unglaublich sicher sein."

„Wenn das alles ist, dann ist es soviel wie gar nichts", sagte der Doktor. Er hatte sich wieder auf die Tischkante gesetzt, hielt die Wange in der einen Hand und stützte mit der anderen den Ellbogen. „Es ist das Letzte, dessen ein Mann sicher sein sollte." Die Kerze war halb abgebrannt, ließ den verkohlten Docht hängen und warf ein trübes Licht auf des Doktors niedergebeugtes Gesicht. Sein Ausdruck, von den alten Narben in den Wangen beeinträchtigt, zeigte etwas Unnatürliches, eine übersteigerte, bittere Reue. Wie er so dasaß, schien er finstere Gedanken zu wälzen. Der Chefingenieur sah ihn eine Weile an, bevor er widersprach. „Das sehe ich wirklich nicht ein. Mir scheint, als gäbe es nichts andres. Immerhin ..."

Er war ein kluger Mann, konnte aber seine Geringschätzung für diese Art von Paradoxen nicht verbergen. Tatsächlich war Doktor Monygham bei den Europäern von Sulaco nicht beliebt. Sein etwas heruntergekommenes Aussehen, das er sogar in Frau Goulds Salon beibehielt, weckte ungünstige Beurteilung. An seiner Gescheitheit war nicht zu zweifeln; und da er seit mehr als zwanzig Jahren im Lande lebte, konnte man seine Schwarzseherei nicht völlig außer acht lassen. Doch schrieben sie die Hörer (in Verteidigung ihrer eigenen Hoffnungen und Tätigkeiten) einem verborgenen Mangel in dem Charakter des Mannes zu. Es war bekannt, daß er vor vielen Jahren, als ganz junger Mann, von Guzman Bento zum Obersten Arzt der Armee ernannt worden war. Keiner der Europäer, die damals in Diensten von Costaguana standen, hatte von dem wilden alten Diktator soviel Zuneigung und Vertrauen erfahren.

Späterhin war seine Geschichte nicht so klar. Sie verlor sich in zahllosen Gerüchten von Verschwörungen und Komplotten gegen den Tyrannen, so wie sich ein Strom in einem Sandgürtel verliert, bevor er, kleiner vielleicht und trübe, auf der andern Seite wieder auftaucht. Der Doktor machte kein Geheimnis daraus, daß er durch lange Jahre in dem wildesten Teil der Republik gelebt hatte und mit fast unbekannten Indianerstämmen in den Urwäldern des fernen Innern herumgewandert war, wo die großen Ströme ihre Quellen haben. Doch war es ein Wandern ohne Ziel gewesen; und er hatte nichts geschrieben, nichts gesammelt, keine wissenschaftliche Beute aus dem Dämmern des Urwalds mitgebracht, das immer noch seiner gebeugten Gestalt anzuhaften schien, während er durch Sulaco hinkte. Dort war er von ungefähr aufgetaucht, nur um an der Meeresküste zu stranden.

Es war auch bekannt, daß er bis zur Ankunft der Goulds aus Europa in größter Dürftigkeit gelebt hatte. Don Carlos und Doña Emilia hatten den verrückten englischen Doktor aufgenommen, sobald es sich gezeigt hatte, daß er, bei all seiner wilden Unabhängigkeit, durch Güte zu zähmen war. Vielleicht war es auch nur Hunger gewesen, was ihn gezähmt hatte. In längst vergangenen Tagen war er gewiß mit Carlos Goulds

Vater in Sta. Marta bekannt gewesen; und nun, was auch die dunkle Stelle in seiner Geschichte sein mochte, war er als Arzt der San Tomé-Mine eine amtliche Persönlichkeit geworden. Er wurde anerkannt, doch nicht rückhaltlos aufgenommen. Soviel verschrobenes Mißtrauen und so ausgesprochene Menschenverachtung schienen auf eine Rücksichtslosigkeit im Urteil, auf die Prahlerei mit einer Schuld zu deuten. Überdies waren, seitdem er wieder einige Bedeutung erlangt hatte, Gerüchte aufgetaucht, daß er vor Jahren, als er gelegentlich der sogenannten Großen Verschwörung bei Guzman Bento in Ungnade gefallen und eingekerkert worden war, einige seiner besten Freunde unter den Verschwörern verraten hatte. Niemand wollte dies Gerücht wahrhaben; die ganze Geschichte der Großen Verschwörung war hoffnungslos verworren und dunkel; in Costaguana wird allgemein zugegeben, daß eine solche Verschwörung überhaupt nur in der krankhaften Einbildung des Tyrannen bestanden hatte; und darum sei auch nichts und niemand zu verraten gewesen, obwohl die vornehmsten Costaguaneros auf ebendiese Anklage hin eingekerkert und hingerichtet worden waren. Das Verfahren hatte sich durch Jahre hingeschleppt und in den oberen Klassen wie eine Pest gewütet. Der bloße Ausdruck des Schmerzes wegen des Schicksals hingerichteter Verwandten war mit dem Tode bestraft worden. Don José Avellanos war vielleicht der einzige Lebende, der die ganze Geschichte dieser unaussprechlichen Grausamkeiten kannte. Er hatte selbst darunter gelitten und pflegte jede Anspielung darauf mit einem Achselzucken und einer jähen Handbewegung sozusagen von sich zu weisen. Doch was auch der Grund sein mochte, Doktor Monygham, Mitglied der Verwaltung der Gould-Konzession, Gegenstand ängstlicher Verehrung von seiten der Bergleute, dem Frau Gould seine Eigenheiten nachsah – Doktor Monygham blieb irgendwie außerhalb der Gesellschaft.

Der Grund, aus dem der Chefingenieur bei dem Gasthause in der Ebene angehalten hatte, war durchaus nicht eine besondere Vorliebe für den Doktor. Ihm gefiel der alte Viola weit mehr. Er war dahin gekommen, das „Albergo d'Italia Una" als zur Eisenbahn gehörig anzusehen. Viele seiner Untergebenen wohnten da. Frau Goulds Anteilnahme verschaffte der Familie eine auszeichnende Bedeutung. Der Chefingenieur, mit einem Heer von Arbeitern unter sich, schätzte den sittlichen Einfluß des alten Garibaldiners auf seine Landsleute. Sein erhabenes, altmodisches Republikanertum verband sich auch mit streng soldatischer Pflichttreue, als wäre die Welt ein Schlachtfeld, wo Männer für die Sache der allgemeinen Liebe und Verbrüderung, anstatt für größere oder geringere Beute zu kämpfen hatten.

„Armer alter Bursche!" sagte er, nachdem er Doktor Monyghams Bericht über Teresa angehört hatte. „Er wird niemals imstande sein, den Betrieb allein weiterzuführen. Es wird mir sehr leid tun."

„Er ist ganz allein dort oben", grunzte Doktor Monygham und deutete mit dem wuchtigen Kopfe nach dem engen Stiegenhaus. „Jede lebende Seele ist ausgerissen, und Frau Gould hat gerade die beiden Mädchen mitgenommen. Es könnte wohl bald einmal für sie hier draußen nicht recht sicher werden. Natürlich, als Arzt kann ich hier nichts mehr tun; sie hat mich gebeten, bei dem alten Viola zu bleiben, und da ich kein Pferd habe, um zur Mine zurückzureiten, wo ich ja zu sein hätte, so habe ich mich bereit erklärt, zu bleiben. In der Stadt werden sie auch ohne mich fertig."

„Ich hätte gute Lust, bei Ihnen zu bleiben, Doktor, bis wir sehen, ob heute nacht im Hafen etwas geschieht", erklärte der Chefingenieur. „Der Alte darf nicht von Sotillos Soldateska belästigt werden, die ja vielleicht auch bis hierher vorstoßen wird. Sotillo war bei Goulds und im Klub immer sehr herzlich zu mir. Wie es der Mann fertigbringen wird, irgendeinem seiner alten Freunde hier ins Gesicht zu sehen, das kann ich mir nicht vorstellen."

„Er wird zweifellos damit beginnen, ein paar von ihnen zu erschießen, um über die erste Verlegenheit wegzukommen", sagte der Doktor. „Hierzulande hilft einem Militär, der seine Überzeugung gewechselt hat, nichts besser als ein paar summarische Hinrichtungen." Er sprach mit einer finsteren Bestimmtheit, die jeden Widerspruch ausschloß. Der Chefingenieur versuchte auch keinen. Er nickte nur einige Male bedauernd und sagte dann:

„Ich denke, daß wir Sie morgen werden beritten machen können, Doktor. Unsere Peons haben einige unserer versprengten Pferde eingefangen. Wenn Sie scharf reiten und einen weiten Bogen über Los Hatos schlagen, sich dann längs der Waldgrenze halten und Rincon vermeiden, dann können Sie hoffen, ohne Anstände die San Tomé-Mine zu erreichen. Die Mine ist meiner Ansicht nach gerade jetzt der sicherste Ort für jeden, der irgendwie verdächtig ist. Ich wollte nur, die Eisenbahn wäre auch so schwer angreifbar."

„Bin ich verdächtig?" brachte Doktor Monygham nach einem kurzen Schweigen heraus.

„Die ganze Gould-Konzession ist verdächtig. Sie konnte nicht dauernd dem politischen Leben fernbleiben – wenn diese Krämpfe Leben zu nennen sind. Die Frage ist nur – ist sie angreifbar? Es mußte der Augenblick kommen, wo sich die Neutralität unmöglich erweisen würde, und Carlos Gould hat das gut verstanden. Ich glaube, er ist für jede äußerste Möglichkeit vorbereitet. Ein Mann seines Schlages hat nie daran gedacht, endlos von Dummheit und Bestechlichkeit abhängig zu bleiben. Es war ja, als hätte ein Mann, den Banditen in einer Höhle gefangenhalten, das Lösegeld in der Tasche und erkaufte sich sein Leben von Tag zu Tag. Nur die Sicherheit, nicht die Freiheit, bedenken Sie das, Doktor; ich weiß, was ich rede. Der Vergleich, zu dem Sie die Schultern zucken, ist völlig treffend, besonders wenn Sie sich noch vorstellen, daß ein solcher Gefangener die Macht hätte, seine Taschen immer wieder zu füllen – durch Mittel, die so sehr außerhalb der Reichweite seiner Kerkermeister liegen, als wären sie Zauberei. Sie müssen das so gut wie ich verstanden haben, Doktor. Er war in der Lage der Gans mit den goldenen Eiern. Ich erörterte diese Sache mit ihm schon gelegentlich von Sir Johns Besuch. Der Gefangene dummer und gieriger Banditen ist immer der Laune des erstbesten Schuftes preisgegeben, der ihm vielleicht den Schädel einschlägt, in einer Aufwallung oder von der unmittelbaren Aussicht auf reiche Beute verblendet. Die Geschichte von der Gans mit den goldenen Eiern ist ja nicht ganz umsonst ersonnen worden. Es ist eine Geschichte, die nie veralten wird. Darum hat auch Carlos Gould in seiner stillen, verschlossenen Art die Ribieristenbewegung unterstützt, den ersten öffentlichen Vorgang, der ihm Sicherheit auf anderer Grundlage als der der Bestechung verhieß. Der Ribierismus hat fehlgeschlagen, wie alles einfach Vernünftige in diesem Lande fehlschlagen muß. Aber Gould behält naturgemäß den Wunsch, seine Menge

Silber zu retten. Decouds Plan einer Gegenrevolution mag ausführbar sein oder nicht, mag Aussichten haben oder keine. Trotz all meinen Erfahrungen in diesem aufrührerischen Erdteil vermag ich die Handlungsweise der Leute immer noch nicht ernst zu nehmen. Decoud hat uns seinen Entwurf vorgelesen und über seinen Plan zwei Stunden lang sehr gut gesprochen. Er hatte Beweisgründe, die gut genug hätten scheinen können, hätten nicht wir alle, Mitglieder alter, politisch und national festgegründeter Staatsgebilde, unwillkürlich gestutzt davor, die Idee eines neuen Staates so ohne weiteres dem Kopf eines spottlastigen jungen Menschen entspringen zu sehen, der mit einem Aufruf in der Tasche zu einem rauhbeinigen, spaßhaften, rauflustigen Halbblut flieht, einem Mann, der in diesem Teil der Welt General genannt wird. Es klingt wie ein Märchen – und bedenken Sie, es kann Wahrheit werden; denn es entspricht ganz dem wahren Geiste dieses Landes."

„Ist das Silber also abgegangen?" fragte der Doktor finster.

Der Chefingenieur zog die Uhr. „Nach Kapitän Mitchells Rechnung – und er müßte es ja wissen – ist es nun lange genug weg, um etwa drei oder vier Meilen aus dem Hafen draußen zu sein; und wie Mitchell sagt, ist Nostromo Seemann genug, um alle Möglichkeiten auszunutzen." Hier knurrte der Doktor so laut, daß der andere den Ton änderte.

„Sie halten nicht viel von diesem Unternehmen, Doktor? Doch warum? Carlos Gould muß sein Spiel zu Ende spielen, obwohl er nicht der Mann ist, über seine Handlungsweise sich selbst, geschweige denn andern Rechnung zu geben. Es mag sein, daß ihm das Spiel teilweise von Holroyd eingegeben worden ist; aber es ist auch mit seinem Charakter im Einklang, und darum hat er solchen Erfolg damit gehabt. Hat man nicht angefangen, ihn in Sta. Marta ›El Rey de Sulaco‹ zu nennen? Ein Spitzname kann der beste Beweis für den Erfolg sein. Ich möchte es nennen: dem Rumpf einer Wahrheit das Gesicht eines Scherzes aufsetzen. Mein lieber Herr, als ich zum erstenmal in Sta. Marta ankam, da war ich verblüfft über die Art, wie alle diese Journalisten, Demagogen, Kongreßmitglieder, all diese Generäle und Richter vor einem verschlafen blickenden Advokaten ohne Praxis krochen, einfach nur, weil er der Bevollmächtigte der Gould-Konzession war. Auch Sir John stand noch unter dem Eindruck davon, als er herkam."

„Ein neuer Staat mit dem lächerlichen Stutzer Decoud zum ersten Präsidenten", knurrte Dr. Monygham, hielt immer noch die Wange in der Hand und schlenkerte mit den Beinen.

„Und warum nicht, meiner Treu?" gab der Chefingenieur unerwartet ernst und eindringlich zurück. Es war, als hätte ihn eine unmerkliche Beimengung in der Luft von Costaguana mit dem ortseigentümlichen Glauben an „Pronunciamentos" erfüllt. Plötzlich begann er wie ein erfahrener Revolutionär von dem Werkzeug zu reden, das in Gestalt der Armee von Cayta fertig zur Hand lag; diese Armee konnte in wenigen Tagen nach Sulaco zurückgeführt werden, wenn es nur Decoud fertigbrachte, sofort die Küste hinunterzufahren. Als militärisches Oberhaupt war Barrios da, der von Montero, seinem früheren beruflichen Nebenbuhler und bitteren Feinde, höchstens eine Kugel zu erwarten hatte. Barrios' Mithilfe war gesichert. Seine Armee hatte von Montero gleichfalls nichts zu erhoffen; nicht einmal einen Monat Sold. Von diesem Gesichtspunkt aus war das Vorhandensein des Schatzes von ungeheurer Bedeutung. Die bloße Nachricht, er sei vor den Monteristen gerettet worden, würde für die Cayta-Truppen einen starken Antrieb bieten, sich der Sache des neuen Staates anzuschließen.

Der Doktor wandte sich und sah seinen Gefährten eine Zeitlang an.

„Dieser Decoud, der junge Kerl, versteht es, zu überzeugen, wie ich sehe“, bemerkte er schließlich. „Und, bitte, hat also deswegen Carlos Gould die ganze Ladung Silberbarren in Nostromos Obhut in See gehen lassen?“

„Carlos Gould“, sagte der Chefingenieur, „hat über seine Beweggründe nicht mehr als gewöhnlich gesagt. Sie wissen ja, er redet nicht. Aber wir alle kennen seinen Beweggrund, und er hat nur einen – die Sicherheit der San Tomé-Mine und den Weiterbestand der Gould-Konzession im Geiste seines Vertrages mit Holroyd. Holroyd ist gleichfalls ein ungewöhnlicher Mann. Sie verstehen einer des andern phantastische Seite. Der eine ist dreißig, der andere beinahe sechzig, und sie sind füreinander wie geschaffen. Millionär zu sein, und solch ein Millionär wie Holroyd, ist gleichbedeutend mit ewiger Jugend. Die jugendliche Kühnheit rechnet zur Erfüllung ihrer Wünsche mit einer unbegrenzten Zeitspanne; ein Millionär aber hat unbegrenzte Mittel in Händen – und das ist besser. Die Zeit, die uns auf Erden zusteht, ist eine unbestimmte Größe, doch über die Reichweite von Millionen gibt es keinen Zweifel. Die Einführung einer reinen Form von Christentum in diesen Erdteil ist ein Traum für einen jugendlichen Enthusiasten, und ich habe Ihnen zu erklären versucht, warum Holroyd mit achtundfünfzig Jahren wie ein Mann an der Schwelle des Lebens ist, und sogar noch besser. Er ist kein Missionar, die San Tomé-Mine aber bietet ihm gerade die Möglichkeit, es zu sein. Ich versichere Ihnen allen Ernstes, er hat es nicht einmal fertiggebracht, eine Anspielung darauf aus einer streng geschäftlichen Unterredung über die Finanzen von Costaguana wegzulassen, die er mit Sir John vor einigen Jahren führte. Sir John hat es sehr erstaunt in einem Briefe erwähnt, den er mir von San Franzisko aus auf der Rückreise schrieb. Auf mein Wort, Doktor, die Dinge scheinen wertlos als das, was sie an sich sind. Ich beginne zu glauben, daß das einzig Wesentliche an ihnen die geistige Bedeutung ist, die jeder einzelne nach der Art seiner Tätigkeit ihnen zumißt ...“

„Bah!“ unterbrach der Doktor, ohne einen Augenblick mit dem Schlenkern der Beine aufzuhören. „Selbsttäuschung. Futter für die Eitelkeit, die die Welt in Umdrehung erhält. Abgesehen davon – was, glauben Sie, wird aus dem Schatz werden, der jetzt mit dem Großen Capataz und dem Großen Politiker im Golf schwimmt?“

„Warum sind Sie deswegen unruhig?“

„Ich, unruhig! Was Teufel schert es mich? Ich messe meinen Wünschen, meinen Ansichten keine geistige Bedeutung zu. Sie sind nicht weitreichend genug, um mir Anlaß zur Selbstgefälligkeit zu geben. Sehen Sie zum Beispiel, ich hätte gewiß gerne dieser armen Frau die letzten Augenblicke erleichtert – und ich kann es nicht. Es ist unmöglich. Sind Sie je dem Unmöglichen von Angesicht zu Angesicht gegenübergestanden – oder haben Sie, der Napoleon der Eisenbahn, kein solches Wort in Ihrem Wortschatz?“

„Wird sie denn ganz unweigerlich ein schweres Ende haben?“ fragte der Chefingenieur mit menschlicher Anteilnahme.

Man hörte langsame, schwere Schritte auf den Planken über den wuchtigen Hartholzbalken der Küche. Dann klangen durch die enge Öffnung des Stiegenhauses, das zwischen den dicken Mauern ausgespart und schmal genug war, um von einem Mann gegen zwanzig Feinde verteidigt werden zu können, zwei murmelnde Stimmen herunter: die eine schwach, gebrochen, die andere, die Antwort gab, tief und freundlich; die übertönte den schwächeren Klang der ersten.

Die beiden Männer verharrten schweigend, bis das Murmeln verklungen war. Dann zuckte der Doktor die Schultern und meinte:

„Ja, unweigerlich. Und ich könnte auch nichts tun, wenn ich jetzt hinaufginge."

Ein langes Schweigen oben und unten folgte.

„Ich habe das Gefühl", hob der Ingenieur leise wieder an, „daß Sie Kapitän Mitchells Capataz mißtrauen."

„Mißtrauen!" stieß der Doktor zwischen den Zähnen hervor. „Ich traue ihm alles zu – selbst die törichteste Treue. Ich bin der letzte, zu dem er gesprochen hat, bevor er vom Kai abstieß, müssen Sie wissen. Die arme Frau hier oben wünschte ihn zu sehen, und ich ließ ihn hinaufgehen. Den Sterbenden soll man nicht widersprechen, wissen Sie. Sie schien damals ziemlich ruhig und ergeben, aber der Gauner hat in den etwa zehn Minuten etwas getan oder gesagt, was sie zur Verzweiflung getrieben zu haben scheint. Sie wissen", fuhr der Doktor zögernd fort, „Frauen sind in jeder Lage und zu jeder Lebenszeit so ganz unberechenbar, daß ich manchmal schon gedacht habe, sie wäre gewissermaßen – verstehen Sie mich? – verliebt in ihn – in den Capataz. Der Kerl hat unleugbar seinen eigenen Reiz, sonst hätte er ja nicht das ganze Stadtvolk erobert. Nein, nein, ich bin nicht verrückt. Ich kann vielleicht einem starken Gefühl von ihr zu ihm einen falschen Namen gegeben haben – einer unvernünftigen, schlichten Einstellung, deren eine Frau für einen Mann fähig ist. Sie pflegte vor mir oft über ihn zu schelten; was sich, natürlich, mit meiner Anschauung durchaus verträgt. Durchaus. Sie sah mir so aus, als dächte sie unaufhörlich an ihn. Er war in ihrem Leben sehr wichtig. Sie müssen wissen, ich habe viel von diesen Leuten gesehen. Sooft ich von der Mine herunterkam, bat mich Frau Gould regelmäßig, sie im Auge zu behalten. Sie hat die Italiener gerne; sie hat lange Zeit in Italien gelebt, glaube ich, und eine besondere Vorliebe für diesen alten Garibaldiner gefaßt. Er ist ja bemerkenswert genug. Ein rauher, verträumter Charakter, der noch in der republikanischen Idee seiner jungen Tage wie in einer Wolke lebt. Er hat den Capataz zu vielen seiner verdammten Torheiten ermutigt – der überspannte alte Bursche!"

„Was für Torheiten?" fragte der Chefingenieur zweifelnd. „Ich habe den Capataz immer sehr vernünftig und besonnen gefunden. Völlig furchtlos und ungemein brauchbar. Ein sehr verwendbarer Mann. Sir John hatte den besten Eindruck von seiner Findigkeit und Aufmerksamkeit, als er mit ihm die Überlandreise von Sta. Marta hierher machte. Späterhin hat er uns, wie Sie vielleicht gehört haben, einen Dienst erwiesen, indem er dem damaligen Polizeichef die Anwesenheit einiger gewerbsmäßiger Diebe in der Stadt anzeigte, die von weither gekommen waren, um unseren monatlichen Lohntransport aufzuhalten und zu berauben. Auch den Leichterdienst im Hafen hat er für die O. S. N. Gesellschaft mit zweifellos großem Geschick eingerichtet. Er weiß sich Gehorsam zu verschaffen, obwohl er Fremder ist. Es ist richtig, daß auch die Cargadores hier größtenteils fremd sind – Einwanderer, Isleños."

„Sein Ansehen ist sein Reichtum", murmelte der Doktor.

„Der Mann hat sich bei zahllosen Anlässen und auf jede Weise vertrauenswürdig erwiesen", bekräftigte der Ingenieur. „Sobald die Frage des Silbers auftauchte, vertrat Kapitän Mitchell natürlich sehr warm die Ansicht, der Capataz sei der einzige Mann, der damit betraut werden dürfte. Als Seemann wohl, vermute ich. Als Mann aber, müssen Sie wissen, waren Gould, Decoud und ich selbst der Meinung, war es völlig gleichgültig, wer ging. Jeder Bootsführer wäre genauso gut gewesen. Denn ich bitte Sie, was sollte ein Dieb mit einem solchen Haufen Silberbarren tun? Wollte er damit durchbrennen, so müßte er schließlich irgendwo landen – und wie wollte er seine Fracht vor der Küstenbevölkerung verbergen? Wir ließen diese Erwägung einfach fallen. Überdies ging ja auch Decoud mit. Es hat Gelegenheiten gegeben, bei denen dem Capataz viel rückhaltloser vertraut wurde."

„Er war etwas anderer Ansicht", sagte der Doktor. „Ich hörte ihn hier in diesem Zimmer erklären, daß es die verzweifeltste Sache seines Lebens werden sollte. Er hat hier in meiner Gegenwart so etwas wie ein mündliches Testament gemacht und den alten Viola mit der Vollstreckung betraut; und, bei Gott, wissen Sie, er – er ist nicht reich geworden durch seine Treue zu euch guten Leuten von der Bahn und dem Hafen! Ich nehme an, er genießt die – wie nannten Sie es? – die geistige Bedeutung seiner Bemühungen, sonst wüßte ich nicht, warum er Ihnen, Gould, Mitchell oder sonst jemand Treue halten sollte. Er kennt dieses Land gut. Er weiß zum Beispiel, daß Gamacho, der Abgeordnete von Javira, nichts als ein ›Tramposo‹ der niedrigsten Art gewesen ist, ein kleiner Hausierer im Campo, bis er es fertigbrachte, von Anzani genügend viel Waren auf Borg zu bekommen, um einen kleinen Kramladen in der Wildnis aufzumachen und sich von den betrunkenen Mozos, die sich auf den Estanzias herumtreiben, und den elendesten unter den ihm verschuldeten Rancheros wählen zu lassen. Und Gamacho, der morgen wahrscheinlich einer unserer hohen Beamten sein wird, ist auch ein Fremder – ein Isleño. Er hätte Cargador auf den O. S. N. Dampfern sein können, hätte er nicht (der Posadero in Rincon ist bereit, es zu beschwören) einen anderen Hausierer im Wald erschlagen und ihm sein Bündel geraubt, um selbst damit das Leben zu beginnen. Und glauben Sie, daß es dann Gamacho hier je zu einem Helden der Demokratie gebracht hätte, wie unser Capataz? Natürlich nicht. Er ist nicht halb der Mann dazu. Nein, entschieden, ich glaube, daß Nostromo ein Narr ist."

Die Worte des Doktors waren dem Erbauer der Eisenbahn zuwider. „Es ist unmöglich, darüber zu reden", meinte er philosophisch. „Jeder Mann hat seine Begabung. Sie hätten hören sollen, wie Gamacho seine Freunde in der Straße aufhetzte. Er hat eine dröhnende Stimme, brüllte wie verrückt, hob dazu die geballte Faust hoch über den Kopf und beugte sich halb aus dem Fenster hinaus. In jeder Pause brüllte der Pöbel unten: ›Nieder mit den Oligarchen! Viva la Libertad!‹ Fuentes, im Zimmer, sah ganz jämmerlich aus. Sie wissen ja, er ist der Bruder von Jorge Fuentes, der vor ein paar Jahren sechs Monate lang Innenminister war. Natürlich hat er kein Gewissen; aber er ist ein Mann von Geburt und

Bildung – ein ehemaliger Zollamtsvorstand in Cayta. Camacho, dieses rohe Vieh, hat sich ihm mit seinem Gefolge von niedrigstem Pöbel angehängt. Es war der denkbar erfreulichste Anblick, wie sich nun Fuentes vor dem anderen Schuft fürchtete."

Er stand auf und ging zur Türe, um nach dem Hafen hinauszusehen. „Alles ruhig", sagte er. „Ich möchte wohl wissen, ob Sotillo wirklich daran denkt, hier aufzutauchen."

II

Kapitän Mitchell fragte sich das gleiche, während er am Kai auf und ab schritt. Es bestand ja immer noch der Zweifel, ob die Warnung des Telegraphisten von Esmeralda – eine unvollständige, unterbrochene Botschaft – richtig verstanden worden war. Doch so oder so, der gute Mann war entschlossen, wenn überhaupt, nicht vor Tagesanbruch zu Bett zu gehen. Er war der Überzeugung, Carlos Gould einen ungeheuerlichen Dienst erwiesen zu haben. Wenn er an das gerettete Silber dachte, dann rieb er sich in seiner schlichten Art vor Zufriedenheit die Hände. Er war stolz darauf, an diesem schneidigen Unternehmen beteiligt zu sein. Er hatte ja dem Gedanken erst brauchbare Form gegeben, durch den Hinweis auf die Möglichkeit, auf hoher See einen nordwärts gehenden Dampfer abzupassen. Und es war auch vorteilhaft für seine Gesellschaft, die eine wertvolle Fracht verloren hätte, wenn der Schatz an Land geblieben und beschlagnahmt worden wäre. Auch das Vergnügen, die Monteristen enttäuscht zu haben, war groß. Kapitän Mitchell, aus natürlicher Anlage und durch lange Jahre seines Berufes aus Befehlen gewöhnt, war kein Demokrat. Er ging sogar so weit, Geringschätzung für den Parlamentarismus an sich zu äußern. „Seine Exzellenz Don Vincente Ribiera", pflegte er zu sagen, „den ich und mein Bursche da, Nostromo, die Ehre, Herr, und das Vergnügen hatten, von einem grausamen Tod zu erretten – er verließ sich zu sehr auf seinen Kongreß. Es war ein Fehler – ein ausgesprochener Fehler, Herr."

Der arglose alte Seemann, Vorstand des O. S. N. Dienstes, meinte, die letzten drei Tage hätten alles an peinlichen Überraschungen erschöpft, was das politische Leben von Costaguana bergen könnte. Späterhin pflegte er einzugestehen, daß die nachfolgenden Ereignisse seine Einbildungskraft überstiegen hätten. Zunächst einmal blieb Sulaco (infolge der Beschlagnahme der Kabel und der Einstellung des Dampferdienstes) während voller vierzehn Tage von der übrigen Welt abgeschlossen, wie eine belagerte Stadt.

„Man hätte es nicht für möglich gehalten; aber es war so, Herr. Volle vierzehn Tage."

Der Bericht über die außerordentlichen Dinge, die sich während jener Zeit ereigneten, und über die mächtigen Erregungen, die sie ihm verursachten, bekam durch seine großartige Erzählungsweise eine komische Eindringlichkeit. Er begann stets damit, seinen Zuhörern zu versichern, er selbst sei „mittendrin gewesen, von Anfang bis zum Ende". Dann fing er zu beschreiben an, wie das Silber fortgebracht worden war, welche Angst er, sehr natürlich, ausgestanden habe, ob sein Bursche, der den Leichter führte, auch keine Fehler machen würde. Abgesehen von dem Verlust dieser großen Menge an Edelmetall, wäre auch das Leben des Señors Martin Decoud, eines angenehmen, reichen, gebildeten jungen Gentlemans, verloren gewesen, wäre er in die Hände seiner politischen Feinde gefallen. Kapitän Mitchell gab auch zu, er habe während seiner einsamen Nachtwache auf dem Kai bis zu einem gewissen Maße Sorge um die Zukunft des ganzen Landes empfunden.

„Ein Gefühl, Herr", erklärte er, „völlig verständlich bei einem Mann, der wie ich für viele Freundlichkeiten von Seiten der besten Familien – Kaufleuten und anderen wohlhabenden, einheimischen Gentlemen – geziemenden Dank weiß; diese Leute, die wir eben erst vor den Ausschreitungen des Pöbels gerettet hatten, schienen mir damals in Gefahr, an Leib und Vermögen die Beute der einheimischen Soldateska zu werden, die ja, wie man weiß, während der Bürgerunruhen gegen die Einwohner mit bedauerlicher Roheit verfährt. Und dann, Herr, waren auch die Goulds da, für die beide, Mann und Frau, ich naturgemäß nur die wärmsten Gefühle hegen konnte, mit Rücksicht auf ihre Gastlichkeit und Güte. Ich bedachte auch die Gefahr für die Gentlemen des Amarilla-Klubs, die mich zum Ehrenmitglied gemacht und mich, einer wie der andere, mit der höflichsten Rücksicht behandelt hatten, in meiner Eigenschaft als Konsularagent wie auch als Oberinspektor eines bedeutenden Dampferdienstes. Fräulein Antonia Avellanos, die schönste und vollendetste junge Dame, mit der zu sprechen ich je den Vorzug hatte, lag mir auch nicht wenig am Herzen, wie ich zugebe. Ferner beschäftigte mich stark die Frage, inwieweit die Interessen meiner Gesellschaft durch den bevorstehenden Beamtenwechsel berührt werden würden. Kurz und gut, Herr, ich war sehr besorgt und sehr müde, wie Sie es sich ja wohl denken können, nach den aufregenden und denkwürdigen Ereignissen, an denen ich meinen kleinen Anteil gehabt hatte. Das Gebäude der Gesellschaft, in dem ich meine Wohnung habe, lag kaum fünf Minuten weit weg und lockte mich mit dem Gedanken an ein wenig Abendessen und meine Hängematte. (Ich ergebe mich der Nachtruhe immer in einer Hängematte, weil dies dem Klima am besten entspricht.) Doch aus irgendwelchen Gründen, Herr, obwohl ich ganz augenscheinlich durch mein Aufbleiben niemand etwas nützen konnte, fühlte ich mich doch außerstande, midi von dem Kai loszureißen, wo ich aus Müdigkeit mitunter bös strauchelte. Die Nacht war ungewöhnlich finster – die finsterste, an die ich mich in meinem Leben erinnere; ich begann also zu glauben, daß die Ankunft des Transports von Esmeralda unmöglich vor dem Morgen würde erfolgen können, wegen der schwierigen Navigation im Golf. Die Moskitos stachen wie die Teufel. Wir waren hier schwer geplagt von Moskitos, vor den letzten Verbesserungen; eine eigene Hafenrasse, Herr, berüchtigt wegen ihrer Blutgier. Sie standen wie eine Wolke um meinen Kopf, und ohne ihre Angriffe wäre ich wohl im Gehen eingeschlafen, denke ich, und schwer zu Fall gekommen. Ich rauchte eine Zigarre nach der anderen; mehr um mich davor zu schützen, lebendig aufgefressen zu werden, als aus wirklichem Vergnügen an dem Kraut. Dann, Herr, als ich vielleicht zum zwanzigsten Male meine Uhr dem glimmenden Ende näherte, um die Zeit abzulesen, und überrascht feststellte, daß noch zehn Minuten auf Mitternacht fehlten, da hörte ich den Schlag einer Schiffsschraube, ein Geräusch, das für die Ohren eines Seemanns in einer so stillen Nacht unverkennbar ist. Es war sehr schwach, denn sie näherten sich vorsichtig und mit halber Kraft, sowohl wegen der Dunkelheit, als auch um ihr Kommen nicht zu früh zu verraten. Eine sehr unnötige Vorsicht, denn ich glaube wirklich, daß ich in der ungeheuren Ausdehnung dieses Hafens als einzige lebende Seele unterwegs war. Sogar der übliche Stab von Wächtern und so weiter hatte wegen der Unruhen seit mehreren Nächten die verschiedenen

Posten verlassen. Ich stand stockstill, nachdem ich meine Zigarre weggeworfen und ausgetreten hatte – welch letzterer Umstand, nehme ich an, für die Moskitos sehr erfreulich war, wenn ich nach dem Zustand meines Gesichts am nächsten Morgen urteilen will. Doch war dies nur ein kleines Mißgeschick im Vergleich zu der rohen Behandlung, deren Opfer ich von Sotillos Seite wurde. Etwas völlig Unbegreifliches, Herr, eher das Vorgehen eines Irren als die Handlungsweise eines vernünftigen Mannes, wenn er auch allen Sinn für Ehre und Schicklichkeit eingebüßt haben mochte. Aber Sotillo war wütend über den Fehlschlag seines Diebsplanes."

Hierin hatte Kapitän Mitchell recht. Sotillo war tatsächlich wütend. Kapitän Mitchell war übrigens nicht sofort verhaftet worden; eine lebhafte Neugier hatte ihn dazu verführt, auf dem Kai zu bleiben (der fast einhundertdreißig Meter lang ist), um den ganzen Vorgang der Ausschiffung zu sehen oder vielmehr zu hören. Hinter dem Bahnwagen verborgen, der zur Herausschaffung des Silbers benutzt und später zum Landende des Kais zurückgerollt worden war, sah Kapitän Mitchell den kleinen Vortrupp vorbeiziehen und sich in verschiedenen Richtungen über die Ebene zerstreuen. Unterdessen wurden die Truppen gelandet und sofort in eine Kolonne formiert, deren Spitze sich allmählich bis auf wenige Meter an Kapitän Mitchell heranschob, so daß er sehen konnte, wie sie fast die ganze Breite des Kais versperrte. Dann hörte das leise Scharren, Murmeln, Klirren auf, und die ganze Masse blieb fast eine Stunde lang still und reglos stehen, die Rückkehr der Späher erwartend. An Land war nichts zu hören als das tiefe Gebell der Wachhunde im Güterbahnhof, dem das ferne Gekläff der Köter, der Plage der Vorstädte, antwortete. Eine einzelne Gruppe dunkler Gestalten stand an der Spitze der Kolonne.

Nun begann der Posten am Ende der Landungsbrücke halblaut einzelne Leute anzurufen, die sich von der Ebene her näherten. Diese von der Vorhat zurückgesandten Boten riefen ihren Kameraden kurze Sätze zu, rannten rasch vorbei und verloren sich in der großen reglosen Masse, um dem Stab ihre Meldung zu machen. Kapitän Mitchell merkte, daß seine Lage unangenehm und vielleicht gefährlich werden konnte, als plötzlich am Ende der Landungsbrücke ein Kommando erscholl, dann ein Hornruf, dem das Rasseln von Waffen und ein Gemurmel längs der ganzen Kolonne folgten. Ganz nahe befahl eine hastige Stimme. „Schiebt den Eisenbahnwagen da aus dem Weg!" Während nackte Füße vortrappten, um den Befehl auszuführen, trat Kapitän Mitchell ein oder zwei Schritte zurück; der Wagen, plötzlich von vielen Händen angeschoben, rollte eilig von ihm weg, die Schienen entlang, und bevor der Kapitän noch wußte, wie ihm geschah, sah er sich umringt und an den Armen und am Rockkragen gepackt.

„Wir haben einen Mann gefangen, der sich hier versteckt hatte, *mi teniente!*" rief einer seiner Bändiger.

„Haltet ihn hier beiseite, bis die Nachhut kommt", antwortete die Stimme. Die ganze Kolonne strömte im Laufschritt an Kapitän Mitchell vorbei; der hohle Lärm der Tritte erstarb plötzlich an Land. Die Leute, die ihn gefangengenommen hatten, hielten ihn fest und beachteten weder seine Erklärung, er sei ein Engländer, noch seine laute Forderung, sofort vor den befehlshabenden Offizier geführt zu werden. Schließlich hüllte er sich in würdiges Schweigen. Mit dumpfem Rumpeln rollten ein paar Feldgeschütze vorbei, von

Männern gezogen. Nachdem dann noch eine kleine Abteilung vorbeimarschiert war, als Nachhut für vier oder fünf Gestalten, die säbelklappernd vorausgegangen waren, fühlte er sich an den Armen gezerrt und zum Vorwärtsgehen aufgefordert. Die Befürchtung ist gerechtfertigt, daß Kapitän Mitchell auf dem Wege vom Kai zum Zollamt von den Händen der Soldaten gewissen Unwürdigkeiten unterworfen wurde – als da sind: Stöße, Schläge in den Nacken, gewaltsame Berührung eines Gewehrkolbens mit dem unteren Ende seines Rückgrats. Der Begriff der Leute von Eile stand nicht im Einklang mit dem Bewußtsein seiner eigenen Würde. Er wurde verwirrt, aufgeregt und hilflos. Es schien, als wäre das Ende der Welt gekommen.

Das langgestreckte Gebäude war von den Truppen umringt, die schon kompanieweise die Waffen in Pyramiden setzten und sich anschickten, die Nacht auf nackter Erde zu verbringen, unter ihren Ponchos, die Tornister unter dem Kopf. Korporale gingen mit schaukelnden Laternen vorbei und stellten rings um die Mauer Posten auf, wo immer sich eine Tür oder eine Öffnung zeigte. Sotillo traf alle Anstalten, seine Eroberung zu schützen, als hätte sie wirklich noch den Schatz enthalten. Seine Gier, mit einem kühnen Streich sein Glück zu machen, hatte ihm die kühle Überlegung geraubt. Er wollte nicht an die Möglichkeit eines Fehlschlags glauben; die bloße Andeutung ließ sein Gehirn vor Wut kochen. Jeder Umstand, der etwa darauf hinwies, erschien unglaublich. Die Nachrichten von Hirsch, die für Sotillos Hoffnungen so völlig vernichtend waren, durften keineswegs zugegeben werden. Allerdings hatte ja auch Hirsch seine Geschichte so unzusammenhängend, mit so ungewöhnlichen Zeichen der Erregung erzählt, daß sie wirklich unwahrscheinlich klang. Es war, wie man sagt, äußerst schwierig, Kopf oder Fuß darin zu erkennen. Auf der Brücke des Dampfers, unmittelbar nach seiner Errettung, hatten Sotillo und seine Offiziere, in ihrer Ungeduld und Aufregung, dem Unglücksmann nicht Zeit lassen wollen, das wenige, was ihm an Verstand noch geblieben war, zu sammeln. Man hätte ihn beruhigen, ermuntern und begütigen sollen, und statt dessen wurde er grob angefaßt, gestoßen, geschüttelt und in drohendem Ton angeredet. Seine verzweifelten Versuche, erst niederzuknien, dann sich heftig loszumachen, als hätte er unverweilt über Bord springen wollen, seine Schreie, sein Ausweichen, seine unsteten, wilden Blicke hatten Sotillo und seinen Stab erst mit Verwunderung, dann mit einem Zweifel an seiner Wahrhaftigkeit erfüllt, wie ja Menschen immer die Echtheit jeder großen Leidenschaft bezweifeln. Auch mengte sich in sein Spanisch so viel Deutsch, daß die gute Hälfte seiner Äußerungen unverständlich blieb. Er versuchte die Leute günstig zu stimmen, indem er sie mit „Hochwohlgeborene Herren" anredete, was an sich schon verdächtig klang. Nachdrücklich ermähnt, keine Umschweife zu machen, wiederholte er die flehentlichen Beteuerungen seiner völligen Unschuld wieder deutsch, hartnäckig, weil er selbst nicht mehr wußte, in welcher Sprache er redete. Seine Persönlichkeit war natürlich einwandfrei bekannt, da er ja Einwohner von Esmeralda war; doch das machte die Sache nicht klarer. Da er unaufhörlich Decouds Namen vergaß und ihn mit verschiedenen anderen Leuten durcheinanderbrachte, die er in der Casa Gould getroffen hatte, so sah es aus, als wären alle diese zusammen im Leichter gewesen; und einen Augenblick meinte Sotillo wirklich, alle hervorragenden Ribieristen von Sulaco ertränkt zu haben. Die Unwahrscheinlichkeit eines solchen Zufalls machte die ganze Erzählung zweifelhaft. Hirsch war entweder verrückt, oder er spielte eine Rolle – schützte in der Aufregung des Augenblicks Angst und Verwirrung vor, um die Wahrheit zu verbergen. Sotillos Habgier, durch die Aussicht auf ungeheure Beute zum Übermaß angestachelt, wollte keine Schwierigkeiten wahrhaben. Der Bursche konnte durch den Unfall wohl erschreckt sein, aber er wußte, wo das Silber verborgen war, und hatte sich heimtückisch diese Geschichte ausgedacht, um Sotillo völlig von der Fährte abzulenken.

Sotillo hatte im ersten Stock sein Quartier aufgeschlagen, in einem großen Raum mit schweren, schwarzen Deckbalken; doch gab es keine Decke, und das Auge verlor sich in der Finsternis unter dem hohen Giebel. Die schweren Fensterläden standen offen. Auf einem langen Tisch konnte man ein großes Tintenfaß sehen, ein paar wuchtige Gänsekiele, mit Tinte bekleckst, und zwei Holzkästchen, deren jedes einen halben Zentner Sand enthielt. Bogen grauen, rauhen Amtspapiers waren über den Boden verstreut. Es mußte wohl das Amtszimmer eines höheren Zollbeamten sein, denn hinter dem Tisch stand ein großer, lederbezogener Armstuhl, und andere hochlehnige Stühle in der Runde. Eine Hängematte aus Netzwerk hing an einem der Deckbalken – wohl für das Nachmittagsschläfchen des Beamten. Ein paar Kerzen in hohen Eisenleuchtern gaben ein trübes, rötliches Licht. Des Obersten Hut, Säbel und Revolver lagen dazwischen, und einige der vertrauteren Offiziere lehnten verdrießlich an einem Tisch. Der Oberst warf sich in den Lehnstuhl, und ein großer Neger mit Sergeantenborten an den zerfransten Ärmeln kniete nieder und zog ihm die Stiefel aus. Sotillos ebenholzschwarzer Schnurrbart hob sich grell von den fahlen Wangen ab. Seine Augen waren dunkel und schienen tief in den Kopf gesunken. Er sah erschöpft aus infolge der Ratlosigkeit, schwach von der Enttäuschung; als aber der Posten auf dem Stiegenabsatz den Kopf in die Türe steckte, um die Ankunft eines Gefangenen zu melden, da belebte er sich sofort.

„Soll hereingebracht werden“, schrie er heftig.

Die Tür flog auf, und Kapitän Mitchell, barhäuptig, die Weste offen, den Knoten seines Selbstbinders unter dem Ohr, wurde ins Zimmer gestoßen.

Sotillo erkannte ihn sofort. Er hätte sich keinen kostbareren Gefangenen wünschen können; da war also ein Mann, der ihm, wenn er wollte, alles sagen konnte, was er zu wissen wünschte – und sofort schoß ihm die Frage durch den Kopf, wie man ihn am besten zum Reden bringen könnte. Die Rache einer ausländischen Macht hatte für Sotillo keine Schrecken. Ganz Europa in Waffen hätte Kapitän Mitchell nicht so gut vor Beschimpfung und Mißhandlung schützen können wie Sotillos Überlegung, daß er, als Engländer, durch schlechte Behandlung wahrscheinlich bockig und ganz unbändig werden würde. Für alle Fälle glättete der Oberst die gerunzelte Stirne.

„Oh! der ausgezeichnete Señor Mitchell!“ rief er in gespielter Betrübnis. Der angebliche Zorn in seiner raschen Annäherung und der Ruf: „Laßt den Caballero sofort los!“ wirkten so nachdrücklich, daß die erschreckten Soldaten buchstäblich von ihrem Gefangenen wegsprangen. So seiner gewaltsamen Stütze beraubt, taumelte Kapitän Mitchell, als wollte er niederstürzen. Sotillo faßte ihn vertraulich unter dem Arm, führte ihn zu einem Stuhl und winkte ins Zimmer: „Alle hinaus!“ befahl er.

Sobald sie allein waren, stand er unentschlossen und schweigend da, sah auf Kapitän Mitchell hinunter und wartete, bis dieser die Sprache wiederfinden würde.

Da hatte er also einen der Männer in Händen, die bei der Fortschaffung des Silbers beteiligt gewesen waren. Seiner Anlage nach fühlte Sotillo den brennenden Wunsch, den Mann zu schlagen, so wie ihm früher, wenn er mit dem vorsichtigen Anzani über ein schwieriges Darlehen verhandelt, immer die Finger gezuckt hatten, den Händler bei der Gurgel zu packen. Was nun Kapitän Mitchell angeht, so hatte das unerwartet Plötzliche und allgemein Unbegreifliche des Erlebnisses seine Gedanken verwirrt. Überdies war er körperlich außer Atem.

„Ich bin vom Kai bis hierher dreimal niedergestoßen worden", keuchte er schließlich heraus. „Dafür wird jemand zu zahlen haben." Er war allerdings öfter als einmal gestrauchelt und eine Strecke weit geschleift worden, bevor er wieder hatte auf die Füße kommen können. Wie er wieder Luft bekam, schien ihm seine Entrüstung den Verstand zu rauben. Er sprang auf, purpurrot, das weiße Haar gesträubt, glühende Rachsucht in den Augen, und schüttelte vor dem bestürzten Sotillo die Fetzen seiner ruinierten Weste. „Da, sehen Sie! Ihre uniformierten Diebe da unten haben mir meine Uhr gestohlen."

Der Anblick des alten Seemanns wirkte ungemein bedrohlich. Sotillo sah sich von dem Tisch abgeschnitten, auf dem sein Säbel und sein Revolver lagen.

„Ich verlange Wiedergabe und Entschuldigung", donnerte ihn Mitchell an, völlig außer sich, „von Ihnen! Jawohl, von Ihnen!"

Während einer oder zwei Sekunden stand der Oberst mit geradezu steinernem Gesicht da; dann, als Kapitän Mitchell den Arm gegen den Tisch ausstreckte, als wollte er den Revolver ergreifen, sprang Sotillo mit einem Schrei des Entsetzens zur Tor, war in einem Nu draußen und schlug sie hinter sich zu. Die Überraschung dämpfte Kapitän Mitchells Wut. Hinter der geschlossenen Tür brüllte Sotillo auf dem Flur, und es gab ein großes Getrampel in dem hölzernen Stiegenhaus.

„Entwaffnet ihn, bindet ihn!" konnte man den Obersten brüllen hören.

Kapitän Mitchell hatte eben noch Zeit, einmal nach den Fenstern zu sehen, deren jedes mit drei senkrechten Eisenstäben vergittert war und etwa sieben Meter über der Erde lag, wie er wohl wußte, als die Türe wieder aufflog und der Ansturm gegen ihn einsetzte. In unglaublich kurzer Zeit fand er sich mit vielen Windungen einer Lederschnur an einen hochlehnigen Stuhl gebunden, so daß nur sein Kopf freiblieb; dann erst wagte sich Sotillo wieder heran, der bis dahin, sichtlich zitternd, im Türrahmen gelehnt hatte. Die Soldaten nahmen vom Fußboden ihre Gewehre auf, die sie niedergelegt hatten, um den Gefangenen fesseln zu können, und verließen das Zimmer. Die Offiziere blieben auf ihre Säbel gestützt und sahen zu.

„Die Uhr! Die Uhr!" brüllte der Oberst und rannte auf and nieder wie ein Tiger im Käfig, „Gebt mir die Uhr dieses Menschen!" Es war richtig, daß Kapitän Mitchell, als man ihn im Erdgeschoß auf Waffen untersucht hatte, bevor man ihn Sotillo vorführte, seiner Uhr mit Kette entledigt worden war. Auf des Obersten Geschrei aber kamen beide schnell genug zum Vorschein. Ein Korporal brachte sie vorsichtig in beiden Händen herauf. Sotillo griff danach und stieß die geballte Faust, aus der die Kette niederbaumelte, bis nahe vor Kapitän Mitchells Gesicht.

„Jetzt also, du frecher Engländer! Du wagst die Soldaten der Armee Diebe zu nennen! Da ist deine Uhr!"

Er schwenkte die Faust, als wollte er dem Gefangenen auf die Nase schlagen. Kapitän Mitchell, hilflos wie ein Kind, sah ängstlich nach seinem goldenen Sechzig-Pfund-Chronometer, der ihm vor Jahren von einer Versicherungsgesellschaft für die Rettung eines Schiffes vor dem Totalverlust durch Feuer geschenkt worden war. Auch Sotillo schien zu merken, daß das Ding kostbar aussah. Er schwieg plötzlich, ging abseits zum Tisch und begann beim Kerzenlicht eine genaue Prüfung. Er hatte nie etwas so Schönes gesehen. Seine Offiziere drängten sich herzu und reckten hinter seinem Rücken die Hälse.

Er verlor sich so in die Betrachtung, daß er eine Zeitlang seinen kostbaren Gefangenen vergaß. Es ist immer etwas Kindliches in der Habgier der leidenschaftlichen, aufgeweckten südlichen Rassen; es fehlt in dem nebelhaften Idealismus der nördlichen Menschen, die beim geringsten Anstoß von nichts weniger als von der Eroberung der Erde träumen. Sotillo war ein Liebhaber von Juwelen, Goldgeschmeide und persönlichem Schmuck. Nach einer Weile wandte er sich um und winkte mit einer befehlenden Gebärde den Offizieren zu, zurückzutreten. Er legte die Uhr auf den Tisch und schob dann nachlässig seinen Hut darüber.

„Ha!" begann er und ging nahe zum Stuhl hin. „Sie wagen es, meine tapferen Soldaten vom Esmeralda-Regiment Diebe zu nennen. Sie wagen es! Welche Frechheit! Ihr Ausländer kommt hierher, um unserem Land seinen Reichtum zu stehlen. Ihr habt nie genug! Eure Kühnheit kennt keine Grenzen."

Er sah nach den Offizieren hin, unter denen sich beifälliges Gemurmel erhob. Der alte Major fühlte sich zu der Erklärung gedrängt:

„Si, mi colonel. Sie sind alle Verräter."

„Ich will nicht", fuhr Sotillo fort und sah den reg- und machtlosen Mitchell wütend, aber auch etwas verlegen an, „ich will nicht von Ihrem verräterischen Versuch reden, sich meines Revolvers zu bemächtigen, während ich Sie mit einer Rücksicht zu behandeln versuchte, die Sie nicht verdienen. Sie haben Ihr Leben verwirkt. Sie haben auf nichts als auf meine Milde zu hoffen."

Er wartete auf die Wirkung seiner Worte; doch auf Kapitän Mitchells Gesicht zeigte sich kein Anzeichen von Angst. Sein weißes Haar war ganz verstaubt, wie auch seine übrige hilflose Person. Als hätte er nichts gehört, zuckte er mit einer Augenbraue, um einen Strohhalm loszuwerden, der ihm aus den Haaren hing.

Sotillo stellte einen Fuß vor und kreuzte die Arme. „Sie, Mitchell", sagte er mit Nachdruck, „Sie sind der Dieb, nicht meine Soldaten!" Er streckte gegen seinen Gefangenen einen Zeigefinger mit langem, mandelförmigem Nagel aus. „Wo ist das Silber der San Tomé-Mine? Ich frage Sie, Mitchell, wo ist das Silber, das in diesem Zollamt eingelagert war? Beantworten Sie mir das! Sie haben es gestohlen! Sie waren dabei, als es gestohlen wurde! Es wurde der Regierung gestohlen. Aha! Sie glauben, ich wüßte nicht, was ich sage; aber ich bin euren ausländischen Mätzchen gewachsen. Es ist fort, das Silber! Nein? Fort, in einer Ihrer Lanchas, Sie elender Mensch! Wie konnten Sie das wagen?"

Diesmal erzielte er eine Wirkung. ›Wie in aller Welt kann Sotillo das wissen?‹ dachte Mitchell. Sein Kopf, der einzige Körperteil, den er rühren konnte, verriet durch eine jähe Bewegung seine Überraschung.

„Aha! Sie zittern", brüllte Sotillo plötzlich. „Es ist eine Verschwörung. Es ist ein Verbrechen gegen den Staat. Wußten Sie nicht, daß das Silber der Republik gehört, bis die staatlichen Forderungen befriedigt sind? Wo ist es? Wo hast du es versteckt, du elender Dieb?"

Bei dieser Frage lebte Kapitän Mitchells sinkender Mut wieder auf. Auf welche unverständliche Art Sotillo auch schon von dem Leichter erfahren haben mochte – gekapert hatte er ihn nicht. Das war klar. In seiner Empörung hatte Kapitän Mitchell bei sich beschlossen, daß nichts ihn dazu bringen sollte, auch nur ein Wort zu sprechen, solange er so niederträchtig gefesselt blieb; der Wunsch aber, zur Rettung des Silbers mitzuhelfen, ließ ihn diesen Entschluß aufgeben. Sein Verstand arbeitete heftig. Er entdeckte in Sotillo einen gewissen Zweifel, eine Unentschlossenheit.

Dieser Mann, sagte er sich, ist dessen nicht sicher, was er sagt. Bei all seiner Feierlichkeit im geselligen Gespräch wußte Kapitän Mitchell den harten Wirklichkeiten des Lebens doch entschlossen und schlagfertig zu begegnen. Nun, da er die erste Entrüstung über die niederträchtige Behandlung überwunden hatte, war er kühl und gesammelt genug. Die ungeheure Verachtung, die er für Sotillo empfand, festigte ihn noch mehr, und er meinte orakelhaft: „Ohne Zweifel ist es in diesem Augenblick schon gut verborgen."

Auch Sotillo hatte Zeit, sich zu beruhigen. „*Muy bien*, Mitchell", sagte er kalt und drohend. „Aber können Sie die staatliche Quittung für die Abgabe und die zollamtliche Verschiffungserlaubnis vorlegen? He? Können Sie das? Nein. Denn das Silber ist ungesetzlich fortgeschafft worden. Und die Schuldigen werden dafür zu leiden haben, wenn es nicht innerhalb fünf Tagen von heute an wieder beigebracht wird." Er gab Befehl, dem Gefangenen die Fesseln zu lösen und ihn in einem der kleinen Räume im Erdgeschoß einzuschließen. Er ging im Zimmer auf und ab, düster und schweigsam, bis Kapitän Mitchell, an jedem Arm von ein paar Leuten gehalten, aufstand, sich schüttelte und mit den Füßen stampfte.

„Wie hat es Ihnen behagt, gefesselt zu sein, Mitchell?" fragte er spöttisch.

„Es ist der unglaublichste, niederträchtigste Mißbrauch von Gewalt!" erklärte Kapitän Mitchell mit lauter Stimme. „Und was immer auch Ihre Absicht ist, Sie sollen nichts damit erreichen, das kann ich Ihnen versprechen."

Der hochgewachsene Oberst, sehr blaß, mit kohlschwarzen Locken und Schnurrbart, beugte sich tief, um dem stämmigen, kleinen, rotgesichtigen Gefangenen in die Augen sehen zu können.

„Das wollen wir sehen. Sie werden meine Gewalt etwas besser kennenlernen, wenn ich Sie draußen in der Sonne den ganzen Tag lang an einen Potalon binden lasse." Er richtete sich hochmütig auf und gab das Zeichen, Kapitän Mitchell abzuführen.

„Was ist mit meiner Uhr?" schrie Kapitän Mitchell und sträubte sich gegen die Leute, die ihn der Türe zuzerrten.

Sotillo wandte sich an seine Offiziere: „Nein! Aber hören Sie doch bloß diesen Picaro, Caballeros", sagte er mit gemachter Geringschätzung. Ein lautes Hohngelächter antwortete ihm. „Er verlangt seine Uhr!" ... Er lief nochmals auf Kapitän Mitchell zu, denn der Wunsch brannte in ihm, seinen Gefühlen Luft zu machen, indem er diesen Engländer schlug und quälte. „Ihre Uhr! Sie sind Kriegsgefangener, Mitchell, Kriegsgefangener! Sie haben keine Rechte und kein Eigentum! Caramba! Noch der Atem in Ihrer Brust gehört mir. Denken Sie daran!"

„Bah!" sagte Kapitän Mitchell und unterdrückte ein peinliches Gefühl.

In der großen Halle im Erdgeschoß, mit dem gestampften Lehmboden und einem Hügel weißer Ameisen in einer Ecke, hatten die Soldaten ein kleines Feuer aus zerbrochenen Stühlen und Tischen angefacht. Durch den gewölbten Torweg klang das schwache Murmeln des Wassers am Hafenkai herein. Während Kapitän Mitchell die Stiegen hinuntergeführt wurde, rannte ein Offizier an ihm vorbei treppauf, um Sotillo die Einlieferung weiterer Gefangener zu melden. Eine Rauchwolke hing in dem breiten, düsteren Raum, das Feuer prasselte, und Kapitän Mitchell konnte wie durch einen Nebel, inmitten von Soldaten mit aufgepflanzten Bajonetten, die Köpfe dreier hochgewachsener Gefangener erkennen – den Doktor, den Chefingenieur und des alten Viola weiße Löwenmähne; dieser stand von den anderen halb abgewandt, das Kinn auf der Brust und die Arme gekreuzt. Mitchells Verwunderung kannte keine Grenzen. Er stieß einen Ruf aus; auch die beiden anderen schrien etwas. Er wurde schräg durch die große kellerartige Halle weitergeschleppt. Wirre Gedanken, Vermutungen, Mahnungen zur Vorsicht und ähnliches drängten sich in seinem Kopf.

„Will er Sie wirklich festhalten?" schrie der Chefingenieur, dessen Einglas im Feuerschein glitzerte.

Vom oberen Ende der Stiege brüllte ein Offizier heftig herunter: „Bringt sie herauf – alle drei!"

Inmitten des Stimmenlärms und des Waffengerassels konnte sich Kapitän Mitchell kaum verständlich machen: „Bei Gott! Der Kerl hat meine Uhr gestohlen."

Der Chefingenieur auf der Stiege widerstand dem Drängen lange genug, um zu rufen: „Was? Was haben Sie gesagt?"

„Meinen Chronometer!" gellte Kapitän Mitchell mit aller Kraft, gerade im Augenblick, als er mit dem Kopf voran durch eine kleine Tür in eine Art Zelle gestoßen wurde, einen völlig finsteren und so engen Raum, daß er gegen die jenseitige Wand flog. Die Türe war sofort zugeschlagen worden. Er wußte, wohin man ihn gebracht hatte. Es war das Kassengewölbe des Zollamts, aus dem das Silber wenige Stunden zuvor weggeschafft worden war. Es war fast so eng wie ein Korridor, mit einer kleinen, rechteckigen Öffnung in der Schmalwand, die mit schweren Stäben vergittert war. Kapitän Mitchell taumelte ein paar Schritte und setzte sich dann auf den Lehmboden, den Rücken an die Wand gelehnt. Nichts, nicht der kleinste Lichtschimmer, störte Kapitän Mitchells Sinnen. Er ergab sich einem angestrengten, aber nicht sonderlich tiefgreifenden Nachdenken. Diese Gedanken waren nicht eben verzweifelt, denn trotz allen seinen kleinen Schwächen und Verschrobenheiten war der alte Seemann von Natur aus unfähig, durch längere Zeit Angst um seine persönliche Sicherheit zu empfinden. Das rührte weniger von Standhaftigkeit, als von dem Mangel an einer gewissen Art von Einbildungskraft her – eben der Art, deren übermäßige Entwicklung dem Señor Hirsch so brennende Qualen verursachte; der Art von Einbildungskraft, die das blinde Entsetzen vor körperlichen Qualen und vor dem Tod (dieser letztere als ein ausschließlich den Körper betreffendes Unglück betrachtet) zu den anderen Befürchtungen hinzufügt, auf die sich das Lebensbewußtsein jedes von uns gründet. Unglückseligerweise hatte Kapitän Mitchell keinen nennenswerten Scharfblick. Bezeichnende, vielsagende Einzelheiten im Ausdruck, in der Handlung oder Bewegung entgingen ihm völlig. Er war sich seines eigenen Daseins zu feierlich arglos bewußt, um das der andern beobachten zu können. So konnte er zum Beispiel nicht glauben, daß sich Sotillo wirklich vor ihm gefürchtet hatte, und zwar einfach darum, weil es ihm nie in den Kopf gekommen wäre, einen Menschen, außer im Falle dringendster Selbstverteidigung, zu erschießen. Jedermann konnte doch sehen, daß er nicht zu denen gehörte, die leichtfertig töten, überlegte er ganz ernsthaft. Warum dann also diese törichte und beleidigende Anschuldigung? fragte er sich selbst. Hauptsächlich aber kreisten seine Gedanken um die verblüffende und nicht zu beantwortende Frage: Wie zum Teufel hatte der Bursche erfahren, daß das Silber in einem Leichter weggeschafft worden war? Es lag ja auf der Hand, daß er es nicht gekapert hatte. Und natürlich hatte er es ja auch gar nicht kapern können. Bei dieser letzten Folgerung ließ sich Kapitän Mitchell von der Annahme irreführen, die er sich während seiner langen Nachtwanderung auf dem Kai vom Wetter gebildet hatte. Er dachte, gerade in dieser Nacht hätte im Golf ein weit stärkerer Wind als gewöhnlich geherrscht, während doch tatsächlich das Gegenteil der Fall gewesen war.

„Wie, im Namen alles Wunderbaren, hat der Teufelskerl Wind von der Geschichte bekommen?“ war seine erste Frage, nachdem das Rasseln, der Schlag und der Lichtblitz der offenen Türe (die wieder zugemacht war, kaum daß er den gesenkten Kopf gehoben hatte) ihm angezeigt hatten, er habe einen Gefährten seiner Haft bekommen. Doktor Monyghams Stimme hörte auf, englische und spanische Flüche zu murmeln.

„Sind Sie das, Mitchell?“ gab er mürrisch zurück. „Ich habe mir die Stirne gegen die verdammte Mauer da geschlagen, stark genug, daß ein Ochs davon hingefallen wäre. Wo sind Sie?“

Kapitän Mitchell, an die Dunkelheit gewöhnt, konnte den Doktor mit vorgestreckten Händen blindlings tappen sehen.

„Ich sitze hier auf dem Boden. Fallen Sie nicht über meine Beine“, verkündete Kapitän Mitchell mit großer Würde. Der Doktor, aufgefordert, nicht im Dunkeln herumzutappen, ließ sich gleichfalls auf dem Boden nieder; Sotillos zwei Gefangene begannen, während sich ihre Köpfe fast berührten, vertrauliche Mitteilungen zu tauschen.

„Jawohl“, berichtete der Doktor leise vor Kapitän Mitchells heftiger Neugierde, „ja, wir sind im Hause des alten Viola geschnappt worden. Scheinbar ist eines ihrer Piketts, von einem Offizier geführt, bis zum Stadttor vorgestoßen. Sie hatten den Befehl, die Stadt selbst zu meiden, doch jedes Lebewesen, das sie auf der Ebene finden würden, einzubringen. Wir hatten dort drin bei offener Tür gesprochen, und sie hatten wohl den Schein unsres Lichtes gesehen. Sie müssen sich ganz langsam genähert haben. Der Ingenieur legte sich nahe beim Kamin in einem Winkel auf eine Bank, und ich ging in den ersten Stock hinauf, um wieder einmal nachzusehen. Ich hatte von dort oben schon lange keinen Laut mehr gehört. Sobald der alte Viola mich hinaufkommen sah, hob er den Arm, um mir Schweigen zu gebieten. Ich stahl mich auf den Zehenspitzen hinein. Bei Gott, sein Weib lag da und war eingeschlafen! ›Señior Doctor‹, flüsterte mir Viola zu, ›es sieht aus, als sollte sich ihre Beklemmung bessern!‹ – ›Ja‹, sagte ich, sehr überrascht. ›Ihre Gattin ist eine wunderbare Frau, Giorgio.‹ Gerade in diesem Augenblick fiel in der Küche ein Schuß, der uns erschreckt auffahren ließ, wie ein Donnerschlag. Es scheint, daß sich die Gruppe von Soldaten ganz nahe herangeschlichen hatte und daß einer bis zur Türe gekrochen war. Er spähte herein, glaubte, es wäre niemand da und kam mit schußfertigem Gewehr ruhig herein. Der Ingenieur hat mir gesagt, er habe eben einen Augenblick lang die Augen geschlossen gehabt; als er sie aufschlug, sah er den Mann schon mitten im Zimmer stehen und in die dunklen Winkel spähen. Der Ingenieur war so erschreckt, daß er, ohne zu überlegen, aus seinem Winkel einen Sprung bis vor die Feuerstelle machte. Der Soldat, nicht weniger erschreckt, reißt das Gewehr hoch, zieht ab, betäubt und versengt den Ingenieur, fehlt ihn aber in der Hast. Und sehen Sie doch, was geschieht: bei dem Knall des Schusses setzte sich die schlafende Frau auf, wie von einer Feder hochgeschnellt, mit einem Schrei: ›Die Kinder, Giambattista! Rette die Kinder!‹ Es klingt mir noch in den Ohren. Es war der echteste Schmerzensschrei, den ich je gehört habe. Ich stand wie gelähmt, aber der alte Mann lief mit ausgestreckten Händen zum Bette hin. Sie klammerte sich an ihn. Ich sah, wie ihre Augen brachen. Der Alte ließ sie auf die Kissen nieder und sah sich dann nach mir um. Sie war tot. All dies währte keine fünf Minuten, und dann lief ich hinunter, um zu sehen, was los wäre. Es war sinnlos, an Widerstand zu denken. Der Offizier ließ nichts von dem gelten, was wir sagten, und so erbot ich mich, mit ein paar Soldaten hinaufzugehen und den alten Viola herunterzuholen. Er saß am Fußende des Bettes, sah seiner Frau ins Gesicht und schien nicht zu hören, was ich sagte. Nachdem ich aber das Laken über ihren Kopf gezogen hatte, stand er auf und folgte uns ruhig über die Stiegen hinunter, wie in Nachdenken verloren. Sie marschierten mit uns ab, die Straße entlang, und ließen die Türe offen und die Kerze brennen. Der Chefingenieur ging wortlos dahin, aber ich sah ein- oder zweimal nach dem Lichtschein zurück. Als wir eine beträchtliche Strecke weit fort waren, sagte plötzlich der Garibaldiner, der neben mir ging: ›Ich habe in diesem Erdteil viele Männer auf Schlachtfeldern begraben. Die Priester reden von heiliger Erde. Bah, alle Erde, die Gott geschaffen hat, ist heilig; aber die See, die nichts von Königen, Priestern und Tyrannen weiß, die See ist heiliger als alles, Doktor! Ich wollte sie gerne in der See bestatten. Kein Mummenschanz, mit Kerzen, Weihrauch, Weihwasser und

Priestergemurmel. Der Geist der Freiheit ist über den Wassern.‹ ... Erstaunlicher alter Mann. Er sagte all das so leise, als spräche er zu sich selbst."

„Ja, ja", unterbrach Kapitän Mitchell ungeduldig. „Armer Alter! Aber haben Sie keine Idee, wie dieser Schuft Sotillo zu der Nachricht gekommen sein kann? Er hat doch keinen unserer Cargadores erwischt, die bei dem Bahnwagen mitgeholfen hatten, oder? Aber nein, unmöglich! Es waren ausgesuchte Leute, die nun seit fünf Jahren bei uns sind und denen ich persönlich für diese Arbeit einen Extralohn gezahlt habe, mit der Weisung, sie sollten sich mindestens vierundzwanzig Stunden lang außer Sicht halten. Ich sah sie mit meinen eigenen Augen zusammen mit den Italienern nach dem Güterbahnhof marschieren. Der Ingenieur versprach mir, sie dort zu beköstigen, solange sie bleiben wollten."

„Nun", meinte der Doktor langsam, „ich kann Ihnen mitteilen, daß Sie Ihrem besten Leichter und dem Capataz de Cargadores auf ewig Lebewohl sagen können."

Daraufhin rappelte sich Kapitän Mitchell im Übermaß seiner Erregung auf die Füße. Der Doktor ließ ihm keine Zeit zu einem Ausruf und berichtete kurz die Rolle, die Hirsch während der Nacht gespielt hatte.

Kapitän Mitchell war niedergeschmettert: „Ertrunken", murmelte er tief bestürzt. „Ertrunken!" Dann verhielt er sich schweigend, als hörte er zu, doch stand er zu sehr unter dem Eindruck der furchtbaren Nachricht, um der Erzählung des Doktors aufmerksam folgen zu können.

Der Doktor hatte sich völlig ahnungslos gestellt, bis schließlich Sotillo sich bestimmt gesehen hatte, Hirsch hereinführen und die ganze Geschichte wiederholen zu lassen; man hatte Mühe gehabt, ihn zum Reden zu bringen, weil er alle Augenblicke in Wehklagen ausbrechen wollte. Endlich wurde Hirsch abgeführt, mehr tot als lebendig, und in einem der oberen Räume eingeschlossen, um gleich bei der Hand zu sein. Der Doktor hielt weiter die Rolle eines Mannes durch, der zu den geheimen Beschlüssen der San Tomé-Verwaltung nicht zugelassen wäre, und bemerkte, die Geschichte klänge unglaublich. Natürlich, sagte er, könne er nicht angeben, was die Europäer unternommen hätten, da er ausschließlich mit seiner Berufsarbeit bei den Verwundeten und auch bei der Pflege Don José Avellanos' beschäftigt gewesen sei. Er hatte den Ton unbeteiligter Gleichgültigkeit so gut getroffen, daß Sotillo völlig getäuscht schien. Bis dahin war noch der Anschein eines regelrechten Verhörs gewahrt worden; einer der Offiziere saß am Tisch und schrieb die Fragen und Antworten nieder, die anderen standen im Zimmer herum, hörten aufmerksam zu, pafften ihre langen Zigarren und hielten die Augen auf den Doktor gerichtet. Da aber schickte Sotillo sie alle hinaus.

III

Sobald sie allein waren, änderte der Oberst sein streng amtliches Benehmen. Er erhob sich und kam auf den Doktor zu. Habgier und Hoffnung glitzerten in seinen Augen. Er wurde vertraulich. „Das Silber mag ja wirklich in dem Leichter verstaut worden sein, aber es ist nicht vorstellbar, daß es in See gegangen sein sollte." Der Doktor belauerte jedes Wort, nickte leise und rauchte mit offensichtlichem Vergnügen die Zigarre, die ihm Sotillo, zum Beweis seiner freundlichen Absichten, angeboten hatte. Des Doktors scheinbare Abkehr von den übrigen Europäern in Sulaco verleitete Sotillo von einer Vermutung zur anderen; schließlich deutete er an, es handelte sich seiner Meinung nach um ein Manöver Carlos Goulds, der sich so den ungeheuren Schatz für sich allein sichern wollte. Der Doktor, scharf auf seiner Hut, murmelte dazu: „Dessen ist er sehr wohl fähig."

Hier rief Kapitän Mitchell verblüfft, belustigt und empört aus: „Das haben Sie von Carlos Gould gesagt!", und Widerwillen und sogar etwas Mißtrauen klangen in seinem Ton mit, denn auch für ihn, wie für die anderen Europäer, war die Persönlichkeit des Doktors ein wenig zweifelhaft.

„Was in aller Welt hat Sie dazu gebracht, diesem schuftigen Uhrendieb so etwas zu sagen?" fragte er. „Was soll eine so höllische Lüge? Der verdammte Taschendieb ist doch, bei Gott! imstande, Ihnen zu glauben."

Er knurrte. Der Doktor verhielt sich eine Zeitlang schweigend im Dunkel.

„Ja, gerade das habe ich gesagt", äußerte er schließlich in einem Ton, der es einem Dritten klar genug gemacht hätte, daß die Pause nicht durch Widerstreben, sondern durch Nachdenken entstanden war. Kapitän Mitchell meinte, in seinem ganzen Leben nie eine so maßlose Unverschämtheit gehört zu haben.

„Nun, nun", murrte er in sich hinein, hatte aber nicht das Herz, seine Gedanken auszusprechen. Sie wurden durch Erstaunen und Bedauern verdrängt. Das Gefühl eines schweren Unglücks bedrückte ihn: der Verlust des Silbers und Nostromos Tod, der für ihn ja wirklich einen schweren Schlag bedeutete, denn er hatte den Capataz liebgewonnen, so wie manche Leute ihre Untergebenen liebgewinnen, aus Rücksicht auf die eigene Bequemlichkeit und aus einer fast unbewußten Dankbarkeit. Der Gedanke, daß auch Decoud ertrunken war, ein so elendes Ende gefunden hatte, übermannte ihn fast. Welch ein Schlag für die arme junge Dame! Kapitän Mitchell gehörte nicht zu den eingefleischten alten Junggesellen. Im Gegenteil, er liebte es, wenn junge Leute jungen Damen Aufmerksamkeiten erwiesen. Es erschien ihm natürlich und passend. Passend vor allem. Bei Seeleuten war es ja eine andere Sache; denen stand es nicht zu, sich zu verheiraten, behauptete er; doch waren es moralische Rücksichten und Selbstverleugnung, die er dabei im Auge hatte; denn das Leben an Bord paßte nicht einmal für die beste Frau, meinte er; lasse man sie an Land, so sei das vor allem einmal nicht anständig; und dann leide sie entweder darunter, oder sie kümmere sich nicht darum, was beides gleich unerfreulich sei. Er hätte nicht sagen können, was ihm am nächsten ging, Carlos Goulds ungeheurer Vermögensverlust, Nostromos Tod, der für ihn selbst einen schweren Verlust bedeutete, oder der Gedanke an die wunderschöne und vollendete junge Dame, die nun in Trauer gestürzt war.

„Ja, ja", hob der Doktor wieder an, nachdem er offenbar nochmals nachgedacht hatte, „er hat mir gründlich genug geglaubt. Es sah aus, als wollte er mich in die Arme schließen. ›Si, si‹, sagte er, ›er wird seinem Partner da, dem reichen Americano in San Franzisko, schreiben, daß das ganze Silber verloren ist. Warum nicht? Er hat mit genügend viel Leuten zu teilen.‹"

„Aber das ist ja vollkommen blödsinnig!" rief Kapitän Mitchell.

Der Doktor bemerkte, daß Sotillo wirklich blödsinnig sei, so sehr, daß er sich dadurch völlig in die Irre führen lasse. Er selbst habe nur wenig dazu zu helfen brauchen.

„Ich erwähnte“, sagte der Doktor, „wie zufällig, daß Schätze gemeinhin in der Erde vergraben und nicht auf See hinausgeschickt würden. Daraufhin schlug sich mein Sotillo an die Stirn. ›Por Dios, ja‹, meinte er. ›Sie müssen es irgendwo an der Küste dieses Hafens vergraben haben, bevor sie hinausgesegelt sind.‹“

„Himmel und Erde!“ murrte Kapitän Mitchell, „ich hätte nie gedacht, daß jemand trottelig genug sein könnte ....“ Er unterbrach sich und fuhr dann bekümmert fort: „Doch was soll das alles! Die Lüge wäre pfiffig genug gewesen, wäre der Leichter noch flott. Man hätte damit diesen unsagbaren Trottel vielleicht verhindern können, den Dampfer auf eine Kreuzerfahrt im Golf auszuschicken. Das war ja die Gefahr, die mich endlos beschäftigt hat.“ Kapitän Mitchell seufzte tief.

„Ich hatte einen Zweck“, sagte der Doktor langsam.

„Hatten Sie einen?“ murmelte Kapitän Mitchell. „Nun, das ist ein Glück, denn sonst hätte ich gedacht, daß Sie ihn einfach nur so zum Spaß zum Narren hielten. Und vielleicht war das ja wirklich Ihr Zweck. Nun, ich muß sagen, ich persönlich würde mich zu so was nicht herbeilassen. Es ist nicht mein Geschmack. Nein, nein, einen Freund anzuschwärzen, entspricht meinem Begriff von Spaß nicht, und sollte ich damit auch den größten Schuft auf Erden zum besten halten.“

Ohne Kapitän Mitchells Niedergeschlagenheit infolge der traurigen Nachrichten hätte sein Widerwille gegen Doktor Monygham sich wohl deutlicher geäußert; nun aber bedachte er, daß es wirklich nichts mehr zur Sache tue, was dieser Mann, den er nie gemocht hatte, sagte oder täte.

„Ich möchte wissen“, brummte er, „warum man uns zusammen eingeschlossen hat oder warum Sotillo Sie überhaupt eingeschlossen hat, da Sie ja dort oben recht gemütlich beisammen gewesen zu sein scheinen?“

„Ja, warum wohl?“ meinte der Doktor grimmig.

Kapitän Mitchells Herz war so schwer, daß er für den Augenblick völlige Einsamkeit auch der besten Gesellschaft vorgezogen hätte. Jede Gesellschaft aber wäre der des Doktors vorzuziehen gewesen, den er immer etwas scheel angesehen hatte, als einen, allerdings sehr klugen, Schiffbrüchigen, der sich aus seiner tiefen Erniedrigung nur zum Teil heraufgearbeitet hatte. Dieses Gefühl veranlaßte ihn zu der Frage:

„Was hat der Schuft mit den anderen beiden gemacht?“

„Den Chefingenieur hätte er ja wohl auf alle Fälle freigelassen“, meinte der Doktor. „Er möchte sich wohl nicht gerne einen Streit mit der Eisenbahn auf den Hals ziehen. Jedenfalls nicht gerade jetzt. Ich glaube nicht, Kapitän Mitchell, daß Sie sich ein Bild davon machen, was Sotillos augenblickliche Lage ist ....“

„Ich sehe nicht ein, warum ich mir den Kopf darüber zerbrechen sollte“, knurrte Kapitän Mitchell.

„Nein", stimmte der Doktor zu, im gleichen grimmigen Ton. „Ich sehe nicht ein, warum Sie das sollten. Es würde keiner Menschenseele in der Welt etwas helfen, wenn Sie auch noch so hart über was immer nachdenken wollten."

„Nein", sagte Kapitän Mitchell, einfach, offenbar sehr niedergeschlagen. „Ein Mann, der in einem verdammten finstern Loch eingesperrt sitzt, kann niemand viel nützen."

„Den alten Viola nun", fuhr der Doktor fort, als hätte er nichts gehört, „hat Sotillo aus dem gleichen Grunde freigelassen, aus dem er jetzt gleich auch Sie freilassen wird."

„He? was?" rief Kapitän Mitchell und starrte wie eine Eule durch das Dunkel. „Was habe ich mit dem alten Viola gemeinsam? Wohl eher, weil der alte Bursche keine Uhr und keine Kette hat, die der Taschendieb stehlen könnte! Und ich will Ihnen was sagen, Doktor Monygham", fuhr er mit aufsteigendem Ärger fort, „er wird es schwerer finden, als er glaubt, mich loszuwerden! Er wird sich dabei noch die Finger verbrennen, kann ich Ihnen sagen. Vor allem einmal werde ich nicht ohne meine Uhr gehen, und im übrigen – wollen wir sehen! Ich kann wohl sagen, daß es für Sie nicht viel bedeutet, eingesperrt zu sein. Aber Joe Mitchell ist ein anderer Mann, Herr! Ich denke nicht daran, Beschimpfung und Beraubung ohne weiteres hinzunehmen. Ich bin ein öffentlicher Beamter, Herr!"

Und dann merkte Kapitän Mitchell, daß die Eisenstangen vor der Fensteröffnung sichtbar wurden, ein schwarzes Gegitter in einem grauen Viereck. Der Tagesanbruch brachte Kapitän Mitchell zum Schweigen, gleichsam durch die Erwägung, daß er nun für alle kommenden Tage der unschätzbaren Dienste seines Capataz beraubt sein würde. Er lehnte sich an die Mauer, die Arme über der Brust gekreuzt, und der Doktor schritt die ganze Länge des Raumes auf und nieder mit seinem eigenartig hinkenden Gang, als humpelte er auf verstümmelten Füßen einher. An dem der Fensteröffnung entgegengesetzten Ende verlor er sich in der Dunkelheit. Nur der leicht hinkende Schritt war zu hören. Dieses unaufhörliche Auf und Nieder erweckte den Eindruck trüben Losgelöstseins. Als die Türe des Gefängnisses plötzlich aufflog und sein Name gerufen wurde, zeigte er keine Überraschung. Er ging mit einer scharfen Wendung sofort hinaus, als hinge viel von seiner Eile ab; Kapitän Mitchell aber blieb mit den Schultern an die Mauer gelehnt, unentschlossen vor großer Bitterkeit, ob es nicht besser sein würde, sich, als einzige Gegenwehr, zu weigern, ein Glied zu rühren. Er dachte halb und halb daran, sich hinaustragen zu lassen; nachdem aber der Offizier an der Türe drei- oder viermal, vorwurfsvoll und überrascht, seinen Namen gerufen hatte, ließ er sich herbei, hinauszugehen.

Sotillo hatte sein Benehmen geändert. Des Obersten nachlässige Höflichkeit schien etwas unsicher, als wäre er im Zweifel, ob Höflichkeit in diesem Falle das Angezeigte sei. Er beobachtete Kapitän Mitchell aufmerksam, bevor er aus dem großen Armstuhl hinter dem Tisch herablassend sagte:

„Ich habe beschlossen, Sie nicht hierzubehalten, Señor Mitchell. Ich bin von verzeihender Gemütsart. Ich mache Zugeständnisse. Lassen Sie sich dies aber eine Lehre sein."

Die eigenartige Dämmerung von Sulaco, die weit im Westen anzubrechen und sich gegen den Schatten des Gebirges vorzuschieben scheint, mengte sich mit dem rötlichen Kerzenlicht. Kapitän Mitchell ließ, zum Zeichen der Verachtung und Gleichgültigkeit, seine Augen durch den ganzen Raum wandern und sah scharf den Doktor an, der schon auf der Brüstung eines der Fenster saß, mit gesenkten Augenlidern, achtlos und nachdenklich - oder vielleicht beschämt.

Sotillo, in dem großen Armstuhl zurückgelehnt, bemerkte: „Ich hätte gedacht, daß die Denkweise eines Caballeros Sie zu einer geziemenden Antwort bestimmen würde!"

Er wartete darauf; da aber Kapitän Mitchell stumm blieb, mehr aus wütendem Ärger als aus Überlegung, so zögerte Sotillo, sah nach dem Doktor, der ihm zunickte, und fuhr dann mit leichter Anstrengung fort:

„Hier, Señor Mitchell, ist Ihre Uhr. Ersehen Sie daraus, wie übereilt und ungerecht Ihr Urteil über meine tapferen Soldaten gewesen ist!"

In seinem Stuhl zurückgelehnt, streckte er den Arm über den Tisch aus und schob die Uhr nachlässig von sich weg. Kapitän Mitchell trat mit unverhohlenem Eifer näher, hielt sie ans Ohr und ließ sie dann in die Tasche gleiten.

Sotillo schien ungeheures Bedauern zu fühlen. Wieder sah er zum Doktor hin, der ihn unverwandt anstarrte.

Als aber Kapitän Mitchell ohne ein Nicken oder einen Blick sich zum Gehen wandte, da meinte er hastig:

„Sie können gehen und unten auf den Señor Doctor warten, den ich gleichfalls freilassen will. Ihr Ausländer seid für mich nicht wichtig."

Er zwang sich zu einem kurzen, mißtönigen Lachen, während ihn Kapitän Mitchell zum erstenmal mit einiger Spannung ansah.

„Das Gesetz wird sich später mit Ihren Übertretungen befassen", redete Sotillo hastig weiter. „Von mir aus aber können Sie frei leben, unbewacht und unbeobachtet. Hören Sie, Señor Mitchell? Sie können an Ihre Geschäfte gehen. Sie sind meine Aufmerksamkeit nicht wert. Die ist von Angelegenheiten höchster Wichtigkeit in Anspruch genommen."

Kapitän Mitchell fühlte sich hart zu einer Antwort versucht. Es mißfiel ihm, unter Schmähungen freigelassen zu werden; doch die Schlaflosigkeit, langwährender Kummer, eine tiefe Enttäuschung wegen des schlimmen Ausgangs des Versuchs zur Rettung des Silbers lasteten auf ihm. Er brachte es gerade noch fertig, seine Ratlosigkeit - nicht wegen seiner selbst, sondern wegen der Lage im allgemeinen - zu verbergen. Er hatte das bestimmte Gefühl, daß etwas hinter den Kulissen vorging. Beim Hinausgehen schnitt er den Doktor unverkennbar.

„Ein Flegel!" sagte Sotillo, als sich die Tür schloß. Doktor Monygham glitt von der Fensterbrüstung herunter, versenkte die Hände in die Taschen des langen grauen Staubmantels, den er trug, und machte ein paar Schritte ins Zimmer.

Auch Sotillo stand auf, trat ihm in den Weg und musterte ihn von Kopf bis zu Fuß.

„Ihre Landsleute haben also nicht viel Vertrauen zu Ihnen, Señor Doctor! Sie lieben Sie nicht, wie? Warum wohl, möchte ich wissen?"

Der Doktor hob den Kopf und antwortete mit einem langen, toten Blick und den Worten: „Vielleicht, weil ich zu lange in Costaguana gelebt habe."

Unter Sotillos schwarzem Schnurrbart blitzten die weißen Zähne auf.

„Aha! Aber Sie lieben sich selbst", meinte er ermutigend.

„Wenn Sie sie sich selbst überlassen", sagte der Doktor und sah immer noch mit dem gleichen toten Blick in Sotillos hübsches Gesicht, „dann werden sie sich sehr bald verraten. Soll ich unterdessen versuchen, Don Carlos zum Reden zu bringen?"

„Ah! Señor Doctor", sagte Sotillo und wiegte den Kopf, „Sie sind ein Mann von rascher Auffassung. Wir sind gemacht, um einander zu verstehen." Er wandte sich ab. Er konnte nicht länger den ausdruckslosen, starren Blick ertragen, der unergründlich leer schien, wie die dunklen Tiefen eines Abgrundes.

Selbst ein allen sittlichen Gefühls barer Mensch behält doch noch einen Maßstab für Schurkerei, der, weil herkömmlich, durchaus klar ist. Sotillo meinte, Doktor Monygham, so verschieden von allen Europäern, sei bereit, seine Landsleute und Carlos Gould, seinen Arbeitgeber, für einen Anteil an dem San Tomé-Silber zu verkaufen. Sotillo verachtete ihn deswegen nicht. Des Obersten Mangel an sittlichem Gefühl war gründlich und einfältig. Er grenzte an Dummheit, an moralische Dummheit. Nichts, was seinen Zwecken diente, vermochte ihm in Wahrheit verwerflich zu erscheinen. Trotzdem verachtete er den Doktor Monygham. Er empfand für ihn eine ungeheure, selbstgefällige Verachtung. Er verachtete ihn von ganzem Herzen, denn er gedachte dem Doktor überhaupt keinen Lohn zukommen zu lassen. Er verachtete ihn nicht als Mann ohne Treue und Ehre, sondern als Narren. Doktor Monygham hatte Sotillos Charakter erfaßt und ihn damit völlig getäuscht. Darum hielt dieser nun den Doktor für einen Narren.

Seit seiner Ankunft in Sulaco hatten die Pläne des Obersten eine gewisse Einschränkung erfahren.

Er hatte keine Sehnsucht mehr nach einer politischen Laufbahn in Monteros Diensten. Er hatte immer seine Zweifel über die Sicherheit dieses Kurses gehabt. Seitdem er von dem Chefingenieur erfahren hatte, daß er bei Tagesanbruch höchstwahrscheinlich Pedro Montero gegenüberstehen würde, waren seine Befürchtungen über diesen Punkt erheblich gewachsen. Der Bruder des Generals, der Guerillero – Pedrito, im Volksmunde --, hatte einen eigenen Ruf. Es war nicht gut, mit ihm zu tun zu haben. Sotillo hatte den unklaren Plan gehabt, sich nicht nur des Schatzes, sondern auch der Stadt selbst zu bemächtigen und dann in aller Muße zu unterhandeln. Angesichts der Tatsachen aber, die er von dem Chefingenieur erfahren (und die ihm die ganze Sachlage erschlossen hatten), war an Stelle seiner – übrigens nie recht nennenswerten – Kühnheit ein sehr vorsichtiges Zaudern getreten.

„Eine Armee – eine Armee unter Pedrito hat schon das Gebirge überquert!" wiederholte er, unfähig, seine Verblüffung zu verbergen. „Hätte ich die Nachricht nicht von einem Mann in Ihrer Stellung erfahren, so hätte ich sie nie geglaubt. Erstaunlich."

„Eine bewaffnete Abteilung“, verbesserte der Ingenieur mild.

Sein Ziel war erreicht. Er wollte Sulaco noch einige Stunden länger vor einer Besetzung durch Truppen bewahren, um denen, die die Furcht dazu trieb, Zeit zum Verlassen der Stadt zu geben. In der allgemeinen Bestürzung gab es Familien, die noch hoffnungsvoll genug waren, auf der Straße nach Los Hatos zu fliehen; die war offen, weil der bewaffnete Pöbel unter den Señores Fuentes und Gamacho nach Rincon gezogen war, um Pedrito Montero begeistert willkommen zu heißen. Es war ein überstürzter, gefährlicher Auszug, und man sagte, daß Hernandez, der mit seiner Bande die Wälder rings um Los Hatos hielt, die Flüchtlinge aufnehme. Daß eine beträchtliche Anzahl seiner Bekannten eine solche Flucht erwogen, war dem Chefingenieur wohl bekannt gewesen.

Vater Corbelàns Bemühungen um die Sache dieses sehr frommen Räubers waren nicht durchaus fruchtlos geblieben. Der politische Oberbeamte von Sulaco hatte im letzten Augenblick den dringenden Vorstellungen des Priesters nachgegeben und die vorläufige Ernennung Hernandez' zum General unterzeichnet, da er die Lage als verzweifelt ansah und sich nicht mehr darum kümmerte, was er unterschrieb. Es war das letzte amtliche Schriftstück, das er unterfertigte, bevor er den Palast der Intendancia verließ, um im O. S. N. Gebäude Zuflucht zu suchen. Doch hätte er selbst die Absicht zu wirksamer Tat gehabt, so war es doch zu spät. Der Aufruhr, den er befürchtet hatte, brach kaum eine Stunde später aus, nachdem Vater Corbelàn ihn verlassen. Tatsächlich brachte es Vater Corbelàn, der mit Nostromo ein Zusammentreffen im Dominikanerkloster verabredet hatte, nicht mehr fertig, seine Wohnung in einer der Zellen zu erreichen. Von der Intendancia aus war er geradewegs zum Haus der Avellanos gegangen, um seinem Schwager Bericht zu erstatten, und obwohl er sich dort nur eine knappe halbe Stunde aufgehalten, hatte er sich doch von seiner Einsiedelei abgeschnitten gesehen. Dort hatte Nostromo eine Zeitlang gewartet, mit Unbehagen den anwachsenden Aufruhr in den Straßen beobachtet, hatte sich endlich zur Redaktion des „Porvenir“ durchgeschlagen und war dort bis zu Tagesanbruch geblieben, wie Decoud im Briefe an seine Schwester erwähnt hatte. So war also der Capataz, anstatt mit Hernandez' Ernennung in die Wälder von Los Hatos zu reiten, in der Stadt geblieben, um das Leben des Präsidenten-Diktators zu retten, bei der Unterdrückung des Pöbelaufstands mitzuhelfen und schließlich mit dem Silber der Mine hinauszasegeln.

Vater Corbelàn aber trug auf seiner Flucht zu Hernandez das Dokument in der Tasche, ein amtliches Schriftstück, das, als letzte amtliche Handlung eines Vertreters der Ribieristen-Regierung (mit dem Wahlspruch: Ehrlichkeit, Friede und Fortschritt), einen Banditen zum General machte. Wahrscheinlich erfaßten weder der Priester noch der Bandit die Ironie hierin. Vater Corbelàn mußte wohl einen Boten nach der Stadt gefunden haben, denn früh am zweiten Tag des Aufstands lief das Gerücht um, Hernandez halte auf der Straße nach Los Hatos und sei bereit, alle aufzunehmen, die sich unter seinen Schutz begeben wollten. Ein fremdartig aussehender Reiter, ältlich und kühn, war in langsamem Schritt in der Stadt erschienen und hatte die Blicke über die Häuserfronten wandern lassen, als hätte er nie zuvor so hohe Gebäude gesehen. Vor der Kathedrale war er abgestiegen und in der Mitte der Plaza niedergekniet; die Zügel über den Arm gehängt, den Hut vor sich auf den Boden gelegt, hatte er sich eine Zeitlang mit gesenktem Kopf bekreuzigt und an die Brust geschlagen. Dann war er wieder aufgesessen, mit einem furchtlosen, aber nicht unfreundlichen Blick über die kleine Menschenmenge, die sich vor seiner öffentlichen Andacht gesammelt, und hatte nach der Casa Avellanos gefragt. Viele Hände hatten sich als Antwort deutend erhoben, mit Fingern, die die Calle de la Constitucion hinaufwiesen.

Der Reiter hatte sich auf den Weg gemacht und nur einen Blick flüchtiger Neugierde zu den Fenstern des Amarilla-Klubs an der Ecke hinaufgeworfen. Von Zeit zu Zeit dröhnte seine Stentorstimme durch die leere Straße: „Welches ist die Casa Avellanos?“, bis von dem erschreckten Pförtner eine Antwort kam und er unter dem Torweg verschwand. Der Brief, den er brachte, von Vater Corbelàn mit Bleistift am Lagerfeuer Hernandez' geschrieben, war an Don José gerichtet, von dessen verzweifeltem Zustand der Priester nichts wußte. Antonia las ihn, beriet sich deswegen mit Carlos Gould und schickte ihn dann zur Einsichtnahme an die Herren, die den Amarilla-Klub besetzt hielten. Sie für ihre Person hatte ihren Entschluß gefaßt; sie wollte zu ihrem Onkel gehen; sie wollte den letzten Tag – die letzten Stunden vielleicht – von ihres Vaters Leben der Obhut des Banditen anvertrauen, dessen Dasein ein glühender Widerspruch gegen die unverantwortliche Gewaltherrschaft sämtlicher Parteien war, gegen die sittliche Finsternis des Landes. Das Düster der Wälder von Los Hatos war vorzuziehen; ein hartes Leben im Gefolge einer Räuberbande weniger erniedrigend. Antonia machte sich aus voller Seele ihres Onkels hartnäckigen Schicksalstrotz zu eigen. Er gründete sich auf ihren Glauben an den Mann, den sie liebte.

In seiner Botschaft verbürgte sich der Generalvikar mit seinem Kopf für Hernandez' Treue. Was dessen Macht angehe, so hob er hervor, daß er während so langer Jahre nicht unterworfen worden sei. In jenem Briefe wurde Decouds Idee von dem neuen Westlichen Staate (dessen blühender und gefestigter Bestand heute allgemein bekannt ist) zum erstenmal öffentlich als Beweisgrund angeführt. Hernandez, der Exbandit und letzte General ribieristischer Schöpfung, war sicher, den Landstrich zwischen den Wäldern von Los Hatos und der Küste halten zu können, bis der aufopfernde Patriot, Don Martin Decoud, den General Barrios zur Wiedereroberung der Stadt nach Sulaco zurückbringen würde.

„Der Himmel selbst will es. Die Vorsehung ist auf unserer Seite“, schrieb Vater Corbelàn; es war keine Zeit, seine Behauptung zu prüfen oder zu widerlegen; und wenn die Auseinandersetzung, die sich beim Lesen dieses Briefes im Amarilla-Klub erhob, auch heftig war, so war sie doch kurz. In der allgemeinen Verwirrung des Zusammenbruchs griffen einige freudig erstaunt die Idee auf, wie die verblüffende Entdeckung einer neuen Hoffnung. Andere fühlten sich durch die Aussicht auf unmittelbare persönliche Sicherheit für ihre Frauen und Kinder verlockt. Die Mehrzahl griff danach, wie ein Ertrinkender nach einem Strohhalm. Vater Corbelàn bot ihnen unerwartet eine Zuflucht vor Pedrito Montero mit seinen Lianeros und seinen Verbündeten, den Señiores Fuentes und Gamacho, mit ihrem bewaffneten Pöbelhaufen.

Der Rest des Nachmittags verging mit angeregten Gesprächen in den großen Räumen des Amarilla-Klubs. Sogar die Mitglieder, die mit Gewehren und Karabinern an den Fenstern standen, um das Straßenende für den Fall einer nochmaligen Rückkehr des Pöbels im Auge zu behalten, sogar sie schrien über die Schultern Meinungen und

Beweisgründe zurück. Bei Anbruch der Dämmerung lud Don Juste Lopez die Caballeros, die seiner Meinung wären, ein, ihm zu folgen, und zog sich in den Korridor zurück; dort machte er sich an einem kleinen Tisch beim Licht zweier Kerzen daran, eine Bittschrift oder vielmehr eine feierliche Erklärung aufzusetzen; sie sollte Pedrito Montero von einer Abordnung der Mitglieder übergeben werden, die in der Stadt zu bleiben beschlossen hatten. Don Lopez' Gedanke war, Pedrito günstig zu stimmen, um wenigstens den Anschein parlamentarischer Einrichtungen zu wahren. Vor einem leeren Aktenbogen sitzend, einen Gänsekiel in der Hand und von allen Seiten bedrängt, wandte er sich nach rechts und links und wiederholte mit feierlichem Nachdruck:

„Caballeros, einen Augenblick Ruhe! Einen Augenblick Ruhe! Wir müssen es klarstellen, daß wir uns im besten Glauben vor den vollendeten Tatsachen beugen."

Das Aussprechen dieses Satzes schien ihm eine trübe Genugtuung zu gewähren; das Stimmengewirr rings um ihn wurde matt und heiser. Während der plötzlichen Pausen erstarrten die verzerrten Gesichter mit einmal in tiefer Niedergeschlagenheit.

Inzwischen hatte der Auszug begonnen. Carretas voll mit Damen und Kindern rollten schwankend über die Plaza; Männer ritten oder gingen daneben her; berittene Abteilungen folgten, auf Maultieren oder Pferden; die Ärmsten zogen zu Fuß aus; Männer und Frauen trugen Bündel, hielten Kinder in den Armen, führten alte Leute oder zogen größere Kinder nach. Als Carlos Gould, nachdem er den Doktor und den Ingenieur in der Casa Viola verlassen hatte, durch das Hafentor in die Stadt einritt, da waren alle, die es im Sinn gehabt hatten, schon fort, und die anderen hatten sich in ihren Häusern verschanzt. In der ganzen dunklen Straße gab es nur einen einzigen von Gestalten belebten Lichtfleck, und der Señor Administrador erkannte den Wagen seiner Frau, der vor dem Torweg der Casa Avellanos wartete. Er ritt hin, fast unbemerkt, und sah wortlos zu, während einige seiner eigenen Diener aus dem Tore Don José Avellanos heraustrugen, der mit geschlossenen Augen und unbewegten Zügen ganz leblos schien. Frau Gould und Antonia schritten zu beiden Seiten der eilig zurechtgemachten Bahre, die gleich in den Wagen gehoben wurde. Die beiden Frauen umarmten einander; von der andern Seite des Landauers sah Vater Corbelàns Sendbote, kerzengerade im Sattel sitzend, starr herüber, mit seinem zerrauften, graugesprenkelten Bart und den vorstehenden, bronzefarbenen Backenknochen. Dann stieg Antonia mit trockenen Augen zu der Bahre ein, schlug ein Kreuz und ließ einen dichten Schleier über ihr Gesicht fallen. Die Diener und drei oder vier Nachbarn, die geholfen hatten, traten zurück und entblößten die Köpfe. Ignacio auf dem Bock hatte sich damit abgefunden, die ganze Nacht zu fahren (und sich vielleicht noch vor Tagesanbruch die Kehle abschneiden zu lassen), und sah griesgrämig über die Schultern zurück.

„Fahre vorsichtig!" rief Frau Gould mit zitternder Stimme.

„*Si*, vorsichtig, *si, niña*", murmelte Ignacio und biß sich auf die Lippen, während seine runden, lederfarbenen Wangen zitterten. Und der Landauer rollte langsam aus dem Lichtkreis hinaus.

„Ich will sie bis zur Furt begleiten", sagte Carlos Gould zu seiner Frau. Sie stand mit leicht gefalteten Händen am Rand des Bürgersteiges und nickte ihm zu, während er dem

Wagen nachritt. Nun waren die Fenster des Amarilla-Klubs dunkel. Der letzte Funke des Widerstands war erloschen. Während er an der Ecke den Kopf wandte, sah Carlos Gould seine Frau in dem Lichtschein die Straße nach ihrem eigenen Hause zu überqueren. Einer der Nachbarn, ein bekannter Kaufmann und Grundbesitzer in der Provinz, ging knapp hinter ihr her und sprach mit heftigen Gebärden auf sie ein. Sobald sie im Hause war, erloschen alle Lichter, und die Straße lag dunkel und leer von einem Ende zum anderen da.

Die Häuser der breiten Plaza verloren sich in der Nacht. Hoch oben, wie ein Stern, glänzte ein kleiner Lichtschein in einem der Türme der Kathedrale, und das Reiterstandbild hob sich leuchtend von den schwarzen Bäumen der Alameda ab, wie ein Gespenst des Königtums, das durch die Bilder der Revolution spukte. Die wenigen Menschen, die noch unterwegs waren, drückten sich an die Mauern. Hinter den letzten Häusern rollte der Wagen lautlos in der weichen Staubschicht, und zugleich mit tieferem Dunkel schien aus dem Blattwerk der Bäume längs der Straße kühlere Frische niederzusinken. Der Sendbote aus Hernandez' Lager brachte sein Pferd an Carlos Goulds Seite.

„Caballero“, fragte er eifrig, „sind Sie es, den sie den König von Sulaco nennen, den Herrn der Mine? Ist es nicht so?“

„Ja, ich bin der Herr der Mine“, antwortete Carlos Gould. Der Mann kanterte eine Weile schweigend hin und sagte dann: „Ich habe einen Bruder, einen Sereno in Ihren Diensten, im Tale der San Tomé-Mine. Sie haben sich als gerechter Mann gezeigt. Niemand ist Unrecht geschehen, seitdem Sie die Leute gerufen haben, um im Gebirge zu arbeiten. Mein Bruder sagt mir, daß kein Regierungsbeamter, kein Unterdrücker aus dem Campo auf Ihrer Seite des Stromes gesehen worden ist. Ihre eigenen Beamten bedrücken das Volk in der Schlucht nicht. Zweifellos fürchten sie Ihre Strenge. Sie sind ein gerechter Mann, und ein mächtiger“, fügte er hinzu.

Er sprach abgerissen, selbstbewußt, verfolgte aber mit seinen Reden offenbar einen Zweck. Er sagte Carlos Gould, er sei in einem der unteren Täler, weit im Süden, Ranchero gewesen, Hernandez' Nachbar in den alten Tagen und Pate von dessen ältestem Sohn; einer der Männer, die ihm bei seinem Widerstand gegen die Werbeabteilung, dem Beginn all ihres Mißgeschicks, Hilfe geleistet hätten. Er sei es gewesen, der, nach der Fortführung seines Gevatters, dessen Weib und Kinder begraben habe, die von den Soldaten ermordet worden waren.

„Si, Señor“, murmelte er heiser. „Ich mit zwei oder drei anderen, die glücklich in Freiheit geblieben waren, haben sie alle in einem Grab nahe bei den Aschenresten des Ranchos begraben, unter dem Baum, der das Dach beschattet hatte.“

Er sei es auch gewesen, zu dem Hernandez drei Tage später gekommen war, nachdem er desertiert hatte. Er habe noch die Uniform mit den Sergeantenborten auf dem Ärmel getragen und Spuren von dem Blut seines Obersten an Brust und Händen gehabt. Drei Soldaten waren mit ihm, die zu seiner Verfolgung ausgeschickt, doch in die Freiheit weitergeritten waren. Der Mann erzählte Carlos Gould, wie er sich mit ein paar Freunden, beim Anblick dieser Soldaten, hinter einige Felsen gelegt habe, mit schußfertigen Gewehren, dann aber seinen Gevatter erkannt habe, aus der Deckung gesprungen sei und seinen Namen gerufen habe, denn er habe gewußt, daß Hernandez unmöglich mit unbilliger oder gewalttätiger Absicht zurückkommen konnte. Diese drei Soldaten, zusammen mit den Leuten, die hinter dem Felsen gelegen, hatten den ersten Kern zu der berühmten Bande gebildet. Und er, der Erzähler, sei durch viele Jahre Hernandez' bevorzugter Leutnant gewesen. Er erwähnte stolz, daß die Behörden auch auf seinen Kopf einen Preis gesetzt hatten; das habe aber diesen Kopf nicht gehindert, auf seinen eigenen Schultern grau zu werden. Und nun habe er es also erlebt, seinen Gevatter zum General gemacht zu sehen.

Er lachte dumpf auf. „Und nun sind wir aus Räubern Soldaten geworden. Aber sehen Sie doch, Caballero, die, die uns zu Soldaten und ihn zum General gemacht haben! Sehen Sie die Leute an!"

Ignacio rief. Das Licht der Wagenlaternen, das über die Kaktushecken längs der Wegränder getanzt war, beschien die erschreckten Gesichter von Menschen an der Straße, die, wie ein englischer Landweg, tief in den weichen Boden des Campos einschnitt. Die Leute drängten sich zur Seite. Ihre Augen blitzten einen Augenblick lang groß auf, und dann fiel das Licht im Weitergleiten auf die halbnackten Wurzeln eines großen Baumes, wieder auf einen Streifen Kaktushecke und auf eine Gruppe erschreckt starrender Gesichter. Drei Frauen – deren eine ein Kind trug – und ein paar Männer in Zivil – einer davon mit einem Säbel, der andere mit einem Gewehr bewaffnet – standen um einen Esel herum, der zwei in Tücher geknotete Bündel trug. Bald nachher rief Ignacio nochmals, um einer Carreta vorfahren zu können, einer langen Holzkiste (mit einer offenstehenden Tür hinten) auf zwei hohen Rädern. Einige Damen darin mußten wohl die weißen Maultiere erkannt haben, denn sie riefen heraus: „Sind Sie es, Doña Emilia?" An der Biegung der Straße erfüllte der Schein eines mächtigen Feuers die ganze Strecke unter dem Gewölbe verwachsener Zweige. Nahe bei der Furt eines seichten Stromes war durch Zufall eine Ranch an der Straße, aus Zweigen geflochten, mit einem großen Dach darüber, in Brand geraten; die heftig lodernden Flammen erleuchteten einen freien Platz, der mit Pferden, Maultieren und einer aufgeregt schreienden Menschenmenge erfüllt war. Als Ignacio anhielt, drängten sich mehrere Damen zu Fuß an den Wagen heran und baten Antonia um einen Platz. Sie antwortete auf das Geschrei, indem sie schweigend auf ihren Vater deutete.

„Ich muß Sie hier verlassen", sagte Carlos Gould in dem Getöse. Die Flammen loderten himmelhoch, der Menschenstrom wich vor der sengenden Hitze zurück und drängte gegen den Wagen. Eine ältliche Dame in schwarzem Seidenkleid, doch mit einer groben Manta über dem Kopf und einem ungefügen Baumast als Stock in der Hand, taumelte gegen das Vorderrad. Zwei junge Mädchen, stumm vor Schreck, hingen an ihren Armen. Carlos Gould kannte sie gut.

„Misericordia! Wir werden in diesem Gedränge schrecklich herumgestoßen!" rief sie und lächelte mutig zu ihm hinauf. „Wir sind zu Fuß losgezogen. Alle unsere Diener sind gestern davongelaufen, zu den Demokraten. Wir wollen uns unter die Obhut des Vaters Corbelàn begeben, Ihres heiligen Onkels, Antonia. Er hat ein Wunder bewirkt, im Herzen eines ganz erbarmungslosen Räubers. Ein Wunder!"

Sie hob die Stimme allmählich bis zum Schreien, im Maße, wie sie vom Druck der Menge weggedrängt wurde, um einigen Wagen aus dem Wege zu gehen, die im Galopp, unter lautem Geschrei und Peitschenknall, aus der Furt herauskamen. Ein Funkenregen, mit schwarzen Rauchwolken gemengt, fegte über die Straße, die Bambusrohre der Wände platzten im Brande mit einem Geräusch wie von unregelmäßigem Schützenfeuer. Dann sank die helle Glut plötzlich zusammen und ließ nur ein rötliches Dämmern hinter sich, in dem sich dunkle Gestalten ziellos nach allen Richtungen durcheinanderschoben. Der Stimmenlärm schien zugleich mit der Flamme zu ersterben, und das Gewirr von Köpfen und Armen, von Zank und Flüchen verlor sich in der Nacht.

„Ich muß Sie nun verlassen", wiederholte Carlos Gould, zu Antonia gewandt. Sie wendete langsam den Kopf und enthüllte ihr Gesicht. Hernandez' Sendbote und Gevatter spornte sein Pferd ganz nahe hinzu.

„Hat nicht der Herr der Mine eine Botschaft zu senden an Hernandez, den Herrn des Campos?"

Die Wahrheit des Vergleichs traf Carlos Gould mit Wucht. Durch die Kraft seines Vorsatzes hielt er die Mine, und der unbezwingliche Bandit hielt das Campo auf gleich anfechtbarer Grundlage. Sie waren einander gleichgestellt vor der Gesetzlosigkeit des Landes. Es war unmöglich, die eigene Tätigkeit in der Berührung mit soviel Niedertracht sauber zu erhalten. Ein engmaschiges Netz von Verbrechen und Verworfenheit lag über dem ganzen Land. Ein Gefühl tiefer, müder Entmutigung schloß Carlos Gould für eine Weile die Lippen.

„Sie sind ein gerechter Mann", drängte der Sendbote des Hernandez. „Sehen Sie die Leute an, die meinen Gevatter zum General und uns alle zu Soldaten gemacht haben! Sehen Sie doch diese Oligarchen, wie sie ums liebe Leben fliehen, mit nichts als den Kleidern am Leibe. Mein Gevatter denkt daran nicht, unsere Gefolgsleute aber könnten sich arg wundern, und ich möchte Ihnen in ihrem Namen sagen: Hören Sie, Señor! Durch lange Monate ist nun der Campo unser. Wir brauchen niemand um etwas zu fragen; aber Soldaten müssen ihren Sold haben, um ehrlich leben zu können, wenn der Krieg vorbei ist. Man glaubt, Ihre Seele sei so gerecht, daß eines Ihrer Gebete das Übel jedes Geschöpfs heilen könne, wie ein Wort des höchsten Richters. Geben Sie mir ein paar Worte von Ihren Lippen mit, und die werden wie ein Zauberspruch gegen die Zweifel unserer Partida wirken, die aus lauter Männern besteht."

„Hören Sie, was er sagt?" wandte sich Carlos Gould auf englisch Antonia zu.

„Vergeben Sie uns unser Elend!" rief sie hastig. „Ihr Charakter ist der unerschöpfliche Schatz, der uns vielleicht noch alle retten wird; Ihr Charakter, Carlos, nicht Ihr Reichtum. Ich beschwöre Sie, geben Sie diesem Mann Ihr Wort, daß Sie jedes Abkommen anerkennen wollen, das mein Onkel mit seinem Hauptmann treffen wird. Ein Wort! Er verlangt nicht mehr."

Von dem Schuppen an der Straße war nur ein ungeheurer Aschenhaufen nachgeblieben, dessen weithin leuchtende Glut dunkler wurde und Antonias vor Erregung tieferrötetes Gesicht zeigte. Carlos Gould gab nach kurzem Zögern die gewünschte Zusage. Er kam sich vor, als hätte er sich auf einen schmalen, abschüssigen

Pfad gewagt, auf dem es kein Umkehren gab und die einzige Rettung im harten Vorwärts lag. Er verstand es in diesem Augenblick, während er auf Don José hinunterblickte, der kaum noch atmend neben der aufrechtsitzenden Antonia ausgestreckt lag, besiegt nach einem lebenslangen Kampf gegen die Mächte der moralischen Finsternis, die aus ihren sumpfigen Abgründen ungeheure Verbrechen und ungeheuerliche Wahnvorstellungen gebiert. In wenigen Worten drückte der Sendbote des Hernandez seine völlige Zufriedenheit aus. Antonia ließ unbewegt ihren Schleier nieder und widerstand dem innigen Wunsch, nach Decouds Flucht zu fragen. Ignacio aber grinste grämlich über die Schulter zurück.

„Sieh dir die Maultiere gut an, *mi amo*", knurrte er. „Du wirst sie nie wiedersehen!"

IV

Carlos Gould kehrte zur Stadt zurück. Vor ihm tauchten die Schroffen der Sierra ganz schwarz aus der klaren Dämmerung. Da und dort huschte ein vermummter Lepero vor dem klappernden Hufschlag um die Ecke einer grasüberwachsenen Straße. Hunde bellten hinter den Mauern der Gärten; und zugleich mit dem farblosen Frühlicht schien der Eiseshauch der Schneefelder auf das holprige Pflaster und die verschlossenen Häuser niederzusinken, deren Gesimse gebrochen und zwischen deren Frontsäulen der Verputz in großen Flecken abgefallen war. Die Dämmerung kämpfte mit dem Düster unter den Arkaden auf der Plaza; es waren keine Landleute zu sehen, die ihre Waren für den Frühmarkt herrichteten – Haufen von Früchten, Gemüse in Bünden, mit Blumen geschmückt, auf niedrigen Bänken unter großen Mattenschirmen; kein frohes morgendliches Gedränge von Dörflern, Frauen, Kindern und beladenen Eseln. Nur einige zerstreute Gruppen von Revolutionären standen auf dem weiten Platz und sahen unter ihren Schlapphüten hervor alle in eine Richtung, nach dem Anzeichen einer Neuigkeit von Rincon her. Die Leute in der größten dieser Gruppen wandten sich, als Carlos Gould vorbeiritt, wie ein Mann um und riefen ihm in drohendem Ton nach: „Viva la Libertad!"

Carlos Gould ritt weiter und bog in den Torweg seines Hauses ein. In dem mit Stroh belegten Innenhof saß ein Praktikant, einer von Doktor Monyghams eingeborenen Assistenten, mit dem Rücken gegen den Brunnenrand auf dem Boden und klimperte leise auf einer Gitarre, während zwei Mädchen niederer Klasse vor ihm standen, mit Händen und Füßen leicht dem Takt andeuteten und dazu eine volkstümliche Tanzweise summten. Die meisten der Verwundeten aus den zwei Kampftagen waren schon von ihren Freunden und Verwandten abgeholt worden, doch konnte man noch einige Gestalten aufrecht sitzen und die Köpfe im Takt wiegen sehen. Carlos Gould stieg ab. Ein verschlafener Mozo kam aus der Türe der Bäckerei und nahm die Zügel in Empfang; der Praktikant versuchte hastig, seine Gitarre zu verbergen; die Mädchen, durchaus nicht eingeschüchtert, traten lächelnd zurück; und Carlos Gould sah auf seinem Weg zum Stiegenhaus in einem dunklen Winkel des Innenhofes eine andere Gruppe, einen tödlich verwundeten Cargador, an dessen Seite eine Frau kniete, sie murmelte eifrig Gebete und versuchte zugleich, ein Stück Orange zwischen die erkaltenden Lippen des Sterbenden zu schieben.

Die grausame Nichtigkeit aller Dinge enthüllte sich im Leichtsinn und im Leiden dieses unverbesserlichen Volkes; die grausame Nichtigkeit des Lebens und Sterbens, im sinnlosen Kampf für eine dauernde Lösung des Problems. Carlos Gould konnte nicht, wie Decoud, leichten Herzens eine Rolle in einer tragischen Posse spielen. Tragisch genug empfand er sie im tiefsten Herzen, die Posse aber konnte er nicht sehen. Er litt zu sehr unter der Überzeugung, daß alles heillos verrückt sei. Er war zu sehr Tatsachenmensch und dabei auch zu idealistisch, um Vergnügen an dem grausamen Spaß zu finden, wie es Martin Decoud, der phantasiebegabte Materialist, im kalten Licht seiner Skepsis tun konnte. Carlos Gould empfand, wie wir alle, die Zugeständnisse, die sein Gewissen gemacht hatte, nun, nach dem Mißerfolg, besonders bitter. Die Schweigsamkeit, die er sich mit Absicht angewöhnt, hatte ihn davor bewahrt, sich offen mit seinen Gedanken auseinanderzusetzen; die Gould-Konzession aber hatte heimlich sein Urteil vergiftet. Er hätte wissen müssen, sagte er sich, während er an der Brüstung des Korridors lehnte, daß die Ribieristen niemals Erfolg haben konnten. Die Mine hatte sein Urteil vergiftet, indem sie seinen Widerwillen dagegen erweckte, ewig Bestechung und Ränke anwenden zu müssen, um sein Werk von einem Tag zum anderen zu sichern. Ganz wie sein Vater liebte er es nicht, sich berauben zu lassen. Es brachte ihn zur Verzweiflung. Er hatte sich eingeredet, daß, von höheren Erwägungen abgesehen, die Unterstützung von Don Josés Reformplänen ein gutes Geschäft sein müßte. Er hatte den sinnlosen Kampf durchgehalten, wie sein armer Onkel, dessen Schwert an der Wand seines Arbeitszimmers hing, es getan hatte – in der Verteidigung der gewöhnlichsten Schicklichkeiten einer geordneten Gesellschaft. Nur war seine Waffe, der Reichtum der Mine, weitreichender und feiner als eine ehrliche Stahlklinge mit schlichtem Messinggriff.

Auch für den Träger war sie gefährlicher, diese Waffe des Reichtums. Zweischneidig infolge der Gier und des Elends der Menschheit, dazu in alle Laster der Zuchtlosigkeit getaucht wie in einen Absud aus Giftwurzeln; ein Makel noch für die Sache selbst, für die die Waffe gezogen wurde, und immer bereit, sich gegen den Träger zu wenden. Nun gab es nichts andres, als sie weiter zu gebrauchen. Doch schwur er sich, sie lieber in kleine Stücke zersplittert zu sehen, als sie sich aus der Hand winden zu lassen.

Er machte sich klar, daß er schließlich trotz seiner englischen Verwandtschaft und englischen Erziehung ein Abenteurer in Costaguana war, der Abkömmling von Abenteurern, die in einer Fremdenlegion Dienst getan; von Männern, die ihr Glück in Bürgerkriegen gesucht, Revolutionen geplant und daran geglaubt hatten. Bei aller Charakterreinheit hatte er doch die nicht allzu strenge Sittlichkeit eines Abenteurers, der persönliche Gefahr im Hinblick auf den ethischen Wert seiner Handlung in den Kauf nimmt. Er war entschlossen, nötigenfalls das ganze San Tomé-Gebirge himmelhoch in die Luft zu sprengen, aus dem Gebiet der Republik hinaus. Dieser Entschluß drückte die Hartnäckigkeit seines Charakters aus, die Reue über jene verborgene eheliche Untreue, derzufolge seine Frau nicht mehr die einzige Herrin seiner Gedanken war; dazu noch etwas von seines Vaters phantasievoller Schwäche und auch ein wenig vom Geiste eines Bukaniers, der lieber ein brennendes Streichholz ins Pulvermagazin wirft, als daß er sein Schiff übergäbe.

Der verwundete Cargador drunten im Innenhof verschied. Die Frau weinte einmal auf, und über dieses Weinen, unerwartet und schrill, setzten sich alle Verwundeten auf. Der Praktikant stand schwerfällig auf und sah, die Gitarre in der Hand, mit hochgezogenen

Augenbrauen ruhig nach ihr hin. Die beiden Mädchen – die nun zu beiden Seiten ihres verwundeten Angehörigen saßen, die Knie hochgezogen, lange Zigarren zwischen den Lippen – nickten einander bedeutsam zu.

Carlos Gould, immer noch über die Brüstung gelehnt, sah drei Herren in feierlich schwarzen Gehröcken mit weißen Hemden und europäischen steifen Hüten von der Straße aus in den Innenhof treten. Einer von ihnen, der die beiden anderen mit Kopf und Schultern überragte, schritt mit größerer Würde führend voran. Es war Don Juste Lopez, der, von zweien seiner Freunde, Mitgliedern der Provinzialversammlung, begleitet, zu dieser frühen Morgenstunde den Administrator der San Tomé-Mine besuchen kam. Sie erblickten Carlos Gould, winkten ihm mit den Händen eifrig zu und kamen wie in Prozession die Treppen herauf.

Don Juste war erstaunlich verändert, weil er sich seinen beschädigten Bart ganz abgenommen und damit neun Zehntel seiner äußeren Würde verloren hatte. Selbst in diesem ereignisschweren Augenblick konnte Carlos Gould nicht umhin, zu bemerken, wie sehr das Aussehen des Mannes nun die innere Leere verriet. Seine Begleiter sahen ratlos und verschlafen aus. Der eine fuhr sich unaufhörlich mit der Zungenspitze über die trockenen Lippen; die Augen des anderen wanderten trübe über den Ziegelfußboden des Korridors, während Don Juste, etwas vor ihnen stehend, eine Ansprache an den Señor Administrador der San Tomé-Mine hielt. Er war der festen Überzeugung, daß die Form gewahrt werden müßte. Ein neuer Statthalter würde immer von Abordnungen des Cabildo (des Gemeinderats) und des Consulado (der Handelskammer) besucht, und es schickte sich, daß auch die Provinzialversammlung eine Abordnung stellte, wenn aus keinem anderen, so aus dem Grunde, um das Bestehen parlamentarischer Einrichtungen zu bestätigen. Don Juste schlug vor, daß sich Don Carlos Gould, der hervorragendste Bürger der Provinz, der Abordnung des Landtags anschließen sollte. Seine Stellung sei überragend, seine Persönlichkeit weit und breit in der ganzen Republik bekannt. Amtliche Höflichkeiten dürften nicht vernachlässigt werden, wenn auch das Herz dabei blutete. Die Hinnahme vollendeter Tatsachen könnte vielleicht noch die kostbaren Reste parlamentarischer Einrichtungen retten. Don Justes Augen hatten trüben Glanz; er glaubte an die parlamentarischen Einrichtungen – und der tiefe Brustton seiner Stimme verlor sich in der Stille des Hauses wie das Brummen eines großen Käfers.

Carlos Gould hatte sich umgewandt und geduldig zugehört, den Ellbogen auf die Brüstung gestützt. Er schüttelte zur Verneinung leicht den Kopf, fast gerührt von dem ängstlichen Blick des Präsidenten der Provinzialversammlung. Es lag außerhalb Carlos Goulds Politik, die San Tomé-Mine in irgendwelche Formfragen hineinzuziehen.

„Mein Rat, Señores, ist, daß Sie Ihr Schicksal in Ihren Häusern erwarten sollten. Unterwerfung unter das Unvermeidliche, wie Don Juste es nennt, ist ganz recht; wenn aber das Unvermeidliche sich Pedrito Montero nennt, dann ist es nicht nötig, das ganze Ausmaß Ihrer Unterwerfung ausdrücklich zu zeigen. Der Fehler dieses Landes ist der Mangel an Maßhalten im politischen Leben. Wehrlose Fügung in Gesetzwidrigkeit, von blutigen Gegenmaßnahmen gefolgt – das, Señores, ist nicht der Weg zu einer sicheren und gedeihlichen Zukunft."

Carlos Gould verstummte vor dem erschreckten Staunen in den Gesichtern, der ängstlichen Frage in den Augen. Ein Gefühl des Mitleids für diese Männer, die alle ihre Hoffnungen in Worte setzten, während Mord und Raub durch das Land schritten, hatte ihn zu etwas verführt, was ihm leere Geschwätzigkeit schien. Don Juste murmelte:

„Sie verlassen uns, Don Carlos... Und doch, die parlamentarischen Einrichtungen...“

Er konnte vor Schmerz nicht zu Ende sprechen. Einen Augenblick legte er die Hand über die Augen. Carlos Gould, in seiner Furcht vor leerer Geschwätzigkeit, gab keine Antwort auf den Vorwurf. Er erwiderte schweigend die feierlichen Verbeugungen der anderen. Seine Schweigsamkeit war seine Zuflucht. Er merkte wohl, daß es ihr eigentliches Ziel war, den Einfluß der San Tome-Mine auf ihre Seite zu bringen. Sie wollten sich unter den Fittichen der Gould-Konzession auf ihren Bittgang zu dem Sieger machen. Andere öffentliche Körperschaften – das Cabildo, das Consulado – würden wohl auch bald kommen, um die Hilfe der beständigsten, lebenskräftigsten Macht nachzusuchen, die sie in ihrem Lande je gekannt hatten.

Als der Doktor mit seinem hastigen, unbeholfenen Schritt ankam, wurde ihm mitgeteilt, der Hausherr habe sich in sein Zimmer zurückgezogen, mit dem Befehl, er wolle unter keinerlei Vorwand gestört werden. Aber Doktor Monygham hatte es nicht eilig, Carlos Gould sofort zu sehen. Er verbrachte einige Zeit mit einer raschen Untersuchung seiner Verwundeten. Er sah auf jeden von ihnen hinunter und rieb sich dabei das Kinn zwischen Daumen und Zeigefinger; sein fester Blick begegnete ausdruckslos den stumm fragenden Augen der Leute. Alle diese Fälle verliefen günstig; doch als er zu dem toten Cargador kam, verweilte er ein wenig länger, beobachtete aber nicht den Mann, der ja ausgelitten hatte, sondern die Frau, die da kniete, in stummer Betrachtung des starren Gesichts mit den geblähten Nüstern und einem weißen Glitzern unter den halbgeschlossenen Lidern. Sie hob langsam den Kopf und sagte klanglos:

„Er war noch nicht lange Cargador – nur wenige Wochen. Seine Gnaden der Capataz hatte ihn nach vielen Bitten aufgenommen.“

„Ich bin nicht verantwortlich für den großen Capataz“, murrte der Doktor im Fortgehen.

Er wandte sich der Türe von Carlos Goulds Zimmer im ersten Stock zu, zögerte aber im letzten Augenblick. Dann kehrte er mit einem Zucken seiner schiefen Schultern dem Türgriff den Rücken und hinkte eilig durch den Korridor, auf der Suche nach Frau Goulds Camerista. Leonarda sagte ihm, die Senora habe sich noch nicht erhoben. Die Senora habe ihr die beiden Mädchen dieses italienischen Posaderos in Obhut gegeben. Sie, Leonarda, habe sie in ihrem eigenen Zimmer zu Bette gebracht. Die Blonde habe sich in den Schlaf geweint, die Dunkle aber, die Größere, habe noch kein Auge zugemacht. Sie sitze aufrecht im Bett, das Laken bis unter das Kinn hochgezogen, und starre vor sich hin wie eine kleine Hexe. Leonarda war nicht damit einverstanden, daß die Viola-Kinder im Hause aufgenommen worden waren. Sie ließ dieses Gefühl deutlich merken an dem gleichgültigen Ton der Frage, ob die Mutter der Mädchen schon gestorben sei. Die Señora aber schlafe wohl noch. Seitdem sie nach dem Abschied von Doña Antonia und deren sterbendem Vater in ihr Zimmer gegangen, sei hinter der Türe noch kein Laut zu hören gewesen.

Der Doktor riß sich aus tiefem Nachdenken und sagte ihr kurz, sie solle sofort ihre Herrin rufen. Er humpelte davon, um Frau Gould in der Sala zu erwarten. Er war sehr müde, doch zu aufgeregt, um sich hinzusetzen. In diesem großen, nun leeren Raum, in dem seine dürstende Seele nach so vielen dürren Jahren erfrischt worden war und in dem er in demütiger Selbsterkenntnis viele zweifelnde Seitenblicke stumm erduldet hatte, in diesem Raum also wanderte er nun zwischen Tischen und Stühlen umher, bis Frau Gould, in ein Morgengewand gehüllt, rasch eintrat.

„Sie wissen, daß ich nie mit der Absendung des Silbers einverstanden war", hob der Doktor sofort an, als Vorrede zum Bericht der nächtlichen Abenteuer, die er in Sotillos Hauptquartier, zusammen mit Kapitän Mitchell, dem Chefingenieur und dem alten Viola, gehabt hatte. Dem Doktor, mit seiner besonderen Auffassung dieser politischen Krise, war die Fortschaffung des Silbers als eine unkluge und unheilvolle Maßnahme erschienen. Für ihn war es, als hätte ein General am Vorabend einer Schlacht seine besten Truppen unter einem nichtigen Vorwand weggeschickt. Alle die Silberbarren hätten irgendwo versteckt werden können, wo sie zur Abwehr der Gefahren, die die Sicherheit der Gould-Konzession bedrohten, erreichbar gewesen wären. Der Administrator hatte gehandelt, als wäre das Blühen und Gedeihen der Mine auf ehrenwerten Nützlichkeitserwägungen gegründet gewesen. Und das war doch durchaus nicht der Fall. Die tatsächlich befolgten Grundsätze waren die einzig möglichen. Die Gould-Konzession hatte sich durch all diese Jahre immer wieder losgekauft. Es war ein widerwärtiger Vorgang. Der Doktor verstand sehr gut, daß Carlos dessen müde geworden war und die alte Richtlinie verlassen hatte, um diesen hoffnungslosen Reformplan zu unterstützen. Der Doktor glaubte nicht an die Reform von Costaguana. Und nun war die Mine wieder im alten Fahrwasser, mit dem Nachteil, daß sie von nun an nicht nur mit der durch ihren Reichtum hervorgerufenen Gier, sondern auch mit einer Rache für den Versuch zu rechnen haben würde, sich von der Verpflichtung zur Korruption zu befreien. Das war die Strafe für den Mißerfolg. Unbehaglich war ihm der Gedanke, daß Carlos Gould im entscheidenden Augenblick schwach geworden zu sein schien, als eine offene Rückkehr zu den alten Methoden die einzige Rettung bedeutete. Das Anhören von Decouds wilden Plänen war eine Schwäche.

Der Doktor warf die Arme hoch und rief: „Decoud! Decoud!" Er humpelte mit kurzem, ärgerlichem Auflachen durchs Zimmer. Vor vielen Jahren waren seine beiden Fußknöchel im Laufe einer gewissen Untersuchung schwer beschädigt worden, die im Kastell von Sta. Marta von einer militärischen Kommission geführt worden war. Die Ernennung war den einzelnen Mitgliedern unerwartet spät nachts von Guzman Bento mit gerunzelter Stirne, blitzenden Augen und donnernder Stimme mitgeteilt worden. Der alte Tyrann, halb irr in einem seiner plötzlichen Anfälle von Mißtrauen, hatte die Männer bei ihrem Treueid ermahnt und dazu Flüche und furchtbare Drohungen gesprudelt. Die Zellen und Kasematten des Kastells auf dem Hügel waren mit Gefangenen gefüllt, und nun hatte die Kommission den Auftrag, die niederträchtige Verschwörung aufzudecken, die gegen den Bürger-Erretter des Landes geplant war.

Ihre Angst vor dem wütenden Tyrannen setzte sich in eine grausame Übereilung des Verfahrens um. Der Bürger-Erretter war nicht gewohnt, zu warten. Eine Verschwörung mußte entdeckt werden. Die Höfe des Kastells hallten wider von dem Geklirr der Fußeisen, von dem Geräusch von Schlägen und Schmerzensschreien; die aus hohen Offizieren zusammengesetzte Kommission arbeitete fieberhaft, wobei jeder einzelne seine Sorge und Angst vor den anderen und besonders vor dem Sekretär, Vater Beron, verbarg, einem Armeekaplan, der zu jener Zeit das besondere Vertrauen des Bürger-Erretters genoß. Dieser Priester war ein großer Mann mit schweren Schultern und einer unsauberen, halb zugewachsenen Tonsur auf dem Scheitel des flachen Kopfes; von schmutziggelber Hautfarbe, etwas dicklich, mit Fettflecken auf seiner Leutnantsuniform und einem kleinen, in weißer Wolle gestickten Kreuz auf der linken Brust. Er hatte eine wuchtige Nase und eine hängende Lippe. Doktor Monygham erinnerte sich seiner noch gut. Er erinnerte sich, trotz der wütenden Willensanstrengung, ihn zu vergessen. Vater Beron war der Kommission von Guzman Bento in der ausgesprochenen Absicht zugeteilt worden, daß sein erleuchteter Eifer den Offizieren bei ihrer Aufgabe helfen sollte. Doktor Monygham vermochte auf keine Weise den Eifer Vater Berons zu vergessen oder sein Gesicht oder die erbarmungslos eintönige Stimme, mit der er die Worte sprach: „Wollen Sie jetzt gestehen?“

Diese Erinnerung ließ ihn nicht erschauern; aber sie hatte ihn zu dem gemacht, der er in den Augen ehrbarer Leute war: zu einem Mann, der sich um die herkömmliche Schicklichkeit nicht kümmert, zu einem Mittelding zwischen einem schlauen Vagabunden und einem verrufenen Doktor. Doch hätten wohl nicht alle die ehrbaren Leute das nötige Feingefühl gehabt, um verstehen zu können, mit wie peinlicher Schärfe Doktor Monygham, der Oberarzt der San Tomé-Mine, sich Vater Berons erinnerte, des Armeekaplans und ehemaligen Sekretärs einer militärischen Kommission. Nach all den Jahren sah Doktor Monygham, in seinen Zimmern am Ende des Spitalgebäudes in der San Tomé-Schlucht, Vater Beron so klar wie nur je vor sich. Manchmal erinnerte er sich dieses Priesters auch noch bei Nacht, im Schlafe. In solchen Nächten pflegte der Doktor bei brennender Kerze das Tageslicht zu erwarten und seine Zimmer von einem Ende zum anderen zu durchwandern, beide Arme eng an die Seiten gepreßt und den Blick auf die nackten Füße gerichtet. Er sah im Traum Vater Beron am Ende des langen schwarzen Tisches sitzen, hinter dem in einer Reihe die Köpfe, Schultern und Achselstücke der militärischen Beisitzer auftauchten; der Kaplan zupfte an der Feder des Gänsekiels und hörte mit müder und ungeduldiger Verachtung die Beteuerungen eines Gefangenen an, der den Himmel zum Zeugen seiner Unschuld anrief; schließlich brach er wohl los: „Was sollen wir mit dem elenden Unsinn Zeit vergeuden! Lassen Sie mich ihn eine Weile mit hinausnehmen!“ Und dann ging Vater Beron hinter dem kettenklirrenden Gefangenen hinaus, der von zwei Soldaten abgeführt wurde. Solche Vorfälle ereigneten sich an vielen Tagen, viele Male, mit vielen Gefangenen. Wenn der Gefangene wiederkehrte, war er zu einem vollen Geständnis bereit; so erklärte Vater Beron und lehnte sich mit dem trüben, übersättigten Blick vor, den man an gierigen Essern nach einer schweren Mahlzeit beobachten kann.

Des Priesters inquisitorische Instinkte erlitten nur geringe Einbuße durch das Fehlen des klassischen Rüstzeugs der Inquisition. Zu keiner Zeit in der Geschichte der Welt sind die Menschen um Mittel verlegen gewesen, ihren Mitgeschöpfen körperliche und geistige Qualen zu bereiten. Diese Fähigkeit entwickelte sich in ihnen mit dem Anwachsen vielfältiger Leidenschaften und der Verfeinerung ihrer ursprünglichen Einfalt. Man darf ruhig behaupten, daß der Urmensch sich nicht die Mühe nahm, Foltern zu ersinnen. Er war gleichgültig und herzensrein. Er schlug seinem Nachbarn mit einer Steinaxt grimmig den Schädel ein, aus Notwehr und ohne Heimtücke. Es gehört durchaus keine Bildung dazu, ein beißendes Wort zu erfinden oder einem harmlosen einen grausamen Nebensinn zu geben. Und ein Stück Schnur und ein Ladstock, ein paar Gewehre in Verbindung mit einem Tau aus Ochsenhaut, oder vielleicht nur ein einfacher Hammer aus Hartholz, mit entsprechendem Schwung gegen menschliche Finger oder die Gelenke eines Menschenkörpers angewandt, genügen zur Erzeugung der ausgesuchtesten Qualen. Der Doktor war ein sehr verstockter Gefangener gewesen, und als natürliche Folge dieser „schlimmen Veranlagung“ (so nannte es Vater Beron) hatte sich seine Unterwerfung sehr gründlich und durchgreifend gestaltet. Darum waren das Hinken in seinem Gang, die Verzerrung in seinen Schultern und die tiefen Narben auf seinen Wangen so sehr ausgeprägt. Auch seine Geständnisse waren, als man ihn erst einmal dazu gebracht hatte, sehr umfassend gewesen. In den Nächten, während deren er im Zimmer umherwanderte, wunderte er sich manchmal (und biß dabei vor Scham und Wut die Zähne aufeinander) über seine fruchtbare Einbildungskraft unter dem Sporn eines Schmerzes, der Wahrheit, Ehre, Selbstachtung und sogar das Leben selbst völlig bedeutungslos gemacht hatte.

Und er konnte Vater Beron mit seinem eintönigen Satz nicht vergessen: „Wollen Sie jetzt gestehen?“, der ihm immer wieder furchtbar deutlich durch das irrsinnige Wogen unerträglicher Schmerzen in die Ohren geklungen hatte. Er konnte es nicht vergessen. Aber das war nicht das Schlimmste. Hätte er Vater Beron nach all diesen Jahren in der Straße getroffen, so hätte Doktor Monygham, dessen war er sicher, vor ihm gezittert. Diese Möglichkeit war ja nun nicht zu befürchten. Vater Beron war tot; doch das schmähliche Bewußtsein hinderte Doktor Monygham, irgend jemand ins Gesicht zu sehen.

Doktor Monygham war in gewissem Sinne der Sklave eines Gespenstes geworden. Es war ganz offenbar unmöglich, sein Wissen von Vater Beron nach Europa heimzunehmen; als er vor dem Militärgericht sein erpreßtes Geständnis gemacht, da hatte Doktor Monygham nicht im Sinn gehabt, dem Tod zu entgehen. Er hatte sich danach gesehnt. Während er, halbnackt, stundenlang auf dem feuchten Boden seines Kerkers saß, so regungslos, daß die Spinnen, seine Gefährten, ihre Netze in seinem Haar woben, da hatte er seine Seelenpein mit der scharfsinnigen Überlegung beschwichtigt, er habe nun Verbrechen genug eingestanden, um ein Todesurteil erwarten zu können; und sie hätten es mit ihm zu weit getrieben, als daß sie ihn hätten leben und die Geschichte erzählen lassen sollen. Doch wie aus einem Übermaß an Grausamkeit ließ man Doktor Monygham monatelang in der Finsternis seines grabähnlichen Gefängnisses langsam verfaulen. Man hoffte zweifellos, daß er dabei zugrunde gehen und das Aufsehen einer Hinrichtung ersparen würde; aber Doktor Monygham hatte einen eisernen Körper. Guzman Bento war es, der starb, nicht unter dem Messer eines Verschwörers, sondern an einem Schlaganfall, und Doktor Monygham wurde eilig freigelassen. Seine Fesseln wurden aufgemeißelt, beim Lichte einer Kerze, das, nach so vielen Monaten der Finsternis, seinen Augen so wehe tat, daß er sie mit den Händen bedecken mußte. Man hob ihn auf. Sein Herz schlug heftig aus Angst vor dieser Freiheit. Als er zu gehen versuchte, machte ihn die ungewöhnliche Dünne seiner Beine schwindelig, und er stürzte nieder. Zwei Stöcke wurden ihm in die Hand gedrückt, und er wurde aus dem Gang hinausgedrängt. Es war Dämmerstunde; aus den Fenstern der Offizierswohnungen rings um den Hof leuchteten schon die Kerzen; aber das Zwielicht am Himmel blendete ihn durch seinen ungeheuren, überwältigenden Glanz. Ein dünner Poncho hing um seine nackten, knochigen Schultern. Die Fetzen seines Beinkleides reichten ihm kaum noch bis zu den Knien; ein achtzehn Monate alter Haarwuchs fiel in schmutziggrauen Locken über die scharfen Backenknochen. Während er sich an der Türe des Wachzimmers vorbeischleppte, sprang einer der davor lehnenden Soldaten, von einem unklaren Gefühl bewegt, vor und rammte ihm mit seltsamem Lachen einen zerrissenen, alten Strohhut über den Kopf. Und Doktor Monygham setzte, nachdem er ein Taumeln überwunden hatte, seinen Weg fort. Er setzte einen Stock vor, dann den einen verstümmelten Fuß, dann den anderen Stock; der zweite Fuß folgte nur eine ganz kurze Strecke lang, mühsam, als wäre er zu schwer, um überhaupt bewegt zu werden. Und doch schienen seine Beine unter den hängenden Kanten des Ponchos nicht viel dicker als die beiden Stöcke in seinen Händen. Ein unaufhörliches Zittern erschütterte seinen gebeugten Leib, alle die geschändeten Glieder, den knochigen Kopf, den kegelförmigen, zerfransten Sombrero, dessen schlappe Krempe ihm auf die Schultern fiel.

In solcher äußeren und inneren Verfassung ging Doktor Monygham aus, um seine neue Freiheit in Besitz zu nehmen. Und diese Verfassung schien ihn unlösbar an das Land Costaguana zu ketten, wie ein schauerliches Einbürgerungsverfahren, das ihn eng mit dem nationalen Leben verbunden hatte, viel enger, als es durch noch so viele Ehren und Erfolge möglich gewesen wäre. Er büßte dabei sein Europäertum ein; denn Doktor Monygham hatte sich eine gefühlsmäßige Auffassung von seinem Unglück gebildet. Es war eine Auffassung, wie sie sich für einen Offizier und Gentleman durchaus schickte. Doktor Monygham war, bevor er nach Costaguana gegangen, Wundarzt in einem von Ihrer Majestät Regimentern zu Fuß gewesen. Seine Auffassung trug physiologischen Tatsachen oder vernünftigen Beweisgründen keine Rechnung, war aber darum nicht töricht; nur einfach. Eine Richtschnur, die sich hauptsächlich aus scharfer Verneinung herleitet, ist notwendig einfach. Doktor Monyghams Ansichten über das, was sich für ihn schickte, waren streng; sie waren gefühlsmäßig, insofern sie die phantasievolle Übersteigerung eines an sich richtigen Gefühls darstellten. Auch zeugten sie durch ihren hartnäckigen, nachdrücklichen Einfluß von des Doktors innerer Treue.

In Doktor Monygham lag ein Schatz an Treue. Er hatte ihn ganz an Frau Gould gewandt. Er hielt sie jeder Hingabe für würdig. Auf dem Grund seines Herzens empfand er ein ärgerliches Unbehagen wegen des Aufschwungs der San Tomé-Mine, weil dieser Aufschwung der Frau alle Seelenruhe raubte. Costaguana war kein Platz für eine Frau dieses Schlages. Was mochte nur Carlos Gould gedacht haben, als er sie hier herausbrachte! Es war empörend! Und der Doktor hatte den Verlauf der Ereignisse mit einer grimmigen Zurückhaltung verfolgt, die, wie er sich einbildete, seine jämmerliche Geschichte ihm auferlegte.

Die Treue zu Frau Gould konnte natürlich nicht die Sicherheit ihres Gatten außer acht lassen. Der Doktor hatte es so eingerichtet, daß er sich im kritischen Augenblick in der Stadt befunden hatte, weil er Carlos Gould mißtraute. Er betrachtete ihn als hoffnungslos behaftet mit dem Irrsinn der Revolution. Darum hinkte er an jenem Morgen bekümmert im Wohnzimmer der Frau Gould herum, mit dem ärgerlichen Ausruf: „Decoud! Decoud!"

Frau Gould, leicht errötet, sah aus glänzenden Augen starr vor sich hin, unter dem zermalmenden Eindruck des Unglücks. Die Fingerspitzen ihrer Hand ruhten leicht auf einem niedrigen Tischchen neben ihr, und der Arm zitterte bis zur Schulter hinauf. Die Sonne, die spät nach Sulaco kommt, wenn sie in voller Macht hoch auf dem Himmel über dem schneeigen Kamm des Higuerota auftaucht, die Sonne hatte das zarte, perlgraue Licht, in dem die Stadt während der frühen Morgenstunden liegt, in scharfgeteilte Massen schwarzer Schatten und blendenden Glanzes gespalten. Drei lange Rechtecke von Sonnenschein fielen durch die Fenster der Sala; gerade gegenüber aber, jenseits der Straße, lag das Haus der Avellanos ganz düster in seinem eigenen Schatten.

Eine Stimme sagte von der Türe her: „Was ist mit Decoud?"

Es war Carlos Gould. Sie hatten ihn nicht durch den Korridor kommen hören. Sein Blick streifte seine Frau und richtete sich dann voll auf den Doktor.

„Sie haben Nachrichten gebracht?"

Doktor Monygham sprudelte alles auf einmal heraus. Noch nachdem er geendet hatte, sah ihn der Administrator wortlos an. Frau Gould ließ sich, die Hände schlaff im Schoß, in einen niedrigen Stuhl sinken. Schweigen herrschte zwischen den drei reglosen Menschen. Dann sprach Charles Gould:

„Sie werden ein bißchen Frühstück nötig haben."

Er trat beiseite, um seiner Frau den Vortritt zu lassen. Sie faßte im Hinausgehen die Hände ihres Gatten, drückte sie leicht und führte das Taschentuch an die Augen. Der Anblick ihres Gatten hatte ihr Antonias Lage in Erinnerung gebracht, und beim Gedanken an das arme Mädchen konnte sie ihre Tränen nicht zurückhalten. Als sie sich im Speisesaal wieder bei den Männern einfand, nachdem sie ihr Gesicht gebadet hatte, sagte Carlos Gould eben über den Tisch weg zum Doktor:

„Nein, es scheint wirklich kein Zweifel möglich."

Und der Doktor stimmte zu.

„Nein, ich sehe selbst nicht ein, wie wir die Geschichte dieses verw ünschten Hirsch in Zweifel ziehen könnten. Sie ist nur zu wahr, fürchte ich."

Sie setzte sich trostlos an das Kopfende des Tisches und sah von einem zum andern. Die beiden Männer versuchten ihrem Blick auszuweichen, ohne geradezu den Kopf zu wenden. Der Doktor tat sogar, als ob er hungrig wäre; er faßte Messer und Gabel und begann zu essen, wie auf der Bühne. Carlos Gould gab nichts dergleichen vor; beide

Ellbogen waagrecht ausgestreckt, drehte er beide Enden seines flammroten Schnurrbartes; sie waren so lang, daß seine Hände ziemlich weit vom Gesicht wegblieben.

„Ich bin nicht überrascht“, murmelte er, ließ seinen Bart sein und legte einen Arm über die Rücklehne seines Stuhls. Sein Gesicht hatte den unbewegten, ruhigen Ausdruck, der von hartem, innerem Kampfe zeugt. Er fühlte, daß dieser Zwischenfall ihn Aug' in Auge all den Folgen seines Verhaltens gegenüberstellte, mit seinen bewußten und unbewußten Absichten. Nun mußte es ein Ende haben mit seiner schweigenden Zurückhaltung, mit dem Anschein von Unergründlichkeit, hinter den sich seine Würde gerettet hatte. Diese harmlose Art von Verstellung hatte ihm das Zerrbild eines Staatsgebildes aufgedrängt, das seinen Verstand, seine Rechtschaffenheit und sein Rechtsgefühl in gleicher Weise beleidigte. Er war ganz wie sein Vater. Er hatte keinen ironischen Blick. Er konnte keinen Spaß an den Torheiten finden, die in dieser Welt überwiegen. Sie verletzten seinen eingeborenen Ernst. Er fühlte, daß der elende Tod dieses armen Decoud ihn der unangreifbaren Stellung einer Macht im Hintergrund beraubte. Dieser Tod stellte ihn öffentlich bloß, außer er hätte das Spiel aufgeben wollen – und das war unmöglich. Die materiellen Interessen verlangten von ihm das Opfer seiner Erhabenheit – vielleicht noch seiner eigenen Sicherheit dazu. Und er überlegte, daß Decouds Trennungsplan nicht mit dem verlorenen Silber untergegangen war.

Einzig unverändert war nur seine Stellung Herrn Holroyd gegenüber. Der Beherrscher der Silber- und Stahlinteressen war mit einer Art von Leidenschaft in die Angelegenheiten von Costaguana eingetreten. Costaguana war ihm zur Lebensnotwendigkeit geworden: in der San Tome-Mine hatte seine Phantasie die Befriedigung gefunden, die andersgeartete Gemüter im Drama, in der Kunst oder in einem gefährlichen und reizvollen Sport finden könnten. Diese besondere Laune des Großen Mannes erschien durch eine moralische Absicht gerechtfertigt, großartig genug, um der Eitelkeit zu schmeicheln. Sogar noch in dieser Verirrung seines Genies diente er dem Fortschritt der Welt, Carlos Gould war sicher, genau verstanden und mit der Nachsicht beurteilt zu werden, die ihrer gemeinsamen Leidenschaft entsprach. Nun konnte nichts mehr seinen Großen Mann überraschen oder erschrecken. Und Carlos Gould sah sich schon einen Brief nach San Franzisko schreiben, etwa in den Worten: >... Die Männer an der Spitze der Bewegung sind tot oder geflohen, die Zivilorganisation der Provinz ist für den Augenblick zu Ende, die Blanco-Partei ist niedergebrochen, unentschuldbar, aber ganz in der Art, die dieses Land kennzeichnet. Doch Barrios in Cayta ist noch ungeschwächt und behält seinen Wert. Ich bin gezwungen, offen den Plan einer Provinzrevolution aufzunehmen, als den einzigen Weg, die ungeheuren materiellen Interessen, die mit dem Frieden und der Wohlfahrt von Sulaco verknüpft sind, auf dauerhafte Grundlage zu stellen...“ Das war klar, er sah diese Worte wie mit feurigen Buchstaben an die Wand geschrieben, die er geistesabwesend anstarrte.

Frau Gould beobachtete angstvoll diese Versunkenheit. Sie bedeutete für sie ein unheilvolles häusliches Ereignis, das Kälte und Dunkelheit im Hause schuf, wie eine Gewitterwolke, die sich vor die Sonne legt. Charles Goulds Anfälle von Versunkenheit zeigten die starre Sammlung eines Willens an, der von einer fixen Idee besessen ist. Ein Mann, von einer fixen Idee besessen, ist nicht zurechnungsfähig; er ist gefährlich, auch wenn die Idee an sich gerecht ist; denn könnte er nicht erbarmungslos den Himmel auf ein geliebtes Haupt niederstürzen lassen? Frau Goulds Augen, die auf ihres Gatten Profil gerichtet waren, füllten sich wieder mit Tränen. Und wieder glaubte sie die Verzweiflung der unglücklichen Antonia vor sich zu sehen.

„Was hätte ich wohl getan, wenn Carlos während unserer Verlobungszeit ertrunken wäre?" fragte sie sich entsetzt. Ihr Herz wurde zu Eis, und dabei glühten ihre Wangen, versengt von den Flammen eines Scheiterhaufens, die alle ihre irdischen Zuneigungen verzehrten. Die Tränen stürzten ihr aus den Augen.

„Antonia wird sich töten!" weinte sie auf.

Dieses Weinen schuf in dem schweigenden Raum merkwürdig geringe Wirkung. Nur der Doktor, der, den Kopf seitlich geneigt, ein Stück Brot zerkrümelte, hob das Gesicht, und die einzelnen langen Haare zwischen seinen schütteren Augenbrauen zitterten von der leichten Bewegung. Doktor Monygham war ganz ernsthaft der Meinung, Decoud sei ein besonders unwürdiger Gegenstand für eine Frauenliebe. Dann senkte er den Kopf wieder, schürzte die Lippen und war im Herzen voll von zärtlicher Bewunderung für Frau Gould.

„Sie denkt an dieses Mädchen", sagte er sich. „Sie denkt an die Viola-Kinder; sie denkt an mich; an die Verwundeten; an die Bergleute; sie denkt immer an alle, die arm und elend sind. Was aber wird sie tun, wenn Charles in diesem furchtbaren Kampfe unterliegt, in den ihn die verwünschten Avellanos hineingezogen haben? Kein Mensch scheint an sie zu denken."

Charles Gould starrte immer noch auf die Wand und fuhr in seinen stummen Erwägungen fort.

„Ich werde Holroyd schreiben, daß die San Tome-Mine groß genug ist, um die Schöpfung eines neuen Staates in die Hand nehmen zu können. Es wird ihn freuen. Es wird ihn mit der Gefahr aussöhnen."

Aber war Barrios wirklich zuverlässig? Vielleicht. Doch war er unerreichbar. Ein Boot nach Cayta zu schicken, war nicht mehr möglich, da Sotillo Herr des Hafens war und einen Dampfer zu seiner Verfügung hatte. Und nun, da alle Demokraten in der Provinz und jedes Städtchen im Campo in Aufruhr waren – wo würde man einen Mann finden können, der sich erfolgreich auf dem Landwege, in mindestens zehntägigem Ritt, mit einer Botschaft nach Cayta durchschlagen würde? Einen mutigen, entschlossenen Mann, der der Verhaftung oder Ermordung entgehen und, wenn verhaftet, getreulich das Papier verschlucken würde? Der Capataz der Cargadores wäre gerade so ein Mann gewesen. Aber der Capataz der Cargadores war nicht mehr.

Und Carlos Gould riß den Blick von der Wand los und sagte leise: „Dieser Hirsch! Wie außerordentlich! Hat sich gerettet, indem er sich an den Anker klammerte, wie? Ich hatte keine Ahnung, daß er noch in Sulaco war. Ich dachte, er wäre auf dem Landweg vor mehr als einer Woche nach Esmeralda zurückgereist. Er kam einmal hierher, um mit mir über sein Häutegeschäft und andere Fragen zu sprechen. Ich legte ihm klar, daß nichts zu machen wäre."

„Er fürchtete sich, zurückzureisen, weil Hernandez um die Wege war“, bemerkte der Doktor.

„Und ohne ihn hätten wir vielleicht gar nicht erfahren, was geschehen ist“, staunte Carlos Gould.

Frau Gould weinte auf.

„Antonia darf es nicht erfahren! Man darf es ihr nicht sagen. Nicht jetzt.“

„Es ist nicht wahrscheinlich, daß jemand ihr die Nachricht bringt“, meinte der Doktor. „Niemand liegt etwas daran. Überdies fürchten sich die Leute hier vor Hernandez wie vor dem Teufel.“ Er wandte sich an Carlos Gould. „Das ist sogar sehr schlimm, denn wollten Sie mit den Flüchtlingen in Verbindung treten, so könnten Sie keinen Boten finden. Als Hernandez hundert Meilen weit weg von hier lagerte, schauderte das Volk von Sulaco bei den Geschichten, daß er seine Gefangenen lebendig röste.“

„Ja“, murmelte Carlos Gould, „Kapitän Mitchells Capataz war der einzige Mann in der Stadt, der Hernandez von Angesicht zu Angesicht gesehen hat. Vater Corbelàn verwendete ihn. Er nahm als erster die Beziehung auf. Es ist schade, daß...“

Seine Stimme wurde durch das Dröhnen der großen Glocke in der Kathedrale übertönt. Drei einzelne Schläge, einer nach dem anderen, hallten auf und erstarben in tiefem, weichem Nachschwingen. Und dann erklangen, alle auf einmal, die Glocken in den Türmen jeder Kirche, jedes Klosters, jeder Kapelle in der Stadt, auch solcher, die seit Jahren verschlossen gewesen waren. Das wütende metallische Getöse weckte Bilder von Gewalt und Aufruhr mit solcher Eindringlichkeit, daß Frau Goulds Wangen erblaßten. Basilio, der bei Tisch aufgewartet hatte, kroch in sich zusammen und klammerte sich mit klappernden Zähnen an den Anrichtetisch. Es war unmöglich, das eigene Wort zu verstehen.

„Schließ die Fenster!“ rief ihm Charles Gould ärgerlich zu. Alle die anderen Dienstboten, entsetzt über das vermeintliche Signal zum allgemeinen Gemetzel, waren in den ersten Stock hinaufgestürzt, übereinander stolpernd, Männer und Frauen, die niedrigen und gemeinhin unsichtbaren Bewohner des Erdgeschosses an den vier Seiten des Innenhofes. Die Frauen kreischten „Misericordia!“ und rannten bis ins Zimmer, warfen sich längs der Wände auf die Knie und begannen sich krampfhaft zu bekreuzigen. Die starr blickenden Köpfe der Männer füllten in einem Augenblick den Türrahmen – Mozos aus dem Stall, Gärtner, unsichtbare Helfer, die von den Brosamen des reichen Hauses lebten –, und Charles Gould konnte die ganze Schar seines Gesindes überblicken, bis zum Torhüter hinunter. Der war ein halbgelähmter alter Mann, dem lange weiße Locken bis über die Schultern fielen: ein Erbstück, das Charles Gould aus Familiensinn beibehalten hatte. Er konnte sich an Henry Gould erinnern, den Engländer und Costaguanero aus der zweiten Generation, das Oberhaupt der Provinz Sulaco. Er war durch viele Jahre, in Frieden und Krieg, sein persönlicher Mozo gewesen; hatte die Erlaubnis erhalten, seinen Herrn im Gefängnis zu bedienen; war an dem unglücklichen Morgen dem Hinrichtungspeloton gefolgt; hatte, hinter einer der Zypressen längs der Mauer des Franziskanerklosters hervorlugend, gesehen – und die Augen waren ihm fast aus dem Kopf gesprungen –, wie Don Enrique die Arme hochwarf und mit dem Gesicht in den Staub fiel. Carlos Gould bemerkte besonders das große, patriarchalische Haupt dieses Zeugen in der letzten Reihe der anderen Dienstboten, Doch er war überrascht, auch eine oder zwei verschrumpelte alte Hexen zu sehen, von deren Dasein innerhalb der Wände seines Hauses er keine Ahnung gehabt hatte. Sie mußten wohl die Mütter oder vielleicht die Großmütter einiger seiner Leute sein. Auch ein paar Kinder waren da, mehr oder weniger nackt, die sich weinend an die Beine ihrer Eltern klammerten. Nie zuvor hatte er in seinem Innenhof auch nur die Spur eines Kindes bemerkt. Sogar Leonarda, die Zofe, drängte sich erschreckt herein, mit dem verzogenen, schmollenden Gesicht einer Lieblingsdienerin, und führte die Violamädchen an der Hand. Das Geschirr klapperte auf dem Tisch und der Anrichte, und das ganze Haus schien in den betäubenden Klangwellen zu schwanken.

V

Während der Nacht hatte die erwartungsvolle Bevölkerung alle Glockentürme der Stadt besetzt, um Pedrito Montero begrüßen zu können, der nun, nachdem er die Nacht in Rincon geschlafen hatte, seinen Einzug hielt. Zuerst strömte durch das Landtor der bewaffnete Pöbel herein, der sich Nationalgarde von Sulaco nannte und von Señor Gamacho befehligt wurde: Kerle in allen Farbenschattierungen, Gestalten in allen Abstufungen der Zerlumptheit. Mitten durch die Straße ergoß sich wie ein Strom von Unrat eine Menge von Strohhüten, Ponchos, Gewehrläufen, in deren Mitte, in einer Staubwolke, unter wütendem Trommelwirbel, eine ungeheure grün-gelbe Fahne flatterte. Die Zuschauer wichen gegen die Hausmauern zurück und schrien ihre Vivas! Hinter dem Pöbel konnte man die Lanzen der Kavallerie sehen, der „Armee" von Pedrito Montero. Er selbst kam zwischen den Señores Fuentes und Gamacho an der Spitze seiner Llaneros daher, die es fertiggebracht hatten, die Paramos des Higuerota in einem Schneesturm zu überqueren. Sie ritten in Viererreihen auf beschlagnahmten Campopferden, in verschiedenartige Gewänder gekleidet, die sie bei ihrem eiligen Ritt durch den nördlichen Teil der Provinz in hastig geplünderten Läden am Wege gefunden hatten; denn Pedro Montero hatte es sehr eilig gehabt, Sulaco zu besetzen. Die Tücher, die sie lose um die nackten Hälse geknotet trugen, waren blitzneu und die rechten Ärmel ihrer Baumwollhemden knapp an der Schulter abgeschnitten, um größere Freiheit beim Lassowerfen zu geben. Verwitterte Graubärte ritten an der Seite schmächtiger, dunkler Jünglinge, alle gekennzeichnet von den Härten des Feldzugs, rohe Fleischfetzen um die Kopfform ihrer großen Hüte gebunden und mächtige Eisensporen an die nackten Fersen geschnallt. Die auf den Gebirgspässen ihre Lanzen verloren, hatten sich mit Stachelstöcken versehen, wie sie die Viehtreiber im Campo gebrauchen: schlanke Palmschäfte, gut drei Meter lang, unter deren eisenbeschlagenen Enden lose Ringe klirrten. Sie waren mit Messern und Revolvern bewaffnet. Wilde Kühnheit sprach aus den sonnverbrannten Gesichtern; sie sahen hochmütig aus glühenden Augen auf die Menge hinunter oder zwinkerten frech in die Höhe und machten einander auf den oder jenen Frauenkopf an den Fenstern aufmerksam. Als sie auf den Platz gekommen waren und das Reiterstandbild des Königs erblickten, das sich blendend weiß im Sonnenschein, reglos und ungeheuer, mit der ewig grüßenden Gebärde über der Menge auftürmte, da lief ein Murmeln der Überraschung durch ihre Reihen. „Wer ist der Heilige in dem großen Hut?“ fragten sie einander. Sie bildeten ein gutes Muster der Reiterei von den Ebenen, mit deren Hilfe Pedro Montero so nachhaltig die Siegeslaufbahn seines Bruders, des Generals, unterstützt hatte. Daß dieser Mann, in Küstenstädten aufgewachsen, über die Flachländer der Republik so schnell solchen Einfluß gewonnen hatte, kann nur seiner genialen Gabe für Verrat zugeschrieben werden, die so wirksam war, daß sie diesen gewalttätigen, kaum erst dem Zustand völliger Wildheit entwachsenen Männern als die Vollendung von Scharfsinn und Tüchtigkeit erschienen sein muß. Die Sagen aller Völker beweisen, daß in den Urzeiten Zweizüngigkeiten und List, zugleich mit Körperstärke, mehr noch als bloßer Mut für Heldentugenden gehalten wurden. Den Gegner zu besiegen, war die große Lebensfrage. Mut galt als selbstverständlich. Der Gebrauch des Verstandes aber erweckte Staunen und Hochachtung. Schliche, vorausgesetzt, daß sie nicht fehlschlugen, waren ehrenhaft. Die Niedermetzelung eines ahnungslosen Feindes rief keine andern Gefühle hervor als Freude, Stolz, Bewunderung. Nicht als ob die Menschen alter Zeiten treuloser gewesen wären als ihre heutigen Nachkommen; aber sie gingen gerader auf ihr Ziel los und waren weniger verkünstelt in der Anerkennung des Erfolgs als einzigen sittlichen Maßstabs.

Wir haben uns seither geändert. Der Gebrauch des Verstandes erweckt weniger Staunen und noch weniger Hochachtung. Die unwissenden, barbarischen Flachländer aber, die in Bürgerkriegen kämpften, folgten willig einem Führer, dem es oft gelang, ihnen ihre Feinde sozusagen gebunden in die Hände zu liefern. Pedro Montero war ein Meister darin, seine Gegner in Sicherheit zu wiegen. Und da die Menschen nur sehr langsam klüger werden und immer bereit sind, Versprechungen zu glauben, die ihren geheimen Hoffnungen schmeicheln, so hatte Pedro Montero einmal ums andre Erfolg. Ob er nun ein Diener oder ein Unterbeamter in der Pariser Gesandtschaft von Costaguana gewesen war – jedenfalls war er sofort in seine Heimat zurückgeeilt, sobald er gehört hatte, daß sein Bruder aus dem Dunkel seines Grenzpostens aufgetaucht war. Durch seine Überredungskunst war es ihm gelungen, die Ribieristenführer in der Hauptstadt zu täuschen, und sogar der schlaue Agent der San Tomé-Mine hatte ihn nicht ganz durchschaut. Sofort hatte er ungeheuren Einfluß auf seinen Bruder gewonnen. Sie waren einander im Äußeren auffallend ähnlich: beide kahl, mit krausen Haarbüscheln über den Ohren, die auf ein Teil Negerblut deuteten. Nur war Pedro kleiner als der General, im ganzen zarter, mit einem affenartigen Geschick, alle äußerlichen Merkmale von Bildung und Erziehung nachzuahmen, und sprachenbegabt wie ein Papagei. Beide Brüder hatten eine notdürftige Erziehung genossen, durch die Freigebigkeit eines großen europäischen Reisenden, dem während der Reisen im Innern ihr Vater als Leibdiener gefolgt war. Diese Erziehung hatte es General Montero ermöglicht, zu höheren Graden aufzurücken. Pedrito, der Jüngere, unverbesserlich faul und liederlich, war ziellos von einer Küstenstadt zur anderen geirrt, hatte zeitweilig in Geschäftshäusern Dienst getan, zeitweilig bei Fremden, als eine Art Valet-de-place, und sich leicht und wenig ehrenhaft fortgebracht. Daß er lesen konnte, nützte ihm nur dazu, sich den Kopf mit unsinnigen Vorstellungen vollzupfropfen. Seine Handlungen wurden gewöhnlich durch Beweggründe bestimmt, die an sich zu unwahrscheinlich waren, als daß ein vernünftiger Mensch sie hätte erfassen können.

So hatte ihm auf den ersten Blick der Agent der Gould-Konzession in Sta. Marta vernünftige Ansichten und sogar die Fähigkeit zugetraut, des Generals ewig gekränkte Eitelkeit günstig zu beeinflussen. Nie hätte es ihm in den Kopf kommen können, daß Pedrito Montero, während er als Lakai oder niederer Schreiber die Dachkammern der verschiedenen Pariser Hotels bewohnte, in denen die Gesandtschaft von Costaguana eine ihrer diplomatischen Bedeutung würdige Unterkunft gefunden hatte – daß dieser Pedrito Montero all die leichteren Geschichtswerke in französischer Sprache verschlungen hatte, wie zum Beispiel die Bücher von Imbert de Saint Amand über das zweite Kaiserreich. Pedrito aber war berückt worden von den Bildern eines glänzenden Hofes und hatte sich für sich selbst ein Leben ausgemalt, in dem ihm, wie dem Duc de Morny, jedes erdenkliche Vergnügen zugleich mit der Leitung der politischen Geschäfte offenstehen und er auf jede Weise die größte Macht genießen würde. Das hätte niemand erraten können. Und doch war dies eine der unmittelbaren Ursachen der monteristischen Revolution. Es wird weniger unglaublich erscheinen, wenn man bedenkt, daß die Grundursachen die gleichen waren wie immer: die politische Unreife des Volkes, die Gleichgültigkeit der oberen und der geistige Tiefstand der unteren Schichten.

Mit der Ernennung seines Bruders sah Pedrito Montero den Weg zur Verwirklichung seiner wildesten Hoffnungen weit offen. Dies war es, was das Montero-Pronunziamento so unvermeidlich machte. Der General selbst wäre wahrscheinlich abzufinden gewesen, mit Schmeicheleien zu besänftigen und auf eine politische Mission nach Europa abzuschieben. Sein Bruder war es, der ihn vom ersten bis zum letzten Augenblick aufgehetzt hatte. Er wollte der glänzendste Staatsmann Südamerikas werden. Er verlangte nicht nach der höchsten Macht. Tatsächlich hätte er sich vor deren Gefahr und Arbeitslast gefürchtet. Vor allem gedachte sich Pedrito Montero, gewitzigt durch seine europäischen Erfahrungen, ein bedeutendes persönliches Vermögen zu erwerben. Mit diesem Ziel vor Augen erwirkte er von seinem Bruder, sofort am Morgen nach der siegreichen Schlacht, die Erlaubnis, über das Gebirge vorzustoßen und Sulaco zu besetzen. Sulaco war das Land künftiger Wohlfahrt, das gelobte Land materiellen Fortschritts, die einzige Provinz der Republik, die für das europäische Kapital Interesse hatte. Pedrito Montero gedachte, nach dem Beispiel des Duc de Morny, sich Anteil an dieser Wohlfahrt zu sichern. Das war im wahrsten Sinn des Wortes sein Plan. Nun, da sein Bruder Herr des Landes war, sei es als Präsident, Diktator oder gar als Kaiser – warum nicht als Kaiser? –, nun gedachte er einen Anteil an jedem Unternehmen zu verlangen – an den Eisenbahnen, den Bergwerken, den Zuckerplantagen, den Baumwollspinnereien, den Ansiedlungen, an allem und jedem – als Gegenwert für seinen Schutz. Der Wunsch, frühzeitig an Ort und Stelle zu sein, hatte den wahrhaften Antrieb zu dem berühmten Ritt über das Gebirge gegeben, mit etwa zweihundert Llaneros; zu einem Unternehmen, dessen Gefahren seine Ungeduld nicht rechtzeitig erkannt hatte. Da er von einer Reihe von Siegen herkam, so schien es ihm, daß ein Montero sich nur zu zeigen brauchte, um sofort Herr der Lage zu sein. Diese falsche Vorstellung hatte ihn zu einer Überstürzung verleitet, die ihm nun peinlich bewußt wurde. Als er so an der Spitze seiner Llaneros ritt, bedauerte er, daß ihrer so wenige waren. Die Begeisterung des Volkes beruhigte ihn. Sie schrien: „Viva Montero! Viva Pedrito!“ Um diese Begeisterung noch zu steigern und aus einer natürlichen Freude an Verstellung ließ er die Zügel auf seines Pferdes Hals sinken und schob mit großartiger Gebärde vertraulich seine Hände unter die Arme der Señores Fuentes und Gamacho. In dieser Haltung – wobei ein zerlumpter Stadtmozo sein Pferd am Zügel führte – ritt er im Triumph über die Plaza bis zum Tor der Intendancia. Deren alte, düstere Mauern schienen zu wanken von dem ohrenzerreißenden Geschrei, das das Dröhnen der Kirchenglocken übertönte.

Pedro Montero, der Bruder des Generals, stieg inmitten eines brüllenden und schwitzenden Haufens von Enthusiasten ab, den die zerlumpten Nationalgarden rücksichtslos zurückdrängten. Er stieg einige Stufen hinauf, überblickte die dichtgedrängte Menge, die ihm zubrüllte, und die mit Kugelspuren übersäten Wände der gegenüberliegenden Häuser, die ein leichter, staubiger Dunst verhüllte. Das Wort „Porvenir", in ungeheuren, schwarzen Lettern, die mit zerbrochenen Fenstern abwechselten, blickte ihm über den weiten Platz weg entgegen; und er dachte entzückt an die Stunde der Rache, denn er war sicher, die Hand auf Decoud legen zu können. Zu seiner Linken stand Gamacho, wuchtig und erhitzt, wischte sich über sein haariges, nasses Gesicht und enthüllte in einem stummvergnügten Grinsen ein gelbes Raubtiergebiß. Señor Fuentes, zu seiner Rechten, klein und schmächtig, sah mit zusammengepreßten Lippen zu. Die Menge starrte mit offenen Mäulern, nun mit einmal still, als hätten die Leute erwartet, der große Guerillero, der berühmte Pedrito, würde ohne weiteres mit sichtbarer Freigebigkeit beginnen. Was er aber begann, war eine Rede. Er begann sie mit dem gebrüllten Wort „Bürger!", das bis in die Mitte der Plaza drang. Späterhin fühlte sich der größte Teil der Bürger nur noch von den Gebärden des Redners allein gepackt – wie er sich auf die Zehen stellte, die Arme mit geballten Fäusten über den Kopf erhob, eine Hand flach auf das Herz legte, den Silberglanz der rollenden Augenbälle wirken ließ; wie er mit weiten Gesten auslöschte, andeutete, umfing; eine Hand vertraulich auf Gamachos Schulter legte; eine Hand mit feierlichem Nachdruck gegen die kleine, schwarzgekleidete Persönlichkeit des Señor Fuentes schwenkte, eines Advokaten, Politikers und wahren Volksfreundes. Die Vivas brachen unter den dem Redner Zunächststehenden aus, pflanzten sich unregelmäßig bis zu den Rändern der Menge fort, wie Flammen, die über trockenes Gras laufen, und erstarben an der Mündung der Straßen. Dazwischen brütete über der gedrängten Plaza ein dumpfes Schweigen, währenddessen der Mund des Redners sich unaufhörlich öffnete und schloß, und abgerissene Sätze – „das Glück des Volkes", „Söhne des Landes", „die ganze Welt, *el mundo entiero*" – noch bis zu der dichtbesetzten Vortreppe der Kathedrale hinüberklangen, dünn und klar wie das Summen einer Mücke. Nun schlug sich der Redner an die Brust; er schien sich zu bäumen zwischen seinen beiden Helfern. Es war der letzte Höhepunkt seiner Ansprache. Dann verschwanden die zwei kleinen Gestalten dem Blick der Menge, und der ungeheure Gamacho, allein geblieben, trat vor und hob den Hut hoch über den Kopf. Dann setzte er ihn wieder auf und brüllte: „Ciudadanos!" Ein gewaltiges Aufschreien grüßte Señor Gamacho, den Hausierer aus dem Campo, den Kommandanten der Nationalgarde.

Oben ging Pedrito Montero hastig aus einem der verwüsteten Räume der Intendancia in den anderen und brummte unaufhörlich:

„Verdammte Dummheit! Diese Zerstörung!"

Señor Fuentes, der ihm folgte, unterbrach sein Schweigen mit der leisen Bemerkung: „Das ist alles das Werk Gamachos und seiner Nationalen." Dann neigte er den Kopf auf die linke Schulter und preßte die Lippen so hart zusammen, daß in jedem Winkel ein kleines Grübchen erschien. Er hatte die Ernennung zum politischen Jefe der Stadt in der Tasche und war voller Ungeduld, sein Amt anzutreten.

Sie standen in dem langgestreckten Audienzsaal; die hohen Spiegel waren von Steinwürfen zertrümmert, die Vorhänge und der Baldachin über der Tribüne an dem einen Längsende in Fetzen zerrissen; das tiefe, dröhnende Summen der Menge und die schreiende Stimme Gamachos, der gerade unterhalb der Fenster seine Rede hielt, drangen durch die Läden zu den beiden Männern, die träge und verzagt dastanden.

„Das Vieh!" stieß Seine Exzellenz Don Pedro Montero durch zusammengebissene Zähne hervor. „Wir müssen trachten, ihn und seine Nationalen so schnell wie möglich zum Kampf gegen Hernandez hinauszuschicken."

Der neue Jefe Politico neigte nur den Kopf zur Seite und machte einen Zug aus seiner Zigarette, zum Zeichen der Zustimmung zu diesem Plan, die Stadt von Gamacho und seiner lästigen Horde zu befreien.

Pedrito Montero sah angewidert auf den völlig nackten Fußboden und auf die Reihe schwerer Goldrahmen, die rings um den Raum liefen und aus denen die Überreste zerfetzter und zerschlagener Leinwand wie schmutzige Lumpen niederhingen.

„Wir sind keine Barbaren", sagte er.

Das waren die Worte Seiner Exzellenz, des volkstümlichen Pedrito, des Guerilleros, des Meisters in der Kunst, Hinterhalte zu legen, der auf seine eigene Bitte von seinem Bruder mit der Umgestaltung Sulacos auf demokratischer Grundlage betraut war. Die Nacht zuvor, während der Beratung mit seinen Parteigängern, die ihm nach Rincon entgegengekommen waren, hatte er Señor Fuentes seine Absichten geoffenbart:

„Wir werden eine Volksabstimmung vornehmen, die mit Ja oder Nein die Geschicke unseres geliebten Landes der Weisheit und Tapferkeit meines heldenhaften Bruders, des unbesieglichen Generals, anvertrauen soll. Einen Volksentscheid. Verstehen Sie mich?"

Señor Fuentes hatte seine ledernen Wangen aufgeblasen, hatte den Kopf leicht auf die Seite geneigt und eine dünne bläuliche Rauchwolke zwischen aufgeworfenen Lippen hervorgestoßen. Er hatte verstanden.

Seine Exzellenz war außer sich über die Verwüstung. Kein einziger Stuhl, kein Tisch oder Sofa, keine Etagere oder Konsole waren in den Prunkräumen der Intendancia gelassen worden. Seine Exzellenz, obwohl kochend vor Wut, wurde von einem heftigen Ausbruch nur durch das Bewußtsein der eigenen Abgeschiedenheit und Vereinsamung abgehalten. Sein heldenhafter Bruder war sehr weit weg. Wie sollte er inzwischen seine Siesta halten können? Er hatte nach einem Jahre harten Feldlebens, das mit den Gefahren und Entbehrungen des Vorstoßes auf Sulaco geendet hatte, in der Intendancia Bequemlichkeit und Wohlleben zu finden gehofft – in der Provinz, die an Reichtum und Bedeutung den ganzen Rest der Republik überwog. Mit Gamacho würde er nach und nach quitt werden. Und Señor Gamachos Rede, ein Genuß für die Ohren des Volkes, ging weiter, in der blendenden Sonnenglut der Plaza, wie das rauhe Geheul eines niederen Teufels in einem weißglühenden Hochofen. Alle Augenblicke mußte er sich das schweißüberströmte Gesicht mit dem nackten Vorderarm abwischen. Er hatte den Rock abgeworfen und die Hemdärmel bis über die Ellbogen aufgekrempelt, den großen Dreispitz aber, mit weißen Federn, auf dem Kopf behalten. In seiner Einfalt schätzte er dies Abzeichen seines Ranges als Kommandant der Nationalgarde. Beifälliges, ernstes Gemurmel begrüßte seine Perioden. Er vertrat die Meinung, es sollte sofort der Krieg erklärt werden, an Frankreich, England, Deutschland und die Vereinigten Staaten, die durch die Einrichtung der Eisenbahnen, Bergwerke, Siedlungen und unter anderen nichtigen Vorwänden dieser Art das Ziel verfolgten, arme Leute ihres Bodens zu berauben und sie mit Hilfe dieser Barbaren und Paralytiker, der Aristokraten, zu elenden Arbeitstieren hinabzudrücken. Und die Leperos schwenkten die Zipfel ihrer schmutzigweißen Mantas und brüllten Beifall. General Montero, heulte Gamacho mit Inbrunst, sei als einziger dieser vaterländischen Pflicht gewachsen. Auch hierin stimmte ihm die Menge bei.

Der Morgen rückte vor; in der Menge zeigten sich schon Anzeichen der Auflösung, Strömungen und Wirbel. Einige suchten den Schatten auf, unter den Mauern und den Bäumen der Alameda. Reiter spornten sich schreiend ihren Weg; Gruppen von Sombreros, zum Schütze gegen die senkrechten Sonnenstrahlen waagerecht auf die Köpfe gesetzt, trieben in die Seitenstraßen ab, wo die offenen Türen der Pulperias mit kühlem, von Gitarrengezirp erfülltem Dunkel lockten. Die Nationalgarden dachten an die Siesta, und die Beredsamkeit Gamachos, ihres Führers, war erschöpft. Als sie sich später, in den kühlen Nachmittagsstunden, zu weiterer Erwägung öffentlicher Angelegenheiten nochmals zu sammeln versuchten, wurden sie von Abteilungen von Monteros Reiterei, die auf der Alameda lagerte, ohne Warnung im Galopp bis in die Seitenstraßen hineingejagt. Die Nationalgarden von Sulaco waren von diesem Vorgehen etwas überrascht. Aber sie waren nicht entrüstet. Kein Costaguanero hatte es je gelernt, die Verschrobenheiten einer militärischen Macht zu bekritteln. Sie gehörten zur natürlichen Ordnung der Dinge. Dies mußte wohl, schlossen sie, eine Verwaltungsmaßnahme sein, ohne Zweifel. Der Grund dafür entging ihrer unbeholfenen Auffassungsgabe, und ihr Führer und Redner, Gamacho, der Kommandant der Nationalgarde, lag betrunken und schlafend im Schoße seiner Familie. Seine nackten Füße lagen im Schatten beängstigend hoch, wie die eines Leichnams. Sein beredter Mund war aufgeklappt. Seine jüngste Tochter kratzte sich mit einer Hand am Kopf und schwenkte mit der anderen einen Zweig über seinem glühenden, sich schälenden Gesicht.

VI

Die niedergehende Sonne hatte die Schatten zwischen den Häusern der Stadt von Westen nach Osten verschoben. Sie hatte sie über die ganze Ausdehnung des ungeheuren Campos gebreitet, in dem die weißen Mauern der Haziendas auf den Hügelkuppen die grüne Weite beherrschten; über die mit Gras gedeckten Ranchos, die sich in Bodenfalten an den Ufern von Strömen duckten, über die dunklen Eilande der

Baumgruppen in dem lichten Grasmeer und über die schwindelnde Kette der Kordillere, die sich ungeheuer und reglos aus dem Gewoge der Niederwaldungen erhob, wie die Steilküste eines Landes der Riesen. Die Sonnenstrahlen trafen schräg auf die Schneehänge des Higuerota und gaben ihm den Anschein rosiger Jugend, während die gedrängte Masse ferner Gipfel schwarz blieb, wie verbrannt von der roten Glut. Das Wipfelmeer des Waldes schien mit bleichem Gold überstaubt; und weit weg, jenseits Rincon, nach der Stadt zu, von zwei waldigen Ausläufern verborgen, nahmen die Felsen der San Tomé-Schlucht und die flache Kuppe des Berges mit den krönenden Riesenfarnen warme braune und gelbe Töne an, mit rostroten Streifen dazwischen und dem Dunkelgrün der Büsche in den Klüften, die den Berg spalteten. Von der Ebene aus erschienen die Schuppen des Stampfwerkes und die Gebäude der Mine dunkel und klein, hoch oben, wie Vogelnester auf einer Klippe. Die Zickzackwege ähnelten spärlicher Malerei an der Wand eines zyklopischen Blockhauses; den beiden Serenos der Mine, die im Schatten der Bäume nächst der Brücke, den Karabiner im Arm, Wache hielten, erschien Don Pépé, der den Weg vom oberen Plateau herabstieg, kaum größer als ein großer Käfer.

In der gleichen ziellosen, insektenhaften Art des Hin und Her an der Oberfläche des Felsens stieg Don Pépés Gestalt stetig nieder und versank schließlich, nahe dem Boden der Schlucht, hinter den Dächern der Warenhäuser, Schmieden und Werkstätten. Eine Zeitlang bummelten die beiden Serenos vor der Brücke auf und ab, auf der sie einen Reiter mit einem großen weißen Briefumschlag in der Hand angehalten hatten. Dann tauchte Don Pépé in der Dorfstraße zwischen den Häusern auf, keinen Steinwurf weit von der Brücke weg, und kam näher, die weiten, dunklen Hosen in die Stiefel gesteckt, in weißer Leinenjacke, den Säbel an der Seite und seinen Revolver am Gürtel. In diesen unruhigen Zeiten konnte nichts den Señor Gobernador „ohne Stiefel" überraschen, wie man sagt. Auf ein leichtes Nicken eines der Serenos stieg der Mann, ein Bote aus der Stadt, ab und überquerte die Brücke, sein Pferd am Zügel. Don Pépé nahm ihm den Brief aus der Hand und schlug sich nacheinander an die linke Seite und an die Hüfte, nach seinem Brillenfutteral tastend. Nachdem er das schwere, silbergefaßte Ding auf die Nase geklemmt und sorgfältig hinter seinen Ohren befestigt hatte, öffnete er den Umschlag und hielt ihn etwa ein Drittelmeter weit vors Gesicht. Das Papier, das er entfaltete, enthielt drei geschriebene Zeilen. Er sah lange darauf hinunter. Sein grauer Schnurrbart schwankte leise auf und nieder, und die Runzeln um seine Augenwinkel liefen dicht zusammen. Er nickte heiter. „Bueno", sagte er. „Es ist keine Antwort nötig."

Dann knüpfte er in seiner ruhigen, gütigen Art ein vorsichtiges Gespräch mit dem Mann an, der sich zum Reden gerne bereit zeigte, als wäre ihm kürzlich ein besonderes Glück widerfahren. Er hatte aus der Entfernung Sotillos Infanterie längs des Hafenkais zu beiden Seiten des Zollamts lagern sehen. Sie hatten den Gebäuden keinen Schaden getan. Die Ausländer von der Eisenbahn waren immer noch im Güterbahnhof verschanzt. Nun hatten sie es nicht mehr so eilig damit, auf arme Leute zu schießen. Er verfluchte die Ausländer. Dann berichtete er von Monteros Einzug und von den Gerüchten in der Stadt. Die Armen sollten nun reich gemacht werden. Das war gut. Mehr wußte er nicht, steckte ein gewinnendes Lächeln auf und deutete an, er sei hungrig und durstig. Der alte Major wies ihn an, zum Alkalden des ersten Dorfes zu gehen. Der Mann ritt davon, und Don Pépé ging langsam auf einen kleinen Glockenturm zu, blickte über eine Hecke in einen kleinen Garten und sah Vater Romàn in einer weißen Hängematte sitzen, die zwischen zwei Orangenbäumen vor dem Pfarrhaus aufgehängt war.

Ein ungeheurer Tamarindenbaum überschattete mit seinem dunklen Blattwerk das ganze weiße Fachwerkhaus. Ein junges Indianermädchen, mit langem Haar, großen Augen, kleinen Händen und Füßen, trug einen hölzernen Stuhl heraus, während eine magere alte Frau, mürrisch und wachsam, sie die ganze Zeit über von der Veranda her beobachtete. Don Pépé setzte sich in den Stuhl und zündete sich eine Zigarre an; der Priester schnupfte aus hohler Hand eine ungeheure Menge Tabak. Aus seinem rotbraunen Gesicht, das abgelebt und ausgehöhlt, wie zerbröckelt aussah, blitzten die Augen, frisch und rein, wie zwei schwarze Diamanten.

Don Pépé unterrichtete Vater Romàn, milde belustigt, Pedrito Montero habe ihn durch Señor Fuentes' Hand fragen lassen, unter welchen Bedingungen er die Mine in betriebsfähigem Zustand einer gesetzmäßig erwählten Abordnung patriotischer Bürger mit kleiner Truppenbedeckung übergeben würde. Der Priester schlug die Augen zum Himmel auf. Immerhin, fuhr Don Pépé fort, habe der Mozo, der den Brief gebracht, gesagt, Don Carlos sei am Leben und soweit unbehelligt.

Vater Romàn drückte in wenigen Worten seine Dankbarkeit aus, als er von des Señor Administradors Sicherheit hörte.

Ein silberner Glockenton aus dem kleinen Turm hatte die Stunde des Abendgebets verkündet. Der Waldgürtel, der den Eingang zur Schlucht abschloß, stand wie ein Schirm zwischen der niederen Sonne und der Dorfstraße. Am anderen Ende der Felsschlucht, zwischen den Wällen aus Basalt und Granit, ragte ein bewaldeter Kamm steil ins Licht, der den Bewohnern von San Tomé die Gebirgskette verbarg. Drei kleine lose Wölkchen hingen darüber regungslos in der blauen Unendlichkeit. Gruppen von Leuten saßen auf den Straßen zwischen den umzäunten Hütten. Vor der Casa des Alkalden waren die Vorarbeiter der Nachtschicht schon versammelt, um ihre Leute anzuführen; sie bildeten auf dem Boden einen Kreis von Lederkappen und reichten untereinander die Kürbisflasche mit Maté herum. Der Mozo aus der Stadt hatte sein Pferd an einen Holzpfosten vor der Türe gebunden und erzählte ihnen die Neuigkeiten aus Sulaco, während die schwarze Kürbisflasche mit dem Gebräu von Hand zu Hand ging. Der würdige Alkalde selbst stand dabei, in weißem Lendenschurz und einem geblümten Kattungewand mit Ärmeln, das sich über seiner nackten Beleibtheit etwa in der Art eines bunten Bademantels öffnete; auf dem Hinterkopf trug er einen rauhen Biberhut und hielt einen hohen Stab mit Silberknopf in der Hand. Diese Abzeichen seiner Würde waren ihm von der Verwaltung der Mine verliehen worden, der Quelle der Ehre, der Wohlfahrt und des Friedens. Er war als einer der ersten in das Tal gekommen. Seine Söhne und Schwiegersöhne arbeiteten im Berge, der zugleich mit seinen Schätzen durch die donnernde Schüttrinne von der oberen Mesa herunter Wohlstand, Sicherheit und Gerechtigkeit über die Bergleute zu ergießen schien. Der Alkalde hörte die Stadtneuigkeiten gleichgültig an, als beträfen sie eine andere Welt als die seine. Und so mußte es ihm in der Tat scheinen. In ganz wenig Jahren hatte sich in diesen geplagten, halbwilden Indianern das Gefühl entwickelt, einer mächtigen Körperschaft anzugehören. Sie waren stolz auf die Mine und ihr ergeben. Sie hatte ihr Vertrauen und ihren Glauben gerechtfertigt. Sie schrieben ihr schirmende und unbezwingbare Macht zu, wie einem Fetisch, den sie mit eigenen Händen geformt hatten, denn sie waren unwissend und unterschieden sich in anderer Hinsicht nicht sonderlich von der übrigen Menschheit, die immer in die eigene Schöpfung das größte Vertrauen setzt. Dem Alkalden kam gar nicht der Gedanke, daß Schutz und Schirm der Mine versagen könnten. Die Politik war gut genug für die Leute aus der Stadt und dem Campo. Sein gelbliches, rundes Gesicht mit den breiten Nüstern und dem unbeweglichen Ausdruck ähnelte einem wüsten Vollmond. Er hörte das aufgeregte Prahlen des Mozos ohne Besorgnis an, ohne Überraschung, überhaupt ohne Gefühlsregung.

Padre Romàn saß nachlässig da und schaukelte sich. Seine Füße berührten kaum den Boden, die Hände hielten den Rand der Hängematte. Weniger zuversichtlich, doch ebenso unwissend wie seine Herde, fragte er den Major, was seiner Meinung nach nun geschehen würde.

Don Pépé saß kerzengerade in seinem Stuhl, faltete friedlich die Hände auf dem Griff seines Säbels, der gerade zwischen seinen Beinen emporstand, und antwortete, er wisse es nicht. Die Mine sei gegen jede Truppenmacht zu verteidigen, die etwa zur Besitznahme ausgeschickt werden könnte. Andererseits könnte die Bevölkerung der Dörfer wegen der Unfruchtbarkeit des Tales durch Hunger zur Übergabe gezwungen werden, sobald die regelmäßige Zufuhr vom Campo aus unterbunden würde. Don Pépé setzte diese Möglichkeiten Vater Romàn gemütsruhig auseinander, der als alter Feldzügler wohl imstande war, den militärischen Darlegungen zu folgen. Sie sprachen mit schlichter Offenheit. Vater Romàn war betrübt bei dem Gedanken, seine Herde könnte zerstreut oder in Sklaverei gestürzt werden. Er gab sich über ihr Schicksal keiner Täuschung hin; nicht aus Scharfblick, sondern aus langjähriger Erfahrung in den politischen Grausamkeiten, die ihm als trauriges, doch unvermeidliches Beiwerk zum Staatsleben erschienen. Die Wirksamkeit der üblichen öffentlichen Einrichtungen stellte sich ihm sehr deutlich als eine Kette von Unglücksfällen dar, die Privatpersonen betrafen und naturgemäß ineinander verschmolzen, durch Haß, Rache, Verblendung und Gier, als flössen sie aus dem Walten der Vorsehung. Vater Romàns unverbildeter Verstand schärfte seinen klaren Blick. Sein Herz aber, das inmitten der Bilder von Metzelei, Raub und Gewalt weich geblieben war, verabscheute diese Unglücksfälle um so mehr, je näher er selbst den Opfern stand. Für die Indianer in seinem Tale empfand er väterliche Herablassung. Er hatte fünf Jahre oder noch länger die Arbeiter der San Tomé-Mine verheiratet, getauft, absolviert und begraben, mit Würde und Salbung; und er glaubte an die Heiligkeit dieser Verrichtungen, durch die die Leute in geistlichem Sinn sein Eigentum geworden waren. Sie waren ihm in seiner Eigenschaft als Priester teuer. Frau Goulds Anteilnahme an den Nöten der Bevölkerung erhöhte deren Bedeutung in des Priesters Augen, weil auch seine eigene dabei gewann. Wenn er mit Frau Gould über die unzähligen Marias und Brigidas der Dörfer sprach, so fühlte er seine eigene Menschlichkeit wachsen. Padre Romàn war in fast tadelnswertem Maße von jedem Fanatismus frei. Die englische Señora war offenbar eine Ketzerin; zugleich aber erschien sie ihm wundervoll und engelgleich. Sooft ihn dieser Gefühlszwist überfiel – wenn er zum Beispiel, das Brevier unter dem Arm, im weiten Schatten des Tamarindenbaums auf und nieder wandelte –, blieb er kurz stehen, um mit starkem Schnauben eine riesige Prise zu nehmen und tiefsinnig den Kopf zu schütteln. Bei dem Gedanken, was nun der ausgezeichneten Señora zustoßen konnte, fühlte er wachsende Bedrückung. Er äußerte sie in erregtem Murmeln. Sogar Don Pépé verlor einen Augenblick lang seine Gemütsruhe. Er lehnte sich steif vor.

„Hören Sie, Padre. Eben die Tatsache, daß diese diebischen Bluthunde in Sulaco den Preis für meine Ehre herauszubringen trachten, eben das beweist, daß Señor Don Carlos und alle in der Casa Gould unversehrt sind. Und meine Ehre ist gleichfalls unversehrt, wie jeder, Mann, Weib und Kind, weiß. Die Negro-Liberalen aber, die sich durch Überrumpelung der Stadt bemächtigt haben, wissen das nicht. Bueno. Mögen sie sitzen und warten. Während sie warten, können sie keinen Schaden tun."

Und er gewann seine Haltung wieder. Es fiel ihm leicht, denn was immer auch geschah, seine Ehre als alter Offizier des Paez war unversehrt. Er hatte Charles Gould versprochen, er würde bei der Annäherung einer bewaffneten Macht die Schlucht eben lange genug verteidigen, um selbst Zeit zu gewinnen, die ganze Anlage der Mine, Gebäude und Werkstätten, mit Dynamitladungen wissenschaftlich zu zerstören, den Hauptschacht mit Gesteinsmassen zu verrammeln, die Wege ungangbar zu machen, den Staudamm für die Wasserkraft zu sprengen, die berühmte Gould-Konzession in Trümmern aus einer entsetzten Welt hinaus himmelan zu schicken. Die Mine hatte Charles Gould nicht minder als vor ihm seinen Vater in tödliche Umarmung gezogen. Dieser verzweifelte Entschluß aber war Don Pépé durchaus natürlich erschienen. Er hatte mit Bedacht seine Maßnahmen getroffen. Alles war mit gründlicher Umsicht vorbereitet. Und Don Pépé faltete friedlich die Hände auf seinem Säbelgriff und nickte dem Priester zu. In seiner Erregung hatte sich Vater Romàn mit vollen Händen Schnupftabak ins Gesicht gestreut und war, über und über tabakfleckig, starräugig, außer sich, aus der Hängematte geklettert, um mit halblauten Ausrufen umherzugehen.

Don Pépé strich sich über den grauen hängenden Schnurrbart, dessen Enden weit über die scharfgeschnittene Linie seiner Wangen hingen, und sprach in selbstbewußtem Stolz auf seinen Ruf:

„Darum, Padre, weiß ich nicht, was geschehen wird. Aber ich weiß, daß, solange ich hier bin, Don Carlos diesem Schuft Pedrito Montero die Zerstörung der Mine androhen kann, in der vollen Gewißheit, damit ernst genommen zu werden. Denn die Leute kennen mich."

Er begann etwas nervös die Zigarre zwischen den Lippen herumzuschieben und fuhr fort:

„Aber das ist Gerede – gut für die Politicos. Ich bin ein Soldat. Ich weiß nicht, was geschehen kann. Aber ich weiß, was getan werden müßte – die Mine sollte mit Gewehren, Äxten, Messern an Stöcken auf die Stadt marschieren, por Dios. Das sollte geschehen. Nur..."

Seine gefalteten Hände zuckten auf dem Schwertgriff. Die Zigarre wanderte schneller zwischen den Mundwinkeln hin und her.

„Und wer sollte sie anführen, wenn nicht ich? Unglückseligerweise – bedenken Sie – habe ich Don Carlos mein Ehrenwort gegeben, die Mine nicht in die Hände dieser Diebe fallen zu lassen. Im Krieg – das wissen Sie, Padre – ist das Schlachtenglück ungewiß; und wen könnte ich hier lassen, um im Falle einer Niederlage für mich zu handeln? Die Sprengstoffe sind bereit. Doch würde es einen Mann von Ehre brauchen, von Verstand, Urteil und Mut, um die vorbereitete Zerstörung durchzuführen. Jemand, dem ich meine Ehre anvertrauen könnte, wie ich mir selbst vertraue. Einen anderen alten Offizier des Paez zum Beispiel. Oder – oder – vielleicht täte es auch einer von Paez' alten Kaplänen."

Er stand auf, lang, mager, gerade, hart, mit seinem martialischen Schnurrbart und dem knochigen Gesicht, dessen eingesunkene Augen den Priester mit ihrem Blick zu durchbohren schienen; der Padre stand unbeweglich, eine leere Schnupftabaksdose umgekehrt in der Hand, und starrte sprachlos den Gobernador der Mine an.

VII

Ungefähr zur gleichen Zeit versicherte Charles Gould, in der Intendancia von Sulaco, Pedrito Montero, der ihn hatte zu sich entbieten lassen, er würde niemals die Mine aus den Händen geben, zugunsten einer Regierung, die sie ihm rauben wollte. Die Gould-Konzession könne nicht zurückgenommen werden. Sein Vater habe sie nicht gewünscht, der Sohn werde sie niemals ausliefern. Lebend sicher nicht. Und war er einmal tot, wo wäre dann die Macht, die ein solches Unternehmen in seiner blühenden Wohlfahrt aus der Asche und den Trümmern der Zerstörung wiederzuerwecken vermöchte? Es gebe keine solche Macht im Lande. Und welches ausländische Kapital, welcher Unternehmungsgeist würden sich herbeilassen, an einen so übel berüchtigten Leichnam zu rühren? Charles Gould sprach in dem leidenschaftslosen Ton, der ihm viele Jahre lang dazu gedient hatte, seinen Zorn und seine Verachtung zu verbergen. Er litt. Die Worte, die er zu sagen hatte, widerten ihn an. Sie klangen zu sehr nach Heldenpose. Sein starker Tatsachensinn war in heftigem Widerspruch mit der fast mystischen Anschauung, die er sich von seinem Recht gebildet hatte. Die Gould-Konzession war ihm ein Sinnbild abstrakter Gerechtigkeit. Mochten die Himmel einstürzen. Da aber die San Tomé-Mine Weltruf erlangt hatte, so war diese Drohung eindringlich genug, um auf die bescheidene Fassungsgabe Pedrito Monteros zu wirken, die von oberflächlichen historischen Anekdoten beherrscht war. Die Gould-Konzession war ein schwerwiegender Faktor in den Finanzen des Landes und, mehr noch, auch im Privateinkommen vieler Beamten. Das war herkömmlich. Es war bekannt. Man sagte es allgemein. Es war glaubhaft. Jeder Innenminister bezog ein Gehalt von der San Tomé-Mine. Das war natürlich. Und Pedrito gedachte in der Regierung seines Bruders Innenminister und Kabinettspräsident zu werden. Der Duc de Morny hatte diesen hohen Posten während des Zweiten französischen Kaiserreiches mit erheblichem Vorteil für sich selbst bekleidet.

Ein Tisch, ein Stuhl, eine hölzerne Bettstatt waren für Seine Exzellenz beschafft worden; nach einer kurzen Siesta, unerläßlich nach den Anstrengungen und Feierlichkeiten seines Einzuges in Sulaco, hatte Pedrito das Steuer der Regierung ergriffen, indem er Zusammenkünfte anordnete, Befehle gab und Aufrufe unterschrieb. Im Audienzsaal allein mit Charles Gould, brachte es Seine Exzellenz mit bekanntem

Geschick fertig, die eigene ärgerliche Bestürzung zu verheimlichen. Er hatte erst damit begonnen, hochmütig von Beschlagnahme zu sprechen, doch seine meisterhafte Beredsamkeit war schließlich durch den Umstand ungünstig beeinflußt worden, daß des Señor Administradors Züge unbewegt blieben und keinerlei Gefühle verrieten. Charles Gould hatte wiederholt: „Die Regierung kann gewiß, wenn es ihr gefällt, die Zerstörung der San Tomé-Mine herbeiführen; ohne mich aber kann sie sonst nichts tun." Das war ein aufregender Ausspruch, wohl darauf berechnet, die Empfindlichkeit des Politikers zu verletzen, dessen Sinn auf die Siegesbeute gerichtet ist. Und Charles Gould sagte ferner noch, die Zerstörung der San Tomé-Mine würde den Untergang anderer Unternehmungen zur Folge haben, die Zurückziehung des europäischen Kapitals und wahrscheinlich auch die Sperrung der letzten ausländischen Darlehensrate. Dieser steinerne Gast sagte all dies (dem Verständnis Seiner Exzellenz durchaus erreichbar) in einer kaltblütigen Art, die einen schaudern machte.

Pedro Monteros Benehmen war nachhaltig dadurch beeinflußt worden, daß er während langer Jahre leichte und geschwätzige Geschichtswerke gelesen hatte – in den Dachkammern Pariser Hotels, auf seinem unordentlichen Lager, unter Vernachlässigung seiner Lakaien- oder sonstigen Pflichten. Hätte er den Glanz der alten Intendancia rings um sich gesehen, die prachtvollen Vorhänge, die vergoldeten Einrichtungsgegenstände längs der Wände; hätte er unter einem Baldachin auf rotem Prunkteppich gestanden –: dann hätte ihn das Gefühl des Erfolgs und der Erhabenheit wahrscheinlich sehr gefährlich gemacht. In diesem geplünderten und verwüsteten Raum aber, in dessen Mitte sich die drei gewöhnlichen Einrichtungsstücke fast verloren, litt Pedros Einbildungskraft unter dem Gefühl der Unsicherheit und Zeitweiligkeit. Diese Gefühle und die feste Haltung von Charles Gould (der übrigens kein einziges Mal das Wort Exzellenz ausgesprochen hatte) erniedrigten ihn in seinen eigenen Augen. Er nahm den Ton eines überlegenen Weltmanns an und bat Charles Gould, sich alle Befürchtungen aus dem Sinn zu schlagen. Er spreche nun, erinnerte er ihn, mit dem Bruder des Landesherrn, der mit der Aufgabe der Umgestaltung betraut sei. Mit dem Bruder des Landesherrn, wiederholte er, dem dieser restlos vertraute. Nichts liege jenem weisen und patriotischen Helden ferner als der Gedanke an Zerstörung. „Ich beschwöre Sie, Don Carlos, nicht Ihren antidemokratischen Vorurteilen freien Lauf zu lassen", rief er in einem Anfall übertriebener Herablassung.

Pedrito Montero überraschte auf den ersten Blick durch die mächtig entwickelte, kahle Stirn, die sich gelblich glänzend zwischen den kohlschwarzen krausen Haarbüscheln dehnte, durch den hübsch geschnittenen Mund und eine unerwartet gepflegte Stimme. Seine Augen aber, die, wie frisch gestrichen, zu beiden Seiten der Hakennase blitzten, hatten, wenn voll aufgeschlagen, einen hoffnungslos starren, vogelartigen Blick. Nun allerdings hielt Pedrito Montero sie halb geschlossen, reckte das kantige Kinn hoch und sprach mit geschlossenen Zähnen leicht durch die Nase, wie es ihm für einen großen Herrn angemessen schien. In dieser Pose erklärte er plötzlich, der letzte Ausdruck der Demokratie sei der Cäsarismus: das Kaisertum auf der Grundlage unmittelbaren Volksentscheids. Der Cäsarismus sei konservativ, sei stark. Er erkenne die berechtigten Forderungen der Demokratie nach Orden, Titeln und Auszeichnungen an. Sie würden über verdiente Männer ausgeschüttet werden. Cäsarismus bedeute Frieden.

Er sei fortschrittlich. Er sichere das Gedeihen eines Landes. Pedrito Montero ließ sich hinreißen: Man bedenke, was das Zweite Kaiserreich für Frankreich getan habe. Es sei ein Regime gewesen, das sich ein Vergnügen daraus gemacht habe, Männer vom Schlage Don Carlos' zu ehren. Das Zweite Kaiserreich sei gestürzt, doch nur, weil es seinem Vertreter an dem militärischen Genie gefehlt habe, durch das General Montero auf den Gipfel des Ruhms gelangt sei. Pedrito hob eifrig die Hand, um dem Bilde von einem Gipfel des Ruhmes mehr Nachdruck zu geben. „Wir werden noch viele Gespräche haben. Wir werden einander von Grund auf verstehen lernen, Don Carlos!" rief er kameradschaftlich. Die Republik habe ihr Werk getan. Imperialistische Demokratie sei die Macht der Zukunft. Pedrito der Guerillero bot die Hand dar und dämpfte eindringlich die Stimme. Ein Mann, den seine Mitbürger für den ehrenvollen Spitznamen eines „Rey de Sulaco" ausersehen hätten, könne als Industriekapitän und Mann von Gewicht von einer kaiserlichen Demokratie eine Anerkennung erwarten, die sich im Ersatz des volkstümlichen Beinamens durch einen schwerer wiegenden Titel äußern würde. „Wie, Don Carlos? Nein! Was sagen Sie? Conde de Sulaco – wie? Oder Marquis..."

Er unterbrach sich. Die Luft auf der Plaza war kühl; eine Kavalleriepatrouille ritt unaufhörlich rundum, ohne in die Straßen einzubiegen, die von dem Geschrei und den Gitarrenklängen aus den offenen Türen der Pulperias widerhallten. Der Befehl lautete, die Belustigungen des Volkes nicht zu stören. Und über den Dächern, anschließend an die senkrechten Linien der Kathedralentürme, versperrten, den Fenstern der Intendancia gerade gegenüber, die schneeigen Hänge des Higuerota ein weites Stück des dämmrigen blauen Himmels. Nach einer Weile schob Pedrito Montero die Hand in die Busenfalte seines Rocks und beugte feierlich langsam den Kopf. Die Audienz war zu Ende.

Charles Gould strich sich im Hinausgehen mit der Hand über die Stirne, als wollte er die Nebel eines der bösen Träume verscheuchen, deren groteske Unwahrscheinlichkeit den leisen Eindruck von körperlicher Gefahr und Sinnesverwirrung hinterläßt. Auf den Gängen und im Stiegenhaus lungerten monteristische Soldaten frech herum, rauchten und machten niemand Platz; durch das ganze Gebäude tönte das Klirren von Säbeln und Sporen. Am Mittelgang warteten drei schweigsame Gruppen von Zivilisten, in strenges Schwarz gekleidet, förmlich und hilflos, jede für sich ein wenig zusammengedrängt, als hätte sie in Erfüllung einer öffentlichen Pflicht der Wunsch überfallen, allen Augen auszuweichen. Es waren die Abordnungen, die auf eine Audienz warteten. Die der Provinzialversammlung wirkte in ihrer Gesamtheit noch unruhiger und verlegener und wurde durch Don Juste Lopez' großes Gesicht überragt, das, leichenblaß, mit vorstehenden Augenlidern, in undurchdringliche Feierlichkeit wie in eine dichte Wolke gehüllt schien. Der Präsident der Provinzialversammlung war tapfer gekommen, um den letzten Rest parlamentarischer Einrichtungen (nach englischem Muster) zu retten, und wandte den Blick von dem Administrator der San Tomé-Mine – zum Zeichen, würdigen Vorwurfs wegen dessen geringen Glaubens an den alleinseligmachenden Grundsatz.

Die düstere Strenge dieses Vorwurfs berührte Charles Gould nicht, wohl aber empfand er peinlich die Blicke der ändern, die ohne Vorwurf auf ihn gerichtet waren, als wollten sie das eigene Schicksal von seinem Gesicht ablesen. Sie alle hatten in der großen Sala der Casa Gould gesprochen, geschrien und deklamiert. Das Mitleid mit diesen Männern, die sich inmitten der Niedertracht so ohnmächtig zeigten, bestimmte Charles Gould doch nicht dazu, ein Zeichen zu machen. Er litt zu sehr darunter, ihr Schicksalsgefährte im Bösen zu sein. Er überquerte unbehindert die Plaza. Der Amarilla-Klub war voll von zerlumpten Kerlen. Ihre wüsten Köpfe sahen aus jedem Fenster, und aus den Innenräumen klang betrunkenes Gebrüll, das Stampfen von Füßen und das Schwirren von Harfen. Die Scherben zerbrochener Flaschen bedeckten das Pflaster. Charles Gould fand in seinem Hause den Doktor noch vor.

Doktor Monygham trat von dem Spalt im Fensterladen zurück, durch den er die Straße beobachtet hatte.

„Ah! Sind Sie endlich zurück!“ sagte er erleichtert. „Ich habe Frau Gould gesagt, Sie seien völlig sicher. Doch war ich durchaus nicht gewiß, daß der Bursche Sie wirklich freilassen würde.“

„Ich auch nicht“, gestand Charles Gould und legte seinen Hut auf den Tisch.

„Sie werden handeln müssen.“

Charles Goulds Schweigen schien einzugestehen, daß dies das einzig mögliche sei. Anders als so pflegte Charles Gould seine Absichten gemeinhin nicht zu äußern.

„Ich hoffe, Sie haben Montero nicht davor gewarnt, was Sie zu tun gedenken“, fragte der Doktor eifrig.

„Ich versuchte ihm klarzumachen, daß der Bestand der Mine mit meiner persönlichen Sicherheit verknüpft sei“, fuhr Charles Gould fort und sah dabei vom Doktor weg auf die Aquarellskizze an der Wand.

„Hat er Ihnen geglaubt?“ fragte der Doktor schnell.

„Gott weiß es!“ sagte Charles Gould. „Ich war es meiner Frau schuldig, das zu sagen. Er ist ziemlich gut unterrichtet. Er weiß, daß ich Don Pépé dort habe. Fuentes muß es ihm gesagt haben. Sie wissen, daß der alte Major durchaus imstande ist, die San Tomé-Mine ohne Zaudern oder Bedenken in die Luft zu sprengen. Ohne das hätte ich wohl kaum die Intendancia als freier Mann verlassen, glaube ich. Er würde alles in die Luft sprengen, aus Treue und aus Haß – aus Haß gegen diese Liberalen, wie sie sich nennen. Liberale! Die Worte, die man so gut kennt, haben in diesem Lande eine gespenstische Bedeutung. Freiheit, Demokratie, Patriotismus, Regierung – allen haftet der Beigeschmack von Mord und Irrsinn an. Nicht wahr, Doktor?... Ich allein kann Don Pépé zurückhalten. Sollten sie mich – mich abtun, so könnte nichts ihn hemmen.“

„Sie werden versuchen, ihn zu bestechen“, meinte der Doktor nachdenklich.

„Das ist sehr möglich“, sagte Charles Gould leise, wie zu sich selbst, und sah dabei immer noch nach der Skizze der San Tomé-Schlucht an der Wand. „Ja; ich erwarte, daß sie das versuchen werden.“ Charles Gould sah zum erstenmal den Doktor an. „Es würde mir Zeit geben“, fügte er hinzu.

„Gewiß“, sagte Doktor Monygham mit unterdrückter Erregung. „Besonders, wenn Don Pépé sich diplomatisch benimmt. Warum sollte er ihnen nicht ein wenig Hoffnung auf

Erfolg geben? Wie? Sonst würden Sie ja nicht soviel Zeit gewinnen. Könnte er nicht angewiesen werden…"

Charles Gould sah den Doktor fest an und schüttelte den Kopf; der andere aber fuhr mit einem gewissen Feuer fort:

„Ja, angewiesen werden, wegen der Übergabe der Mine in Unterhandlungen einzutreten. Das ist ein guter Gedanke. Sie könnten Ihren Plan reifen lassen. Natürlich frage ich nicht, was dieser Plan ist. Ich will es nicht wissen. Ich würde es ablehnen, Ihnen zuzuhören, wenn Sie es mir sagen wollten. Ich bin nicht geeignet für vertrauliche Mitteilungen."

„Was für ein Unsinn", murmelte Charles Gould mißbilligend.

Er mißbilligte des Doktors Empfindlichkeit wegen des weit zurückliegenden Vorfalls in seinem Leben. Ein so gutes Gedächtnis verletzte Charles Gould. Es war krankhaft. Wieder schüttelte er den Kopf. Er lehnte es ab, die Rechtlichkeit von Don Pépés Handlungsweise zu beeinflussen, aus persönlichen wie aus politischen Gründen. Die Weisungen hätten mündlich oder schriftlich sein müssen. In jedem Falle bestand die Gefahr, daß sie abgefangen wurden. Es war durchaus nicht gewiß, daß ein Bote die Mine erreichte; und überdies war niemand da, den man hätte schicken können. Es lag Charles Gould auf der Zunge, zu sagen, daß einzig nur der verstorbene Capataz der Cargadores zu verwenden gewesen wäre, mit einiger Aussicht auf Erfolg und Gewähr für Verschwiegenheit. Aber er sagte es nicht; er wies den Doktor nur darauf hin, daß es eine verfehlte Politik wäre. Sobald Don Pépé vermuten ließe, daß er zu bestechen sein könnte, mußte des Administrators und seiner Freunde persönliche Sicherheit in Gefahr geraten. Denn dann würde ja jeder Grund für Mäßigung entfallen. Don Pépés Unbestechlichkeit war die entscheidende Hemmung. Der Doktor ließ den Kopf hängen und gab zu, dies treffe in gewisser Hinsicht zu.

Er konnte sich nicht verhehlen, daß der Gedankengang vernünftig genug war. Don Pépés Wert bestand in seinem fleckenlosen Ruf. Sein eigener Wert, überlegte der Doktor bitter, bestand ebenfalls in seinem Ruf. Er erklärte Charles Gould, er wisse ein Mittel, Sotillo wenigstens für den Augenblick von der Vereinigung mit Montero abzuhalten.

„Hätten Sie noch all das Silber da", meinte der Doktor, „oder wüßte man nur, daß es noch in der Mine liegt, dann hätten Sie Sotillo dazu bestechen können, seinen frischgebackenen Monterismus abzuwerfen. Sie hätten ihn dazu bringen können, entweder in seinem Dampfer abzufahren oder sogar sich Ihnen anzuschließen."

„Das letztere gewiß nicht", erklärte Carlos Gould fest. „Was sollte man mit einem solchen Mann später anfangen – sagen Sie mir, Doktor? Das Silber ist fort, und ich bin froh darüber. Es wäre eine unmittelbare, starke Versuchung gewesen. Der Streit um diese greifbare Beute hätte ein böses Ende beschleunigt. Ich hätte es auch verteidigen müssen. Ich bin froh, daß wir es fortgeschafft haben – auch wenn es verloren ist. Es wäre eine Gefahr und ein Fluch gewesen."

„Vielleicht hat er recht", sagte der Doktor eine Stunde später hastig zu Frau Gould, die er im Korridor getroffen hatte. „Die Sache ist geschehen, und der Schatten des Schatzes mag vielleicht gleich gut wirken wie der Schatz selbst. Erlauben Sie mir, Ihnen mit dem ganzen Ausmaß meines schlechten Rufes zu dienen. Ich bin nun dabei, meine Verräterrolle bei Sotillo zu spielen und ihn von der Stadt fernzuhalten."

Sie streckte in jäher Regung beide Hände aus. „Doktor Monygham, Sie laufen eine furchtbare Gefahr", flüsterte sie und wandte ihre Augen voll Tränen von des Doktors Gesicht ab, um kurz nach der Türe ihres Gatten zu sehen. Sie drückte seine beiden Hände. Der Doktor stand wie angenagelt, sah zu ihr nieder und versuchte seine Lippen zu einem Lächeln zu zwingen.

„Oh, ich weiß, Sie werden mein Andenken verteidigen", brachte er schließlich hervor und lief schwankend die Stiegen hinunter, durch den Innenhof zum Hause hinaus. In der Straße behielt er diese Eile bei und hinkte auf seine Art dahin, eine Instrumententasche unter dem Arm. Er war als *Ioco* bekannt. Niemand behelligte ihn. Vom Hafentor aus, über die staubige dürre Ebene weg, die mit Buschwerk bestanden war, sah er den häßlichen Block des Zollamts und die zwei oder drei andren Gebäude, die damals den Seehafen von Sulaco darstellten. Weit im Süden schlossen Gruppen von Palmenbäumen die Krümmung des Hafenufers ab. Die fernen Gipfel der Kordillere hatten im stetig dunkler werdenden Blau des östlichen Himmels ihre klaren Umrisse verloren. Der Doktor schritt eilig vorwärts. Vom Zenit schien ein verdunkelnder Schatten auf ihn niederzusinken. Die Sonne war untergegangen. Eine Zeitlang leuchteten noch die Schneefelder des Higuerota im Glanz der westlichen Glut. Der Doktor hielt gerade auf das Zollamt zu und hüpfte verlassen zwischen den dunklen Büschen dahin, wie ein dürrer Vogel mit gebrochenen Flügeln.

Purpurne, goldene und scharlachrote Tinten spiegelten sich im klaren Wasser des Hafens. Eine langgestreckte Landzunge, gerade wie eine Mauer, schloß das innere Becken ab. Vom Land aus waren auf der Kuppe die grasüberwachsenen Wälle des alten Forts deutlich zu erkennen; jenseits aber wiederholte sich das leuchtende Farbenspiel im Stillen Golf, in größerem Maßstab und noch düsterer in seiner Pracht. Die dunkle Wolkenmasse, die die Mündung des Golfs verhüllte, zeigte lange, rote Streifen in ihrer grau und schwarzen Schichtung, wie ein blutbefleckter, wallender Mantel. Die drei Isabellen, überschattet und scharf umrissen, schienen schwarzpurpurn in der Luft zu schweben, in deren stiller Klarheit Himmel und Meer verschwammen. Kleine Wölkchen schienen die sandigen Küsten mit Funken zu übersprühen. Der glasige Wasserstreifen am Kimm flammte rot, als hätten sich im weiten Bett des Ozeans Feuer und Wasser gemengt.

Schließlich verging der Brand von Himmel und See, die an der Grenze der Welt in feuriger Umarmung geruht hatten. Das Funkensprühen im Wasser erlosch zugleich mit den Blutflecken in dem schwarzen Mantel, der die düstere Mündung des Stillen Golfs verhüllte; eine plötzliche Brise sprang auf und erstarb wieder, nachdem sie im Buschwerk zwischen den verfallenen Erdwerken des Forts gerauscht hatte. Nostromo erwachte von einem vierzehnstündigen Schlaf und erhob sich von seinem Lager im hohen Grase. Er stand knietief im flüsternden Gewoge der grünen Halme, mit dem verlorenen Ausdruck eines Menschen, der eben in die Welt getreten ist. Schön, stark und geschmeidig, warf er den Kopf zurück, streckte die Arme, reckte sich mit einem leichten Nachgeben der

Hüften und zeigte im wohlig gähnenden Mund die weißen Zähne – so natürlich und ohne Arg im Augenblick des Erwachens wie ein prachtvolles, unbewußtes Tier. Dann aber, in der plötzlichen Sammlung des Blicks unter den gerunzelten Brauen hervor, erschien der Mensch.

VIII

Nach langem Schwimmen war Nostromo gelandet und triefend naß in den Innenhof des alten Forts hinaufgeklettert. Dort hatte er zwischen verfallenen Wällen und fauligen Überresten von Dächern und Schuppen den ganzen Tag durchgeschlafen. Er hatte im Schatten der Berge geschlafen, in der weißen Mittagsglut, in der Stille und Einsamkeit dieses überwachsenen Landstreifens zwischen dem eiförmigen Hafenbecken und dem weiten Halbkreis des Golfs. Er lag wie tot. Ein Reyzamuro war am Himmel aufgetaucht, ein kleiner schwarzer Fleck im Blau, hatte angehalten und sich vorsichtig niedergeschraubt, in lautlosem Flug, der bei einem Vogel dieser Größe unbegreiflich schien. Der Schatten seines perlgrauen Rumpfs, seiner schwarzgeränderten Fittiche fiel nicht lautloser auf das Gras, als sich der Vogel selbst auf einen Unrathaufen niederließ, keine drei Meter von dem Menschen weg, der still wie ein Leichnam dalag. Der Geier streckte den nackten Hals und den kahlen Kopf, widerwärtig in ihrer Buntheit, mit gefräßiger Neugier nach der vielversprechenden Reglosigkeit des hingestreckten Körpers aus. Dann zog er den Kopf tief in das weiche Gefieder zurück und schickte sich zum Warten an. Das erste, worauf Nostromos Augen beim Erwachen fielen, war dieser stumme Wächter, der nach den Anzeichen von Tod und Verwesung Ausschau hielt. Als der Mann aufstand, hüpfte der Geier in langen, seitlichen, flatternden Sprüngen weg. Er zauderte noch eine Weile in mürrischem Bedauern, erhob sich dann mit niederhängendem Schnabel und Fängen und schraubte sich lautlos empor.

Lange nachdem er verschwunden war, hob Nostromo die Augen zum Himmel und murmelte: „Ich bin noch nicht tot."

Der Capataz der Cargadores von Sulaco hatte in Glanz und Öffentlichkeit gelebt bis zu dem Augenblick, da er die Führung des Leichters mit seiner Ladung von Silberbarren übernommen hatte.

Seine letzte Tat in Sulaco war völlig im Einklang mit seiner Eitelkeit und darum durchaus echt gewesen. Er hatte seinen letzten Dollar einer alten Frau geschenkt, die unter dem Bogen des alten Tores über den Kummer und die Anstrengungen einer traurigen Suche gestöhnt hatte. Im Dunkeln und ohne Zeugen vollbracht, hatte diese Tat doch noch die Merkmale des Glanzes und der Öffentlichkeit gezeigt und gut zu seinem Ruf gepaßt. Diesem Erwachen in der Einsamkeit aber, zwischen den Ruinen des Forts, fehlten diese Merkmale, bis auf den wachsamen Geier. Nostromos erstes verworrenes Gefühl war eben dies – daß er aus seinem Rahmen geraten war. Es schien das Ende aller Dinge. Die Notwendigkeit, im Versteck zu leben, für weiß Gott wie lange, sprang ihn mit dem wiederkehrenden Bewußtsein an und ließ ihm alles, was seit langen Jahren gewesen war, nichtig und töricht erscheinen, wie einen jäh unterbrochenen, schönen Traum.

Er erklomm die seichte Böschung des Walls, bog die Büsche zur Seite und sah auf den Hafen hinunter. Er sah in der Wasserfläche, die das letzte Licht widerspiegelte, einige Schiffe vor Anker liegen und Sotillos Dampfer am Kai festgemacht. Hinter der lichten Stirnmauer des Zollamts tauchten die Umrisse der Stadt auf, wie der Saum eines Streifens Hochwald in der Ebene mit einem Torbogen darin; und die Kuppeln, Türme und Miradores ragten über die Bäume, ganz dunkel, als wären sie schon der Nacht verfallen. Der Gedanke, daß es ihm nicht mehr freistand, durch die Straßen zu reiten, von jedermann, groß und klein, erkannt, wie er es jeden Abend zu tun pflegte, wenn er in die Posada des Mexikaners Domingo hinausritt, zum Monte oder um auf dem Ehrenplatz zu sitzen, den Liedern zu lauschen und dem Tanz zuzusehen – der Gedanke ließ ihm die Stadt wesenlos erscheinen.

Lange Zeit spähte er hinunter, ließ dann die geteilten Büsche zusammenschlagen, ging zur andren Seite des Forts hinüber und sah auf die große Fläche des Golfs hinaus. Die Isabellen hoben sich wuchtig ab von dem vergehenden roten Streifen im Westen, der in den Zwischenräumen matt aufleuchtete; und der Capataz dachte an Decoud, der dort mit dem Schatz allein war. Der Mann war der einzige, dem es etwas ausmachte, ob er selbst, Nostromo, in die Hände der Monteristen fiel oder nicht, überlegte der Capataz bitter. Und auch diese Angst galt wohl mehr der eigenen Sicherheit des andern. Alle andern aber wußten weder noch kümmerten sie sich darum. Was er einst Giorgio Viola hatte sagen hören, war sehr wahr: Könige, Minister, Aristokraten, die Reichen im allgemeinen, hielten das Volk in Armut und Unterwürfigkeit; sie hielten das Volk, wie sie Hunde hielten, um sie für sich kämpfen und jagen zu lassen.

Die Dunkelheit des Himmels war bis zum Horizont niedergesunken, hatte den ganzen Golf eingehüllt, die Inseln und Antonias Liebhaber, der auf der Großen Isabelle mit dem Schatz allein war. Der Capataz wandte all diesem Unsichtbaren und doch Bestehenden den Rücken, setzte sich nieder und nahm das Gesicht zwischen die Fäuste. Zum erstenmal in seinem Leben fühlte er den Stachel der Armut. Sich nach einer Pechsträhne im Monte ohne einen Pfennig zu sehen, in der niederen ruhigen Posada Domingos, wo die Brüderschaft der Cargadores jeden Abend spielte, sang und tanzte; nach einem Ausbruch öffentlicher Freigebigkeit an irgendein Peyne d'oro-Mädel (an dem ihm nichts lag) mit leeren Taschen zurückzubleiben: darin war nichts von Demut oder Elend. Er blieb reich an Ruhm und Ehre. Da es ihm aber nicht länger mehr möglich war, in den Straßen der Stadt zu prunken und bei seinen gewohnten Vergnügungen Zurufe zu ernten, so fühlte sich dieser Seemann wahrhaft verlassen.

Sein Mund war trocken. Er war trocken von schwerem Schlaf und heftigem Nachdenken; trocken wie nie zuvor. Man kann sagen, daß Nostromo Staub und Asche schmeckte, nachdem er in seiner Gier nach Preis tief in die Frucht des Lebens gebissen hatte. Ohne die Fäuste vom Kopf zu nehmen, versuchte er vor sich hin zu spucken – „Pfui!“ – und murmelte einen Fluch auf die Selbstsucht der Reichen.

Da in Sulaco alles verloren schien (dieses Gefühl hatte er beim Erwachen), so hatte sich Nostromo der Gedanke aufgedrängt, das Land ganz zu verlassen. Dabei war ihm, wie als Beginn eines neuen Traumes, ein Bild erschienen: steile Küsten ohne Flut, mit dunklen Pinien auf der Höhe und weißen Häusern nahe dem tiefblauen Meer. Er sah die

Kais eines großen Hafens, wo die Küstenfeluken, ihre lateinischen Segel wie regungslose Schwingen ausgebreitet, still einliefen, zwischen langen Molen aus mächtigen Quadern, die im Winkel zueinander ins Meer hinausliefen und einen Schwarm von Schiffen an die Brust eines Hügels voll Palästen zu ziehen schienen. Bei der Erinnerung an diese Bilder meldete sich die kindliche Liebe, obwohl er als Junge auf einer dieser Feluken oft und hart gezüchtigt worden war, von dem glattrasierten Genuesen mit dickem Hals und von bedächtig mißtrauischem Gehaben, der ihn (wie Nostromo fest glaubte) um sein Waisenerbe betrogen hatte. Doch die Vorsehung hat es gnädig so eingerichtet, daß vergangenes Leid in der Erinnerung verblassen soll. Unter dem Druck der Einsamkeit, Verlassenheit und des Mißerfolgs erschien der Gedanke erträglich, zu all dem zurückzukehren. Doch wie? Zurückkehren? Bloßfüßig und barhäuptig, mit einem einzigen gewürfelten Hemd und einem Paar baumwollener Calzoneras als ganzer irdischer Habe?

Der berühmte Capataz hielt die Ellbogen auf die Knie gestützt, bohrte sich eine Faust in jede Wange und lachte in grimmiger Selbstverspottung laut in die Nacht hinaus, so wie er vorher vor Ekel ausgespien hatte. Die verworrenen, brennenden Gefühle allgemeinen Niederbruchs, wie sie Naturen von starker Eigenart immer befallen, sooft die beherrschende Leidenschaft Einbuße erleidet – diese Gefühle waren fast so bitter wie der Tod selbst. Nostromo war ein einfacher Mensch, ganz wie ein Kind bereit, sich jedem Glauben, Aberglauben oder Wunsch hinzugeben.

Seine tatsächliche Lage konnte er auf Grund seiner genauen Landeskenntnis gut beurteilen. Er überblickte sie in vollem Umfang. Er kam sich wie ernüchtert vor nach einem langen Rausch. Man hatte seine Treue ausgenützt. Er hatte die Gilde der Cargadores überredet, sich auf die Seite der Blancos, gegen das Volk zu stellen; er hatte Unterredungen mit Don José gehabt. Er war von Vater Corbelàn als Unterhändler mit Hernandez verwendet worden; es war bekannt, daß Don Martin Decoud ihn zu einer Art von Vertraulichkeit zugelassen und ihm freien Zutritt zu der Redaktion des „Porvenir“ gewährt hatte. All das hatte ihm in gewohnter Weise geschmeichelt. Was kümmerte er sich um ihre Politik? Nicht das geringste. Und zum guten Ende, nach all diesem Nostromo hier und Nostromo da – wo ist Nostromo? Nostromo kann dies und das tun – den ganzen Tag arbeiten und die ganze Nacht reiten – nach alledem, sieh da! stand er nun als ausgesprochener Ribierist da, jeder Rache preisgegeben, die zum Beispiel Gamacho in den Sinn kommen konnte, nun, da die Montero-Partei sich schließlich doch der Stadt bemächtigt hatte. Die Europäer hatten aufgegeben; die Caballeros hatten aufgegeben. Don Martin hatte zwar erklärt, das alles sei nur zeitweilig – er wolle Barrios zum Entsatz herbeiführen. Was wurde nun daraus – wo doch Don Martin (dessen spöttische Sprechweise dem Capataz immer ein leises Unbehagen verursacht hatte) auf der Großen Isabelle gestrandet war? Alle, alle hatten aufgegeben. Sogar Don Carlos hatte aufgegeben. Die eilige Fortschaffung des Schatzes auf See bedeutete nichts andres. In jähem Umschlag seiner einseitigen Betrachtungsweise erschien dem Capataz in einer Verzweiflung, die an Irrsinn grenzte, seine ganze Welt von Treu und Glauben verlassen. Er war verraten worden!

Hinter ihm dehnten sich die grenzenlosen Schatten der See, vor ihm drängten sich die luftigen Umrisse der niedrigen Gipfel um den nebelhaft leuchtenden Higuerota. Aus schweigender Reglosigkeit lachte Nostromo laut auf, sprang jäh auf die Füße und stand still. Er mußte gehen. Doch wohin?

„Es gibt keinen Zweifel. Sie halten uns und hetzen uns, als wären wir Hunde, geboren, um für sie zu kämpfen und zu jagen. Der Vecchio hat recht“, sagte er langsam und verachtungsvoll. Er erinnerte sich, wie der alte Viola seine Pfeife aus dem Mund genommen und diese Worte über die Schulter weg in das Café hineingerufen hatte, das voll von Maschinenführern und Arbeitern aus den Bahnwerkstätten war. Sein inneres Schwanken klammerte sich an dieses Bild. Er wollte, wenn es möglich war, versuchen, den alten Giorgio zu finden. Gott mochte wissen, was ihm geschehen sein konnte! Er machte einige Schritte, blieb dann nochmals stehen und schüttelte den Kopf. Zur Linken und zur Rechten, vor und hinter ihm raschelten die dichten Büsche geheimnisvoll in der Dunkelheit.

„Auch Teresa hatte recht“, fügte er leise hinzu, mit einem Anflug ehrfürchtigen Schauders. Er fragte sich, ob sie wohl in ihrem Ärger gegen ihn verschieden wäre oder noch lebte. Wie zur Antwort auf diesen halb reuigen, halb hoffnungsvollen Gedanken strich mit weichem Flügelschlag, wie ein dunkles Wallen in der Nacht, eine große Eule über seinen Weg, deren greller Schrei: „Ya-acabo, Ya-acabo! Es ist vorbei, es ist vorbei“, dem Volksmunde nach Unglück und Tod verkündet. Im Niederbruch all der Tatsachen, die seine Stärke ausgemacht hatten, fühlte er sich dem Aberglauben zugänglich und erschauerte leicht. Signora Teresa mußte also gestorben sein. Es konnte nichts andres bedeuten. Der Schrei des Vogels von übler Vorbedeutung, der erste Laut, den er auf seiner Heimkehr hören sollte, schien ihm der richtige Willkomm für seine verratene Persönlichkeit. Die unsichtbaren Mächte, die er durch die Weigerung beleidigt hatte, einen Priester zu einer sterbenden Frau zu holen, erhoben nun ihre Stimme gegen ihn. Sie war tot. Mit bewundernswerter und menschlicher Beharrlichkeit bezog er alles auf sich selbst. Sie hatte immer guten Rat gewußt. Und der verwaiste alte Giorgio war wohl gerade jetzt, wo Nostromo seinen Rat so nötig gehabt hätte, von dem Verlust betäubt. Der Schlag würde dem verträumten alten Mann für eine Zeit wohl die klare Besinnung rauben.

Den Kapitän Mitchell aber hielt Nostromo, nach der Art selbständiger Untergebener, für eben (durch Erziehung) tüchtig genug, Schriftstücke in seinem Kontor zu unterzeichnen und Aufträge zu geben; im übrigen aber für nutzlos und für etwas wie einen Narren. Die Notwendigkeit, fast täglich die feierliche und eigensinnige Selbstgefälligkeit des alten Seemanns um den Finger wickeln zu müssen, war Nostromo mit der Zeit langweilig geworden. Anfangs hatte er eine innerliche Genugtuung darin gefunden. Aber die Notwendigkeit, kleine Hindernisse überwinden zu müssen, wird einem selbstsichern Menschen bald lästig, sowohl durch die Gewißheit des Erfolgs wie durch die immer gleichbleibende Anstrengung. Er mißtraute der Neigung seines Vorgesetzten zu übereiltem Vorgehen. Dieser alte Engländer kannte keine Überlegung, sagte er sich. Es war sinnlos, etwa erwarten zu wollen, daß er den wahren Sachverhalt für sich behalten würde, sobald er ihn einmal erfahren hätte. Er würde geschwätzig unsinnige Möglichkeiten erörtern. Nostromo fürchtete ihn, wie man sich davor fürchtet, sich selbst eine ewige Sorge aufzubürden. Der Mann kannte keine Verschwiegenheit. Er würde den Schatz verraten. Und Nostromo hatte es sich in den Kopf gesetzt, daß der Schatz nicht verraten werden sollte.

Dieses Wort hatte sich ihm unverrückbar eingeprägt. Seine Einbildungskraft hatte ihm die klare und einfache Erkenntnis des Verrats, das brennende Gefühl des Verlorenseins gegeben, das ihn bei näherem Nachdenken über die Tatsache befallen hatte, wie achtlos er aus seinem Leben hinausgetreten und wie wenig dabei seine eigene Persönlichkeit in Rechnung gezogen worden war. Ein verratener Mann ist ein vernichteter Mann. Signora Teresa (mochte Gott ihre Seele haben!) hatte recht gehabt. Man hatte ihn nie in Rechnung gezogen. Vernichtet! Ihre weiße Gestalt, gebeugt im Bett sitzend, mit gelöstem schwarzem Haar, das breitstirnige, leidende Gesicht zu ihm erhoben, und der Zorn in ihren Vorwürfen erschienen ihm nun als letzte Erleuchtung vor der schauerlichen Majestät des Todes. Denn nicht umsonst war der Schrei des Unglücksvogels über seinem Kopf erklungen. Sie war tot – mochte Gott ihre Seele haben!

Obwohl er die priesterfeindliche Freigeisterei der Masse teilte, gebrauchte er doch die fromme Redensart, aus oberflächlicher Gewohnheit wie aus innerstem Empfinden. Das Volksgemüt kennt keine Skepsis, und diese Unkenntnis liefert die hilflose Kraft der Menge den Lügen der Schwindler und der unbarmherzigen Begeisterung der Führer aus, die sich von Gesichten eines erhabenen Geschicks leiten lassen. Sie war tot. Doch würde Gott bereit sein, ihre Seele aufzunehmen? Sie war ohne Beichte und Absolution gestorben, weil er sich nicht hatte entschließen können, ihr noch einen Augenblick seiner Zeit zu opfern. Seine Verachtung für Priester als Priester blieb bestehen; aber schließlich war es unmöglich, zu wissen, ob das, was sie behaupteten, nicht doch wahr war. Macht, Strafe, Vergebung sind einfache und glaubwürdige Begriffe. Der prunkliebende Capataz der Cargadores, gewisser schlichter Wirklichkeiten beraubt – der Bewunderung der Frauen, der Schmeichelei der Männer, der bewunderten Öffentlichkeit seiner Lebensführung –, war nun bereit, die Bürde einer gotteslästerlichen Schuld auf seine Schultern niedersinken zu fühlen.

Während er barhäuptig, in dünnem Hemd und Hosen hinging, stieg durch die Sohlen seiner nackten Füße die Wärme auf, die der feine Sand bewahrt hatte. Der schmale Strandstreifen leuchtete weit voraus in schwacher Krümmung und zeigte die Begrenzung dieser wilden Seite des Hafens an. Nostromo flitzte längs des Ufers hin, wie ein verfolgter Schatten zwischen den dunklen Palmenhainen und der todstillen Wasserfläche zur Rechten. Er rannte unaufhaltsam durch die schweigende Einöde, als hätte er alle Vorsicht und Klugheit vergessen. Aber er wußte wohl, daß er auf dieser Seite des Hafens keine Gefahr lief, entdeckt zu werden. Der einzige Einwohner war ein einsamer, verschlossener Indianer, der Hüter der Palmenhaine, der gelegentlich eine Last Kokosnüsse zum Verkauf in die Stadt brachte. Er lebte ohne Frau in einem offenen Schuppen; neben einem alten Kanu, das kieloben auf dem Strand lag, brannte ein ständiges Feuer aus dürrem Prügelholz. Er war leicht zu vermeiden.

Das Gebell der Hunde bei der Hütte dieses Mannes ließ Nostromo in seiner Hast innehalten. Er hatte die Hunde vergessen. Er bog scharf ab und warf sich in den Palmenhain wie in eine Wildnis von Säulen in einer ungeheuren Halle, in deren dichter Dunkelheit es über seinem Kopfe leise lispelte und rauschte. Dahinter kam er an eine

Schlucht, durchkletterte sie und endete auf dem Gipfel einer steilen Klippe ohne Baum oder Büsche. Von dort aus konnte er die Ebene zwischen der Stadt und dem Hafen übersehen, die im Sternenlicht offen und verschwommen dalag. Weiter oben in den Wäldern machte ein Nachtvogel einen merkwürdig trommelnden Lärm. Unterhalb, jenseits des Palmenhains am Ufer, bellten die Hunde des Indianers immer noch wütend. Nostromo fragte sich verwundert, was sie wohl gar so aufgeregt haben mochte, sah von seiner Höhe hinunter und entdeckte zu seiner Überraschung eine unerklärliche Bewegung des Bodens unten, als wären mehrere rechteckige Stücke der Ebene in Fluß geraten. Diese dunklen, gleitenden Flecke, die bald auftauchten, bald unsichtbar wurden, verschoben sich ständig vom Hafen weg, in offenbar zweckbewußter Ordnung. Nostromo dämmerte ein Licht auf: es war eine Infanteriekolonne, auf einem Nachtmarsch in die Hügel am Fuß der Vorberge. Doch war er über alles und jedes zu sehr im Dunkeln, um sich wundern oder Betrachtungen anstellen zu können.

Die Ebene war in ihre schattenhafte Unbeweglichkeit zurückgesunken. Er stieg die Klippe hinunter und stand in der offenen Einöde zwischen dem Hafen und der Stadt. Die Weite erschien durch die Dunkelheit noch grenzenloser und steigerte noch das Gefühl seiner völligen Verlassenheit. Sein Schritt wurde langsamer. Niemand erwartete ihn; niemand dachte an ihn; niemand erwartete oder wünschte seine Rückkehr. „Verraten, verraten!“ murmelte er vor sich hin. Niemand kümmerte sich darum. Er hätte ebensogut ertrunken sein können. Niemand hätte sich darum gekümmert - außer den Kindern vielleicht, dachte er. Aber die waren ja bei der englischen Señora und dachten wohl nicht an ihn.

Er schwankte in seinem Vorsatz, gerade auf die Casa Viola zuzuhalten. Wozu? Was hatte er dort zu erwarten? Sein Leben schien ihm in allen Einzelheiten verpfuscht, noch über Teresas verächtliche Vorwürfe hinaus. Er war sich seines Widerwillens peinlich bewußt. War es diese Reue, die sie ihm mit ihrem (soviel er nun sah) letzten Atemhauch vorhergesagt hatte?

Inzwischen war er, von einem dunklen Instinkt geleitet, von der geraden Linie nach rechts abgebogen, gegen den Kai und den Hafen zu, den Schauplatz seiner Tätigkeit. Das lange Zollamtsgebäude ragte plötzlich wie eine Fabrikmauer vor ihm auf. Niemand rief ihn an, und während er sich vorsichtig näherte, wurde seine Neugier geweckt durch den unerwarteten Anblick zweier beleuchteter Fenster an der Vorderseite.

Diese zwei Fenster, die allein in dem weiten, verlassenen Bau über den Hafen hinausglänzten, hatten all die Lockung einer einsamen Nachtwache, die dort oben von einem geheimnisvollen Späher gehalten wurde. Die Einsamkeit war fast zu fühlen. In dünnem Rauch, den er deutlich wahrnehmen konnte, wenn er die Augen gegen den Sternenhimmel erhob, hing der starke Geruch brennenden Holzes in der Luft. Während sich Nostromo in der tiefen Dunkelheit näher schob, klang ihm das Schrillen zahlloser Zikaden im trockenen Grase geradezu betäubend in die Ohren. Langsam, Schritt um Schritt, kam er bis in die große Halle, die düster und voll scharfen Rauches dalag.

Ein Feuer, das hart am Stiegenhaus aufgeschichtet worden, war unschädlich zu einem kleinen Aschenhaufen niedergebrannt. Das Hartholz hatte nicht gefangen, nur ein paar Stufen am Fuße der Treppe glimmten: ihre Kanten zeigte eine kriechende Glut an. Quer über den oberen Stiegenabsatz fiel aus einer offenen Tür ein Lichtstreifen durch die ziehenden Rauchschwaden. Das war das Zimmer. Nostromo schlich die Treppe hinauf und hielt an, weil er drinnen den Schatten eines Mannes an der Wand gesehen hatte. Es war der formlose, hochschultrige Schatten eines Menschen, der still dastand, mit gesenktem Kopf, außerhalb Nostromos Sehlinie. Der Capataz erinnerte sich, daß er ganz unbewaffnet war, trat zur Seite, drückte sich in einen dunklen Winkel und wartete, die Augen auf die Türe gerichtet. Der ganze wüste, unfertige Bau, ohne Decken unter dem hohen First, war von den Rauchschwaden durchzogen, die im Luftzug zwischen den vielen scheunenartigen Räumen leise schwankten. Einmal schlug ein offener Fensterladen mit scharfem Krach gegen die Wand zurück, als hätte ihn eine ungeduldige Hand aufgestoßen. Von irgendwo wehte ein Blatt Papier heraus und raschelte den Flur entlang. Der Mann, wer er auch sein mochte, verdunkelte den erleuchteten Türrahmen nicht. Zweimal machte der Capataz ein paar Schritte aus seiner Ecke vor und reckte den Hals, um sehen zu können, was der andere dort drin so schweigsam trieb. Der Mensch tat offenbar gar nichts und rührte sich nicht vom Fleck, als dächte er nach – oder läse vielleicht ein Schriftstück. Und kein Laut drang aus dem Raum.

Nochmals trat der Capataz zurück. Wer mochte der andre wohl sein – ein Monterist? Doch Nostromo wagte sich nicht zu zeigen. Es mußte, so sagte er sich, den Schatz gefährden, wenn er – außer vielleicht nach vielen Tagen – die eigene Gegenwart an Land offenbarte. Da sein eigenes Wissen ihn ganz und gar ausfüllte, so schien es ihm unmöglich, daß jemand in Sulaco nicht sofort auf die rechte Vermutung kommen sollte. Nach ein paar Wochen etwa würde es ja anders sein. Wer konnte dann sagen, daß er nicht auf dem Landweg aus einem der Häfen außerhalb der Republik heimkehrte? Das Dasein des Schatzes verwirrte ihm die Gedanken durch ein merkwürdiges Angstgefühl, als wäre sein Leben damit verknüpft. Es machte ihn einen Augenblick lang furchtsam vor dieser rätselhaft erleuchteten Tür. Hol' der Teufel den Burschen! Er wünschte ihn nicht zu sehen. Es war töricht, hier die Zeit mit Warten zu vergeuden.

Weniger als fünf Minuten nach seinem Eintritt begann der Capataz den Rückzug. Er kam glücklich die Stiege hinunter, warf über die Schulter noch einen Blick nach dem Lichtschein im ersten Stock zurück und durchquerte heimlich die Halle. Im Augenblick aber, als er, nur darauf bedacht, der Aufmerksamkeit des Mannes oben zu entgehen, aus dem Tor hinauswollte, rannte ihn jemand, den er nicht hatte kommen hören, von draußen heftig an. Beide stießen einen halblauten Ruf der Überraschung aus, sprangen zurück und standen still, einer dem andern kaum erkennbar. Nostromo schwieg. Der andre Mann sprach zuerst, verblüfft und leise:

„Wer sind Sie?“

Nostromo hatte bereits Doktor Monygham zu erkennen geglaubt. Nun hatte er keinen Zweifel mehr. Er zögerte den Bruchteil einer Sekunde lang. Der Gedanke kam ihm, ohne ein Wort davonzurennen. Umsonst! Ein unerklärlicher Widerwille, den Namen auszusprechen, unter dem er bekannt war, ließ ihn noch eine Weile schweigen. Schließlich sagte er leise:

„Ein Cargador.“

Er trat auf den andern zu. Doktor Monygham hatte es einen Stoß gegeben. Er warf die Arme hoch und schrie vor Erstaunen laut auf, um jede Beherrschung gebracht durch die wunderbare Begegnung. Nostromo ermahnte ihn ärgerlich, seine Stimme zu mäßigen. Das Zollamt sei nicht so verlassen, wie es scheine. In dem erleuchteten Zimmer im ersten Stock sei jemand.

Nichts ist flüchtiger in den vollendeten Tatsachen als das Wunderbare. Unaufhörlich beschäftigt mit Erwägungen, die seine Ängste und Wünsche betreffen, wendet sich der Menschengeist naturgemäß von der wunderbaren Seite der Ereignisse ab. Und so fragte der Doktor im selbstverständlichsten Ton diesen Mann, den er keine zwei Minuten zuvor im Golf ertrunken geglaubt hatte:

„Sie haben jemand dort oben gesehen, ja?"

„Nein, ich habe ihn nicht gesehen."

„Wie wissen Sie es dann?"

„Ich lief eben vor seinem Schatten davon, als wir uns trafen."

„Vor seinem Schatten?"

„Ja, vor seinem Schatten in dem hellerleuchteten Raum", sagte Nostromo verächtlich. Er lehnte sich mit gekreuzten Armen an die Grundmauer des großen Baus, ließ den Kopf sinken, biß sich leicht auf die Lippen und sah den Doktor nicht an. „Jetzt", dachte er, „wird er mich nach dem Schatz fragen."

Aber des Doktors Gedanken waren mit einem Vorfall beschäftigt, der nicht so wunderbar wie Nostromos Rückkehr, doch an sich ebenso unklar war. Warum war Sotillo mit seiner ganzen Truppe so schnell und plötzlich abmarschiert? Was sollte es bedeuten? Dann dämmerte es dem Doktor auf, der Mann im ersten Stock könnte ein Offizier sein, den der enttäuschte Oberst zurückgelassen hatte, um sich mit Monygham in Verbindung zu setzen.

„Ich glaube, er wartet auf mich", sagte er.

„Es ist möglich."

„Ich muß nachsehen. Gehen Sie noch nicht weg, Capataz!"

„Weg? Wohin?" murmelte Nostromo.

Der Doktor hatte ihn schon verlassen. Er blieb an die Mauer gelehnt und starrte auf das dunkle Wasser des Hafens hinaus; das Schrillen der Zikaden klang ihm in die Ohren. Ein Schleier legte sich unaufhaltsam über sein Denken und nahm ihm alle Entschlußkraft.

„Capataz! Capataz!" klang des Doktors Stimme eindringlich von oben.

Das Bewußtsein, verraten und zugrunde gerichtet zu sein, schwamm auf seiner düsteren Gleichgültigkeit wie auf einem Pechpfuhl. Aber er trat von der Mauer weg, sah hinauf und bemerkte Doktor Monygham, der sich aus: dem erleuchteten Fenster beugte.

„Kommen Sie herauf und sehen Sie, was Sotillo getan hat. Sie brauchen den Mann hier oben nicht zu fürchten!"

Er antwortete mit einem kurzen, bitteren Lachen. Einen Mann fürchten! Der Capataz der Cargadores von Sulaco, einen Mann fürchten! Es ärgerte ihn, daß jemand nur die bloße Möglichkeit erwähnen konnte. Es ärgerte ihn, unbewaffnet, gejagt und in Gefahr zu sein, wegen des verfluchten Schatzes, der für die Leute, die ihn ihm an den Hals gehängt hatten, so unwichtig schien. Für Nostromo vertrat der Doktor all diese Leute... und er hatte nicht einmal danach gefragt. Kein Wort der Nachfrage nach dem verzweifeltsten Unternehmen seines Lebens.

In solchen Gedanken durchschritt Nostromo abermals die höhlenartige Halle, in der der Rauch viel dünner geworden war, und ging die Stiegen hinauf, die ihm jetzt nicht mehr so warm vorkamen, auf den Lichtstreifen zu. Der Doktor erschien darin, erregt und ungeduldig.

„Kommen Sie herauf! Kommen Sie herauf!"

Im Augenblick, wo er die Schwelle überschritt, fuhr der Capataz überrascht zusammen. Der Mann hatte sich nicht gerührt. Er sah den Schatten am selben Fleck. Er stutzte und trat dann mit dem Gefühl ein, er sei daran, ein Geheimnis zu lösen.

Es war sehr einfach. Den Bruchteil einer Sekunde lang sah er gegen das Licht zweier flackernder und tropfender Kerzen durch einen bläulichen, beißenden Rauch, der ihm Tränen in die Augen trieb, den Mann so stehen, wie er es sich vorgestellt hatte, mit dem Rücken zur Tür, wobei er einen ungeheuren, verzerrten Schatten an die Wand warf. Schneller als ein Blitz folgte die Beobachtung, daß die Haltung gezwungen und verkrümmt war – die Schultern vorgebeugt, der Kopf tief auf die Brust gesenkt. Dann erkannte er die Arme hinter dem Rücken, so furchtbar verrenkt, daß die zwei geballten, zusammengeschnürten Fäuste höher als die Schulterblätter hinaufgezwängt worden waren. Von da aus erfaßte er mit einem jähen Blick den Lasso, der von den gefesselten Händen über einen schweren Deckenbalken und wieder hinunter zu einem Haken in der Wand lief. Er brauchte nicht erst auf die steifen Beine, auf die reglos niederhängenden Füße zu sehen, deren nackte Zehen handbreit vom Boden entfernt waren, um zu wissen, daß man dem Mann die Estrapade gegeben hatte, bis er ohnmächtig geworden war. Seine erste Regung war, vorzuspringen und den Lasso mit einem Schlag zu durchhauen. Er fühlte nach seinem Messer. Er hatte kein Messer – nicht einmal ein Messer. Er stand bebend da, und der Doktor sah, auf der Tischkante sitzend, das grausame, jammervolle Bild an und meinte, das Kinn in der Hand, ohne sich zu rühren:

„Gefoltert – und erschossen – durch die Brust – wird schon kalt."

Diese Feststellung beruhigte den Capataz. Eine der Kerzen, die in ihren Leuchtern flackerten, ging aus. „Wer hat das getan?" fragte er.

„Sotillo, sage ich Ihnen. Wer sonst? Gefoltert – natürlich. Aber warum erschossen?" Der Doktor sah Nostromo fest an, der leicht mit den Schultern zuckte. „Und sehen Sie: in plötzlichem Antrieb erschossen. Das ist unverkennbar. Ich wollte das Geheimnis gerne kennen."

Nostromo war vorgetreten und beugte sich, um besser sehen zu können.

„Ich glaube das Gesicht irgendwo gesehen zu haben“, murmelte er. „Wer ist es?“

Der Doktor richtete abermals die Augen auf ihn. „Vielleicht komme ich noch dahin, ihn um sein Schicksal zu beneiden. Wie denken Sie darüber, Capataz, he?“

Aber Nostromo hörte die Worte nicht einmal. Er faßte die übriggebliebene Kerze und hielt sie unter das gebeugte Haupt. Der Doktor saß verloren, mit leerem Blick da. Dann klirrte der schwere eiserne Leuchter auf den Boden, als hätte man ihn Nostromo aus der Hand geschlagen.

„Hallo!“ rief der Doktor und sah erschreckt auf. Er konnte den Capataz gegen den Tisch taumeln und keuchen hören. Nachdem das Licht im Zimmer so plötzlich erloschen war, begann sich das tote Schwarz hinter den Fensterrahmen vor seinen Blicken mit Sternen zu beleben.

„Natürlich, natürlich“, murmelte der Doktor in englischer Sprache in sich hinein. „Schon genug, um ihn aus dem Häuschen zu bringen.“

Nostromo glaubte zu fühlen, wie ihn das Herz in der Kehle würgte. Sein Kopf wirbelte. Hirsch! Der Mann war Hirsch! Er klammerte sich haltsuchend an die Tischkante.

„Aber er hatte sich ja im Leichter verborgen“, brüllte er beinahe. Dann wurde seine Stimme leiser. „Im Leichter und – und ...“

„Und Sotillo hat ihn hereingebracht“, ergänzte der Doktor. „Er kann Sie nicht mehr erschrecken, als Sie mich erschreckt haben. Was ich wissen möchte, ist, wie er eine mitleidige Seele dazu gebracht hat, ihn zu erschießen.“

„Sotillo weiß also ...“, begann Nostromo mit festerer Stimme.

„Alles!“ unterbrach ihn der Doktor.

Man hörte den Capataz mit der Faust auf den Tisch schlagen. „Alles? Was sagen Sie da? Alles? Weiß alles? Unmöglich! Alles?“

„Natürlich! Was verstehen Sie unter unmöglich? Ich sage Ihnen, ich habe zugehört, wie dieser Hirsch gestern nacht hier in ebendiesem Zimmer verhört wurde. Er wußte Ihren Namen, Decouds Namen und alles über die Verladung des Silbers ... Der Leichter wurde entzweigeschnitten. Er wand sich in wahnsinniger Angst vor Sotillo, aber soviel wußte er doch noch. Was wollen Sie mehr? Über sich selbst wußte er am wenigsten. Sie fanden ihn an den Anker geklammert. Er muß danach gegriffen haben, im Augenblick, als der Leichter unterging.“

„Unterging?“ wiederholte Nostromo langsam. „Sotillo glaubt das? Bueno!“

Der Doktor, ein wenig ungeduldig, konnte sich nicht vorstellen, was jemand sonst hätte glauben sollen. Jawohl, Sotillo glaubte, daß der Leichter gesunken und der Capataz der Cargadores zugleich mit Don Martin Decoud und vielleicht noch ein oder zwei anderen politischen Flüchtlingen ertrunken sei.

„Ich sagte Ihnen wohl, Señor Doctor“, warf Nostromo dabei ein, „daß Sotillo nicht alles wisse.“

„Wie, was meinen Sie?“

„Er weiß nicht, daß ich nicht tot bin.“

„Das wußten wir auch nicht.“

„Und Sie kümmerten sich nicht darum – keiner von euch Caballeros am Kai –, als sie erst einmal einen Mann von Fleisch und Blut auf eine Narretei ausgeschickt hatten, die nicht gut enden konnte.“

„Sie vergessen, Capataz, daß ich nicht auf dem Kai war. Und ich hatte keine hohe Meinung von Ihrer Aufgabe. Also brauchen Sie mir nichts vorzuwerfen. Ich sage Ihnen eines, Mann, wir hatten wenig Muße, an die Toten zu denken. Der Tod steht nahe hinter uns allen. Und Sie waren ja weg.“

„Allerdings, ja!“ fiel Nostromo ein. „Und um welcher Sache willen, sagen Sie mir das?“

„Oh! Das ist Ihre eigene Angelegenheit“, meinte der Doktor schroff. „Fragen Sie mich nicht.“

Das halblaute Gespräch im Dunkeln brach ab. Sie hockten beide mit abgewandten Gesichtern auf der Tischkante, fühlten, wie sich ihre Schultern berührten, und hielten die Augen auf eine Gestalt gerichtet, die mit der Dunkelheit im Zimmer fast verschwamm und mit vorgebeugtem Kopf und Schultern in gespenstischer Unbeweglichkeit gierig auf jedes Wort zu lauschen schien.

„Muy bien!“ knurrte Nostromo schließlich. „Soll es so sein. Teresa hatte recht. Es ist meine eigene Angelegenheit.“

„Teresa ist tot“, bemerkte der Doktor zerstreut und verfolgte dabei innerlich eine neue Gedankenreihe, die durch Nostromos Wiederkehr ins Leben angeregt war. „Sie ist gestorben, die arme Frau.“

„Ohne Priester?“ fragte der Capataz angstvoll.

„Was für eine Frage! Wer hätte ihr gestern nacht einen Priester holen sollen?“

„Möge Gott ihre Seele aufnehmen!“ rief Nostromo mit einer düsteren, hoffnungslosen Inbrunst und nahm, ehe Doktor Monygham Zeit gehabt hatte, wegen des neuartigen Tons Überraschung zu fühlen, finster das vorhergehende Gespräch auf: „Si, Señor Doctor. Es ist meine eigene Angelegenheit, wie Sie sagten. Eine ganz verzweifelte Angelegenheit.“

„Es gibt keine zwei Männer in diesem Teil der Welt, die sich hätten durch Schwimmen retten können, wie Sie es getan haben“, sagte der Doktor bewundernd.

Und wieder herrschte Schweigen zwischen den beiden Männern. Sie dachten beide nach, und die Verschiedenheit ihrer Naturen wies ihren Gedanken über ihr Zusammentreffen ganz verschiedene Richtungen. Der Doktor, zu gefährlichem Handeln entschlossen wegen seiner Treue zu den Goulds, staunte dankbar über die Kette von

Zufällen, die diesen für die Rettung der San Tomé-Mine so brauchbaren Mann im rechten Augenblick zurückgeführt hatten. Der Doktor war der Mine treu ergeben. Sie verkörperte sich vor seinen fünfzig Jahre alten Augen in der Gestalt einer kleinen Frau, in Seidenkleid mit langer Schleppe, mit schweren blonden Flechten auf dem kleinen Kopf, einer Frau, deren zarter Seelenreichtum, halb Edelstein, halb Blume, sich in jeder Gebärde offenbarte. Im Maße, wie sich die Gefahren rings um die San Tomé-Mine auftürmten, gewann dieses Bild an Deutlichkeit, Dauer und Macht. Es beherrschte ihn schließlich. Doktor Monyghams Denken, Tun und Persönlichkeit, von jeder herkömmlichen Hoffnung auf Lohn gelöst, machten ihn in hohem Maße zu einer Gefahr für sich und andere, denn alle seine Bedenken verschwanden vor dem stolzen Bewußtsein, daß einzig nur seine Ergebenheit zwischen einer bewundernswerten Frau und einem furchtbaren Unglück stand.

Es war wie ein Rausch, der ihn gegen Decouds Geschick gleichgültig machte, seinen Verstand aber ungetrübt Decouds politische Idee bewerten ließ. Es war eine gute Idee, und Barrios das einzige Werkzeug zu ihrer Verwirklichung. Des Doktors Seele, verkümmert und verschüchtert durch die Schande eines moralischen Fehlschlags, wurde unerbittlich im Übermaß seiner Zärtlichkeit. Nostromos Rückkehr war ein Wink der Vorsehung. Er betrachtete ihn nicht menschlich, wie ein Mitgeschöpf, das eben erst dem Tode entronnen war. Der Capataz war für ihn nur der einzig mögliche Bote nach Cayta. Gerade der rechte Mann. Des Doktors gehässiges Mißtrauen gegen die Menschheit (um so bitterer, da es auf eigenes Versagen gegründet war) erhob ihn nicht genügend über allgemeine Schwächen. Er stand im Bann eines festgegründeten Rufes. Von Kapitän Mitchell ausposaunt, durch Wiederholung gestärkt und durch allgemeinen Beifall gefestigt, war Nostromos Treue von Doktor Monygham nie angezweifelt worden. Nun, wo er sie selbst dringend nötig brauchte, war er noch weniger geneigt, sie zu bezweifeln. Doktor Monygham war menschlich; er nahm die volkstümliche Auffassung von der Unbestechlichkeit des Capataz einfach deswegen hin, weil kein Wort oder keine Tat diese bloße Behauptung je Lügen gestraft hatten. Diese Unbestechlichkeit schien zu dem Mann zu gehören wie sein Backenbart oder seine Zähne. Es war unmöglich, sich ihn anders vorzustellen. Die Frage war, ob er sich dazu hergeben würde, einen so gefährlichen und verzweifelten Gang zu wagen. Der Doktor war ein hinlänglich scharfer Beobachter, so daß er von Anfang an eine Besonderheit aus dem Gehaben des Mannes herausgefühlt hatte. Nostromo war zweifellos wütend über den Verlust des Silbers.

„Es wird nötig sein, ihn ganz ins Vertrauen zu ziehen“, sagte er sich, mit einer gewissen Einsicht in die Gemütsart, mit der er es zu tun hatte.

Auf Nostromos Seite war das Schweigen voll düsterer Unentschlossenheit, voll Ärger und Mißtrauen gewesen. Doch war er der erste, der es brach.

„Das Schwimmen war keine große Sache“, sagte er. „Das, was vorher kam, ist es – und das, was nachher kommt...“

Er sprach den Satz nicht zu Ende und brach kurz ab, als wäre er in Gedanken auf ein starres Hindernis gestoßen. Der Doktor verfolgte seine eigenen Gedanken mit machiavellistischem Scharfsinn. Er sagte so freundlich, wie es ihm möglich war:

„Es ist ein Unglück, Capataz. Doch niemand könnte daran denken, Sie zu tadeln. Wirklich ein Unglück. Vor allem einmal hätte der Schatz das Gebirge nie verlassen sollen. Aber es war Decoud, der .... Nun, er ist tot. Es ist unnütz, von ihm zu sprechen."

„Nein", stimmte Nostromo bei, als der Doktor schwieg, „es ist unnütz, von Toten zu reden. Aber ich bin noch nicht tot."

„Sie haben ganz recht. Nur ein Mann von Ihrer Unerschrockenheit hätte sich retten können."

Hierin war Doktor Monygham aufrichtig. Er schätzte die Unerschrockenheit dieses Mannes sehr hoch, den er im übrigen nicht sonderlich achtete; er war verbittert gegen die Menschheit im allgemeinen, wegen des einen besonderen Falles, in dem seine eigene Männlichkeit versagt hatte. Da er, immer für sich allein, während seiner Einsiedlerzeit viele Gefahren zu bestehen gehabt hatte, so war er sich des schwierigsten Umstandes wohl bewußt, der ihnen allen gemeinsam ist: des niederschmetternden, lähmenden Gefühls menschlicher Ohnmacht, wodurch ein Mann, der allein, weit weg von den Augen seiner Gefährten, gegen Naturmächte kämpft, wahrhaft entwaffnet wird. Er war sehr wohl imstande, das Bild richtig zu werten, das er sich von dem Capataz gemacht hatte: wie er, nach Stunden qualvoller Spannung, plötzlich in einen Abgrund von Wasser und Finsternis gestürzt war, ohne Erde oder Himmel, und dem nicht nur unerschrocken, sondern mit offenbarern Erfolg die Stirn geboten hatte. Natürlich, der Mann war ein unvergleichlicher Schwimmer, das war bekannt, aber der Doktor war der Meinung, daß dieser Umstand die Unerschrockenheit noch unterstrich. Es gefiel ihm, er gründete darauf die schönste Hoffnung für den Erfolg der schwierigen Aufgabe, mit der er den so wunderbar wieder aufgetauchten Capataz zu betrauen gedachte. Mit einem Anflug von Befriedigung im Ton bemerkte er:

„Es muß furchtbar finster gewesen sein!"

„Es war eine der schlimmsten Finsternisse des Golfo", gab der Capataz kurz zu. Er fühlte sich erweicht durch die scheinbare leise Anteilnahme an seinen Erlebnissen und warf mit gespielter Gleichgültigkeit ein paar beschreibende Sätze hin. In diesem Augenblick fühlte er sich mitteilsam. Er erwartete das Fortdauern dieser Anteilnahme, die ihm, ob er sie annahm oder zurückwies, seine Persönlichkeit wiedergeben konnte – das einzige, was er bei der verzweifelten Sache verloren hatte. Der Doktor aber, hartfellig gemacht durch ein eigenes, verzweifeltes Erlebnis, war furchtbar beharrlich in der Verfolgung seiner Idee. Er stieß einen Ausruf des Bedauerns aus.

„Ich wollte beinahe, Sie hätten geschrien und ein Licht gezeigt!"

Dieser unerwartete Ausbruch verblüffte den Capataz durch seine kaltblütige Grausamkeit. Es hieß soviel wie: „Ich wollte, Sie hätten sich als Feigling gezeigt; ich wollte, Sie hätten sich zum Dank für Ihre Mühe die Kehle abschneiden lassen." Natürlich bezog er die Worte auf sich, während sie doch nur auf das Silber gemeint und zwar leichthin, doch mit vielen inneren Vorbehalten gesprochen waren. Überraschung und Wut raubten ihm die Sprache, und der Doktor fuhr fort, ungehört von Nostromo, dem das jagende Blut in den Ohren rauschte:

„Denn ich bin überzeugt, daß Sotillo im Besitz des Silbers kurz kehrtgemacht und auf einen kleinen Hafen außerhalb der Republik zugehalten hätte. Wirtschaftlich betrachtet wäre es natürlich verderblich gewesen, aber doch nicht so verderblich wie das Sinken. Das nächstliegende und beste natürlich wäre es gewesen, das Silber an sicherem Ort zur Hand zu haben und es zu Sotillos Bestechung zu gebrauchen. Aber ich zweifle, ob Don Carlos sich je dazu entschlossen hätte. Er ist für Costaguana nicht geschaffen, das ist es, Capataz."

Der Capataz hatte die Wut, die ihm wie ein Ungewitter in den Ohren tobte, rechtzeitig überwunden, um den Namen Don Carlos verstehen zu können. Er schien als neuer Mensch aus diesem Anfall hervorzugehen – als ein Mensch, der nachdenklich, mit sanfter, leiser Stimme sprach:

„Und wäre Don Carlos zufrieden gewesen, wenn ich seinen Schatz ausgeliefert hätte?"

„Es sollte mich nicht wundern, wenn sie nun alle dieser Meinung wären", sagte der Doktor grimmig. „Ich wurde nicht gefragt. Decoud hatte seinen eigenen Kopf. Nun sind ihnen die Augen aufgegangen, glaube ich. Ich für meine Person weiß, daß ich das Silber, wenn es nun durch einen Zauberschlag an Land auftauchte, Sotillo übergeben würde. Und nach Lage der Dinge würde man mir dabei zustimmen."

„Durch einen Zauberschlag auftauchte", wiederholte der Capataz sehr leise. Dann erhob er die Stimme: „Das, Señor, wäre ein größeres Wunder, als es ein Heiliger vollbringen könnte."

„Ich glaube es Ihnen, Capataz", sagte der Doktor trocken.

Er fuhr fort, seine Ansicht über die Gefahr zu entwickeln, die Sotillo für die Lage bedeutete. Und der Capataz hörte wie im Traume zu und kam sich so bedeutungslos vor wie die verschwommene, regungslose Gestalt des toten Mannes, die er unter dem Deckenbalken sehen konnte und die auch zu horchen schien, mißachtet, vergessen, ein warnendes Beispiel von Vernachlässigung.

„War es also eine gedankenlose, törichte Laune, die sie zu mir geführt hat?" unterbrach er plötzlich. „Hatte ich nicht genug für sie getan, um ein wenig Rücksicht zu verdienen, por Dios? Ist es so, daß die ›hombres finos‹ – die Gentlemen – nicht nachzudenken brauchen, solange ein Mann aus dem Volke zur Hand und bereit ist, Leib und Seele für sie zu wagen? Oder haben wir vielleicht keine Seele – wie die Hunde?"

„Decoud war ja auch da, mit seinem Plan", erinnerte ihn der Doktor.

„Si! Und der reiche Mann in San Franzisko, der etwas mit dem Schatz zu tun hatte, auch – was weiß ich? Nein! Ich habe zuviel gehört. Mir scheint es, daß den Reichen alles erlaubt ist."

„Ich verstehe, Capataz", begann der Doktor.

„Was, Capataz?" fiel Nostromo ungestüm und doch leise ein. „Der Capataz ist abgetan, vernichtet. Es gibt keinen Capataz. O nein! Den Capataz finden Sie nie wieder!"

„Kommen Sie, das ist kindisch!" widersprach der Doktor. Und der andere beruhigte sich plötzlich.

„Ich war wirklich wie ein kleines Kind", brummte er.

Und als seine Augen nochmals die Gestalt des Ermordeten streiften, die in furchtbarer Reglosigkeit, wie angestrengt lauschend dahing, da fragte er mit leisem Staunen:

„Warum hat Sotillo diesem armen Teufel die Estrapade gegeben? Wissen Sie es? Keine Folter hätte schlimmer sein können als seine Angst. Das Töten kann ich verstehen. Der Anblick seiner Angst war wirklich unerträglich. Aber warum hätte er ihn so quälen sollen? Er konnte ja doch nicht mehr sagen."

„Nein, er konnte nicht mehr sagen. Jeder vernünftige Mensch hätte das eingesehen. Er hatte alles gesagt. Aber ich will Ihnen sagen, was es ist, Capataz. Sotillo wollte nicht glauben, was ihm gesagt wurde. Nicht alles."

„Was wollte er nicht glauben? Das kann ich nicht verstehen."

„Ich kann es, weil ich den Mann gesehen habe. Er weigerte sich, zu glauben, daß der Schatz verloren ist."

„Was?" schrie der Capataz außer sich.

„Das erschreckt Sie, wie?"

„Soll ich das so verstehen, Señor", fuhr Nostromo überlegt und fast lauernd fort, „daß Sotillo meint, der Schatz sei auf irgendeine Weise gerettet worden?"

„Nein, nein! Das wäre unmöglich", gab der Doktor mit Überzeugung zurück; und Nostromo knurrte im Dunkeln. „Das wäre unmöglich. Er glaubt, das Silber sei nicht mehr im Leichter gewesen, als dieser unterging. Er hat sich eingeredet, daß das ganze Getue mit der Fortschaffung nur eine Posse sei, darauf berechnet, Gamacho und seine Nationalen zu täuschen, Pedrito Montero, Señor Fuentes, unseren neuen Jefe Politico, und auch ihn selbst. Nur sei er kein solcher Narr, sagt er."

„Aber er ist ja verrückt! Er ist der größte Trottel, der sich je in diesem Teufelsland Oberst genannt hat", grollte Nostromo.

„Er ist nicht verrückter als viele verständige Leute", meinte der Doktor. „Er hat sich eingeredet, daß der Schatz zu finden sein müsse, weil er leidenschaftlich wünscht, ihn in Besitz zu bekommen. Auch fürchtet er, seine Offiziere könnten sich gegen ihn erheben und zu Pedrito übergehen, dem er weder zu widerstehen noch zu vertrauen wagt. Verstehen Sie das, Capataz? Er braucht keine Desertion zu fürchten, solange noch ein wenig Hoffnung da ist, auf diese ungeheure Beute zu stoßen. Ich habe es mir zur Aufgabe gemacht, diese Hoffnung wach zu erhalten."

„Haben Sie das?" wiederholte der Capataz bedächtig. „Nun, das ist großartig. Und wie lange, glauben Sie wohl, werden Sie sie wach erhalten?"

„Solange ich kann."

„Was soll das heißen?"

„Ich kann es Ihnen nicht genau sagen. Solange ich lebe", gab der Doktor kalt zurück. Dann berichtete er mit wenig Worten die Geschichte seiner Verhaftung und die

Umstände seiner Freilassung. „Ich war eben auf dem Rückweg zu dem dummen Schuft, als wir uns trafen“, schloß er.

Nostromo hatte gespannt zugehört. „Sie haben sich also zu einem raschen Tod entschlossen“, murmelte er durch zusammengebissene Zähne.

„Vielleicht, mein Großer Capataz“, sagte der Doktor eigensinnig. „Sie sind nicht der einzige hier, der einem scheußlichen Tod ins Auge sehen kann.“

„Ohne Zweifel“, murmelte Nostromo eben noch hörbar. „Es kann hier vielleicht auch noch mehr als zwei Narren geben. Wer weiß es?“

„Und das ist meine Angelegenheit“, sagte der Doktor kurz.

„Wie es die meine war, das Silber auf See hinauszuführen“, gab Nostromo zurück. „Ich verstehe, Bueno. Jeder von uns hat seine Gründe. Aber Sie waren der letzte, mit dem ich vor dem Aufbruch gesprochen habe, und Sie haben zu mir geredet, als wäre ich ein Narr.“

Nostromo empfand lebhaften Widerwillen gegen die bissige Art, in der der Doktor von seinem großen Ansehen sprach. Decouds leise spöttische Anerkennung hatte ihm Unbehagen verursacht, aber die Vertraulichkeiten eines Mannes wie Don Martin waren schmeichelhaft, während der Doktor ein Niemand war. Er erinnerte sich noch gut, wie er als blutarmer Schlucker, ohne einen einzigen Freund oder Bekannten, durch die Straßen von Sulaco gehinkt war, bis ihn Don Carlos in die Dienste der Mine genommen hatte.

„Sie mögen sehr klug sein“, fuhr er nachdenklich fort und starrte in das Dunkel des Raumes, das von dem schauerlichen Rätsel des gefolterten und ermordeten Hirsch erfüllt war. „Aber ich bin nicht mehr der Narr, als der ich auszog. Ich habe seither eins gelernt, und das ist, daß Sie ein gefährlicher Mensch sind.“

Doktor Monygham war zu verblüfft, um mehr als den Ausruf herauszubringen:

„Was sagen Sie da?“

„Wenn der dort oben sprechen könnte würde er dasselbe sagen“, fuhr Nostromo fort und deutete mit dem Kopfe, der sich schattenhaft vor dem sternhellen Fenster abzeichnete.

„Ich verstehe Sie nicht“, sagte Doktor Monygham schwach.

„Nicht? Hätten Sie Sotillo in seinem Irrsinn nicht bestärkt, dann hätte er es vielleicht nicht so eilig gehabt, diesem unglücklichen Hirsch die Estrapade zu geben.“

Der Doktor fuhr zusammen bei diesen Worten. Aber seine Ergebenheit hatte alle anderen Gefühle abgestumpft und sein Herz gegen Reue und Mitleid gestählt. Immerhin empfand er, um sich ganz zu beruhigen, das Bedürfnis nach einer lauten und geringschätzigen Zurückweisung:

„Pah! Das wagen Sie mir zu sagen, von einem Mann wie Sotiilo. Ich gestehe, daß ich an Hirsch überhaupt nicht gedacht habe. Hätte ich es getan, dann wäre es nutzlos gewesen. Jeder Mensch kann sehen, daß der arme Teufel dem Tod geweiht war, von dem

Augenblick an, wo er sich an den Anker geklammert hatte. Sein Schicksal war besiegelt, genauso wie das meine besiegelt ist – höchstwahrscheinlich."

Das erwiderte Doktor Monygham auf Nostromos Bemerkung, die naheliegend genug war, um an sein Gewissen zu rühren. Er war kein unempfindlicher Mensch. Aber neben der Notwendigkeit, der Bedeutung, der Erhabenheit der Aufgabe, die er auf sich genommen, waren alle nur menschlichen Erwägungen zum Nichts zusammengeschrumpft. Er hatte sich diese Aufgabe in reiner Begeisterung gestellt. Er liebte sie nicht. Es war ihm verhaßt, zu lügen, zu betrügen und zu hintergehen, wenn es sich auch um den niederträchtigsten Menschen handelte. Es war ihm nach seiner Erziehung, seinem ganzen Wesen nach verhaßt. Es widerstrebte seiner Natur und peinigte sein Gefühl, so den Verräter spielen zu sollen. Er hatte das Opfer aus einem Gefühl der Selbsterniedrigung gebracht. Er hatte sich bitter gesagt: „Ich bin der einzige, der für die schmutzige Arbeit in Betracht kommt." Und er glaubte es. Er war nicht scharfsinnig. Seine Harmlosigkeit ging so weit, daß die wahrhaft grimmige Gefahr, der er sich aussetzte (obwohl ihm der Gedanke fernlag, heldenhaft den Tod zu suchen), ihn aufrechterhielt und tröstete. In diesem Gemütszustand erschien ihm das Schicksal des Hirsch als ein Einzelfall in der allgemeinen Grausamkeit der Dinge. Er erwog den Vorfall ganz nüchtern. Wo war der Sinn? War es ein gefährliches Anzeichen einer Sinnesänderung bei Sotillo? Daß der Mann so getötet worden war, das konnte der Doktor nicht verstehen.

„Ja, aber warum erschossen?" murmelte er vor sich hin.

Nostromo blieb ganz still.

IX

Zwischen Zweifel und Hoffnung hin- und hergerissen, geängstigt durch den Klang der Glocken, die Pedro Monteros Ankunft einläuteten, hatte Sotillo den Vormittag im Kampf mit seinen Gedanken hingebracht; für diesen Kampf war er schlecht gerüstet, wegen der Leere seines Kopfes und der Heftigkeit seiner Leidenschaften. Enttäuschung, Gier, Ärger und Angst schufen in des Obersten Brust einen Aufruhr, der lauter war als das Glockengeläute in der Stadt. Keiner seiner Pläne war gelungen. Weder Sulaco noch das Silber der Mine waren in seine Hände gefallen. Er hatte keine militärische Tat vollbracht, die seine Stellung gesichert, und keine ungeheure Beute erlangt, mit der er hätte durchbrennen können. Pedrito Montero flößte ihm Furcht ein, als Freund wie als Feind. Das Glockengeläute machte ihn verrückt.

Da er im ersten Augenblick einen sofortigen Angriff vermutete, so hatte er sein Bataillon unter Waffen am Kai aufgestellt. Er durchmaß das Zimmer der Länge nach und blieb zeitweilig stehen, um an den Fingerspitzen der rechten Hand zu kauen, den trüben Blick zu Boden gerichtet. Dann nahm er mit einem jähen Rundblick voll Abwehr sein wütendes Trampeln wieder auf. Sein Hut, die Peitsche, der Säbel und der Revolver lagen auf dem Tisch. Seine Offiziere drängten sich an dem Fenster, das nach der Stadt zu ging, und stritten untereinander um den Gebrauch seines Feldstechers, den er im Vorjahr auf langfristigen Kredit bei Anzani gekauft hatte. Das Fernglas ging von Hand zu Hand, und der jeweilige Besitzer wurde mit aufgeregten Fragen bestürmt.

„Nichts. Es ist nichts zu sehen", wiederholte er ungeduldig.

Es war nichts. Und nachdem die Abteilung aus dem Gebüsch nächst der Casa Viola auf das Gros zurückgenommen worden, war auf dem staubigen, dürren Landstrich zwischen der Stadt und dem Hafen nicht mehr das geringste Anzeichen von Leben zu entdecken. Spät am Nachmittag aber sah man einen Reiter aus dem Tor kommen und sich furchtlos nähern. Es war ein Bote von Señor Fuentes. Da er ganz allein war, ließ man ihn näher kommen. Er stieg am großen Tor ab, begrüßte die schweigsam Herumstehenden mit munterer Unverschämtheit und verlangte sofort zu dem *muy valliente* Obersten geführt zu werden.

Senor Fuentes hatte bei Antritt seines Amtes als Jefe Politico sein politisches Geschick darauf gerichtet, sowohl den Hafen wie die Mine in Besitz zu bekommen. Der Mann, den er zum Unterhändler mit Sotillo ausersehen hatte, war ein Notar, den die Revolution unter der Anklage der Dokumentenfälschung im Gefängnis betroffen hatte. Zugleich mit den andern „Opfern der Blancotyrannei" vom Pöbel befreit, hatte er sich beeilt, der neuen Regierung seine Dienste anzutragen.

Er machte sich mit dem Entschluß auf den Weg, Sotillo mit viel Eifer und Beredsamkeit dazu zu bewegen, allein zu einer Unterredung mit Pedrito Montero in die Stadt zu kommen. Nichts lag dem Obersten ferner. Der bloße Gedanke, sich in des berüchtigten Pedrito Hände zu geben, hatte ihm mehrfache Übelkeit verursacht. Es stand ganz außer Frage – es war Irrsinn. Und sich auf offene Feindschaft festzulegen, war ebenfalls Irrsinn. Es würde die zielbewußte Suche nach dem Schatz unmöglich machen, nach diesem Silberschatz, den er in nächster Nähe zu fühlen, zu wittern glaubte. Aber wo? Wo? Himmel! Wo? Ah! Warum hatte er den Doktor weggehen lassen! Esel, der er war! Doch nein! Es war der einzig richtige Weg, überlegte er bedrückt, während der wartende Bote unten lebhaft mit den Offizieren plauderte. Es lag in des Doktors eigenstem Interesse, mit stichhaltigen Nachrichten zurückzukehren. Doch wie, wenn ihn etwas aufhielt? Ein allgemeines Verbot, die Stadt zu verlassen, zum Beispiel! Sicher waren Patrouillen unterwegs!

Der Oberst preßte die Hände an den Kopf und schwankte im Gehen, wie von Schwindel befallen. Eine plötzliche Eingebung ließ ihn einen Ausweg finden, der europäischen Staatsmännern nicht unbekannt ist, wenn sie vor einer wichtigen Unterredung Zeit gewinnen wollen. Gestiefelt und gespornt kletterte er in unpassender Eile in die Hängematte. Sein hübsches Gesicht war gelb geworden vor schweren Sorgen. Der Rücken seiner wohlgeformten Nase trat scharf hervor; die kühnen Nüstern waren ängstlich verzerrt. Der samtige, schmeichelnde Blick seiner schönen Augen schien tot, geradezu verwest; denn die mandelförmig schmachtenden Augäpfel waren vor Schlaflosigkeit stark mit Blut unterlaufen. Er wandte sich mit erschöpfter, klangloser Stimme an den überraschten Sendboten Fuentes'. Die Stimme kam ergreifend unter dem Berg von Ponchos hervor, die den eleganten Obersten bis zu dem schwarzen Schnurrbart hinauf verbargen; und dieser Schnurrbart hing nun ungelockt herunter, als Anzeichen körperlichen Niederbruchs und geistiger Erschöpfung. Fieber, Fieber – ein schweres

Fieber hatte den *muy valliente* Obersten befallen. Ein wilder Wechsel im Ausdruck, von den zeitweiligen Anfällen einer plötzlich aufgetretenen Kolik verursacht, und das Klappern der Zähne in unterdrückter Qual wirkten so echt, daß der Bote davon erschüttert wurde. Es schien ein böser Anfall. Der Oberst erklärte, er sei unfähig, zu denken, zu hören und zu sprechen. Mit offenbar übermenschlicher Anstrengung keuchte er hervor, sein Zustand erlaube es ihm nicht, auf die Befehle Seiner Exzellenz geziemend zu antworten oder sie auszuführen. Morgen aber! Morgen! Ah! Morgen! – Seine Exzellenz Don Pedrito möge unbesorgt sein. Das tapfere Esmeralda-Regiment halte den Hafen, halte... Und dabei schloß er die Augen und rollte den schmerzenden Kopf wie ein halbirrer Fieberkranker, unter dem forschenden Blick des Boten, der sich tief über die Hängematte beugen mußte, um die abgerissenen Schmerzensschreie zu verstehen. Unterdessen, hoffte Oberst Sotillo, würde Seiner Exzellenz Menschlichkeit dem englischen Doktor erlauben, mit seinem Kasten voll ausländischer Arzneien aus der Stadt herauszukommen, um nach dem Obersten zu sehen. Er bitte Seine Gnaden den Caballero inständig um die Gefälligkeit, im Vorübergehen in der Casa Gould vorzusprechen und den englischen Doktor, den er wahrscheinlich dort finden werde, zu verständigen, daß der an Fieber im Zollamt daniederliegende Oberst Sotillo seine Dienste dringend brauche. Dringend. Ohne jeden Aufschub. Mit äußerster Ungeduld darauf warte. Tausend Dank. Er schloß müde die Augen und schlug sie nicht wieder auf, lag reglos da, stumm, taub, gefühllos, überwältigt, erschöpft, zerschmettert, vernichtet von seiner Krankheit.

Sobald aber der andere die Türe hinter sich geschlossen hatte, sprang der Oberst mit beiden Füßen inmitten einer Lawine wollener Decken auf. Da sich seine Sporen in den vielen Ponchos verfangen hatten, so überschlug er sich beinahe und fand erst in der Mitte des Zimmers sein Gleichgewicht wieder. Hinter den halbgeschlossenen Läden verborgen, horchte er auf das, was unten vorging.

Der Bote war schon aufgesessen, wandte sich nun zu den Offizieren, die mürrisch im Torweg lehnten, und zog feierlich den Hut.

„Caballeros", sagte er sehr laut, „erlauben Sie mir den Rat, sorgfältig auf Ihren Obersten zu achten. Es war mir eine große Ehre und Freude, Sie alle gesehen zu haben, eine tapfere Schar von Männern, die die soldatische Tugend der Geduld üben, in dieser schlimmen Lage, wo es soviel Sonne und kaum Wasser gibt, während die Stadt, voll Wein und weiblicher Reize, bereit ist, Sie alle liebreich an die Brust zu nehmen. Caballeros, ich habe die Ehre, Sie zu grüßen. Heute nacht wird in Sulaco viel getanzt werden. Leben Sie wohl!"

Er verhielt sein Pferd und neigte den Kopf, als er den alten Major, sehr lang und mager, vortreten sah; in einem geradegeschnittenen, engen Rock, der ihm bis zu den Knöcheln niederfiel, sah er wie die um den Stock gerollte Regimentsfahne aus.

Der geistreiche alte Krieger äußerte in rätselhaftem Ton die allgemeine Behauptung, „die Welt sei voller Verräter", und fuhr dann mit einer überlegten Lobrede auf Sotillo fort. Er schrieb ihm mit feierlichem Nachdruck alle erdenklichen Tugenden zu und schloß mit einer Redensart, die in den niederen Schichten des Westens (besonders in Esmeralda) gebräuchlich ist: „Und ein Mann mit vielen Zähnen – *hombre de muchos dientes*. Si, Senor. In uns aber“, fuhr er mit feierlichem Nachdruck fort, „in uns sehen Euer Ehren das ausgezeichnetste Offizierkorps der Republik; Männer ohnegleichen an Mut und Weisheit, *y hombres de muchos dientes*.“

„Was? Sie alle?“ fragte Senor Fuentes' wenig achtbarer Bote, mit leise spöttischem Lächeln.

„*Todos. Si, Senor!*“ bestätigte der Major überzeugt. „Männer mit vielen Zähnen.“

Der andre wandte sein Pferd zu dem Torweg zurück, der dem Einfahrtstor einer schmucklosen Scheune glich. Er hob sich in den Steigbügeln und streckte den Arm aus. Er war ein witziger Schuft und nährte für diese dummen Westler die tiefe Geringschätzung, wie sie bei einem Mann aus den Mittelprovinzen natürlich war. Besonders die Narreteien der Leute von Esmeralda erregten seine belustigte Verachtung. Er begann eine Rede auf Pedro Montero und wahrte dabei feierliche Haltung. Er schwenkte die Hände, als wollte er ihn den Offizieren vorstellen. Und als er alle Gesichter gespannt, alle Augen auf sich gerichtet sah, ging er dazu über, mit lauter Stimme einen Katalog der Vollkommenheiten aufzusagen: „Großmütig, tapfer, liebenswürdig, unergründlich“ – (er riß begeistert den Hut herunter) –, „ein Staatsmann, ein unbesieglicher Freischärler ...“, er senkte überraschend die Stimme bis zu hohlem Flüstern: „und ein Zahnarzt!“

In einem Nu war er in scharfer Gangart davon. Der enge Schluß seiner Beine, die auswärtsgedrehten Fersen, der steife Rücken, der frech aufgesetzte Sombrero über den eckigen, unbeweglichen Schultern drückten eine ungeheure, furchterregende Unverschämtheit aus.

Sotillo, oben hinter den Läden, regte sich lange nicht. Die Kühnheit des Menschen bestürzte ihn. Was sagten seine Offiziere dort unten? Sie sagten nichts. Völliges Schweigen. Er bebte. Die Expedition verlief anders, als er sie sich vorgestellt hatte. Er hatte sich triumphieren sehen, unbehelligt, umschmeichelt, als Abgott der Soldaten, mit geheimer Befriedigung vor die erfreuliche Wahl zwischen Macht und Reichtum gestellt. O weh! Wie anders! Verwirrt, ratlos, mit gebundenen Händen, in kochender Wut oder in eisigem Schrecken fühlte er, wie ein Grauen, bodenlos wie die See, von allen Seiten auf ihn eindrängte. Dieser Schuft von einem Doktor mußte mit einem Bescheid herauskommen, das war klar. Ihm allein konnte das Wissen nicht viel nützen. Er konnte nichts damit anfangen. Verflucht! Der Doktor würde nie kommen. Er war wohl schon verhaftet, mit Don Carlos eingesperrt. Er lachte wie irr auf. Ha! Ha! Ha! So würde also Pedro Montero die Nachricht bekommen. Ha! Ha! Ha! Ha! Und das Silber! Ha!

Plötzlich, mitten in seinem Gelächter, erstarrte er, schweigend, wie versteinert. Auch er hatte einen Gefangenen, einen Gefangenen, der die volle

Wahrheit wissen mußte. Man mußte ihn zum Sprechen bringen. Und Sotillo, der die ganze Zeit über Hirsch vergessen hatte, fühlte einen unerklärlichen Widerwillen bei dem Gedanken, zum Äußersten zu schreiten.

Er fühlte einen Widerwillen – als Teil des unbesiegbaren Grauens, das von allen Seiten auf ihn zukroch. Er erinnerte sich mit Widerstreben der aufgerissenen Augen des

Häutehändlers, seiner Verrenkungen, seines lauten Schluchzens und Wehklagens. Das war nicht Mitleid oder nervöse Schwäche. Die Sache war vielmehr die, daß Sotillo zwar keinen Augenblick lang die Geschichte glaubte – er konnte sie nicht glauben; niemand konnte solchen Unsinn glauben –, daß ihm aber doch diese Töne wahrster Verzweiflung einen peinlichen Eindruck machten. Ihm wurde übel dabei, und er hatte auch den Verdacht, der Mann könnte vor Angst verrückt geworden sein. Mit einem Irren ist nichts zu machen. Bah! Ein Vorwand. Nichts als ein Vorwand. Er würde damit schon fertig zu werden wissen. Er arbeitete sich selbst in die richtige Wildheit hinein. Seine schönen Augen schielten leicht; er klatschte in die Hände. Eine bloßfüßige Ordonnanz erschien lautlos; ein Korporal, mit dem Bajonett an der Seite und dem Stock in der Hand.

Der Oberst gab seine Befehle, und gleich darauf wurde der unglückliche Hirsch von mehreren Soldaten ins Zimmer gestoßen; Sotillo saß mit furchtbarem Stirnrunzeln in dem breiten Lehnstuhl, den Hut auf dem Kopf, die Knie weit gespreizt, die Arme verschränkt, herrisch, drohend, unwiderstehlich, hoheitsvoll, erhaben, grauenhaft.

Hirsch war mit hinter dem Rücken gebundenen Armen roh in einen der Nebenräume geworfen worden. Viele Stunden war er scheinbar vergessen, wie leblos auf dem Boden gelegen. Aus dieser Einsamkeit voll Verzweiflung und Grauen war er gewaltsam, mit Schlägen und Stößen, herausgerissen worden und hatte sich nicht gewehrt, als wäre er verblödet. Er hörte Drohungen und Ermahnungen an und gab die gewohnten Antworten auf Fragen, das Kinn auf die Brust gesenkt, die Hände hinter dem Rücken gebunden, leicht schwankend vor Sotillo und ohne aufzusehen. Als man ihm eine Bajonettspitze unter das Kinn hielt und ihn zwang, den Kopf zu heben, zeigten seine Augen einen leeren, geistesabwesenden Blick, und man sah erbsengroße Schweißtropfen über den Schmutz, die blauen Flecken und die Schrammen in seinem weißen Gesicht niederlaufen. Dann hörte der Schweißausbruch plötzlich auf.

Sotillo sah den Kaufmann schweigend an. „Wirst du jetzt deinen Starrsinn aufgeben, du Schuft?“ fragte er. Schon war ein Lasso, dessen eines Ende an Señor Hirschs Handgelenke gebunden war, über einen Deckenbalken geworfen worden, und drei Soldaten hielten wartend das andere Ende. Hirsch gab keine Antwort. Seine schwere Unterlippe hing blöde herunter. Sotillo gab ein Zeichen. Hirsch wurde mit einem Ruck hochgerissen, und ein Schrei der Verzweiflung und Todesangst durchhallte den Raum, erfüllte alle Gänge des großen Gebäudes, zerriß die Luft außerhalb, ließ jeden Soldaten im Biwak längs des Ufers zu den Fenstern aufblicken, brachte einige Offiziere in der Halle mit glitzernden Augen zu aufgeregtem Schnattern; andere preßten die Lippen zusammen und sahen düster zu Boden.

Sotillo, von den Soldaten gefolgt, hatte den Raum verlassen. Die Schildwache im Flur präsentierte das Gewehr. Hirsch, ganz allein hinter den halbgeschlossenen Läden, fuhr fort zu schreien, während das Sonnenlicht, vom Wasser des Hafens widergespiegelt, tanzende Kringel hoch an die Wand warf. Er schrie mit hochgezogenen Augenbrauen und weit offenem Mund – einem unglaublich weit offenen, schwarzen Mund voller Zähne – komisch.

Durch die stille, brütende Luft des windstillen Nachmittags schickte er die Wellen seiner Qual bis zum Gebäude der O. S. N.Gesellschaft hinüber. Kapitän Mitchell war auf den Balkon getreten, um ganz allgemein nachzusehen, was vorging, hatte den Schrei schwach, aber deutlich gehört und den furchtbaren Laut im Ohr behalten, nachdem er sich mit jäh erbleichten Wangen ins Zimmer zurückgezogen hatte. Er war an diesem Nachmittag mehrmals vom Balkon vertrieben worden.

Sotillo, reizbar, düster, ging rastlos herum, beriet sich mit seinen Offizieren und gab widersprechende Befehle, während das schrille Kreischen das ganze leere Gebäude durchschallte. Manchmal gab es lange, grausige Pausen. Mehrmals war Sotillo in die Folterkammer eingetreten, wo sein Säbel, seine Reitpeitsche, sein Revolver und Feldstecher auf dem Tisch lagen, und hatte mit erzwungener Ruhe gefragt: „Wirst du jetzt die Wahrheit sagen? Nein? Ich kann warten." Aber er brachte es nicht fertig, noch viel länger zu warten. Das war es eben. Jedesmal, wenn er hineinging und, die Türe zuschlagend, wieder herauskam, präsentierte der Posten auf dem Flur das Gewehr und bekam als Antwort einen scharfen, giftigen, unsteten Blick, der in Wahrheit gar nichts sah, sondern nur die Seele dahinter widerspiegelte – eine Seele voll schwarzen Hasses, voll Unentschlossenheit, Gier und Wut.

Die Sonne war untergegangen, als er nochmals hineinging. Ein Soldat brachte zwei brennende Kerzen nach, schlich sich wieder hinaus und schloß lautlos die Türe.

„Sprich, du Teufelssohn! Das Silber, das Silber, sage ich! Wo ist es? Wo habt ihr ausländischen Schufte es verborgen? Gesteh, oder..."

Ein leichtes Zittern lief von den verrenkten Händen an dem angespannten Lasso entlang; der Körper des Senors Hirsch aber, des unternehmenden Geschäftsmannes aus Esmeralda, hing lotrecht und still unter dem schweren Balken und sah den Obersten schaurig an. Die hereinströmende Nachtluft, vom Schnee der Sierra gekühlt, brachte allmählich eine köstliche Frische in die stickige Hitze des Zimmers.

„Sprich – Dieb – Schuft – Picaro – oder..."

Sotillo hatte die Reitpeitsche gepackt und stand mit erhobenem Arm da. Für ein Wort, für ein kleines Wort wäre er niedergekniet, wäre gekrochen, hätte sich auf dem Boden gewunden vor dem wie verträumten, wissenden Blick der starren Augenbälle, die aus dem entstellten Kopf mit dem verzerrten Mund quollen. Der Oberst knirschte vor Wut mit den Zähnen und schlug zu. Der Lasso schwankte leise von dem Hieb, wie die lange Schnur eines Pendels, das in Schwingung versetzt wird. Dem Körper des Senors Hirsch aber, des an der Küste so wohlbekannten Häutehändlers, teilte sich die Schwingung nicht mit. Mit einer krampfhaften Anstrengung der verrenkten Arme hob er sich um ein paar Zentimeter und krümmte sich dabei wie ein Fisch an der Angel. Senor Hirsch warf mit gespannter Kehle den Kopf zurück, sein Kinn zitterte. Einen Augenblick lang erfüllte das Klappern seiner Zähne den weiten, dämmerigen Raum, wo die beiden nebeneinander brennenden Kerzenflammen eine kleine Lichtinsel schufen. Und während Sotillo mit erhobener Hand wartete, daß er sprechen sollte, zuckte über des ändern Gesicht ein jähes Grinsen. Er warf die verrenkten Schultern vor und spie dem Obersten wütend ins Gesicht.

Die erhobene Peitsche fiel zu Boden, und der Oberst sprang mit einem leisen Schreckensruf zurück, als hätte ihn ein Strahl tödlichen Giftes getroffen. Schnell wie der

Gedanke griff er seinen Revolver auf und schoß zweimal. Der Knall und der Rückschlag der beiden Schüsse schienen ihn unmittelbar aus maßloser Wut in blöde Erstarrung zu werfen. Er stand mit hängender Kinnlade und versteinertem Blick da. Was hatte er getan, Sangre de Dios! Was hatte er getan? Er war tief bestürzt über seine jähe Handlung; er hatte die Lippen für immer versiegelt, denen doch soviel hätte erpreßt werden sollen! Was konnte er sagen? Wie konnte er es erklären? Gedanken an blinde Flucht, irgendwohin, ganz gleich wohin, schossen ihm durch den Kopf. Sogar der verrückte und sinnlose Wunsch, sich unter dem Tisch zu verstecken, drängte sich seiner Feigheit auf. Es war zu spät; seine Offiziere waren lärmend ins Zimmer gestürzt, unter mächtigem Säbelklappern, und schrien nun bestürzt und verwundert auf ihn ein. Da sie aber nicht sofort dazu übergingen, ihm die Säbel in die Brust zu stoßen, so kam seine Frechheit obenauf. Er strich sich mit dem Rockärmel übers Gesicht und riß sich zusammen. Sein trotziger Blick wanderte da- und dorthin und dämpfte überall, wohin er traf, den Lärm; der steife Körper des seligen Senors Hirsch aber, des Kaufmanns, machte nach leisem Schwanken eine halbe Drehung und kam inmitten leisen Murmelns und verlegenen Füßescharrens zur Ruhe.

Eine Stimme sagte laut: „Das ist also ein Mann, der nie wieder sprechen wird", und eine andre, aus der letzten Reihe der Gesichter ringsum, fragte verlegen und eindringlich:

„Warum haben Sie ihn getötet, mi coronel?"

„Weil er alles gestanden hat", gab Sotillo mit dem Mut der Verzweiflung zurück. Er fühlte sich in die Ecke gedrückt. Nun bot er ihnen, auf seinen Ruf pochend, mit ziemlichem Erfolg die Stirn. Seine Zuhörer hielten ihn sehr wohl einer solchen Handlung für fähig. Sie waren geneigt, seine erfreuliche Geschichte zu glauben. Keine Leichtgläubigkeit ist so schnell bereit und verblendet wie die der Habgier, die den sittlichen und geistigen Tiefstand der Menschheit in sich schließt. Ah! Er hatte alles gestanden, dieser Verschwörer, dieser Bribon! Gut! Dann brauchte man ihn nicht länger mehr. Man hörte ein dumpfes Wiehern von dem alten Hauptmann – einem Menschen mit großem Kopf, kleinen, runden Augen und ungeheuer fetten Wangen, die sich nie bewegten. Der alte Major, lang, dünn und phantastisch zerlumpt wie eine Vogelscheuche, ging um den Leichnam des Senors Hirsch herum und murmelte mit düsterer Befriedigung vor sich hin, daß man so keine weitere Verräterei von diesem Schuft zu befürchten habe. Die andern gafften, traten von einem Fuß auf den andern und flüsterten einander kurze Bemerkungen zu.

Sotillo schnallte den Säbel um und gab kurze, schroffe Befehle, den Abzug zu beschleunigen, der am Nachmittag beschlossen worden war. Finster und drohend, den Sombrero tief in die Augen gezogen, ging er als erster zur Türe hinaus, so verwirrt, daß er es völlig vergaß, für den Fall von Doktor Monyghams Rückkehr Vorsorge zu treffen. Während die Offiziere hinter ihm drein drängten, sahen nur ein oder zwei von ihnen hastig über die Schulter nach dem verstorbenen Hirsch zurück, dem Häutehändler aus Esmeralda, der neben den zwei brennenden Kerzen allmählich ausschwang. In dem leeren Raum wirkte der klobige Schatten von Kopf und Schultern an der Wand wie belebt.

Unten trat die Truppe in tiefem Schweigen an und marschierte ohne Trommel und Trompete ab. Die alte Vogelscheuche von Major befehligte die Nachhut; die Abteilung aber, die er mit dem Befehl zurückließ, das Zollamt in Brand zu stecken (und „den Kadaver des verfluchten Verräters, so wie er hing, zu verbrennen"), brachte in der Eile das Stiegenhaus nicht richtig zum Brennen. Der Leib des toten Hirsch blieb eine Zeitlang allein in der trostlosen Einsamkeit des unfertigen Gebäudes, das unheimlich vom plötzlichen Schlagen und Klappern der Türen und Läden widerhallte, von Rascheln wehenden Papiers und den langgezogenen Seufzern, die jeder Windstoß unter dem hohen First weckte. Das Licht der zwei Kerzen, die neben der lotrechten, atemlosen Unbeweglichkeit des toten Señors Hirsch brannten, warf einen Schein weit über Land und Wasser, wie ein nächtliches Signal. Señor Hirsch blieb da, um Nostromo durch seine Gegenwart und den Doktor Monygham durch das Geheimnis seines grauenvollen Endes zu erschrecken.

„Aber warum erschossen?" fragte sich der Doktor nochmals halblaut. Diesmal antwortete ihm ein trockenes Auflachen Nostromos:

„Sie scheinen sehr betroffen von einer sehr natürlichen Sache, Señor Doctor. Ich möchte wissen, warum? Es ist recht wahrscheinlich, daß wir alle bald erschossen werden, einer nach dem andern, wenn nicht von Sotillo, dann von Pedrito oder Fuentes oder Gamacho. Und vielleicht bekommen wir auch die Estrapade oder Schlimmeres – quien sabe? –, mit Ihrer netten Geschichte von dem Silber, die Sie Sotillo in den Kopf gesetzt haben."

„Er hatte sie schon im Kopf", widersprach der Doktor. „Ich habe nur ..."

„Ja. Sie haben sie dort nur festgenagelt, so daß der Teufel selbst ..."

„Eben das war meine Absicht", fiel der Doktor ein.

„Das war Ihre Absicht. Bueno. Es ist, wie ich sage. Sie sind ein gefährlicher Mann."

Ihre Stimmen, die, ohne sich zu erheben, zänkisch geworden waren, verstummten plötzlich. Der tote Señor Hirsch hob sich gerade und schattenhaft gegen das Sternenlicht ab und schien aufmerksam, in unparteiischem Schweigen, zu warten.

Aber Doktor Monygham dachte nicht daran, mit Nostromo zu streiten. In diesem für Sulacos Geschick äußerst kritischen Augenblick kam es ihm endlich zum Bewußtsein, daß dieser Mann wirklich unentbehrlich war, noch unentbehrlicher, als sogar Kapitän Mitchells, seines stolzen Entdeckers, Vorliebe hätte glauben mögen; und noch weit unentbehrlicher, als Decoud es gemeint hätte, während er noch in seiner berühmten Art über seinen „ausgezeichneten Freund, den einzigen Capataz de Cargadores" spottete. Der Bursche war wirklich einzig. Er war nicht nur „einer unter tausend" – er war ganz und gar der Einzige. Der Doktor erhob sich. Dieser Genueser Seemann hatte einen Funken von Genie in sich, wovon das Schicksal großer Unternehmungen und vieler Menschen abhing, das Geschick von Carlos Gould, das Geschick einer wunderbaren Frau. Bei diesem Gedanken mußte sich der Doktor räuspern, bevor er weitersprechen konnte.

In völlig verändertem Ton wies er den Capataz darauf hin, daß, zunächst einmal, er persönlich keine große Gefahr liefe. Alle hielten ihn für tot. Das sei ein gewaltiger Vorteil. Er habe sich nur in der Casa Viola versteckt zu halten, wo, wie man wußte, der alte Garibaldiner mit seiner toten Frau allein war. Die Dienstboten seien alle davongelaufen. Niemand würde daran denken, ihn dort zu suchen – anderswo auch nicht, übrigens.

„Das könnte stimmen“, sagte Nostromo bitter, „wenn ich Sie nicht getroffen hätte.“

Der Doktor schwieg eine Weile. „Wollen Sie damit sagen, daß Sie fürchten, ich könnte Sie verraten?“ fragte er mit schwankender Stimme. „Warum? Warum sollte ich das tun?“

„Was weiß ich? Warum nicht? Um einen Tag zu gewinnen, vielleicht. Sotillo würde einen Tag brauchen, um mir die Estrapade zu geben und vielleicht sonst noch einiges zu versuchen, bevor er mir eine Kugel durchs Herz schießt – wie er es dem armen Teufel hier getan hat. Warum nicht?“

Der Doktor schluckte schwer. Seine Kehle war im Augenblick wie ausgedörrt. Nicht aus Entrüstung. Der Doktor, empfindsam genug, glaubte das Recht verwirkt zu haben, sich, über wen oder was es auch sei, zu entrüsten. Es war glatte Angst. Hatte der Bursche durch bösen Zufall seine Geschichte gehört? Wenn ja, dann hörte er auf, in der bisherigen Art brauchbar zu sein. Der unentbehrliche Mann entzog sich des Doktors Einfluß, wegen eben des unauslöschlichen Makels, der den Doktor zu schmutziger Arbeit befähigt hatte. Eine leise Übelkeit kam ihn an. Er hätte alles darum gegeben, Genaues zu wissen, wagte aber der Sache nicht auf den Grund zu gehen. Das Obermaß seiner Ergebenheit, durch Selbsterniedrigung verstärkt, verhärtete ihn in Trauer und Mißachtung.

„Warum nicht, wirklich?“ wiederholte er bissig. „Dann ist es ja das sicherste für Sie, mich hier auf dem Fleck zu töten. Ich würde mich verteidigen. Aber Sie mögen ebensogut gleich wissen, daß ich unbewaffnet herumgehe.“

„Por Dios“, sagte der Capataz leidenschaftlich. „Ihr feinen Leute seid alle gleich. Alle gefährlich, alle Verräter der Armen, die eure Hunde sind.“

„Sie verstehen nicht“, begann der Doktor langsam.

„Ich verstehe euch alle!“ schrie der andre mit einer heftigen Bewegung, die für des Doktors Augen so schattenhaft blieb wie die hartnäckige Unbeweglichkeit des toten Señors Hirsch. „Bei euch muß ein armer Mann auf sich selbst bedacht sein. Ich sage, daß ihr euch nicht um die kümmert, die euch dienen. Sehen Sie mich an! Nach all diesen Jahren finde ich mich plötzlich hier, wie einer der Köter, die dort draußen kläffen – ohne eine Hundehütte oder einen dürren Knochen für meine Zähne. Caramba!“ Aber er lenkte geringschätzig ein, wohl um nicht unbillig zu scheinen. „Natürlich“, fuhr er ruhig fort, „nehme ich nicht an, daß Sie nun hinlaufen werden, um mich zum Beispiel an Sotillo zu verraten. Das ist es nicht. Daß ich gar nichts bin – das ist es! Plötzlich“, er wies heftig mit der Hand zu Boden – „gar nichts, für niemand“, wiederholte er.

Der Doktor atmete freier. „Hören Sie, Capataz“, sagte er und streckte beinahe zärtlich den Arm nach Nostromo aus. „Ich will Ihnen etwas sehr Einfaches sagen. Sie sind in

Sicherheit, weil man Sie braucht. Ich würde Sie aus keinem denkbaren Grund verraten, weil ich Sie brauche!"

Nostromo biß sich im Dunkeln auf die Lippen. Er hatte genug davon gehört. Er wußte, wo es hinaussollte. Nichts mehr davon für ihn. Aber er mußte nun auf sich selbst bedacht sein, sagte er sich und überlegte auch, daß es unklug wäre, im Zorn von seinem Begleiter zu scheiden. Der Doktor war als großer Heilkünstler bekannt, stand aber auch unter dem niedrigen Volk von Sulaco im Ruf, ein böser Mensch zu sein. Dieser Ruf gründete sich auf seine persönliche Erscheinung, die ja eigenartig genug war, und auf sein griesgrämiges, spöttisches Gehaben – sichtbare, fühlbare unwiderlegliche Beweise für des Doktors böse Gemütsart. Und Nostromo gehörte zum Volke. Darum grunzte er nur ungläubig.

„Sie sind, offen gesagt, der einzige Mann", fuhr der Doktor fort. „Es liegt bei Ihnen, diese Stadt zu retten und ..."

„Nein, Señor!" sagte Nostromo bockig. „Es ist nicht in meiner Macht, den Schatz zurückzubringen, damit Sie ihn Sotillo oder Pedrito oder Gamacho ausliefern können. Was weiß ich?"

„Niemand erwartet das Unmögliche", war die Antwort.

„Sie haben es selbst gesagt – niemand!" murmelte Nostromo mit finsterer Drohung.

Doktor Monygham aber, voll Hoffnung, beachtete weder die rätselhaften Worte noch den drohenden Ton. Ihre Augen hatten sich nun an die Dunkelheit gewöhnt, und der tote Señor Hirsch erschien ihnen deutlicher und näher. Der Doktor dämpfte die Stimme, als fürchtete er, belauscht zu werden, während er seinen Plan auseinandersetzte.

Er zog den unentbehrlichen Mann rückhaltlos ins Vertrauen. Die Schmeicheleien und die Andeutung großer Gefahren klangen dem Capataz vertraut. Unentschlossen und unzufrieden, erkannte er sie bitter an. Er verstand es gut, daß es dem Doktor am Herzen lag, die San Tomé-Mine vor der Vernichtung zu retten. Ohne die Mine war ja der Doktor nichts. Es war sein Interesse. Genau, wie es das Interesse des Señors Decoud, der Blancos und Europäer gewesen war, seine Cargadores auf ihre Seite zu bringen. Seine Gedanken machten bei Decoud halt. Was würde aus dem werden?

Nostromos langes Schweigen war dem Doktor unbehaglich. Er wies, ganz unnötig, darauf hin, daß Nostromo zwar für den Augenblick sicher sei, aber doch nicht immer versteckt werde leben können. Er habe also nur die Wahl, die Sendung zu Barrios mit all ihren Gefahren und Schwierigkeiten anzunehmen oder Sulaco heimlich, ruhmlos und arm zu verlassen.

„Keiner Ihrer Freunde könnte Sie gerade jetzt belohnen oder schützen, Capataz. Nicht einmal Don Carlos selbst."

„Ich will nichts von eurem Schutz und nichts von eurem Lohn. Ich wollte nur, ich könnte eurem Mut und eurem gesunden Menschenverstand vertrauen. Wenn ich im Triumph, wie Sie sagen, mit Barrios zurückkehre, so finde ich vielleicht euch alle vernichtet. Ihr habt jetzt schon das Messer an der Gurgel."

Nun war die Reihe am Doktor, schweigend zu verharren, in der Betrachtung so furchtbarer Möglichkeiten.

„Nun, wir wollen Ihrem Mut und Ihrem gesunden Menschenverstand vertrauen. Und auch Sie haben ja ein Messer an der Kehle.“

„Ah! Und wem habe ich dafür zu danken? Was sind mir eure Politik und eure Minen – euer Silber und eure Verfassung – euer Don Carlos dies und Don José das …“

„Ich weiß es nicht“, brach der Doktor verzweifelt los. „Es sind unschuldige Leute in Gefahr, deren kleiner Finger mehr wert ist als Sie oder ich und alle Ribieristen zusammen. Ich weiß es nicht. Sie hätten sich selbst fragen müssen, bevor Sie sich von Decoud in all das hineinziehen ließen. Damals wäre es Ihre Pflicht gewesen, als ein Mann zu denken. Haben Sie aber damals nicht gedacht, so versuchen Sie jetzt, als Mann zu handeln. Sie haben sich vielleicht vorgestellt, daß es Decoud gekümmert hätte, was aus Ihnen würde?“

„Nicht mehr, als es Sie kümmert, was aus mir wird“, murmelte der andre.

„Nein, ich kümmere mich so wenig um das, was Ihnen geschieht, wie um das, was mir geschieht.“

„Und das alles, weil Sie ein so überzeugter Ribierist sind?“ meinte Nostromo ungläubig.

„Alles, weil ich ein so überzeugter Ribierist bin“, wiederholte Doktor Monygham grimmig.

Wieder schwieg Nostromo, sah zuerst auf den Leib des toten Señors Hirsch und bedachte, daß der Doktor in mehr als einem Sinn ein gefährlicher Mensch sei. Es war unmöglich, ihm zu vertrauen.

„Sprechen Sie im Namen von Don Carlos?“ fragte er schließlich.

„Ja. Das tue ich“, sagte der andre laut, ohne Zögern. „Der muß nun heraus, er muß“, fügte er in einem Murmeln hinzu, das Nostromo nicht verstand.

„Was sagten Sie, Señor?“

Der Doktor wich aus: „Ich sage, Sie müssen sich selbst treu bleiben, Capataz. Es wäre mehr als Narrheit, wenn Sie jetzt auslassen wollten.“

„Mir selbst treu“, wiederholte Nostromo. „Woher wissen Sie, daß ich mir selbst nicht treu wäre, wenn ich Sie jetzt samt Ihren Vorschlägen zum Teufel schickte?“

„Ich weiß es nicht. Vielleicht ja“, sagte der Doktor mit einer Schroffheit, die seine Entmutigung und das Schwanken seiner Stimme verbergen sollte. „Ich weiß nur das eine, daß Sie lieber von hier fortgehen sollten. Jemand von Sotillos Leuten könnte herkommen, um mich zu suchen.“

Er glitt vom Tisch herunter und horchte angestrengt. Auch der Capataz stand auf.

„Angenommen, ich ginge nach Cayta, was würden Sie unterdessen tun?“ fragte er.

„Ich würde zu Sotillo gehen, sobald Sie weg wären – auf die Art, die ich im Sinn habe.“

„Eine ganz gute Art – wenn nur der Chefingenieur zustimmt. Erinnern Sie ihn, Señor, daß ich für den alten reichen Engländer gesorgt habe, der die Eisenbahn bezahlt, und daß ich einigen seiner Leute das Leben gerettet habe, als eine Diebsbande vom Süden gekommen war, um einen der Lohnzüge anzuhalten. Ich war es, der alles entdeckte, unter Gefahr für mein Leben, indem ich vorgab, mich den Kerlen anzuschließen. Gerade, wie Sie es jetzt bei Sotillo tun."

„Ja. Ja, natürlich. Aber ich kann ihm bessere Beweise bieten", meinte der Doktor hastig, „Überlassen Sie das mir."

„O ja! Richtig! Ich bin ja gar nichts."

„Durchaus nicht. Sie sind alles."

Sie machten ein paar Schritte gegen die Tür. Der tote Señor Hirsch hinter ihnen verharrte in der Unbeweglichkeit eines vernachlässigten Mannes.

„Das kommt schon in Ordnung. Ich weiß, was ich dem Chefingenieur sagen muß", fuhr der Doktor leise fort. „Schwierigkeiten werde ich nur bei Sotillo haben."

Und Doktor Monygham blieb in der Türe unvermittelt stehen, als wäre er von dieser Schwierigkeit eingeschüchtert. Er hatte sich entschlossen, sein Leben zu opfern. Er hielt die Gelegenheit dazu für günstig. Doch wünschte er sein Leben nicht vorschnell hinzuwerfen. In seiner Rolle als Verräter von Don Carlos' Vertrauen würde er schließlich das Versteck des Schatzes anzugeben haben. Das mußte das Ende seines Betruges sein und zugleich auch sein eigenes Ende, unter den Händen des wütenden Obersten. Er wünschte ihn so lange als möglich hinzuhalten; er hatte sich den Kopf darüber zerbrochen, ein Versteck zu ersinnen, das zugleich glaubhaft erscheinen und schwer zugänglich sein sollte.

Er teilte Nostromo seine Bedenken mit und schloß:

„Wissen Sie was, Capataz? Wenn die Zeit kommt und eine genaue Angabe gemacht werden muß, dann werde ich die Große Isabelle angeben, glaube ich. Das ist der beste Platz, den ich mir vorstellen kann. Was ist los?"

Nostromo war ein leiser Ausruf entfahren. Der Doktor wartete überrascht und hörte nach einem Augenblick tiefen Schweigens eine gepreßte Stimme „Narretei" stammeln und keuchend abbrechen.

„Warum. Narretei?"

„Ah! Das sehen Sie nicht!" begann Nostromo gehässig und steigerte sich rasch in Verachtung hinein. „Drei Leute können in einer halben Stunde feststellen, daß auf der Insel nirgendwo Erdreich bewegt worden ist. Glauben Sie vielleicht, daß ein solcher Schatz vergraben werden könnte, ohne daß Spuren von der Arbeit nachblieben – wie, Señor Doctor? Was denn! Sie würden keinen halben Tag gewinnen, bevor Ihnen Sotillo die Kehle abschnitte. Die Isabellen! Was für ein Unsinn! Was für eine jämmerliche Erfindung! Ah! Ihr seid alle gleich, ihr feinen Leute von Bildung! Alles, was ihr könnt, ist, Leute aus dem Volke zu lebensgefährlichen Wagnissen zu verführen, zu Zwecken, deren ihr selbst nicht einmal sicher seid. Geht es gut, dann habt ihr den Vorteil, wenn nicht, dann macht es nichts. Der Kerl ist bloß ein Hund. Ah! Madre de Dios, ich wollte ..."er schüttelte die Fäuste über seinem Kopf.

Der Doktor war zuerst sprachlos überrascht über diesen wilden, zischenden Ausbruch.

„Nun! Mir scheint, Sie geben selbst den Beweis, daß auch die Leute aus dem Volke keine geringen Narren sind", meinte er trocken. „Aber lassen wir das. Sie sind so schlau. Wissen Sie einen besseren Platz?"

Nostromo hatte sich ebenso schnell beruhigt, wie er aufgebraust war.

„Dazu bin ich schlau genug", sagte er ruhig, fast gleichgültig. „Sie wollen ihm ein Versteck angeben, groß genug, daß es einige Tage zur Absuchung erfordert, einen Ort, wo ein Schatz an Silberbarren verborgen werden kann, ohne sichtbare Spuren zu hinterlassen?"

„Und gut erreichbar", warf der Doktor ein.

„Ganz recht, Senor. Sagen Sie ihm, der Schatz sei versenkt."

„Das hätte das Verdienst, wahr zu sein", erwiderte der Doktor verächtlich. „Er wird es nicht glauben."

„Sagen Sie ihm, daß der Schatz an einem Ort versenkt ist, wo er hoffen kann, ihn in die Hände zu bekommen, und er wird Ihnen schnell genug glauben. Sagen Sie ihm, das Silber sei im Hafen versenkt worden, um später von Tauchern geborgen zu werden. Sagen Sie ihm, Sie hätten herausgebracht, daß ich von Don Carlos Befehl hatte, die Kisten an irgendeiner Stelle der Linie zwischen dem Kai-Ende und der Hafeneinfahrt vorsichtig über Bord zu lassen. Die Tiefe ist dort nicht allzu groß. Er hat keine Taucher, aber ein Schiff, Boote, Taue, Ketten, auch Seeleute – was man hier so nennt. Lassen Sie ihn nach dem Silber fischen. Lassen Sie ihn doch seine Narren zum Dreggen anhalten, vor und zurück und kreuzweise, während er dabeisitzt und aufpaßt, bis ihm die Augen aus dem Kopf springen."

„Das ist wirklich ein fabelhafter Gedanke", murmelte der Doktor.

„Si. Sagen Sie ihm das, und warten Sie ab, ob er Ihnen glauben wird. Er wird ganze Tage in wütender Aufregung hinbringen – und immer noch glauben. Er wird für nichts sonst Gedanken haben. Er wird es nicht aufgeben, bis er vertrieben wird – vielleicht vergißt er sogar, Sie zu töten. Er wird weder essen noch schlafen. Er ..."

„Das ist das Richtige! Das ist das Richtige!" wiederholte der Doktor aufgeregt. „Capataz, ich beginne zu glauben, daß Sie in Ihrer Art ein wahres Genie sind."

Nostromo war verstummt. Dann hob er nochmals an, in verändertem Tone finster vor sich hinredend, als hätte er des Doktors Gegenwart vergessen.

„Ein Schatz hat etwas an sich, was den Sinn eines Menschen gefangennimmt. Sotillo wird beten und fluchen und doch aushalten, wird den Tag verwünschen, an dem er je von dem Silber gehört hat, wird seine letzte Stunde unbemerkt herankommen lassen, immer noch in dem Glauben, daß er den Schatz nur um eine Handbreit verfehlt hat. Er wird ihn jedesmal vor sich sehen, sooft er die Augen schließt. Er wird ihn nicht vergessen können, bis er tot ist – und dann sogar ... Doktor, haben Sie je von den elenden Gringos auf Azuera gehört, die nicht sterben können? Ha! Ha! Seeleute wie ich. Es gibt kein Loskommen von einem Schatz, der sich einem einmal angehängt hat."

„Sie sind ein Teufelskerl, Capataz. Die Geschichte ist so glaubhaft wie nur möglich."

Nostromo drückte seinen Arm.

„Es wird schlimmer für ihn sein als Durst auf See oder Hunger in einer menschenreichen Stadt. Wissen Sie, was das ist? Er wird schlimmere Qualen leiden, als die er dem verängstigten Tropf da bereitet hat, der keine Erfindungsgabe hatte. Keine Spur davon! Nicht wie ich. Ich hätte Sotillo für wenig Schmerzen eine bitterböse Geschichte aufbinden können."

Er lachte wild auf und wandte sich in der Türe nach dem Körper des toten Señors Hirsch um, der im dämmrigen Halbdunkel des Raumes, zwischen den beiden sternhellen Rechtecken der Fenster, als undeutlicher Fleck auszunehmen war.

„Du Mann der Angst!" rief er, „du sollst gerächt werden, von mir – Nostromo! Mir aus dem Weg, Doktor! Machen Sie Platz – oder, bei der armen Seele einer Frau, die ohne Beichte gestorben ist, ich will Sie mit meinen beiden Händen erdrosseln!"

Er sprang die Stiegen zu der schwarzen, rauchigen Halle hinunter. Mit einem Knurren der Überraschung stürzte ihm Doktor Monygham unbedenklich nach. Am Fußende der verkohlten Treppe kam er schwer zu Fall und schlug kopfüber mit einer Gewalt hin, die einen weniger von Liebe und Hingabe besessenen Geist wohl betäubt hätte. Er war im Augenblick wieder auf den Beinen, erschüttert und zerschlagen, mit dem merkwürdigen Gefühl, die Erdkugel wäre ihm im Dunkel gegen den Kopf geflogen. Aber es hätte mehr als das gebraucht, um Doktor Monygham aufzuhalten, der von der Hochspannung des Opfermuts erfüllt war; einer Hochspannung, der der vernünftige Entschluß nicht fehlte, keine sich bietende Möglichkeit ungenützt zu lassen. Er rannte Hals über Kopf weiter, wobei seine Arme sich wie Windmühlflügel drehten, in der wütenden Anstrengung, die verkrüppelten Füße im Gleichgewicht zu halten. Er verlor den Hut; die Schöße seines offenen Staubmantels flatterten hinter ihm drein. Er war fest entschlossen, den unentbehrlichen Mann nicht aus den Augen zu verlieren. Aber es dauerte lange Zeit, bis er, weit weg vom Zollamt, atemlos, Nostromo von rückwärts hart am Arm packen konnte.

„Halt! Sind Sie verrückt?"

Nostromo ging schon langsam, mit gesenktem Kopf, als hätte müde Unentschlossenheit seine Eile gehemmt.

„Was macht das Ihnen aus? Oh! Ich vergaß, daß Sie mich zu etwas brauchen. Immer. Siempre Nostromo."

„Was meinen Sie mit dem Gerede, daß Sie mich erdrosseln wollen?" keuchte der Doktor.

„Was ich damit meine? Ich meine, daß der König aller Teufel Sie aus dieser Stadt der Feiglinge und Schwätzer herausgeschickt haben muß, um mich heute, in dieser Nacht aller Nächte meines Lebens, zu treffen."

Unter dem sternhellen Himmel tauchte das „Albergo d'Italia Una" auf, schwarz und niedrig, eine Unterbrechung der ebenen, dunklen Fläche. Nostromo blieb ganz stehen.

„Die Priester sagen, er sei ein Versucher, nicht wahr?" fügte er mit zusammengebissenen Zähnen hinzu.

„Mein lieber Mann, Sie faseln. Der Teufel hat mit dem hier nichts zu tun. Die Stadt ebensowenig – und Sie können ihr alle Namen geben, die Ihnen Spaß machen. Aber Don Carlos Gould ist weder ein Feigling noch ein leerer Schwätzer. Das werden Sie zugeben?" Er wartete. „Nun?"

„Könnte ich Don Carlos sehen?"

„Großer Gott! Nein! Warum?" rief der Doktor aufgeregt. „Ich sage Ihnen, es ist Wahnsinn! Ich werde um keinen Preis zugeben, daß Sie in die Stadt gehen."

„Ich muß!"

„Sie müssen nicht!" zischte der Doktor wütend, fast außer sich vor Angst, der Mann könnte in einer törichten Laune seine eigene Brauchbarkeit zunichte machen. „Ich sage Ihnen, Sie werden es nicht tun. Lieber wollte ich ..."

Er brach ab, da ihm die Worte fehlten; er fühlte sich plötzlich erschöpft, halb ohnmächtig, und hielt sich an Nostromos Ärmel fest, um nach dem Rennen Halt zu suchen.

„Ich bin verraten!" knurrte der Capataz vor sich hin; und der Doktor, der das letzte Wort gehört hatte, strengte sich an, ruhig zu sprechen:

„Genau das würde Ihnen geschehen. Sie würden verraten werden."

Er bedachte mit quälender Angst, daß der Mann viel zu genau bekannt war, um dem Erkanntwerden entgehen zu können. Das Haus des Administrators war zweifellos von Spähern umstellt, und nicht einmal den Dienstboten des Hauses war zu trauen, „überlegen Sie, Capataz", sagte er eindringlich ... „Worüber lachen Sie?"

„Ich lache bei dem Gedanken, daß, wenn jemand, dem meine Anwesenheit in der Stadt nicht paßte, zum Beispiel – Sie verstehen, Señor Doctor –, wenn jemand mich also an Pedrito Montero verraten wollte, daß es mir dann durchaus nicht unmöglich wäre, mich sogar mit dem anzufreunden. Das ist wahr. Wie denken Sie darüber?"

„Sie sind ein Mann, der sich sehr gut zu helfen weiß, Capataz", meinte Doktor Monygham trübe. „Ich erkenne das an. Aber die Stadt ist voll von Gerede über Sie; und die wenigen Cargadores, die sich nicht bei den Eisenbahnern versteckt halten, haben heute den ganzen Tag auf der Plaza „Viva Montero!" gebrüllt."

„Meine armen Cargadores!" flüsterte Nostromo. „Verraten! Verraten!"

„Soviel ich weiß, haben sie es auf dem Kai nicht daran fehlen lassen, Ihren armen Cargadores den Stock zu schmecken zu geben", sagte der Doktor mit einem Grimm, der bewies, daß er sich von seiner Erschöpfung erholte. „Irren Sie sich nicht. Pedrito Montero ist wütend über Señor Ribieras Rettung und weil er sich des Vergnügens beraubt sieht, Decoud zu erschießen. Schon laufen in der Stadt auch Gerüchte um, daß der Schatz fortgezaubert worden ist. Das versäumt zu haben, freut Pedrito auch nicht. Aber lassen Sie sich sagen, daß es Sie auch nicht retten könnte, wenn Sie das ganze Silber als Lösegeld in Händen hätten."

Nostromo fuhr herum, packte den Doktor bei den Schultern und sah ihm hart ins Gesicht.

„Maledetto! Sie rennen mir nach und reden von dem Schatz. Sie haben meinen Untergang geschworen. Sie waren der letzte, der mich gesehen hat, bevor ich mit dem Schatz fortging, und Sidoni, der Maschinenführer, sagte, daß Sie den bösen Blick haben."

„Der muß es ja wissen. Ich habe ihm letztes Jahr sein gebrochenes Bein eingerichtet", meinte der Doktor gleichgültig. Er fühlte auf seinen Schultern das Gewicht dieser Hände, die unter dem gemeinen Volk dafür berühmt waren, daß sie dicke Taue zerreißen und Hufeisen geradebiegen konnten. „Und Ihnen biete ich das beste Mittel, sich selbst zu retten – lassen Sie mich los – und Ihren großen Ruf wiederzugewinnen. Sie haben damit geprahlt, Sie wollten wegen des verdammten Silbers den Capataz der Cargadores von einem Ende Amerikas bis zum ändern berühmt machen. Aber ich biete Ihnen eine bessere Möglichkeit – lassen Sie mich los, hombre!"

Nostromo gab ihn plötzlich frei, und der Doktor fürchtete, der unentbehrliche Mann würde nochmals fortlaufen. Aber er tat es nicht. Er ging langsam weiter. Der Doktor humpelte neben ihm her, bis, einen Steinwurf weit von der Casa Viola, Nostromo nochmals stehenblieb.

Schweigsam, in ungastlichem Dunkel daliegend, schien die Casa Viola ihr Wesen geändert zu haben. Nostromo schien es, als stieße ihn sein Heim mit dem Ausdruck hoffnungslosen, feindlichen Geheimnisses zurück. Der Doktor sagte:

„Hier sind Sie in Sicherheit. Gehen Sie hinein, Capataz."

„Wie kann ich hineingehen?" Nostromo schien sich selbst zu fragen, so leise und in sich gekehrt klang seine Stimme. „Sie kann es nicht ungesagt machen, was sie gesagt hat, und ich nicht ungetan, was ich getan habe."

„Ich sage Ihnen, es ist alles in Ordnung. Viola ist ganz allein im Hause. Ich habe nachgesehen, als ich aus der Stadt kam. Sie werden dort drin völlig sicher sein, bis Sie das Haus verlassen, um Ihren Namen im ganzen Campo berühmt zu machen. Ich gehe jetzt, um mit dem Chefingenieur alle Vorbereitungen für Ihre Reise zu treffen, und werde Ihnen lange vor Tagesanbruch Nachricht bringen."

Doktor Monygham übersah Nostromos Schweigen oder fürchtete vielleicht, seinen Sinn zu verstehen, klopfte ihm leicht auf die Schulter und ging mit seinem schnellen, hinkenden Schritt davon. Nach drei oder vier humpelnden Schritten war er in der Dunkelheit gegen die Bahnstrecke zu verschwunden. Nostromo stand zwischen den beiden Holzpfosten, an denen die Gäste ihre Pferde festzumachen pflegten, und rührte sich nicht, als wäre auch er fest in den Boden gerammt. Nach einer halben Stunde etwa erhob er den Kopf, als im Güterbahnhof plötzlich die Hunde laut anschlugen; das Gebell klang gedämpft, als käme es unter der Erde hervor. Der lahme Doktor mit dem bösen Blick war ziemlich schnell hingekommen.

Schritt um Schritt näherte sich Nostromo dem Albergo d'Italia Una, das er nie zuvor so lichtlos und schweigsam gekannt hatte. Die Türe, ganz schwarz in der helleren Wand, stand offen, wie er sie vierundzwanzig Stunden vorher gelassen, als er vor der Welt nichts zu verbergen gehabt hatte. Er blieb unentschlossen davor stehen, wie ein Flüchtling, wie ein Verratener. Armut, Elend, Hunger! Wo hatte er diese Worte gehört? Der Zorn einer sterbenden Frau hatte ihm dieses Schicksal für seine Torheit vorhergesagt. Es schien, als sollte es sehr schnell wahr werden. Und die Leperos würden lachen – hatte sie gesagt. Ja, sie würden lachen, wenn sie wüßten, daß der Capataz der Cargadores der Gnade des verrückten Doktors ausgeliefert war, den sie noch vor wenigen Jahren für eine Kupfermünze sein Essen an einem Stand an der Plaza hatten kaufen sehen – wie einen von ihnen.

In diesem Augenblick ging ihm der Gedanke durch den Kopf, Kapitän Mitchell aufzusuchen. Er sah in die Richtung des Kais und bemerkte einen schwachen Lichtschein im Gebäude der O. S. N. Gesellschaft. Der Gedanke an erleuchtete Fenster war nicht anziehend. Zwei erleuchtete Fenster hatten ihn in das leere Zollamt gelockt, nur damit er diesem Doktor in die Klauen fallen sollte. Nein! In dieser Nacht wollte er nicht wieder erleuchteten Fenstern in die Nähe gehen. Kapitän Mitchell war dort. Und was konnte man ihm sagen? Der Doktor würde alles aus ihm herausquetschen wie aus einem Kind.

Von der Schwelle aus rief er halblaut: „Giorgio!“ Niemand antwortete. Er trat ein. „Holla! Viejo! Bist du da? ...“ In der undurchdringlichen Finsternis schwindelte ihm; es kam ihm vor, als wäre die finstere Küche so weit wie der Stille Golf und als senkte sich der Boden unter ihm, wie der untergehende Leichter. „Holla, Viejo!“ wiederholte er unsicher und schwankte im Stehen. Während er, um sich zu stützen, die Hand ausstreckte, traf er auf den Tisch. Er trat einen Schritt vor, tastete ihn ab und bekam eine Streichholzschachtel in die Finger. Er glaubte einen leisen Seufzer gehört zu haben. Er lauschte einen Augenblick mit angehaltenem Atem, dann versuchte er mit zitternden Händen ein Streichholz anzuzünden.

Das kleine Holzstückchen zwischen seinen Fingerspitzen flammte hell auf; er hob es über die zwinkernden Augen. Ein greller Lichtkegel fiel auf das weiße Löwenhaupt des alten Giorgio, nahe an der schwarzen Feuerstelle; man sah ihn vorgebeugt in seinem Stuhl sitzen, mit starrem Blick, inmitten der tiefen Schatten, die Beine gekreuzt, die Wange in die Hand gestützt, eine leere Pfeife im Mundwinkel. Stunden schienen zu vergehen, bevor er das Gesicht abzuwenden versuchte; im gleichen Augenblick erlosch das Zündholz, und das Bild verschwand, von den Schatten verschlungen, als wären Wände und Dach des trostlosen Hauses in geisterhaftem Schweigen über seinem Kopf zusammengestürzt.

Nostromo hörte, wie er sich regte und gleichgültig die Worte sprach:

„Es kann eine Erscheinung gewesen sein.“

„Nein“, sagte Nostromo sanft. „Es ist keine Erscheinung, Alter.“

Eine tiefe Bruststimme fragte aus dem Dunkeln:

„Bist du es, den ich höre, Giambattista?“

„Si, Viejo. Ruhig. Nicht so laut.“

Nachdem Sotillo ihn freigelassen hatte, war Giorgio Viola, von dem gutherzigen Chefingenieur bis an die Türe begleitet, in sein Haus zurückgekehrt, das er fast gleichzeitig mit dem Tode seiner Frau hatte verlassen müssen. Alles war still. Die Lampe brannte noch. Er fühlte sich fast versucht, die Frau beim Namen zu rufen; und bei dem Gedanken, daß keiner seiner Rufe mehr Antwort von ihrer Stimme finden würde, hatte er sich schwer in einen Stuhl fallen lassen mit einem lauten Stöhnen über den Schmerz, der ihm wie eine Messerklinge durch die Brust fuhr.

Während der ganzen Nacht gab er keinen Laut mehr von sich. Die Dunkelheit lichtete sich, und in dem farblos klaren, glasigen Dämmerschein trat die zerklüftete Sierra flach und bläulich hervor, wie aus Papier ausgeschnitten.

Die begeisterungsfähige, strenge Seele Giorgio Violas, des Seemanns, des Kämpfers für die unterdrückte Menschheit, des Königsfeindes und, von Frau Goulds Gnade, Gastwirts im Hafen von Sulaco, war inmitten der Überbleibsel aus seiner Vergangenheit in den Abgrund der Verzweiflung versunken. Der Alte gedachte seiner Verlobungszeit, zwischen zwei Feldzügen: eine einzige kurze Woche – zur Zeit der Olivenernte. Außer der furchtbaren Begeisterung für seine Idee reichte nichts an die tiefe Leidenschaft jener Zeit hinan. Er entdeckte nun, wie sehr er von der auf immer verstummten Stimme der Frau abhängig gewesen war. Ihre Stimme war es, die er vermißte. Geistesabwesend, geschäftig, in innere Betrachtung verloren, hatte er in diesen letzten Jahren seine Frau selten angesehen. Ihre Stimme war es, die ihm fehlen würde. Und er gedachte des dritten Kindes – des kleinen Jungen, der auf See gestorben war. Oh! Nun wäre es gut gewesen, sich auf einen Mann stützen zu können. Und wehe! Sogar Giambattista – er, von dem seine Frau, zugleich mit Linda, so ängstlich gesprochen hatte, bevor sie zu ihrem letzten Schlaf auf Erden zurückgesunken war; er, nach dem sie knapp vor ihrem Tode laut gerufen hatte, daß er die Kinder rette –, auch Giambattista war tot.

Und der alte Mann saß während des ganzen Tages regungslos und einsam da, vorgebeugt, den Kopf in die Hand gestützt. Er hörte nicht das erzene Dröhnen der Stadtglocken. Als es verstummt war, klang das schnelle melodische Tropfen aus dem irdenen Filter fort.

Gegen Sonnenuntergang stand er auf und verschwand mit langsamen Bewegungen in dem engen Stiegenhaus. Sein breiter Rumpf füllte es aus, und seine Schultern streiften längs der Wände mit einem leisen Geräusch hin, wie es eine Maus hinter dem Wandverputz macht. Während er dort oben verweilte, war das Haus still wie ein Grab. Dann kam er mit dem gleichen streifenden Geräusch wieder herunter. Er mußte sich an Tisch und Stühlen halten, um zu seinem alten Platz zurückzugelangen. Er nahm seine Pfeife von dem hohen Kaminsims – versuchte aber nicht, den Tabak zu finden –, steckte sie leer in den Mundwinkel und ließ sich in der gleichen, starren Unbeweglichkeit nieder. Die Sonne von Pedritos Einzug in Sulaco, die letzte Sonne im Leben des Señors Hirsch, die erste von Decouds Einsamkeit auf der Großen Isabelle, zog auf ihrem Weg nach dem Westen über das Albergo d'Italia Una hin. Das leise Tropfen des Filters hatte aufgehört, die Lampe im ersten Stock war ausgebrannt, und die Nacht hatte Giorgio Viola und seine tote Frau mit einer Dunkelheit und einem Schweigen überfallen, die unbesiegbar schienen, bis der Capataz der Cargadores, von den Toten wiedergekehrt, sie mit dem Zischen und Aufflammen eines Streichhölzchens in die Flucht geschlagen hatte.

„Si, Viejo. Ich bin es. Warte!“

Nostromo holte eine Kerze von einem Wandgestell und zündete sie an, nachdem er erst sorgfältig die Türe verrammelt und die Fensterläden geschlossen hatte.

Der alte Viola hatte sich erhoben. Er verfolgte mit seinem Blick die Geräusche, die Nostromo im Dunkeln machte. Das neue Licht zeigte ihn aufrecht, ohne Stütze, als hätte die bloße Gegenwart dieses Mannes ihm seine Kraft wiedergegeben, dieses Mannes, der treu, tapfer und unbestechlich war, all das, was des Alten eigener Sohn gewesen wäre.

Er streckte die Hand aus, in der er den am Rande leicht verkohlten Pfeifenkopf hielt, und runzelte vor der Helle die buschigen Augenbrauen.

„Du bist zurückgekehrt“, sagte er mit erschütternder Feierlichkeit. „Oh! Gut! Ich ...“

Er brach ab. Nostromo, mit verschränkten Armen an den Tisch gelehnt, nickte ihm leicht zu.

„Du dachtest, ich wäre ertrunken! Nein! Der beste Hund der Reichen, der Aristokraten, dieser feinen Leute, die nur das Volk beschwätzen und betrügen können, der ist noch nicht tot.“

Der Garibaldiner stand reglos da und schien den Klang der vertrauten Stimme einzutrinken. Einmal bewegte er leise den Kopf, wie zum Zeichen der Zustimmung; aber Nostromo sah genau, daß der alte Mann keines der Worte verstand. Es gab niemand, der ihn verstanden hätte; niemand, den er hätte ins Vertrauen ziehen können über Decouds Schicksal, über sein eigenes, über das Geheimnis des Silbers. Der Doktor war ein Feind des Volkes – ein Versucher ...

Des alten Giorgio wuchtige Gestalt bebte von Kopf bis zu Fuß von der Anstrengung, die Rührung beim Anblick dieses Menschen zu überwinden, der wie ein erwachsener Sohn sein Familienleben geteilt hatte.

„Sie glaubte, daß du wiederkehren würdest“, sagte er feierlich.

Nostromo hob den Kopf.

„Sie war eine kluge Frau. Wie hätte ich nicht zurückkommen sollen ...?“

Er vollendete den Satz für sich: „Da sie mir ja doch ein Ende voll Armut, Elend und Hunger vorhergesagt hat.“ Diese zornigen Worte Teresas rührten nach den Umständen, unter denen sie ausgesprochen worden waren – wie der Verzweiflungsschrei einer Seele, die man verhindert hat, Frieden mit Gott zu machen –, an den geheimen Aberglauben wegen des eigenen Glücks, von dem selbst die größten Männer, deren Leben dem Abenteuer und der Tat gehört, selten frei sind. Die Worte lasteten auf Nostromo wie eine schwere Verwünschung. Und welch ein Fluch war es, mit dem ihre Worte ihn belegt hatten! Er war in so jungen Jahren verwaist worden, daß er sich an keine andere Frau erinnern konnte, die er Mutter genannt hatte. Hinfort würde es kein Unternehmen mehr geben, das ihm nicht fehlschlagen müßte. Der Zauber wirkte schon. Sogar der Tod selbst würde ihm nun ausweichen .... Er sagte heftig:

„Komm, Viejo! Verschaff' mir etwas zu essen. Ich bin hungrig! Sangre de Dios! Mir schwindelt, so leer ist mein Magen."

Wie er so dastand, bloßfüßig, das Kinn über den gekreuzten Armen wieder auf die nackte Brust gesenkt, und mit finsterem Blick die Bewegungen des alten Viola verfolgte, der im Speiseschrank herumsuchte – da schien es wirklich, als stünde er unter einem Fluch: ein düsterer, zugrunde gerichteter Capataz.

Der alte Viola kam aus einer dunklen Ecke hervor und schüttete ohne ein Wort aus hohler Hand ein paar Brotkrusten und eine halbrohe Zwiebel auf den Tisch.

Während der Capataz sich an dieses Bettlermahl machte und mit ausgehungerter Gier Stück um Stück vom Tisch nahm, ging der Garibaldiner nochmals davon, kauerte sich in einem anderen Winkel nieder und füllte aus einer weidenumflochtenen Korbflasche einen irdenen Krug mit rotem Wein. Mit einer Bewegung, die ihm von der Bedienung der Cafégäste her gewohnt war, hatte er die Pfeife zwischen die Zähne genommen, um die Hände frei zu haben.

Der Capataz trank gierig. Ein leichtes Rot verdunkelte seine bronzefarbenen Wangen. Viola stand vor ihm, nahm mit einem Deuten seines wuchtigen weißen Kopfes gegen das Stiegenhaus zu die leere Pfeife aus dem Mundwinkel und sagte langsam:

„Nachdem hier unten der Schuß gefallen war, der sie so unvermittelt tötete, als wäre ihr die Kugel durch das bekümmerte Herz gedrungen – da rief sie nach dir, du solltest die Kinder retten. Nach dir, Giambattista."

Der Capataz sah auf.

„Tat sie das, Padrone? Die Kinder retten? Die sind bei der englischen Señora, ihrer Wohltäterin. He, du alter Mann aus dem Volke! Auch deiner Wohltäterin ...."

„Ich bin alt", murmelte Giorgio Viola. „Einer Engländerin wurde es gestattet, ein Bett für Garibaldi beizustellen, als er verwundet im Gefängnis lag. Der größte Mann, der je gelebt hat, ein Mann aus dem Volke, auch er – ein Seemann. So kann ich es einer andren gestatten, mir ein Dach über dem Kopf zu erhalten. Si .... Ich bin alt. Ich kann es ihr gestatten. Das Leben dauert manchmal zu lange."

„Und sie selbst wird vielleicht in wenigen Tagen kein Dach mehr über dem Kopf haben, außer wenn ich .... Was sagst du? Soll ich ihr das Dach über dem Kopf erhalten? Soll ich es versuchen – und alle die Blancos mit ihr zusammen retten?"

„Das sollst du tun", sagte der alte Viola mit starker Stimme. „Du sollst es tun, so wie es mein Sohn getan hätte ..."

„Dein Sohn, Viejo .... Nie hat es einen Mann wie deinen Sohn gegeben. Ha, ich muß versuchen .... Aber wie, wenn es nur ein Teil des Fluches wäre, daß ich mich dazu herbeilasse? ... Und du sagst also, daß sie nach mir gerufen hat, als Retter – und dann ...?“

„Sie hat nicht mehr gesprochen.“ Bei dem Gedanken an die ewige Ruhe und das Schweigen, die über die verhüllte Gestalt auf dem Bett dort oben gekommen waren, wandte Garibaldis heldenmütiger Gefährte das Gesicht ab und hob die Hand an seine buschigen Brauen. „Sie war tot, ehe ich nochmals ihre Hände fassen konnte“, flüsterte er klagend.

Vor den weitoffenen Augen des Capataz, der in das dunkle Stiegenhaus starrte, erschienen die Umrisse der Großen Isabelle wie die eines fremdartigen Schiffes in Seenot, mit ungeheurem Reichtum und eines Mannes einsamem Leben beladen. Es war ihm unmöglich, etwas zu tun. Er konnte nur seine Zunge hüten, da niemand da war, dem er hätte vertrauen können. Der Schatz würde wahrscheinlich verloren sein – wenn nicht Decoud .... Und hier brachen seine Gedanken unvermittelt ab. Er erkannte, daß er sich durchaus nicht vorstellen konnte, was Decoud etwa tun würde.

Der alte Viola hatte sich nicht gerührt. Und der unbewegliche Capataz senkte seine weichen, langen Wimpern, die dem oberen Teil seines kühnen, schwarzbärtigen Gesichts einen Anflug weiblicher Anmut gaben. Das Schweigen hatte lange gewährt.

„Gott schenke ihrer Seele den Frieden!“ murmelte er düster.

X

Am nächsten Morgen herrschte Ruhe, bis auf schwaches Schießen im Norden, in der Richtung auf Los Hatos. Kapitän Mitchell hatte es von seinem Balkon aus besorgt mit angehört. Der Satz: „In meiner heiklen Lage, als der damals einzige Konsularagent im Hafen, war alles, Herr, alles begründeter Anlaß zur Sorge“, dieser Satz kehrte unweigerlich in dem ziemlich gleichbleibenden Bericht über die „Geschichtlichen Ereignisse“ wieder, der während der nächsten Jahre vornehmen Fremden bei ihrem Besuch in Sulaco aufgetischt wurde. Gleich danach kam die Erwähnung der Würde und Neutralität der Flagge, die unter den gegebenen Umständen so schwierig zu bewahren gewesen wäre, „mittendrin in alldem, zwischen der Gesetzlosigkeit dieses schuftigen Piraten Sotillo und der etwas ordnungsmäßiger eingesetzten, doch kaum weniger grausamen Tyrannei Seiner Exzellenz Don Pedrito Monteros“. Kapitän Mitchell war nicht der Mann, sich über bloße Gefahr besonders zu verbreiten. Doch hob er hervor, es sei ein merkwürdiger Tag gewesen. An jenem Tag hatte er um die Dämmerung Nostromo gesehen, „meinen armen Burschen, den Seemann, den ich entdeckt und, ich darf wohl sagen, *gemacht* habe, Herr. Der Mann des berühmten Rittes nach Cayta, Herr. Ein geschichtliches Ereignis, Herr!“

Von der O. S. N. Gesellschaft als alter, treuer Diener geachtet, durfte Kapitän Mitchell in würdiger Muße an der Spitze des ungeheuer ausgedehnten Unternehmens das Ende seiner Dienstzeit abwarten. Der Aufschwung des Unternehmens mit der Unmenge von

Beamten, einem Stadtkontor, dem alten Kontor am Hafen, der Teilung in verschiedene Zweige – Passagier-, Fracht-, Leichterdienst und so weiter – sicherte Kapitän Mitchell für seine letzten Jahre in dem wiederaufgebauten Sulaco, der Hauptstadt der Westlichen Republik, mehr freie Zeit zu. Die Eingeborenen mochten ihn gerne wegen seiner Gutmütigkeit und seines vollendeten Benehmens; selbstgefällig und arglos, seit langen Jahren als ein „Freund unseres Landes" bekannt, fühlte er sich als einer der bemerkenswerten Männer in der Stadt. In aller Morgenfrühe machte er seinen Rundgang über den Marktplatz, während der riesige Schatten des Higuerota noch über den Obst- und Blumenständen mit ihren glühend farbigen Warenmengen lag; die laufenden Geschäfte waren leicht zu erledigen; er war in allen Häusern willkommen, wurde von den Damen auf der Alameda begrüßt, hatte Zutritt zu allen Klubs, war gerne gesehener Gast der Casa Gould und führte so mit größter Bequemlichkeit und Würde das Leben eines verwöhnten alten Junggesellen und Stadtlieblings. An den Posttagen aber war er zeitig früh im Hafenkontor, hatte sein eigenes Gig bereit, mit einer schneidigen Mannschaft in Weiß und Blau, um sofort hinauszufahren und an Bord des Postdampfers zu gehen, sobald sich der nur in der Hafeneinfahrt zeigte.

Dann führte er wohl einen bevorzugten Fahrgast, den er in seinem eigenen Boot an Land gebracht hatte, ins Hafenkontor und bat ihn, einen Augenblick Platz zu nehmen, bis er selbst einige Schriftstücke unterzeichnet hätte. Und Kapitän Mitchell setzte sich an seinen Schreibtisch und redete gastfreundlich weiter.

„Es ist nicht viel Zeit, wenn Sie alles in einem Tag sehen wollen. Wir ziehen gleich los. Wir können im Amarilla-Klub zu Mittag essen – obwohl ich ja auch dem Anglo-American angehöre – Bergingenieure und Geschäftsleute, Sie verstehen schon – und dem Mirliflores natürlich auch, einem neuen Klub – Engländer, Franzosen, Italiener, allerlei – lebenslustige junge Menschen größtenteils, die einem alten Einwohner eine Aufmerksamkeit erweisen wollen, Herr. Aber wir wollen im Amarilla essen. Wird Sie interessieren, denke ich. Richtig Lokalfarbe. Leute aus den ersten Familien. Der Präsident der Westlichen Republik ist auch Mitglied, Herr. Im Innenhof ein feiner alter Bischof mit gebrochener Nase. Als Skulptur bemerkenswert, glaube ich. Cavaliere Parrochetti – Sie kennen doch Parrochetti, den berühmten italienischen Bildhauer – hat hier zwei Jahre gearbeitet – schätzte unseren alten Bischof sehr hoch. Da! Nun stehe ich ganz zu Ihrer Verfügung."

Stolz auf seine Landeskenntnis, durchdrungen von der historischen Bedeutung der Männer, Ereignisse und Gebäude, sprach er großartig in abgehackten Sätzen, unter leichtem Schwenken seines kurzen, dicken Arms, und „lenkte die Aufmerksamkeit" seines bevorzugten Gefangenen auf alles und jedes.

„Es wird stark gebaut, wie Sie bemerken. Vor der Separation war es eine Ebene mit verbranntem Gras, in Staubwolken gehüllt, mit einem Ochsenweg zum Kai. Nichts weiter. Das ist das Hafentor. Malerisch, nicht wahr? Früher einmal hörte die Stadt hier auf. Nun kommen wir in die Calle de la Constitucion. Beachten Sie die alten spanischen Häuser. Mächtige Wände, wie? Ich stelle mir vor, das alles ist heute noch so wie zur Zeit der Vizekönige, bis auf das Pflaster. Das ist jetzt aus Holzwürfeln. Hier die Sulaco-Nationalbank, mit Schilderhäuschen zu beiden Seiten des Tores. Auf der anderen Seite die Casa Avellanos; die Läden vor den Erdgeschoßfenstern geschlossen. Eine wunderbare Frau lebt hier – Fräulein Avellanos – die wunderschöne Antonia. Ein Charakter, Herr! Historische Frau! Gegenüber – Casa Gould. Vornehmes Tor. Jawohl, *die Goulds* von der ursprünglichen Gould-Konzession, die jetzt die ganze Welt kennt. Ich besitze siebzehn Tausend-Dollar-Aktien der Vereinigten San Tomé-Minen. Alle die kümmerlichen Ersparnisse meines Lebens, Herr. Und sie werden mir bis ans Ende meiner Tage ein gutes Auskommen sichern, wenn ich mich einmal zurückziehe. Bin noch billig dazugekommen, verstehen Sie. Don Carlos, guter Freund von mir. Siebzehn Aktien – richtig ein kleines Vermögen, das man damit hinterlassen kann. Ich habe eine Nichte – hat einen Pfarrer geheiratet – ausgezeichneter Mensch, hat eine kleine Pfarre in Sussex; endlos Kinder. Ich selbst war nie verheiratet. Ein Seemann sollte Selbstverleugnung üben. Unter ebendiesem Torbogen, Herr, stand ich mit ein paar jungen Ingenieuren, bereit, dieses Haus zu verteidigen, wo wir soviel Güte und Gastfreundschaft genossen hatten, und sah den ersten und letzten Angriff von Pedritos Reitern auf Barrios' Truppen an, die eben das Hafentor genommen hatten. Sie konnten den neuen Gewehren nicht standhalten, die der arme Decoud herübergebracht hatte. Es war ein mörderisches Feuer. In einem Augenblick war die Straße versperrt mit toten Menschen und Pferden. Sie griffen kein zweites Mal an."

Und den ganzen Tag über sprach Kapitän Mitchell so weiter zu seinem mehr oder minder willigen Opfer.

„Die Plaza. Ich nenne sie großartig. Doppelte Grundfläche wie Trafalgar Square."

Von der Mitte her, im blendenden Sonnenschein, wies er auf die einzelnen Gebäude:

„Die Intendancia, jetzt Palast des Präsidenten – Cabildo, wo das Unterhaus des Parlamentes sitzt. Sehen Sie die neuen Häuser dort drüben an der Plaza? Die Kompanie Anzani, großes Warenhaus, wie diese Genossenschaftsdinger bei uns daheim. Der alte Anzani wurde vor seinem großen Kassenschrank von den Nationalgarden ermordet. Für ebendieses Verbrechen wurde der Abgeordnete Gamacho, der Kommandant der Nationalen, ein blutdürstiges, rohes Vieh, öffentlich durch Garrotte hingerichtet, auf den Spruch eines Kriegsgerichtes, das Barrios angeordnet hatte. Anzanis Neffen wandelten das Geschäft in eine Gesellschaft um. Diese ganze Seite der Plaza ist niedergebrannt worden; hatte früher Arkaden. Ein furchtbarer Brand, bei dessen Licht ich die letzten Kämpfe mit ansah. Die Llaneros flohen, die Nationalen warfen ihre Waffen weg, und die Bergleute von San Tomé, lauter Indianer von der Sierra, strömten wie ein Wildbach herbei, zum Klang der Sackpfeifen und Zimbeln, mit flatternden grünen Fahnen. Eine wilde Menge von Männern in weißen Ponchos und grünen Hüten, zu Fuß, auf Maultieren und Eseln. So ein Bild, Herr, wird nie wieder zu sehen sein. Die Bergleute, Herr, waren in die Stadt marschiert, Don Pépé auf seinem schwarzen Pferd an der Spitze, und die ganzen Weiber in der Nachhut, auf Eseln – kreischten Ermutigung, Herr, und schlugen Tamburine. Ich erinnere mich noch, daß eines der Weiber einen grünen Papagei auf der Schulter hatte, der ruhig dasaß wie aus Stein. Sie hatten eben ihren Señor Administrador gerettet; denn Barrios, wenn er auch den Angriff sofort, noch bei Nacht, angesetzt hatte, wäre doch zu spät gekommen. Auf Pedritos Befehl war Don Carlos hinausgeführt worden, um erschossen zu werden – wie sein Onkel vor vielen Jahren –, und dann, wie Barrios später sagte, wäre ›Sulaco keinen Kampf wert gewesen‹. Sulaco ohne die Gould-Konzession war nichts; und über das ganze Gebirge waren viele Tonnen Dynamit verteilt, mit fertigen Zündern, und ein alter Priester, Vater Romàn, stand dabei, um die San Tomé-Mine bei der ersten Kunde von einem Fehlschlag zu vernichten. Don Carlos hatte sich entschlossen, sie nicht hinter sich zu lassen, und er hatte auch die rechten Leute, um es durchzuführen."

So pflegte Kapitän Mitchell mitten auf der Plaza zu reden und hielt dabei einen weißen, grüngefütterten Sonnenschirm über seinen Kopf; im Innern der Kathedrale aber, in dem trüben Licht und der leise von Weihrauch durchzogenen, kühlen Luft, bekam seine Stimme feierlichen Nachdruck; da und dort kniete wohl eine weibliche Gestalt, schwarz oder ganz weiß gekleidet, einen Schleier über dem Kopf.

„Hier", sagte er und deutete auf eine Nische in der Wand des dämmrigen Hauptschiffes, „hier sehen Sie die Büste von Don José Avellanos, ›des Patrioten und Staatsmannes‹, wie die Inschrift besagt, des ›Ministers an den Höfen von England, Spanien und so weiter und so weiter, gestorben in den Wäldern von Los Hatos, beim Morgenrot der neuen Ära, nachdem er sich in lebenslangem Kampfe für Recht und Gerechtigkeit verbraucht hatte‹. Sehr ähnlich, die Büste. Das Werk Parrochettis, nach ein paar alten Photographien und einer Bleistiftskizze von Frau Gould. Ich war gut bekannt mit diesem vornehmen Spanisch-Amerikaner der alten Schule, einem echten Hidalgo, den jeder liebte, der ihn kannte. Das Marmormedaillon in der Wand, im alten Stil, mit der verhüllten Frauengestalt, die, die Hände leicht im Schoß gefaltet, dasitzt, ist dem Gedächtnis des unglückseligen jungen Gentlemans geweiht, der in jener Schicksalsnacht mit Nostromo hinaussegelte, Herr. Sehen Sie: ›Dem Andenken von Martin Decoud seine Braut Antonia Avellanos.‹ Offen, schlicht, vornehm. Da haben Sie die Dame, Herr, wie sie ist. Eine außergewöhnliche Frau. Alle, die meinten, sie würde sich der Verzweiflung überlassen, haben sich geirrt, Herr. Sie wurde von manchen Seiten getadelt, weil sie nicht den Schleier genommen hat. Man erwartete es von ihr. Aber Doña Antonia ist nicht aus dem Holz, aus dem man Nonnen macht. Bischof Corbelàn, ihr Onkel, lebt mit ihr in dem Stadthause der Corbelàns. Er ist ein sehr kampflustiger Priester, der der Regierung unaufhörlich wegen der alten Kirchengüter und Klöster in den Ohren liegt. Ich glaube, sie halten in Rom große Stücke auf ihn. Nun wollen wir in den Amarilla-Klub gehen, gerade hier über die Plaza weg, um etwas zu essen."

Sofort nach Verlassen der Kathedrale, noch oben auf der gewaltigen Treppe, erhob Mitchell wieder großartig die Stimme, und sein Arm fand die weiten Gebärden wieder.

„›Porvenir‹, dort drüben im ersten Stock, über den Schaufenstern aus französischem Spiegelglas; unsere größte Tageszeitung. Konservativ, oder ich sollte eher sagen: parlamentarisch. Wir haben hier eine parlamentarische Partei, an deren Spitze der augenblickliche Staatspräsident steht, Don Juste Lopez. Ein sehr kluger Mann, finde ich. Erstklassiger Kopf, Herr. Die Demokraten, Oppositionspartei, setzen sich, wie ich leider sagen muß, hauptsächlich aus diesen sozialistischen Italienern zusammen, mit ihren Geheimbünden, Camorras und so weiter. Es sind massenhaft Italiener hier auf den Ländereien der Bahn angesiedelt, entlassene Matrosen, Mechaniker und so weiter, die ganze Strecke entlang. Es gibt ganze italienische Dörfer im Campo. Und auch die

Eingeborenen werden zu diesen Ansichten bekehrt ... American-Bar? Jawohl, und dort drüben können Sie noch eine sehen. Dort verkehren hauptsächlich Neuyorker .... Da sind wir beim Amarilla-Klub. Beachten Sie den Bischof am Fuß der Treppe, rechts, wenn wir hineinkommen."

Dann begann das Mahl, ging langsam und üppig seinen Gang an einem kleinen Tisch in der Galerie; Kapitän Mitchell nickte, verbeugte sich, stand auf, um kurz mit verschiedenen Beamten in schwarzen Gehröcken zu sprechen, mit Kaufleuten im Cut, mit Offizieren in Uniform, mit älteren Caballeros aus dem Campo – blassen, kleinen, nervösen Männern und fetten, gelassenen, dunkelhäutigen Männern – mit Europäern oder Nordamerikanern von bedeutender Stellung, deren Hautfarbe inmitten der in der Mehrzahl dunklen Gesichter und der schwarzen, glitzernden Augen auffallend weiß wirkte.

Endlich legte sich Kapitän Mitchell in den Stuhl zurück, warf befriedigte Blicke in die Runde und reichte eine Kiste mit dicken Zigarren über den Tisch.

„Versuchen Sie das Kraut da zu Ihrem Kaffee. Landtabak. Den schwarzen Kaffee, den Sie im Amarilla-Klub bekommen, Herr, finden Sie nirgends sonst in der Welt. Wir bekommen die Bohnen von einer berühmten Caféteria in den Vorbergen, deren Besitzer jedes Jahr an die Mitglieder drei Säcke schickt, zur Erinnerung an den Kampf gegen Gamachos Nationale, der von den Caballeros von ebendiesen Fenstern aus geführt wurde. Der Herr war damals in der Stadt und nahm daran teil, Herr, bis zum bitteren Ende. Der Kaffee kommt auf drei Maultieren an – nicht auf die gewöhnliche Art, mit der Bahn; keine Angst! – bis hierher in den Hof, von berittenen Peons geleitet, unter dem Befehl des Mayorals des Gutes, der gestiefelt und gespornt heraufkommt und die Sendung unserem Ausschuß mit den feierlichen Worten übergibt: ›Zum Gedächtnis der Gefallenen des 3. Mai.‹ Wir nennen ihn den Très-de-Mayo-Kaffee. [Im Druck heißt der Kaffee: Très-de-Mayo-Kaffee. Vielleicht ein Irrtum des Setzers wegen französisch „ très „? „Drei" heißt auf Spanisch meines Wissens „tres", ohne Akzent] Versuchen Sie ihn."

Und dann führte Kapitän Mitchell mit einem Ausdruck, als schickte er sich an, einer Predigt in der Kirche zu lauschen, die dünne Tasse an die Lippen, and der Nektar wurde in gemächlichem Schweigen und in einer Wolke von Zigarrenrauch bis zum letzten Tropfen geschlürft.

„Sehen Sie den Mann in Schwarz, der gerade hinausgeht", hob dann Mitchell wieder an und lehnte sich eifrig vor. „Das ist der berühmte Hernandez, der Kriegsminister. Der Spezialkorrespondent der ›Times‹, der die packende Artikelreihe über die Westliche Republik schrieb und diese ›das Schatzhaus der Welt‹ nannte – der hat einen kurzen Artikel Hernandez und der Truppe gewidmet, die er aufgestellt hat, den berühmten Carabinieri vom Campo."

Und Kapitän Mitchells Gast, neugierig gemacht, konnte einen Mann in langschößigem schwarzem Rock würdig hinausschreiten sehen, mit niedergeschlagenen Augenlidern in einem langen, gesammelten Gesicht, waagerechten, zusammengewachsenen Augenbrauen und spitzem Kopf, dessen graues Haar, am Scheitel gelichtet, an den Seiten sorgfältig niedergekämmt war und sich um Hals und Schultern ringelte. Das also war der berühmte Bandit, von dem Europa mit soviel Neugier gehört hatte. Er setzte einen hohen Sombrero mit weiter flacher Krempe auf; um sein rechtes Handgelenk war ein Rosenkranz mit Holzperlen gewunden. Und Kapitän Mitchell fuhr fort:

„Der Beschützer der Flüchtlinge von Sulaco vor der Wut Pedritos. Als Reitergeneral unter Barrios zeichnete er sich bei der Erstürmung von Tonoro aus, wo Señor Fuentes mit dem letzten Rest der Monteristen getötet wurde. Er ist der Freund und demütige Diener des Bischofs Corbelàn. Hört drei Messen im Tag. Ich wette, daß er in die Kathedrale eintreten wird, um vor dem Heimweg zur Siesta noch ein oder zwei Gebete zu sprechen."

Er machte schweigend einige Züge aus seiner Zigarre. Dann setzte er seine bedeutendste Miene auf und sprach:

„Die spanische Rasse, Herr, ist reich an bemerkenswerten Charakteren in allen Schichten ... Ich schlage vor, daß wir jetzt zu einem ruhigen Plausch ins Billardzimmer gehen, wo es kühl ist. Bis nach fünf Uhr ist niemand da. Ich könnte Ihnen Einzelheiten aus der Separatisten-Revolution erzählen, die Sie verblüffen würden. Wenn die größte Hitze vorüber ist, wollen wir einen Gang über die Alameda machen."

Das Programm wickelte sich unaufhaltsam ab, wie unter einem Naturgesetz. Der Gang über die Alameda wurde in langsamen Schritten unternommen und von gewichtigen Bemerkungen begleitet.

„Die ganze große Welt von Sulaco ist da, Herr." Kapitän Mitchell verbeugte sich nach rechts und links mit endloser Förmlichkeit; dann belebte er sich: „Doña Emilia, Frau Goulds Wagen. Sehen Sie. Immer weiße Maultiere. Die gütigste und anmutigste Dame, die je die Sonne beschienen hat. Eine große Stellung, Herr, eine große Stellung. Erste Dame von Sulaco – weit über der Frau des Präsidenten. Und verdient es auch." Er nahm den Hut ab; dann wechselte er überlegt den Ton und fügte nachlässig hinzu, der Mann in Schwarz an ihrer Seite, mit hohem weißem Kragen und dem narbigen, griesgrämigen Gesicht, sei Doktor Monygham, Inspektor der staatlichen Krankenhäuser und Oberarzt der Vereinigten San Tomé-Minen. „Gehört zum Hause. Ist immer da. Kein Wunder. Die Goulds haben ihn gemacht. Sehr geschickter Mensch, alles, was Sie wollen, aber ich habe ihn nie gemocht. Auch sonst niemand. Ich erinnere mich noch, wie er in einem gewürfelten Hemd und in Indianersandalen durch die Straßen hinkte, mit einer Wassermelone unter dem Arm – seiner Mahlzeit für den ganzen Tag. Jetzt ist er ein großes Tier, Herr, und so boshaft wie nur je. Immerhin... Es ist nicht zu leugnen, daß er zu seiner Zeit seine Rolle sehr tüchtig gespielt hat. Er hat uns alle von diesem gräßlichen Alp Sotillo befreit, wobei ein etwas heiklerer Mensch vielleicht versagt hätte..."

Sein Arm ging hoch.

„Das Reiterstandbild, das auf dem Sockel dort stand, ist entfernt worden. Es war ein Anachronismus", orakelte Kapitän Mitchell. „Man spricht davon, daß es durch eine Marmorsäule zur Erinnerung an die Separation ersetzt werden soll, mit Friedensengeln an den vier Ecken und einer Justitia aus Bronze mit der vergoldeten Waage obenauf. Cavaliere Parrochetti wurde aufgefordert, eine Zeichnung zu machen, die Sie unter Glas und Rahmen in der Sala des Rathauses sehen können. Unten in den Sockel sollen ringsum Namen eingemeißelt werden. Nun, dann könnten sie mit keinem besseren beginnen als mit dem Namen Nostromo. Er hat für die Separation soviel getan wie nur sonst jemand und", fügte Kapitän Mitchell hinzu, „und hat weniger als viele andre davon gehabt – wenn man davon sprechen wollte." Er ließ sich auf einer Steinbank unter einem Baum nieder und klappte einladend auf den Platz an seiner Seite. „Er hat zu Barrios die Briefe aus Sulaco getragen, die den General bestimmten, Cayta zeitweilig aufzugeben und uns hier auf dem Seewege zu Hilfe zu kommen. Glücklicherweise waren die Transportdampfer noch im Hafen. Herr, ich wußte nicht einmal, daß mein Capataz de Cargadores noch lebte. Ich hatte keine Ahnung. Doktor Monygham war es, der ihn zufällig im Zollamt traf, das eine oder zwei Stunden vorher von dem verdammten Sotillo geräumt worden war. Mir wurde nichts gesagt; nicht die kleinste Andeutung, nichts – als wäre ich des Vertrauens nicht wert. Monygham bereitete alles vor. Er ging in den Güterbahnhof und erwirkte Zutritt beim Chefingenieur, der sich, mehr den Goulds zuliebe als aus sonst einem Grunde, herbeiließ, eine Maschine mit Nostromo an Bord die Strecke entlangzuschicken, einhundertachtzig Meilen weit. Es war der einzige Weg, Nostromo aus der Stadt hinauszubringen. Im Lager der Bauabteilung, am Ende der Strecke, verschaffte er sich ein Pferd, Waffen, ein wenig Kleider, machte sich allein auf den wunderbaren Ritt – vierhundert Meilen in sechs Tagen, durch aufständische Gegenden – und schlich sich zum würdigen Abschluß durch die Monteristen-Linien vor Cayta. Die Geschichte dieses Rittes, Herr, würde ein sehr spannendes Buch abgeben. Er hatte unser aller Leben in der Tasche. Hingabe, Mut, Treue, Verstand reichten nicht aus. Natürlich war er völlig furchtlos und unbestechlich. Aber es brauchte einen Mann, der den Erfolg zu erzwingen wußte. Er war dieser Mann, Herr. Am fünften Mai, während ich tatsächlich im Hafenkontor meiner Gesellschaft wie gefangen war, hörte ich plötzlich vom Güterbahnhof, eine Viertelmeile weit weg, den Pfiff einer Maschine. Ich wollte meinen Ohren nicht trauen. Ich war mit einem Satz auf dem Balkon und sah eine Lokomotive unter Volldampf aus dem Tor des offenen Bahnhofs auslaufen, in eine weiße Dampfwolke gehüllt, unter verrücktem Pfeifen, und dann gerade vor Violas Gasthaus fast zum Stillstand abbremsen. Ich konnte noch sehen, Herr, wie ein Mann – wer es war, konnte ich nicht erkennen – aus dem Albergo d'Italia Una heraussprang und in den Führerstand kletterte. Und dann, Herr, schien diese Maschine geradezu mit einem Satz anzufahren und war in einem Augenwinken fort. Wie Sie eine Kerze ausblasen würden, Herr! Es war ein erstklassiger Maschinist im Führerstand, Herr, kann ich Ihnen sagen. Sie wurden von den Nationalgarden in Rincon und noch einem Ort schwer beschossen. Zum Glück war die Strecke nicht aufgerissen worden. In vier Stunden erreichten sie das Baulager. Nostromo war auf den Weg gebracht... Den Rest wissen Sie. Sie brauchen nur um sich zu sehen. Hier auf dieser Alameda fahren Leute in ihren Kutschen herum oder sind überhaupt noch am Leben, weil ich vor Jahren einen entlaufenen italienischen Matrosen als Kaivorarbeiter angestellt habe. Einfach auf sein Gesicht hin. Das ist Tatsache. Sie kommen nicht darum herum, Herr. Am siebzehnten Mai, gerade zwölf Tage, nachdem ich den Mann aus der Casa Viola auf die Maschine klettern gesehen und mich gewundert hatte, was es bedeuten sollte – am siebzehnten Mai also liefen Barrios' Transportdampfer in diesen Hafen ein, und das „Schatzhaus der Welt", wie der Mann der „Times" in seinem Buch Sulaco nennt, wurde unversehrt für die Zivilisation gerettet – für eine große Zukunft, Herr. Pedrito, von Hernandez im Westen und von den San

Tomé-Bergleuten vom Landtor her bedrängt, konnte sich der Landung nicht widersetzen. Er hatte seit einer Woche Sotillo durch Boten auffordern lassen, sich ihm anzuschließen. Hätte Sotillo das getan, dann hätte es großes Gemetzel und Ächtungen gegeben, denen wohl kaum ein Mann oder eine Frau von Stellung entgangen wäre. Aber da kommt eben dieser Doktor Monygham ins Spiel. Sotillo klebte auf seinem Dampfer fest, blind und taub für alles, und überwachte das Dreggen nach dem Silber, das er im Hafen versenkt glaubte. Man sagt, er sei während der letzten drei Tage von Sinnen gewesen, habe geschäumt und getobt vor Enttäuschung, weil er nichts fand, sei auf Deck herumgerannt und habe den Booten mit den Dreggankern Flüche zugerufen, habe sie zurückbeordert und gleich darauf mit dem Fuß gestampft und gebrüllt: >Und doch ist es da! Ich sehe es, ich fühle es!

Er schickte sich an, Doktor Monygham – den er an Bord hatte – am Ladebaum aufhängen zu lassen, als der erste von Barrios' Transportdampfern, eines unserer Schiffe noch dazu, hereindampfte, sich dicht längsseit legte und sofort ein Gewehrfeuer eröffnete, ohne vorher auch nur anzurufen. Es war die völligste Überrumpelung, die sich denken läßt, Herr. Sie waren zuerst zu entsetzt, um unter Deck zu rennen. Links und rechts fielen die Leute wie die Kegel. Es ist ein Wunder, daß der Doktor, der, schon mit dem Strick um den Hals, auf der Achterluke stand, nicht wie ein Sieb durchlöchert wurde. Er hat mir seither erzählt, daß er sich schon verloren gegeben hatte und aus ganzer Lungenkraft schrie: >Hißt die weiße Flagge! Hißt die weiße Flagge! Plötzlich zog ein alter Major des Esmeralda-Regiments, der dabeistand, den Säbel und rannte ihn Sotillo mit dem Schrei: >Stirb, meineidiger Verräter! glatt durch den Leib, knapp bevor er selbst mit einem Schuß durch den Kopf fiel."

Kapitän Mitchell schwieg eine Zeitlang.

„Bei Gott, Herr! Ich könnte Ihnen stundenlang ein Garn spinnen. Aber es ist Zeit, daß wir uns nach Rincon auf den Weg machen. Es ginge nicht gut, daß Sie durch Sulaco gekommen wären und die Lichter der San Tomé-Mine nicht gesehen hätten – einen ganzen Berg im hellsten Glanz, wie ein erleuchteter Palast über dem dunklen Campo. Es ist ein sehr beliebter Ausflug... Aber lassen Sie sich noch eine kleine Geschichte erzählen, Herr; nur um Ihnen zu zeigen... Etwa vierzehn Tage später, als Barrios, zum Generalissimus ernannt, zur Verfolgung Pedritos nach Süden aufgebrochen war, als die vorläufige Junta, mit Don Juste Lopez an der Spitze, die neue Verfassung veröffentlicht hatte und Don Carlos Gould eben die Koffer packte, zu einer wichtigen Reise nach San Franzisko und Washington – die Vereinigten Staaten, Herr, waren die erste Großmacht, die die Westliche Republik anerkannte –, etwa vierzehn Tage später, sage ich, als wir eben zu fühlen begannen, daß uns die Köpfe fest wieder auf den Schultern saßen, wenn ich mich so ausdrücken darf, da kam mich ein großer Kaufmann geschäftlich besuchen, der viel mit unserer Linie verschifft, und sagte gleich als erstes: „Sagen Sie, Kapitän Mitchell, ist dieser Mensch" – damit meinte er Nostromo – „noch der Capataz Ihrer Cargadorcs oder nicht?" – „Was ist los?" fragte ich. – „Nichts weiter. Wenn er es noch ist, dann macht es mir nichts aus; ich verschicke und empfange viel Waren mit Ihren Schiffen; aber ich habe ihn mehrere Tage auf dem Kai herumlungern sehen, und gerade jetzt hat er mich angehalten, so kalt, wie Sie sich's nur wünschen können, und eine Zigarre verlangt. Nun, sehen Sie, meine Zigarren sind keine billigen Glimmstengel, und ich kann sie mir nicht gar so leicht verschaffen.‹ – ›Ich hoffe, Sie haben sich angestrengt‹, sagte ich sehr höflich. – ›Nun ja. Aber es ist doch ein verdammter Unfug. Der Kerl bettelt ewig um Tabak.‹ – Herr, ich wandte die Augen ab und fragte dann: ›Waren Sie nicht einer der Gefangenen im Cabildo?‹ – ›Sie wissen gut, daß ich es war, und in Ketten noch dazu‹, sagte er. – ›Und sollten ein Lösegeld von fünfzehntausend Dollar bezahlen?‹ – Er wurde rot, Herr, weil es sich herumgesprochen hatte, daß er bei der Verhaftung in Ohnmacht gefallen war und sich dann vor Fuentes auf eine Weise aufgeführt hatte, daß sogar die Policianos, die ihn an seinen Haaren dahingeschleift hatten, lächeln mußten. ›Jawohl‹, sagte er ein wenig verlegen. ›Warum?‹ – ›Ah, nichts. Sie standen vor einem schönen Verlust‹, sage ich, ›selbst wenn es Ihnen nicht ans Leben gegangen wäre... Aber was kann ich für Sie tun?‹ – Er hat die Andeutung nicht einmal begriffen. Er nicht. Und da sehen Sie, wie die Welt lohnt."

Er erhob sich ein wenig steif; und die Fahrt nach Rincon wurde nur von einer einzigen philosophischen Bemerkung des unerbittlichen Cicerone begleitet. Die Augen auf die Lichter der San Tomé-Mine gerichtet, die in der Nacht zwischen Himmel und Erde zu schweben schienen, meinte er:

„Eine große Macht, dies, im Guten und im Bösen, Herr. Eine große Macht."

Und dann wurde im Mirliflores zu Abend gespeist. Die Küche war ausgezeichnet, und der Reisende behielt den Eindruck, daß es in Sulaco viele nette, tüchtige junge Leute gäbe, deren Gehälter offenbar zu hoch waren, und daß einige darunter, hauptsächlich Angelsachsen, es meisterhaft verstanden, den freundlichen Gastgeber „aufzuziehen", wie man sagt. Mit einer schnellen Fahrt zum Hafen hinunter, in einem zweirädrigen Wagen (Kapitän Mitchell nannte ihn ein Kabriolett) hinter einem flinken, mageren Maultier, das von dem Kutscher, offenbar einem Neapolitaner, unaufhörlich geschlagen wurde, schloß sich der Kreis beinahe, vor den erleuchteten Geschäftsräumen der O. S. N. Gesellschaft, die wegen des Dampfers so spät noch offen waren. Beinahe – aber nicht ganz.

„Zehn Uhr. Ihr Schiff wird nicht vor halb ein Uhr fahrtbereit sein, vielleicht noch später. Kommen Sie noch herein, auf einen Brandy mit Soda und eine letzte Zigarre."

Und im Privatkontor des Generalinspektors hörte dann der bevorzugte Fahrgast der *Ceres, Juno* oder *Pallas,* betäubt und sozusagen geistig vernichtet durch das jähe Übermaß an Bildern, Leuten, Namen, Tatsachen und mißverstandenen verzwickten Erläuterungen, hörte also zu wie ein müdes Kind einem Märchen. Er hörte eine vertrauliche und durch ihre Würde überraschende Stimme, die ihm, wie aus einer andern Welt, sagte, daß hier, „in ebendiesem Hafen", eine internationale Flottendemonstration stattgefunden und dem Costaguana-Sulaco-Krieg ein Ende gesetzt habe. Wie der Kreuzer der Vereinigten Staaten, *Powbattan,* als erster die Westliche Flagge salutiert habe – weiß, mit einem Lorbeerkranz rings um eine gelbe Amarillenblüte im Mittelfeld –, und wie General Montero, kaum einen Monat, nachdem er sich hatte zum Kaiser von Costaguana ausrufen lassen, von einem jungen Artillerieoffizier, dem Bruder seiner damaligen Geliebten (während einer feierlichen, öffentlichen Verteilung von Orden und Ehrenkreuzen), erschossen worden sei.

„Der niederträchtige Pedrito, Herr, floh aus dem Lande", sagte die Stimme und fuhr fort: „Der Kapitän eines unserer Schiffe hat mir neulich erzählt, daß er Pedrito, den Guerillero, getroffen habe, in roten Pantoffeln und einer Samtkappe mit goldener Quaste – als Besitzer eines verrufenen Hauses in einem der südlichen Häfen."

„Niederträchtiger Pedrito! Wer zum Teufel war das?" wunderte sich vielleicht der vornehme Zugvogel und hielt sich dabei mit entschlossen aufgerissenen Augen auf der Grenze zwischen Schlaf und Wachen, ein müdes, aber liebenswürdiges Lächeln um die Lippen, zwischen denen die achtzehnte oder zwanzigste Zigarre dieses denkwürdigen Tages hing.

„Er ist mir hier in diesem selben Raum erschienen, wie ein Gespenst, Herr." (Kapitän Mitchell sprach von seinem Nostromo mit echtem Gefühl und einem Anflug selbstgefälligen Stolzes.) „Sie können sich vorstellen, Herr, was es auf mich für einen Eindruck machte. Er war natürlich mit Barrios auf dem Seeweg herübergekommen, und das erste, was er mir sagte, nachdem ich wieder imstande war, ihm zuzuhören, war, daß er das Boot des Leichters, im Golf treibend, aufgefischt habe. Er schien ganz erschüttert von dem Zufall. Es war ja auch ein sehr bemerkenswerter Zufall, wenn Sie bedenken, daß volle sechzehn Tage seit dem Untergang des Leichters verstrichen waren. Ich konnte sofort sehen, daß er ein andrer Mensch war. Er starrte auf die Wand, Herr, als wäre dort eine Spinne oder sonst etwas herumgelaufen. Der Verlust des Silbers nagte ihm am Herzen. Als allererstes fragte er mich, ob Doña Antonia schon von Decouds Tod gehört habe. Seine Stimme zitterte. Ich mußte ihm sagen, daß Doña Antonia noch nicht wieder in der Stadt war. Armes Mädchen! Und gerade, als ich mich anschickte, ihm tausend Fragen zu stellen, machte er sich mit einem plötzlichen ›Verzeihung, Señor!‹ davon. Ich sah ihn drei Tage lang nicht wieder. Ich hatte schrecklich viel zu tun, wissen Sie. Es scheint, daß er zur Stadt hinein und heraus gewandert ist und zwei Nächte lang in den Baracken der Eisenbahner geschlafen hat. Er schien völlig gleichgültig gegen alles, was vorging. Ich fragte ihn auf dem Kai: ›Wann werden Sie wieder anfangen, Nostromo? Es wird nun viel Arbeit für die Cargadores geben.‹

›Señor‹, sagt er und sieht mich dabei bedächtig forschend an, ›würde es Sie sehr überraschen, zu hören, daß ich gerade jetzt zu müde bin, um zu arbeiten? Und welche Arbeit könnte ich jetzt noch tun? Wie kann ich meinen Cargadores ins Gesicht sehen, nachdem ich einen Leichter verloren habe?‹

Ich bat ihn, nicht weiter an das Silber zu denken, und er lächelte. Ein Lächeln, das mir ins Herz schnitt, Herr. ›Es war kein Fehler‹, sagte ich ihm. ›Es war Schicksal. Etwas, das nicht zu vermeiden war.‹ – ›Si, si‹, sagte er und ging weg. Ich hielt es für das beste, ihn eine Weile sich selbst zu überlassen, damit er darüber wegkäme, Herr. Er hat tatsächlich Jahre gebraucht, um darüber wegzukommen. Ich war bei seiner Unterredung mit Don Carlos zugegen. Ich muß sagen, daß Gould eher kalt ist. Er mußte seine Gefühle straff im Zaum halten, da er es immer mit Dieben und Schuften zu tun hatte, in steter Gefahr völligen Verderbs für sich selbst und seine Frau, durch viele Jahre; und so ist es ihm zur zweiten Natur geworden. Sie sahen einander lange an. Don Carlos fragte in seiner ruhigen, zurückhaltenden Art, was er für ihn tun könne.

›Mein Name ist von einem Ende Sulacos bis zum anderen bekannt‹, sagte er, so ruhig wie der andre. ›Was könnten Sie mehr für mich tun?‹ Das war alles, was bei dieser Gelegenheit geschah. Später einmal kam übrigens ein sehr netter Küstenschoner zum Verkauf, und Frau Gould und ich steckten die Köpfe zusammen, kauften ihn und machten ihn Nostromo zum Geschenk. Das taten wir, aber er zahlte innerhalb der nächsten drei Jahre den ganzen Kaufpreis zurück. Das Geschäft blühte längs der ganzen Küste hier, Herr, überdies hatte der Mann tatsächlich bei allem Erfolg, ausgenommen das eine Mal, bei Rettung des Silbers. Auch Doña Antonia, noch ganz unter dem Eindruck ihrer fürchterlichen Erlebnisse in den Wäldern von Los Hatos, hatte eine Unterredung mit ihm gewünscht. Wünschte von Decoud zu hören: was sie gesagt, getan, was sie gedacht hätten, während jener langen Schicksalsnacht. Frau Gould sagte mir, sein Benehmen sei vollendet ruhig und teilnahmsvoll gewesen. Fräulein Avellanos sei erst in Tränen ausgebrochen, als er ihr Decouds Ausspruch wiedererzählte: sein Plan werde glorreichen Erfolg haben... Und es gibt ja keinen Zweifel, Herr, daß das eingetroffen ist. Es ist ein Erfolg."

Nun war der Kreis daran, sich endgültig zu schließen, und während der bevorzugte Fahrgast, leise schauernd in der Vorfreude auf seine Kajüte, selbstvergessen fragte: „Was in aller Welt konnte wohl Decouds Plan gewesen sein?", sagte Kapitän Mitchell: „Tut mir leid, daß wir so bald Abschied nehmen müssen. Ihre verständige Anteilnahme hat mir den heutigen Tag sehr angenehm gemacht. Ich werde Sie nun an Bord bringen. Sie haben einen Blick auf das ›Schatzhaus der Welt‹ getan. Ausgezeichneter Name, das." Und die Stimme des Bootsführers an der Türe schloß den Kreis mit der Meldung, das Gig sei bereit.

Nostromo hatte tatsächlich das Boot des Leichters, das er bei Decoud auf der Großen Isabelle gelassen hatte, weit draußen im Golf leer treibend gefunden. Er befand sich damals auf der Brücke des ersten von Barrios' Transportschiffen, etwa eine Dampferstunde von Sulaco weg. Barrios, immer erfreut über jede kühne Tat und ein sicherer Beurteiler persönlichen Mutes, hatte für den Capataz große Vorliebe gefaßt. Während der Fahrt längs der Küste hielt der General Nostromo in seiner Nähe und sprach ihn häufig in der abgerissenen, polternden Art an, die bei ihm ein Zeichen hoher Gunst war.

Nostromo war der erste, dessen Augen weit voraus den kleinen dunklen Fleck wahrnahmen, der sich, allein neben den Formen der drei Isabellen, auf der glatten, leeren Wasserfläche des Golfs zeigte. Es gibt Augenblicke, in denen auch der kleinste Umstand nicht als nebensächlich außer acht gelassen werden darf; ein kleines Boot, so weit ab vom Lande, konnte eine Bedeutung haben, die herauszufinden wohl der Mühe wert war. Auf ein zustimmendes Nicken von Barrios verließ der Dampfer seinen Kurs und fuhr so nahe an die kleine Nußschale hin, bis sich feststellen ließ, daß sie unbemannt war. Es war ein gewöhnliches kleines Boot, das mit eingezogenen Rudern abgetrieben war. Nostromo aber, der seit Tagen unaufhörlich an Decoud gedacht, hatte längst zuvor mit großer Erregung das Beiboot des Leichters erkannt.

Es konnte keine Rede davon sein, anzuhalten, um das kleine Ding zu bergen. Das Leben und die Zukunft einer ganzen Stadt hingen von jeder Minute ab. Das führende

Schiff, mit dem General an Bord, fiel wieder auf seinen alten Kurs ab. Dahinter drängten sich die andern Transportdampfer, die etwa über eine Meile zerstreut waren, wie beim Schluß eines Rennens, ganz schwarz und qualmend vor dem westlichen Himmel.

„Mi General", klang Nostromos Stimme laut, doch sehr ruhig hinter einer Gruppe von Offizieren hervor, „ich möchte gerne das kleine Beiboot retten. Por Dios, ich kenne es. Es gehört meiner Gesellschaft."

„Und por Dios", polterte Barrios gutmütig, „du gehörst mir. Ich will dich zum Rittmeister machen, sobald wir wieder ein Pferd zu sehen bekommen."

„Ich kann noch viel besser schwimmen als reiten, mi General", rief Nostromo und drängte sich zur Reling vor, starre Entschlossenheit im Blick. „Lassen Sie mich..."

„Dich lassen? Wie eingebildet der Bursche ist", spottete der General, ohne ihn auch nur anzusehen. „Ihn gehen lassen! Ha! Ha! Ha! Ha! Er möchte gern von mir hören, daß wir Sulaco nicht ohne ihn nehmen können! Ha! Ha! Ha! Würdest du gerne zu dem Boot schwimmen, mein Sohn?"

Ein lauter Aufschrei, der sich von einem Ende des Schiffes bis zum andern fortpflanzte, ließ ihn innehalten. Nostromo war über Bord gesprungen, und man sah seinen schwarzen Kopf, schon weit weg vom Schiff, auftauchen. Der General murmelte ein bestürztes: „Cielo! Ich armer Sünder!", wie vom Donner gerührt. Doch zeigte ihm ein besorgter Blick, daß Nostromo mit größter Leichtigkeit schwamm; dann donnerte er furchtbar: „Nein! Nein! Wir werden nicht anhalten, um den unverschämten Kerl wieder an Bord zu holen. Laßt ihn ersaufen – den verrückten Capataz."

Nichts außer offener Gewalt hätte Nostromo abhalten können, über Bord zu springen. Das leere Boot, das da geheimnisvoll, wie von einem unsichtbaren Gespenst gerudert, ihm entgegengekommen war, hatte wie ein Zeichen auf ihn gewirkt, wie eine Warnung aus dem Jenseits, wie eine rätselhafte Antwort auf den ständigen Gedanken an einen Schatz und eines Mannes Schicksal. Er wäre über Bord gesprungen, und hätte ihn auch in der halben Meile Wasser der sichere Tod erwartet. Die See war glatt wie ein Teich, und aus irgendeinem Grunde sind Haifische im Stillen Golf unbekannt, obwohl jenseits der Punta Mala die Küstengewässer von ihnen wimmeln.

Der Capataz faßte das Bootsheck und atmete schwer. Ein leichtes Schwächegefühl hatte ihn während des Schwimmens überkommen. Er hatte sich im Wasser der Stiefel und der Jacke entledigt. Nun hielt er sich eine Weile fest, um wieder Atem zu holen. In der Ferne hielten die Transportdampfer, jetzt mehr aufgeschlossen, gerade auf Sulaco zu, immer noch mit dem Anschein eines friedlichen Wettkampfes, eines Wassersports, einer Regatta; und der vereinte Rauch aus ihren Schornsteinen zog wie ein dünner, schwefeliger Nebelstreifen gerade über Nostromos Kopf weg. Sein Wagemut, seine Tatkraft hatten diese Schiffe auf See in Bewegung gesetzt, zur Rettung des Lebens und des Vermögens der Blancos, der Fronvögte des Volkes; zur Rettung der San Tomé-Mine, zur Rettung der Kinder.

Kraftvoll und geschickt schwang er sich über das Heck. Kein Zweifel, es war das Boot! Nicht der geringste Zweifel. Es war das Beiboot des Leichters Nummer drei – das Beiboot, das er bei Martin Decoud auf der Großen Isabelle gelassen hatte, um ihm eine Möglichkeit zur Rettung zu geben, falls vom Lande aus nichts für ihn getan werden könnte. Und nun war es ihm leer, unerklärlich, hierheraus entgegengekommen. Was war aus Decoud geworden? Der Capataz untersuchte genau. Er suchte nach einem Kratzer, einer Spur, einem Zeichen. Doch konnte er nichts weiter entdecken als einen braunen Fleck auf dem Dollbord neben der Ruderbank achtern. Er beugte den Kopf darüber und rieb hart mit dem Finger. Dann setzte er sich im Heck nieder, wie erstarrt, die Knie geschlossen und die Füße gekreuzt.

Triefend naß vom Kopf bis zu Fuß, mit glatt niederhängendem Haar und Bart, den glanzlosen Blick auf den Bootsboden gerichtet, sah der Capataz der Cargadores von Sulaco einer Wasserleiche gleich, die vom Grund aufgestiegen wäre, um in Muße in einem kleinen Boot die Sonnenuntergangsstunde zu versitzen. Die Erregung seines abenteuerlichen Ritts, die Erregung rechtzeitiger Rückkehr, der Vollbringung, des Erfolgs, all diese Erregungen hatten ihn verlassen, zugleich mit ihrem geheimen Mittelpunkt, dem Gedanken an den großen Schatz und den einzigen Mann, der von seinem Dasein wußte. Bis zum allerletzten Augenblick hatte er sich das Hirn mit der Frage zermartert, wie er wohl die Große Isabelle ohne Zeitverlust und unbemerkt würde aufsuchen können. Denn das Bedürfnis nach Geheimhaltung hatte sich so eng mit dem Schatz verbunden, daß er sogar Barrios gegenüber jede Andeutung über Decouds Dasein und das Versteck des Silbers auf der Insel unterdrückt hatte. Die Briefe, die er dem General überbracht, hatten allerdings den Verlust des Leichters kurz erwähnt, da dieser ja auf die Sachlage in Sulaco nicht ohne Einfluß war. Unter diesen Umständen hatte der einäugige Tigertöter, der von weitem die Schlacht witterte, keine Zeit damit verloren, ein Verhör mit dem Boten anzustellen. Tatsächlich war Barrios nach einem Gespräch mit Nostromo zu der Annahme gelangt, daß sowohl Martin Decoud wie die Silberbarren von San Tomé verloren wären; und Nostromo, nicht geradezu befragt, hatte geschwiegen, unter dem Eindruck eines unerklärlichen, verbitterten Mißtrauens. Mochte doch Don Martin selbst alles erzählen, dachte er sich.

Nun aber, da sich ihm das Mittel, die Große Isabelle zu erreichen, so früh und unverhofft geboten hatte, da war seine Erregung gewichen, so wie eine Seele sich aufschwingt und den starren Leib auf dieser Erde läßt, von der er nichts mehr weiß. Nostromo schien den Golf nicht zu kennen. Lange Zeit zuckten nicht einmal seine Augenlider über die gräßliche Leere seines Blicks. Dann kroch langsam, ohne daß er ein Glied gerührt, mit einem Muskel oder nur mit einer Wimper gezuckt hätte, ein belebter Ausdruck in das stille Gesicht. Tiefes Denken prägte sich in dem leeren Blick aus – als wäre eine irrende Seele auf der Lauer gelegen, hätte den unbelebten Körper entdeckt und ihn heimlich in Besitz genommen.

Der Capataz runzelte die Stirn. Und in der ungeheuren Stille der See, der Inseln und der Küste, der Wolkengebilde am Himmel und der Lichtstreifen auf dem Wasser gewann dieses Stirnrunzeln den Nachdruck einer machtvollen Gebärde. Nichts sonst rührte sich durch lange Zeit; dann schüttelte der Capataz den Kopf und überließ sich wieder der stillen Ruhe aller sichtbaren Dinge. Plötzlich griff er nach den Rudern und wendete das Beiboot mit einem Schlag auf die Große Isabelle zu. Bevor er aber zu rudern begann, beugte er sich nochmals über den braunen Fleck auf dem Dollbord.

„Ich kenne das Zeug“, murmelte er bedächtig nickend vor sich hin. „Das ist Blut.“

Er ruderte mit weitausgreifenden, stetigen Schlägen. Dann und wann sah er über die Schultern nach der Großen Isabelle, die seinem angstvollen Blick ihre niedere Klippe wie ein undurchdringliches Gesicht darbot. Endlich scharrte der Kiel auf dem Strand. Nostromo riß mit einem Schwung das Boot an Land, wandte sofort dem Sonnenuntergang den Rücken und rannte hastig in die Schlucht hinein; das Wasser des kleinen Baches rauschte und plätscherte bei jedem seiner Schritte auf, als rührten ihm die Füße des Mannes an die klare, helle Seele. Nostromo wollte keinen Augenblick des Tageslichts verlieren.

Ein Gemenge von Erde, Gras und geknicktem Buschwerk war sehr natürlich von oben über die Höhlung unter dem schrägen Baum niedergeratscht. Decoud hatte die Anweisung zur Bergung des Silbers befolgt und den Spaten ganz vernünftig gebraucht. Das halbe Lächeln von Zustimmung auf Nostromos Gesicht wich aber bald einer geringschätzigen Grimasse, als er den Spaten offen daliegen sah, wie in völliger Achtlosigkeit oder plötzlichem Schreck hingeworfen, ohne jede Rücksicht auf das Geheimnis. Ah! Die waren doch alle gleich in ihrer Narrheit, diese Hombres finos, die Gesetze, Regierungen und verrückte Aufgaben für das Volk erfanden.

Der Capataz nahm den Spaten auf und fühlte, sobald er den Griff in der Hand hielt, den plötzlichen Wunsch, einen Blick auf die Schatzkoffer aus Ochsenhaut zu tun. Mit wenigen Spatenstichen legte er einige Kanten und Ecken bloß; als er aber noch mehr Erde weggeräumt hatte, bemerkte er, daß einer der Koffer mit einem Messer aufgeschlitzt worden war.

Bei dieser Entdeckung stieß er einen leisen Schrei der Überraschung aus, ließ sich auf die Knie nieder und sah dabei in sinnlosem Schreck erst über die eine, dann über die andere Schulter zurück. Die steife Haut hatte sich wieder geschlossen, und er zögerte, bevor er die Hände durch den langen Schlitz schob und nach den Silberbarren tastete. Da waren sie. Einer, zwei, drei. Ja, vier fort. Weggenommen. Vier Barren. Aber von wem? Decoud? Niemand sonst. Und warum? Zu welchem Zweck? Aus welcher verrückten Laune? Mochte er es erklären. Vier Barren in einem Boot mit fortgenommen, und Blut!

Im Angesicht des breiten Golfs sank die Sonne klar und makellos rein in die Gewässer, im ernsten, unaufhaltsamen Mysterium einer Selbstaufopferung, die sich ferne von allen irdischen Augen vollzog, in der unendlichen Majestät schweigenden Friedens. Vier Barren fehlten! – Und Blut!

Der Capataz erhob sich langsam.

„Er kann sich ja auch nur die Hand zerschnitten haben“, murmelte er. „Aber dann...“

Er ließ sich auf den weichen Boden sinken, widerstandslos, als wäre er an den Schatz gekettet, und umspannte die hochgezogenen Beine mit beiden Händen, einen Ausdruck hoffnungsloser Ergebenheit im Gesicht, wie ein auf Wache gestellter Sklave. Einmal nur hob er mit einem Ruck den Kopf: das Rattern heftigen Infanteriefeuers war bis zu ihm gedrungen, als würden aus großer Höhe dürre Erbsen auf eine Trommel geschüttet. Nachdem er eine Weile gehorcht hatte, sagte er halblaut:

„Er wird nie zurückkommen, um eine Erklärung zu geben."

Und wieder senkte er den Kopf. „Unmöglich!" murmelte er finster.

Das Gewehrfeuer war verhallt. Der Schein eines großen Brandes flammte rot über der Küste auf und warf seinen düsteren Glanz bis auf die drei Isabellen. Er sah nichts davon, obwohl er den Kopf hob. "Aber dann werde ich ja auch nicht wissen können ...", sagte er langsam und verfiel darauf in stundenlanges, schweigendes Hinstarren.

Er sollte es nicht wissen dürfen. Auch sonst niemand. Wie ja zu erwarten gewesen war, wurde Don Martin Decouds Ende für niemand außer Nostromo ein Gegenstand des Nachdenkens. Wären die wahren Umstände bekanntgewesen, so wäre immer noch die Frage geblieben: Warum? Die Darstellung aber, er habe mit dem untergehenden Leichter den Tod gefunden, bot keinem Zweifel über den Beweggrund Anhalt.

Der junge Apostel der Separation war durch einen beklagenswerten Unfall umgekommen, im Kampfe für seine Idee. In Wahrheit aber war er an der Einsamkeit gestorben, der Feindin, die nur wenige auf Erden kennen und der zu widerstehen nur die Einfältigsten unter uns fähig sind. Der witzige Costaguanero der Boulevards war an der Einsamkeit gestorben und an dem Mangel eines Glaubens an sich und andere.

Aus irgendwelchen guten und triftigen Gründen, jenseits des Menschenverstandes, meiden die Seevögel des Golfs die Isabellen. Die Felsenspitze von Azuera ist ihr Bereich; dort hallen die felsigen Hochflächen und Klüfte von wildem Geschrei wider, als stritten dic Vögel unaufhörlich über den sagenhaften Schatz.

Am Ende seines ersten Tages auf der Großen Isabelle wandte Decoud auf seinem Lager im spärlichen Grase im Schatten eines Baumes den Kopf und sagte sich:

„Ich habe den ganzen Tag nicht einmal einen Vogel gesehen."

Er hatte auch den ganzen Tag über keinen Ton gehört, außer jetzt den seiner eigenen halblauten Stimme. Es war ein Tag völligen Schweigens gewesen – der erste, den er in seinem Leben gekannt hatte. Und er hatte kein Auge zugetan. Weder während all der durchwachten Nächte und der Tage voll Kampf, Plänemachen und Reden, wie während der letzten Nacht im Golf, voll Gefahr und körperlicher Anstrengung, hatte er auch nur für einen Augenblick Schlaf finden können. Und doch war er von Sonnenaufgang bis zum Untergang still ausgestreckt auf dem Boden gelegen, bald auf dem Rücken, bald auf dem Gesicht.

Er reckte sich und stieg langsam in die Höhle hinunter, um die Nacht neben dem Silber hinzubringen. Wenn Nostromo zurückkehrte – was ja jeden Augenblick der Fall sein konnte –, so würde er dort bestimmt zuerst nachsehen; und die Nacht war ja fraglos die geeignete Zeit, um eine Verbindung herzustellen. Er erinnerte sich mit tiefer Gleichgültigkeit, daß er noch keinen Bissen gegessen hatte, seit er auf der Insel alleingelassen worden war. Er verbrachte die Nacht mit offenen Augen, und als der Tag anbrach, aß er mit derselben Gleichgültigkeit ein wenig. Der blendende „junge Decoud", der verwöhnte Liebling der Familie, der Liebhaber Antonias und Journalist von Sulaco, war nicht dazu geschaffen, mit sich allein fertig zu werden. Einsamkeit unter dem Zwang äußerer Umstände wird sehr schnell zu einem Gemütszustand, der für gespielte

Spott- und Zweifelsucht keinen Platz läßt. Er nimmt den Sinn gefangen und verbannt das Denken in das Bereich völligen Unglaubens. Nachdem er drei Tage auf den Anblick eines Menschengesichtes gewartet, hatte sich Decoud dabei ertappt, daß er an seiner eigenen Persönlichkeit zu zweifeln begann. Die war in der Welt aus Wasser und Wolken, aus Naturkräften und Naturgebilden untergegangen. Einzig unsere Tätigkeit erhält uns in dem Wahn, daß wir im Aufbau der Dinge, dessen hilflose Teilchen wir sind, ein selbständiges Dasein führen. Decoud verlor allen Glauben an die Wirklichkeit seiner vergangenen oder künftigen Handlungen. Am fünften Tage sank ein tiefer Trübsinn fast greifbar auf ihn nieder. Er beschloß, sich keinesfalls den Leuten in Sulaco auszuliefern, die ihn bestürmt hatten, unwirklich und furchtbar, wie hartnäckige, schamlose Gespenster. Er sah sich selbst, wie er sich in ihrer Mitte schwach wehrte, während Antonia, riesengroß und schön wie eine allegorische Statue, mit Geringschätzung im Blick auf seine Schwäche niedersah.

Kein lebendes Wesen, kein Schimmer eines fernen Segels zeigte sich in seinem Gesichtskreis; und wie um dieser Einsamkeit zu entrinnen, versenkte er sich in seinen Trübsinn. Als erstes moralisches Gefühl während seiner Mannesjahre kam ihm undeutlich zum Bewußtsein, daß er sein Leben an Impulse vergeudet hatte, die ihm nun in der Erinnerung einen bitteren Nachgeschmack schufen. Dabei empfand er aber keine Reue. Was sollte er bereuen? Er hatte keine andere Tugend anerkannt als den Verstand, und hatte Leidenschaften zu Pflichten erhoben. Sowohl sein Verstand wie seine Leidenschaft aber versanken nun haltlos in der großen, ungebrochenen Einsamkeit dieses Wartens ohne Glauben. Schlaflosigkeit hatte ihm alle Willenskraft geraubt, denn er hatte in sieben Tagen keine sieben Stunden geschlafen. Seine Reue war die eines zweiflerischen Gemüts. Das Weltall stellte sich ihm als eine Aufeinanderfolge unverständlicher Bilder dar. Nostromo war tot. Alles war schmählich mißglückt. Er wagte nicht mehr, an Antonia zu denken. Sie hatte es nicht überlebt. Hatte sie es aber überlebt, so konnte er ihr nicht unter die Augen treten. Und jede Anstrengung schien sinnlos.

Am zehnten Tage, nach einer Nacht, in der er kein einziges Mal eingenickt war (der Gedanke hatte sich ihm aufgedrängt, daß Antonia doch wohl nie ein so unfaßbares Geschöpf wie ihn geliebt haben konnte), erschien ihm die Einsamkeit als eine große Leere und das Schweigen des Golfs wie eine dünne gespannte Saite, an der er mit beiden Händen hing, ohne Angst, ohne Überraschung, ohne jegliche Empfindung. Erst gegen Abend, während der etwas erträglicheren Kühle, begann er zu wünschen, daß die Saite reißen sollte. Er stellte sich vor, wie sie mit einem Knall, wie von einer Pistole, riß – einem scharfen, grellen Krach. Und das würde sein Ende sein. Er faßte diese Möglichkeit freudig ins Auge, denn er fürchtete die schlaflosen Nächte, während deren das Schweigen in Gestalt einer Saite, an der er mit beiden Händen hing, von sinnlosen Sätzen ins Schwingen kam, immer den gleichen, doch völlig unverständlichen: über Nostromo, Antonia, Barrios, mit Bruchstücken von Aufrufen zu einem höhnischen, sinnlosen Durcheinander gemengt. Bei Tage konnte er das Schweigen als eine ruhende Saite sehen, zum Zerreißen gespannt, an der sein Leben, sein nichtiges Leben, wie ein Gewicht hing.

„Ich möchte wohl wissen, ob ich sie reißen hören würde, bevor ich stürze“, fragte er sich.

Die Sonne war seit zwei Stunden über dem Horizont, als er sich erhob, elend, schmutzig, bleich, und mit rotgeränderten Augen um sich sah. Seine Glieder gehorchten ihm widerwillig, doch ohne Zittern, als wären sie aus Blei; und dieser Körperzustand gab seinen Bewegungen eine sichere, überlegte Würde. Es war, als vollbrächte er eine gottesdienstliche Handlung. Er stieg in die Schlucht hinunter; denn nur der Bann des Silbers war noch ungebrochen, außerhalb seiner eigenen Person, übriggeblieben. Er nahm den Gürtel mit dem Revolver auf, der dort lag, und schnallte ihn um. Die Saite des Schweigens durfte niemals auf der Insel reißen. Sie mußte ihn in die tiefe See fallen und versinken lassen, dachte er. Versinken! Er sah nach dem losen Erdreich, das den Schatz bedeckte. In die See! Er glich einem Traumwandler. Er ließ sich langsam auf die Knie nieder und wühlte geduldig mit den Fingern, bis er einen der Koffer freigelegt hatte. Ohne anzuhalten, als täte er eine längstgewohnte Arbeit, schlitzte er den Koffer auf und nahm vier Barren heraus, die er sich in die Taschen siedete. Er bedeckte den ausgegrabenen Koffer wieder und kam Schritt um Schritt aus der Höhle heraus. Hinter ihm schlugen die Büsche rauschend zusammen.

Am dritten Tage seiner Einsamkeit hatte er das Boot bis nahe zum Wasser geschoben, in der unbestimmten Absicht, in irgendeine Richtung hinauszurudern, hatte diese Absicht aber wieder aufgegeben, teils aus der leisen Hoffnung, Nostromo könnte wiederkehren, teils aus der Überzeugung von der Nutzlosigkeit jeder Anstrengung. Nun brauchte es nur einen leichten Stoß, um das Boot zu Wasser zu bringen. Er hatte nach dem ersten Tag täglich etwas gegessen und hatte noch ein wenig Kraft übrig. Er legte langsam die Ruder ein und fuhr von der Klippe der Großen Isabelle weg, die hinter ihm aufragte, heiß vom Sonnenschein wie von warmem Leben, über und über in Licht gebadet, wie im Strahlenglanz freudiger Hoffnung. Er ruderte gerade auf die sinkende Sonne zu. Als der Golf dunkel geworden, hielt er an und nahm die Ruder herein. Das hohle Klappern, mit dem sie auf den Bootsboden niederfielen, war das lauteste Geräusch, das er in seinem Leben gehört hatte. Es war wie eine Offenbarung. Es schien ihn aus der Ferne zurückzurufen. Gleich darauf ging ihm der Gedanke durch den Kopf: „Vielleicht könnte ich heute nacht schlafen?" Aber er glaubte nicht daran. Er glaubte an nichts und blieb auf der Ruderbank sitzen.

Das Dämmerlicht hinter der Gebirgskette hervor weckte einen Widerschein in seinen starren Augen. Nach einem klaren Tagesanbruch ging die Sonne strahlend über den Berggipfeln auf. Rings um das Boot flammte der weite Golf in blendendem Glanz; und in der Glorie dieser unbarmherzigen Einsamkeit erschien ihm das Schweigen wieder, straff gespannt, wie eine dunkle, dünne Saite.

Seine Augen sahen darauf hin, während er sich bedächtig von der Ruderbank auf das Dollbord setzte. Sie sahen darauf hin, während seine Hand nach dem Gürtel tastete, die Revolvertasche aufknöpfte, den Revolver herauszog, spannte, ihn an die Brust führte, den Drücker abzog und mit krampfhafter Anstrengung die noch rauchende Waffe durch die Luft schleuderte. Seine Augen sahen ihr nach, während er selbst vornüber stürzte, mit der Brust gegen das Dollbord lehnte und mit den Fingern der Rechten die Ruderbank umklammert hielt. Sie sahen...

„Es ist getan", stammelte er, durch strömendes Blut. Sein letzter Gedanke war: „Wie mag wohl der Capataz gestorben sein?" Der Griff der Finger löste sich, und der Liebhaber von Antonia Avellanos rollte über Bord, ohne daß er in der Einsamkeit des stillen Golfs, dessen glitzernde Oberfläche der fallende Körper kaum aufrührte, das Reißen der Saite des Schweigens gehört hätte.

Ein Opfer der müden Ernüchterung (die allzu kühnen Verstand als letzter Lohn erwartet), verschwand der blendende Don Martin Decoud mit seiner Last an San Tomé-Silber spurlos inmitten der ungeheuren Gleichgültigkeit der Umwelt. Seine schlaflose, zusammengekauerte Gestalt war von der Seite des San Tomé-Silbers verschwunden; und eine Zeitlang mögen wohl die Geister des Guten und des Bösen, die neben jedem verborgenen Schatz lauern, gemeint haben, dieser eine sei von allen Menschen vergessen. Dann aber erschien nach wenigen Tagen eine andere Gestalt, kam mit langen Schritten langsam vom Sonnenuntergang her und saß die ganze lange Nacht reglos wachend in der engen schwarzen Höhle, fast in derselben Stellung, am gleichen Fleck, wie jener andre schlaflose Mann, der so still, in einem kleinen Boot, um Sonnenuntergang auf ewig davongezogen war. Und die Geister des Guten und des Bösen, die bei jedem verwunschenen Schatz lauern, verstanden nun, daß das Silber von San Tomé einen treuen, lebenslänglichen Sklaven gefunden hatte.

Der prachtliebende Capataz der Cargadores, ein Opfer der enttäuschten Eitelkeit, die der Lohn allzu kühner Taten ist, verbrachte in der müden Haltung eines gehetzten Flüchtlings eine lange Nacht der Schlaflosigkeit, so quälend wie nur eine, die Decoud, sein Gefährte in der verzweifeltsten Sache seines Lebens, je gekannt hatte. Erst eine Frau, dann ein Mann, beide in der letzten Not verlassen um des verfluchten Schatzes willen. Der war bezahlt mit einer verlorenen Seele und einem hingeschwundenen Leben. Auf die leere Öde des Grauens folgte ein Aufflammen des Stolzes. Es gab niemand in der Welt als Giambattista Fidanza, den Capataz der Cargadores, den unbestechlichen, treuen Nostromo, der einen solchen Preis hätte zahlen können.

Er hatte beschlossen, daß ihm nun nichts mehr sollte seinen Handel verderben dürfen. Nichts. Decoud war gestorben. Doch wie? Daß er tot war, darüber hatte Nostromo nicht den Schatten eines Zweifels. Aber vier Silberbarren?... Wozu? Gedachte er noch mehr davon zu holen – ein andermal?

Der Schatz begann seine geheime Kraft zu zeigen. Er trübte den klaren Verstand des Mannes, der seinen Preis gezahlt hatte. Nostromo war überzeugt von Decouds Tod. Die ganze Insel schien erfüllt von der geflüsterten Kunde. Tot. Fort. Und er ertappte sich dabei, wie er nach dem Rauschen der Büsche und dem klatschenden Waten im Bachbette horchte. Tot! Der Redner, der Novio der Doña Antonia!

Er saß, den Kopf auf die Knie gesenkt, unter dem bewölkten Morgenhimmel, dessen Licht das befreite Sulaco und den aschengrauen Golf beschien. „Ha!" murmelte er vor sich hin, „zu ihr wird er fliegen! Zu ihr wird er fliegen!"

Und vier Silberbarren! Hatte er sie aus Rachsucht genommen, um einen Zauber auf ihn zu werfen, wie die zornige Frau, die ihm Reue und Mißerfolg vorhergesagt und ihn doch angerufen hatte, um die Kinder zu retten? Nun, er hatte die Kinder gerettet. Er hatte den Zauberfluch der Armut und des Elends gebrochen. Er hatte es ganz allein vollbracht oder vielleicht unter Beistand des Teufels. Wer scherte sich darum? Er hatte es vollbracht, verraten, wie er war, und hatte zugleich die San Tomé-Mine gerettet, die ihm nun ein Ziel ungeheuren Hasses war, da sie mit der Macht ihres Reichtums die Tapferkeit, die Mühe und die Treue der Armen sich dienstbar machte, Herrin über Krieg und Frieden war, über die Arbeit in der Stadt, auf See und im Campo.

Die Sonne erhellte den Himmel hinter den Gipfeln der Kordillere. Der Capataz sah eine Zeitlang auf das lose Gemenge von Erdreich, Steinen und geknickten Büschen hinunter, das das Versteck des Silbers verbarg.

„Ich muß sehr langsam reich werden“, überlegte er laut.

XI

Der Stadt Sulaco fehlte Nostromos Klugheit; sie bereicherte sich sehr schnell an den verborgenen Schätzen der Erde, über denen die eifersüchtigen Geister des Bösen und des Guten lauern und die dem Berge durch die Arbeit des Volks entrissen wurden. Es war wie eine zweite Jugend, wie ein neues Leben, voller Verheißung, Unrast und Arbeit; der neue Reichtum ergoß sich verschwenderisch bis nach den vier Winkeln der erregten Mitwelt. Im Gefolge der materiellen Interessen stellten sich äußerliche Veränderungen ein. Und andere, feinere Veränderungen, von außen nicht zu merken, gingen in Sinn und Herz der Werkleute vor. Kapitän Mitchell war in die Heimat zurückgekehrt, um von seinen Ersparnissen zu leben, die er in der San Tomé-Mine angelegt hatte. Und Doktor Monygham war älter geworden, mit eisgrauem Kopf, doch unverändertem Gesichtsausdruck. Er lebte von dem unerschöpflichen Schatz seiner Hingabe, den er im tiefsten Herzen aufgehäuft hatte wie ein unrechtes Gut.

Der Gerieralinspektor der staatlichen Krankenhäuser (deren Unterhaltung der Gould-Konzession obliegt), städtischer Sanitätsrat, Oberarzt der Vereinigten San Tomé-Minen (deren Grundbesitz sich meilenweit längs der Vorberge der Kordillere erstreckt und Gold, Silber, Kupfer, Blei und Kobalt enthält), Doktor Monygham also hatte sich elend verloren und verlassen gefühlt während des zweiten langen Besuchs der Goulds in Europa und den Vereinigten Staaten. Als vertrauter, erprobter Freund des Hauses und als Junggeselle ohne Bindung und festen Wohnsitz (außer der Dienstwohnung) war er gebeten worden, in das Haus der Goulds zu übersiedeln. Während der elfmonatigen Abwesenheit der Besitzer waren ihm die vertrauten Räume unerträglich geworden, da sie ihn bei jedem Blick an die Frau gemahnten, der er seine Treue geweiht hatte. Als sich der Ankunftstag des Postbootes Jiermes näherte (das als letztes in die stattliche Flotte der O. S. N. Gesellschaft eingereiht worden war), da hinkte der Doktor etwas lebhafter herum und schnappte aus reiner Überreizung noch bissiger als sonst nach hoch und nieder.

Er packte hastig, schwärmerisch begeistert, seinen bescheidenen Koffer und sah entzückt, berauscht zu, wie er an dem alten Pförtner der Casa Gould vorbeigetragen wurde. Dann stieg er, als die Stunde gekommen war, allein in den großen Landauer mit den weißen Maultieren, saß ein wenig schief da, das verbissene Gesicht geradezu giftig vor krampfhafter Selbstbeherrschung, und fuhr, ein neues Paar Handschuhe in der Linken, zum Hafen hinunter. Als er die Goulds auf dem Oberdeck der *Hermes* erkannte, da weitete sich ihm das Herz so sehr, daß er zur Begrüßung nur ein unverständliches Stammeln hervorbrachte. Während der Rückfahrt in die Stadt verhielten sich alle drei schweigsam. Und im Innenhof meinte der Doktor, etwas gefaßter:

„Ich will Sie nun sich selbst überlassen. Darf ich morgen vorsprechen?"

„Kommen Sie zum Mittagessen, lieber Doktor Monygham, recht früh", sagte Frau Gould und wandte sich, in Reisekleid und Schleier, vom Fuß der Treppe nach ihm um; von der oberen Nische her schien sie die Madonna im blauen Gewand und mit dem Kind auf dem Arm in zärtlichem Mitleid zu begrüßen.

„Erwarten Sie nicht, mich zu Hause zu finden", warf Charles Gould ein. „Ich werde früh weg müssen, in die Mine."

Nach dem Mittagessen schritten Doña Emilia und der Señor Doctor langsam durch das Gartentor des Innenhofes. Die weiten Gärten der Casa Gould, von hohen Mauern und den steilen Ziegeldächern der benachbarten Häuser umgeben, lagen offen vor ihnen mit reichem Schatten unter den Bäumen und grellen Sonneninseln auf den ebenen Rasenflächen. Eine dreifache Reihe von alten Orangenbäumen umgab das Ganze. Barfüßige braune Gärtner in schneeweißen Hemden und weiten Calzoneras jäteten gebückt die Blumenbeete, gingen zwischen den Bäumen hin und zogen dünne Gummischläuche über den Kies der Wege; und die feinen Wasserstrahlen kreuzten sich in anmutigen Bögen, plätscherten glitzernd im Sonnenlicht auf die Büsche nieder und fielen wie verstreute Diamanten ins Gras.

Doña Emilia, die Schleppe ihres lichten Kleides über dem Arm, ging neben Doktor Monygham hin, der einen langen schwarzen Rock und einen ernsten schwarzen Selbstbinder zu makelloser weißer Hemdbrust trug. Unter einer schattigen Baumgruppe standen kleine Tische und bequeme Rohrstühle, und Frau Gould setzte sich.

„Gehen Sie noch nicht", sagte sie zu Doktor Monygham, der wie auf den Fleck gebannt dastand. Er wetzte das Kinn an den Spitzen seines Kragens und verschlang dabei die Frau mit seinen Blicken; zum Glück waren seine Augen rund und hart wie Marmeln und unfähig, seine Gefühle zu verraten. Ein wütendes Mitleid ergriff ihn, fast bis zu Tränen, als er die Zeichen der Zeit auf dem Antlitz dieser Frau erkannte, den Ausdruck von müder Schwäche, der sich um die Augen und Schläfen der „nimmermüden Señora" (wie Don Pépé sie vor Jahren bewundernd genannt) eingenistet hatte. „Gehen Sie noch nicht. Dieser Tag gehört ganz mir", drängte Frau Gould freundlich. „Offiziell sind wir noch nicht zurück. Es wird niemand kommen. Morgen erst sollen die Fenster der Casa Gould zu einem Empfang erleuchtet sein."

Der Doktor ließ sich in einen Stuhl fallen.

„Sie geben eine Tertulia?" meinte er leichthin.

„Einen einfachen Begrüßungsabend für alle die lieben Freunde, die kommen wollen."

„Und erst morgen?"

„Ja. Charles wird ja todmüde sein nach einem ganzen Tag in der Mine, und so will ich .... Es wäre auch schön, den ersten Abend nach unserer Rückkehr in dieses Haus, das ich so liebe, ganz für mich zu haben. Das Haus hat mein ganzes Leben gesehen."

„O ja!" brummte der Doktor plötzlich. „Die Zeitrechnung der Frau beginnt ja erst bei der Hochzeit. Haben Sie nicht auch vorher ein wenig gelebt?"

„Ja; aber was ist dabei zu erinnern? Damals gab es keine Sorgen."

Frau Gould seufzte. Und wie zwei Freunde nach langer Trennung sich gerne dem bewegtesten Abschnitt ihres Lebens zuwenden, so begannen auch sie von der Sulaco-Revolution zu sprechen. Frau Gould fand es merkwürdig, daß Leute, die daran teilgenommen hatten, die Tatsache und die Lehre daraus vergessen zu haben schienen.

„Und doch", warf der Doktor ein, „haben wir, die wir unsere Rolle dabei gespielt haben, unseren Lohn empfangen. Don Pépé, wenn auch im Ruhestand, kann immer noch zu Pferd sitzen. Barrios trinkt sich in lustiger Gesellschaft zu Tode, auf seiner Fundacion dort jenseits des Bolson de Tonoro. Und der heldenhafte Vater Ròman – ich kann mir den alten Padre gut vorstellen, wie er planmäßig die San Tomé-Mine sprengt, bei jedem Krach einen Heiligen anruft und zwischendurch mit vollen Händen schnupft –, der heldenhafte Padre Ròman sagt, er fürchte den Schaden nicht, den Holroyds Missionare seiner Herde tun könnten, solange er am Leben ist."

Frau Gould schauderte ein wenig, als er die Zerstörung erwähnte, die der San Tomé-Mine so unmittelbar gedroht hatte.

„Oh, und Sie, lieber Freund?"

„Ich habe die Arbeit getan, zu der ich taugte."

„Sie waren der grausamsten Gefahr ausgesetzt. Mehr als dem Tod."

„Nein, Frau Gould! Nur dem Tod – durch Erhängen. Und ich bin über Verdienst belohnt."

Da er Frau Goulds Blick auf sich gerichtet fühlte, schlug er die Augen nieder.

„Ich habe meinen Weg gemacht, wie Sie sehen", sagte der Generalinspektor der staatlichen Krankenhäuser und nahm die Schöße seines überfeinen schwarzen Rocks ein wenig hoch. Des Doktors Selbstachtung, innerlich merkbar durch das fast völlige Verschwinden seiner Träume von Vater Beron, zeigte sich äußerlich in einer im Vergleich zu seiner früheren Achtlosigkeit fast übertriebenen Pflege seiner persönlichen Erscheinung. Dieser Wechsel in seiner Kleidung hielt sich nach Form, Farbe und peinlicher Sauberkeit in strengen Grenzen und gab Doktor Monygham ein zugleich berufliches und feiertägliches Aussehen; sein hinkender Gang und die unveränderte Griesgrämigkeit seines Gesichts standen dazu in erstaunlichem Gegensatz.

„Ja", fuhr er fort, „wir alle haben unseren Lohn gehabt – der Chefingenieur, Kapitän Mitchell ...."

„Wir haben ihn gesehen", unterbrach Frau Gould mit ihrer lieben Stimme. „Der liebe alte Mann kam eigens vom Land herein, um uns in unserm Hotel in London zu besuchen.

Er benahm sich ungemein würdig. Aber er vermißt Sulaco, glaube ich. Er schwatzte ein wenig von ›historischen Ereignissen‹, bis ich dem Weinen nahe war.“

„Hm“, knurrte der Doktor. „Wird alt, vermute ich. Sogar Nostromo wird älter – obwohl er sich nicht verändert hat. Und da wir gerade von ihm reden, möchte ich Ihnen etwas sagen ....“

Schon seit einiger Zeit hatte erregtes Murmeln aus dem Hause geklungen. Plötzlich fielen die beiden Gärtner auf die Knie und beugten die Köpfe, während Antonia Avellanos an der Seite ihres Onkels vorüberging.

Nach einem kurzen Besuch in Rom, wohin er von der Missionsgesellschaft berufen worden war, mit dem roten Hut bekleidet, kam Vater Corbelàn, Missionar unter den wilden Indianern, Verschwörer, Freund und Gönner Hernandez' des Räubers, mit großen langsamen Schritten daher, wuchtig, vorgebeugt, die mächtigen Hände hinter dem Rücken verschränkt. Der erste Kardinalerzbischof von Sulaco hatte sein fanatisches, finsteres Aussehen bewahrt; das Aussehen eines Kaplans von Banditen. Der allgemeinen Ansicht nach war die unerwartete Verleihung des Purpurs ein Gegenzug gegen den Einbruch der Protestanten in Sulaco, der von der Holroyd-Missionsstiftung ausgegangen war. Die Schönheit von Antonias Gesicht schien leicht verblüht, ihre Gestalt ein wenig voller; sie näherte sich in ihrem leichten Gang, in hoheitsvoller Gelassenheit, und lächelte Frau Gould von weitem zu. Sie hatte ihren Onkel herübergebracht, um die liebe Emilia zu sehen, ohne Umstände, nur für einen Augenblick, vor der Siesta.

Als alle wieder saßen, hielt sich Doktor Monygham (in dem sich eine herzliche Abneigung gegen alle entwickelt hatte, die Frau Gould mit einiger Vertraulichkeit begegneten) etwas abseits und stellte sich, als wäre er in tiefes Nachdenken versunken. Bei einem lauter gesprochenen Satz Antonias hob er den Kopf.

„Wie können wir die verlassen, die vor wenigen Jahren noch unsere Landsleute waren, auch jetzt noch unsere Landsleute sind und unter der Bedrückung stöhnen?“ sagte Fräulein Avellanos. „Wie können wir blind bleiben und taub und ohne Mitgefühl vor dem harten Unrecht, das unsere Brüder erleiden müssen? Es gibt eine Abhilfe.“

„Den Rest von Costaguana der Ordnung und Wohlfahrt von Sulaco angliedern“, fuhr der Doktor dazwischen. „Eine andere Abhilfe gibt es nicht.“

„Ich bin überzeugt, Señor Doctor“, sagte Antonia mit der ernsten Ruhe eines unbesieglichen Entschlusses, „daß dies von allem Anfang an des armen Martin Absicht war ....“

„Ja, aber die materiellen Interessen werden es nicht leiden, daß ihre Entwicklung einfach nur dem Mitleid und der Gerechtigkeit aufgeopfert werde“, meinte der Doktor brummig. „Und vielleicht ist es auch ganz recht so.“

Der Kardinalerzbischof richtete seine wuchtige, knochige Gestalt auf.

„Wir haben für sie gearbeitet, wir haben sie geschaffen, diese materiellen Interessen der Ausländer“, sagte der Letzte der Corbelàns in tiefem, anklagendem Ton.

„Und ohne sie seid ihr gar nichts“, rief der Doktor hinüber. „Sie werden es euch nicht tun lassen.“

„Dann mögen sie auf ihrer Hut sein, daß nicht das Volk, in seiner Entwicklung gehemmt, sich erhebe und seinen Anteil an Reichtum und Macht verlange“, gab der volkstümliche Kardinalerzbischof von Sulaco mit offener Drohung zurück.

Ein Schweigen folgte, während dessen die Eminenz finster zu Boden blickte und Antonia, ruhig atmend in der Kraft ihrer Überzeugung, anmutig und aufrecht dasaß. Dann wandte sich die Unterhaltung gesellschaftlichen Fragen zu und der Europareise der Goulds. Der Kardinalerzbischof hatte während seines Aufenthalts in Rom unaufhörlich an Kopfneuralgien gelitten. Das Klima wohl – die schlechte Luft.

Als Onkel und Nichte gegangen waren – wieder waren die Diener auf die Knie gefallen, und der alte Pförtner, der noch Henry Gould gekannt hatte, war, jetzt fast völlig blind und gebrechlich, herbeigekrochen, um Seiner Eminenz die ausgestreckte Hand zu küssen –, sah ihnen Doktor Monygham nach und sprach das eine Wort:

„Unverbesserlich!“

Frau Gould ließ mit einem Aufblick müde ihre weißen Hände in den Schoß sinken, die von dem Gold und den Steinen vieler Ringe blitzten.

„Verschwörer. Jawohl!“ sagte der Doktor. „Die Letzte der Avellanos und der Letzte der Corbelàns verschwören sich mit den Flüchtlingen aus Sta. Marta, die nach jeder Revolution hier hereinschneien. Das Café Lambroso an der Ecke der Plaza ist voll von ihnen; man kann ihr Schwatzen über die ganze Straße weg hören, wie den Lärm aus einem Papageienkäfig. Sie planen die Besetzung von Costaguana. Und wissen Sie, wo sie sich die Kraft holen, den nötigen Rückhalt? Bei den Geheimbünden unter den neuen Einwanderern und Eingeborenen, wo Nostromo – ich sollte sagen: Kapitän Fidanza – die erste Geige spielt. Was verhilft ihm zu dieser Stellung? Wer kann es sagen? Genie? Er hat einen Funken davon. Er steht vor dem Volke heute größer da als je zuvor. Es ist, als hätte er eine geheime Macht, ein geheimnisvolles Mittel, seinen Einfluß zu stützen. Er trifft sich mit dem Erzbischof, wie in den alten Tagen, an die Sie und ich uns noch erinnern. Barrios ist nutzlos. Aber als militärisches Oberhaupt haben sie den frommen Hernandez, und vielleicht können sie das Land mit dem neuen Ruf aufrühren: ›Reichtum für das Volk!‹“

„Wird denn nie Frieden sein? Wird es nie Ruhe geben?“ flüsterte Frau Gould. „Ich dachte, wir...“

„Nein“, unterbrach der Doktor. „Es gibt keinen Frieden und keine Ruhe in der Entwicklung der materiellen Interessen. Sie haben ihr eigenes Gesetz und ihre Gerechtigkeit. Aber die ist auf Zweckmäßigkeit gegründet und ist unmenschlich, ohne Redlichkeit, ohne die Beständigkeit und die innere Kraft, die nur in einem sittlichen Grundsatz zu finden sind. Frau Gould, die Zeit ist nahe, wo die Gould-Konzession mit allem, was sie bedeutet, so schwer auf dem Volke lasten wird wie die Barbarei, die Grausamkeit und Mißwirtschaft früherer Jahre.“

„Wie können Sie das sagen, Doktor Monygham?“ rief sie, an der empfindlichsten Stelle getroffen.

„Ich kann sagen, was wahr ist“, beharrte der Doktor eigensinnig. „Die Gould-Konzession wird genauso schwer lasten und Haß hervorrufen, Blutvergießen und Rache, weil die Menschen anders geworden sind. Glauben Sie, daß jetzt die Bergleute in die Stadt marschieren würden, um ihren Señor Administrador zu retten? Glauben Sie das?“

Sie preßte sich die Handrücken gegen die Augen und murmelte hoffnungslos:

„Das also ist es, wofür wir gearbeitet haben?“

Der Doktor senkte den Kopf. Er konnte ihrem stummen Gedankengang folgen. War deswegen ihr Leben all des heimlichen Glücks täglicher Zuneigung beraubt worden, die ihre Zärtlichkeit brauchte, so, wie der Mensch Luft zum Atmen braucht? Und der Doktor, empört über Charles Goulds Blindheit, beeilte sich, das Gespräch zu wechseln.

„Ich wollte über Nostromo mit Ihnen sprechen. O ja! Der Mensch hat Beständigkeit und Kraft. Nichts kann ihm beikommen. Doch lassen wir das. Es geht etwas Unerklärliches vor – oder vielleicht ist es nur zu leicht zu erklären. Sie wissen doch, Linda ist tatsächlich die Wärterin des Leuchtturms auf der Großen Isabelle. Der Garibaldiner ist jetzt zu alt. Seine Arbeit besteht darin, die Lampen zu putzen und die Küche zu besorgen; aber er kann nicht mehr die Treppen steigen. Die schwarzäugige Linda schläft den ganzen Tag und wartet die ganze Nacht das Licht. Nicht den ganzen Tag übrigens. Sie steht gegen fünf Uhr nachmittags auf, und dann kommt unser Nostromo, sooft er mit seinem Schoner im Hafen ist, in einem kleinen Ruderboot zum Besuch hinaus.“

„Sind sie noch nicht verheiratet?“ fragte Frau Gould. „Die Mutter wünschte es, soviel ich weiß, als Linda noch fast ein Kind war. Als ich die Mädchen während des Separationskrieges etwa ein Jahr lang bei mir hatte, da pflegte diese erstaunliche Linda ganz einfach zu erklären, sie würde Giambattistas Frau werden.“

„Sie sind noch nicht verheiratet“, erwiderte der Doktor kurz. „Ich habe mich ein wenig nach ihnen umgesehen.“

„Ich danke Ihnen, lieber Doktor Monygham“, sagte Frau Gould; im Schatten der großen Bäume blitzten ihre kleinen, gleichmäßigen Zähne in einem jugendlichen Lächeln harmlosen Spottes auf. „Die Leute wissen nicht, wie herzensgut Sie sind. Sie wollen es sie nicht wissen lassen, als wollten Sie mich absichtlich damit ärgern, da ich doch seit langem an Ihr gutes Herz glaube.“

Der Doktor zog die Oberlippe hoch, als wollte er beißen, und machte im Sitzen eine steife Verbeugung. Die Liebe war spät über ihn gekommen, nicht als der schönste aller Träume, sondern wie ein erleuchtendes, doch unschätzbares Mißgeschick; nun weckte in seiner Verranntheit der Anblick dieser Frau (den er fast ein Jahr lang entbehrt hatte) den Wunsch in ihm, sie anzubeten, den Saum ihres Kleides zu küssen. Und dieses Übermaß an Gefühl setzte sich natürlich in noch bissigere Redeweise um.

„Ich fürchte, von zu viel Dankbarkeit erdrückt zu werden. Immerhin, diese Leute interessieren mich. Ich bin mehrmals zum Leuchtturm auf der Großen Isabelle hinausgefahren, um nach dem alten Giorgio zu sehen.“

Er sagte Frau Gould nicht, daß er es aus dem Grunde getan hatte, weil er dort in ihrer Abwesenheit die Wohltat gleichgestimmten Gefühls gefunden hatte: in des alten Giorgio tiefer Bewunderung für die „Englische Signora – die Wohltäterin“; in der schwarzäugigen Linda wortreicher, feuriger, leidenschaftlicher Zuneigung zu „unserer Dona Emilia – dem Engel“; in der weißhalsigen, blonden Giselle anbetendem Augenaufschlag, der mit einem halb ehrfürchtigen, halb unschuldigen Seitenblick endete und Doktor Monygham zu dem innerlichen Ausruf veranlaßte: „Wäre ich nicht, was ich bin, alt und häßlich, so könnte ich glauben, die Hexe mache mir Augen. Und vielleicht tut sie es auch. Sie tut es wohl bei jedem Mann!“ Doktor Monygham sagte Frau Gould, der Vorsehung der Familie Viola, nichts davon, sondern wandte sich wieder „unserem Großen Nostromo“ zu, wie er ihn nannte.

„Was ich Ihnen sagen wollte, ist dies: Unser Großer Nostromo hat sich um den alten Mann und die Kinder einige Jahre lang nicht viel gekümmert. Allerdings war er ja auf seinen Küstenfahrten zehn Monate im Jahre fort. Er hat sich sein Vermögen gemacht, wie er dem Kapitän Mitchell einmal sagte. Es scheint ihm ungewöhnlich gut gegangen zu sein. Das war ja nicht anders zu erwarten. Er ist sehr findig, voller Selbstvertrauen, bereit zu allerlei Wagnissen und Gefahren. Ich erinnere mich, daß ich einmal in Mitchells Kontor war, als er mit dem ruhigen, ernsten Gehaben hereinkam, das er immer zur Schau trägt. Er sei in Geschäften im Golf von Kalifornien gewesen, sagte er und sah dabei nach seiner Art an uns vorbei an die Wand; nun freue es ihn, bei seiner Rückkehr zu sehen, daß auf der Klippe der Großen Isabelle ein Leuchtturm gebaut werde. Es freue ihn sehr, wiederholte er. Mitchell erklärte ihm, der Leuchtturm werde von der O. S. N. Gesellschaft gebaut, auf seinen eigenen Rat, mit Rücksicht auf den Paketdienst. Kapitän Fidanza war liebenswürdig genug, zu bestätigen, der Rat sei ausgezeichnet gewesen. Ich erinnere mich noch, wie er seinen Schnurrbart drehte und den Blick rings um die Wandleiste wandern ließ, bevor er den Vorschlag machte, der alte Giorgio sollte zum Leuchtturmwärter ernannt werden.“

„Ich hörte davon. Ich wurde seinerzeit um Rat gefragt“, sagte Frau Gould. „Ich war nicht sicher, ob es für die beiden Mädchen gut sein würde, auf der Insel förmlich wie in einem Gefängnis eingeschlossen zu sein.“

„Der Vorschlag stimmte mit den Neigungen des alten Garibaldiners überein. Für Linda war ja jeder Ort nett und gut genug, wenn nur Nostromo dazu geraten hatte. Sie konnte dort so gut wie anderswo auf ihres Giambattista Belieben warten. Meiner Meinung nach war sie von jeher in den unbestechlichen Capataz verliebt. Überdies lag sowohl Vater wie Schwester daran, Giselle den Aufmerksamkeiten eines gewissen Ramirez zu entziehen.“

„Oh!“ meinte Frau Gould gespannt, „Ramirez? Was für ein Mensch ist das?“

„Ein Mozo aus der Stadt. Sein Vater war Cargador. Als Junge lief er in Lumpen auf dem Kai herum, bis Nostromo ihn aufnahm und einen Mann aus ihm machte. Als er ein wenig älter geworden, teilte er ihn einem Leichter zu und übergab ihm sehr bald das Boot Nummer drei – das Boot, in dem dann das Silber fortgeschafft wurde, Frau Gould. Nostromo wählte gerade jenes Boot für die Arbeit aus, weil es am besten segelte und das stärkste in der ganzen Flotte der Kompagnie war. Der junge Ramirez war einer der fünf Cargadores, die in jener berühmten Nacht mit der Wegschaffung des Silbers aus den

Räumen des Zollamts betraut waren. Da das Boot, das er geführt hatte, gesunken war, so empfahl ihn Nostromo, als er selbst die Dienste der Gesellschaft verließ, Kapitän Mitchell als seinen Nachfolger. Er hatte ihn gut in die Arbeit eingeführt, und so wurde also Herr Ramirez aus einem verhungerten Landstreicher zu einem Mann und zum Capataz der Cargadores von Sulaco."

„Dank Nostromo", sagte Frau Gould mit warmer Anerkennung.

„Dank Nostromo", wiederholte Doktor Monygham. „Auf mein Wort, die Macht dieses Menschen erschreckt mich, sooft ich daran denke. Daß unser armer alter Mitchell nur zu froh war, den Posten einem eingearbeiteten Mann übertragen zu können, der ihm Aufregungen ersparte, ist ja nicht überraschend. Wunderbar aber ist die Tatsache, daß die Cargadores von Sulaco Ramirez als ihren Anführer anerkannten, einfach, weil es Nostromo so beliebte. Natürlich ist er kein zweiter Nostromo, wie er selbst es sich eingebildet hatte. Aber seine Stellung war immerhin noch glänzend genug. Sie gab ihm den Mut, sich um Giselle Viola zu bewerben, die, wie Sie ja wissen, die anerkannte Schönheit der Stadt ist. Der alte Garibaldiner aber faßte eine heftige Abneigung gegen ihn. Ich weiß nicht, warum. Vielleicht weil er kein Muster an Vollendung war, wie sein Giambattista, die Verkörperung des Muts, der Treue, der Ehrenhaftigkeit ›des Volkes‹. Signor Viola hat keine hohe Meinung von den Eingeborenen von Sulaco. Sie beide, der alte Spartaner und diese blasse Linda mit ihrem roten Mund und den kohlschwarzen Augen, paßten scharf auf die Blonde auf. Ramirez wurde das Wiederkommen verboten. Vater Viola bedrohte ihn einmal, wie man mir sagte, mit dem Gewehr."

„Aber wie ist es mit Giselle selbst?" fragte Frau Gould.

„Sie ist ein wenig kokett, fürchte ich", sagte der Doktor. „Aber ich glaube nicht, daß ihr wirklich etwas an dem einen oder dem andern lag. Natürlich hat sie es gerne, wenn Männer ihr Aufmerksamkeiten erweisen. Ramirez war nicht der einzige, will ich Ihnen nur sagen, Frau Gould. Daneben gab es noch zumindest einen Bahningenieur, der auch mit dem Gewehr bedroht und fortgewiesen wurde. Der alte Viola erlaubt keine Scherze mit seiner Ehre. Er ist mürrisch und mißtrauisch geworden, seit seine Frau gestorben ist. Es war ihm sehr recht, seine jüngste Tochter aus der Stadt fortbringen zu können. Aber sehen Sie doch, was geschieht, Frau Gould: Ramirez, dem ehrenhaften Bewerber, wird die Insel verboten. Gut. Er achtet das Verbot, wendet aber natürlich oft die Blicke nach der Großen Isabelle. Er scheint es sich zur Gewohnheit gemacht zu haben, spät nachts noch nach dem Leuchtturm hinaus zu blicken, und während dieser sentimentalen Nachtwachen entdeckt er, daß Nostromo, das heißt Kapitän Fidanza, sehr spät von seinen Besuchen bei den Violas zurückkehrt. Manchmal erst um Mitternacht."

Der Doktor unterbrach sich und sah Frau Gould bedeutungsvoll an.

„Ja. Aber ich verstehe nicht...", meinte sie verwirrt.

„Nun kommt das Seltsame", fuhr Doktor Monygham fort. „Viola, der auf der Insel König ist, duldet keine Besucher nach Anbruch der Dunkelheit. Sogar Kapitän Fidanza muß nach Sonnenuntergang abfahren, wenn Linda hinaufgegangen ist, um die Lampen zu versehen. Und Nostromo fährt gehorsam ab. Was aber geschieht nachher? Was tut er im Golf zwischen halbsieben Uhr und Mitternacht? Man hat ihn öfter als einmal zu so später Stunde ruhig hereinrudern sehen. Ramirez ist rasend vor Eifersucht. Dem alten Viola wagte er sich nicht in die Nähe, aber er faßte sich ein Herz und hielt Linda deswegen an, als sie an einem Sonntagmorgen herüberkam, um die Messe zu hören und das Grab ihrer Mutter zu besuchen. Es gab einen Auftritt auf dem Kai, den ich übrigens mit angesehen habe. Es war früh am Morgen. Er muß sie eigens abgepaßt haben. Ich war durch reinen Zufall dort, da ich von dem Schiffsarzt des deutschen Kanonenboots im Hafen zu einer dringenden Konsultation berufen worden war. Sie überschüttete Ramirez mit Wut, Verachtung, Feuer und Flammen; er schien völlig von Sinnen. Es war ein merkwürdiges Bild, Frau Gould. Der lange Kai, und an dessen Ende der rasende Cargador mit seiner roten Schärpe und das Mädchen, ganz in Schwarz; der Hafen sonntäglich morgenstill im Schatten des Gebirges. Nur ein oder zwei Ruderboote waren unterwegs, zwischen den Schiffen vor Anker, und das Gig des deutschen Kanonenbootes, das mich holen kam. Linda ging hart an mir vorbei. Ihr wilder Blick fiel mir auf. Ich rief sie an. Sie hörte mich nicht. Sie sah mich nicht. Aber ich sah ihr Gesicht: es war furchtbar in seinem Zorn und Kummer."

Frau Gould setzte sich aufrecht und schlug die Augen weit auf.

„Was meinen Sie, Doktor Monygham? Wollen Sie etwa sagen, daß Sie die jüngere Schwester im Verdacht haben?"

„*Quien sabe*? Wer kann es sagen?" meinte der Doktor und zuckte die Achseln, wie ein geborener Costaguanero. „Ramirez kam auf dem Kai auf mich zu. Er keuchte – er sah irr aus. Er preßte die Hände an den Kopf. Er mußte – mußte einfach mit jemand sprechen. Natürlich erkannte er mich, trotz aller Verrücktheit. Die Leute hier kennen mich gut. Ich habe lange genug unter ihnen gelebt und bin jetzt einfach der Doktor mit dem bösen Blick, der alle Übel des Leibes heilen und mit einem Blick Unglück bringen kann. Er kam auf mich zu. Er versuchte, sich zur Ruhe zu zwingen. Er versuchte, mir begreiflich zu machen, daß er mich nur vor Nostromo warnen wollte. Es scheint, daß Kapitän Fidanza bei einer der geheimen Zusammenkünfte mich als den schlimmsten Feind der Armen – des Volkes – hingestellt hat. Das ist sehr möglich. Er beehrt mich mit seiner unauslöschlichen Abneigung, und ein Wort des Großen Fidanza kann natürlich hinreichen, das Messer irgendeines Narren in meinen Rücken zu bringen. Die Sanitätskommission, der ich vorstehe, ist beim Volke nicht beliebt. ›Hüten Sie sich vor ihm, Señor Doctor! Vernichten Sie ihn, Señor Doctor!‹ zischte mir Ramirez gerade ins Gesicht. Und dann brach es aus ihm hervor: ›Dieser Mann‹, stammelte er, ›hat einen Zauber auf beide Mädchen geworfen.‹ Er selbst habe nun schon zuviel gesagt. Er müsse nun weglaufen und sich irgendwo verbergen. Er jammerte zärtlich um Giselle und gab ihr dann Namen, die nicht zu wiederholen sind. Dächte er, daß sie durch irgendein Mittel dazu gebracht werden könnte, ihn zu lieben, dann wollte er sie von der Insel entführen. Fort, in die Wälder. Aber es nütze nichts... Er ging davon und schwenkte die Arme über dem Kopf. Dann bemerkte ich einen alten Neger, der hinter einem Stoß Kisten gesessen und vom Kai aus gefischt hatte. Er zog seine Schnur ein und schlich sich davon. Aber er muß wohl etwas gehört und es auch weitererzählt haben, denn ein paar Freunde des alten Garibaldiners, Leute von der Bahn, nehme ich an, warnten ihn vor Ramirez. Jedenfalls ist der Vater gewarnt worden. Ramirez aber ist aus der Stadt verschwunden."

„Ich fühle, daß ich eine Pflicht gegen diese Mädchen habe“, meinte Frau Gould verlegen. „Ist Nostromo jetzt in Sulaco?“

„Ja. Seit letztem Sonntag.“

„Man müßte mit ihm sprechen – sofort.“

„Wer wird es wagen, mit ihm zu sprechen? Sogar der liebestolle Ramirez rennt vor dem bloßen Schatten des Kapitäns Fidanza davon.“

„Ich kann es. Ich will es“, erklärte Frau Gould. „Ein Wort wird genügen, bei einem Mann wie Nostromo.“

Der Doktor lächelte grämlich.

„Er muß einer Sachlage ein Ende machen, die die Vermutung rechtfertigt .... Ich kann es von dem Kinde nicht glauben“, fuhr Frau Gould fort.

„Er ist scheinbar unwiderstehlich“, murmelte der Doktor finster.

„Er wird es einsehen, ganz sicher. Er muß allem ein Ende machen, indem er Linda sofort heiratet“, erklärte die erste Dame von Sulaco mit größter Entschlossenheit.

Im Gartentor tauchte Basilio auf, fett und behäbig geworden, das Gesicht alt und bartlos, Runzeln um die Augenwinkel, das tiefschwarze, strähnige Haar glatt heruntergebürstet. Hinter einer Gruppe von Ziersträuchern beugte er sich vorsichtig nieder und setzte behutsam ein kleines Kind zu Boden, das er auf der Schulter getragen hatte. Seinen und Leonardas Jüngsten. Die schmollende, verwöhnte Camerista und der erste Mozo der Casa Gould waren nun seit einigen Jahren verheiratet. Er blieb eine Zeitlang auf den Fersen hocken und sah zärtlich seinen Sprößling an, der den Blick mit unbeirrbarem Ernst erwiderte; dann erhob er sich und schritt feierlich und achtbar den Weg entlang.

„Was gibt es, Basilio?“ fragte Frau Gould.

„Es ist von der Mine telephoniert worden. Der Herr bleibt heute über Nacht im Gebirge.“

Doktor Monygham war aufgestanden und hatte sich abgewandt. Im Schatten der größten Bäume in dem herrlichen Garten der Casa Gould herrschte eine Zeitlang tiefes Schweigen.

„Es ist gut, Basilio“, sagte Frau Gould. Sie sah ihn den Weg wieder zurückgehen, hinter der Buschgruppe niederkauern und mit dem Kind auf der Schulter wieder auftauchen. Er durchschritt den Torweg zwischen den Gärten und dem Innenhof mit gemessenen Schritten, sorgsam auf seine leichte Bürde bedacht.

Der Doktor kehrte Frau Gould den Rücken und betrachtete ein Blumenbeet, weit weg im Sonnenschein. Die Leute hielten ihn für gehässig und verbittert. Seine wahre Natur waren Leidenschaftlichkeit und Feingefühl. Was ihm fehlte, war die geschliffene Abstumpfung, die den Menschen gegen sich und andere so duldsam macht; diese Duldsamkeit, die himmelweit von echter Zuneigung und menschlichem Gefühl entfernt ist. Der Mangel an solcher Abstumpfung war die Ursache für die spöttische Gemütsart des Doktors und seine bissigen Reden.

In tiefem Schweigen, den Blick geflissentlich auf das farbenprächtige Blumenbeet gerichtet, betete Doktor Monygham inbrünstig Verwünschungen auf Charles Goulds Kopf herab. Die Unbeweglichkeit von Frau Gould hinter ihm fügte der Anmut ihrer sitzenden Gestalt den Reiz der Kunst hinzu, einer einmal erfaßten und für immer festgehaltenen Stellung. Der Doktor wandte sich unvermittelt um und verabschiedete sich.

Frau Gould lehnte sich zurück, im Schatten der großen Bäume, die im Kreise gepflanzt waren. Sie lehnte sich zurück, die Augen geschlossen und die weißen Hände müßig auf der Armlehne ihres Stuhls ausgestreckt. Das Dämmerlicht unter dem dichten Laubwerk brachte die jugendliche Anmut ihrer Züge zur Geltung, ließ das helle Muster und die weißen Spitzen ihres Kleides aufleuchten. Klein und zart, in eigenem Lichte strahlend, im tiefen Schatten des verschlungenen Laubwerks, glich sie einer guten Fee, die müde ist von vielem Wohltun und gequält von dem leisen Zweifel, ihr Werk könnte unnütz, ihr Zauber machtlos gewesen sein.

Hätte man sie gefragt, woran sie dachte – so allein im Garten der Casa, ihr Gatte im Bergwerk draußen und das Haus nach der Straße zu wie unbewohnt geschlossen –, dann hätte ihr Freimut der Frage auszuweichen gehabt. Es war ihr zum Bewußtsein gekommen, daß das Leben, um groß und erfüllt zu sein, in jedem flüchtigen Augenblick der Gegenwart die Sorge um die Vergangenheit und um die Zukunft einschließen muß. Unser Tagewerk muß zum Ruhm der Toten und zum Nutzen derer getan werden, die nachher kommen. Daran dachte sie und seufzte, ohne die Augen aufzuschlagen – ohne ein Glied zu rühren. Frau Goulds Gesicht straffte sich hart, sekundenlang, als wollte sie ohne Zucken einer mächtigen Woge von Einsamkeit standhalten, die über ihr Haupt wegschlug. Es kam ihr auch zum Bewußtsein, daß nie jemand sie zärtlich besorgt fragen würde, woran sie dächte. Niemand. Niemand, außer vielleicht der Mann, der eben fortgegangen war. Nein; niemand, dem sie hätte mit der rückhaltlosen Offenheit antworten können, wie vollendetes Vertrauen sie schafft.

Das Wort „unverbesserlich“ – das Doktor Monygham eben vorhin gebraucht hatte – drängte sich ihr in ihrer trüben Unbeweglichkeit auf. Unverbesserlich in seiner Hingabe an die große Silbermine, der Señor Administrador! Unverbesserlich in seinem harten Entschluß, den materiellen Interessen zu dienen, in die er seinen Glauben an den Sieg von Ordnung und Gerechtigkeit gesetzt hatte. Armer Junge! Sie sah deutlich die grauen Haare an seinen Schläfen vor sich. Er war vollkommen – vollkommen. Was hätte sie mehr erwarten dürfen? Es war ein ungeheurer, nachhaltiger Erfolg. Und die Liebe war nur ein kurzer Augenblick des Selbstvergessens, ein kurzer Rausch, an dessen Freuden man mit Wehmut zurückdachte, wie an einen tief durchlebten Schmerz. Das nötige Beiwerk erfolgreicher Tat brachte die Entwürdigung der ursprünglichen Idee mit sich. Sie sah den Berg von San Tomé über dem Campo lasten, über dem ganzen Lande, ehrfürchtig, gehaßt, reich; seelenloser als jeden Tyrannen, unbarmherziger und herrschsüchtiger als die schlimmste Regierung; bereit, ungezählte Leben zu zermalmen, wenn es die Vergrößerung der eigenen Macht galt. Er sah es nicht. Er konnte es nicht sehen. Es war nicht sein Fehler. Er war vollkommen, vollkommen; aber sie würde ihn nie für sich haben. Niemals; nicht für eine kurze Stunde ganz für sich, in diesem alten spanischen Hause, das sie so sehr liebte. Unverbesserlich hatte der Doktor den Letzten der Corbelàns genannt, die Letzte der Avellanos; aber sie sah deutlich, wie die San Tomé-Mine das Leben des Letzten der Costaguaner Goulds beherrschte, verbrauchte, verbrannte, die Entschlußkraft des Sohnes in gleicher Weise unterjochte wie die beklagenswerte Schwäche des Vaters. Ein furchtbarer Erfolg für den Letzten der Goulds! Den Letzten! Sie hatte lange, lange Zeit gehofft, daß vielleicht ... Aber nein! Es sollten keine mehr nachkommen. Eine ungeheure Trostlosigkeit, das Grauen vor dem eigenen Leben senkten sich auf die erste Dame von Sulaco. In einem prophetischen Gesicht sah sie sich selbst, allein, die Entwürdigung ihres jungen Lebensideals überdauern, den Glauben an Liebe, an Arbeit – ganz allein im Schatzhaus der Welt. Der Ausdruck tiefen, blinden Leidens, wie der eines bösen Traumes, prägte sich in ihrem Gesicht mit den geschlossenen Augen aus. Mit der undeutlichen Stimme eines gequälten Schläfers, der machtlos im Bann eines unbarmherzigen Alpdrucks liegt, stammelte sie ziellos die Worte:

„Materielle Interessen."

XII

Nostromo war sehr langsam reich geworden. Es war eine Folge seiner Klugheit. Er konnte sich sogar da noch beherrschen, wo er aus dem Gleichgewicht gebracht war. Und es ist ein seltenes und verwirrendes Vorkommnis, mit sehenden Augen zum Sklaven eines Schatzes zu werden. Die Langsamkeit rührte aber auch zum großen Teil von der Schwierigkeit der Verwertung her. Schon die bloße Wegschaffung von der Insel, ganz allmählich und kleinweise, war durch die stete Entdeckungsgefahr erschwert. Er mußte die Große Isabelle insgeheim aufsuchen, zwischen seinen Küstenfahrten, die nach außen hin als Quelle seines Reichtums galten. Die Bemannung seines eigenen Schoners mußte er fürchten, als wäre sie vom ersten bis zum letzten Mann auf Bespitzelung des gefürchteten Kapitäns aus. Er wagte sich nicht zu lange im Hafen aufzuhalten. Sobald er seine Ladung gelöscht hatte, ging er eilig wieder in See, denn er fürchtete, selbst durch eintägigen Aufschub Verdacht zu erwecken. Manchmal, wenn er eine Woche oder länger im Hafen lag, konnte er den Schatz doch nur einmal besuchen. Und das war alles. Ein paar Barren. Er litt unter seiner Angst ebensosehr wie unter seiner Vorsicht. Die Heimlichkeit demütigte ihn. Und am meisten litt er darunter, daß er in Gedanken nicht mehr von dem Schatz loskam.

Ein Vergehen, ein Verbrechen frißt, wenn es einmal in eines Mannes Leben gekommen ist, wie ein wucherndes Geschwür, wie ein zehrendes Fieber um sich. Nostromo hatte den inneren Frieden verloren; seine Unbefangenheit war von Grund auf zerstört: Er empfand es selbst und verfluchte oft das Silber von San Tomé. Sein Mut, seine Großartigkeit, seine Zerstreuungen, seine Arbeit, alles war wie früher, nur war alles Blendwerk. Der Schatz aber war wirklich. Er klammerte sich im Geiste immer hartnäckiger daran. Doch haßte er das Gefühl, das ihm die Silberbarren beim Angreifen gaben. Manchmal, wenn er einige davon – die Frucht einer heimlichen Nachtfahrt nach der Großen Isabelle – in seiner Kabine versteckt hatte, da sah er aufmerksam seine Finger an und schien überrascht, daß das Silber keine Flecke hinterlassen hatte. Er hatte die Möglichkeit gefunden, die Silberbarren in fernen Häfen loszuwerden. Die Notwendigkeit, weit weg zu gehen, zwang ihn zu langen Reisen und machte seine Besuche bei den Violas immer seltener. Es war sein Schicksal, sich seine Frau von dort zu holen. Das hatte er einmal dem alten Giorgio selbst gesagt. Der Garibaldiner aber hatte den Gegenstand mit einer majestätischen Gebärde der Hand abgelehnt, die eine schwarzgerauchte Holzpfeife hielt. Das alles habe noch lange Zeit; er sei nicht der Mann, jemand seine Töchter aufzudrängen.

Mit den Jahren entdeckte Nostromo seine Vorliebe für die jüngere Tochter. Sie hatte die tiefe, innere Verwandtschaft, die die notwendige Vorbedingung für völliges Vertrauen und Verstehen ist, ganz gleich, welche äußerlichen Temperamentsunterschiede sonst noch durch den Gegensatz anziehend wirken mögen. Seine Frau würde einmal um das Geheimnis wissen müssen, wenn das Zusammenleben möglich sein sollte. Er fühlte sich zu Giselle hingezogen, zu Giselle mit ihrem unschuldigen Blick und dem weißen Hals, deren anschmiegendes Schweigen, unter anscheinender Teilnahmslosigkeit, die Freude am Abenteuer verbarg; Linda aber, mit ihrem leidenschaftlichen, blassen Gesicht, ganz Tatkraft, Flamme und Wort, mit Neigung zur Düsterkeit und Geringschätzung, ein echtes Reis vom alten Stamm, die wahre Tochter des weltfremden Republikaners, doch mit Teresas Stimme – Linda erfüllte ihn mit tiefgründigem Mißtrauen, überdies konnte das arme Mädchen die Liebe zu Giambattista nicht verbergen. Er sah wohl, daß diese Liebe heftig sein würde, anspruchsvoll, mißtrauisch und unerbittlich, wie ihre Seele. Giselle, mit ihrer blonden und doch heißen Schönheit, mit dem anscheinend ausgeglichenen Wesen, das Fügsamkeit versprach, mit ihrem geheimnisvollen, mädchenhaften Zauber, Giselle entzündete seine Leidenschaft und beschwichtigte seine Angst vor der Zukunft.

Er war immer lang von Sulaco abwesend. Als er einmal nach besonders langer Zeit zurückkehrte, sah er mit Steinen beladene Leichter an der Großen Isabelle liegen; oben standen Krane und ein Baugerüst; Arbeiter gingen herum, und ein kleiner Leuchtturm wuchs auf der Spitze der Klippe gerade über die Grundmauern.

Bei diesem unerwarteten, nie geträumten, erschreckenden Anblick hielt er sich für unrettbar verloren. Was konnte ihn jetzt vor der Entdeckung bewahren? Nichts. Er empfand abergläubisches Entsetzen über die merkwürdige Schicksalsfügung, die ein weitreichendes Licht auf den einzigen geheimen Fleck in seinem Leben setzte; in diesem Leben, dessen innerstes Wesen, dessen Wert und Wirklichkeit die Widerspiegelung in den bewundernden Augen der Menschen ausmachte. Sein ganzes Leben lag offen da, bis auf diesen einen Fleck, der dem allgemeinen Verständnis entrückt war; der zwischen ihm lag und der Macht, die böse Wünsche erhört und erfüllt. Der Fleck war dunkel. Nicht jedermann hatte eine solche Dunkelheit in seinem Leben. Und nun bauten sie einen Leuchtturm hin. Einen Leuchtturm! Er sah ihn sein Licht auf Elend, Armut und Verachtung werfen. Sicher mußte jemand .... Vielleicht hatte schon jemand ....

Der unvergleichliche Nostromo, der Capataz, der geachtete und gefürchtete Kapitän Fidanza, das selbstherrliche Oberhaupt geheimer Gesellschaften, ein Republikaner wie der alte Giorgio und Revolutionär im Herzen (wenn auch auf andere Art) – Nostromo fühlte sich versucht, über Bord seines eigenen Schoners zu springen. Dieser Mann, ganz auf sich eingestellt, fast bis zum Irrsinn, faßte den Selbstmord ruhig ins Auge. Aber er verlor den Kopf nicht. Der Gedanke hielt ihn zurück, daß er seinem Schicksal nicht entgehen würde. Er malte sich aus, wie er selbst tot sein, die Schande und Schmach aber weiterdauern würde. Oder besser gesagt, er konnte es sich nicht vorstellen, daß er selbst tot wäre. Er war zu heftig vom Bewußtsein des eigenen Lebens, dieses unveränderlich Währenden, erfüllt, um ein Ende erfassen zu können. Auch die Erde dauert ewig.

Und er war mutig. Es war ein böser Mut, aber er diente seinem Zweck so gut wie ein andrer. Er fuhr nahe an die Große Isabelle hin und warf von Deck aus einen forschenden Blick auf die Mündung der Schlucht, die unberührt unter den wuchernden Büschen dalag. Er fuhr so nahe vorbei, daß er mit den Arbeitern Zurufe tauschen konnte, die oben am Steilrand der Klippe unter dem mächtigen Kranschnabel standen und sich die Augen mit den Händen beschatteten. Nostromo stellte fest, daß keiner der Arbeiter Gelegenheit hatte, sich der Schlucht, wo das Silber verborgen lag, auch nur zu nähern, geschweige denn dort einzudringen. Im Hafen erfuhr er, daß niemand auf der Insel schlief. Die Arbeiter kehrten jeden Abend in den Hafen zurück und sangen im Chor in den leeren Leichtern hinter dem Hafenschlepper. Für den Augenblick hatte er nichts zu befürchten.

Später aber? Später aber? fragte er sich. Später, wenn ein Wärter das Häuschen bezog, das etwa hundertfünfzig Meter vom Leuchtturm und vierhundert von der dunklen, schattigen, überwachsenen Schlucht weg gebaut wurde – von dieser Schlucht, die das Geheimnis seiner Sicherheit barg, seines Einflusses, seiner Prachtliebe; das Geheimnis, das ihm über die Zukunft Gewalt gab, das ihn jedem Mißgeschick, jedem möglichen Verrat durch reich oder arm trotzen ließ – was dann? Er konnte den Schatz nie mehr loswerden. Seine Kühnheit, größer als die andrer Männer, hatte den Silberstrom in sein eigenes Leben geleitet. Und das Gefühl ängstlicher, glühender Unterwerfung, das Gefühl seiner Sklaverei – so unwiderstehlich und endgültig, daß er sich oft in Gedanken mit den sagenhaften Gringos verglich, die, weder tot noch lebendig, an die widerrechtlich erworbenen Schatze auf Azuera gekettet sind –, dieses Gefühl lastete schwer auf dem unabhängigen Kapitän Fidanza, dem Eigner und Schiffer eines Küstenschoners, dessen schmuckes Aussehen und fabelhaftes Geschäftsglück längs der Westküste eines großen Erdteils so gut bekannt waren.

Das kräftige Ebenmaß seiner mächtigen Glieder verlor sich nun in einem gewöhnlichen braunen Stoffanzug, der von Londoner Heimarbeitern gemacht und in der Konfektionsabteilung der Anzanigesellschaft gekauft war; so konnte man Kapitän Fidanza, würdig, mit schneidigem Backenbart, etwas weniger geschmeidig in Gang und Haltung, in den Straßen von Sulaco sehen, wo er auch nach jener Reise die gewohnten Geschäfte erledigte. Und wie gewöhnlich sorgte er dafür, daß es sich herumsprach, er habe an seiner Ladung schwer verdient. Es war eine Ladung von Salzfischen gewesen, und die Fastenzeit stand vor der Türe. Man sah ihn in der Straßenbahn zwischen der Stadt und dem Hafen hin und her fahren; er sprach in einem oder zwei Cafes zu ein paar Leuten in sehr gemessener, ruhiger Art. Kapitän Fidanza wurde *bemerkt*. Die Generation, die von dem berühmten Ritt nach Cayta nichts mehr wissen sollte, war noch nicht geboren.

Nostromo, der zu Unrecht so genannte Capataz de Cargadores, hatte sich unter seinem richtigen Namen abermals eine Stellung in der Öffentlichkeit geschaffen, die aber durch die neuen Lebensbedingungen eingeschränkt, weniger malerisch und schwieriger durchzuhalten war, angesichts des Aufschwungs und der gemischten Bevölkerung Sulacos, der blühenden Hauptstadt der Westlichen Republik. Kapitän Fidanza, nicht mehr malerisch, doch immer noch ein wenig geheimnisvoll, wurde unter dem hohen Glas- und Eisendach des Bahnhofs von Sulaco zur Genüge bemerkt. Er nahm einen Lokalzug und stieg in Rincon aus, wo er die Witwe des Cargadors besuchte, der (beim Morgenrot der neuen Ära, wie Don José Avellanos) im Innenhof der Casa Gould seinen Wunden erlegen war. Er ließ sich herbei, in der Hütte niederzusitzen und ein Glas kühler Limonade zu trinken, während die Frau vor ihm stand und ihn mit einer Flut von Worten überschüttete, denen er kaum zuhörte. Er ließ ihr, wie gewöhnlich, etwas Geld. Die verwaisten Kinder, die herangewachsen waren und gute Schulen durchgemacht hatten, nannten ihn Onkel und baten um seinen Segen. Auch diesen gab er; an der Türe der Hütte blieb er einen Augenblick stehen und sah mit leichtem Stirnrunzeln nach der flachen Kuppe des San Tomé-Berges. Diese leichten Falten auf seiner bronzefarbenen Stirn – die seinem sonst so verschlossenen Gesicht den Ausdruck unverkennbarer Strenge gaben – wurden noch bei seinem nachfolgenden Besuch in der Loge bemerkt, verschwanden aber vor dem Bankett. Er trug sie wieder bei der Vereinigung einiger guter Kameraden zur Schau, Italiener und Eingeborener, die sich ihm zur Ehre versammelt hatten, unter dem Vorsitz eines kränklichen, kümmerlichen, leicht buckligen Photographen mit weißem Gesicht und hochgemuter Seele (welch letztere durch den blutdürstigen Haß gegen alle Kapitalisten und Bedrücker der beiden Halbkugeln purpurrot gefärbt war). Der heldenhafte Giorgio Viola, der alte Revolutionär, hätte von des Photographen Eröffnungsrede nichts verstanden; und Kapitän Fidanza hielt überhaupt keine Rede und beschränkte sich darauf, wie gewöhnlich ein paar arme Genossen freigebig zu beschenken. Er hatte mit gerunzelter Stirn zugehört, in Gedanken weit fort, und war schließlich gegangen, unnahbar, schweigsam, wie ein Mann mit vielen Sorgen.

Die Falten auf seiner Stirn vertieften sich, als er früh am nächsten Morgen die Maurer zur Großen Isabelle hinausfahren sah, in Leichtern voll mit soviel Steinquadern, wie zur Aufsetzung einer neuen Schicht auf den Leuchtturm nötig waren. Die verlangte Arbeitsleistung war eine Schicht im Tage.

Und Kapitän Fidanza grübelte. Die Anwesenheit Fremder auf der Insel mußte ihn völlig von dem Schatz abschneiden. Vorher schon war es schwierig und gefährlich genug gewesen. Er fürchtete sich und war ärgerlich. Seine Gedanken hatten zugleich die Entschlossenheit eines Herrn und die kriechende List eines Sklaven. Dann ging er an Land.

Er war klug und erfinderisch; und wie gewöhnlich war der Ausweg, den er in einem kritischen Augenblick fand, danach angetan, die Lage von Grund auf zu ändern. Er hatte die Gabe, gerade aus der Gefahr Sicherheit herzuleiten, dieser unvergleichliche Nostromo, dieser „Bursche unter tausend". War einmal Giorgio auf die Große Isabelle gesetzt, so brauchte es kein Versteckspiel mehr. Dann konnte er offen, bei Tageslicht, hinfahren, um die Töchter – eine der Töchter – zu besuchen und sich bis spätabends mit dem alten Garibaldiner zu unterhalten. Dann, im Dunkeln ... Nacht um Nacht ... Nun würde er es wagen, schneller reich zu werden. Er gierte danach, diesen Schatz zu fassen, zu umfangen, ihn ganz und völlig in Besitz zu nehmen, diesen Schatz, der seinen Sinn, sein Tun und noch seinen Schlaf beherrscht hatte.

Er ging seinen Freund Kapitän Mitchell besuchen – und es wurde so gemacht, wie Doktor Monygham es Frau Gould erzählt hatte. Als man dem Garibaldiner den Vorschlag unterbreitete, da huschte etwas wie der leichte Abglanz, der ferne Schatten eines alten, alten Lächelns unter dem ungeheuren weißen Schnurrbart des alten Königs- und Ministerhassers hervor. Seinen Töchtern galt seine nächste Sorge. Besonders der jüngeren. Linda, mit der Stimme der Mutter, hatte mehr den Platz der Mutter eingenommen. Ihr tiefes, kindliches: „Wie, Padre?“ schien, bis auf die veränderte Anrede, geradezu das Echo des leidenschaftlichen, vorwurfsvollen: „Wie, Giorgio?“ der armen Signora Teresa. Er war der festen Meinung, die Stadt sei nicht der rechte Ort für seine Mädchen. Der verdrehte und dabei doch arglose Ramirez war der Gegenstand seiner tiefsten Abneigung; in ihm sah er die Sünden dieses Landes verkörpert, dessen Männer blind waren, feig, Esclavos.

Bei der Rückkehr von seiner nächsten Reise fand Kapitän Fidanza die Violas im Wärterhäuschen beim Leuchtturm eingerichtet. Seine Kenntnis von Giorgios Abneigungen hatte ihn nicht betrogen. Der Garibaldiner hatte es abgelehnt, den Plan eines andern Gefährten, außer seinen Mädchen, auch nur zu erörtern. Und Kapitän Mitchell, ängstlich bemüht, seinem armen Nostromo gefällig zu sein, hatte in einer der glücklichen Eingebungen, deren nur echte Zuneigung fähig ist, Linda Viola in aller Form zur zweiten Wärterin des Isabellen-Leuchtturms ernannt.

„Der Leuchtturm ist Privateigentum“, pflegte er zu erklären. „Er gehört meiner Gesellschaft. Ich bin ermächtigt, zu ernennen, wen ich will, und es soll Viola sein. Es ist so ziemlich das einzige, worum Nostromo – ein Mann, der sein Gewicht in Gold wert ist, wohlverstanden – mich je für sich gebeten hat.“

Unmittelbar nachdem sein Schoner dem neuen Zollamt gegenüber vor Anker gegangen war (das sich als griechischer Tempel gebärdete, mit flachem Dach und einem Säulengang), ruderte Kapitän Fidanza in seinem kleinen Boot aus dem Hafen hinaus, auf die Große Isabelle zu, ganz unbekümmert, im Abendlicht, vor aller Leute Augen und im Gefühl, das Schicksal gemeistert zu haben. Er mußte eine einwandfreie Lage schaffen. Er wollte nun den Alten um seine Tochter bitten. Während des Ruderns dachte er an Giselle. Linda liebte ihn, vielleicht, aber der alte Mann würde wohl froh sein, seine Älteste behalten zu können, die die Stimme seiner Frau hatte.

Er hielt nicht auf den schmalen Sandstreifen zu, wo er mit Decoud und später, bei seinem ersten Besuch bei dem Schatz, allein gelandet war, sondern auf den Strand am anderen Ende und ging den gleichmäßig ansteigenden Hang des keilförmigen Eilands hinan. Giorgio Viola, den er von weitem auf einer Bank vor dem Wärterhäuschen sitzen sah, hob auf seinen lauten Anruf leicht den Arm. Er ging auf ihn zu. Keines der Mädchen zeigte sich.

„Es ist gut hier“, sagte der alte Mann in seiner schlichten, nachdenklichen Art.

Nostromo nickte und fragte nach einem kurzen Schweigen:

„Du hast meinen Schoner vor knapp zwei Stunden einfahren sehen? Weißt du, warum ich hier bin, bevor mein Anker, sozusagen, richtig in diesem Hafen von Sulaco Grund gefaßt hat?“

„Du bist willkommen wie ein Sohn“, sagte der alte Mann ruhig und sah weit weg über die See.

„Oh! Dein Sohn! Ich weiß. Ich bin, was dein Sohn gewesen wäre. Gut. Viejo! Ein schöner Willkomm. Höre, ich bin gekommen, um dich ...“

Eine plötzliche Angst befiel den furchtlosen und unbestechlichen Nostromo. Er wagte den Namen nicht auszusprechen, der ihm im Sinn lag. Die kurze Pause gab dem veränderten Schluß des Satzes nur noch mehr Gewicht.

„Um dich um meine Frau zu bitten!“ ... Sein Herz schlug heftig. „Es ist Zeit, daß du ....“

Der Garibaldiner gebot ihm mit ausgestreckter Hand Schweigen. „Es stand bei dir, das zu beurteilen.“

Er stand langsam auf. Sein Bart, seit Teresas Tod nicht geschoren, wallte dicht und schneeweiß über seine mächtige Brust. Er wandte den Kopf nach der Türe und rief mit lauter Stimme:

„Linda!“

Die Antwort kam hell und deutlich aus dem Hause; und Nostromo, der bestürzte Nostromo, stand gleichfalls auf, schwieg aber und sah nach der Türe. Er fürchtete sich. Er fürchtete sich nicht, weil man ihm das Mädchen versagte, das er liebte – keine einfache Absage konnte sich zwischen ihn und eine Frau stellen, die er begehrte –, aber das Strahlengespenst des Schatzes erhob sich vor ihm und gemahnte ihn an seine Lehenspflicht, in einem Schweigen, dem nicht zu widersprechen war. Er fürchtete sich, weil er, weder tot noch lebendig, wie die Gringos auf Azuera, mit Leib und Seele seiner verbrecherischen Kühnheit verfallen war. Er fürchtete sich, man könnte ihm die Insel verbieten. Er fürchtete sich – und sagte nichts.

Als sie die zwei Männer nebeneinander stehen sah, hielt Linda in der Türe an. Nichts konnte die leidenschaftliche Blässe ihres Gesichts verändern. Aber ihre schwarzen Augen schienen alles Licht der niedergehenden Sonne glühend in ihren dunklen Tiefen zu sammeln und mit einem Senken der Lider zu bedecken.

„Sieh hier deinen Gatten, Herrn und Wohltäter.“ Die Stimme des alten Viola dröhnte so gewaltig, daß sie den ganzen Golf zu erfüllen schien.

Linda trat mit fast geschlossenen Augen vor, wie eine Schlafwandlerin in einem seligen Traum.

Nostromo machte eine übermenschliche Anstrengung. „Es ist Zeit, Linda, daß wir uns verloben“, sagte er ruhig, in seinem gleichgültigen, nachlässigen Ton.

Sie legte ihre Hand in seine dargebotene Rechte und senkte den Kopf mit dem erzschimmernden Haar, auf das sich kurz ihres Vaters Hand legte.

„Und so ist die Seele der Toten befriedigt."

Das hatte Giorgio Viola gesagt, und er sprach eine Zeitlang weiter von seiner toten Frau; unterdessen saßen die beiden nebeneinander, ohne sich anzusehen. Dann verstummte der alte Mann; und Linda begann zu sprechen, ohne sich zu rühren:

„Seitdem ich begriffen hatte, daß ich in der Welt lebe, habe ich nur für dich allein gelebt, Giambattista. Und das wußtest du! Du wußtest es ... Battistino."

Sie sprach den Namen genau im Tonfall ihrer Mutter aus. Nostromo fühlte, wie ihm ein Grabeshauch ins Herz drang.

„Ja. Ich wußte es", sagte er.

Der heldenhafte Garibaldiner saß auf der gleichen Bank mit ihnen und beugte sein silbriges Haupt. Seine alte Seele weilte bei seinen Erinnerungen, zärtlich und heftig, furchtbar und traurig, einsam auf der menschenreichen Erde.

Und Linda, seine heißgeliebte Tochter, sagte: „Ich habe dir gehört, seit ich denken kann. Ich brauchte nur an dich zu denken, und die Erde wurde leer vor meinen Augen. Wenn du da warst, konnte ich niemand sonst sehen. Ich war dein. Nichts hat sich geändert. Die Welt gehört dir, und du läßt mich darin leben" ... Sie dämpfte ihre leise, zitternde Stimme noch mehr und fand noch anderes zu sagen – quälend für den Mann an ihrer Seite. Ihr heiseres, schnelles Murmeln dauerte an. Sie schien ihre Schwester nicht zu sehen, die mit einem Altartuch, an dem sie stickte, in der Hand herauskam und an ihnen vorüberging – still, frisch, blond, mit einem raschen Blick und leisen Lächeln, um sich etwas entfernt an Nostromos andere Seite zu setzen.

Der Abend war still. Die Sonne schien an der Grenze des purpurnen Ozeans zu versinken; und der weiße Leuchtturm hob sich hell gegen den Hintergrund der Wolken ab, die in der Mündung des Golfs lagerten, und schickte sein rotes Licht hinaus – wie die Glut eines am Himmelsbrand entflammten Kohlenfeuers. Giselle, scheinbar unbeteiligt, hob von Zeit zu Zeit das Altartuch an den Mund, um ein nervöses Gähnen zu verstecken, wie das eines jungen Panthers.

Plötzlich stürzte sich Linda auf ihre Schwester, faßte ihren Kopf und bedeckte ihr Gesicht mit Küssen. Nostromos Hirn kochte. Endlich ließ Linda die Schwester los; Giselle saß wie betäubt von den heftigen Liebkosungen, mit den Händen im Schoß. Und der Sklave des Schatzes hatte das Gefühl, als könnte er das Weib erschießen. Der alte Giorgio erhob sein Löwenhaupt. „Wohin gehst du, Linda?"

„Zu den Lampen, padre mio."

„Si, si, zu deiner Pflicht."

Er stand gleichfalls auf und sah seiner ältesten Tochter nach; dann sagte er – und der festliche Klang der Worte schien ein Echo aus der Nacht aller Zeiten:

„Ich will etwas kochen gehen. Aha! Sohn! Der alte Mann wird auch noch eine Flasche Wein zu finden wissen."

Er wandte sich mit ruhiger Zärtlichkeit an Giselle:

„Und du, Kleine, bete nicht zu dem Gott der Priester und Sklaven, aber zu dem Gott der Waisen, der Bedrückten, der Armen, der kleinen Kinder, daß er dir einen Mann wie diesen zum Gatten gebe."

Seine Hand legte sich einen Augenblick lang schwer auf Nostromos Schulter; dann ging er ins Haus. Der ewige Sklave des San Tomé-Silbers fühlte, wie ihm bei diesen Worten die Giftzähne der Eifersucht tief ins Herz bissen. Er war bestürzt durch die Neuheit des Erlebnisses, durch seine Kraft und körperliche Eindringlichkeit. Ein Gatte! Ein Gatte für sie! Und doch war es natürlich, daß Giselle jetzt oder später einen Gatten haben mußte. Das hatte er sich nie zuvor klargemacht. Bei dem Gedanken, daß ihre Schönheit einmal einem anderen gehören könnte, hatte er das Gefühl, als könnte er auch diese Tochter des alten Giorgio töten. Er murmelte finster:

„Man sagt, du liebst Ramirez."

Sie schüttelte den Kopf, ohne ihn anzusehen. Ein kupfriges Leuchten überlief ihr reiches, blondes Haar. Ihre glatte Stirn hatte den reinen, weichen Glanz einer unschätzbaren Perle im Dämmerlicht, in dem sich das Dunkel des bestirnten Raumes, das Purpurrot der See und das Scharlachrot des Himmels in erhabener Ruhe mengten.

„Nein", sagte sie langsam. „Ich habe ihn nie geliebt. Ich glaube, daß ich niemals .... Er liebt mich – vielleicht."

Ihre verführerische, leise Stimme verklang in der Luft, und ihre erhobenen Augen blieben ins Leere gerichtet, scheinbar gleichgültig und gedankenlos.

„Hat Ramirez dir gesagt, daß er dich liebt?" fragte Nostromo und versuchte, sich zu beherrschen.

„Ach! Einmal – eines Abends ...."

„Der Elende .... Ha!"

Er sprang auf, wie von einer Bremse gestochen, und stand vor ihr, stumm vor Wut.

„Misericordia Divina! Auch du, Giambattista! Oh, ich armes Mädchen", jammerte sie. „Ich habe es Linda gesagt, und sie hat gescholten. Soll ich blind, taub und stumm leben in dieser Welt? Und sie hat es Vater gesagt, der sein Gewehr vom Nagel genommen und geputzt hat. Armer Ramirez! Nun bist du gekommen, und sie hat es dir gesagt!"

Er sah sie an. Er bohrte seine Augen in die Höhlung am Ansatz ihres weißen Halses, der so unwiderstehlich bezaubernd wirkte wie alles, was jung, zart und lebensprühend ist. War dies das Kind, das er gekannt hatte? War es möglich? Es dämmerte ihm auf, daß er während dieser letzten Jahre wirklich recht wenig von ihr gesehen hatte – gar nichts im Grunde. Nichts. Sie war wie ein unbekanntes Etwas in die Welt getreten. Sie hatte ihn überrumpelt. Sie war eine Gefahr. Eine furchtbare Gefahr. Die unwillkürliche, wütende Entschlußkraft, die ihn während der Gefahren nie zuvor im Stich gelassen hatte, gesellte sich nun zu der Heftigkeit seiner Leidenschaft. Giselle fuhr fort, mit einer Stimme, die ihn an rieselndes Wasser gemahnte, an das Läuten eines silbernen Glöckchens.

„Und ihr drei habt mich im Einverständnis hierhergebracht, in diese Gefangenschaft zwischen Himmel und Wasser. Nichts sonst. Himmel und Wasser. Oh, Santissima

Madre! Mein Haar wird grau werden auf dieser schrecklichen Insel! Ich könnte dich hassen, Giambattista!"

Er lachte laut auf. Ihre Stimme umfing ihn wie eine Liebkosung. Sie beklagte ihr Geschick und strömte dabei Verführung aus, unbewußt, so, wie eine Blume ihren Duft durch die Abendkühle schickt. War es ihre Schuld, daß nie jemand Linda bewundert hatte? Sie erinnerte sich, daß, als sie noch klein waren und mit der Mutter zur Messe gingen, nie jemand Linda beachtet hatte, die furchtlos war, und daß alle lieber sie, die Schüchterne, mit Aufmerksamkeiten erschreckt hatten. Es mußte wohl an ihrem goldenen Haar liegen, meinte sie.

Er brach los:

„Dein Haar wie Gold, deine Augen wie Veilchen und deine Lippen wie die Rosen; deine runden Arme, dein weißer Hals ...."

Unbeirrbar in ihrer gleichgültigen Haltung, errötete sie doch bis zu den Haarwurzeln. Sie war nicht eitel. Sie war sich ihrer selbst nicht mehr bewußt als eine Blume. Aber sie war erfreut. Und vielleicht haben es ja auch die Blumen gerne, gelobt zu werden. Er sah auf sie hinunter und fügte ungestüm hinzu:

„Deine kleinen Füße!"

An die rauhe Steinwand des Hauses gelehnt, schien sie sich sehnsüchtig zu sonnen in der Glut ihres Errötens. Nur die gesenkten Blicke richteten sich auf ihre kleinen Füße.

„Und nun wirst du schließlich doch unsere Linda heiraten. Sie ist furchtbar. Oh! Nun wird sie vielleicht manches besser verstehen, seit du ihr gesagt hast, daß du sie liebst. Sie wird nicht so unerbittlich sein."

„Chica!" sagte Nostromo. „Ich habe ihr gar nichts gesagt."

„Dann beeile dich. Komm morgen. Komm und sag es ihr, damit ich ein wenig Ruhe habe vor ihrem Schelten und – vielleicht – wer weiß ...."

„Ramirez erhören darfst, wie? Ist es das? Du ...."

„Barmherziger Gott! Wie heftig du bist, Giovanni", sagte sie unbewegt. „Wer ist Ramirez ... Ramirez .... Wer ist das?" wiederholte sie verträumt, in der düsteren Dämmerung des umwölkten Golfs. Im Westen lag ein dunkelroter Streifen, wie eine glühende Eisenbarre vor einer höhlenartig finstern Welt, in der der prachtliebende Capataz der Cargadores seine Eroberungen an Liebe und Reichtum verborgen hatte.

„Höre, Giselle", sagte er gemessen. „Ich werde zu deiner Schwester kein Wort von Liebe reden. Willst du wissen, warum?"

„O weh! Ich könnte es vielleicht nicht verstehen, Giovanni. Vater sagt, du seist nicht wie andere Männer; nie habe dich jemand recht verstanden. Und die Reichen würden noch einmal überrascht sein .... Oh! Heilige im Himmel, ich bin müde."

Sie hob ihre Stickerei, um die untere Hälfte ihres Gesichts zu verbergen, und ließ sie dann wieder sinken. Das Licht war gegen das Land zu abgeblendet, doch sahen sie aus der dunklen Säule des Turms das strahlende Bündel, von Linda geschürt, weit hinauswandern und sich in der letzten Glut des erlöschenden Horizonts verlieren.

Giselle Viola lehnte mit halbgeschlossenen Augen den Kopf gegen die Hauswand, hielt die kleinen Füße in weißen Strümpfen und schwarzen Pantoffeln übereinandergeschlagen und schien sich, ruhig und gefaßt, dem andrängenden Dämmern zu ergeben. Die Anmut ihres Körpers, ihre geheimnisvolle, vielversprechende Gleichgültigkeit teilten sich der Nacht des Stillen Golfs mit, wie ein betäubender Duft. Der unbestechliche Nostromo nahm in tiefen Atemzügen ihren verführerischen Liebreiz auf. Vor dem Verlassen des Hafens hatte er die Landkleidung des Kapitäns Fidanza abgelegt, um beim Hinausrudern zu der Insel weniger behindert zu sein. Nun stand er vor ihr, im gewürfelten Hemd mit roter Schärpe, wie er sie seinerzeit auf dem Kai getragen hatte – ein mittelländischer Matrose, der an Land gekommen war, um in Costaguana sein Glück zu versuchen. Das dunkle Rot der Dämmerung umhüllte auch ihn – weich, tief, eng, wie es kaum fünfzig Meter von diesem Fleck sich Abend um Abend um Don Martin Decouds Zweifelsucht gesammelt hatte, um sie schließlich aus leidenschaftlicher Sehnsucht zu einem Tod in Einsamkeit zu leiten.

„Du sollst es hören", begann Nostromo endlich, völlig beherrscht. „Ich werde kein Wort von Liebe zu deiner Schwester reden, mit der ich von heute abend an verlobt bin – weil du es bist, die ich liebe. Du bist es!" ...

Das Dämmerlicht zeigte ihm noch, wie unwillkürlich ein zärtliches, wollüstiges Lächeln auf ihre Lippen kam, die für Liebe und Küsse geformt schienen und sich alsbald in bleichem Entsetzen verzerrten. Er konnte sich nicht länger zurückhalten. Während sie seiner Annäherung auswich, streckten sich ihre Arme ihm entgegen, königlich ungehemmt, in hingebendem Schenken. Er nahm ihren Kopf in beide Hände und bedeckte das emporgewandte Gesicht, das in purpurnem Widerschein leuchtete, mit schnellen Küssen. Zärtlich und wissend nahm er behutsam sein Eigentum in Besitz und merkte, daß sie weinte. Da fand der unvergleichliche Capataz, der Held so vieler gleichgültiger Liebschaften, linde Zartheit, wie eine Frau vor einem unbekümmerten Kind. Er flüsterte ihr liebreich zu. Er setzte sich neben sie und zog ihren blonden Kopf an seine Brust. Er nannte sie seinen Stern und seine kleine Blume.

Es war dunkel geworden. Aus dem Wohnraum des Wärterhauses, wo Giorgio, einer der unsterblichen Tausend, sein heldenhaftes Löwenhaupt über ein Kohlenfeuer beugte, drangen das Brutzeln von Fett und der Duft einer künstlerischen Frittura.

In dem Aufruhr der Gefühle, die wie ein Wirbelsturm losgebrochen waren, behielt sie in ihrem Frauenkopf noch einen Rest von Besinnung. Der Mann war in der stillen Glut ihrer Umarmung für die Welt verloren. Doch sie flüsterte ihm ins Ohr:

„Barmherziger Gott! Was wird nun aus mir werden – hier – zwischen diesem Himmel und diesem Wasser, die ich hasse? Linda, Linda – ich sehe sie! ..." Sie versuchte, sich aus seinen Armen zu befreien, deren Griff sich bei der Nennung dieses Namens plötzlich lockerte. Aber niemand näherte sich ihren dunklen Gestalten, die sich vor dem lichten Hintergrund der Hausmauer umschlungen hielten. „Linda! Arme Linda! Ich zittere! Ich werde sterben, aus Angst vor meiner armen Schwester Linda, die sich heute mit Giovanni verlobt hat – meinem Liebsten! Giovanni, du mußt wahnsinnig gewesen sein. Ich kann dich nicht verstehen; du bist nicht wie andere Männer! Ich werde dich niemand lassen – niemand – nur Gott selbst! Aber warum hast du das getan, so blind, verrückt, grausam, schrecklich?“

Sobald sie sich frei fühlte, beugte sie den Kopf und ließ die Hände sinken. Das Altartuch lag, wie von einem Windstoß verweht, weit weg von ihnen und leuchtete auf dem schwarzen Boden.

„Aus Angst, alle Hoffnung auf dich zu verlieren“, sagte Nostromo.

„Du wußtest, daß meine Seele dir gehörte! Du weißt alles! Sie war für dich geschaffen. Wer konnte sich zwischen dich und mich stellen? Was? Sage es mir!“ wiederholte sie ohne Ungeduld, herrlich selbstsicher.

„Deine tote Mutter“, sagte er leise.

„Oh! .... Die arme Mutter, sie hat immer .... Sie ist nun eine Heilige im Himmel, und ich kann dich ihr nicht lassen. Nein, Giovanni! Nur Gott allein. Du warst wahnsinnig – aber es ist nun geschehen. Oh! Was hast du getan? Giovanni, mein Liebster, mein Leben, mein Herr, laß mich nicht hier in diesem Wolkengrab. Du kannst mich nun nicht verlassen! Du mußt mich fortnehmen – gleich – in diesem Augenblick – in dem kleinen Boot! Giovanni, nimm mich heute nacht mit, rette mich vor der Angst vor Lindas Augen, bevor ich sie wiedersehen muß!“

Sie schmiegte sich eng an ihn. Der Sklave des San Tomé-Silbers fühlte ein Gewicht wie von Ketten an seinen Gliedern, einen Druck wie von einer eisigen Hand auf seinen Lippen. Er wehrte sich gegen den Spuk.

„Ich kann nicht“, sagte er. „Noch nicht. Es steht noch etwas zwischen uns und der freien Welt.“

Sie drängte sich enger an ihn, in einem kindlich unbewußten Versuch zur Verführung.

„Du redest irr, Giovanni – mein Liebster!“ flüsterte sie lockend. „Was kann es sein? Nimm mich mit fort – in deinen Händen – zu Doña Emilia – fort von hier. Ich bin nicht sehr schwer.“

Es schien, als erwartete sie, daß er sie sofort auf beiden Händen hochheben würde. Sie hatte den Blick für jede Unmöglichkeit verloren. Alles konnte geschehen in dieser Nacht der Wunder. Als er sich nicht regte, schrie sie fast:

„Ich sage dir, daß ich mich vor Linda fürchte!“ Und immer noch regte er sich nicht. Sie wurde ruhig und listig. „Was kann es sein?“ schmeichelte sie.

Er fühlte sie in seinem Arm, warm, atmend, lebendig, zitternd. Im frohlockenden Bewußtsein seiner Kraft und im Übermaß seiner jubelnden Erregung nahm er einen Anlauf zur Befreiung:

„Ein Schatz!“ sagte er. Alles blieb still. Sie verstand ihn nicht. „Ein Schatz. Ein Silberschatz, um ein goldenes Diadem für deine Stirne zu kaufen.“

„Ein Schatz“, wiederholte sie leise, als spräche sie aus tiefem Traum. „Was sagst du da?“

Sie machte sich zärtlich los. Er stand auf, sah auf sie hinunter und umfaßte in diesem Blick ihr Gesicht, ihr Haar, ihre Lippen, die Grübchen in den Wangen; der ganze Zauber ihrer Persönlichkeit stand ihm in der dunklen Nacht des Golfs so klar vor Augen wie am hellen Mittag. Ihre nachlässige, verführerische Stimme zitterte vor staunender Ehrfurcht und unbezähmbarer Neugierde.

„Ein Silberschatz!“ stammelte sie und fuhr dann schnell fort: „Was? Wo? Wie kamst du dazu, Giovanni?“

Noch einmal kämpfte er gegen den Zauberbann seines Sklaventums. Es war wie ein Heldenstreich, als er nun die Worte hervorstieß:

„Wie ein Dieb!“

Die tiefste Schwärze des Stillen Golfs schien sich auf sein Haupt niederzusenken. Er konnte das Mädchen nicht mehr sehen. Sie war wie in einen Abgrund des Schweigens versunken, aus dem nun nach einer Weile ihre Stimme wiederkehrte, zugleich mit dem leisen Schimmer ihres Gesichts.

„Ich liebe dich! Ich liebe dich!“

Diese Worte gaben ihm ein ungewohntes Gefühl von Freiheit; sie schlugen ihn stärker noch in Bann als der Schatz mit seinem verruchten Zauber; sie verwandelten seine müde Unterwerfung unter das tote Ding in ein überquellendes Kraftbewußtsein. Er wollte ihr, so sagte er, ein Leben bereiten, noch glänzender als das der Doña Emilia. Die Reichen lebten von den Schätzen, die sie dem Volk raubten; er aber habe den Reichen nichts genommen – nichts, was ihnen nicht durch ihre Torheit und ihren Verrat ohnedies schon verloren gewesen wäre. Denn er sei verraten worden, sagte er – verraten und versucht. Sie glaubte ihm... Er habe den Schatz in der Absicht aufbewahrt, daß er zur Rache dienen sollte; nun aber liege ihm nichts weiter daran. Er denke nur an sie. Er wolle ihre Schönheit in einen Palast versetzen, auf einem Hügel zwischen Olivenbäumen – einen weißen Palast über einer blauen See. Dort wolle er sie hüten wie ein Juwel in einem Schrein. Er wolle Land für sie kaufen – ihr eigenes Land, fruchtbar an Wein und Korn – und ihre kleinen Füße sollten darauf treten. Er küßte sie... Er hatte schon für all das gezahlt mit der Seele einer Frau und dem Leben eines Mannes... Der Capataz der Cargadores genoß den höchsten Rausch seiner Freigebigkeit. Er warf den Schatz, dessen Herr er gewesen war, großartig vor ihre Füße in der undurchdringlichen Finsternis des Golfs, einer Finsternis, die, wie die Menschen sagten, Gottes Weisheit wie die List des Teufels zuschanden machte. Nur das eine verlangte er: sie müsse ihn vorher langsam reich werden lassen.

Sie hörte wie im Traume zu. Ihre Finger wühlten in seinem Haar. Er erhob sich von den Knien, taumelnd, schwach, leer, als hätte er seine Seele fortgegeben.

„Dann beeile dich aber“, sagte sie. „Beeile dich, Giovanni, mein Liebster, mein Herr, denn ich will dich niemand lassen außer Gott. Und ich fürchte mich vor Linda.“

Er erriet ihr Schaudern und schwur, er wolle sein Bestes tun. Er vertraue dem Mut ihrer Liebe. Sie versprach, tapfer zu sein, damit er sie immer lieben könne – weit weg in einem weißen Palast, auf einem Hügel über der blauen See. Dann flüsterte sie eindringlich, mit schüchternem Locken:

„Wo ist der Schatz? Wo? Sag' mir das, Giovanni!"

Er öffnete den Mund und stand schweigend da, wie vom Donner gerührt.

„Nicht das! Nicht das!" keuchte er endlich hervor, atemlos bestürzt darüber, daß der Bann des Schweigens, der ihn gegen so viele Menschen stumm gemacht hatte, sich nun mit unverminderter Kraft wieder auf seine Lippen legte. Auch ihr, auch ihr nicht durfte er vertrauen. Es war zu gefährlich. „Ich verbiete dir, zu fragen", fuhr er sie an und versuchte dabei nach Möglichkeit, den Zorn in seiner Stimme zu dämpfen.

Er hatte seine Freiheit nicht wiedergewonnen. Das Gespenst des verbotenen Schatzes erhob sich neben dem Mädchen wie eine Gestalt aus Silber, erbarmungslos und verschlossen, einen Finger über die bleichen Lippen gelegt. Seine Seele starb in ihm, als er sich selbst sah, wie er die Schlucht entlang kroch, den Geruch von Erde, von feuchtem Blattwerk in der Nase – wie er hineinkroch, zu einem Vorhaben entschlossen, das ihm das Herz abdrückte, und wieder herauskroch, mit Silber beladen, gespannt auf jedes Geräusch horchend. Es mußte noch in dieser selben Nacht getan werden – dieses elende Sklavenwerk!

Er beugte sich tief, drückte den Saum ihres Kleides an die Lippen und flüsterte dabei befehlend:

„Sag' ihm, daß ich nicht bleiben wollte." Damit war er plötzlich verschwunden, schweigend, ohne daß in der dunklen Nacht auch nur ein Schritt zu hören gewesen wäre.

Sie saß still da, das Haupt nachlässig gegen die Wand gelehnt und die kleinen Füße in weißen Strümpfen und schwarzen Pantoffeln übereinandergeschlagen. Der alte Giorgio schien, als er herauskam, von der Botschaft nicht so sehr überrascht, wie sie es wohl gefürchtet hatte. Denn sie war nun voll unerklärlicher Angst – Angst vor allem und jedem, außer vor ihrem Giovanni und seinem Schatz. Doch das war unglaublich.

Der heldenhafte Garibaldiner nahm Nostromos plötzlichen Weggang mit weiser Nachsicht auf. Er gedachte seiner eigenen Gefühle und durchschaute mit männlichem Scharfblick die wahre Sachlage.

„Va bene. Laß ihn gehen. Haha! Wenn auch die Frau noch so schön ist, es brennt immer ein wenig. Freiheit, Freiheit. Es gibt mehr als eine Art. Er hat das große Wort ausgesprochen, und der Sohn Giambattista ist nicht zahm." Er schien die unbewegliche, erschreckte Giselle unterweisen zu wollen: „Ein Mann soll nicht zahm sein", orakelte er von der Türe aus weiter. Ihr regloses Schweigen schien ihm zu mißfallen. „Gib nicht dem Neide nach um der Schwester Los!" ermahnte er sie, sehr ernst, mit seiner tiefen Stimme.

Gleich darauf mußte er nochmals in die Türe treten, um seine jüngste Tochter ins Haus zu rufen. Es war spät. Er rief sie dreimal beim Namen, bevor sie auch nur den Kopf wandte. Allein gelassen, war sie in hilfloses Staunen verfallen. Sie ging wie im Tiefschlaf in das Zimmer, das sie mit Linda teilte. Der Eindruck war so zwingend, daß sogar der alte Giorgio seine bebrillten Augen von der Bibel erhob und den Kopf schüttelte, als sie die Türe hinter sich schloß.

Sie durchquerte das Zimmer, ohne nach rechts oder links zu sehen, und setzte sich zum offenen Fenster. Linda, die sich in ihrem jubelnden Glück vom Turm heruntergestohlen hatte, fand die Schwester, wie sie, eine brennende Kerze hinter sich, in die schwarze Nacht hinaussah – eine richtige Nacht im Golf, mit pfeifenden Windstößen und dem Lärm ferner Regenschauer, zu finster für Gottes Weisheit wie für des Teufels List. Giselle wandte beim öffnen der Türe den Kopf nicht.

In dieser Unbeweglichkeit lag etwas, das Linda in den Tiefen ihres Paradieses erreichte. Die ältere Schwester riet ärgerlich: das Kind denkt an den verwünschten Ramirez. Linda sehnte sich nach einem Gespräch. So sagte sie mit ihrer herrischen Stimme: „Giselle!" und erhielt nicht die kleinste Bewegung zur Antwort.

Das Mädchen, das in einem Palast leben und den eigenen Boden treten sollte, war daran, vor Entsetzen zu sterben. Um keinen Preis der Welt hätte sie den Kopf gewandt, um ihrer Schwester ins Gesicht zu sehen. Ihr Herz jagte wild. Sie warf hastig hin:

„Sprich nicht zu mir. Ich bete."

Die enttäuschte Linda ging leise hinaus. Und Giselle saß ungläubig da, verloren, betäubt, geduldig, als wartete sie auf die Bestätigung des Unglaublichen. Auch die hoffnungslose Finsternis der Wolken schien zu einem Traum zu gehören. Sie wartete.

Sie wartete nicht vergebens. Der Mann, dessen Seele erstorben war, hatte, als er mit Silber beladen aus der Schlucht herauskroch, das erleuchtete Fenster bemerkt und sich nicht enthalten können, nochmals zurückzugehen.

Gegen diesen undurchdringlichen Hintergrund, der die Umrisse des Hochgebirges an der Küste auslöschte, sah sie, wie durch ein Wunder, den Sklaven des San Tomé-Silbers. Sie nahm seine Rückkehr hin, als könnte von nun an die Welt in alle Ewigkeit keine Überraschung mehr für sie bergen.

Sie erhob sich, starr gespannt, und begann zu sprechen, lange bevor das Licht aus dem Zimmer auf das Gesicht des näherkommenden Mannes fiel.

„Du bist zurückgekommen, um mich mitzunehmen. Das ist gut! Öffne deine Arme, Giovanni, mein Liebster. Ich komme."

Sein leiser Schritt hielt an, und mit wildglitzernden Augen sagte er heiser:

„Noch nicht. Ich muß langsam reich werden ...." Ein drohender Unterton schlich sich in seine Stimme. „Vergiß nicht, daß du einen Dieb zum Liebsten hast."

„Ja. Ja!" flüsterte sie hastig. „Komm näher! Höre! Verlaß mich nicht, Giovanni! Niemals, niemals! Ich will geduldig sein! ..."

Ihre Gestalt beugte sich tröstend über die niedrige Brüstung dem Sklaven des verwunschenen Schatzes zu. Das Licht im Zimmer erlosch, und, mit Silber beladen, umschlang der prachtliebende Capataz in der Dunkelheit des Golfs ihren weißen Hals, wie ein Ertrinkender sich an einen Strohhalm klammert.

XIII

An dem Tage, an dem Frau Gould, nach Doktor Monyghams Worten, „eine Tertulia gab“, stieg Kapitän Fidanza im Hafen von Sulaco die Fallreeptreppe seines Schoners hinunter; er schien ruhig und entschlossen, setzte sich bedächtig in seinem Gig zurecht und nahm die Ruder auf. Er war später daran als gewöhnlich. Der Nachmittag war weit vorgeschritten, bevor er am Strand der Großen Isabelle anlegte und den Abhang hinanzusteigen begann.

Von weitem schon konnte er Giselle sehen, die ihren Stuhl an die Hauswand gerückt hatte, unter dem Fenster des Mädchenzimmers. Sie hatte ihre Stickerei in den Händen und hielt sie sich nahe an die Augen. Der Mann, der den Gedanken an den ewigen Kampf und Streit nicht loswerden konnte, empfand die Ruhe dieser Mädchengestalt als aufreizend. Er wurde ärgerlich. Es schien ihm, als hätte sie das Klirren seiner Fesseln von weitem hören müssen. Und an Land hatte er an ebendiesem Tage den Doktor Monygham mit dem bösen Blick getroffen, und der hatte ihn scharf angesehen.

Ihr Augenaufschlag besänftigte ihn. Diese Augen mit ihrer blumenhaften Frische leuchteten ihm bis ins Herz. Dann runzelte sie die Stirn. Es war eine Warnung zur Vorsicht. Er blieb in einiger Entfernung stehen und sagte laut und gleichgültig:

„Guten Tag, Giselle. Ist Linda schon auf?“

„Ja. Sie ist mit dem Vater im Wohnzimmer.“

Er kam nahe heran, sah durch das Fenster ins Schlafzimmer, aus Angst, Linda könnte aus irgendeinem Grunde dahin zurückkehren und ihn entdecken, und fragte, kaum die Lippen bewegend:

„Du liebst mich?“

„Mehr als mein Leben.“ Sie blieb unter seinem forschenden Blick über ihre Stickerei gebeugt und sprach weiter: „Oder ich könnte nicht leben. Ich könnte es nicht, Giovanni! Denn dieses Leben ist wie der Tod. Oh, Giovanni, ich werde zugrunde gehen, wenn du mich nicht fortnimmst!“

Er lächelte unbekümmert. „Ich will zum Fenster kommen, wenn es dunkel ist“, sagte er.

„Nein, tue es nicht, Giovanni. Nicht heute abend. Linda und Vater haben heute lange zusammen gesprochen.“

„Worüber?“

„Ramirez hörte ich nennen, glaube ich. Ich weiß es nicht. Ich fürchte mich. Ich fürchte mich immer. Es ist, als stürbe ich tausendmal im Tag. Deine Liebe ist für mich, was dir dein Schatz ist. Sie ist da, aber ich kann nie genug davon bekommen.“

Er sah sie ganz still an. Sie war wunderschön. Die Sehnsucht in ihm war gewachsen. Nun hatte er zwei Herren. Doch sie war einer anhaltenden Erregung unfähig. Sie meinte ihre Worte ehrlich, bei Nacht aber schlief sie gut. Wenn sie ihn sah, flammte sie immer auf – dann ließ nur eine vertiefte Schweigsamkeit den Wechsel in ihr erkennen. Sie fürchtete, sich zu verraten. Sie fürchtete Schmerzen, Mißhandlung, böse Worte, fürchtete Zornausbrüche und Gewalttätigkeiten. Denn ihre Seele war fein und zart bei aller heidnischen Offenheit in ihren Trieben. Sie murmelte:

„Verzichte auf den Palazzo, Giovanni, und auf den Weingarten in den Hügeln, für die wir unsere Liebe Hunger leiden lassen."

Sie brach ab, da sie Linda schweigend an der Hausecke stehen sah.

Nostromo wandte sich seiner Braut mit einem Gruß zu und war peinlich überrascht über ihre eingesunkenen Augen, die eingefallenen Wangen und die Spuren von Krankheit und Kummer in ihrem Gesicht.

„Bist du krank gewesen?" fragte er und versuchte Besorgnis in seinen Ton zu legen.

Ihre schwarzen Augen blitzten ihn an. „Bin ich mager geworden?" fragte sie,

„Ja – vielleicht – ein wenig."

„Und älter?"

„Jeder Tag zählt – für uns alle."

„Ich werde grau werden, fürchte ich, bevor der Ring an meinem Finger ist", sagte sie langsam und hielt ihren Blick fest auf ihn gerichtet.

Sie wartete auf seine Antwort und strich ihre aufgerollten Ärmel herunter.

„Keine Angst deswegen!" meinte er zerstreut.

Sie wandte sich, als wäre es ein Abschluß gewesen, und beschäftigte sich mit Hausarbeiten, während Nostromo mit ihrem Vater sprach. Die Unterhaltung mit dem alten Garibaldiner war nicht leicht. Das Alter hatte seine Fähigkeiten unbeeinträchtigt gelassen, nur schienen sie sich tief in sein Innerstes zurückgezogen zu haben. Seine Antworten brauchten lange – und kamen dann mit erhabenem Ernst. An diesem Tage aber schien er etwas rascher und angeregter, als wäre mehr Leben in dem alten Löwen. Er war um die Makellosigkeit seiner Ehre besorgt. Er glaubte Sidonis Warnungen, daß Ramirez Absichten auf seine jüngere Tochter habe, und er traute ihr nicht. Sie war leichtfertig. Von diesen Sorgen sagte er dem „Sohn Giambattista" nichts. Es war eine greisenhafte Eitelkeit. Er wünschte zu beweisen, daß er noch gut imstande war, allein die Ehre seines Hauses zu wahren.

Nostromo verabschiedete sich früh. Sobald er gegen den Strand zu verschwunden war, trat Linda über die Schwelle und setzte sich mit einem verstörten Lächeln neben ihren Vater.

Schon seit jenem Sonntag, an dem der verliebte und verzweifelte Ramirez sie auf dem Kai abgepaßt hatte, waren ihr keinerlei Zweifel mehr geblieben. Das eifersüchtige Toben des Mannes hatte ihr nichts enthüllt. Es hatte ihr nur mit aller Schärfe, als würde ihr ein Nagel durch das Herz getrieben, das Gefühl von Unwirklichkeit und Enttäuschung bestätigt, das sie, statt Glück und Sicherheit, im Verkehr mit ihrem Bräutigam vorher schon empfunden hatte. Sie hatte Ramirez mit Zorn und Verachtung überschüttet und war weitergegangen; am gleichen Sonntag aber war sie fast gestorben vor Kummer und

Scham, hingeworfen über den schönen Grabstein mit der gemeißelten Inschrift auf Teresas Grab; für diesen Grabstein hatten die Maschinenführer und Bahnarbeiter gesammelt, zum Zeichen ihrer Hochachtung vor dem Helden des einigen Italiens. Der alte Viola hatte seinen Wunsch, seine Frau in der See zu bestatten, nicht verwirklichen können; und Linda weinte über dem Stein.

Der unverdiente Schimpf brachte sie zur Verzweiflung. Wollte er ihr Herz brechen – schön und gut. Giambattista war alles erlaubt. Wozu aber auf den Stücken herumtrampeln – wozu ihre Seele so tief demütigen? Ah! Die konnte er nicht brechen. Sie trocknete ihre Tränen. Und Giselle! Giselle! Die Kleine, die, seitdem sie laufen konnte, immer schutzsuchend an ihren Schürzenbändern gehangen hatte! Wie falsch! Aber sie konnte wohl auch nicht anders. Wenn ein Mann ins Spiel kam, dann wußte sich das arme leichtfertige Ding nicht zu helfen.

Linda hatte ziemlich viel von dem Stoizismus der Violas. Sie beschloß, nichts zu sagen. Nach Frauenart aber mengte sie diesem Stoizismus auch Leidenschaft bei. Giselles kurze Antworten, von ängstlicher Vorsicht eingegeben, brachten sie durch ebendiese Kürze, die Verachtung schien, zur Verzweiflung. Eines Tages warf sie sich über den Stuhl, in dem ihre gleichmütige Schwester lehnte, und drückte das Mal ihrer Zähne in den weißesten Hals von Sulaco. Giselle schrie auf. Doch auch sie hatte ihr Teil von der Heldenhaftigkeit der Violas. Insgeheim fast ohnmächtig vor Entsetzen, sagte sie doch nur träge: „Madre de Dios! Willst du mich lebendig aufessen, Linda?" Und dieser Ausbruch ging vorüber, ohne nachhaltige Spuren zu hinterlassen. „Sie weiß nichts. Sie kann nichts wissen", überlegte Giselle. – „Vielleicht ist es nicht wahr. Es kann nicht wahr sein", versuchte sich Linda einzureden.

Als sie aber Kapitän Fidanza zum erstenmal nach dem Zusammentreffen mit dem rasenden Ramirez wiedersah, da kehrte die Gewißheit ihres Unglücks wieder. Sie sah ihm von der Türe aus nach, wie er zu seinem Boot hinunterging, und fragte sich gefaßt: „Werden sie sich heute nacht treffen?" Sie beschloß, den Turm keinen Augenblick lang zu verlassen. Als Nostromo verschwunden war, kam sie heraus und setzte sich neben ihren Vater.

Der ehrwürdige Garibaldiner fühlte sich, nach seinen eigenen Worten, noch als junger Mann. Auf die eine oder die andere Weise war ihm in letzter Zeit ziemlich viel Gerede über Ramirez zu Ohren gekommen, und seine Verachtung und Abneigung gegen diesen Mann, der ganz offenbar nicht das war, was sein Sohn gewesen wäre, hatten ihm die Ruhe geraubt. Er schlief nun sehr wenig; schon seit einigen Nächten hatte er, anstatt zu lesen oder nur, mit Frau Goulds Silberbrille auf der Nase, über die Bibel gebeugt dazusitzen, eifrig die ganze Insel abgeschritten, mit seinem alten Gewehr im Arm, um über seine Ehre zu wachen.

Linda legte ihre magere, braune Hand auf seine Knie und versuchte, seine Erregung zu besänftigen. Ramirez war nicht in Sulaco. Niemand wußte, wo er war. Er war fort. Seine Redereien über seine Absichten waren sinnlos.

„Nein", unterbrach der alte Mann. „Aber Sohn Giambattista hat mir – ganz von sich aus – erzählt, daß der feige Esclavo mit den Schuften von Zapiga trinke und würfle, dort drüben auf der Nordseite des Golfs. Er kann ein paar der ärgsten Schufte dieser schuftigen Negerstadt dafür gewinnen, ihm bei einem Anschlag auf die Kleine beizustehen .... Aber ich bin nicht gar so alt. Nein!"

Sie versuchte ihm darzutun, wie unwahrscheinlich ein solcher Versuch wäre; und schließlich verfiel der alte Mann in Schweigen und kaute an seinem weißen Schnurrbart. Frauen hatten ihre eigenen Vorstellungen, die man hinnehmen mußte – seine arme Frau war so gewesen, und Linda ähnelte ihrer Mutter. Es ziemte einem Manne nicht, sich auf Gegenreden einzulassen. „Kann sein, kann sein", brummte er.

Ihr war durchaus nicht leicht zumute. Sie liebte Nostromo. Sie wandte ihre Augen Giselle zu, die etwas abseits saß; mütterliche Zärtlichkeit lag in dem Blick, zugleich mit der eifersüchtigen Wut der unterlegenen Nebenbuhlerin. Dann erhob sie sich und ging zu ihr hinüber.

„Höre – du!" sagte sie rauh.

Die unwiderstehliche Unschuld der Augen, die sich wie betaute Veilchen zu ihr erhoben, weckte in ihr Zorn und Bewunderung. Sie hatte wunderbare Augen – die Chica – das elende Ding aus weißem Fleisch und schwarzer Niedertracht. Linda war nicht ganz sicher, ob sie diese Augen unter Racheschreien ausreißen oder ihre geheimnisvolle und schamlose Unschuld mit Küssen voll Mitleid und Liebe bedecken sollte. Und plötzlich wurde der starr auf sie gerichtete Blick ganz leer; nur ein klein wenig Angst lag darin, nicht tief genug mit allen anderen Gefühlen in Giselles Herzen verborgen.

Linda sagte: „Ramirez prahlt in der Stadt, daß er dich von der Insel entführen will."

„Wie töricht!" antwortete die andere, und der lange Zwang zur Verstellung gab ihr den vermessen scherzhaften Nachsatz ein: „Er ist nicht der Mann!"

„Nein?" stieß Linda durch zusammengepreßte Zähne hervor. „Ist er's nicht? Nun, dann sieh zu, denn Vater ist nun nächtelang mit geladenem Gewehr herumgegangen."

„Das tut ihm nicht gut. Du mußt ihm sagen, daß er es nicht tun soll, Linda. Auf mich will er nicht hören."

„Ich werde nichts mehr sagen – nie mehr – zu niemand", rief Linda leidenschaftlich.

Dies durfte nicht dauern, dachte Giselle. Giovanni mußte sie bald fortnehmen – gleich das nächste Mal, wenn er kam. Sie wollte diese Qualen nicht länger ertragen, für noch soviel Silber nicht. Es machte sie krank, mit ihrer Schwester reden zu müssen. Die Nachtwachen ihres Vaters machten ihr keine Sorge. Sie hatte Nostromo gebeten, in dieser Nacht nicht an das Fenster zu kommen. Er hatte versprochen, dieses eine Mal wegzubleiben. Und sie wußte nicht, konnte es weder erraten noch sich vorstellen, daß er einen anderen Grund hatte, auf die Insel zu kommen.

Linda war geradewegs zum Turm gegangen. Es war Zeit, die Lampen anzuzünden. Sie schloß die kleine Türe auf und stieg langsam die Wendeltreppe hinan; sie trug schwer an ihrer Liebe für den prachtvollen Capataz der Cargadores, wie an einer ständig wachsenden Last schmählicher Fesseln. Nein – sie wollte sie nicht abwerfen. Nein. Mochte Gott die beiden lenken. Und sie ging in dem Raum, in dem sich das Zwielicht mit dem Mondschein mengte, still herum und zündete die Lampen an. Dann ließ sie die Arme sinken.

„Und unsere Mutter sieht auf uns nieder“, murmelte sie. „Meine eigene Schwester – die Chica!“

Die großen Scheinwerfer mit ihrem Messinggerät und den mächtigen Brennlinsen glitzerten und funkelten wie ein überkuppelter Juwelenschrein, der nicht eine Lampe barg, sondern eine heilige Flamme, hoch über der See. Und Linda, die Wärterin, ganz in Schwarz, mit blassem Gesicht, ließ sich auf einen Holzstuhl sinken, allein mit ihrer Eifersucht, hoch über der Schande und den Leidenschaften der Erde. Ein eigenartig ziehender Schmerz, als risse eine rohe Hand an ihrem dunklen Haar mit dem Erzschimmer, ließ sie die Hände an die Schläfen pressen. Sie würden sich treffen. Sie würden sich treffen. Und sie wußte auch, wo. Am Fenster. Vor Seelenqual tropfte ihr der Schweiß über die Wangen, während das Mondlicht die Mündung des Golfs wie mit einer ungeheuren Silberbarre abschloß – die dunkle Höhle voll Wolken und Stille in der seegepeitschten Küste.

Linda stand plötzlich auf, den Finger an den Lippen. Er liebte weder sie noch ihre Schwester. Das Ganze schien so nebensächlich, daß sie fast erschrak und dabei doch etwas wie Hoffnung empfand. Warum entführte er die andere nicht? Was hielt ihn ab? Er war unverständlich. Worauf warteten sie? Warum fuhren die beiden fort, zu lügen und zu betrügen? Nicht um ihrer Liebe willen. Die gab es nicht. Die Hoffnung, ihn zurückzugewinnen, brachte sie dazu, gegen ihren Vorsatz den Turm zu verlassen. Sie mußte sofort mit ihrem Vater sprechen, der so weise war und sie verstehen würde. Sie rannte die Wendeltreppe hinunter. Als sie eben unten die Türe aufmachte, hörte sie den ersten Schuß, der je auf der Großen Isabelle abgefeuert worden war.

Sie empfand einen Schlag, als hätte die Kugel sie in die Brust getroffen. Sie rannte unaufhaltsam weiter. Das Haus war dunkel. Sie rief an der Türe: „Giselle! Giselle!“, rannte dann um die Ecke und schrie den Namen ihrer Schwester zu dem offenen Fenster hinauf, ohne Antwort zu bekommen; als sie aber verzweifelt um das Haus herumlief, kam Giselle aus der Türe und stürzte schweigend an ihr vorbei, das Haar gelöst, den Blick starr geradeaus gerichtet. Sie schien wie auf Zehenspitzen über den Rasen wegzufliegen und verschwand.

Linda ging langsam weiter, mit vorgestreckten Armen. Auf der Insel war alles still; sie wußte nicht, wohin sie ging. Der Baum, unter dem Martin Decoud seine letzten Tage zugebracht und das Leben als eine Aufeinanderfolge sinnloser Bilder zu betrachten gelernt hatte, der Baum warf einen großen, tiefschwarzen Schattenfleck über das Gras. Plötzlich sah sie ihren Vater, der ruhig im Mondlicht stand, ganz allein.

Der Garibaldiner – groß, aufrecht, mit seinem schneeweißen Bart und Haar – stand in statuenhafter Unbeweglichkeit da, auf sein Gewehr gelehnt. Sie legte ihm leise die Hand auf den Arm. Er rührte sich nicht.

„Was hast du getan?“ fragte sie mit ihrer gewohnten Stimme.

„Ich habe Ramirez erschossen – *l'infame!*“ gab er zurück, die Augen auf den tiefsten Schatten geheftet. „Wie ein Dieb ist er gekommen, und wie ein Dieb ist er gefallen. Das Kind mußte beschützt werden.“

Er zeigte keine Neigung, sich auch nur um einen Zoll zu rühren oder einen Schritt vorwärts zu tun. Er stand grimmig und reglos da, wie die Statue eines alten Mannes, der die Ehre seines Hauses beschützt. Linda zog ihre zitternde Hand von seinem Arm, der fest und ruhig, wie aus Stein war, und ging ohne ein weiteres Wort in den Schatten hinein. Sie sah auf dem Boden formlose Gestalten sich rühren und blieb kurz stehen. Ein tränenersticktes, verzweifeltes Flüstern drang an ihr geschärftes Ohr:

„Ich hatte dich gebeten, heute nacht nicht zu kommen. Oh! Mein Giovanni! Und du hast es versprochen! Oh! Warum – warum bist du gekommen, Giovanni?“

Es war die Stimme ihrer Schwester. Sie brach in wildem Schluchzen ab. Und die Stimme des listenreichen Capataz der Cargadores, des Herrn und Sklaven des San Tomé-Schatzes, den der alte Giorgio unversehens dabei ertappt hatte, wie er sich über den offenen Strand in die Schlucht stehlen wollte, um noch mehr Silber zu holen – Nostromos Stimme antwortete, nachlässig und kühl, klang dabei aber erschreckend schwach vom Boden auf:

„Mir war, als hätte ich die Nacht nicht überleben können, ohne dich noch einmal gesehen zu haben – mein Stern, meine kleine Blume.“

Die glänzende Tertulia war gerade vorbei, die letzten Gäste waren aufgebrochen, und der Señor Administrador war schon auf sein Zimmer gegangen, als Doktor Monygham, der abends erwartet worden, aber nicht gekommen war, über das Holzpflaster unter den Bogenlampen der leeren Calle de la Constitucion vorfuhr und den großen Torweg der Casa Gould noch offen fand. Er hinkte hinein, die Stiegen hinauf und fand den feisten Basilio eben dabei, die Lichter in der Sala zu löschen. Dem stattlichen Majordomo blieb über diesen späten Besuch der Mund offen stehen.

„Lösch' die Lichter nicht aus“, befahl der Doktor. „Ich wünsche die Señora zu sehen!“

„Die Señora ist in der Cancillaria des Señors Administrador“, bemerkte Basilio salbungsvoll. „Der Señor Administrador bricht in einer Stunde nach der Mine auf. Wie es scheint, befürchtet man Unruhen unter den Arbeitern. Ein schamloses Volk, ohne Vernunft und Anstand. Und faul, Señor. Faul.“

„Du selbst bist unverschämt faul und dumm“, sagte der Doktor, mit der leichten Erregbarkeit, die ihn so allgemein beliebt machte. „Lösch' die Lichter nicht aus!“

Basilio zog sich mit Würde zurück. Doktor Monygham wartete in der hellerleuchteten Sala und hörte am andern Ende des Hauses eine Türe schließen. Das Klirren von Sporen erstarb. Der Señor Administrador war auf dem Wege ins Gebirge.

Mit einem leisen Rauschen ihrer langen Schleppe, blitzend von Juwelen und glänzender Seide, den feinen Kopf gebeugt, wie unter der Last des blonden Haares, in dem sich die Silberfäden verloren, kam die „erste Dame von Sulaco“, wie Kapitän Mitchell sie genannt hatte, durch den erleuchteten Korridor daher. Reich über alle

Träume von Reichtum hinaus, geachtet, geliebt, geschätzt, geehrt – und so einsam wie nur je ein menschliches Wesen auf dieser Erde.

Des Doktors „Frau Gould! Einen Augenblick!“ ließ sie an der Türe der hellerleuchteten, leeren Sala jäh haltmachen. Die Ähnlichkeit der Stimmung und der Umstände, der Anblick des Doktors, der allein zwischen den Gruppen der Möbel stand, lenkten ihre rasche Erinnerung auf das unerwartete Zusammentreffen mit Martin Decoud zurück. Sie glaubte durch die Stille die Stimme jenes Mannes zu hören, der vor so vielen Jahren elend umgekommen war; die Worte: „Antonia hat ihren Fächer hier vergessen.“ Aber es war des Doktors Stimme, die sprach, ein wenig heiser von der Erregung. Frau Gould bemerkte seine glitzernden Augen.

„Frau Gould, Sie werden gewünscht. Wissen Sie, was geschehen ist? Sie erinnern sich ja, was ich Ihnen gestern über Nostromo sagte. Nun, es zeigt sich, daß eine Lancha, ein gedecktes Boot, das mit vier Negern bemannt von Zapiga kam, hart an der Großen Isabelle vorbeifuhr und von der Klippe aus von einer Frauenstimme – Lindas Stimme übrigens – angerufen wurde, mit der Bitte, am Strand anzulegen (es ist eine Mondnacht) und einen Verwundeten in die Stadt mitzunehmen. Der Padrone (von dem ich all dies gehört habe) gehorchte natürlich sofort. Er sagte mir, daß sie, als sie zum Flachstrand der Isabelle hinüberkamen, Linda Viola schon wartend fanden. Sie folgten ihr; sie führte sie unter einen Baum, nicht weit vom Wärterhaus. Dort fanden sie Nostromo auf dem Boden liegen, den Kopf im Schoß des jüngeren Mädchens, während Vater Viola, auf sein Gewehr gelehnt, etwas abseits stand. Unter Lindas Anleitung holten sie einen Tisch aus dem Wohnhaus und machten ihn als Bahre zurecht, indem sie die Füße abbrachen. Nun sind sie in die Stadt gekommen, Frau Gould. Ich meine Nostromo und – Giselle. Die Neger brachten ihn in die Rettungsstation am Hafen. Nostromo veranlaßte den Assistenten, mich holen zu lassen. Aber nicht ich bin es, den er sehen wollte – sondern Sie, Frau Gould! Sie sind es.“

„Ich?“ flüsterte Frau Gould und wich ein wenig zurück.

„Jawohl, Sie!“ brach der Doktor los. „Er bat mich – seinen Feind, wie er meinte –, Sie sofort zu ihm zu bringen. Es scheint, daß er Ihnen etwas unter vier Augen anzuvertrauen hat.“

„Unmöglich!“ flüsterte Frau Gould.

„Er sagte mir: ›Erinnern Sie sie, daß ich etwas dazu getan habe, ihr das Dach über dem Kopf zu erhalten!‹ ... Frau Gould“, fuhr er in größter Aufregung fort, „denken Sie noch an das Silber? Das Silber im Leichter – das verlorenging?“

Frau Gould erinnerte sich daran. Aber sie sagte nicht, daß sie die bloße Erwähnung dieses Silbers haßte. Sonst die Offenheit in Person, erinnerte sie sich mit übertriebenem Grauen, daß sie wegen dieses Silbers zum ersten und einzigen Mal in ihrem Leben ihrem Gatten die Wahrheit verborgen hatte. Sie hatte sich damals von ihrer Angst verleiten lassen und hatte es sich nie verziehen, überdies wäre das Silber – das nie in die Stadt heruntergebracht worden wäre, hätte ihr Mann die von Decoud überbrachten Nachrichten erfahren – um ein Haar die Ursache von Doktor Monyghams Tod gewesen. Und all dies erschien ihr grauenhaft.

„Ist es denn überhaupt verlorengegangen?" rief der Doktor aus. „Ich habe immer das Gefühl gehabt, daß seither ein Geheimnis um unseren Nostromo lag. Ich denke mir, daß er nun, im Angesicht des Todes ...."

„Im Angesicht des Todes", wiederholte Frau Gould.

„Ja. Ja .... Er wünscht Ihnen vielleicht etwas wegen dieses Silbers zu sagen ...."

„O nein!" rief Frau Gould leise aus. „Ist es nicht verloren und abgetan? Gibt es nicht auch ohnedies Schätze genug, um alle Welt unglücklich zu machen?"

Der Doktor verharrte in ergebenem, enttäuschtem Schweigen. Schließlich wagte er, sehr leise, die Bemerkung:

„Und da ist noch dieses Violamädchen, Giselle. Was sollen wir tun? Es hat den Anschein, als hätten Vater und Schwester ...."

Frau Gould gab zu, daß sie die Verpflichtung fühlte, nach besten Kräften für die Mädchen zu sorgen.

„Ich habe eine Volante hier", sagte der Doktor. „Wenn es Ihnen nichts ausmacht, mit einzusteigen ...."

Er wartete voller Ungeduld, bis Frau Gould wieder erschien, nachdem sie einen grauen Radmantel mit weiter Kapuze übergeworfen hatte.

In dieser mönchischen Vermummung über ihrem Abendkleid stand diese Frau, starkherzig und voll Mitleid, neben dem Bette, auf dem der herrliche Capataz der Cargadores reglos auf dem Rücken ausgestreckt lag. Die Weiße der Laken und Kissen stach grell und unheimlich von seinem bronzefarbenen Gesicht ab und von den dunklen, nervigen Händen, die eine Ruderpinne, Zügel und Gewehrdrücker gleich gut zu handhaben wußten und nun schlaff und halbgeöffnet auf der weißen Decke lagen.

„Sie ist unschuldig", sagte der Capataz mit einer tiefen, behutsamen Stimme, als fürchtete er, daß ein lauteres Wort den schwachen Halt lösen könnte, den sein Geist noch an seinem Körper hatte. „Sie ist unschuldig. Ich allein bin es. Doch einerlei. Wegen dieser Dinge wollte ich keinem Lebenden, Mann oder Weib, Rede stehen."

Er unterbrach sich. Frau Goulds Gesicht, sehr blaß im Schatten der Kapuze, beugte sich unendlich bekümmert über ihn, und das leise Schluchzen Giselles, die am Fußende des Bettes kniete, ihr goldenes Haar mit dem Kupferglanz lose über des Capataz Füße gebreitet, störte kaum die Stille des Raumes.

„Ha! Alter Giorgio – Du Wächter deiner Ehre! Komisch, daß der Vecchio so leichtfüßig, so zielsicher über mich kam. Ich selbst hätte es nicht besser machen können. Aber er hätte sich das Geld für eine Pulverladung sparen können. Die Ehre war nicht in Gefahr .... Señora, sie wäre bis ans Ende der Welt gefolgt – ihrem Nostromo, dem Dieb .... Ich habe das Wort ausgesprochen. Der Zauber ist gebrochen!"

Ein leises Stöhnen des Mädchens ließ ihn den Blick senken.

„Ich kann sie nicht sehen .... Tut nichts", fuhr er fort, mit einem Anflug seiner alten, großartigen Nachlässigkeit in der Stimme.

„Ein Kuß ist genug, wenn zu mehr nicht Zeit ist. Eine luftige Seele, Señora! Hell und warm wie der Sonnenschein – bald bewölkt und bald heiter. Die beiden dort würden sie zwischen sich erdrücken, Señora. Lassen Sie auf ihr das Auge Ihres Mitleids ruhen, das von einem Ende des Landes bis zum andern so berühmt ist wie der Wagemut des Mannes, der zu Ihnen spricht. Sie wird sich zu ihrer Zeit trösten. Und nicht einmal Ramirez ist ein übler Bursche. Ich kränke mich nicht. Nein! Nicht Ramirez ist es, der den Capataz der Cargadores von Sulaco besiegt hat." Er hielt inne und fuhr nach einer Anstrengung etwas lauter und wilder fort:

„Ich sterbe verraten – verraten von ...."

Aber er sagte nicht, von wem oder was verraten er sterbe.

„Sie hätte mich nicht verraten", hob er wieder an und schlug die Augen groß auf. „Sie war treu. Wir wollten weit fortgehen – sehr bald schon. Ihr zuliebe hätte ich mich von dem verfluchten Schatz losreißen können. Diesem Kind zuliebe hätte ich Kisten und Kisten davon zurückgelassen – voll. Und Decoud hat vier genommen. Vier Barren. Warum? Picardia! Um mich zu verraten? Wie hätte ich den Schatz zurückgeben können, da vier Barren fehlten? Die Leute hätten gesagt, ich hätte sie entwendet. Der Doktor hätte das gesagt. O weh! Es hält mich immer noch."

Frau Gould beugte sich tief nieder, wie gebannt – fröstelnd vor Grauen.

„Was ist in jener Nacht aus Martin Decoud geworden, Nostromo?"

„Wer weiß es? Ich fragte mich, was aus mir selbst werden würde. Nun weiß ich es. Der Tod sollte unerwartet über mich kommen. Er ist fortgegangen. Er hat mich verraten. Und Sie denken, ich hätte ihn getötet! Ihr seid alle gleich, ihr feinen Leute. Das Silber hat mich getötet. Es hat mich festgehalten, es hält mich immer noch. Niemand weiß, wo es ist. Aber Sie sind die Gattin von Don Carlos, der es in meine Hände gelegt und dazu gesagt hat: ›Rette es, bei deinem Leben!‹ Und als ich wiederkam, und ihr alle dachtet, es wäre verloren, was hörte ich da? Nichts von Bedeutung. ›Laß es gehen. Auf, treuer Nostromo, und reite ums liebe Leben, um uns zu retten!‹"

„Nostromo!" flüsterte Frau Gould und beugte sich tief. „Auch ich habe dieses Silber aus Herzensgrund gehaßt!"

„Wunderbar! Daß einer von euch den Reichtum hassen sollte, den ihr so gut den Händen der Armen zu entwinden wißt! Die Welt steht auf den Armen, wie der alte Giorgio sagt. Sie sind immer gut zu den Armen gewesen. Aber es liegt ein Fluch auf dem Reichtum. Und, Señora, soll ich Ihnen sagen, wo der Schatz ist? Ihnen allein .... Glänzend! Unverderblich!"

Unwillkürlich schlich sich ein schmerzliches Zögern in seinen Ton, in seine Augen, gut erkennbar für die Frau mit dem feinen Zartgefühl. Sie wandte den Blick von der kläglichen Unterwerfung des sterbenden Mannes und wünschte, gequält, nichts weiter von dem Silber zu hören.

„Nein, Capataz!" sagte sie. „Niemand vermißt es jetzt. Laß es für immer verloren sein."

Nach diesen Worten schloß Nostromo die Augen, sprach keine Silbe, regte sich nicht. Vor der Tür des Krankenzimmers kam Doktor Monygham, aufs äußerste erregt, mit glitzernden Augen den beiden Frauen entgegen.

„Nun, Frau Gould“, sagte er, fast roh in seiner Ungeduld, „sagen Sie mir, hatte ich recht? Hier gibt es ein Geheimnis. Sie haben das Schlüsselwort dazu erhalten, nicht? Er hat Ihnen gesagt ....“

„Er hat mir nichts gesagt“, erwiderte Frau Gould fest.

Der Widerschein seiner inneren Gegensätzlichkeit zu Nostromo schwand aus des Doktors Augen. Er trat unterwürfig zurück. Er glaubte Frau Gould nicht. Aber ihr Wort war Gesetz. Er nahm ihre Verneinung wie ein unerklärliches Schicksal hin, das den Sieg von Nostromos Geist über seinen eigenen bestätigte. Sogar noch vor der Frau, die er mit heimlicher Ergebenheit liebte, war er von dem großartigen Capataz de Cargadores geschlagen worden, dem Mann, der sein eigenes Leben gelebt hatte, unter der Vorspiegelung ungebrochener Treue, Redlichkeit und Tapferkeit!

„Bitte, schicken Sie sofort jemand um meinen Wagen“, sagte Frau Gould aus ihrer Kapuze heraus. Dann wandte sie sich zu Giselle Viola. „Komm näher, mein Kind; ganz nahe. Wir wollen hier warten.“

Giselle Viola, ganz kindlich in ihrem Schmerz, das Gesicht von dem gelösten Haar überflutet, schlich an Frau Goulds Seite. Frau Gould schob ihre Hand unter den Arm der unwürdigen Tochter des alten Viola, des makellosen Republikaners, des Helden ohne Fehl und Tadel. Leise und langsam, wie eine welke Blüte, senkte sich der Kopf des Mädchens, das einem Dieb bis ans Ende der Welt gefolgt wäre, auf Doña Emilias Schulter, die Schulter der ersten Dame von Sulaco, der Gattin des Señors Administrador der San Tomé-Mine. Und als Frau Gould ihr unterdrücktes Schluchzen fühlte, die nervöse Überreizung, da hatte sie den ersten und einzigen Augenblick von Verbitterung in ihrem Leben. Ihre Bitterkeit wäre Doktor Monyghams würdig gewesen.

„Tröste dich, Kind. Sehr bald hätte er dich über seinem Schatz vergessen.“

„Señora, er hat mich geliebt. Er hat mich geliebt“, flüsterte Giselle verzweifelt. „Er hat mich geliebt, wie nie zuvor jemand geliebt worden ist.“

„Auch ich bin geliebt worden“, sagte Frau Gould streng.

Giselle klammerte sich krampfhaft an sie. „Oh, Señora, aber Sie werden ja bis ans Ende Ihres Lebens angebetet werden“, schluchzte sie heraus.

Frau Gould verharrte schweigend, bis der Wagen kam. Sie half dem halb ohnmächtigen Mädchen hinein. Nachdem der Doktor den Schlag des Landauers geschlossen hatte, beugte sie sich zu ihm.

„Sie können nichts tun?“ flüsterte sie.

„Nein, Frau Gould. Überdies erlaubt er uns nicht, ihn anzurühren. Aber das tut nichts. Ich konnte nur einen Blick auf ihn werfen ... nutzlos.“

Aber er versprach, noch in der gleichen Nacht den alten Viola und das andere Mädchen aufzusuchen. Er könne das Polizeiboot haben, um sich zur Insel hinausrudern zu lassen, meinte er. Er blieb in der Straße stehen und sah dem Landauer nach, der hinter den weißen Maultieren langsam davonrollte.

Das Gerücht eines Unfalls – eines Unfalls des Kapitäns Fidanza – hatte sich längs der neuen Kais verbreitet, mit ihren Lampenreihen und den wuchtigen Kranen. Eine Gruppe von Nachtbummlern – der Ärmsten unter den Armen – hielt sich vor der Türe der Rettungsstation auf und flüsterte in der mondhellen, leeren Straße.

Bei dem Verwundeten war niemand außer dem blassen Photographen, dem kleinen, schmächtigen, blutdürstigen Kapitalistenfeind, der auf dem hohen Stuhl neben dem Kopfende des Bettes hockte, die Knie hochgezogen und das Kinn in die Hand gestützt. Er war von einem Genossen geholt worden, der noch spät auf dem Kai gearbeitet und von dem Negermatrosen einer Lancha gehört hatte, daß Kapitän Fidanza tödlich verwundet an Land geschafft worden war.

„Hast du keine Verfügungen zu treffen, Genosse?" fragte er eifrig. „Vergiß nicht, daß wir Geld für unser Werk brauchen. Die Reichen müssen mit ihren eigenen Waffen bekämpft werden."

Nostromo gab keine Antwort. Der andere drang nicht in ihn und blieb auf seinen Stuhl gekauert sitzen, wildbehaart, wie ein buckliger Affe. Dann begann er nach einem langen Schweigen von neuem:

„Genosse Fidanza, du hast jeden Beistand dieses Doktors zurückgewiesen. Ist er wirklich ein gefährlicher Feind des Volkes?"

In dem trüb erleuchteten Raum rollte Nostromo langsam den Kopf auf den Kissen, schlug die Augen auf und richtete auf die unheimliche Gestalt neben seinem Bette einen rätselhaft forschenden Blick. Dann rollte sein Kopf zurück, die Augenlider schlössen sich, und der Capataz der Cargadores starb, ohne ein Wort oder einen Laut, nach einer Stunde völliger Reglosigkeit, während deren nur fliegende Schauer von grausamen Schmerzen gezeugt hatten.

Doktor Monygham fuhr in dem Polizeiboot zu den Inseln hinaus und hatte dabei noch Blick für das Mondlicht, das auf den Wassern des Golfs tanzte, und für die hohe, schwarze Masse der Großen Isabelle, die unter der Wolkendecke hervor einen Lichtkegel in die Weite schickte.

„Rudert langsam", befahl er und fragte sich dabei, was er dort draußen wohl finden würde. Er versuchte, sich Linda und ihren Vater vorzustellen, und entdeckte dabei in sich selbst ein merkwürdiges Widerstreben. „Rudert langsam", wiederholte er.

Von dem Augenblick an, da er auf den Dieb seiner Ehre gefeuert, hatte sich Giorgio Viola nicht vom Fleck gerührt. Er stand auf sein altes Gewehr gestützt und umklammerte mit der Hand den Lauf nahe der Mündung. Nachdem die Lancha, die Nostromo für immer entführte, das Ufer verlassen hatte, war Linda zurückgekommen und vor ihm stehengeblieben. Er schien ihre Gegenwart nicht zu bemerken; als sie aber ihre erzwungene Ruhe verlor und aufschrie: „Weißt du, wen du erschossen hast?“, da gab er zurück: „Ramirez, den Vagabunden.“

Totenblaß, mit irrem Blick, lachte ihm Linda ins Gesicht. Dann brach sie ab, und der alte Mann meinte wie erschreckt:

„Er schrie in Sohn Giambattistas Stimme auf.“

Das Gewehr fiel aus seiner geöffneten Hand, doch der Arm blieb noch einen Augenblick ausgestreckt, als wäre er noch unterstützt. Linda faßte ihn derb.

„Du bist zu alt, um zu verstehen. Komm ins Haus.“

Er ließ sich von ihr führen. Auf der Schwelle strauchelte er schwer und wäre fast mit seiner Tochter zu Fall gekommen. Die Erregung und Tatenlust der letzten Tage waren wie das Aufblaken einer erlöschenden Lampe gewesen. Er faßte nach einer Stuhllehne.

„In Giambattistas Stimme“, wiederholte er streng. „Ich hörte ihn – Ramirez – den Elenden ....“

Linda half ihm niedersitzen, beugte sich tief und zischte ihm ins Ohr: „Du hast Giambattista erschossen.“

Der alte Mann lächelte unter seinem dicken Schnurrbart. Frauen hatten merkwürdige Einfalle.

„Wo ist das Kind?“ fragte er, überrascht von der eisigen Kühle der Luft und der ungewohnten Trübe des Lampenlichtes, bei dem er die halbe Nacht lang mit der offenen Bibel vor sich zu sitzen pflegte.

Linda zögerte einen Augenblick und wandte die Augen.

„Sie schläft“, sagte sie. „Wir können morgen über sie sprechen.“

Sie konnte es nicht ertragen, ihn anzusehen. Er erfüllte sie mit Grauen und fast unerträglichem Mitleid. Sie hatte die Veränderung beobachtet, die mit ihm vorgegangen war. Er würde nie verstehen, was er getan hatte; und sogar ihr selbst war der ganze Vorfall unverständlich. Er sagte mit Anstrengung: „Gib mir das Buch.“

Linda legte das geschlossene Buch in seinem abgenützten Ledereinband auf den Tisch, die Bibel, die ihm vor Jahren ein Engländer in Palermo geschenkt hatte.

„Das Kind mußte geschützt werden“, sagte er mit fremder, trauriger Stimme.

Hinter seinem Stuhl rang Linda die Hände und weinte lautlos in sich hinein. Plötzlich ging sie auf die Türe zu. Er hörte ihre Bewegung.

„Wohin gehst du?“ fragte er.

„Zu den Lampen“, antwortete sie und wandte sich mit einem Schmerzensblick um.

„Die Lampen! Si – Pflicht.“

Sehr aufrecht, weißhaarig, löwenhaft, heldenhaft in seiner losgelösten Ruhe, griff er in die Tasche seines Rothemdes, nach der Brille, die ihm Doña Emilia geschenkt hatte. Er setzte sie auf. Nach langer Unbeweglichkeit öffnete er das Buch und sah von weit weg durch die Gläser auf den zweispaltigen, kleinen Druck. Ein starrer, strenger Ausdruck kam zugleich mit einem leichten Stirnrunzeln auf sein Gesicht, wie zur Antwort auf einen düsteren Gedanken oder ein peinliches Gefühl. Aber er wandte die Augen nicht vom Buch, während er langsam und allmählich vornüber sank, bis sein schneeweißer Kopf auf den offenen Seiten ruhte. An der weißgetünchten Wand tickte emsig eine hölzerne Uhr, und langsam erkaltend lag der Garibaldiner allein da, rauh und unentstellt, wie eine alte Eiche, die ein verräterischer Windstoß entwurzelt hat.

Das Licht auf der Großen Isabelle leuchtete unentwegt über dem verlorenen Schatz der San Tomé-Mine. In dem blauen Glanz einer sternlosen Nacht sandte die Laterne einen gelben Strahl bis weit zum Horizont. Wie ein schwarzer Fleck vor den erleuchteten Scheiben stützte Linda, auf der Außengalerie niedergekauert, ihren Kopf gegen das Geländer. Der Mond, der eben im Westen niederging, sah sie leuchtend an.

Unten, am Fuß der Klippe, verstummten die Ruderschläge eines vorüberfahrenden Bootes, und Doktor Monygham stand im Heck auf.

„Linda!" rief er mit zurückgeworfenem Kopf hinauf. „Linda!"

Linda erhob sich. Sie hatte die Stimme erkannt.

„Ist er tot?" rief sie und beugte sich vor.

„Ja, mein armes Mädel. Ich komme hinüber", antwortete der Doktor von unten. „Rudert an Land", befahl er den Bootsleuten.

Lindas schwarze Gestalt zeichnete sich stehend vom Licht ab, mit über den Kopf erhobenen Armen, als wollte sie sich hinunterstürzen.

„Ich bin es, ich, die dich geliebt hat", flüsterte sie, und ihr Gesicht war starr und weiß wie Marmor im Mondlicht. „Ich! Nur ich! Sie wird dich vergessen, dich, der um ihr hübsches Gesicht einen so elenden Tod gestorben ist. Ich kann es nicht verstehen. Ich kann nicht verstehen. Aber ich werde dich nie vergessen. Niemals!"

Sie stand schweigend und unbeweglich da und sammelte alle Kraft zu einem lauten Schrei, in den sie ihre Treue legte, ihre Pein, ihre Ratlosigkeit und ihre Verzweiflung:

„Niemals! Giambattista!"

Der Doktor hörte, während er im Polizeiboot unten vorbeifuhr, den Namen über seinen Kopf weg klingen. Es war noch einer von Nostromos Triumphen, der größte, der beneidenswerteste, der furchtbarste von allen. In diesem wahren Schrei einer unsterblichen Leidenschaft, der laut von der Punta Mala nach Azuera und weiter bis zur hellen Linie des Horizonts zu dringen schien, über der eine große weiße Wolke, leuchtend wie reines Silber, lagerte – in diesem Schrei beherrschte der herrliche Capataz der Cargadores den dunklen Golf, der seine Eroberungen an Schätzen und an Liebe barg.